데이비드 코퍼필드 1

데이비드 코퍼필드 1

초판 1쇄 발행 2018년 4월 16일
　　　2쇄 발행 2024년 3월 14일

지은이 찰스 디킨스
옮긴이 김옥수
펴낸이 김소연
디자인총괄 이유빈

펴낸곳 비꽃
등록 2013년 7월 18일 제2013-000013호
주소 서울 강북구 삼양로16길 12-11
이메일 rain__flower@daum.net 전화 02)6080-7287 팩스 070-4118-7287
홈페이지 www.rainflower.co.kr

ISBN 979-11-85393-52-0
　　　979-11-85393-19-3 (세트번호)

값 13,000원

David Copperfield

데이비드 코퍼필드 1

찰스 디킨스 지음·김옥수 옮김

비꽃

노스햄프턴셔 록킹햄에서 멋지게 사시는

리처드 왓슨 부부에게

이 책을 바칩니다.

▎차례

이 책을 마치는 순간, 다양하게 터져 나온 감흥이 지금까지 그대로
남아서 충분한 거리를 두고 객관적으로 바라볼 수 없으니, 머리글 역시
편안한 마음으로 쓰는 게 쉽지 않네요. 이 책에 대한 감흥은 지금도
너무나 새롭고 강력하며, 제 마음에는 기쁨과 슬픔이 – 마음에 오랫동
안 품은 걸 드디어 해냈다는 기쁨이, 그리고 다양한 동무와 헤어졌다는
슬픔이 – 공존하니, 개인적인 감흥과 애정을 쓸데없이 열거해서 제가
지극히 사랑하는 독자 여러분을 피곤하게 만들지나 않을까 걱정스럽
습니다.

이번 작품에 대해서 할 수 있는 말은, 작품 안에서 어떤 식으로든
다 하려고 애쓰기도 했고요.

이 년에 걸쳐 상상력을 발휘하던 작업을 마감하면서 펜을 내려놓을
때는 얼마나 슬펐는지, 머릿속으로 만들어낸 다양한 인물을 영원히
떠나보낼 때는 내 몸뚱이 일부를 어두운 세상으로 보낸다는 느낌에
얼마나 시달렸는지 등을 독자 여러분에게 말하는 건 의미가 없겠지요.
그래서 특별히 할 말은 없습니다. 딱 하나, 독자 여러분에게 고백하고
싶은 건 (이것 역시 중요하지 않지만) 이 글을 쓴 저 자신은 여기에
실린 이야기를 모두 믿는다는 사실, 이 글을 읽는 어떤 독자보다도
확실하게 믿는다는 사실입니다.

따라서 저는 이제부터 뒤를 돌아보는 대신 앞을 바라볼 생각입니
다. 그래서 '데이비드 코퍼필드'라는 소설에 보낸 뜨거운 찬사와 평가

를 줄기차게 떠올리며, 그래서 한 달에 원고지 두 장이라도 새롭게 덧붙이는 시절이 오길 학수고대하며, 즐거운 마음으로 이 책을 덮고자 합니다.

1850년 시월, 런던에서

▌1869년 찰스 디킨스 판본에 붙이는 서문

이 책에 처음 실은 서문에서 저는 이렇게 말했습니다.

이 책을 마치는 순간, 다양하게 터져 나온 감흥이 지금까지 그대로 남아서 충분한 거리를 두고 객관적으로 바라볼 수 없으니, 머리글 역시 편안한 마음으로 쓰는 게 쉽지 않네요. 이 책에 대한 감흥은 지금도 너무나 새롭고 강력하며, 제 마음에는 기쁨과 슬픔이 ─ 마음에 오랫동안 품은 걸 드디어 해냈다는 기쁨이, 그리고 다양한 동무와 헤어졌다는 슬픔이 ─ 공존하니, 개인적인 감흥과 애정을 쓸데없이 열거해서 제가 지극히 사랑하는 독자 여러분을 피곤하게 만들지나 않을까 걱정스럽습니다.

이번 작품에 대해서 할 수 있는 말은, 작품 안에서 어떤 식으로든 다 하려고 애쓰기도 했고요.

이 년에 걸쳐 상상력을 발휘하던 작업을 마감하면서 펜을 내려놓을 때는 얼마나 슬펐는지, 머릿속으로 만들어낸 다양한 인물을 영원히 떠나보낼 때는 내 몸뚱이 일부를 어두운 세상으로 보낸다는 느낌에 얼마나 시달렸는지 등을 독자 여러분에게 말하는 건 의미가 없겠지요. 그래서 특별히 할 말은 없습니다. 딱 하나, 독자 여러분에게 고백하고 싶은 건 (이것 역시 중요하지 않지만) 이 글을 쓴 저 자신은 여기에 실린 이야기를 모두 믿는다는 사실, 이 글을 읽는 어떤 독자보다도 확실하게 믿는다는 사실입니다.

이런 마음은 지금도 똑같으니, 독자 여러분에게 속내 말을 딱 한

마디만 덧붙이겠습니다. 지금까지 집필한 다양한 책 가운데에서 저는 이 책을 제일 좋아합니다. 저 역시 상상력으로 만들어낸 모든 자식을 사랑한다는, 이들을 저보다 소중하게 여길 사람은 어디도 없다는 말 정도는 독자 여러분도 쉽게 인정하겠지요. 하지만 모든 부모가 그런 것처럼 저 역시 마음 깊은 곳에서 제일 좋아하는 자식이 있으니, 그 아이는 바로 '데이비드 코퍼필드'랍니다.

1869년

데이비드 코퍼필드가 보낸 어린 시절

고통은 누구보다 훌륭한 스승이다.
나는 고통을 겪으면서 인간을 이해하기 시작했다.
나는 부러지고 깨졌지만, 훨씬 멋진 모습으로 태어났다.

- 찰스 디킨스

CHAPTER 1. 내가 태어나다

　지금부터 하는 이야기를 듣다 보면 내 삶에서 주인공이 누군지, 나 자신인지 다른 사람인지 알 수 있다. 내가 살아온 이야기를 태어날 때부터 시작한다는 차원에서 말하자면, 나는 (다른 사람이 그렇다고 말해서 그런 줄 아는데) 금요일 자정에 태어났다. 종소리가 자정을 알리는 순간에 나 역시 울음을 터트렸다는 것이다.

　내가 태어난 날과 시간에 따르면, 나를 전혀 볼 수 없던 몇 개월 전부터 나에게 지대한 관심을 보이던 우리 동네 경험 많은 아주머니들이 주장하고 산파 역시 단언하길, 첫째, 나는 불행하게 살아갈 운명을 타고났으며, 둘째, 유령과 망령을 보는 능력을 타고났다. 남녀를 불문하고 금요일 자정에 태어난 아기는 누구나 이런 재앙을 겪을 수밖에 없다는 것이다.

　첫 번째 예언이 맞는지 틀리는지는 내가 지금까지 살아온 과정을 보면 잘 알 수 있으니, 여기에서 따로 언급할 필요는 없을 것 같다. 하지만 두 번째 예언에 대해서는 내가 갓난아기 때 모두 사용한 게 아니라면 그런 능력을 누린 적은 아직 단 한 번도 없다고 말할 수밖에 없다. 하지만 나에게 이런 능력이 없다고 투덜대는 건 절대로 아니다. 그 능력이 다른 사람에게 갔다면 나로선 오히려 아주 기꺼울 터이니 말이다.

나는 양막[1]을 머리에 쓰고 태어나, 양막을 금화 열다섯 냥이라는 헐값에 팔겠다고 신문에 광고했다고 한다. 그 무렵에 뱃사람들 수입이 형편없었는지 아니면 양막보다는 코르크로 만든 구명조끼를 선호했는 지 모르겠지만, 내가 아는 건 그것을 사겠다는 사람이 한 명밖에 없었는데, 증권 중개업에 종사하는 사람으로, 현금으로 금화 두 냥을 주고 나머지는 백포도주로 치르겠다는, 그 이상 좋은 조건을 제시할 가능성은 철저하게 거부했다는 내용이 전부다.

당시로선 어머니 자신이 백포도주를 시장에 내다 파는 상황이니 결과적으로 신문광고는 완벽한 손실로 끝나고, 십 년이 지난 다음에 비로소 쉰 명이 은화 한 냥씩 선금으로 내고 제비뽑기를 해서 당첨된 사람이 은화 한 냥을 더 내고 양막을 가져가는 식으로 처리했다. 이 자리에는 나도 있었는데, 내 몸뚱이에 딸려 나온 일부를 그런 식으로 처리하는 광경을 보니까 당혹스럽기도 하고 혼란스럽기도 하던 기억이 난다. 내가 기억하기에 양막을 당첨 받은 인물은 바구니를 든 할머니로, 약속대로 은화 한 냥에 해당하는 5실링을 잔돈으로 마지못해 억지로 내는데 그나마 2페니 반이 부족해, 많은 시간을 허비하며 몇 번이고 세어서 돈이 모자란다는 사실을 보여주었으나 할머니는 끝내 모른 척했다.

할머니가 익사하지 않고 아흔두 살에 침상에서 의기양양하게 죽었

---

1) 태아 머리를 싼 얇은 막으로, 출생 직후에 제거하지 않으면 아기가 질식한다. 이런 고통을 이겨낸 아기는 물에 빠져서 죽지 않는다는 미신이 있다.

다는 건 오랫동안 기억할 만큼 놀라운 사실이 아닐 수 없다. 그런데 내가 들은 바에 의하면 할머니는 물가에 간 적이 평생 단 한 번도 없고 다리를 건넌 게 전부라며 마지막까지 자랑을 늘어놓고, 유난히 좋아하는 차를 홀짝거리면서, 뱃사람은 신앙심이 없어서 온 세상을 '정처 없이 떠돈다'고 마지막까지 분노하며 비난했다. 뱃사람이 정처 없이 떠돌아다닌 덕분에 우리가 차를 비롯한 다양한 사치를 누리는 거라고 아무리 설명해도 소용이 없었다. 본능적으로 한층 더 강하게 반발하며 '정처 없이 떠도는 건 절대로 안 된다'고 언제나 똑같은 결론을 내렸기 때문이다.

그러니 나 자신도 '정처 없이 떠돌지' 말고 내가 태어난 이야기로 돌아가는 게 좋겠다.

나는 영국 동부 서퍽 주 블룬더스톤에서, 혹은 스코틀랜드 사람들이 흔히 말하는 "인근 지역"에서 태어났다. 나는 유복자다. 아버지는 내가 눈을 뜨고 세상을 바라보기 육 개월 전에 눈을 감았다. 그래서 아버지는 나를 한 번도 본 적이 없다고 생각하면 지금도 괜히 이상한 느낌이 드는데, 교회 공동묘지 아버지 무덤에서 대리석으로 만든 하얀 비석을 처음 보는 순간에 철없는 생각이[2] ─ 깜깜한 밤이면 아버지는 혼자 무덤에 있는데 우리는 거실 벽난로에 불을 따뜻하게 지피고 촛불까지 환하게 켠 상태에서 빗장과 자물쇠를 잔인할 정도로 꽁꽁 채워 집으로 들어오는 통로를 모두 완벽하게 차단했다는 사실에 괜히 미안한 마음이 ─ 들곤 했다는 기억이 희미하게 떠오를 때는 더더욱 이상한 느낌이 든다.

우리 아버지에게 고모님이니까 나에겐 대고모님이 되는 분은, 앞으로 자주 언급하겠지만, 우리 집안에서 독보적인 인물이다. 이렇게 대단

---

2) '위대한 유산' 초반부에서 비석을 보고 떠올린 생각과 분위기가 비슷하다.

한 인물에 관해 불쌍한 우리 어머니가 (극히 드물게) 할 말이 있을 때면 덜덜 떨리는 가슴을 한참 가라앉힌 다음에 비로소 언급하던 트롯우드 고모님 혹은 베시 고모님은 연하 남성과 결혼했는데, 얼굴은 잘생겼지만 '잘생긴 남자는 하는 짓도 예쁘다'는 속담하고 완전히 다른 인물이었다. 다른 무엇보다 베시 고모님을 때린다는 소문이 도는 데다 한번은 생활비 문제로 다투다가 충동적이긴 하지만 고모님을 이 층 창문 밖으로 단호하게 내던지려 한 적도 있기 때문이다.

결국은 성격 차이로 베시 고모님이 위자료를 지급하고 합의로 이혼했다. 남자는 위자료로 받은 재산을 정리하고 인도로 갔는데, 우리 집안에 근거 없이 나도는 소문에 의하면, 거기에서 원숭이와 함께 코끼리를 타고 가는 걸 누가 보았다는데, 내 생각에 그건 원숭이가 아니라 '인도 신사'거나 '인도 귀부인'일 가능성이 크다.[3] 여하튼, 인도에서 들려온 다양한 소식에 의하면 그는 십 년도 못 돼서 죽었는데, 이런 소식이 대고모님에게 어떤 영향을 미쳤는지는 아무도 모른다. 대고모님은 이혼하는 즉시 처녀 때 이름으로 돌아갔으며, 멀리 떨어진 해안가 조그만 어촌에 아담한 집을 구해서 하녀 한 명만 두고 세상을 등진 채 독신녀로 은둔생활에 들어갔기 때문이다.

원래 우리 아버지는 고모님 사랑을 듬뿍 받은 것 같다. 그런데 고모님은 우리 어머니가 '밀랍 인형' 같다는 까닭으로 결혼을 결사반대했다. 고모님은 우리 어머니를 본 적이 없지만, 아직 스무 살도 안 됐다는 사실은 알았다. 그래서 우리 아버지는 베시 고모님과 관계를 끊었다. 결혼할 당시에 아버지는 나이가 어머니 두 배에다 몸이 몹시 약했다. 결국에는 일 년 만에 세상을 떠났는데, 앞에서 말한 것처럼 내가 세상

---

3) 교육을 받은 인도 신사(Baboo)와 인도 귀부인(Begum)은 원숭이(Baboon)와 발음이 비슷하다.

에 태어나기 육 개월 전이다.

　이런 상황에서 어느 금요일 오후에 참으로 엄청나고 중대하다고 할 만한 사건이 일어났다. 나 자신은 어머니 배에 있는 터라 당시에 일어난 사건을 직접 볼 수도 없고 따라서 별다른 기억도 없지만 말이다.

　당시에 어머니는 벽난로 앞에 앉았는데 건강도 안 좋고 기운도 없어, 아비 없이 태어날 자식과 앞으로 살아갈 생각에 비관하며 눈물을 머금은 눈으로 불길만 물끄러미 바라보았다. 이 층 서랍에 넣어둔 '탄생 축하 핀꽂이 방석'[4]은 유복자가 태어나는 걸 환영해도 나머지 세상은 아무런 관심이 없으니, 날씨는 화창해도 바람이 몹시 불던 삼월 오후에 어머니는 조금 전에 말한 대로 벽난로 앞에 앉아서 앞으로 밀려들 시련을 떠올리며 불안하고 슬픈 마음에 잠기다 눈물을 멈추려고 두 눈을 들어서 맞은편 창문을 바라보는데, 우리 집 정원으로 다가오는 이상한 숙녀 한 분이 시야에 들어왔다.

　다시 쳐다보는 순간에 우리 어머니는 베시 고모님이라는 불길한 예감이 들었다. 정원 울타리 너머로 석양이 환하게 비추는 가운데 이상한 숙녀가 감히 누구도 떠올릴 수 없는 표정과 당당한 자세로 우리 집 현관문을 향해 다가왔기 때문이다. 그래서 우리 집에 도달하는 순간에 자신이 누군지 다시 한번 드러냈기 때문이다. 아버지는 살아생전에 고모님 행동거지가 평범한 사람과 다르다는 사실을 어머니에게 넌지시 알려주곤 했는데, 지금 이 순간에도 현관 초인종을 누르는 대신 어머니가 내다보던 창문으로 다가와서 불쌍한 어머니가 이후에 툭하면 말하던 대로 코가 납작하게 눌려서 하얗게 변하도록 유리창으로 밀어붙이며 실내를 들여다본 것이다.

---

4) 당시에는 색상이 다양한 핀을 방석에 꽂아서 임산부에게 선물했다.

그래서 어머니를 깜짝 놀라게 했으니, 내가 금요일에 태어난 건 베시 고모님 덕분이라고 나는 지금도 확신한다.

어머니는 겁에 질린 나머지 의자에서 일어나 뒤쪽 구석으로 숨었다. 베시 고모님은 괘종시계에 달린 아랍인 머리처럼 눈을 움직이며 한쪽부터 시작해 실내를 천천히 세심하게 쭉 훑어보다가 결국엔 어머니를 발견했다. 그리곤 어머니에게 눈살을 찡그리더니, 마땅히 굽실대며 나와서 문을 열어야 한다는 몸짓을 하고, 어머니는 현관문을 황급히 열었다.

"데이비드 코퍼필드 미망인인가?"

베시 고모님이 물었다. 어머니가 입은 상복과 풀죽은 모습을 보고서 물은 말 같았다.

"네."

어머니가 힘없이 대답하자, 고모님은 다시 물었다.

"트롯우드 고모라고 들어봤을 거야, 그치?"

어머니는 그런 말을 듣고서 좋아한 적이 있다고 대답했다. 그리곤 자신이 좋아하지 않는 것처럼 보이면 어떻게 하나 걱정했다.

"내가 바로 그 사람일세."

베시 고모님 말에 어머니는 고개 숙여 인사하고 안으로 들어오시도록 청했다.

두 사람은 어머니가 조금 전에 있던 거실로 들어왔다. 복도 맞은편 제일 좋은 거실은 불을 안 피웠으며, 실제로 아버지 장례식 이후로 거기에 불을 피운 적은 한 번도 없었기 때문이다. 그래서 두 사람은 그곳 의자에 그냥 앉았는데, 베시 고모님이 입을 꾹 다물고 가만히 있는 바람에 어머니는 참으려고 무진장 애쓰다 결국엔 울음을 터트리고 베시 고모님은 황급히 타일렀다.

"쯧, 쯧, 쯧! 그러지 마. 어서 그쳐!"

그런데도 어머니는 울음을 멈출 수 없어서 눈물이 저절로 멎을 때까지 마음껏 울었다.

"얘야, 모자를 벗어보렴, 얼굴 좀 보게."

베시 고모님 말에 어머니는 모자를 벗고 싶은 마음이 없었지만 감히 거역할 수 없었다. 그래서 시킨 대로 하는데 두 손이 너무 심하게 떨려서 (화려하고 풍성하고 아름다운) 머리칼은 사방으로 흘러내리며 얼굴을 뒤덮고, 베시 고모님은 한탄했다.

"맙소사! 아직 갓난아기잖아!"

어머니는 나이가 적고 외모는 훨씬 앳돼 보이는데, 불쌍한 어머니는 그게 자기 잘못이라도 되는 듯 머리를 푹 숙이고 흐느끼면서 자신은 이렇게 어린 나이에 과부가 된 것도 그렇고 이렇게 어린 나이에 엄마가 된 것도 그렇고 정말 모든 게 두렵기만 하다며 하소연했다. 그러고 나서 침묵이 감도는데, 어머니는 베시 고모님이 머리를 다정하게 쓰다듬는다는 느낌을 받았다. 그래서 희망 어린 눈동자를 살며시 들어 쳐다보는데, 베시 고모님은 치맛자락을 접어 올리고 앉아서 두 손을 무릎에 포개고 두 발을 벽난로 울타리에 기댄 채 찡그린 눈으로 불길을 바라볼 뿐이었다. 그러다가 갑자기 말했다.

"세상에, '까마귀 숲'이 도대체 뭐냐?"

"이 집 이름 말씀인가요, 고모님?"

어머니가 묻자, 베시 고모님이 다시 말했다.

"도대체 '까마귀 숲'이 뭐냐고? 차라리 '까만 숲'이라 부르지, 너희 부부 어느 한쪽이라도 현실감각이 있었다면."

"남편이 이 집을 사면서 붙인 이름이에요. 주변에 까마귀가 많은 것 같다면서 좋아했거든요."

정원 끄트머리 커다란 느릅나무 사이로 초저녁 바람이 갑자기 거세게 몰아쳐서 어머니도 베시 고모님도 그쪽을 제대로 쳐다볼 수 없었다. 느릅나무는 비밀을 속삭이는 거인처럼 서로에게 고개를 숙인 채 가만히 있다가 강한 돌풍에 갑자기 휩싸이며 나뭇가지를 이리저리 흔들어 대는 게, 지금까지 나누던 은밀한 이야기가 너무 사악한 나머지 마음의 평화가 깨진 것처럼 보이고, 비바람에 오랫동안 시달리느라 누더기처럼 변한 까마귀 둥지는 높은 나뭇가지에서 흔들리는 모습이 폭풍우로 요동치는 바다 한복판을 헤매는 난파선처럼 보였다.

"그래, 새는 어디에 있지?"

베시 고모님이 묻는 말에 어머니는 다른 생각에 몰두하다가 되물었다.

"네……?"

"까마귀 말이야. 다 어디로 간 거야?"

"여기에 사는 동안 한 마리도 못 보았답니다. 우리는 – 남편은 – 근처에 까마귀가 꽤 많을 거로 생각했는데 둥지마다 몹시 낡은 걸 보면 오래전에 다른 데로 떠난 게 분명해요."

"정말 데이비드 코퍼필드답군! 머리끝부터 발끝까지 데이비드 코퍼필드다워! 까마귀는 한 마리도 없는데 둥지만 보고 까마귀가 많을 거로 생각해서 자기 집에다 '까마귀 숲'이란 이름을 붙이다니 말이야!"

"남편을 잃은 미망인 앞에서 돌아가신 남편을 흉보다니, 어쩜 그렇게……."

어머니가 반발했다. 최소한 그 순간만큼은 무작정 달려들어서 머리채라도 움켜잡고 싶은 충동까지 느낀 것 같은데, 설사 어머니가 실제와 다르게 치고받는 훈련을 충분히 받았다 하더라도 고모님은 한 손으로 가볍게 물리쳤을 게 분명하다. 하지만 그런 충동 역시 어머니가 의자에서 일어나다 힘없이 앉으며 기절하는 형태로 끝나고 말았다.

스스로 정신을 차린 건지 베시 고모님이 정신을 차리게 한 건지 모르겠지만, 어머니가 눈을 뜨니 고모님은 창가에 서 있었다. 황혼은 어느덧 사라지고 어둠이 몰려들어 두 사람은 서로를 흐릿하게 쳐다보는데, 벽난로에서 피어오르는 불길이 아니면 그럴 수도 없을 터였다.

베시 고모님은 바깥 경치를 무심코 바라보는 것처럼 행동하다가 의자로 돌아오며 불쑥 물었다.

"그래, 예정일은 언제지?"

하지만 어머니는 덜덜 떨면서 대답했다.

"온몸이 떨려요. 도대체 왜 이러는지 모르겠어요. 꼭 죽을 것만 같아요!"

"아니야, 아니야, 아니야. 차라도 마시렴."

"아아, 차를 마신다고 무슨 도움이 되겠어요?"

어머니가 한탄하며 힘없이 울먹이자, 베시 고모님이 달랬다.

"당연히 도움이 되고말고. 그런 건 쓸데없는 망상이야. 그래, 여자 이름은 뭐지?"

"여자앤지 사내앤지 아직 몰라요, 고모님."

어머니가 순진하게 대답하자, 베시 고모님은 자신도 모르게 한탄하며 '탄생 축하 핀꽂이 방석'에 새겨서 이 층 서랍에 넣어둔 두 번째 문장을 그대로 인용하는데, 대상은 내가 아니라 어머니였다.

"갓난아기에게 축복을! 내 말은 그게 아니야. 내 말은 하녀 이름이 뭐냐고!"

"패거티 유모요."

어머니가 대답하자, 베시 고모님은 잔뜩 화난 목소리로 다그쳤다.

"패거티 유모라니! 자네 말은 교회에 다니며 신을 섬기는 사람이
그런 이름을 사용한다는 뜻인가?"

"네, 성이 그래요. 남편은 하녀를 성으로 불렀거든요. 이름이 저랑
똑같아서요."

어머니가 설명하자, 베시 고모님은 거실문을 열고서 커다랗게 소리
쳤다.

"이봐요! 패거티 유모! 차를 가져와요. 당신 주인마님이 약간 편찮으
니까. 꾸물대지 말고."

베시 고모님은 본디 이 집 주인이었던 것처럼 당당하게 명령하며
거실 밖을 지켜보다가 낯선 목소리에 깜짝 놀란 표정으로 초를 들고
복도를 걸어오던 패거티 유모와 눈을 마주치자, 문을 닫고 원래대로
의자에 앉아, 두 발은 벽난로 울타리에 기대고 치맛자락은 접어 올리고
두 손은 무릎에 포개더니, 다시 말했다.

"자네는 여자앤지 모른다고 말했는데, 나는 여자애가 분명하다고
확신해. 여자애가 분명하다는 예감이 들어. 그러니까, 여자애가 태어
나면……"

"사내아일 수도 있어요."

어머니가 실례를 무릅쓰고 말하자, 베시 고모님이 반박했다.

"내가 분명히 말하는데, 여자애가 확실하단 예감이 들어. 내 말에
반박하지 마. 그러니, 여자애가 태어나면 내가 친구 역할을 해줄 거야.
대모도 서줄 거고. 아이 이름은 베시 트롯우드 코퍼필드라고 지어.
이번에 태어날 베시 트롯우드는 세상살이에 조금도 실수하면 안 돼.
사랑에 빠져서 허우적대는 일은 없어야 해. 제대로 키워서, 쓸모없는
작자를 사랑하는 멍청한 작태를 벌이지 않도록 조심해야 해. 그건 내가
확실하게 책임지겠어."

한 마디 한 마디를 할 때마다 머리를 씰룩거리는 모습은 마치 예전에 자신이 저지른 실수가 떠올라서 온 힘을 다하며 억누르는 것 같았다. 그래서 어머니는 벽난로에서 피어오르는 희미한 불길에 의존하며 바라보는데, 베시 고모님이 너무 무섭고 너무 불편하고 너무 당혹스러운 나머지 심장이 벌렁거려서 눈에 들어오는 것도 없고 무슨 말을 해야 좋을지도 몰랐다.

"그래, 데이비드가 자네한테 잘하긴 했나? 부부 금실이 좋았나?"

베시 고모님이 물었다. 한동안 침묵한 채 씰룩거리던 머리를 조금씩 다스린 다음이었다.

"저희는 정말 행복했어요. 남편이 너무나 잘했답니다."

"뭐야, 그러면 데이비드가 오냐오냐해서 자네 버릇을 다 망쳐놓은 거야?"

"앞으로 혼자서 험악한 세상을 헤치며 살아갈 처지가 되었으니, 네, 정말로 그런 것 같네요."

어머니가 대답하며 흐느끼자, 베시 고모님이 타일렀다.

"어이쿠! 그만 울어! 두 사람이 만나서 얼마나 잘 어울릴 수 있을지 모르겠지만, 최소한 너희는 잘 어울리는 한 쌍이 아니었어. 그래서 물어본 거야. 자네는 고아였어, 그지?"

"네."

"그리고 가정교사였지?"

"네, 코퍼필드 씨가 드나들던 댁에서 보모 겸 가정교사로 일했어요. 코퍼필드 씨는 저한테 굉장히 다정하게 행동하고 많은 관심을 보이다가 결국에는 청혼했답니다. 저는 청혼을 받아들이고요. 그래서 결혼했지요."

어머니가 담담하게 말하자, 베시 고모님은 눈살을 찡그리고 깊은 생각에 잠긴 채 벽난로 불길을 바라보며 물었다.

"아, 아! 불쌍한 것! 할 줄 아는 게 또 있나?"

"무슨 말씀인지요, 고모님?"

어머니가 힘들게 되묻자, 베시 고모님이 풀어 말했다.

"가령, 집안 살림을 꾸리는 일 말이야."

"제대로 못 하는 것 같아요. 제가 원하는 만큼은 아니에요. 하지만 남편이 가르쳐주어서……"

"데이비드가 그런 건 잘했지!"

베시 고모님이 불쑥 끼어들고, 어머니는 계속 말했다.

"저는 열심히 배우고 남편은 성실하게 가르쳐주어서 많이 좋아질 줄 알았는데 남편이 저세상으로 떠나는 불행한 사태가 일어나……"

여기서 어머니가 말을 못 잇자, 베시 고모님은 "저런, 저런!" 하며 탄식하고, 어머니는 "저는 가계부를 규칙적으로 작성해서 매일 밤 남편하고 검토했답니다" 하고 말하다가 슬픔이 북받쳐서 다시 울음을 터트리며 무너졌다.

"저런, 저런! 제발 그만 울어."

"그런데 가계부 때문에 의견이 충돌한 적은 한 번도 없었답니다, 남편이 문제 삼은 건 제가 숫자 3과 5를 너무 비슷하게 쓰고 숫자 7과 9를 쓸 때 끝을 비튼다는 게 전부였으니까요."

어머니가 말하다 또다시 울음을 터트리며 무너지자, 베시 고모님이 말했다.

"그러다간 병날 수도 있는데, 그러면 자네는 물론이고 배 안에 있는 여자애한테도 나빠. 그만해! 당장 그치라고!"

이 말은 어머니를 진정시키는 데 상당한 효과가 있었지만, 그보다는 몸에서 찌뿌드드한 느낌이 늘어난 게 더 커다란 영향을 미쳤다. 그래서 침묵이 감도는 가운데 베시 고모님은 여전히 두 발을 벽난로 울타리에 댄 채 띄엄띄엄 "아, 아!" 하며 한탄했다. 그러다가 불쑥 물었다.

"내가 알기로 데이비드는 연금에 가입했어. 그래서 자네가 도움받는 부분이 있나?"

"남편이 사려 깊고 다정하게도 연금 일부를 제 앞으로 넘겨주었답니다."

어머니가 몹시 어렵게 대답하자, 베시 고모님은 다시 물었다.

"얼마나 되나?"

"매년 금화 백다섯 냥이요."

"그나마 다행이군, 훨씬 나쁠 수도 있었는데."

훨씬 나쁠 수도 있었다는 말은 당시 상황에 똑 들어맞는 말이었다. 어머니 몸 상태가 너무 안 좋은 나머지, 패거티 유모는 차 쟁반과 촛불을 들고 들어오다가 어머니가 아프단 사실을 단번에 알아차려 – 불빛만 충분히 밝았더라면 베시 고모님이 훨씬 빨리 알았겠지만 – 이 층으로 재빨리 옮기고, 위급한 상황에 심부름시킬 생각으로 어머니 몰래 집 안에 며칠째 숨겨둔 조카 햄 패거티에게 의사와 산파를 곧바로 모셔오라고 지시했다.

의사와 산파는 몇 분 간격으로 도착하더니, 낯선 부인이 벽난로 앞에 엄숙하게 앉아서 보닛 모자를 왼팔에 묶고 보석을 감싸는 솜으로 양쪽 귀를 틀어막은 모습에 깜짝 놀랐다. 패거티는 고모님에 대해서 아는 게 없고 어머니는 고모님에 대해서 아무 말도 없으니, 베시 고모님은 거실에 있는 모든 사람에게 완벽한 수수께끼 인물로 주머니에 솜이 가득하고 그 솜으로 양쪽 귀까지 틀어막았지만 당당한 자세는 조금도 흐트러지지 않았다.

의사는 이 층에 올라갔다가 내려오더니 누군지 모를 부인과 함께 앉아 얼굴을 오랫동안 마주 보아야 할 가능성이 크다고 확신했는지, 사교적으로 예의 바르게 행동했다. 덩치는 조그맣고 성격은 유난히 온순하고 상냥한 의사였다. 실내를 드나들 때도 얌전하게 움직이려고 옆으로 살금살금 걸었다. 햄릿에 나오는 유령처럼 조용한 걸음에 속도는 훨씬 느렸다. 머리를 한쪽으로 기울인 모습은 자신을 겸손하게 낮추는 표시 같기도 하고 언제든 사과할 준비를 하는 것 같기도 했다. 누구에게 싫은 소리 한 적이 한 번도 없는 사람이었다. 아니, 싫은 소리 자체를 할 수 없는 사람이었다. 물론, 사람이다 보니 어쩌다가 싫은 소리를 꺼낼 순 있겠지만 제대로 끝내진 못할 게 분명했다. 말하는 자체가 걷는 속도만큼이나 느린 데다 온갖 격식까지 차리려고 드니, 무슨 말이 더 필요하겠는가.

칠립 의사 선생님은 머리를 한쪽으로 기울인 상태로 베시 고모님을 다정하게 바라보며 고개를 살짝 숙여서 인사하고 자기 왼쪽 귀를 살짝 건드려서 솜을 넌지시 가리키며 물었다.

"부인, 귀가 아프신가요?"

"뭐요?"

고모님이 되물으며 한쪽 귀에 넣은 솜을 코르크 마개처럼 뽑아냈다.

나중에 어머니에게 말한 바에 의하면, 칠립 의사 선생님은 너무나 갑작스러운 반응에 그대로 나자빠지지 않은 게 다행일 정도로 깜짝 놀랐다. 그런데도 다정한 어투로 다시 물었다.

"부인, 귀가 아프신가요?"

"허튼소리!"

고모님이 퉁명스럽게 대답하고 솜으로 다시 틀어막았다.

이러고 보니 칠립 의사 선생님이 할 수 있는 건 고모님이 가만히 앉아서 불길만 바라보는 모습을 물끄러미 쳐다보다 전갈을 듣고 이 층으로 다시 올라가는 일밖에 없었다. 그래서 약 십오 분 동안 자리를 비우다 돌아오자, 고모님은 칠립 의사 선생님하고 가까운 귀에서 솜을 빼내며 물었다.

"어때요?"

"네, 부인, 점차 좋아집니다, 부인."

"흥!"

고모님은 완벽하게 경멸하는 감탄사를 내뱉더니, 솜으로 귀를 다시 틀어막았다.

어머니에게 말한 바에 의하면, 칠립 의사 선생님은 정말로, 정말로 엄청난 충격을 받았다. 전문가 관점에서 볼 때 완벽한 쇼크 상태였다. 그런데도 불길만 바라보는 고모님을 거의 두 시간 동안이나 가만히 앉아서 쳐다보다 전갈을 듣고 이 층으로 다시 올라갔다. 그래서 자리를 비우다가 다시 나타나자, 고모님은 칠립 의사 선생님하고 가까운 귀에서 솜을 다시 빼내며 물었다.

"어때요?"

"네, 부인, 점차 좋아집니다, 부인."

"흥!"

고모님이 내뱉었다. 감정이 가득 담긴 어투에 칠립 의사 선생님은 더는 견딜 수 없었다. 나중에 말한 바에 의하면, 고모님이 그런 건 자기 기분을 망치려는 게 분명했다. 그래서 바람이 매섭고 깜깜하긴 해도 밖으로 나가 계단에 앉아서 기다리다가 호출을 받고 이 층으로 올라갔다.

햄 패거티는 교회에 꼬박꼬박 나가고 교리문답도 척척 해내는 믿음 직스러운 사내아이인데, 다음 날 보고한 바에 의하면, 이런 일이 있고 한 시간이 지난 다음에 거실을 살그머니 들여다보다 초조한 상태로 이리저리 거닐던 베시 고모님에게 들켜서 제대로 도망도 못 치고 붙잡혔다. 바로 그 순간에 위층에서 발소리와 말소리가 간헐적으로 일어나는데 솜으로 귀를 틀어막아도 소용이 없는지, 소리가 최고조로 치닫는 순간에 베시 고모님 역시 극도로 흥분하며 애꿎은 햄 패거티를 꼭 움켜잡고 화풀이로 삼았다. 아편을 너무 많이 먹기라도 한 것처럼 햄 패거티 목덜미를 움켜잡은 채 이리저리 끌어당기다, 위층에서 소리가 커질 때마다 사정없이 흔들어대고 머리카락을 움켜잡고 셔츠를 잡아당기고 자기 귀로 착각한 채 상대편 귀를 솜으로 틀어막는 등, 다양한 방법으로 들들 볶으며 괴롭혔다. 햄 패거티가 풀려난 직후, 열두 시 삼십 분에 패거티 유모는 조카 몰골을 보고서 이런 사실을 확인하곤, 조카 얼굴이 이제 막 태어난 나만큼이나 새빨갛게 달아올랐다고 단언했다.

온순한 칠립 의사 선생님은 그래도 고모님에게 악의를 품을 수 없었다. 그래서 시간이 나자마자 거실로 조심스레 들어와서 매우 공손한 자세로 말했다.

"축하합니다, 부인."

"무슨 축하?"

고모님이 날카롭게 반문하고, 칠립 의사 선생님은 험상궂은 태도에 또다시 흔들렸다. 그래서 상대를 조금이라도 진정시킬 요량으로 고개를 살짝 숙여서 인사하며 미소를 지어 보였다. 하지만 고모님은 초조하게 소리칠 뿐이었다.

"도대체 무슨 축하를 한다는 거요? 이렇게 답답한 사람이 있나! 말을 제대로 못 하겠소?"

"안심하세요, 부인. 이제 불안한 상황은 끝났습니다. 그러니, 안심하세요."

칠립 의사 선생님이 최대한 다정한 어투로 말하자, 서론은 집어치우고 본론을 말하라며 당장에라도 상대방 멱살을 쥐고 흔들어댈 것 같던 고모님이 가만히 쳐다보며 고개만 가로저어 칠립 의사 선생님은 한층 더 공포에 질렸다. 그래서 용기를 억지로 끌어모으면서 다시 말했다.

"저어, 부인, 정말 축하합니다. 이제 다 끝났습니다, 부인, 아주 잘 끝났어요."

칠립 의사 선생님이 오 분 동안 이렇게 열심히 떠들어대는 사이에 고모님은 눈을 가늘게 뜨고 쳐다보다가 한쪽 팔에 보닛 모자를 묶은 그대로 두 팔을 팔짱 끼며 물었다.

"여자애는 어때요?"

"네, 부인, 금방 완쾌할 겁니다. 집안 사정이 우울하긴 해도 산모가 젊으니까 금방 회복할 거예요. 지금 당장 산모를 만나시는 것도 괜찮습니다, 부인. 그러면 산모한테도 좋을 거예요."

"그럼 여자애는. 여자애는 어때요?"

고모님이 매서운 어투로 묻자, 칠립 의사 선생님은 머리를 한쪽으로 더욱더 기울이며 사랑스러운 새처럼 쳐다보고, 고모님은 다시 물었다.

"갓난아기. 여자애는 어때요?"

"부인. 알고 계시는 줄 알았는데요. 사내아이입니다."

고모님은 이 말을 듣는 순간 입을 꾹 다물고 보닛 모자 밧줄을 새총처럼 잡아당겨서 칠립 의사 선생님 머리를 겨냥하더니, 자기 머리에 비스듬히 눌러쓴 채 밖으로 나가서 두 번 다시 돌아오지 않았다. 잔뜩 화난 요정처럼, 혹은 주변 사람들이 내 눈에 보일 거로 생각한 유령이나 망령처럼 사라져, 두 번 다시 안 나타난 것이다.

그렇다. 나는 요람에 눕고 어머니는 침대에 눕고 베시 트롯우드 코퍼필드는 다양한 꿈과 어둠만 가득한 영토에, 내가 조금 전까지 머물던 거대한 영역에 그대로 머물고, 우리 방 창문에서 흘러나온 불빛은 세상에 태어나지 않은 다양한 여행자를, 그리고 내가 세상에 태어나도록 한 아버지 무덤을 비추었다.

CHAPTER 2. 내가 관찰하다

하얀 공백으로 가득한 유아기를 되돌아보면 내가 최초로 또렷하게 느낀 대상은 어머니와 패거티 유모로, 어머니는 머리칼이 아름답고 젊은데 패거티 유모는 볼품이 없고 두 눈은 너무 까만 나머지 주변 얼굴까지 까맣게 보일 정도고 두 뺨과 두 팔은 너무 딱딱하고 빨간 나머지 새가 사과로 착각하고 쪼아 먹는 건 아닐까 걱정스러울 정도였다.

두 사람은 바로 옆에서 허리를 숙이거나 무릎을 꿇어 난쟁이처럼 보이고, 나는 한 사람에게서 다른 사람에게로 아장아장 기어가던 기억이 난다. 그럴 때마다 패거티 유모는 집게손가락을 내밀어서 내가 잡도록 하는데, 바느질을 많이 해서 집게손가락이 휴대용 강판처럼 딱딱하고 거칠었다.

쓸데없는 환상일 수도 있지만, 나는 우리 인간이 현실적으로 느끼는 이상으로 머나먼 과거까지 기억한다고 생각한다. 그리고 어린 아기 가운데 상당수는 관찰력이 놀라울 정도로 치밀하고 정확하다고 믿는다. 실제로, 관찰력이 탁월한 어른 가운데 상당수는 커가면서 그런 능력을 습득한 게 아니라 어릴 적 능력을 잃지 않은 것 같기도 하다. 대체로 볼 때 성격이 활달하고 다정하고 쾌활한 사람은 어릴 때부터 그런 것처럼 말이다.

괜한 얘기를 꺼내서 '정처 없이 떠도는' 것 같아 걱정스럽지만, 내가 이런 결론에 도달한 건 나 자신이 구체적으로 경험했기 때문이란 사실만큼은, 그리고 이번 이야기를 펼쳐나가는 동안 내가 어릴 때 관찰력이 특히 좋은 것처럼 보이거나 어린 시절에 대한 기억이 특히 좋은 것처럼 보인다면 그건 위에서 말한 두 가지 특성 때문이란 사실만큼은 분명히 밝히고 싶다.

앞에서 말한 것처럼 하얀 공백으로 가득한 유아기를 돌아보면 무엇보다 또렷하게 떠오르는 대상은 어머니와 패거티 유모다. 그리고 또 뭐가 기억날까? 기억을 더듬어보자.

몽롱한 기억 속에서 우리 집이 나오는데, 새로운 느낌은 전혀 없고 초창기 느낌만 익숙하게 떠오른다. 일 층에는 패거티 유모가 일하는 주방이 있고 그 문을 열면 뒷마당이 나오고 뒷마당 한가운데에 장대가 있고 거기에 비둘기 집이 달렸는데 비둘기는 한 마리도 없다. 뒷마당 한쪽 구석에는 커다란 개집이 있는데 마찬가지로 개는 없고, 내 눈에 끔찍할 정도로 커다랗게 보이는 닭이 사납고 무섭게 돌아다닌다. 수탉 한 마리가 기둥에 올라서 울어대는데, 내가 주방 창문으로 내다볼 때마다 유독 나만 쳐다보는 것 같아 나는 무서워서 벌벌 떤다. 그래서 옆문으로 가면 마당에서 거위들이 목을 기다랗게 빼며 뒤뚱뒤뚱 쫓아오고 나는 밤마다 꿈을 꾼다, 맹수에게 포위당한 사내가 꿈에서도 사자 무리에 시달리듯.

패거티 유모가 일하는 주방에서 앞문까지 기다란 복도가 있는데,

그게 나에겐 얼마나 기다랗게 보이던지! 앞문을 열고 나가면 깜깜한 창고가 있는데, 밤이면 급히 뛰어서 지나치곤 했다. 불빛은 희미하고 사람은 없으며, 문에서 퀴퀴한 냄새와 함께 비누 냄새, 절인 오이 냄새, 후추 냄새, 양초 냄새, 커피 냄새 같은 게 한꺼번에 뒤섞여서 흘러나와, 다양한 물통과 단지와 낡은 차 상자 사이에서 괴물이라도 튀어나올 것 같았기 때문이다.

여기를 지나면 거실 두 개가 나온다. 하나는 어머니와 나와 패거티 유모가 (패거티 유모는 한 식구와 마찬가지니, 손님이 없고 할 일도 모두 마친 다음에) 초저녁 시간을 보내는 거실이고, 또 하나는 일요일에 사용하는 제일 좋은 거실로 화려하지만 편안하진 않다. 여기에 있으면 왠지 쓸쓸하다. 패거티 유모에게 - 언젠지 모르지만 오래된 건 분명한데 - 아버지 장례식에 대한, 그리고 까만 의상을 걸치고 모여든 조문객에 관한 얘기를 들었기 때문이다. 한번은 일요일 밤에 거기에서 어머니가 패거티 유모와 나를 앉혀놓고 나자로가 죽었다가 되살아난 성서 내용을 읽어주었다. 그래서 내가 겁에 질려 잠을 못 이루자, 어머니는 나를 침대에서 일으켜 세워 침실 창문 바깥으로 보이는 교회 공동묘지는 아주 조용하고 죽은 이는 각자 무덤에 누워서 엄숙한 달빛을 받으며 편히 쉰다는 사실을 보여주어야 했다.

공동묘지에서 자라는 풀은 내가 아는 한 다른 어떤 풀보다 새파랗고 그 나무는 어떤 나무보다 울창하며 그 비석은 무엇보다 고요하다. 이른 아침에 어머니 침실 벽장 조그만 침대에서 깨어나 무릎을 꿇고 창밖을 내다보면 양 떼가 풀을 뜯는데, 그러면 나는 해시계 주변을 밝히는 빨간 빛을 쳐다보며 속으로 생각한다.

'해시계는 시간을 다시 알려주는 걸 좋아할까?'

지금 우리는 교회에서 늘 앉는 자리에 앉았다. 등받이가 정말 높다!

바로 옆이 창문이라서 밖을 내다보면 우리 집이 보여, 패거티 유모는 아침 미사를 보는 틈틈이 집을 살피며 행여나 도적놈이 드는 건 아닌지 혹은 불이 나는 건 아닌지 확인한다. 그러면서도 내가 의자에서 일어나기만 하면 한눈팔지 말고 성직자를 바라보라는 표정으로 쳐다보며 눈살을 찡그린다. 하지만 나 역시 성직자만 줄기차게 볼 순 없다. 성직자가 목에 하얀 띠를 안 둘러도 나는 성직자를 알아볼 수 있으니, 계속 물끄러미 쳐다보면 성직자가 이상하게 여기다 미사를 중단하고 나에게 그렇게 쳐다보는 까닭을 물어볼 것 같은데, 그러면 내가 뭐라고 대답한단 말인가?

하품하는 건 끔찍하니, 나로선 무엇이든 할 수밖에 없다. 어머니를 쳐다보면 어머니는 나를 못 본 척한다. 복도 건너편 사내아이를 쳐다보면 그 애는 나에게 인상을 쓴다. 그래서 열린 현관문으로 쏟아지는 햇살을 쳐다보면 길 잃은 양 한 마리가 - 죄인이 아니라 진짜 양이 - 교회로 들어올까 말까 망설인다. 양을 계속 쳐다보노라면 결국엔 내가 커다랗게 소리 지르고 말 것 같은데, 그러면 또 어떻게 되겠는가! 그래서 벽에 걸린 기념명판을 올려다보며 우리 교구에서 살다가 돌아가신 보저스 선생님을 생각하려고, 그래서 오랫동안 앓던 병이 악화하여 의사도 더는 손쓸 수 없을 때 보저스 부인은 어떤 기분이었을까 생각하려고 애쓴다.

보저스 부인이 칠립 의사 선생님을 불렀을까, 그런데도 마찬가지였을까, 그렇다면 칠립 의사 선생님은 일주일에 한 번씩 교회에 올 때마다 어떤 기분이 들까 곰곰이 생각하기도 한다. 그리곤 목도리가 정말 멋있는 칠립 선생님에게서 설교단 쪽으로 눈길을 돌리면, 그곳을 성으로 삼아서 다른 아이가 계단을 오르며 공격할 때 장식 술이 달린 벨벳 방석을 상대편 머리로 던지면서 놀면 정말 재미있겠다는 생각이 든다.

그러다 보면 두 눈은 조금씩 감기고 후덥지근한 분위기에서 성직자가 부르는 자장가를 듣는 것 같은데 실제로는 하나도 안 듣다가 마침내 바닥으로 쿵! 떨어지면 패거티 유모는 죽은 사람처럼 축 늘어진 나를 안고 밖으로 나간다.

이번에는 우리 집 외관을 쳐다보는데, 방마다 격자창을 활짝 열어서 향긋한 공기를 빨아들이고, 앞마당 느릅나무에는 까마귀 둥지가 누더기처럼 매달려서 대롱거린다. 텅 빈 비둘기 집과 개집이 있는 마당을 지나 뒷마당 정원에 들어서면 나비는 훨훨 날고 담장은 높고 대문엔 맹꽁이자물쇠가 있고, 나무마다 주렁주렁 달린 과실은 다른 곳에 맺힌 과실보다 탐스럽고, 그래서 어머니가 과실을 따서 바구니에 담는 동안 나는 딸기 몇 알을 몰래 따서 입에 넣고 시치미를 뚝 뗀다. 그러다가 거센 바람이 일면 여름은 순식간에 지나간다. 그러면 우리는 겨울철 저물녘에 거실에서 황혼빛을 받아 이리저리 춤추며 논다. 그러다가 어머니는 숨차서 팔걸이의자에 앉고, 나는 어머니가 화려한 곱슬머리를 손가락으로 돌돌 말거나 허리를 쭉 펴는 모습을 바라본다. 어머니는 당신이 건강하게 보이는 걸 좋아할 뿐 아니라 얼굴이 아름답게 보이는 것 역시 자랑스러워한다는 생각이 든다.

이런 게 내가 아주 어릴 때 받은 느낌이다. 우리 모자는 패거티 유모를 약간 겁내고 그래서 어떤 일이든 패거티 유모가 하자는 대로 따른 것 같다는 느낌도 당시에 받은 인상 가운데 하나다.

어느 날 밤에는 거실 벽난로 앞에 패거티 유모와 단둘이 있었다. 나는 악어에 관한 책을 읽어주었다. 그런데 내가 훨씬 또렷하게 읽든가 패거티 유모가 훨씬 깊은 관심을 보이든가 해야 했다. 내가 다 읽으니, 패거티 유모는 일종의 채소에 관한 이야기로 막연하게 받아들인 기억이 나기 때문이다. 나는 책 읽는 것도 힘들고 졸려서 죽겠는데도, 어머

니가 이웃집에 놀러 가면서 자신이 귀가할 때까지 안 자고 놀아도 좋다고 허락했으니, 이렇게 좋은 기회를 포기하고 잠자리에 들 바엔 차라리 그 자리에서 죽는 편을 택할 각오였다. 그런데도 너무 졸린 나머지 패거티 유모가 점차 부풀어 오르며 커다랗게 보이는 단계에 도달했다. 그래서 양쪽 집게손가락으로 양쪽 눈꺼풀을 밀어 올린 채 패거티 유모가 조용히 앉아서 일하는 모습을, 조그만 양초토막을 실에 대고 문질러서 여기저기 파인 양초가 주름이라도 진 것처럼 보이는 모습을, 긴 자를 넣어두는 초가집처럼 생긴 상자를, 뚜껑을 밀어서 여는 바느질함과 뚜껑에 그려 넣은 성 바울 대성당 분홍색 지붕을, 손가락에 낀 황동 골무를, 아름답게 보이는 패거티 유모를 끈질기게 쳐다보았다. 너무 졸린 나머지 잠시라도 시선을 떼면 바로 곯아떨어질 것 같았다.

"패거티 유모, 결혼한 적 있어?"

내가 갑자기 묻자, 패거티 유모가 되물었다.

"맙소사, 데이비 도련님, 갑자기 왜 그런 생각을 하세요?"

패거티 유모는 깜짝 놀라며 되물어서 내가 잠이 확 달아나게 하더니, 실이 허용하는 만큼 바늘을 쭉 잡아당긴 모습 그대로 움직임을 멈추고 나를 쳐다보았다.

"결혼한 적 있어, 패거티 유모? 유모는 아주 예쁘잖아."

패거티 유모는 우리 어머니 같은 미인은 아니더라도 색다르게 아름다운 완벽한 사례 같았다. 우리 집 제일 좋은 거실에는 벨벳으로 만들어서 어머니가 꽃다발을 그려 넣은 빨간 발판이 있다. 그런데 발판 색깔이 내 눈에는 패거티 유모 피부색과 완전히 똑같았다. 부드러운 발판과 달리 유모 피부는 거칠어도 특별히 문제 될 건 없었다.

"내가 예쁘다니요, 데이비 도련님. 맙소사, 아니에요! 갑자기 왜 결혼 생각을 떠올렸나요?"

"나도 몰라! 한꺼번에 두 사람하고 결혼하면 안 되는 거지, 그치, 패거티 유모?"

내가 묻기 무섭게 패거티 유모가 대답했다.

"물론이지요."

"하지만 한 사람이랑 결혼했는데 그 사람이 죽으면, 그러면 다른 사람이랑 결혼해도 되는 거지, 그치, 패거티 유모?"

"그럼요, 원한다면. 그건 마음먹기에 달린 거예요."

"그렇다면 패거티 유모는 어떤 마음이야?"

나는 이렇게 묻고 호기심 가득한 표정으로 쳐다보았다. 패거티 유모가 호기심 가득한 표정으로 나를 쳐다보았기 때문이다. 그러더니 나에게서 시선을 거두고 잠시 생각하다 하던 일을 다시 하며 대답했다.

"내 마음은 지금까지 결혼한 적이 한 번도 없으며, 데이비 도련님, 앞으로도 그럴 거라는 거예요. 이게 그 문제에 대해서 내가 아는 전부예요."

"화난 건 아니지, 패거티 유모, 그치?"

내가 물었다. 잠시 가만히 앉아서 침묵한 다음이었다.

나는 패거티 유모가 퉁명스럽게 대답한 걸 보고 정말 화났다고 생각했지만 그건 완전히 착각이었다. 자신이 신을 양말을 손질하다 옆에 내려놓고 두 팔을 활짝 벌려서 내 곱슬머리를 안더니, 꽉 힘주어 껴안았기 때문이다. 나를 정말로 꼭 껴안은 게 분명하다. 패거티 유모는 꽤 통통한 편이라서 옷을 입은 상태로 힘을 조금이라도 주면 가운데 등에서 단추가 튀어 나가는데, 이번에도 단추 두 개가 거실 맞은편으로 튀어 나간 기억이 나기 때문이다.

"악이 얘기를 더 들려주세요, 절반도 못 들었으니까요."

패거티 유모가 말했다. 악어라는 명칭조차 제대로 모른 거다.

나는 패거티 유모가 그렇게 이상한 표정으로 혹은 그렇게 성급하게 악어 얘기로 돌아가려고 한 까닭을 조금도 이해할 수 없다. 하지만 우리는 악어 얘기로 돌아가고, 나는 잠이 확 달아나고, 그래서 악어 알을 모래에 내려놓아 따듯한 햇빛을 받고서 부화하도록 만든 다음, 악어에게서 황급히 벗어나 방향을 이리저리 바꾸는 식으로 공격을 피하며 도망쳤다, 악어는 몸이 커서 방향을 재빨리 바꿀 수 없기 때문이다. 그러다가 원주민처럼 악어를 쫓아 물속으로 들어가서 날카롭게 깎은 나무를 목구멍 깊숙이 찔러 넣었다. 한마디로 우리가 악어를 확실하게 공격한 것이다. 최소한 나는 그랬다. 하지만 패거티 유모도 그랬는지는 의심스럽다. 시종일관 깊은 생각에 잠긴 채 바늘로 자기 얼굴과 두 팔을 이리저리 찔러댔기 때문이다.

아프리카악어 이야기가 지겨워서 신대륙 악어 이야기로 바꾸는 순간에 대문 초인종이 울렸다. 밖으로 나가니, 어머니는 평소보다 유난히 아름답고 바로 옆에는 까만 머리칼과 구레나룻이 예쁜 신사가 있는데, 지난 일요일에 우리를 교회에서 집까지 바래다준 신사였다.

어머니는 문턱에서 허리를 숙여 나를 품에 안으며 키스하고 신사는 내가 군주보다 더한 특권을 누린다는 식으로 말하는데, 그 말뜻을 이해한 건 훨씬 나중이었다.

"그게 무슨 뜻인가요?"

내가 어머니 어깨너머로 묻자, 신사는 내 머리를 쓰다듬는데, 나는 그 사람 자체가 싫은 데다 굵고 나지막한 목소리도 싫고 그 손이 나를 쓰다듬다 우리 어머니 손이랑 닿을 것 같아서 불안했다. 그러다가 실제로 닿는 순간에 나는 온 힘을 다해서 그 손을 밀쳐냈다.

"아, 데이비!"

어머니가 나무라고, 신사는 이렇게 말했다.

"귀여운 녀석! 엄마를 끔찍하게 아끼는군!"

나는 어머니 얼굴에서 그렇게 아름다운 홍조가 어리는 걸 생전 처음 보았다. 그러면서 무례하다고 점잖게 꾸짖더니, 나를 꼭 껴안고 돌아서서 집까지 바래다주어 정말 고맙다고 말하며 한 손을 내밀자, 신사는 그 손을 잡는 순간에 나를 흘끗 쳐다본 것 같다.

신사는 장갑 낀 어머니 조그만 손에 허리 숙여 키스하며 – 내가 똑똑히 보는 앞에서! – 나에게 말했다.

"얘야, 우리도 작별인사를 하자꾸나."

"안녕히 가세요!"

내가 말하자, 신사가 웃으며 대답했다.

"그래! 앞으로 너랑 나랑 세상에서 제일 좋은 친구가 되자꾸나! 그런 의미로 악수!"

나는 오른손으로 어머니 왼손을 잡은 터라 왼손을 내밀고, 그러자 신사가 웃으며 지적했다.

"맙소사, 손을 잘못 내밀었잖아, 데이비!"

어머니가 내 오른손을 앞으로 잡아당겼지만 나는 앞에서 말한 이유로 오른손을 안 내밀려고 애써서 결국 성공했다. 그리고 왼손을 다시 내밀자, 신사는 그 손을 잡고 열심히 흔들면서 정말 씩씩한 아이라고 칭찬한 다음에 떠났다.

대문이 닫히기 전에 그 사람이 정원에서 몸을 돌려 까맣고 불길한 눈으로 쳐다보던 마지막 모습이 지금 이 순간에도 또렷하게 떠오른다. 패거티 유모는 그동안 입을 꾹 다문 채 꼼짝도 안 하다가 대문을 재빨리 걸어 잠그고, 우리 모두 거실로 들어섰다. 어머니는 평소처럼 벽난로 앞 팔걸이의자로 가는 대신 맞은편 끝에 앉아서 콧노래를 흥얼거리고, 패거티 유모는 거실 한가운데서 한 손에 촛대를 들고 통나무처럼 뻣뻣하게 서서 이렇게 말했다.

"저녁 시간을 즐겁게 보냈길 바랍니다."

"패거티 유모 덕분이야. 정말 즐겁게 보냈어."

어머니가 기분 좋은 목소리로 대답하자, 패거티 유모가 넌지시 말했다.

"낯선 사람을 만나면 기분전환이 될 때가 있지요."

"그래, 정말 그런 것 같아."

어머니가 말했다.

패거티 유모는 거실 한가운데에 그대로 서 있고 어머니는 콧노래를 다시 흥얼거렸다. 나는 잠에 빠져들긴 해도 깊이 잠든 건 아니라서 목소리는 들리는데, 무슨 소리인지 알아들을 순 없었다. 이렇게 선잠을 자다가 깨어나니, 패거티 유모와 어머니 모두 눈물을 흘리며 대화하는 게 아닌가!

"코퍼필드 나리가 보셨다면 좋아하지 않으셨을 거예요. 분명해요, 장담할 수 있어요!"

패거티 유모가 말하자, 어머니가 한탄했다.

"맙소사! 나를 못 잡아먹어 안달이군! 나처럼 하녀한테 핍박받으며 불쌍하게 살아가는 여자애가 또 어디에 있을까! 내가 스스로 여자애라고 부르면서 나 자신을 학대하는 까닭은 또 뭘까? 내가 결혼한 적이 없기라도 한 거야, 패거티 유모?"

"마님이 결혼했다는 건 하느님도 잘 아시지요."

패거티 유모가 말하자, 어머니가 다그쳤다.

"그런데도 어떻게 그렇게 말할 수 있어? 나한테 그럴 마음이 없다는 걸 잘 알면서, 패거티 유모, 어떻게 그렇게 심한 말로 마음을 이렇게 아프게 만들 수 있어, 내가 여길 벗어나면 믿고 의지할 친구가 한 명도 없다는 사실을 잘 알면서?"

"그래서 안 된다고 말하는 거예요. 그래요! 그러면 절대 안 돼요. 그래요! 그건 정말 아무런 가치도 없으니까요!"

패거티 유모는 금방이라도 촛대를 내던질 것처럼 강하게 말하고, 어머니는 눈물을 펑펑 흘리면서 항변했다.

"정말로 심하게 말하는구나, 부당할 정도로! 예의에 어긋나는 일은 조금도 없었다고 내가 같은 말을 하고 또 하는데, 패거티 유모, 이미 모든 준비를 끝내기라도 한 것처럼 다그치고 또 다그치다니, 정말 잔인해! 당신은 존경심이란 말을 하는데, 내가 어떻게 해야 하지? 사람들이 자기네끼리 어이없는 감정에 빠져드는 게 내 잘못이야? 내가 어떻게 해야 하느냐고 묻잖아! 당신은 내가 머리를 밀고 얼굴을 까맣게 만들면, 뜨거운 물이나 불에 화상을 입어서 흉하게 변하면 좋겠어? 정말로 그래? 맞아, 당신은 내가 그렇게 되길 바라는구나, 패거티 유모. 내가 그렇게 되면 정말 좋아하겠어."

패거티 유모는 이렇게 비난하는 소리에 깊은 상처를 받은 것 같고, 어머니는 팔걸이의자로 다가와서 나를 껴안으며 울부짖었다.

"우리 사랑하는 아들, 소중한 아들 데이비! 세상 어떤 보물보다 소중한 아들한테 내가 애정을 안 쏟는다는 투로 말하다니!"

"그런 식으로 말한 사람은 여기에 아무도 없어요."

패거티 유모가 말하자, 어머니가 반박했다.

"당신이 그랬잖아, 패거티 유모! 그건 나도 알고 당신도 알아. 당신 말을 다른 식으로 어떻게 해석하겠어. 정말 잔인해, 지난여름에 녹색 양산이 낡아서 가장자리가 너덜너덜한데도 아들을 위하는 마음에 새

것으로 바꾸지 않은 걸 당신도 나만큼이나 잘 알면서 말이야. 그건 당신도 잘 알잖아, 패거티 유모. 그건 당신도 부정할 수 없잖아."

그러더니 어머니는 애정이 가득한 얼굴을 돌려서 당신 뺨으로 내 뺨을 비비며 다시 말했다.

"내가 나쁜 엄마니, 데이비? 내가 역겹고 잔인하고 이기적이고 나쁜 엄마니? 그렇다고 말하렴, 우리 아들. '그렇다'고 말해, 우리 아들. 그러면 패거티 유모가 너를 좋아할 거야, 패거티 유모는 나보다 너를 훨씬 더 사랑하니까, 데이비. 나는 너를 조금도 사랑하지 않고, 그렇지?"

이 말에 우리 모두 울음을 터트렸다. 우리 모두 진심으로 심각하게 울었는데 그중에서도 내가 제일 커다랗게 운 것 같다. 나는 가슴이 찢어지는 것 같았다. 마음이 너무나 아픈 나머지 안타깝게도 패거티 유모에게 "짐승"이라고 소리친 것 같다. 정직한 패거티 유모는 너무나 깊은 고통에 휩싸이고, 그래서 단추가 모두 떨어져 나간 게 분명하다. 어머니와 화해한 다음, 내가 앉은 팔걸이의자 옆에 무릎을 꿇고 앉아서 나와 화해하는 사이에도 단추가 연달아 튀어나갔기 때문이다.

우리는 모두 녹초가 되어서 잠자리에 들었다. 하지만 나는 계속 흐느끼느라 오랫동안 잠을 이룰 수 없었다. 한번은 아주 커다랗게 울다가 침대에서 일어나 앉으니, 어머니가 담요에 앉아서 나를 껴안고, 나는 그 품에 안겨서 깊은 잠에 빠져들었다.

그 신사를 다시 본 게 다음 일요일인지 아니면 상당한 시간이 지난 다음인지는 기억이 안 난다. 날짜도 또렷하지 않다. 하지만 교회에 가니까 그 사람이 있고, 미사가 끝난 뒤에는 우리를 집까지 바래다주었다. 그러더니 거실 창문에서 아름답게 자라는 장미를 구경하겠다며 안으로 들어오기조차 했다. 내가 보기에 그 사람은 장미에 별다른 관심이 없는 것 같은데도 떠나기 전에 우리 어머니에게 장미꽃 한 송이만 달라고 요청했다. 어머니는 마음대로 고르라고 대답했으나, 그 사람이 – 나로선 그 까닭을 도저히 알 수 없는데 – 그러는 걸 거부해, 어머니가 한 송이를 대신 꺾어서 건네주었다. 그러자 그 사람은 장미를 영원히, 정말 영원히 간직하겠다 말하고, 나는 하루 이틀이면 시들어버린다는 사실조차 모르는 걸 보면 바보가 분명하다고 생각했다.

패거티 유모는 초저녁에 우리랑 지내는 시간이 줄어들기 시작했다. 내가 보기에 어머니가 평소와 달리 패거티 유모를 멀리하는 것 같았다. 우리 세 사람은 여전히 좋은 친구긴 해도 예전과 많이 다르고, 함께 있는 시간 역시 예전처럼 편하지 않았다. 나는 어머니가 옷장에서 예쁜 옷을 꺼내 입는 것도, 이웃집에 자주 놀러 가는 것도 패거티 유모가 반대한다는 느낌을 받았는데, 왜 그러는지 이해할 순 없었다.

내가 까만 구레나룻 신사를 만나는 횟수는 조금씩 늘어났다. 처음에 그런 것처럼 나는 그 사람이 마음에 안 드는 데다 불쾌한 느낌도 마찬가진데, 어린애 특유의 본능적인 반감 때문이기도 하고 주변에서 누가 도와주지 않아도 나와 패거티 유모는 어머니와 충분히 잘 살 수 있다는 일반적인 생각 때문이기도 했다. 하지만 내가 나이를 훨씬 많이 먹은 다음에 비로소 이해한 이유로 꺼린 건 절대 아니었다. 그런 생각은 아예 떠오르지도 않았다. 주변에서 일어나는 일을 단편적으로 관찰할 순 있지만, 모든 상황을 하나로 묶어서 의미를 파악하는 건 내 능력 밖이었다.

어느 가을날 아침에 내가 어머니랑 앞마당 정원에 있는데 이 신사가 – 머드스톤[5]이라는 신사가 – 말을 타고 나타났다. 그리곤 고삐를 당겨

---

5) 머드스톤(Murdstone)이란 이름에는 돌처럼 냉혹한 마음으로(stone) 사람을 죽인다(Murder)는 의미가 담겨있다.

서 말이 우리 어머니에게 인사하도록 만들더니, 지금 자신은 친구 요트가 있는 로우스토프트[6]로 가는데, 내가 함께 가길 원한다면 기꺼이 자신 앞에 태워서 데려갔다 오겠다고 제안했다.

날씨는 쾌청하고 말도 제자리에서 콧김을 내뿜으며 앞발로 대문 차는 모습을 보면 달리는 걸 무척 좋아하는 것 같아서 나는 가고 싶은 마음이 부쩍 늘었다. 그래서 패거티 유모와 함께 이 층 내 방으로 올라가서 옷을 갈아입고, 그러는 사이에 머드스톤 아저씨는 말에서 내려 말고삐를 팔에 얹은 채 들장미 울타리 바깥쪽을 천천히 오르내리고 우리 어머니는 들장미 울타리 안쪽에서 보조를 맞추며 천천히 오르내렸다. 나는 패거티 유모와 함께 내 방 조그만 창문에서 그 모습을 내려다보는데, 두 사람은 들장미를 세밀하게 관찰하려는 듯 바싹 달라붙고 패거티 유모는 천사처럼 착하게 행동하다가 순간적으로 화내며 내 머리칼을 엉뚱한 방향으로 마구 빗어넘기던 기억이 난다.

나는 머드스톤 아저씨와 함께 곧바로 출발해, 도로를 따라 파란 풀밭을 스치며 달렸다. 머드스톤 아저씨는 나를 앞에 앉히고 한쪽 팔로 편하게 붙잡아, 나는 평소만큼 불안하진 않아도 태연하게 앉아있을 수도 없어, 가끔 고개를 돌려 상대편 얼굴을 쳐다보았다. 그런데 그 사람은 까만 눈이 너무 얄팍한 나머지 – 깊이가 하나도 없는 것처럼 보이는 눈을 더 좋은 말로 표현할 방법이 없는 게 아쉬운데 – 멍한 표정을 지을 때는 순간적으로 독특한 빛이 흘러들며 흉측하게 일그러지는 것 같았다. 나는 그런 얼굴을 나름대로 감탄하는 마음으로 몇 차례 쳐다보며 관찰했다. 도대체 무슨 생각을 그리도 열심히 하는지 궁금할 정도였다. 머리칼과 구레나룻은 평소에 느낀 이상으로 까맣고 무성했다. 얼굴 하단은 네모진 데다 면도를 열심히 한 덕분에 점점이

---

6) 항구와 해수욕장이 있는 유명한 바닷가다.

박힌 수염뿌리가 새까맣게 보였다. 반년 전에 우리 마을에 돌아다닌 밀랍인형과 비슷했다. 눈썹은 고르고 얼굴은 하얀색과 까만색과 갈색이 풍성하게 어우러진 게 – 얼굴을, 기억을, 떠올리는 자체로 마음이 흔들리는구나! – 마음에 안 들긴 해도 꽤 잘생긴 편이란 생각이 들었다. 가련한 어머니도 이 사람을 그렇게 생각한 게 분명하다.

바닷가 호텔로 들어가자 객실에서 신사 두 명이 시가를 태웠다. 각자 의자를 최소한 네 개씩 기다랗게 이어붙이고 거기에 누웠는데, 둘 다 올이 굵고 커다란 저고리 차림이었다. 한쪽 구석에는 선원용 망토와 상의와 깃발이 쌓여서 뒤엉켰다.

우리가 안으로 들어서자 두 사람은 게으른 자세로 몸을 굴려서 일어나며 말했다.

"어서 오시게, 머드스톤! 우리는 자네가 죽은 줄 알았네!"

"아직은 안 죽었네."

머드스톤 아저씨가 대답하자, 신사 한 명이 나를 잡으며 물었다.

"애송이는 누군가?"

"데이비라고 하네."

"데이비 누구? 존스?"[7]

"코퍼필드."

"맙소사! 매혹적인 코퍼필드 부인의 거추장스러운 아이 말인가? 아름답고 귀여운 과부의?"

한 신사가 말하자, 머드스톤 아저씨가 경고했다.

"퀴니언, 가능하다면 말을 조심하시게. 날카로운 사람이 있으니."

"그게 누군데?"

신사가 다시 물으며 웃고 나 역시 궁금해서 주변을 재빨리 둘러보는

---

7) 데이비 존스는 바다의 악령이다.

데, 머드스톤 아저씨가 대답했다.

"셰필드에 있는 개울[8]이라네."

나는 "셰필드에 있는 개울"이란 말을 듣고 마음이 놓였다. 처음에는 내가 분명하다고 생각했기 때문이다.

그런데 셰필드에 있는 개울 아저씨는 아주 재미있는 사람으로 유명한 것 같았다. 대답을 듣는 순간에 두 신사가 폭소를 터트리고 머드스톤 아저씨 역시 좋아했기 때문이다. 그래서 모두 오랫동안 웃더니, 퀴니언이라는 신사가 물었다.

"그렇다면 셰필드에 있는 개울은 자네가 추진하는 사업을 어떻게 생각하는가?"

"당장은 개울이 제대로 이해를 못 하는 것 같은데, 좋아하는 쪽은 대체로 아니네."

머드스톤 아저씨가 대답하자 또다시 폭소가 일고, 퀴니언은 종을 울려서 백포도주를 주문해 개울을 위해 축배를 들어야겠다고 말했다. 그러더니 포도주가 도착하자, 나에게도 포도주를 조금 따라주고 비스킷까지 주더니 내가 그걸 마시기도 전에 벌떡 일어나며 선언했다.

"셰필드에 있는 개울이 혼란스럽길 바라며!"

그러자 환호성과 함께 폭소가 터져 나와서 나 역시 따라 웃었다. 그러자 사람들이 또 웃었다. 한마디로, 우리 모두에게 매우 즐거운 시간이었다.

그런 다음에 우리는 절벽 주변을 산책하고 잔디에 앉고 망원경으로 주변을 구경하다가 - 망원경을 눈에 대도 나는 아무것도 안 보였으나 보이는 척하다가 - 호텔로 돌아가서 이른 저녁 식사를 들었다. 우리가

---

8) 셰필드(Sheffield)는 영국 중부 공업지대로 강철제품을 주로 생산한다. '셰필드에 있는 개울'이란 개울물에 쇳가루가 녹아들어서 날카롭다는 뜻으로, 데이비를 의미한다.

밖에서 산책하는 동안에도 두 신사는 담배를 끊임없이 태우는데, 커다란 저고리에서 나는 냄새로 판단하자면 두 사람은 양복점에서 저고리를 가져온 날부터 지금까지 담배를 끊임없이 태운 게 분명하다. 우리가 요트에 올라탄 것도 잊을 수 없는데, 세 사람은 선실로 내려가서 서류 작업에 열중했다. 열어놓은 채광창으로 들여다보니, 열심히 일하는 세 사람이 보였다. 그러는 동안 세 사람은 나를 꽤 친절한 사람에게 맡겼는데, 머리통이 크고 머리칼은 빨갛고 거기에 쓴 모자는 지나치게 조그만 채 번들거리고, 줄무늬 셔츠 같기도 하고 조끼 같기도 한 옷을 입었는데 가슴팍에 '종달새'라는 글씨가 커다랗게 적혔다. 나는 그게 그 사람 이름이라고, 배에서 사니까 명패를 붙일 대문이 없어서 가슴팍에 붙인 거라고 생각했다. 그래서 내가 '종달새 아저씨'라고 부르자, 그 사람은 그건 배 이름이라고 대답했다.

내가 온종일 관찰한 바에 의하면 머드스톤 아저씨는 두 신사보다 엄숙하고 착실했다. 두 신사는 매우 가볍고 경솔했다. 자기네끼리는 우스갯소리를 허물없이 주고받으면서도 머드스톤 아저씨하고는 아니었다. 내가 보기에 머드스톤 아저씨는 훨씬 똑똑하고 냉정하며, 그래서 두 신사 역시 나와 비슷한 느낌으로 바라보는 것 같았다. 퀴니언 아저씨가 무슨 말을 하면서 행여나 상대가 불쾌하게 여기진 않는지 확인하려고 곁눈으로 힐끔거리는 모습을 나는 최소한 한 번 이상 보았으며, 한번은 다른 신사 패스니지 아저씨가 너무 들뜬 것 같자 그 발을 밟고 은밀한 눈으로 쳐다보며 경고하고, 머드스톤 아저씨는 입을 꾹 다문 채 근엄한 표정으로 가만히 쳐다보기도 했다. 사실, 머드스톤 아저씨는 그날 한 번도 안 웃었다. 셰필드 농담을 할 때가 유일한 예외인데, 하지만 그건 자신이 한 농담이었다.

우리는 초저녁에 집으로 돌아왔다. 날씨가 정말 좋아, 어머니는 나를 안으로 보내서 간식을 먹게 하고 그 사람과 함께 들장미 울타리 옆을 다시 산책했다. 그 사람이 떠난 다음에는 하루 동안 사람들이 무슨 말을 하고 어떻게 행동했는지 묻기도 했다. 그래서 사람들이 어머니에 대해서 한 말을 그대로 전하자, 어머니는 웃으면서 그렇게 말도 안 되는 소리를 하다니 사람들이 정말 뻔뻔하다고 하는데, 내가 보기엔 매우 좋아하는 게 분명했다. 지금 생각해도 확실하고 당시 생각에도 확실했다. 나는 기회를 틈타다 '셰필드에 있는 개울'이란 사람을 아느냐 물었지만, 어머니는 모른다고, 나이프와 포크를 만드는 사람 같다고 대답할 뿐이었다.

지금 이 순간에도 어머니 얼굴은 인파가 붐비는 거리에서 단번에 찾을 정도로 또렷이 떠오르는데 - 물론, 내가 기억하는 얼굴과 다를 수도 있고 희미하게 변할 수도 있겠지만 - 내가 어머니를 잊었다고 말할 수 있을까? 어머니 입김이 지금도 그날 밤처럼 뺨을 스치는데 내가 소녀처럼 아름답고 순수한 어머니를 잊었다고, 어머니가 사라져서 더는 존재하지 않는다고 말할 수 있을까? 머릿속 기억에 어머니가 이렇게 생생한데, 누구보다 젊고 사랑스러운 모습이 이렇게 또렷하고 확실한데, 과연 나는 어머니가 변했다고 말할 수 있을까?

지금 나는 그날 밤 이야기를 마치고 잠자리에 들 때 어머니가 다가와서 잘 자라고 말하던 모습을 여기에 적는다. 어머니는 침대 옆에서 장난스럽게 무릎을 꿇고 두 손에 턱을 괸 채 웃으며 물었다.

"그 사람들이 뭐라고 했지, 데이비? 한 번만 더 말해줘, 믿을 수가 없으니까."

"매혹적인……"

내가 말하자, 어머니는 웃으면서 두 손으로 내 입술을 틀어막았다.

"매혹적이란 말은 절대 아니야. 매혹적이라고 말할 순 없어, 데이비.

그렇게 말하지 않은 게 분명해!"

"정말로 그렇게 말했어요. '매혹적인 코퍼필드 부인.' 그리고 '아름답다'는 말도."

내가 단호하게 말하자, 어머니는 손으로 내 입술을 다시 막으면서 반박했다.

"아니야, 아니야, 예쁘단 말은 절대 아니야. 분명히 아닐 거야."

"맞아요. '아름답고 귀여운 과부'라고 했어요."

"정말 멍청하고 뻔뻔한 사람들이군! 사람들이 굉장히 엉뚱해! 그렇지 않니?"

어머니가 두 손으로 얼굴을 가리며 웃다가 나를 불렀다.

"사랑하는 데이비……"

"네, 엄마."

"패거티 유모한테는 말하지 말렴. 그 사람들한테 화낼 테니 말이야. 엄마도 그 말을 들으니까 끔찍하게 화나. 그러니 패거티 유모는 모르는 게 좋을 거야."

물론 나는 약속했다. 그리고 어머니와 키스하고 또 키스하다가 깊은 잠에 빠져들었다.

오랜 시간이 지난 지금 생각하면 패거티 유모가 신나고 놀라운 제안을 꺼낸 건 바로 다음 날 같지만, 실제로는 두 달이 지난 다음일 가능성이 크다. 어느 날 초저녁에 어머니는 평소처럼 외출하고 우리 역시 평소처럼 양말과 기다란 자와 양초토막 그리고 뚜껑에 성 바울 대성당을 그린 바느질함과 악어 책을 옆에 낀 채 의자에 앉았는데, 패거티 유모가 힐끔힐끔 쳐다보며 무슨 말을 하려는 듯 입을 열다가 다물더니, 하품하는 모양이라고 내가 생각하는 참에 불쑥 제안한 것이다.

"데이비 도련님, 나랑 야머스에 있는 우리 오빠네 집에 가서 2주간 지내면 어떨까요? 그럼 정말 재미있지 않겠어요?"

"유모네 오빠는 좋은 사람이야, 패거티 유모?"

내가 애매한 어투로 묻자, 패거티 유모는 두 손을 번쩍 치켜들며 소리쳤다.

"당연히 좋은 사람이죠! 거기다 바다도 있고 조그만 배도 있고 커다란 배도 있고 어부도 있고 해안도 있고 함께 놀아줄 앰도 있고……."

앰이란 1장에서 언급한 조카 햄을 말하는데, 패거티 유모는 'Ham'을 영문법에 자주 등장하는 'Am'으로 부른다.

패거티 유모가 줄줄이 말하는 동안 나는 잔뜩 흥분하며 정말 재미있겠다고, 하지만 어머니가 허락할지 모르겠다고 대답했다. 그러자 패거티 유모는 나를 빤히 쳐다보며 말했다.

"분명히 허락하실 거예요. 도련님만 좋다면 어머니가 집으로 돌아오는 즉시 물어볼게요. 그러면 알겠지요!"

"하지만 우리가 멀리 떠나면 어머니 혼자 어떻게 하지? 어머니 혼자 어떻게 살아!"

내가 말했다. 그리곤 함께 논의할 생각으로 탁자에 조그만 팔꿈치를 모두 올려놓았다. 하지만 패거티 유모는 갑자기 양말 뒤꿈치만 열심히 쳐다보는데, 거기에 조그만 구멍이라도 있어 당장 수선할지 말지 고민하는 표정이고, 나는 다시 물었다.

"내가 묻잖아, 패거티 유모! 어머니 혼자 어떻게 사느냐고."

그러자 패거티 유모가 나를 다시 쳐다보며 대답했다.

"아, 도련님! 아직 모르세요? 어머니는 그레이퍼 부인 댁에 2주간 머무실 예정이에요. 그레이퍼 부인이 여러 사람을 초대한대요."

아! 그렇다면 충분히 떠날 수 있다. 그래서 그레이퍼 부인 댁에 놀러 간 어머니가 집으로 돌아오면 이렇게 훌륭한 계획을 정말 허락하실까

확인하고 싶은 마음으로 초조하게 기다렸다. 그런데 어머니는 예상과 달리 조금도 놀라지 않고 가볍게 허락하더니, 필요한 조치를 그날 밤에 모두 처리하고 내가 그 집에 머무는 동안 숙식비를 지급하겠다는 말까지 했다.

우리가 출발하는 날은 순식간에 찾아왔다. 날짜가 너무 촉박한 나머지, 어서 떠나고 싶은 마음에 들떠서 행여나 지진이나 화산 폭발이 일어나는 건 아닌지, 자연계에 엄청난 이변이 일어나는 건 아닌지, 그래서 여행을 포기하는 건 아닌지 걱정하던 나조차 그날은 너무 갑작스레 찾아왔다. 이제 하루만 지나면 우리는 아침 식사를 한 다음에 짐마차를 타고 출발할 예정이었다. 아, 옷을 그대로 입고 모자와 신발까지 신은 채 하룻밤을 꼬박 보낼 수 있다면 아무리 소중한 물건이라도 내줄 것 같은 심정이었다.

지금은 이런 말을 가볍게 꺼내지만, 행복한 집과 이별하는 순간을 그렇게 기대했다고 생각하면, 영원히 이별한다는 의심을 조금도 못했다고 생각하면 아직도 마음이 쓰리다.

그나마 다행스러운 건 짐마차가 우리 집 대문에 도착하고 거기에서 어머니가 키스할 때 나는 한 번도 떠난 적 없는 집과 어머니에 대한 애착이 몰려들면서 울음을 터트리고 말았다는 사실이다. 어머니도 함께 울었다는 사실, 그리고 어머니 심장이 내 심장에 다가오는 느낌도 정말 좋았다는 사실이다.

마차가 움직이자 어머니가 대문 밖으로 뛰어나와서 멈추라고 소리치고 나에게 다시 키스하는 느낌도 정말 좋았다. 고개를 들어서 나를 쳐다보는 어머니 얼굴에 진지하고 순수한 사랑이 어린 것도, 그렇게 키스한 것도 정말 좋았다.

어머니를 뒤에 남기고 마차가 떠나는 순간, 머드스톤 아저씨가 다가와서 어머니를 달래는 것처럼 보였다. 나는 마차 덮개 옆으로 돌아보면서 그 사람이 나타난 까닭은 무얼까 곰곰이 생각했다. 패거티 유모 역시 다른 쪽 마차 덮개 옆으로 돌아보다 앞으로 되돌리는데, 얼굴에 불만만 가득한 것 같았다.

　나는 가만히 앉아서 패거티 유모를 오랫동안 쳐다보며, 동화에 나오는 아이처럼 지금 나를 내다 버리는 거라면 패거티 유모 등에서 떨어진 단추를 더듬으며 집으로 돌아가면 되겠다는 상상에 빠져들었다.

CHAPTER 3. 나에게 변화가 생기다

마차 끄는 말은 세상에서 가장 게으른 말로, 머리를 푹 숙이고 발을 질질 끄는 모습을 보면 사람들이 목을 기다랗게 뺀 채 화물이 도착하기만 기다리는 걸 좋아하는 것 같았다. 이런 생각을 말이 낄낄대며 비웃는 소리까지 실제로 들은 것 같은데, 마부는 기침한 것에 불과하다고 대답했다. 마부 역시 자기 말처럼 고개를 푹 숙이고 두 손을 양쪽 무릎에 하나씩 올려놓은 채 상체를 숙이고 잠자면서 말을 몰았다. 내가 '말을 몬다'고 했는데 사실은 마부가 없어도 마차는 야머스를 제대로 찾아갈 거란 생각이 들었다. 말이 혼자 알아서 걸어갈 뿐, 마부가 지시하는 거라곤 휘파람을 부는 것밖에 없기 때문이다.

패거티 유모는 음식 바구니를 무릎에 올려놨는데 이렇게 느린 마차로 런던까지 가더라도 충분히 먹을 정도로 양이 많았다. 우리는 실컷 먹고 실컷 잤다. 패거티 유모는 바구니를 절대로 안 내려놓고 손잡이에 턱을 올려놓은 채 잠자는데, 그럴 때마다 코를 심하게 골아대는 소리를 듣고서 나는 여자도 심하게 코 골 수 있다는 사실을 깨달았다.

우리는 좁은 길을 수없이 들어가고 나왔으며 많은 시간을 들여서 여인숙에 침대를 배달하는 등 여러 곳을 들르느라 나는 완전히 녹초가 된 나머지, 마침내 나타난 야머스를 보고서 무척이나 기뻤다. 물에 흠뻑 젖은 스펀지처럼 보인다고 생각하면서 강 너머로 드넓은 황무지를 둘러보는 순간, 지리책에 나온 대로 세상이 정말 둥글다면 저기는 어떻게 저리도 편편할 수 있는지 궁금했다. 야머스는 당연히 높은 지대에 있을 거란 생각도 들었다.

하지만 조금 더 가까이 다가가서 모든 지역이 길게 뻗어 나가다 하늘과 맞닿는다는 사실을 확인하고, 나지막한 둔덕이라도 있으면 훨씬 좋을 거라는, 바다가 조금 멀리 떨어져서 마을과 바닷물이 더운물에 적신 토스트처럼 뒤섞이지 않으면 훨씬 좋을 거라는 식으로 말했다. 그러자 패거티 유모는 인간은 주어진 환경을 받아들여야 한다고, 그리고 자신은 '야머스 훈제청어'[9]라고 불리는 게 자랑스럽다고 대답하는데, 평소보다 훨씬 강한 어조였다.

이상하게 보이는 거리로 들어서자 생선 냄새, 타르 냄새, 뱃밥 냄새, 역청 냄새가 나고 뱃사람이 여기저기 걸어 다니고 마차는 판석 도로를 덜거덕대며 지나다니는 걸 보니, 이렇게 붐비는 거리를 내가 엉뚱하게 평가했다는 생각이 들어서 그렇게 말하자, 패거티 유모는 내가 좋아한다는 소리로 이해하고 만족스러운 표정을 떠올리면서 야머스는 세상에서 제일 좋은 곳으로 유명하다고 말하는데, 지금 생각하면 '야머스 훈제청어'로 태어나는 행운을 누린 사람에겐 정말 그런 것 같다.

"저기에 우리 햄이 있네요! 몰라보게 컸어요!"

패거티 유모가 소리쳤다. 실제로 햄은 선술집에서 우리를 기다리다 아주 잘 아는 사람처럼 나에게 잘 지내느냐고 물었다. 나는 모르는데

---

9) 야머스 출신을 칭하는 별명이다.

햄은 나를 잘 안다는 사실이 처음에는 이상했다. 내가 태어난 이후로 햄은 우리 집에 온 적이 한 번도 없으니 이건 너무나 당연한 결과였다. 하지만 집까지 가면서 햄이 나를 등에 업어준 덕분에 친밀도는 급속히 올라갔다. 햄은 키가 180cm에 달하는 튼튼한 사내로 살은 단단하고 어깨도 쩍 벌어졌지만, 얼굴은 바보처럼 웃는 소년 같고 곱슬머리는 숱이 적어서 양처럼 순하게 보였다. 상의는 돛을 만드는 천으로 만들고 바지는 뻣뻣한 게 다리에 안 끼워도 혼자 설 것 같았다. 그리고 모자를 썼다기보다는 낡은 건물 꼭대기에 까만 물질을 타르처럼 뒤집어씌운 것 같았다.

햄은 나를 등에 업고 우리가 가져온 조그만 상자 하나를 옆구리에 끼운 상태로 그리고 패거티 유모는 우리가 가져온 조그만 상자 하나를 든 상태로 나무토막과 조그만 모래언덕이 여기저기 널린 오솔길로 접어들어, 가스 공장과 밧줄 공장과 조그만 배를 만드는 야적장과 커다란 배를 만드는 야적장과 배를 부수는 야적장과 장비를 조립하는 야적장과 대장간 용광로 같은 너저분한 야적장을 지났다. 그러다가 아까 멀리서 바라본 편편한 황무지로 들어서는 순간에 햄이 불쑥 말했다.

"저기가 우리 집이네요, 데이비 도련님!"

나는 사방을 둘러보았다. 황무지 너머를 바라보고 바다를 바라보고 강을 바라보아도 집을 발견할 순 없었다. 거룻배 같기도 하고 너무 낡아서 안 쓰는 것 같기도 한 까만 배 한 척이 마른 땅에 올라와, 쇠로 만든 원통이 그 위로 굴뚝처럼 삐져나와서 연기를 평화롭게 내뿜긴 하지만 집 같은 건 하나도 안 보였다. 그래서 물었다.

"설마 저건 아니겠지? 배처럼 보이는 거?"

"저거예요, 데이비 도련님."

햄이 대답했다.

커다란 새가 낳은 알 등 모든 게 있는 알라딘 궁전이라고 해도 배에서 산다는 낭만적인 느낌만큼 매혹적으로 다가올 순 없었을 것 같다. 한쪽 옆을 잘라내서 재미있는 문도 만들고 지붕도 있고 조그만 창문도 여럿이지만 무엇보다 매혹적인 건 물에서 수백 번은 떠다녔을 진짜 배라는 사실, 원래는 마른 땅에 올려놓고 사람이 살도록 만든 게 아니라는 사실이었다. 이런 점이 마음을 사로잡았다. 애초에 사람이 살도록 만들었다면 비좁고 불편하다는 생각이 들겠지만 그런 용도로 만든 게 아니므로 흠잡을 데 없이 완벽한 집으로 변신한 것이다.

내부는 아름답고 깨끗하며 정리정돈도 잘한 상태였다. 식탁이 있고 괘종시계가 있고 옷장도 있으며, 옷장 꼭대기에는 쟁반이 있고 거기에는 숙녀가 양산을 든 채 걸어가고 옆에서는 아이가 전투적인 표정으로 굴렁쇠를 굴리는 그림이 있었다. 성경책으로 괘서 쟁반이 굴러떨어지는 걸 막았는데, 쟁반이 굴러떨어진다면 성경책 주변에 쌓아놓은 컵과 접시와 찻주전자가 모두 박살날 게 분명했다.

사방 벽에는 유리로 덮은 액자를 걸고 액자마다 성서를 주제로 색채를 넣은 평범한 그림이 들었는데, 지금까지 그런 그림은[10] 행상이 들고 다니는 것 말고 패거티 유모네 오빠 집에서 본 게 유일하다. 특히 눈에 띈 건 빨간 옷을 입은 아브라함이 파란 옷을 입은 이삭을 제물로 바치는 그림과 노란 옷을 입은 예언자 다니엘을 녹색 사자 우리로 던지는 그림이었다.

조그만 벽난로 선반 위에는 동북부 항만도시 선덜랜드에서 건조한 범선 '사라 제인 호' 그림이 있는데 진짜 나무로 뱃고물을 조그맣게 만들어 붙여, 그림과 목공예를 결합한 놀라운 모습이 내 눈에는 세상에 존재하는 가장 훌륭한 작품으로 보였다. 천장 대들보에는 고리를 여러

10) 독일에서 만든 값싼 석판화를 말하는데, 가난한 집이 많이 걸었다.

개 걸었는데 당시에는 어디에 쓰는 건지 몰랐다. 그리고 함과 궤짝 같은 생필품이 여기저기 널려서 의자 역할을 대신했다.

이런 광경을 나는 – 내 지론에 따르면 어린애 특유의 눈으로 – 문턱을 넘자마자 한눈에 파악하고, 패거티 유모는 조그만 방문을 열어서 내가 사용할 침실을 보여주었다. 뱃고물에 만든 가장 완벽하고 멋들어진 침실로, 조그만 창문이 하나 있는데 원래는 방향타를 연결하던 구멍이고, 조그만 거울은 내 키에 딱 맞는 높이로 벽에다 박은 못에 걸어서 고정한 다음 굴 껍데기로 테두리를 씌우고, 조그만 침대는 내가 누우면 딱 맞는 크기고, 탁자는 빨간 머그잔에 해초 다발을 꽂아서 장식했다. 벽은 우유처럼 새하얗게 칠하고 조각 천으로 만든 이불은 휘황찬란해서 눈이 부셨다.

이렇게 멋진 집에서 내가 특별히 주목한 건 비린내였다. 비린내가 구석구석 스며든 나머지 내가 코를 닦으려고 주머니에서 손수건을 꺼내니, 거기서도 조금 전까지 갯가재라도 싼 것 같은 냄새가 났다. 이런 사실을 은밀하게 말하자, 패거티 유모는 오빠가 갯가재와 왕새우를 취급한다 알려주고, 나중에는 헛간에 늘비한 커다란 단지와 통에서 이런 생물이 한가득 담겨 서로 단단히 물고 물리며 뒤엉킨 놀라운 광경을 내 눈으로 직접 확인했다.

하얀 앞치마를 두른 여인이 우리를 친절하게 맞이했는데, 내가 햄 등에 업힌 채 약 400m 거리에 접근한 순간부터 문 앞에서 굽실댈 정도였다. 내가 보기에 정말 아름다운 여자애도 파란 구슬 목걸이를 한 차림으로 우리를 반기더니, 내가 키스로 인사하는 걸 거부한 채 바로 도망가서 숨었다. 그런 다음에는 삶은 가자미와 녹인 버터와 감자 그리고 나에게만 주는 고기로 저녁 식사를 하는데, 정말 선량한 얼굴에 털이 부숭부숭한 사내가 집으로 들어왔다. 패거티 유모를 "꼬마"라고 부르면서 뺨에 짝 소리 나도록 뽀뽀하고 패거티 유모 역시 똑같이 행동하는 걸 보고서 나는 패거티 유모 오빠가 분명하다 생각하고, 실제로도 그랬다. 패거티 유모가 이 집 주인 패거티 오빠라고 나에게 곧바로 소개했기 때문이다. 그러자 패거티 아저씨는 이렇게 말했다.

"만나서 반가워요, 도련님. 우리가 겉은 거칠어도 속은 누구보다 다정하답니다."

나는 고맙다고, 집이 정말 멋져서 행복한 시간을 보낼 게 분명하다고 대답했다. 그러자 패거티 아저씨가 물었다.

"어머니는 어떠세요, 도련님? 편안하시지요?"

나는 패거티 아저씨에게 어머니는 더할 나위 없이 편안하시다고, 어머니가 안부를 전하라 했다고 대답했는데, 뒷말은 듣기 좋으라고 한 말이다.

"어머니께 정말 고맙네요. 저어, 도련님, 여기서 우리 누이와······"

패거티 아저씨가 자기 여동생에게 고갯짓하며 계속 말했다.

"햄과 꼬마 에밀리와 앞으로 보름 동안 잘 지내면 우리 모두 영광으로 여기겠어요."

집주인으로서 이렇게 환대하며 말하더니, 패거티 아저씨는 "진흙은 찬물로 안 씻긴다"면서 뜨거운 물이 가득한 솥을 들고 몸을 씻으러 밖으로 나갔다. 그러더니 금방 돌아오는데, 깨끗하게 변하긴 해도 빨갛게 달아오른 얼굴을 보니, 나로선 그 얼굴이 가재나 게나 왕새우와 비슷하단 생각을 안 할 수 없었다. 원래는 까맣다가 뜨거운 물을 끼얹으면 빨갛게 변하니 말이다.

현관문을 닫은 채 차와 간식을 먹으니, 바깥은 깜깜한 데다 안개까지 껴서 추워도 실내는 정말 아늑한 게, 인간이 상상할 수 있는 가장 훌륭한 은신처 같았다. 바다에서는 바람 소리가 일고 주변에 황량한

모래톱은 안개가 뒤덮는데 나는 벽난로 앞에서 따뜻한 불길을 쬔다는 생각이, 주변에 집이라곤 여기밖에 없다는 생각이, 그런데 이 집은 배라는 생각이 마법처럼 황홀하게 다가왔다.

꼬마 에밀리도 수줍은 느낌을 이겨내더니, 제일 나지막하고 작아서 우리 둘이 앉으면 굴뚝 모서리에 딱 들어맞는 궤짝으로 다가와 내 옆에 나란히 앉았다. 패거티 아저씨 부인은 벽난로 맞은편에서 하얀 앞치마 차림으로 뜨개질에 열중했다. 패거티 유모는 집에서 그런 것처럼 성 바울 대성당과 양초토막을 들고 바느질에 열중하는데, 이렇게 편안한 집은 어디에도 없다는 표정이었다. 햄은 처음에 카드게임을 가르쳐주다가 카드로 점치는 방법을 떠올리려고 애쓰느라 비린내 나는 엄지손가락 자국을 묻히며 더러운 카드를 뒤집었다. 패거티 아저씨는 파이프 담배를 태웠다. 은밀한 대화를 나누기에 적당한 때 같았다. 그래서 불쑥 물었다.

"패거티 아저씨!"

"네, 도련님."

"노아의 방주 같은 곳에서 살기 때문에 아들 이름을 햄이라고 지었나요?"

내가 묻자, 패거티 아저씨는 깊이 생각하는 것 같다가 이렇게 대답했다.

"아니에요, 도련님. 나는 저 아이한테 이름을 지어주지 않았답니다."

그래서 나는 패거티 아저씨에게 교리문답 두 번째 문제를 재빨리 물었다.

"그럼 누가 이름을 지었나요?"

"저 아이 아버지겠지요!"

"저는 아저씨가 친아버진 줄 알았어요!"

"우리 조 형님이 저 아이 아버지랍니다."

나는 잠시 침묵하다 다시 물었다.

"돌아가셨나요?"

"물에 빠져 죽었답니다."

햄을 낳은 아버지가 다른 사람이란 사실에 너무나 놀란 나머지, 내가 다른 사람에 대한 관계도 오해했을 수 있겠다는 의혹이 들기 시작했다. 나는 확인하고 싶은 마음에 패거티 아저씨에게 자세히 들어야 하겠다고 작정했다. 그래서 에밀리를 힐끗 쳐다보며 물었다.

"꼬마 에밀리는 아저씨 친딸이지요, 그죠, 아저씨?"

"아니에요, 도련님. 우리 매형 톰이 저 아이 아버지랍니다."

나는 입을 다물 수 없었다. 그래서 잠시 침묵하다가 또 물었다.

"돌아가셨나요, 패거티 아저씨?"

"물에 빠져 죽었답니다."

나는 더 물어볼 용기를 잃었다. 하지만 아직 내용을 충분히 파악한 게 아니니, 내친걸음에 계속 물었다.

"아저씨는 아이가 한 명도 없나요?"

"네, 도련님. 나는 총각이랍니다."

패거티 아저씨가 짧게 웃으며 대답하는 말에 나는 또 깜짝 놀랐다.

"총각이요! 그렇다면 저분은요, 패거티 아저씨?"

내가 물으며 앞치마를 두르고 뜨개질에 열중하는 여인을 가리키자, 패거티 아저씨가 대답했다.

"저 사람은 거미지 부인이랍니다."

"거미지 부인이요, 패거티 아저씨?"

하지만 바로 이 순간, 나와 특별한 관계에 있는 패거티 유모가 더는 묻지 말라는 신호를 또렷하게 보내, 나는 가만히 앉아서 입을 꾹 다문 채 그 집 식구를 쳐다보고, 얼마 후에는 잠자리에 들 시간이 찾아왔다. 그러자 나 혼자 머무는 조그만 선실에서 패거티 유모가 햄과 에밀리는 부모를 잃은 조카라고, 이 집 주인은 두 아이가 어려서 각자 부모를 잃자 양자와 양녀로 삼았다고, 거미지 부인은 배에서 함께 일하던 동업자가 몹시 가난하게 살다가 세상을 떠나면서 남긴 미망인이라고 설명했다. 이 집 주인은 몹시 가난하지만 더할 나위 없이 착실하고 믿음직하다는 칭찬도 덧붙였다. 그런데 이런 이야기는 이 집 주인이 유일하게 욕설을 퍼붓거나 격렬하게 화내는 주제라고, 행여나 이렇게 자비로운 행위를 누구든 조금이라도 언급하면 오른손으로 식탁을 쾅! 내려치고 (그래서 한 번은 식탁이 반으로 쪼개지기도 하고) 어서 닥치고 영원히 안 꺼진다면, 그런 말을 한 번만 더 한다면 '바보천치 당할 거'라는 끔찍한 저주를 퍼붓는다는 것이다. 그래서 내가 물었는데, '바보천치 당할 거'라는 끔찍한 피동형 동사의 어원에 대해 아는 사람은 하나도 없지만 모두 아주 지독한 저주로 여기는 것 같았다.

나는 이 집 주인이 선량하단 사실을 충분히 깨달았다. 그래서 여자들은 내 침실 맞은편에 있는 비슷한 선실로 들어가고 이 집 주인과 햄은 내가 아까 목격한 천장 대들보 고리에다 그물침대 두 개를 걸고, 나는 흐뭇한 기분으로 가만히 엿듣는데, 졸려서 기분이 한층 더 묘했다. 졸음이 몰려드는 가운데 바다에서 울부짖는 바람 소리를 듣다 보니, 한밤중에 거대한 파도가 일어서 모래톱을 집어삼킬 수 있겠다는 두려움이 막연히 일었다. 하지만 지금 나는 배에 탔다는 생각과 함께 그런 일이 일어나도 패거티 아저씨 같은 사람과 한배를 탔으니 걱정할 것 없다는 생각도 떠올랐다.

그러나 아침은 아무 일 없이 찾아왔다. 굴 껍데기로 테두리를 두른 거울에 햇살이 비추자마자 나는 침실을 벗어나 꼬마 에밀리와 함께 해안으로 나가서 예쁜 돌을 주웠다. 그러다가 불쑥 물었다.

"너는 배를 잘 탈 거야, 그지?"

이런 걸 물을 생각은 없었는데 신사라면 여성에게 무슨 말이든 해야 한다는 생각이 든 데다, 햇빛을 반사하며 다가오던 돛이 에밀리 맑은 눈동자에 순간적으로 아름답게 어리는 순간에 불쑥 떠오른 것이다. 하지만 에밀리는 머리를 흔들며 대답했다.

"아니야. 나는 바다가 무서워."

그래서 나는 거대한 바다를 둘러보며 대담하게 말했다.

"무섭다니! 난 아니야!"

"아, 바다는 너무 잔인해. 나는 바다가 우리 식구한테 아주 잔인하게 구는 걸 보았어. 우리 집처럼 커다란 배를 갈기갈기 찢어발겨서 산산조 각내는 걸 보았다고."

"설마 그 배에……"

"우리 아버지가 탔다가 돌아가셨느냐고? 아니야. 그 배는 아니야. 그 배는 보지도 못했어."

"너희 아버지도?"

내가 묻자, 꼬마 에밀리는 고개를 끄덕이며 대답했다.

"그래, 기억조차 없어!"

우연한 일치가 대단했다! 그래서 나 역시 아버지 얼굴을 본 적이 없다고, 어머니와 단둘이 최대한 행복하게 산다고, 지금도 그렇고 앞으로도 그럴 거라고, 우리 아버지 무덤은 우리 집 근처 교회 공동묘지에 있는데 나무 그늘이 짙어서 날씨가 화창한 날 아침이면 그 밑으로 산책가서 새들이 노래하는 소리를 듣는다고 재빨리 설명했다. 하지만 에밀리가 고아로 된 것과 내 경우는 많이 다른 것 같았다. 에밀리는 어머니부터 잃고 아버지를 잃었으며, 아버지 무덤이 바다 깊숙한 곳

어딘가에 있다는 사실 말고 그 위치를 정확히 아는 사람 역시 하나도 없었다.

"게다가 너희 아버지는 신사고 너희 어머니는 귀부인이지만 우리 아버지는 어부고 우리 어머니는 어부 딸이고 우리 외삼촌 역시 어부야."

에밀리가 덧붙이며 예쁜 조개껍데기와 조약돌을 이리저리 찾았다.

"외삼촌은 패거티 아저씨를 말하는 거니?"

"그래, 저기에 사는 외삼촌."

에밀리가 말하며 배로 만든 집을 향해 고갯짓했다.

"그래, 그럴 줄 알았어. 내가 보기에 아주 좋은 사람 같아."

"좋은 사람? 나는 나중에 부잣집 사모님이 되어서 외삼촌한테 다이아몬드 단추를 단 새파란 윗도리와 중국 비단으로 만든 바지와 벨벳으로 만든 새빨간 조끼와 삼각모, 그리고 커다란 금시계와 은으로 만든 파이프와 돈궤를 선물할 거야."

에밀리가 하는 말에 나는 패거티 아저씨라면 그런 선물을 받을 자격이 충분하다고 대답했다. 하지만 어린 조카가 고마운 마음으로 선물한 의상을 패거티 아저씨가 걸친 모습은 상상할 수 없고 삼각모까지 쓴 모습은 더더욱 그렇다는 사실 역시 인정하지 않을 수 없는데, 겉으로 드러내진 않았다. 이런 품목을 열거하는 동안 꼬마 에밀리가 걸음을 멈추고 하늘을 올려다보는 표정이 영광스러운 장면이라도 바라보는 것 같았기 때문이다.

"너는 부잣집 사모님이 되고 싶니?"

내가 묻자, 에밀리가 물끄러미 쳐다보다가 웃으며 고개를 끄덕였다.

"응. 꼭 되고 싶어. 그럼 우리 가족도 지체 높은 사람이 되겠지. 나와 외삼촌, 햄 오빠, 거미지 아줌마. 그럼 우리는 태풍이 몰아쳐도 걱정 안 할 거야. 우리 가족만 그런다는 말이 아니야. 가난한 어부들도 그런다는 뜻이야. 태풍이 몰아쳐도 우리가 돈으로 도와줄 테니까."

내가 듣기에도 정말 장한 생각이니 완전히 실현 불가능할 것 같진 않았다. 그래서 매우 훌륭한 생각이라고 대답하니, 꼬마 에밀리는 수줍어하는 표정으로 대담하게 물었다.

"그런데 넌 바다가 두렵지 않은 것 같니?"

지금 이 순간이라면 거대한 파도가 무섭게 몰아칠 때 에밀리 가족이 물에 빠져 죽은 끔찍한 생각을 떠올리며 꽁지 빠지게 도망칠 게 분명하다. 그러나 당시에는 "두렵지 않다"고 대답했다. 그리고 "너도 아닌 것 같아, 말로는 두렵다고 하지만……" 하고 덧붙였다. 낡은 방파제 같기도 하고 나무로 만든 둑길 같기도 한 곳에 올라서 물가 쪽으로 너무 바싹 달라붙으며 걸어, 금방이라도 떨어질 것 같아서 조마조마했기 때문이다. 하지만 꼬마 에밀리는 이렇게 대답했다.

"이런 건 조금도 두렵지 않아. 하지만 바람이 심하게 부는 날에 자다가 깨면 외삼촌과 햄 오빠가 살려달라고 소리치는 것 같아서 몸이 덜덜 떨려. 그래서 부잣집 사모님이 되고 싶은 거야. 하지만 이 정도는 전혀 두렵지 않아. 손톱만큼도. 여길 봐!"

에밀리가 옆에서 나란히 걷다가 난간이 하나도 없이 깊은 바다 위로 울퉁불퉁 삐져나온 목재를 밟으며 갑자기 빠르게 달렸다. 이 모습이 머리에 너무도 생생하게 틀어박힌 나머지, 만일 내가 화가라면 그날 그 모습을, 꼬마 에밀리가 평생 잊을 수 없는 표정으로 먼바다를 바라보며 투신자살하려고 (내가 보기엔 그랬는데) 마구 달리는 모습을 지금 이 자리에서 생생하게 그릴 것 같다.

그렇게 날쌔고 대담하게 달려가던 조그만 물체가 방향을 바꿔서 무사히 돌아오니, 나는 두려움에 떨며 비명까지 지르다가 주변에 사람이 없어서 효과는 전혀 없었을 거란 생각을 떠올리며 피식 웃었다.

하지만 그날 이후로 어른이 된 다음에도 '인간에겐 눈에 안 보이는 다양한 가능성이 있으니, 그날 에밀리가 먼바다를 바라보며 갑작스럽게 행동한 까닭은 자비로운 마력이 순간적으로 죽음의 손실을, 죽은 아버지가 순간적으로 유혹의 손길을 내밀어서 그날 그 삶을 끝내려고 했기 때문이 아닐까?' 하는 생각이 종종 떠올랐다. 그날 이후로 '에밀리가 앞으로 살아갈 인생을 나에게 그대로 보여준 거라면, 어린아이가 충분히 이해할 정도로 확실히 보여준 거라면, 그리고 에밀리 생사가 나에게 달렸다면, 나는 손을 내밀어서 에밀리를 살려야 하는 게 아닐까?' 하는 생각도 여러 번 떠올랐다. 그날 이후로 '꼬마 에밀리가 그날 아침 내가 보는 앞에서 바다에 빠져 죽는 편이 훨씬 바람직하지 않았을까?' 하는 궁금증도 - 오래는 아니지만 - 여러 번 떠오르고, '차라리 그러는 편이 바람직했을 거'라는 대답도 여러 번 나왔다.

얘기가 너무 앞서 나갔다. 내가 너무 일찍 언급한 것 같다. 하지만 어차피 꺼냈으니, 그대로 두고 넘어가자.

우리는 오랫동안 산책하며 신기한 물건을 줍다가 파도에 떠밀린 불가사리가 있으면 바다로 조심스레 돌려보내고 - 이런 생물에 대해 아는 바가 적으니 불가사리가 고마워할지 정반대일지 조금도 모르고 - 패거티 아저씨네 집으로 발길을 돌렸다. 그러다가 갯가재를 보관하는 헛간 그늘에서 순진 난만하게 뽀뽀하고, 맑고 쾌활한 표정으로 아침식사를 하러 들어갔다.

"꼬마 매비쉬 두 마리 같군."

패거티 아저씨가 말했다. 나는 매비쉬가 개똥지빠귀를 나타내는 사투리라는 걸 아는 터라, 이 말을 칭찬으로 받아들였다.

당연히 나는 꼬마 에밀리를 사랑했다. 나중에 내가 빠져든 가장 숭고하고 고상하고 훌륭한 사랑 이상으로 순수하고 헌신적으로 진지하고 다정하게 사랑했다. 그래서 눈이 파란 꼬마 숙녀를 천사로 여기며 신성시한 게 분명하다. 어느 화창한 날에 에밀리가 조그만 날개를 펴고 하늘로 날아올라도 나는 당연하게 여길 것 같았다.

우리는 야머스에서 황량하고 적막한 모래톱을 몇 시간이고 정답게 산책했다. 하루하루를 신나게 놀았다. 시간을 다스리는 신이 아직은 어른이 아니고 어린애라서 언제나 재미있게 노는 느낌이었다. 나는 에밀리에게 정말 좋아한다고, 너 역시 나를 정말 좋아한다고 말하지 않으면 칼로 나 자신을 찔러서 자살하고 말겠다고 했다. 물론 에밀리는 나를 정말 좋아한다 말하고 나는 지금까지 그걸 조금도 의심하지 않는다.

신분 차이가 난다거나 어리다거나 우리 앞길에 어려움이 많다는 것에 대해서는 꼬마 에밀리도 나도 신경 쓰지 않았다. 우리는 미래에 대한 생각이 전혀 없었다. 나이가 줄어든다는 생각 자체가 없듯 나이를 먹는다는 생각 자체도 없었다. 거미지 부인과 패거티 유모도 초저녁에 우리가 조그만 전용 궤짝에 나란히 앉으면 "맙소사! 정말 귀엽군!" 하고 속삭이며 좋아했다. 패거티 아저씨는 파이프를 태우며 우리에게 미소를 머금고 햄은 초저녁 내내 빙그레 웃기만 했다. 우리 둘은 그들에게 예쁜 장난감이나 콜로세움 모형처럼 쳐다보기만 해도 즐거운 대상인 것 같았다.

나는 거미지 부인이 패거티 아저씨네 집에서 사는 걸 처음 생각처럼 항상 좋아할 순 없다는 사실을 곧바로 깨달았다. 거미지 부인은 성격이 예민한 편이라 좁은 집에서 다른 사람이 불편하게 여길 정도로 훌쩍거릴 때가 많았다. 나는 그런 거미지 부인이 안타까웠다. 하지만 거미지 부인은 혼자 쓰는 방이 있으니, 우울할 때마다 방에 들어가서 혼자 기분을 정리하면 훨씬 좋겠다는 생각도 여러 번 들었다.

패거티 아저씨는 '기꺼운 마음'이라는 선술집에 가끔 놀러 갔다. 내가 이런 사실을 깨달은 건, 그 집에 도착하고 이삼일 지난 저녁에 아저씨가 외출한 데다 거미지 부인은 여덟 시에서 아홉 시 사이에 괘종시계를 보면서 아저씨가 거기에 갔다고, 아침부터 거기에 갈 것 같았다고 말했기 때문이다. 거미지 부인은 심기가 온종일 불편하더니 벽난로에서 연기가 심하게 일어나자 갑자기 울음을 터트렸다. 이렇게 불편한 일이 벌어질 때마다 거미지 부인이 하는 말은 "나는 어디에도 기댈 데가 없는 외로운 존재야, 무엇이든 제대로 되는 일이 없어"다.

그러자 패거티 유모가 끼어들었다.

"연기는 금방 사라질 거예요. 게다가 우리 역시 당신만큼이나 연기가 싫고요."

"나는 훨씬 심하다고요."

거미지 부인이 반박했다. 날씨는 춥고 바람은 살을 에는 듯 매섭게 불어댔다. 내 눈에 거미지 부인이 주로 앉는 벽난로 모서리는 이 집에서 가장 따뜻하고 아늑하며 의자는 가장 편한 것처럼 보이는데, 그날은 하나같이 거미지 부인 마음에 안 드는 것 같았다. 그래서 날씨가 춥다고, 가끔 뒤에서 바람이 새어들 때마다 "소름이 돋는다"고 끊임없이 투덜댔다. 그러다가 마침내 눈물까지 흘리면서 "나는 어디에도 기댈 데가 없는 외로운 존재야, 무엇이든 제대로 되는 일이 없어"라고 한탄했다.

"날씨가 정말 추워요. 다른 사람도 추운 건 똑같다고요."

패거티 유모가 다시 말하자, 거미지 부인 역시 다시 반박했다.

"나는 다른 사람보다 추위를 훨씬 많이 탄다고요."

귀한 손님으로 우대받는 나 다음으로 거미지 부인이 음식을 받는 저녁 식사 때도 마찬가지였다. 생선은 작은 데다 뼈가 많고 감자는 약간 탄 것이다. 우리 역시 실망스러운 느낌을 받았지만, 거미지 부인은 누구보다 실망하더니 또다시 눈물을 흘리며 구슬픈 표정으로 으레 하는 신세타령을 되풀이했다.

패거티 아저씨가 집으로 돌아온 아홉 시쯤에 거미지 부인은 평소에 앉던 구석에서 초라하고 비참한 표정으로 뜨개질했다. 패거티 유모는 쾌활하게 바느질하고 햄은 방수 장화를 꿰매고 나는 꼬마 에밀리와 나란히 앉아서 사람들에게 책을 읽어주었다. 그러는 동안에도 거미지 부인은 절망한 듯 한숨만 내쉴 뿐 입을 꾹 다문 채 마실 차를 쳐다볼 때 외에는 고개조차 안 들었다.

"자, 다들 별일 없으신가?"

패거티 아저씨가 아는 척하면서 자리에 앉자 우리 모두 입을 열거나 쳐다보며 반기는데, 거미지 부인 혼자만 뜨개질에 열중하며 고개를 절레절레 흔들었다. 그러자 패거티 아저씨가 두 손으로 손뼉을 치며 물었다.

"무슨 일인가요? 기운 내세요, 아주머니!"

하지만 거미지 부인은 기운 낼 기분이 아닌 것 같았다. 까만색 낡은 비단 손수건을 꺼내 눈물을 훔치더니, 주머니에 다시 넣는 대신 그대로 들고 있다가 눈물을 다시 훔칠 뿐이었다. 그리고 언제든 다시 사용할 수 있도록 옆에 두었다.

"무슨 일이에요, 아주머니?"

패거티 아저씨가 다시 묻자, 거미지 부인이 말했다.

"아무것도 아니에요. '기꺼운 마음'에 다녀오신 거예요?"

"네, 맞아요. 오늘 밤에 '기꺼운 마음'에서 위스키 한 잔 들이켰답니다."

패거티 아저씨가 말하자, 거미지 부인이 곧이어 말했다.

"나 때문에 그런 곳으로 쫓겨나다니, 정말 미안해요."

"쫓겨나다니요? 나는 쫓겨난 게 아니에요. 거기에 가고 싶었을 뿐이에요."

패거티 아저씨가 설명하며 커다랗게 웃자, 거미지 부인이 머리를 절레절레 흔들고 눈물을 훔치며 다시 말했다.

"가고 싶었다고요? 그래요, 그래, 가고 싶었겠지요. 나 때문에 그런데나 가고 싶어서 정말 미안해요."

"아주머니 때문이라고요? 절대 그렇지 않아요. 그런 생각은 조금도 마세요."

"내 말이 맞아요. 나도 내가 어떤 사람인지 잘 알아요. 나는 어디에도 기댈 데 없는 외로운 존재지요. 어떤 일을 하든 제대로 되는 건 하나도 없을 뿐 아니라 스스로 모든 걸 망쳐요. 그래요, 그래요. 나는 다른 사람보다 성격이 예민한 데다 겉으로 곧잘 드러내요. 그래서 자신을 불행하게 만들어요."

이런 대화를 듣다 보니 거미지 부인이 불행한 기분을 못 감추고 집안 식구 모두에게 부정적인 영향을 미친다는 생각을 억누를 수 없었다. 하지만 패거티 아저씨는 그런 식으로 나무라지 않고, 기운 내라며 격려할 뿐이었다. 그러자 거미지 부인이 대답했다.

"나도 그러고 싶은데 잘 안 돼요. 가망이 없어요. 나는 내가 어떤 사람인지 잘 알아요. 문제가 있어서 항상 어긋나지요. 나도 문제가 있다는 걸, 그래서 어긋난다는 걸 알아요. 그러지 않으면 좋겠지만 나도 어쩔 수 없어요. 나 자신을 강하게 단련하고 싶지만, 그것도 안 되네요. 나는 집안을 불편하게 만들어요. 당연히 그럴 수밖에 없겠지요. 나는 아저씨 여동생은 물론 데이비 도련님까지 온종일 불편하게 만드니까요."

이 말에 나는 갑자기 측은한 생각이 들어서 "아니에요, 그렇지 않아요, 거미지 아주머니"라고 불쑥 말하고, 거미지 아주머니는 계속 한탄했다.

"이러면 안 된다는 건 나도 잘 알아요. 은혜에 대한 보답이 아니니까요. 나 같은 사람은 구빈원에 들어가서 죽는 게 좋아요. 나는 어디에도 기댈 데 없는 외로운 존재니, 여기에 있으면 문제만 일으킬 수밖에요. 하는 일마다 어긋난다는 사실을 아니까 모든 욕심을 버리고 교구에 가서 몸을 의탁해야 옳아요. 구빈원으로 들어가서 깨끗하게 사라지는 편이 옳다고요!"

거미지 부인은 이런 말을 남기고 잠자리로 물러났다. 그렇게 사라지자, 지금까지 깊은 동정심 외에 어떤 감정도 안 드러내던 패거티 아저씨는 우리를 쳐다보고 고개를 끄덕이면서 나지막이 속삭였다.

"오랜 친구가 생각나서 저러는 거야!"

나는 거미지 부인이 마음에 담아둔 오랜 친구가 누군지 도무지 이해할 수 없지만, 패거티 유모가 잠자리를 봐주러 들어와서 그건 옛날에 죽은 남편을 뜻한다고, 자기 오빠는 이런 일이 있을 때마다 언제나 그렇게 말하며 아주머니를 이해하려 애쓴다고 설명했다. 그날 밤 패거티 아저씨가 그물침대에 눕고 상당한 시간이 지나서 햄에게 이렇게 말하는 소리도 내 귀에 들렸다.

"정말 불쌍해! 오랜 친구가 끊임없이 생각나는 거야!"

내가 거기에 머무는 동안 거미지 부인이 비슷한 분위기에 (서너 차례) 빠져들 때마다 패거티 아저씨는 매번 정상을 참작해서 지극히 다정하고 부드럽게 동정심 가득한 어조로 기운 내라고 격려했다.

2주일은 이렇게 지나고 별다른 일은 하나도 없었다. 물이 들어오고 나가는 시간이 변하면서 패거티 아저씨가 일하러 나가고 돌아오는 시간 역시 바뀌고 햄 역시 일하는 시간이 바뀐 게 전부였다. 햄은 할 일이 없을 때면 우리와 함께 산책하러 나가서 조그만 배와 커다란 배를 보여주고, 한두 번은 우리를 조그만 배에 태워서 노까지 저어주었다.

장소에 깃든 추억이 유난히 강하게 떠오르는 이유가 무언지 모르겠지만 나만 그런 게 아니라 다른 사람도 비슷하며, 어린 시절을 보낸 공간이라면 특히 그러리란 생각이 든다. 나는 지금도 야머스란 이름을 듣거나 글씨를 보면 해변에서 보낸 일요일 아침이, 교회에선 종소리가 울리고 꼬마 에밀리는 내 어깨에 머리를 기대고 햄은 물속으로 돌을 느긋하게 던지고 먼바다에서는 짙은 안개를 이제 막 뚫고 나온 태양이 다양한 선박을 비추는데 하나같이 그림자처럼 보이던 장면이 그대로 떠오른다.

마침내 집으로 돌아가는 날이 다가왔다. 패거티 아저씨나 거미지 부인과 헤어지는 건 견딜 수 있지만 꼬마 에밀리와 헤어지는 건 마음이 아팠다. 나는 마차가 기다리는 선술집까지 에밀리와 팔짱 끼고 가다가 편지를 보내겠다고 약속했다. (나는 약속을 나중에 지켰는데, 원고지에 흔히 기재하는 글자보다 훨씬 커다란 글자[11]였다.) 우리는 이별을 훌륭하게 이겨냈다. 가슴이 텅 비는 걸 느낀 적이 있다면 바로 그날을 두고 하는 말이리라.

방문 기간 내내 집에 대한 걸 까맣게 잊어버렸다. 생각 자체가 안 났다. 하지만 집으로 돌아가는 길에 오르자마자 어린 마음에는 집에 대한 그리움과 함께 미안한 감정이 한가득 피어오르고, 마음이 울적하게 가라앉을수록 우리 집은 내가 머물 둥지며 어머니는 마음의 고향이

---

11) 묘비에 쓴 글씨를 뜻한다.

란 생각이 강하게 일어났다.

이런 생각은 길을 가는 동안 점점 불어나고, 그래서 거리가 줄어들고 주변 경치가 익숙하게 변할수록 집에 어서 도착해 어머니 품으로 뛰어들고 싶은 충동만 강하게 일어났다. 하지만 패거티 유모는 내 마음을 받아주기보단 당혹스럽기도 하고 불쾌하기도 하다는 표정으로 (하지만 아주 다정하게) 억누르려 애썼다.

유모가 아무리 그래도 마차를 끄는 말은 계속 걸으니 블룬더스톤 까마귀 숲은 나타날 수밖에 없고, 실제로 그랬다. 지금도 그날이 생생하게 떠오른다, 회색빛 추운 오후에 하늘까지 우중충한 게 금방이라도 비를 퍼부을 것 같은 날이!

대문이 열리고, 나는 반쯤 웃고 반쯤 우는 표정으로 어머니가 나타나기만 기다렸다. 하지만 대문을 연 사람은 어머니가 아니라 처음 보는 하인이었다. 그래서 나는 우는 목소리로 물었다.

"아니, 패거티 유모! 어머니는 아직 안 오신 거야?"

"아니에요, 데이비 도련님. 어머니는 집에 오셨어요. 잠깐만요, 데이비 도련님, 내가, 내가 할 말이 있어요."

패거티 유모가 황급히 말하며 잔뜩 흥분한 상태로 마차에서 어설프게 내려오다 정말 이상한 자세를 연출해도 나는 정신이 멍하고 기분이 이상해서 아무 말 못 했다. 패거티 유모는 밑으로 내리자마자 내 손을 잡고 이상하게 주방으로 데려가서 문을 닫았다.

"패거티 유모! 도대체 무슨 일이야?"

내가 잔뜩 겁먹으며 묻자, 패거티 유모는 억지로 쾌활한 척하면서 대답했다.

"아무 일도 아니에요, 귀엽고 소중한 데이비 도련님!"

"무슨 문제가 생긴 게 분명해. 엄마는 어디에 있는데?"

"어머니가 어디에 계시느냐고요, 데이비 도련님?"

"그래. 어머니가 대문으로 안 나온 까닭이 뭐야, 우리는 여길 왜 들어오고? 아, 패거티 유모!"

나는 두 눈에 눈물이 가득한 채 금방이라도 쓰러질 것 같았다.

"아아, 우리 소중한 도련님! 왜 그러세요? 어서 말해요!"

패거티 유모가 소리치며 나를 꼭 붙잡았다.

"설마, 죽은 건 아니겠지! 아, 우리 엄마가 죽은 건 아니겠지, 패거티 유모?"

내가 소리치자, 패거티 유모는 깜짝 놀란 목소리로 "아니에요!"라고 소리치더니, 자리에 주저앉아서 숨을 헐떡이며 나 때문에 정말 놀랐다고 말했다.

나는 충격을 몰아내고 올바른 방향으로 돌리려고 패거티 유모를 껴안아준 다음에 그 앞에 똑바로 서서 초조하게 묻는 표정으로 쳐다보았다. 그러자 패거티 유모가 대답했다.

"벌써 말해야 했는데, 도련님, 기회가 없었네요. 내가 기회를 만들어야 했지만, 딱히 용기를 못 냈네요."

"어서 말해, 패거티 유모."

내가 다그쳤다. 어느 때보다 겁에 질린 목소리였다.

패거티 유모는 덜덜 떨리는 손으로 보닛 모자를 풀면서 이상하게 떨리는 목소리로 말했다.

"데이비 도련님, 도련님 생각은 어떠세요? 도련님한테 아빠가 생겼어요!"

나는 온몸이 덜덜 떨리고 얼굴이 하얗게 변했다. 죽은 사람이 공동묘지 무덤에서 ─ 어떻게 그런 건지 모르지만 ─ 되살아났다는 생각이 불길한 바람처럼 온몸으로 밀려드는 것 같았다.

"새 아빠요."

패거티 유모가 말하고, 나는 그대로 반복했다.

"새 아빠?"

패거티 유모는 아주 딱딱한 걸 삼키듯 침을 꿀꺽 삼키더니, 한 손을 내밀며 권했다.

"가서 새 아빠를 만나보세요."

"그러고 싶지 않아."

"……도련님 어머니도."

패거티 유모가 덧붙이는 말에 나는 뒷걸음치다가 멈추고, 우리는 제일 좋은 거실로 곧장 들어갔다. 그리고 패거티 유모는 밖으로 나갔다. 벽난로 한쪽에는 어머니가 앉고 맞은편에는 머드스톤 아저씨가 앉았다. 어머니가 바느질감을 떨어뜨리며 황급히 일어나는데, 겁에 질린 것 같았다.

"아니, 여보, 클라라. 진정해! 마음을 다스리라고, 마음을 다스려! 꼬마 데이비, 잘 지냈니?"

머드스톤 아저씨가 말했다.

나는 손을 내밀고 악수했다. 그리고 잠시 망설이다가 어머니에게 가서 키스했다. 어머니 역시 나에게 키스하며 어깨를 부드럽게 쓰다듬더니, 의자에 다시 앉아서 하던 일에 열중했다. 나는 어머니를 쳐다볼 수도 없고 머드스톤 아저씨를 쳐다볼 수도 없었다. 머드스톤 아저씨가 우리 두 사람을 열심히 쳐다본다는 사실을 너무나 잘 알기 때문이다. 그래서 창가 너머로 눈을 돌려 추위에 고개 떨군 관목을 바라보았다.

그러다 살그머니 빠져나가도 되겠다는 생각이 들어서 이 층으로 조용히 올라갔다. 그립고 정겨운 침실은 완전히 변하고, 나는 멀리 떨어진 침실로 옮겨야 했다. 예전 모습을 조금이라도 찾으려고 아래층으로 터벅터벅 내려갔지만 모든 게 변한 상태였다. 그래서 마당으로 어슬렁거리며 나가다 깜짝 놀라서 곧바로 돌아섰다. 텅 빈 개집에서 커다란 개가 머드스톤 아저씨처럼 까만 털을 번뜩이며 나지막하게 으르렁대는 개가 나를 보는 순간에 잔뜩 화내며 금방이라도 달려들 것 같았기 때문이다.

CHAPTER 4. 나락으로 떨어지다

　　침대를 옮긴 방에 감정이라는 게 있다면 이날 내가 그 방에 - 지금은
누가 사용하는지 궁금하구나! - 무거운 마음으로 들어갔다는 사실을
증언해달라고 호소할 수 있으련만! 마당에서 개 짖는 소리를 들으며
계단을 오르니, 그 방은 나를 쳐다보고 나 역시 이상야릇하고 퀭한
눈으로 그 방을 쳐다보다 조그만 손으로 팔짱 끼고 앉아서 깊은 생각에
잠겼다.
　　이상한 생각만 떠올랐다. 방 모양새, 천장에 난 균열, 벽에 붙인
벽지, 유리창 흠결에 잔물결처럼 뒤틀린 바깥 경치…… 세면대는 다리
가 셋이라서 위태로운 데다 불만이 많은 것 같다는, 오랜 친구의 영향
력에서 못 빠져나오는 거미지 부인 같다는 생각도 떠올랐다. 이러는
동안에도 나는 계속 우는데, 주변이 춥고 황량하단 느낌만 곱씹을
뿐 왜 우는지 따져보진 않았다. 이렇게 황량한 느낌 속에서 마침내
나는 꼬마 에밀리를 끔찍하게 사랑하는데, 그런 연인에게서 나를 억
지로 떼어내 여기로 끌어왔다는, 여기에는 에밀리 절반만큼도 나를

원하는 사람이 없고 관심 기울이는 사람도 없다는 생각마저 들었다. 그러다 보니 너무 비참해서 이불 모서리를 몸에 휘감고 한참을 울다가 잠들었다.

누군가 "여기에 있다!"고 말하면서 머리에 덮은 이불을 확 걷어내는 바람에 나는 잠에서 깼다. 어머니와 패거티 유모가 나를 찾던 중인지, 두 사람 가운데 한 명이 그런 게 분명했다.

"데이비, 무슨 일이니?"

어머니가 물었다. 어머니가 이렇게 묻는다는 자체가 너무 이상해서 나는 "아무것도 아니에요" 하고 대답했다. 덜덜 떨리는 입술이 모든 진실을 말하지만 나는 얼굴을 돌려서 입술을 숨기고, 어머니는 "데이비, 아, 내 아들, 데이비!" 하며 한탄했다. 장담하는데, 어머니가 '내 아들'이라고 부르는 이상으로 나를 감동하게 할 말은 어디에도 없다. 나는 이불로 눈물을 가린 채, 나를 일으켜 세우려는 어머니 손을 강하게 뿌리쳤다. 그러자 어머니가 소리쳤다.

"잔인한 사람, 당신이 이렇게 만든 거지, 패거티 유모! 당신이 속닥거린 게 분명해. 나에 대해서, 내가 사랑하는 사람에 대해서 우리 아들이 편견을 품도록 만들고 어떻게 이렇게 태연할 수 있지? 대체 무슨 속셈이야, 패거티 유모?"

불쌍한 패거티 유모는 두 손을 들고 두 눈을 치켜뜨더니, 내가 평소에 식후기도를 할 때처럼[12] 대답했다.

"하느님, 코퍼필드 부인을 용서하시어, 방금 한 말 때문에 나중에 진심으로 후회하는 일이 없도록 하소서!"

그러자 어머니가 다시 소리쳤다.

"그만 좀 괴롭혀! 나는 신혼이라고, 철천지원수라도 한 발짝 물러서

---

12) 저희에게 베풀어주신 모든 은혜에 감사하나이다.

서 약간의 평화와 행복을 빌어주는 신혼 말이야. 데이비, 나쁜 자식! 패거티 유모, 잔인한 사람! 아, 어떻게 이럴 수 있어! 세상살이가 왜 이리도 힘든 거야, 인생 최고로 행복해야 할 신혼에!"

어떤 손이 몸에 닿는데 어머니 손도 패거티 유모 손도 아닌 것 같아, 나는 침대 머리맡으로 살짝 피했다. 머드스톤 아저씨 손이었다. 머드스톤 아저씨가 그 손으로 내 팔을 움켜잡으며 꾸짖었다.

"뭐하는 짓이야? 클라라, 여보, 벌써 잊은 거야? 마음 단단히 먹으라고, 여보!"

"정말 미안해요, 여보. 처음에는 정말 잘하려고 했는데, 마음이 불편해서……"

"맙소사! 시간이 얼마나 지났다고 이러는 거야, 클라라!"

머드스톤 아저씨가 하는 말에 어머니가 토라진 얼굴로 대꾸했다.

"애초에 잘 안 풀릴 거라고 말했잖아요. 이렇게 힘들 거라고……. 아닌가요?"

그러자 머드스톤 아저씨가 우리 어머니를 끌어당겨서 귀에 속닥거리다 키스했다. 어머니가 그 사람 어깨에 머리를 기대고 한쪽 팔로 그 목을 어루만지는 걸 보는 순간에 나는 확실히 깨달았다…… 성격이 유순한 어머니를 그 사람이 마음대로 바꿀 거란 사실을.

"아래층으로 내려가, 여보. 나는 데이비드와 나중에 내려갈게."

머드스톤 아저씨가 말하곤 우리 어머니가 밖으로 나간 걸 확인하더니, 어두운 얼굴로 패거티 유모를 쳐다보고 미소를 머금으며 고개를 끄덕였다. 그리고 물었다.

"주인마님 이름을 아는가?"

"오랫동안 모셨으니까 당연히 알겠지요, 나리."

"그래, 맞아. 그런데 계단을 올라오다가 다른 이름으로 부르는 것 같아서 말이야. 당신도 알다시피 주인마님은 내 성을 받았거든. 앞으로 명심하도록. 알겠나?"

머드스톤 아저씨가 다그치자, 패거티 유모는 불안한 표정으로 나를 힐끔거리더니, 인제 그만 나가라는, 여기에 있으면 안 된다는 신호를 받았는지, 무릎을 굽혀서 인사하곤 아무 말 없이 밖으로 나갔다. 그래서 우리 두 사람만 남자, 머드스톤 아저씨는 방문을 닫고 의자에 앉아서 나를 앞에 세우고 내 눈을 가만히 들여다보았다. 나 역시 상대 눈을 가만히 쳐다보았다. 우리가 이렇게 얼굴을 맞대고 대결하던 장면을 떠올리면 나는 지금도 심장에서 쿵쾅거리는 소리가 일어나는 것 같다.

"데이비드, 말이나 개가 고집스러워서 말을 안 들으면 내가 어떻게 할 것 같니?"

머드스톤 아저씨가 물으며 입술을 꽉 깨물었다.

"모르겠습니다."

"매질해."

대답할 때도 숨이 막혔는데, 이 말을 듣는 순간에는 한층 더 숨이 막혔다.

"나는 그놈이 질려서 말을 잘 듣도록 만들어. '저놈을 정복해야 한다'고 다짐하곤 놈이 온몸에서 피를 철철 흘리다가 죽는 한이 있더라도 나는 그렇게 만든다고. 얼굴에 묻은 건 뭐지?"

"때요."

내가 대답했다. 머드스톤이든 나든 그게 눈물 자국이란 사실을 모를 리 없었다. 하지만 설사 스무 번을 묻고 스무 대씩 때려서 어린 심장이 터질지언정 나는 바른대로 대답하지 않았을 거다.

"너는 어린애치고 꽤 영리하니까 내 말을 충분히 알아들을 거야,

그렇지? 얼굴 닦아, 그리고 같이 내려가자."

머드스톤이 특유의 엄숙한 미소를 머금으며 말하더니, 세면대를, 거미지 부인이 떠오르는 세면대를 가리키며 머리를 까딱여서 어서 움직이라는 신호를 보냈다. 당시에도 떠오르고 지금도 떠오르는 생각은 당시에 내가 조금이라도 머뭇거렸다면 머드스톤이 조금도 망설이지 않고 매질했을 거란 사실이다.

내가 시킨 대로 하자, 그는 한 손으로 여전히 내 팔을 붙잡고 거실로 들어서며 말했다.

"여보, 클라라, 마음 불편할 일은 더 없을 거야. 어린애 변덕도 앞으로 가라앉을 거고."

아, 당시에 따뜻한 말 한마디만 들었어도 나는 훨씬 바람직하게 살면서 완전히 다른 사람이 되었을 거다. 격려하는 말 한마디, 설명하는 말 한마디, 철부지 어린애를 동정하는 말 한마디, 집에 온 걸 환영하는 말 한마디, 여기가 우리 집이라는 느낌을 주는 말 한마디만 들었어도 나는 겉으로만 그러는 위선자가 아니라 마음에서 우러나오는 아들로 모든 의무를 다할 수 있었다. 머드스톤을 증오하는 대신 존경할 수 있었다.

어머니는 내가 겁에 질린 채 서먹서먹한 표정으로 가만히 선 모습을 보고 마음 아픈 표정을 떠올리더니, 내가 의자로 살금살금 다가갈 때 더없이 슬픈 눈으로 바라보았다. 내가 걷는 모습에 어린애 특유의 천진난만한 느낌이 없었기 때문이리라. 하지만 따뜻한 말로 위로하진 않고, 그럴 수 있는 시간 역시 영원히 사라졌다.

우리는 셋이서 저녁 식사를 들었다. 머드스톤은 어머니를 좋아하는 것 같고 ─ 그래도 나는 그를 좋아하는 마음이 조금도 안 생기고 ─ 어머니 역시 그를 아주 좋아했다. 두 사람이 나눈 얘기를 통해서 나는 머드스톤 누나가 이 집에서 지내려고 오는 중이며 오늘 밤에 도착할 예정이란 사실을 깨달았다. 내가 이날 밤에 들었는지 나중에 들었는지 확실치 않지만, 머드스톤은 아무런 직업도 없이 증조부 때부터 런던에 있는 주류 도매상에 관여한 덕분에 일정한 지분을 확보해 매년 일정한 수익금을 받는데, 그 사람 누나 역시 비슷한 처지였다.

저녁 식사를 마치고 벽난로 앞에 앉아있는 동안, 나는 이 집 주인이 기분 상하는 일 없도록 살그머니 빠져나가서 패거티 유모에게 갈 생각만 골똘히 하는데, 마차 한 대가 대문으로 다가오고 머드스톤은 손님을 맞으러 나갔다. 어머니도 뒤따라 나갔다. 나도 마지못해 따라나서자, 거실 입구 어두운 곳에서 어머니가 돌아서며 예전에 그런 것처럼 나를 꼭 안더니 새 아빠를 사랑하고 새 아빠 말에 순종하라고 속삭였다. 아무도 몰래 황급하게 이러는 모습이 나쁜 짓이라도 하는 것 같지만, 어투는 아주 다정했다. 그리곤 한 손을 뒤로 빼서 내 손을 잡고 걷다가 정원에 서 있는 머드스톤 곁으로 다가갈 때는 내 손을 놓고 머드스톤 팔을 붙잡으며 팔짱 꼈다.

마차를 타고 온 손님은 머드스톤 아씨로, 표정이 어두운 데다 얼굴과 목소리까지 어두운 게 자기 동생과 너무나 비슷하고, 눈썹은 너무 짙은 나머지 밑으로 흘러내리다 못해 커다란 코에 금방이라도 닿을 것 같은 게, 여성이라서 구레나룻을 기를 수 없다면 눈썹이라도 마음껏 기르겠다고 작정한 것 같았다. 단단하고 새까만 모습이 완고하게 보이는 상자 두 개를 가져왔는데, 뚜껑에는 놋쇠 못으로 단단히 박아서 만든 이름 머리글자가 있었다. 쇠로 단단하게 만든 지갑에서 돈을 꺼내 마부에게 지급한 다음에는 묵직한 쇠사슬로 연결해서 팔에 걸친 가방에다, 감옥처럼 생긴 가방에다, 지갑을 넣더니 덥석 깨물듯 닫았다. 머드스톤 아씨처럼 온몸에 금속을 주렁주렁 매단 숙녀를 본 건 그때가 처음이다.

머드스톤 아씨는 온갖 환대와 안내를 받으며 거실로 들어서더니, 우리 어머니를 새로운 가족으로 정식으로 받아들였다. 그리곤 나를 쳐다보며 물었다.

"저 아이가 자네 아들인가, 올케?"

어머니가 그렇다고 대답하자, 머드스톤 아씨는 이렇게 말했다.

"일반적으로 말해서, 나는 사내애를 그리 좋아하지 않아. 잘 지내니, 꼬마?"

이렇게 고무적인 상황에서 나는 잘 지낸다고, 귀하도 그러길 바란다고 대답했다. 그런데 말투가 건방졌는지, 머드스톤 아씨는 단 두 마디로 평가했다.

"버릇이 없군!"

이렇게 또렷하게 말하고 나서 자신이 묵을 방을 보여달라 요구하니, 그때부터 그 방은 나에게 가장 끔찍한 공포의 대상이 되었는데, 거기에 들여놓은 까만 상자 두 개는 열린 모습을 단 한 번도 본 적이 없고 자물쇠를 안 채운 모습도 본 적이 없다. 거울에는 (머드스톤 아씨가 외출한 사이에 한두 차례 몰래 훔쳐본 바에 의하면) 쇠로 만든 조그만 족쇄와 대갈못을 가득 걸쳤는데, 머드스톤 아씨는 정장할 때마다 그걸 장신구로 사용했다.

내가 파악한 바에 의하면 머드스톤 아씨는 우리 집에 눌러앉으려고 온 터라, 떠날 생각이 전혀 없었다. 그래서 다음 날 아침부터 우리 어머니를 "돕기" 시작하고 창고를 온종일 들락날락하며 물건을 정리해서 배치를 완전히 뒤바꿔버렸다.

내가 머드스톤 아씨에게서 초기에 발견한 재미있는 특징은 하녀가 집 안 어딘가에 남자를 숨겨놓았다는 의심에 끊임없이 시달린다는 거다. 엉뚱한 망상 때문에 이번엔 남자를 잡았다고 확신하며 석탄 창고로 불시에 뛰어들거나 어두컴컴한 벽장을 갑자기 열다가 쾅! 닫은 게 한두 번이 아니다.

머드스톤 아씨는 경쾌한 느낌이 조금도 없지만, 아침 일찍 일어난다는 점에서 종달새 뺨쳤다. 집에서 꿈지럭대는 사람이 하나도 없을 때 일어났다. (그래서 숨겨놓은 남자를 찾아다녔다고 나는 지금 이 시각까지 확신한다.) 패거티 유모는 머드스톤 아씨가 한쪽 눈을 뜬 채 잠자기 때문이란 의견까지 내놓았지만 나는 여기에 조금도 동의할 수 없다. 직접 실험한 결과, 그건 완벽하게 불가능하다는 사실을 깨달았기 때문이다.

머드스톤 아씨는 이런 특징을 우리 집에 도착한 다음 날 이른 새벽에 일어나는 식으로 사방에 알렸다. 그리곤 어머니가 아침 식사를 하러 아래층에 내려가서 차를 만들 때 새가 부리로 쪼듯 뺨에 키스한 다음에 말했다.

"클라라, 나는 올케한테서 힘든 일을 최대한 덜어주려고 왔어. 올케는 예쁘기만 하고 철이 없어서……"

여기에서 우리 어머니는 얼굴을 붉히며 방긋 웃는 게 이런 말 자체를 싫어하는 것 같진 않았다.

"……맡은 일을 제대로 할 수 없으니 내가 그 일을 떠맡는 게 좋을 것 같아. 열쇠꾸러미를 넘겨준다면, 올케, 앞으로 궂은일은 내가 모두 알아서 처리할게."

그래서 머드스톤 아씨는 열쇠꾸러미를 받아 낮에는 감옥 같은 조그만 가방에 넣어두고 밤에는 베개 밑에 넣고 잠자니, 어머니는 열쇠꾸러미를 볼 일이 나만큼이나 없었다.

어머니는 모든 권력을 넘겨주면서 조금도 항의를 안 할 순 없었다.

그래서 하루는 밤에 머드스톤 아씨가 자기 동생에게 집안일에 대한 계획을 설명하고 동생은 그걸 허락하자, 어머니가 갑자기 울면서 자신하고 상의해야 하는 거 아니냐고 항의했다. 그러자 머드스톤이 엄하게 나무랐다.

"클라라! 클라라! 당신, 정말 이상하군."

"당신이 이상하다 말하는 것도 좋고 마음 단단히 먹으라고 말하는 것도 좋지만, 여보, 당신은 내가 실제로 단단히 마음먹는 걸 좋아하지 않아요."

내가 관찰한 바에 의하면 마음 단단히 먹으라는 소리는 머드스톤 오누이가 굳건한 발판으로 삼는 중요한 원칙이었다. 내가 당시에 이 원칙을 얼마나 이해했는지 모르겠지만 누가 물으면 나름대로 이해한 내용을 또렷하게 설명했을 거다, 두 사람이 악마 같은 기질을 음침하고 거만하게 드러내며 잔인하게 군림할 명분에 불과하다고. 지금 생각하면 그건 머드스톤에게 신조며, 원리는 다음과 같다.

머드스톤은 마음이 단단하니 주변 사람을 비롯해 다른 모든 사람은 마음을 단단히 먹으면 안 된다. 자신에게 머리를 숙여야 하기 때문이다. 자기 누나는 예외다. 마음을 단단히 먹어도 된다. 하지만 혈육이라서 그런 것이니 남동생 고집에는 허리를 숙여야 한다. 우리 어머니도 예외다. 마음을 단단히 먹을 수 있고 또 먹어야 한다. 하지만 오누이가 하는 말을 그대로 받아들이는 선을, 오누이만큼 마음이 단단한 사람은 어디에도 없다고 확고하게 믿는 선을 넘으면 안 된다.

"너무 심해요, 내 집인데……"

우리 어머니가 말하자, 머드스톤이 대뜸 반박했다.

"네 집이라고? 클라라!"

그러자 어머니가 겁에 질려서 벌벌 떨며 변명했다.

"내 말은 우리 집이요. 내 말이 무슨 뜻인지 당신은 알잖아요, 여보…… 내가 우리 집 문제에 대해 한마디도 못 하는 건 너무 심해요. 우리가 결혼하기 전에는 나 혼자서 집안일을 훌륭하게 꾸려왔는데 말이에요."

어머니가 흐느끼며 계속 말했다.

"증인도 있어요. 패거티 유모한테 물어보세요, 내가 아무런 간섭 없이 혼자서 집안일을 제대로 했는지 못 했는지!"

"동생, 이 문제는 이 정도로 끝내자. 내가 내일 떠날게."

머드스톤 아씨가 말하자, 동생이 대답했다.

"누나, 조용히 해! 내가 어떤 성격인지 몰라서 그러는 거야?"

우리 어머니는 안타깝게도 심각한 위기에 몰려서 눈물을 펑펑 흘리며 끼어들었다.

"분명히 말씀드리는데 저는 누가 떠나길 바라는 게 아니에요. 누가 떠난다면 저는 정말 비참하고 불행할 거예요. 저는 많은 걸 원하는 게 아니에요. 터무니없이 요구하는 것도 아니에요. 가끔 저한테 물어보길 바라는 것뿐이에요. 누구든 저를 도와주셔서 정말 고마우니, 제가 원하는 건 가끔 형식적으로나마 저한테 물어보는 것뿐이에요. 예전에 당신은 내가 경험이 없고 소녀처럼 어설픈 걸 참 좋아했어요, 여보. 실제로 그런 말까지 했으니까요. 그런데 지금은 그런 모습을 싫어하는 것 같으니, 너무 가혹해요."

"동생, 이 문제는 이 정도로 끝내자. 내가 내일 떠날게."

머드스톤 아씨가 다시 하는 말에 머드스톤이 호통쳤다.

"누나, 조용히 못 하겠어? 감히 어떻게 그런 말을?"

머드스톤 아씨는 감옥 같은 가방에서 손수건을 꺼내 눈물을 닦고, 머드스톤은 우리 어머니를 노려보며 계속 말했다.

"클라라, 정말 놀랍군! 정말 놀라워! 그래, 경험도 없고 만사가 서툰 사람이랑 결혼해서 능력을 키워주고, 거기다 결단성과 강인한 마음마저 길러줄 수 있겠다는 생각이 나는 정말 좋았어. 하지만 누나가 친절하게도 동생이 노력하는 걸 도와주려고 멀리서 찾아와서 가정부 비슷한 역할을 자처하는데도 이렇게 서운하게 대우하다니……."

"아, 제발, 제발, 여보, 나를 배은망덕한 사람이라고 비난하지 마세요. 나는 은혜를 모르는 사람이 아니에요. 지금까지 누구도 그렇게 말하지 않았어요. 나는 결점이 많지만 그런 사람은 아니에요. 아, 제발, 여보!"

어머니가 울부짖자, 머드스톤은 우리 어머니가 입을 다물기만 기다리다가 다시 말했다.

"당신이 우리 누나를 서운하게 대우하다니, 나로선 감정이 차갑게 식을 수밖에."

"그렇게 말하지 마세요, 여보, 제발! 아, 제발, 여보! 그런 말을 들으니 너무나 슬퍼요. 내가 아무리 부족한 사람이라도 최소한 정 하나는 많아요. 나는 정이 많은 사람이에요. 그러지 않으면 이런 말 자체를 못 했을 거예요. 패거티 유모한테 물어보세요. 나는 정이 많은 사람이라고 대답할 거예요."

어머니가 더할 나위 없이 간절하게 애원해도 머드스톤은 단호했다.

"약하게 굴어도 나한테 안 통해, 클라라. 더 말해도 소용없어."

그러자 어머니가 사정했다.

"제발 부탁이니, 인제 그만 화해해요. 나는 냉랭하고 불친절한 분위기에서 못 살아요. 정말 미안해요. 내가 결점이 정말 많아요. 그런데도 당신이 온 힘을 다해서 고쳐주려고 애쓰니 정말 고마워요, 여보. 형님, 이제 더는 불만이 없어요. 형님께서 떠날 생각을 하신다면 제 마음이 찢어질 테니…….”

어머니가 슬픔에 빠져서 말을 못 잇자, 머드스톤이 자기 누나에게 말했다.

“우리 사이에 거친 말이 그만 오가면 좋겠어. 이렇게 독특한 상황이 벌어진 건 내 잘못이 아니야. 누가 농간을 부린 거라고. 누나 잘못도 아니야. 누나 역시 다른 사람한테 농간을 당한 거니까. 그러니 이 문제는 잊어버리자.”

머드스톤이 관대한 어투로 정리하더니, 이렇게 덧붙였다.

“그리고 이런 장면은 어린애한테 안 좋으니, 데이비드, 넌 가서 잠이나 자!”

나는 눈물이 앞을 가려서 문을 찾을 수도 없었다. 괴로워하는 어머니가 너무나 불쌍했다. 하지만 손으로 더듬으며 나아가, 어두운 곳을 계속 더듬으며 이 층 침실로 올라갔다. 패거티 유모에게 가서 촛불을 달라고 할 마음도, 잘 자라고 할 마음도 없었다. 그리곤 한 시간 정도 후에 패거티 유모가 살피러 올라왔을 때 잠에서 깨어나, 어머니는 슬픔에 젖어서 침실로 들어가고 거실에는 머드스톤 오누이만 있다는 말을 들었다.

다음 날 아침에 평소보다 일찍 내려가니, 어머니 목소리가 들려 거실문으로 다가가서 엿들었다. 어머니는 정말 진지하고 겸손하게 용서를 빌고 머드스톤 아씨는 기꺼이 용서하니, 두 사람은 완벽하게 화해했다. 그런 다음부터 어머니는 어떤 문제든 의견을 말하기 전에 먼저 머드스톤 아씨에게 호소하거나 의견이 어떤지 구체적으로 확인하고, 머드스톤 아씨는 (툭하면 화내는데) 화만 나면 손을 가방으로 가져가는 게 당장에라도 열쇠꾸러미를 꺼내줄 것 같고, 그럴 때마다 어머니는 끔찍한 공포에 떨어야 했다.

머드스톤 집안 혈통에 흐르는 음울한 분위기는 머드스톤이 믿는 종교까지 어둡게 만드니, 그 종교는 가혹한 분노와 형벌로 가득했다. 이런 특징은 마음을 단단히 먹은 머드스톤으로선 너무나 당연한 결과로, 누가 조금이라도 실수하면 최대한 가혹한 형벌을 내리는 형태로 나타날 수밖에 없었다. 사정이 이렇다 보니, 교회에 갈 때마다 우리 모두 표정이 무시무시해서 교회 분위기까지 나쁘게 바꾼 기억이 생생하다. 하지만 끔찍한 일요일은 어김없이 돌아오고, 나는 강제노역장으로 끌려가는 노예처럼 흔히 앉던 좌석으로 나아간다. 머드스톤 아씨는 관을 덮던 천으로 만든 것 같은 까만 벨벳 드레스 차림으로 바로 뒤에서 쫓아오고 그다음은 우리 어머니, 그다음은 머드스톤이다. 패거티 유모는 이제 교회에 우리와 함께 안 온다.

그런데 머드스톤 아씨는 기도문에서 잔인한 구절이 나올 때마다 유별나게 강조하며 웅얼댄다. "비참한 죄인들"이란 구절을 읊조릴 때는 까만 눈을 굴리며 주변을 둘러보는 게 마치 모든 신자에게 저주라도 퍼붓는 것 같다. 양쪽 옆에서 머드스톤 오누이가 기도문을 읊조리며 조그만 천둥처럼 귀청을 때리는 가운데 어머니는 겁먹은 표정으로 입술을 움직이고, 나는 그런 어머니를 힐끔 쳐다본다. 그러다 보면 나이 많고 마음씨 착한 신부님 말씀이 틀리고 머드스톤 오누이 말이 옳은 건 아닌가, 하늘에 있는 천사는 하나같이 모든 걸 파괴하는 존재가 아닌가 하는 두려움에 휩싸인다. 그래서 손가락을 조금이라도 움직이거나 얼굴 근육이라도 움찔하면 머드스톤 아씨는 기도서로 옆구리를 곧바로 찔러서 아프게 한다.

이게 전부가 아니다. 미사가 끝나서 돌아갈 때 이웃 사람들은 어머니와 나를 쳐다보며 수군댄다. 세 사람은 팔짱 끼고 걷고 나는 혼자 뒤처져서 이웃 사람들 표정을 살피다, 우리 어머니 발걸음이 예전처럼 경쾌하지 않은 걸까, 아름답고 명랑한 표정이 근심 걱정으로 사라진 건 아닐까 애태운다. 그러다 보면 예전에 나와 어머니가 집으로 다정하게 걸어가던 모습을 이웃 사람들 역시 나처럼 떠올리는 것 같다는 생각이 든다. 나는 이 생각에 바보처럼 집착하고, 끔찍하게 음울한 일요일은 그렇게 지나간다.

나를 기숙학교에 보내는 이야기가 가끔 나왔다. 머드스톤 오누이가 말하면 우리 어머니는 당연히 찬성한다. 하지만 이 문제에 대해서 내린 결론은 하나도 없었다. 그러는 동안 나는 집에서 다양한 과목을 공부했다. 아, 그때 하던 공부를 내가 어찌 잊겠는가! 명목상으로는 어머니가 공부를 지도하는데 실제로는 머드스톤 오누이가 언제나 지켜보며 우리 어머니가 마음을 단단히 먹도록 훈련하는 말도 안 되는 기회로 삼아, 우리 모자를 말려 죽였다. 바로 이런 목적 때문에 나를 기숙학교에 안 보내고 집에 남겨둔 게 분명하다. 어머니랑 둘이 살 때만 해도 나는 공부할 머리는 물론 의지도 충분했다. 어머니 무릎에 앉아 알파벳 배우던 기억이 어렴풋이 떠오른다. 초보용 교본에 적힌 통통하고 까만 글씨를 보면 아직도 신기하고 재미있으며 O와 Q와 S 같은 글씨는 스스로 모습을 드러내는 것 같았다. 혐오감이나 거부감은 조금도 없었다. 악어에 관한 책을 읽을 때까지는 꽃길을 걷는다는 느낌, 어머니가 옆에서 다정한 목소리와 태도로 끊임없이 격려한다는 느낌이 강했다. 하지만 머드스톤 오누이가 지켜보는 엄숙한 분위기에서 하는 공부는 평화로운 마음을 완전히 빼앗아, 하루하루가 견딜 수 없는 고통과 고역으로 가득했다. 공부시간은 정말 길고 공부할 양은 정말 많은 데다 일부는 도저히 이해할 수 없을 정도로 어려워서 완전히 압도당하고 마는데, 내가 보기에 우리 어머니도 그랬던 것 같다.

그렇다면 당시로 돌아가서 아침마다 일상적으로 벌어지던 상황을 구체적으로 살펴보자.

　아침 식사를 한 다음에 나는 다양한 교과서와 연습장과 석판을 들고 두 번째로 좋은 거실에 들어선다. 어머니는 책상에 앉아서 나를 가르치려 준비하는데, 창가 안락의자에 앉아서 책을 읽는 척하는 머드스톤이나 어머니 옆에 앉아서 쇠구슬에 줄을 꿰며 기다리는 머드스톤 아씨가 준비한 절반도 안 된다. 두 사람을 보는 순간 나는 가슴이 탁 막힌 나머지, 무수한 고통을 감내하며 머릿속에 집어넣은 내용이 살금살금 빠져나가 내가 모르는 곳으로 사라지는 느낌이 든다. 도대체 어디로 사라지는지 지금 생각해도 궁금할 정도다.

　먼저 내가 어머니에게 책을 한 권 건넨다. 문법책일 수도 있고 역사책일 수도 있고 지리책일 수도 있다. 책을 건네면서 내가 암기할 부분을 마지막으로 열심히 떠올려 기억이 또렷한 동안에 달리기 시합이라도 하는 듯 재빨리 커다랗게 암송하기 시작한다. 그러다가 말 하나가 헛나간다. 머드스톤이 쳐다본다. 말 하나가 또 헛나간다. 머드스톤 아씨가 쳐다본다. 나는 얼굴이 빨갛게 달아오른 채 연이어 실수하다가 멈춘다. 어머니가 용기를 낸다면 나에게 책을 보여줄 터인데 어머니에겐 그럴 용기가 전혀 없어, 안타까운 어투로 한탄할 뿐이다.

　"아, 데이비, 데이비!"

　그와 동시에 머드스톤이 끼어든다.

　"아니, 클라라, 아이한테 단호한 마음을 보여주라고. '아, 데이비, 데이비!'라니. 너무 유치하잖아. 중요한 건 아이가 제대로 공부했느냐 안 했느냐 하는 거야."

　"공부를 제대로 안 했어."

　머드스톤 아씨가 끔찍한 어투로 끼어든다.

　"안타깝게도 정말 그런 것 같네요."

어머니가 대답하자, 머드스톤 아씨가 다시 말한다.

"그렇다면, 클라라, 아이한테 책을 주어서 다시 외우도록 만들어야지."

어머니가 대답한다.

"네, 저도 당연히 그럴 생각이랍니다, 형님. 자, 데이비, 다시 외워, 멍청하게 굴지 말고."

나는 '다시 외우라'는 첫 번째 명령을 수행하지만 '멍청하게 굴지 마라'는 두 번째 명령까지 수행할 순 없다, 아주 멍청하기 때문이다. 그래서 조금 전에 제대로 암송한 내용까지 가기도 전에 나락으로 떨어져서 기억을 되살리려고 애쓴다. 하지만 공부에 몰두할 수 없다. 머드스톤 아씨 모자에 두른 망사는 길이가 몇 미터나 될까, 머드스톤이 입은 실내복은 가격이 얼마나 갈까 등, 나와 상관도 없고 참견하고 싶은 마음도 없는 문제만 이상하게 떠오른다. 그러다 보면 내가 예상한 대로 머드스톤이 짜증스러운 반응을 보인다. 머드스톤 아씨도 그런다. 어머니는 두 사람을 힐끗 쳐다보며 눈치를 살피다가 책을 덮는다. 그리곤 다른 과목부터 하자면서 뒤로 미룬다.

얼마 안 돼서 뒤로 미룬 과목이 눈덩이처럼 불어난다. 눈덩이가 불어날수록 나는 멍청하게 변한다. 사태는 절망으로 치닫고, 나는 터무니없는 늪에 빠져서 허우적대는 느낌에 시달리다가 빠져나갈 생각을 포기하고 모든 걸 운명에 맡긴다. 이렇게 허우적거릴 때마다 어머니와 내가 서로를 절망적으로 쳐다보는 눈길은 정말로 씁쓸하다. 그러나 비참한 공부는 어머니가 (아무도 안 본다 생각하고) 입술 모양으로 나에게 실마리를 풀어주려는 순간에 최고조로 치닫는다. 이런 일이 일어나기만 오랫동안 기다렸다는 듯 머드스톤 아씨가 묵직한 목소리로 경고하기 때문이다.

"클라라!"

어머니는 깜짝 놀라서 얼굴을 붉히며 힘없이 웃는다. 머드스톤은 의자에서 일어나 책을 집어서 나에게 던지거나 뺨따귀를 때린 다음에 어깨를 붙잡아 밖으로 끌어낸다.

공부를 무사히 마친다 해도 계산문제라는 최악의 사태가 기다린다. 머드스톤이 나를 위해 고안한 방법으로, 입으로 말해서 문제를 내는 건데, "치즈를 파는 상점에 들어가서 글로스터 치즈를 한 장당 4페니 반에 오천 장을 산다면 모두 얼마를 지급해야 하지?" 하고 물으면 나는 머드스톤 아씨가 속으로 엄청나게 좋아하는 모습을 바라본다. 치즈 가격에 대해 곰곰이 생각하다가 아무런 답도 못 구한 상태에서 저녁 식사를 할 시간은 찾아오고, 나는 석판에서 나온 먼지가 땀구멍마다 파고들어 흑백 혼혈처럼 변한 모습으로 식사를 마칠 때까지 치즈 문제를 해결하려고 애쓰다 결국에는 저녁 시간 내내 저능아 취급을 받는다.

오랜 시간이 지난 지금 다시 생각해도 불행한 공부는 매번 이런 식이었다. 머드스톤 오누이가 없다면 훨씬 재미있게 공부했겠지만, 현실적으로 나는 두 남매에게서 어린 새가 바들바들 떠는 걸 노려보는 독사 두 마리라는 느낌을 받았다. 오전 공부를 그런대로 넘긴다 해도 저녁 시간만 되면 말짱 도루묵이다. 내가 할 일 없이 빈둥거리는 걸 머드스톤 아씨가 절대로 그냥 넘어가지 않아, 행여나 한가한 모습이라도 경솔하게 보여주면 당장 "클라라, 공부보다 좋은 건 없으니, 자네 아들한테 공부할 걸 지정해 줘"라고 말해서 자기 동생 관심을 끌고, 바로 그 순간 그 자리에서 나는 공부할 거리가 생기기 때문이다. 같은 또래 아이들과 논다는 건 생각할 수도 없었다. 예수님은 어린아이 한 명을 불러서 제자들 가운데 세우시지만[13] 머드스톤 오누이가 추구하

---

13) 마태복음 3장 7절에서 세례자 요한은 위선자들과 물질을 중시하는 자들이 다가오는 걸 보고 '독사의 자식들'이라 비판하고, 마태복음 18장 2절에서 예수는 "어린아이를

는 음산한 신앙심에 의하면 어린아이는 누구나 독사 무리라서 함께 어울리면 악에 물들기 때문이다.

육 개월이 넘도록 멍청한 취급을 받은 결과, 나는 무뚝뚝하고 우둔한 고집불통으로 자연스레 변하고 말았다. 여기에다 날이 갈수록 어머니에게 외면당하고 차단당한다는 느낌은 깊어만 가니, 상황은 더욱 나쁘게 변할 수밖에 없었다. 한 가지 변수만 아니라면 나는 완벽한 망나니가 되고 말았을 거다.

다행히도 아버지는 이 층 조그만 방에 책을 많이 모아두었는데 내 방 바로 옆이라서 자유롭게 출입할 수 있고, 여기에 대해 누구도 관심을 안 기울인 것이다. 그래서 축복받은 조그만 방에서 '로더릭 랜덤', '페레그린 피클', '험프리 클링커', '톰 존스', '웨이크필드에 사는 성직자', '돈키호테', '질 블라스', '로빈슨 크루소' 같은 훌륭한 주인공을 친구로 사귈 수 있었다. 상상력을 키우고 좁은 공간과 시간을 뛰어넘으며 희망을 품을 수 있었다.

이런 책은 물론 '아라비안나이트'와 '요정 이야기' 역시 나에게 해를 끼친 건 하나도 없다. 설사 해로운 내용이 있다 하더라도 내가 해를 입은 건 하나도 없으며, 이건 지금 다시 생각해도 마찬가지다. 막중한 공부와 반복하는 실수에 시달리고 고생하면서도 시간을 내서 책을 읽었다는 사실이 지금 생각하면 정말 놀라울 행운이 아닐 수 없다. 사소한 고통에 (하지만 나로선 정말 엄청난 고통에) 시달리는 와중에 나 자신을 주인공과 동일시하고 머드스톤 오누이를 악당으로 여기는 식으로 분노를 달랬다는 사실 역시 지금 생각하면 정말 놀라울 행운이 아닐 수 없다.

불러 제자들 가운데 세우시고 이르시되, 진실로 너희에게 이르노니 너희가 어린아이처럼 변하지 않으면 천국에 들어갈 수 없다"고 말한다.

나는 일주일 내내 톰 존스가 (천진난만한 아동용 톰 존스가)[14] 되기도 했다. 한 달 내내 로더릭 랜덤처럼 살기도 했다. 책장에서 - 제목은 잊었지만 - 항해와 여행에 관한 책을 찾아 정말 열심히 읽고, 나무로 만든 낡은 구두 모형에서 빼낸 장식물로 무장한 채 야만인에게 포위당해 떳떳하게 죽기를 각오하던 대영제국 해군 함장을 그대로 연기하며 날마다 집 안을 이리저리 돌아다닌 기억도 난다. 대영제국 함장은 라틴어 문법책으로 귀싸대기를 맞는다 해서 위엄을 잃지 않는다. 나는 아니지만, 온 세상 다양한 문법책이 공격하더라도 함장은 살아서도 함장이고 영웅이며 죽어서도 함장이고 영웅이었다.

바로 이게 유일하게 누리던 위안이었다. 이걸 생각하면 여름날 초저녁에 동네 아이들이 공동묘지에서 놀고 나는 침대에 앉아서 책을 열심히 읽던 장면이 언제나 떠오른다. 우리 마을에 존재하는 모든 헛간, 교회건물에 있는 모든 돌, 공동묘지에 세운 모든 비석이 내가 읽는 책과 관련을 맺어, 책에 자주 등장하는 지역을 대변했다. 나는 톰 파이프스가 교회첨탑에 기어오르는 장면을 목격하고, 스트랩이 배낭을 메고 걷다가 우리 집 쪽문 앞에서 숨 돌리는 모습을 지켜보고, 트러니언 제독이 우리 마을 조그만 맥줏집에서 피클 아저씨와 만나는 장면도 바라보았다.

이 정도 말했으면 독자 여러분도 내가 보낸 어린 시절을 나만큼 잘 알 터이니, 어린 시절 이야기로 다시 돌아가자.

하루는 아침에 공부하는 책을 잔뜩 들고 거실로 들어서니, 어머니는 근심 어린 표정이고 머드스톤 아씨는 마음을 단단히 먹은 표정이고 머드스톤은 회초리 아랫부분에 - 낭창낭창하고 유연한 회초리에 - 무언가를 감다가 내가 들어서는 걸 보고 멈추더니, 회초리를 들어서 허공

---

14) 원작에서 톰 존스는 품행이 바르지 못한 측면이 있으나, 아동용에서는 그 부분을 뺐다.

에 대고 휘둘렀다. 그리곤 말했다.

"내가 분명히 말하는데, 클라라, 나도 어릴 적에 많이 맞았어."

"그럼, 그렇고말고."

머드스톤 아씨가 옆에서 동조했다. 그러자 어머니가 힘없는 목소리로 덜덜 떨며 물었다.

"그렇군요, 형님. 그런데…… 그런데 그게 동생한테 도움이 됐다고 생각하세요?"

"당신은 그게 나한테 해가 됐다고 생각하는 거야, 클라라?"

머드스톤이 엄숙하게 반문하고, 그 누나는 이렇게 동조했다.

"정곡을 찔렀군."

그래서 어머니는 "그러네요, 형님" 하고 대답하곤 입을 꾹 다물었다.

나를 놓고 하는 말 같아서 겁이 더럭 났다. 그리고 나를 매섭게 노려보는 머드스톤을 가만히 쳐다보았다. 그러자 머드스톤이 매서운 눈길을 번득이며 경고했다.

"자, 데이비드, 오늘은 평소보다 조심해야 할 거야."

그리곤 회초리를 다시 들어서 허공에 휘둘러 모든 준비가 완벽하다는 걸 확인하더니, 평소처럼 인상적인 표정으로 회초리를 옆에 내려놓고 책을 집었다.

그때부터 내 마음에는 태풍이 몰아쳤다. 애써 암기한 내용에서 단어 하나 문장 한 줄이 아니라 한 면 전체가 빠져나가는 느낌에 나는 그걸 붙잡으려고 몸부림치지만, 스케이트가 미끄러지듯 부드럽게 술술 빠져나가는 것만 같았다.

시작부터 참담하고 시간이 갈수록 험악했다. 거실에 들어설 때만 해도 준비를 충분히 했으니 제대로 해낼 수 있겠다 생각했으나, 완벽한 착각이었다. 과목이 넘어가면서 실수는 산처럼 쌓이고 머드스톤 아씨는 갈수록 마음을 다지면서 철두철미하게 감시했다. 그러다가 마침내 치즈 오천 장 문제가 (이날은 회초리였던 걸로 기억하는데) 나오고 어머니는 울음을 터트렸다.

"클라라!"

머드스톤 아씨가 경고하는 의미로 소리치자, 어머니가 대답했다.

"오늘은 제가 몸이 안 좋은 것 같아요, 형님."

머드스톤이 자기 누나에게 엄숙하게 윙크하더니, 회초리를 들고 자리에서 일어나며 말했다.

"아아, 누나, 클라라는 마음을 아무리 단단히 먹어도 데이비드가 오늘 초래한 걱정과 고통을 견딜 수 없을 거야. 이건 일종의 극기 훈련과 마찬가지거든. 지금까지 힘을 길러서 많이 좋아졌지만, 아직 이 정도까지 기대할 순 없어. 데이비드, 나랑 이 층으로 올라가자, 꼬마."

머드스톤은 나를 문가로 잡아끌고 어머니는 우리에게 달려오고 머드스톤 아씨는 "클라라! 아직도 그렇게 멍청한 짓을 할 거야?" 하고 소리치며 끼어들었다. 어머니는 두 손으로 귀를 틀어막고, 나는 어머니가 우는 소리를 들었다.

머드스톤은 나를 앞세운 채 내 방을 향해 천천히 엄숙하게 나아가고 - 지금 생각하면 그는 형벌을 가하기 전에 웅장하게 행진하는 걸 좋아한 것 같다 - 그래서 방으로 들어서자마자 내 머리를 팔꿈치와 허리로 움켜잡아 꼼짝도 못 하게 하고, 나는 소리 질렀다.

"머드스톤 아저씨! 선생님! 이러지 마세요! 제발 때리지 마세요! 열심히 했지만, 선생님과 머드스톤 아씨가 옆에 있으면 제대로 떠오르질 않는 것뿐이에요. 정말이에요!"

"그래, 데이비드? 정말 그런지 알아보자."

머드스톤은 팔꿈치로 내 머리를 단단히 죄었지만, 나는 몸을 간신히 돌려서 순간적으로 상대가 마음대로 못하게 방어하며 때리지 말라고 사정했다. 하지만 이건 순간에 불과하니, 상대는 마구잡이로 때리기 시작하고 그와 동시에 나는 내 입을 틀어막은 손을 인정사정없이 깨물었다. 생각만 해도 끔찍한 순간이었다.

그러자 상대는 나를 더욱 때리는 게 금방이라도 죽일 것 같았다. 우리가 내는 비명에 사람들이 계단을 뛰어오르며 울부짖는 소리가, 어머니 소리가, 패거티 유모 소리가 들렸다. 그러자 머드스톤은 밖으로 나가서 방문을 잠그고, 나는 바닥에 그대로 누워서 잔뜩 흥분한 상태로 뜨겁게 달아오르고 갈가리 찢기고 슬픔에 잠긴 채 하잘것없는 분노를 터트렸다.

흥분을 가라앉히니, 집 안 전체가 부자연스러운 적막으로 휘감기는 것 같았다! 충격과 슬픔이 가라앉으면서 극심한 죄책감이 온몸으로 밀려들었다!

잠자코 앉아서 귀를 가만히 기울이는데 들리는 소리는 오랫동안 하나도 없었다. 바닥에서 천천히 일어나 거울에 비친 얼굴을, 깜짝 놀랄 정도로 벌겋게 부어올라서 흉한 얼굴을 쳐다보았다. 매질 당한 자국이 콕콕 쑤시고 쓰라려서 몸을 움직일 때마다 울음이 터져 나오지만, 죄책감에 비하면 아무것도 아니었다. 굳이 이야기하자면, 극히 흉악한 범죄를 저지른 이상으로 묵직한 죄책감이 가슴을 무겁게 내리눌렀다.

나는 창틀에 머리를 누인 채 엎드려서 멍한 표정으로 밖을 내다보며 울다가 조는 식으로 거의 모든 시간을 보내다, 어둠이 깔리기 시작할 즈음에 창문을 닫았다. 바로 그 순간에 자물쇠가 돌아가더니, 머드스톤 아씨가 빵과 고기와 우유를 들고 들어왔다. 그리고 한마디도 없이 탁자에 내려놓고 마음을 단단히 먹은 전형적인 자세로 나를 잠깐 노려보다가 물러나, 자물쇠를 다시 채웠다.

어둠이 깔리고 오랜 시간이 지나도록 행여나 다른 사람이 나타나지 않을까 기대하며 가만히 앉아있었다. 그날 밤에 그럴 가능성은 없다는 생각이 든 다음에 비로소 옷을 벗고 침대로 올라가니, 이런저런 생각과 함께 두려움이 몰려들었다. 앞으로 나는 어떻게 되는 걸까? 내가 범죄를 저지른 걸까? 그렇다면 경찰이 잡아다가 감옥에 가두는 건 아닐까? 행여나 교수형에 처하는 건 아닐까?

다음 날 아침에 깨어날 때 기분을 나는 영원히 못 잊을 거다. 눈을 뜨자 신선하고 쾌활한 느낌이 몰려들다 어제 기억이 곧바로 떠오르면서 침울하고 황량한 기분으로 내몰렸다. 그래서 침대를 벗어나기도 전에 머드스톤 아씨가 다시 나타나더니, 정원을 30분 동안 산책해도 된다는 말을 퉁명스럽게 뱉어내고 물러나는데, 내가 밖으로 나갈 수 있도록 방문은 그대로 열어놓았다.

나는 정원을 산책했다, 닷새나 갇혀서 지내는 동안 아침마다 그렇게 했다. 어머니가 혼자 있는 모습을 보았더라면 그 자리에서 무릎을 꿇고 용서를 빌겠지만, 닷새를 보내는 동안 머드스톤 아씨 외에는 아무도 볼 수 없었다. 거실에서 기도하는 초저녁 시간이 유일한 예외인데, 다른 사람이 모두 자리를 잡으면 머드스톤 아씨가 꼬마 범죄자를 엄하게 감시하며 데려가서 거실문 옆에 혼자 앉히고, 기도가 끝나면 다른 사람이 자리에서 일어나기도 전에 간수가 죄수를 감옥으로 다시 데려가는 식이었다. 그래서 내가 볼 수 있는 건 최대한 멀찌감치 떨어져서 내가 못 보도록 얼굴을 다른 쪽으로 돌린 어머니 그리고 손에 커다란 붕대를 감은 머드스톤이 전부였다.

닷새가 어찌나 지루하고 길었는지는 여러분에게 제대로 설명할 수조차 없다. 내 기억에는 닷새가 아니라 오 년은 되는 것 같다. 종이 울리는 소리, 다양한 문을 여닫는 소리, 다양한 목소리가 중얼대는 소리, 계단을 오르내리는 소리, 바깥에서 웃거나 휘파람 불거나 노래하는 소리, 그래서 비참하게 갇혀 지내는 나를 더더욱 우울하게 만드는 소리, 집 안에서 일어나는 다양한 사건이 소리로 들려오는 느낌 – 밤이면 시간 감각이 특히 애매해 이제 아침이라고 생각하며 일어났다가 가족은 잠자리에 들기도 전이며 기나긴 밤은 아직 본격적으로 시작조차 안 했다는 사실을 깨닫는 느낌 – 끊임없이 울적한 꿈 그리고 악몽 – 아침과 정오와 오후와 초저녁이 오고 아이들이 교회 공동묘지에서 놀 때면 창가에 모습을 드러냈다가 감옥에 갇혔다는 사실을 들킬까 두려워 방안에 꼭꼭 숨어서 몰래 지켜보던 느낌 – 나 자신이 말하는 소리를 단 한 번도 못 듣는 이상한 느낌 – 먹고 마시는 순간에 상쾌한 기분이 잠시 깃들다가 먹고 마시는 게 끝나자마자 쏜살처럼 사라지는 느낌 – 어느 날 초저녁에 향긋한 내음과 함께 빗물이 내리기 시작해 나와 교회 사이에서 점차 세차게 쏟아지다가 몰려드는 어둠과 어우러지며 나를 침울하고 두렵고 후회만 가득한 기분으로 몰아가는 느낌 – 이런 느낌이 하루 단위가 아니라 일 년 단위로 끊임없이 반복하는 것 같았다. 그래서 기억 속에 너무나 확실하고 생생하게 새겨졌다. 감금 마지막 날 밤에는 조그맣게 부르는 소리가 잠을 깨웠다. 나는 침대에서 벌떡 일어나, 어둠 속으로 두 팔을 내밀며 물었다.

"패거티 유모?"

처음에는 아무런 대답도 없더니, 곧이어 나를 다시 부르는데 그 소리가 너무 이상하고 끔찍해, 열쇠 구멍으로 들려오는 게 분명하단 생각을 떠올리지 않았더라면 그대로 기절했을 게 분명하다.

나는 더듬거리며 방문 쪽으로 다가가서 열쇠 구멍에 입술을 대고 속삭였다.

"패거티 유모?"

"네, 귀엽고 소중한 도련님. 생쥐처럼 조그맣게 말하세요, 그러지 않으면 고양이한테 들킬 테니."

나는 머드스톤 아씨를 뜻한다는 걸 알아듣고 정말 조심해야겠다고 생각했다. 머드스톤 아씨 방이 아주 가깝기 때문이다.

"우리 엄마는 어때, 패거티 유모? 나한테 엄청 화났어?"

열쇠 구멍 너머에서 조그맣게 흐느끼는 소리가 들려 나도 함께 우는데, 패거티 유모가 다시 대답했다.

"아니에요. 그렇게 화나진 않았어요."

"앞으로 나를 어떻게 한대, 패거티 유모? 혹시 알아?"

"학교. 런던 근처."

패거티 유모가 대답했다. 하지만 나는 다시 말하라고 부탁할 수밖에 없었다, 내가 열쇠 구멍에서 입을 떼고 귀를 대야 한다는 사실을 깜빡 잊어서 패거티 유모는 내 귀가 아니라 내 입에 대고 말한 격이라 온몸이 간지럽기만 할 뿐 아무런 소리도 못 들었기 때문이다. 그리곤 다시 물었다.

"언제, 패거티 유모?"

"내일."

"그래서 아까 머드스톤 아씨가 내 옷장에서 옷을 가져간 거야?"

실제로 그런 일이 있었는데, 내가 깜빡 잊고 있었다.

"네. 짐을 꾸리려고."

"우리 엄마를 보게 될까?"

"네. 아침에."

패거티 유모가 대답하더니 열쇠 구멍에 입을 바싹 붙여서 띄엄띄엄

끊어지는 말을 격한 어투로 속삭이는데, 감히 주장하자면 열쇠 구멍을 통한 대화가 그 이상 진지하고 감동적일 순 없었다.

"친애하는 데이비 도련님. 내가 도련님한테 살갑게 대하지 않았다면. 최근에 그랬는데. 그건 도련님을 사랑하지 않아서가 아니에요. 도련님은 나한테 정말 소중하니까요. 내가 그런 건. 그러는 편이 도련님한테 훨씬 좋을 것 같았기 때문이에요. 그리고 또 한 분한테도. 사랑하는 도련님, 듣고 있나요? 들리나요?"

"응, 들려, 패거티 유모!"

내가 흐느끼며 대답하자, 패거티 유모는 무한히 동정하는 어투로 계속 말했다.

"아, 우리 도련님! 내가 말하고 싶은 건. 나를 절대로 잊지 말라는 거예요. 나 역시 도련님을 절대로 안 잊을 테니까요. 그리고 도련님 엄마를 최대한 보살필 테니까요, 도련님. 지금까지 도련님을 보살핀 것처럼. 그리고 그 곁을 절대로 안 떠날 테니까요. 그러다 보면 어머니가 가련한 머리를 기꺼이 기대는 날이 올 거예요. 내 품에 말이에요. 그리고 도련님한테 편지를 쓸게요. 글씨 솜씨는 형편없지만. 그리고 또…… 또…….."

패거티 유모는 나에게 키스하는 대신 열쇠 구멍에 키스하고, 나는 이렇게 말했다.

"고마워, 사랑하는 패거티 유모! 정말 고마워! 고마워! 한 가지 부탁이 있으니 꼭 들어줘, 패거티 유모. 패거티 아저씨와 꼬마 에밀리와 거미지 부인과 햄한테 편지를 써서 내가 생각만큼 나쁜 사람은 아니라고, 모두를 사랑한다고, 꼬마 에밀리는 더더욱 사랑한다고 알려줘. 부탁이니, 패거티 유모, 들어줄 거지?"

패거티 유모는 그러겠다고 다정하게 약속하고, 우리 두 사람은 더없이 사랑하는 마음으로 열쇠 구멍에 키스하고 – 나는 열쇠 구멍이 다정한 패거티 유모 얼굴이라도 되는 듯 쓰다듬은 기억까지 나고 – 헤어졌다. 그날 밤 이후로 나는 패거티 유모에 대해 뭐라고 확실하게 규정할 수 없는 감정이 가슴에 쌓였다. 물론 패거티 유모가 어머니를 대신할 순 없다. 누구도 그럴 수 없다. 하지만 패거티 유모가 텅 빈 가슴 속으로 파고들어 허전한 마음을 꽉 채워주니, 나는 누구에게도 느낄 수 없는 마음을 유모에게서 느꼈다. 정말 우스꽝스러운 애정이라 할 수도 있다. 그렇지만 패거티 유모가 죽는다면 내가 어떻게 할지, 그로 인한 슬픔을 내가 어떻게 극복할지 생각조차 못 하겠다.

아침이 되자 머드스톤 아씨가 평소처럼 나타나서 내가 학교에 가게 되었다 말하고, 나는 상대편 예상과 달리 조금도 놀라지 않았다. 머드스톤 아씨는 나에게 옷을 다 입고 아래층 거실로 내려와서 아침 식사를 하라는 통보도 했다. 거기에서 나는 얼굴이 몹시 창백하고 두 눈은 벌겋게 달아오른 어머니를 발견하고 그 품으로 뛰어들어서 내가 저지른 잘못을 용서하라고 간청했다. 그러자 어머니가 대답했다.

"아, 데이비! 엄마가 사랑하는 사람을 네가 해치다니! 제발 부탁이니, 앞으로는 절대로 그러지 말고 좋은 사람이 되도록 노력하렴! 나는 너를 용서하지만, 데이비, 네 마음에 나쁜 분노가 깃들었다는 사실이 너무나 슬프구나."

두 남매가 나를 아주 사악한 아이로 세뇌한 터라, 어머니는 그것을 내가 멀리 떠나는 이상으로 슬퍼했다. 그래서 나는 마음이 더욱 아팠다. 이별하는 아침 식사를 하려고 애쓰는 가운데 눈물방울이 버터 바른 빵으로 뚝뚝 떨어지고 찻잔으로 줄줄 흘러들었다. 어머니는 나를 가끔 쳐다보다 잔뜩 감시하는 눈으로 바라보는 머드스톤 아씨를 힐긋 쳐다보곤 고개를 숙이거나 시선을 돌리곤 했다. 그러다가 대문에서 마차 바퀴 소리가 일어나고, 머드스톤 아씨는 소리쳤다.

"코퍼필드 도령이 가져갈 짐은 저기에 있어!"

나는 패거티 유모를 찾는데 어디에도 없고 머드스톤 역시 안 보였다. 예전에 만난 짐마차 마부가 현관에 들어서더니 짐을 들고 마차에 싣는 게 전부였다.

"클라라!"

머드스톤 아씨가 엄하게 경고하자, 어머니가 대답했다.

"알았어요, 형님! 잘 가렴, 데이비. 다 너를 위해서 멀리 보내는 거란다. 잘 가렴, 우리 아들. 열심히 공부하다 방학하면 집으로 오너라."

"클라라!"

머드스톤 아씨가 다시 소리쳤다.

"알았어요, 형님!"

어머니가 다시 대답하며 나를 꼭 껴안았다.

"나는 너를 용서한다, 우리 아들. 하느님 은총이 가득하길!"

"클라라!"

머드스톤 아씨가 집요하게 소리치더니, 친절하게도 짐마차가 있는 곳까지 데려가면서 내가 완전히 나쁜 사람으로 타락하기 전에 회개하길 바란다 말하고, 나는 마차에 올라타고, 느림보 말은 마차를 끌며 천천히 나아갔다.

CHAPTER 5. 집에서 쫓겨나다

짐마차는 800m 정도 나아가고 손수건은 축축하게 젖을 즈음에 말이 갑자기 멈췄다. 이유를 확인하려고 쳐다보니, 놀랍게도 패거티 유모가 울타리에서 뛰쳐나와 마차에 올라탔다. 그리곤 두 팔로 나를 껴안아 코르셋에 대고 어찌나 꼭 누르던지 코가 눌려서 통증까지 심할 정도인데, 훨씬 나중에 깨달은 바에 의하면 나는 코가 유난히 여린 편이었다. 패거티 유모는 한마디도 안 했다. 팔 하나를 풀어서 팔꿈치까지 들어갈 정도로 주머니에 깊숙이 찌르더니, 과자가 담긴 과자봉지를 여러 개 꺼내서 내 주머니에 꼭꼭 집어넣고 내 손에 지갑 하나를 쥐여줄 뿐이었다. 그리곤 나를 또다시 꼭 껴안고 마차에서 내려 멀리 뛰어가는데, 드레스 등에 붙은 단추가 하나도 안 남고 모두 떨어진 상태였다고 나는 지금 이 순간까지 확신한다. 단추가 여기저기에 굴러다녀, 내가 하나를 집어서 기념품으로 오랫동안 소중하게 간직할 정도였다.

마부가 나를 쳐다보는데, 유모가 돌아오느냐고 묻는 것 같았다. 그래서 나는 고개를 가로저은 다음에 그러진 않을 거라고 대답했다. 그러자 마부는 "그럼 어서 가자!"라 소리치고 게으른 말은 명령에 따라 움직였다.

지금까지 울 만큼 울었단 생각과 함께 이제는 울어도 아무런 소용이 없다는 생각마저 들었다. 로더릭 랜덤이나 대영제국 해군 함장은 상황이 아무리 고통스러워도 결코 안 울었다는 기억도 떠올랐다. 마부는 내가 그만 울겠다 마음먹은 걸 깨닫고 손수건을 펼쳐서 말 등에 널라고 제안했다. 나는 고맙다 대답하고 그렇게 했다. 손수건이 유난히 조그맣게 보였다.

이제는 지갑을 살펴볼 여유도 생겼다. 딱딱한 가죽 지갑이 여닫을 때마다 딱 소리를 내는데, 안에서 반짝반짝 빛나는 은화가 세 닢이나 나왔다. 나를 더욱 기쁘게 만들려고 패거티 유모가 표백제로 광택을 낸 게 분명했다. 하지만 무엇보다 소중한 내용물은 종이로 곱게 싼 반 크라운 은화 두 닢인데, 종이에는 우리 어머니 필체로 '데이비에게, 사랑과 함께'라고 적혀있었다. 글귀를 보는 순간에 너무나 감동한 나머지 마부에게 괜찮다면 손수건을 건네달라고 부탁했다. 그런데 마부는 손수건을 안 쓰는 게 좋겠다는 식으로 조언하고, 나 역시 그게 좋을 것 같아서 소매로 두 눈을 훔치고 눈물을 그쳤다.

영원히 그쳤다. 감정 일부가 남아서 가끔 격렬하게 흐느낀 게 전부다. 그래서 마차가 덜커덕대며 꽤 나아간 다음에 비로소 나는 계속 이런 식으로 가는 거냐고 물었다.

"계속 어디까지?"

마부가 묻는 말에, 내가 대답했다.

"거기요."

"거기가 어딘데?"

"런던 근처요."

내가 대답하자, 마부는 고삐를 잡아채서 말을 가리키며 말했다.

"맙소사, 저 말은 반도 못 가서 완전히 퍼지고 말 거야."

"그럼 아저씨는 야머스까지만 가나요?"

"대충 그래. 나는 거기서 너를 역마차에 태우고 역마차는 어디든 원하는 목적지로 너를 데려가는 거야."

앞 장에서 언급한 것처럼 마부는 성격이 차분해도 대화를 즐기는 성향은 아니다. 이 정도 대화는 마부로선 (바키스 아저씨라고 부르는데) 충분히 많이 노력한 편이라서 나는 고맙다는 표시로 과자를 하나 건네고 바키스 아저씨는 그걸 단숨에 삼키는데, 코끼리가 과자를 받아서 그대로 삼키는 느낌이었다. 그러더니 두 발을 발판에 대고 두 팔을 무릎에 하나씩 올려놓아, 평소처럼 상체를 구부정하게 숙인 자세로 물었다.

"아까 그 여자가 만든 건가?"

"패거티 유모 말인가요, 아저씨?"

"그래! 그 여자."

"네, 유모는 우리가 먹는 과자랑 요리를 다 해요."

"그래?"

바키스 아저씨가 말하더니 입술을 모으는 모양이 휘파람이라도 불 것 같은데, 실제로 불진 않았다. 가만히 앉아서 앞만 열심히 쳐다보는 표정이 마치 말 양쪽 귀에서 무언가 새로운 물건이라도 발견한 것 같더니, 그런 자세로 꽤 오랫동안 있다가 불쑥 물었다.

"스위트하트는 없겠지?"

"스위트미트 말씀인가요, 바키스 아저씨?"

내가 되물었다. 그리고 마부 아저씨가 다른 것도 먹고 싶어 한다는 생각에 과자 스위트미트를 또렷하게 가리켰다.

"미트 말고 하트. 스위트하트. 좋아하는 남자가 없느냐고!"

"패거티 유모요?"

"그래! 그 여자."

"맙소사, 없어요. 유모는 좋아하는 남자가 지금까지 한 번도 없었어요."

"그렇군!"

바키스 아저씨가 말하더니, 다시 입술을 모아서 휘파람을 불 것 같았으나 이번에도 휘파람은 안 불고 가만히 앉아서 말 양쪽 귀만 열심히 바라보았다. 그래서 깊은 명상에 한동안 빠져들다 갑자기 물었다.

"그 여자가 과자도 다 만들고 요리도 다 한단 말이지?"

내가 그렇다고 대답하자, 바키스 아저씨는 다시 물었다.

"으음. 그렇다면 물어볼 게 하나 있는데, 너는 앞으로 그 여자한테 편지를 쓰겠지?"

"당연히 그렇겠지요."

내가 대답하자, 아저씨는 고개를 천천히 돌려서 나를 바라보며 말했다.

"그렇군! 으음! 그렇다면 편지를 쓸 때 바키스가 원한다는 말 한마디만 해줄 수 있겠나?"

나는 아무것도 모르고 그대로 반복하며 물었다.

"바키스 아저씨가 원한다. 그게 전부에요?"

그러자 바키스 아저씨가 곰곰이 생각하며 대답했다.

"그래. 그게 전부야. 바키스가 원한다."

"하지만 아저씨는 내일이면 블룬더스톤으로 돌아가잖아요."

나는 이렇게 말하다 내일이면 나는 훨씬 먼 곳으로 가겠다는 생각에 약간 떨리는 목소리로 덧붙였다.

"그러니 아저씨가 직접 전하는 게 좋지 않겠어요?"

하지만 아저씨는 머리를 흔들면서 단번에 거절하더니, 진지한 어투로 "바키스가 원한다. 그게 전부야"라는 말을 다시 하며 아까 부탁한 내용을 확인했다. 나는 그 임무를 기꺼이 떠맡았다. 바로 그날 오후에 야머스에 있는 호텔에서 역마차를 기다리는 동안 종이 한 장과 잉크 세트를 구해서 패거티 유모에게 편지를 썼다.

> 친애하는 패거티 유모에게.
> 나는 여기에 무사히 도착했어요. 바키스 아저씨가 원해요. 우리 엄마에게 사랑한다고 전해주세요. 유모를 사랑해요.
> 추신. 바키스 아저씨가 패거티 유모에게 "바키스가 원한다"는 말을 확실하게 전하라고 하네요.

조금 전으로 돌아가, 내가 이런 임무를 받아들이자 바키스 아저씨는 완벽한 침묵으로 빠져들고 나는 최근에 많은 일을 겪은 터라 완전히 지친 나머지, 짐마차 보따리에 누워서 잠들고 말았다. 그래서 깊이 자다가 눈을 뜨니 야머스인데, 우리가 들어가는 여인숙 마당이 완전히 새롭고 낯선 나머지, 패거티 유모 가족은 물론 꼬마 에밀리를 만날 수도 있겠다는 마음속 희망을 단번에 포기하고 말았다.

역마차는 마당에서 광채를 이리저리 발산하는데 아직 말을 매달진 않았다. 그걸 보니, 런던에 갈 가능성은 하나도 없는 것 같았다. 이런 생각을 하다가 내 짐은, 바키스 아저씨가 마차를 돌리려고 마당 안쪽으로 들어가기 전에 마당 장대 옆에 내려놓은 짐은 종국적으로 어떻게 될까, 그리고 나 자신은 종국적으로 어떻게 될까 걱정하는데, 아주머니 한 분이 새 몇 마리와 고깃덩이 몇 점을 걸어놓은 내닫이창에서 밖을 내다보며 소리쳤다.

"네가 블룬더스톤에서 온 꼬마니?"

"네, 아주머니."

"이름이 뭐니?"

"코퍼필드예요, 아주머니."

"그럼 안 되겠구나. 그 이름으로 여기에 돈 내고 식사를 예약한 사람은 없어."

"그럼 머드스톤은 어떤가요, 아주머니?"

"네가 머드스톤 도령이라면 애초에 다른 이름을 말한 까닭이 뭐니?"

아주머니가 묻는 말에 나는 자초지종을 설명하고, 그러자 아주머니는 종을 울리면서 소리쳤다.

"윌리엄! 다실로 안내해!"

그러자 웨이터 한 명이 마당 맞은편 주방에서 뛰쳐나오더니, 다실로 안내할 사람이 나란 사실에 엄청나게 놀라는 것 같았다.

다실은 커다랗고 기다란 방으로 벽에는 커다란 지도를 여러 장 붙여놓았다. 지도는 진짜 외국이고 나 자신은 외국 한가운데에 던져졌다 해도 그렇게 낯선 기분이 들 순 없을 것 같았다. 한 손에 모자를 들고 방문에서 제일 가까운 의자 모서리에 앉는 것조차 어색한 느낌이 들고, 웨이터가 일부러 탁자에 식탁보를 깔고 양념 세트를 올려놓을 때는 수줍어서 얼굴까지 빨갛게 변한 것 같다.

웨이터는 고기와 채소 요리를 가져와서 요리 뚜껑을 어찌나 거칠게 여는지, 나 때문에 화난 게 분명하단 걱정까지 들었다. 하지만 식탁에 내가 앉을 의자를 놔두며 다정한 어투로 "자, 도련님! 여기에 앉으시죠!" 하고 말해서 나를 크게 안심시켰다.

나는 고맙다 말하고 식탁에 앉았다. 하지만 웨이터가 맞은편에 서서 열심히 쳐다보고 나는 어쩌다 시선이 마주칠 때마다 정말 끔찍할 정도로 얼굴을 붉히는 바람에 나이프와 포크를 제대로 사용할 수 없고 고깃국물이 튀는 걸 피할 수도 없었다. 웨이터는 내가 그렇게 두 번째 고기를 먹으려고 할 때까지 지켜보다 불쑥 말했다.

"맥주 반 주전자도 예약했는데, 지금 드시겠습니까?"

나는 "네"라고 대답하며 고맙다고 말했다. 그러자 웨이터는 단지에 담긴 맥주를 커다란 잔에 가득 따르고 공중에 들어서 불빛에 비쳐 먹음직스럽게 보이도록 하더니, 다시 말했다.

"맙소사! 너무 많이 따른 것 같네요, 그죠?"

"정말 그런 것 같네요."

내가 대답하며 미소를 머금었다. 웨이터가 좋아하는 모습에 나 역시 기뻤기 때문이다. 웨이터는 두 눈이 반짝반짝 빛나고 얼굴에 여드름이 나고 머리칼은 이리저리 치솟고, 가만히 서서 한 손을 허리에 대고 다른 손으로 잔을 들어 불빛에 비추며 바라보는 모습이 정말 다정하게 보였다. 그러다가 말했다.

"어제 신사 한 분이 왔는데, 체구가 듬직한 신사인데, 이름은 톱소이 라고 하는데…… 도련님도 알지요?"

"아니요. 저는 모르……"

"짧은 바지에 각반을 차고, 머리에 쓴 모자는 챙이 넓고 상의는 회색 이고 넥타이는 점박이 무늬랍니다."

"아니요. 저는 그런 사람을 만나는 기쁨을 못 누리……"

내가 말하는데도 웨이터는 맥주잔을 불빛에 비춰서 바라보며 중간 에 끼어들었다.

"그 신사가 여기에 와서 이 맥주를 주문하더니, 내가 마시지 말라고 말리는데도 그냥 마시다가 곧바로 쓰러져서 죽었답니다. 이건 사람이 마시기엔 너무 오래 묵었거든요. 이런 걸 마시면 안 된답니다. 사실이에요."

나는 슬픈 이야기를 듣고 심한 충격에 휩싸인 나머지, 차라리 물을 마시는 게 좋을 것 같다고 말했다. 그러자 웨이터는 한쪽 눈을 감은 채 맥주잔을 불빛에 여전히 비추어보며 말했다.

"그런데 도련님도 알다시피, 이곳 사람들은 음식을 시키고 그대로 남기는 걸 싫어한답니다. 불쾌하게 여기는 거예요. 그러니 도련님만 괜찮다면 내가 마실게요. 나는 이런 맥주에 익숙해서 문제 될 게 없거든요. 머리를 뒤로 젖히고 단숨에 들이켜면 아무렇지 않을 거예요. 그렇게 할까요?"

정말 그래도 아무렇지 않을 것 같으면 대신 마셔달라고, 그러면 고맙겠다고, 하지만 문제가 생길 것 같다면 절대로 마시지 말라고 나는 대답했다. 그러자 웨이터는 머리를 뒤로 젖힌 채 단숨에 들이켜고 나는 행여나 웨이터가 이미 고인이 된 톱소여 선생과 같은 운명에 빠져서 바닥에 그대로 쓰러져 죽는 건 아닐까 지켜보며 끔찍한 공포에 시달렸다. 하지만 웨이터에게는 아무런 일도 안 생겼다. 잘못되기는커녕 오히려 새로운 기운이 솟구치는 것 같았다.

"여기에 있는 게 무언가요? 고기 아닌가요?"

웨이터가 물으며 고기요리를 포크로 찔러, 나는 고기라고 대답했다. 그러자 웨이터가 탄성을 내지르며 말했다.

"정말 대단하군! 나는 이게 고기인 줄도 몰랐어요. 그런데 고기는 맥주 독을 없애는 데 딱 좋거든요! 정말 운이 좋은 거 아니에요?"

그러더니 한 손으로 고기를 집고 다른 손으로 감자를 집어서 맛있게

먹고, 나는 정말 다행으로 여겼다. 그런데 웨이터는 고기와 감자를 또 집어 먹고, 그런 다음에도 고기와 감자를 또 집어서 먹었다. 그래서 모두 사라지자, 웨이터는 푸딩 요리를 가져와서 앞에 내려놓더니, 한동안 넋을 잃고 깊은 생각에 빠져드는 것 같았다. 그러다가 갑자기 정신을 차리며 물었다.

"파이 맛이 어떤가요?"

"이건 푸딩이에요."

내가 정정하자, 웨이터는 깜짝 놀랐다.

"푸딩이라고요!"

그러더니 자세히 살피다 덧붙였다.

"이게 푸딩이라니 정말 대단하군! 하지만 우유와 달걀과 밀가루를 반죽해서 만든 푸딩은 설마 아니겠지요?"

"그렇게 만든 푸딩이에요."

내가 대답하자, 웨이터가 제일 커다란 숟갈을 집으며 말했다.

"맙소사, 반죽 푸딩은 내가 제일 좋아하는 푸딩이에요! 정말 운이 좋은 거 아니에요? 어서 먹어요, 꼬마 도련님, 누가 많이 먹나 시합하자고요."

물론 웨이터가 대부분 먹었다. 어서 먹어서 이기라고 나에게 여러 번 간청했으나, 웨이터가 든 제일 커다란 숟갈과 내가 든 조그만 찻숟갈, 웨이터가 먹는 속도와 내가 먹는 속도, 웨이터 식욕과 내 식욕이 달라, 애초에 첫 숟갈을 뜨는 순간부터 내가 이길 가능성은 조금도 없었다. 푸딩을 그렇게 맛있게 먹는 사람을 나는 지금까지 본 적이 없다. 푸딩이 모두 사라진 다음에는 웨이터가 웃는데, 그 맛이 입안에 그대로 감도는 것 같았다.

웨이터가 다정하고 서글서글하다는 사실을 깨닫고 패거티 유모에게 편지를 쓰기 위해 펜과 잉크와 종이를 부탁한 건 바로 그때였다. 웨이터는 내가 부탁한 물건을 곧바로 가져온 건 물론 내가 편지를 쓰는 동안 옆에서 지켜보는 친절까지 베풀었다. 그러다가 편지를 다 쓴 다음에는 어디에 있는 학교로 가느냐고 물었다.

"런던 근처요."

내가 대답했다. 내가 아는 건 이게 전부였다. 하지만 웨이터는 크게 낙담한 표정으로 말했다.

"어이쿠! 맙소사! 정말 안됐네요."

"왜요?"

내가 묻자, 웨이터는 머리를 가로저으며 대답했다.

"아, 하느님! 그 학교에서 어린애 갈비뼈를…… 아주 어린애 갈비뼈를 두 대나 부러뜨렸어요. 내가 보기에 학생 나이가…… 가만있자…… 도련님 나이가 어떻게 되나요?"

내가 여덟 살과 아홉 살 사이라고 대답하자, 웨이터는 다시 말했다.

"그 학생 나이랑 똑같네요. 학교에서 갈비뼈를 처음 부러뜨릴 적 나이가 여덟 살 육 개월이고, 갈비뼈를 두 번째로 부러뜨려서 죽일 적 나이는 여덟 살 팔 개월이거든요."

너무나 끔찍한 우연을 웨이터와 마찬가지로 나 자신도 인정하지 않을 수 없어, 어떻게 그렇게 되었느냐고 물었다. 그런데 웨이터 대답이 정말 끔찍했다. 딱 두 마디, "몽둥이로 때려서"라고 대답했기 때문이다.

바로 그 순간에 마당에서 역마차 경적이 울리며 분위기를 적절하게 바꿔주어, 나는 재빨리 일어나 (주머니에서 꺼낸) 지갑이 있다는 자부심과 동시에 수줍음을 느끼며 주저하는 표정으로 내가 내야 할 돈이 있느냐고 물었다. 그러자 웨이터가 대답했다.

"편지지 한 장 값이면 됩니다. 예전에 편지지 한 장을 산 경험이 있나요?"

그런 기억을 떠올릴 수 없었다. 그러자 웨이터가 다시 말했다.

"세금 때문에 값이 비싸답니다. 구리동전 석 냥. 여기에서는 그런 식으로 세금을 걷는답니다. 다른 건 없어요, 웨이터 팁만 빼면. 잉크는 괜찮아요. 그 정도는 내가 감당하지요."

"실례가 안 된다면, 당신한테 얼마를 주어야…… 내가 얼마를 주어야…… 웨이터한테 얼마를 주어야 하나요?"

내가 벌겋게 달아오른 얼굴로 더듬거리면서 묻자, 웨이터가 대답했다.

"나한테 먹여 살릴 가족이 없다면, 천연두에 걸린 가족이 없다면, 구리동전 여섯 냥까지 받진 않을 거예요. 연로하신 부모님을 모시면서 사랑스러운 여동생까지 돌봐야 하는 게 아니라면……"

여기에서 웨이터가 크게 흥분하며 덧붙였다.

"구리동전 한 닢도 안 받겠어요. 내가 좋은 자리에 있고 여기에서 대우가 좋다면 동전을 받는 대신 오히려 조금이나마 손님을 도와주려고 애쓰겠지요. 하지만 나는 쓰레기 같은 음식을 먹고 석탄 더미에서 잔답니다."

여기에서 웨이터는 눈물을 터트리고, 나는 너무나 커다란 불행에 동정심이 일어, 동전 아홉 냥보다 조금 주는 건 정말 잔인하고 가혹한 처사란 생각마저 들었다. 그래서 반짝이는 은화 세 개 가운데 하나를 주고, 웨이터는 상대를 극진히 존중하는 태도로 겸손하게 받더니 곧바로 진짜인지 확인하려고 엄지손가락으로 톡톡 쳤다.

남에게 도움받으며 역마차 뒤쪽에 오르는데 사람들이 나 혼자 음식을 모두 먹었다고 생각하는 것 같아서 나는 약간 당혹스러울 수밖에 없었다. 이런 사실을 깨달은 건 내닫이창에서 아주머니가 마차 경비원에게 "저 아이를 잘 보살펴야 해, 조지, 배가 터질지도 모르니까!" 하고 커다랗게 말하는 소리를 듣고 주방에서 일하는 사람들이 밖으로 나와서 쳐다보며 킥킥 웃는 모습도 보았기 때문이다. 그런데 불행하게도 평상시 기분을 완전히 회복한 웨이터는 이런 사실에 흔들리는 기색이 조금도 없는 건 물론 당혹스러운 기색조차 없이 다른 사람과 마찬가지로 나를 바라보며 놀라는 표정을 떠올렸다. 만일 내가 웨이터를 조금이나마 의심했다면 절반은 이 순간에 생겼으리라. 그런데도 지금까지 어린애 특유의 순수한 확신과 연장자에게 의지하는 어린애 특유의 자연스러운 마음으로 (안타깝게도 어린애가 속세에 너무 빨리 물들면서 잃어버리는 심성으로) 나는 당시에 웨이터를 심각하게 의심한 적이 없다고 지금 이 순간에도 믿고 싶다.

그런데 내가 앉는 순간에 마차 뒷부분이 무거워서 내려간다거나 나는 짐마차를 타고 가는 편이 훨씬 좋겠다는 식으로 마부와 경비원이 농담할 때는 너무 억울하고 힘들었다는 사실을 인정하지 않을 수 없다. 내가 엄청나게 먹는다는 소문이 마차 바깥에 올라탄 승객 사이에서 번지자, 이들 역시 내가 학교 기숙사에 두 사람 몫을 내는지 아니면 세 사람 몫을 내는지 아니면 일반 학생과 똑같은 조건으로 계약했는지 등등 짓궂게 물어대며 놀리기 시작했다. 하지만 무엇보다 힘든 건 음식을 먹어야 할 시간이 되어도 창피해서 차마 못 먹을 거란 사실, 그렇다면 조금 전에 음식을 조금밖에 못 먹었는데 앞으로 밤새도록 굶주려야 할 거란 사실이었다. 과자라도 먹으면 되겠는데 급히 서두르나 호텔에 놓고 왔기 때문이다. 우려는 현실이 되고 말았다. 저녁 식사를 하려고 마차는 멈추고 나는 음식을 먹고 싶은 마음이 굴뚝같지만 차마 용기가 안 나서 벽난로 앞에 앉아 아무것도 먹고 싶지 않다고 말한 게 전부였다. 그런데 이런 행동까지 놀림을 받고 말았다. 얼굴이 거칠고 목소리도 거친 사내가, 자기는 마차를 타고 오는 동안 샌드위치를 끊임없이 먹으면서 술병까지 들이켜더니, 나를 한 번에 많이 먹고 오랫동안 굶는 왕뱀 같다고 놀리면서도 정작 자신은 몸이 탈 날 때까지 삶은 고기를 먹어댔으니 말이다.

우리는 오후 세 시에 야머스를 출발했다. 런던에는 다음 날 아침 여덟 시 경에 도착할 예정이었다. 한여름 날씨라서 초저녁이 상쾌했다. 마차가 마을을 지날 때마다 나는 저런 집 내부는 어떻게 생기고 안에는 어떤 사람이 살까 머릿속으로 상상하고, 아이들이 마차를 쫓아오거나 뒤에 매달려서 이리저리 흔들릴 때면 저 아이들은 아버지가 있을까, 저 아이들은 집에서 행복하게 살아갈까 곰곰이 생각했다. 그래서 생각할 게 아주 많지만 내가 앞으로 생활할 학교에 대한 생각도 끊임없이 떠오르는데…… 모두 끔찍한 내용이었다. 때로는 집과 패거티 유모에 대한 생각에도 잠기고 머드스톤을 깨물기 전까지 나는 어떤 아이였으며 감정 상태는 어땠을까를 어떤 식으로든 떠올리려고 애썼지만, 어떤 식으로도 만족을 못 한 채, 머드스톤을 깨문 자체가 오랜 옛날처럼 여겨지기만 하던 기억도 난다.

깜깜한 밤은 초저녁처럼 상쾌하지 않았다. 온도가 많이 떨어졌다. 게다가 역마차에서 떨어지는 걸 예방하려고 나를 두 남자 사이에 (얼굴이 거친 사내와 또 한 사람 사이에) 앉힌 터라, 두 사람이 잠들어 양쪽에서 완벽하게 밀어붙일 때마다 나는 숨이 턱턱 막혀서 죽을 것만 같았다. 가끔은 도저히 못 견딜 정도로 밀어붙여서 나는 "어이쿠! 제발 이러지 마세요!" 하고 소리칠 수밖에 없는데, 그럴 때마다 잠에서 깬 두 사람이 몹시 싫어했다. 맞은편에는 나이 많은 아주머니가 있는데 커다란 모피 외투로 온몸을 감싼 터라 깜깜한 곳에서 보면 사람이 아니라 건초더미처럼 보였다. 그런데 아주머니에겐 바구니가 하나 있어 처음에는 어찌해야 좋을지 몰라서 한동안 고생하더니, 결국에는 내 다리가 짧은 걸 발견하고 그 밑에 놓으면 되겠다고 생각한 것이다. 그래서 나는 발밑까지 꽉 끼어서 정말 불편하고 힘들었다. 하지만 조금만 움직여도 바구니 안에서 유리그릇이 당연히 다른 물건에 부닥치며 덜거덕거리고 그럴 때마다 아주머니는 더할 나위 없이 잔인하게 발로 나를 콕 찌르면서 소리쳤다.

"꾹 참아, 안달하지 말고. 너는 뼈가 연해서 이 정도는 충분히 참을 수 있어!"

마침내 해는 떠오르고, 양쪽에서 두 아저씨는 훨씬 편하게 잠자는 것 같았다. 두 사람이 밤새도록 불편한 자세로 고생한 사실은, 그래서 끔찍할 정도로 가쁜 숨을 몰아쉬며 코를 골았다는 사실은 충분히 인정한다. 그런데 해는 점차 높이 떠오르고 두 사람 역시 잠이 조금씩 달아나다 결국에는 한 명씩 깨어날 수밖에 없었다. 여기에서 정말 놀라운 건 두 사람 모두 잠을 조금도 못 잔 척한다는 사실이다, 잘 자지 않았느냐고 누가 말하면 끔찍하게 화까지 내면서 말이다. 그래서 깜짝 놀란 마음을 오늘날까지 힘들게 품고서 인간이 지닌 약점을 다양하게 관찰하다 보니, 우리 인간이 절대로 인정하고 싶지 않은 약점 가운데 하나는 (그 까닭은 모르겠지만) 역마차에서 푹 잤다는 사실이란 생각마저 든다.

멀리서 처음 바라본 런던은 얼마나 놀라웠는지, 내가 좋아하는 영웅들이 끊임없이 활약하고 또 활약하며 모험을 벌이던 무대였다는 사실이 얼마나 놀라웠는지, 지구에 있는 어떤 도시보다도 놀라운 현상과 사악한 사건으로 가득한 공간이란 생각이 마음속에서 얼마나 애매하게 떠올랐는지는 굳이 여기에 언급하지 않겠다. 우리는 런던으로 조금씩 다가가, 목적지인 화이트채플 구역 여인숙에 예정대로 들어섰다. 여인숙 이름이 '파란 황소'인지 '파란 멧돼지'인지 기억은 안 나지만 '파란 무언가'였던 건, 그리고 역마차 뒤에 여인숙 그림이 있었던 건 확실하다.

경비원이 마차에서 내리며 나를 힐끗 보더니, 매표소 문으로 가서 소리쳤다.

"서퍽 블룬더스톤에서 머드스톤이란 이름으로 예약한 어린애를 데리러 온 사람 있습니까?"

아무도 대답하지 않았다. 그래서 나는 바닥을 힘없이 내려다보며 말했다.

"코퍼필드란 이름도 물어보세요, 아저씨, 괜찮다면."

"서퍽 블룬더스톤에서 머드스톤이란 이름으로 예약했는데 자기 이름은 코퍼필드라고 하는 어린애를 데리러 온 사람 있습니까? 그런 사람 있으면 앞으로 나오세요!"

경비원이 소리쳐도 앞으로 나오는 사람은 없었다. 나 역시 걱정스러운 눈으로 주변을 둘러보지만, 경비원이 외치는 소리에 관심을 보이는 구경꾼은 하나도 없었다. 양쪽 다리에 각반을 찬 애꾸눈 사내가 내 목에 쇠줄을 둘러쳐서 마구간에 묶어두면 되겠다고 농담한 게 전부였다.

사다리를 가져오자 나는 건초더미 같은 아주머니 다음에 내렸다. 바구니를 치울 때까지 겁나서 꿈쩍도 못 했기 때문이다. 이윽고 역마차 승객은 모두 내리고, 짐도 바로 꺼내고, 말은 짐보다 먼저 마구를 풀어서 데려가더니, 심부름꾼 여러 명이 앞에서 끌고 뒤에서 밀며 역마차를 한적한 곳으로 움직였다. 그런데도 서퍽 주 블룬더스톤에서 온 먼지투성이 어린애를 데리러오는 사람은 없었다.

쳐다보는 사람도 없고 외롭다는 사실을 알아주는 사람도 없어, 로빈슨 크루소보다 외로운 마음으로 매표소 사무실에 들어가서 근무 중인 직원이 시키는 대로 계산대를 지나 안으로 들어가서 화물 무게를 재는 저울에 앉았다. 여기에 가만히 앉아서 소포와 화물과 장부를 쳐다보며 마구간 냄새를 맡으려니 (지금도 마구간 냄새만 맡으면 이 날 아침이 떠오르는데) 마음속에서 엄청난 생각이 줄줄이 일어나기 시작했다.

가령, 나를 데리러 오는 사람이 아무도 없다면 나는 여기에 얼마나 오랫동안 머물 수 있을까? 은화 일곱 냥을 다 쓸 때까지는 머물 수 있을까? 밤이면 화물을 넣어두는 저 나무통 가운데 하나에 들어가서 잠자고 아침이면 마당에서 펌프 물로 세수해야 하나, 아니면 밤마다 밖으로 쫓겨났다가 아침에 사무실이 문을 열면 다시 들어오는 식으로 나를 데려갈 사람이 나타날 때까지 기다려야 하나? 뭔가 착오가 있는 게 아니라 머드스톤이 나를 없애려고 이런 계획을 세운 거라면 어떻게 하나? 은화 일곱 냥을 모두 사용할 때까지 여기에서 지내는 걸 사람들이 허락한다 해도 배가 고프기 시작하면 더는 머물 수 없지 않겠는가! 그렇게 되면 승객이 성가시고 불쾌하게 여기는 건 물론 '파란 뭐라는 여인숙'에서는 장례비용을 부담할 위험까지 감수해야 할 테니 말이다. 그렇다고 해서 지금 당장 걸어서라도 집으로 돌아가겠다면 길은 어떻게 찾을 것이며, 그렇게 먼 길은 어떻게 걸어갈 것이며, 설사 집으로 돌아간다 해도 내가 확실히 믿을 사람이라곤 패거티 유모 말고 또 누가 있겠는가? 그렇다고 해서 근처에 있는 관공서를 찾아가 군인이나 뱃사람이 되겠다고 신청한들, 그 사람들이 나처럼 어린 꼬맹이를 받아 줄 가능성은 조금도 없겠지?

이런 생각을 비롯해 수많은 생각에 빠져들다 보니 몸은 뜨겁게 달아오르고 근심 걱정에 현기증까지 일었다. 그래서 열이 한창 오를 때 어떤 사내가 사무실로 들어와서 직원에게 속삭이자, 직원은 나를 저울에서 내려 사내 쪽으로 밀었다, 저울에서 무게를 잰 다음에 돈을 받고 넘겨주듯이 말이다.

나는 새로 나타난 사내와 손을 맞잡고 사무실에서 나오며 옆모습을 슬쩍 쳐다보았다. 몸은 깡마르고 혈색이 나쁜 젊은이로, 두 볼은 움푹 들어가고 턱은 머드스톤만큼이나 새까만데, 비슷한 점은 그게 전부였다. 구레나룻을 면도로 깨끗하게 밀고 머리칼은 윤기 없이 거칠고 팍팍했기 때문이다. 몸에는 까만 정장을 걸쳤는데 마찬가지로 거칠고 팍팍한 데다 양쪽 소매와 바지 밑단은 뭉툭하고 목에 두른 하얀 목도리는 더할 나위 없이 지저분했다. 당시도 그렇고 지금도 그렇고 사내가 걸친 리넨 천이 목도리밖에 없다고 생각하는 건 아니지만, 겉보기에 그렇게 보이는 천은 그것 하나밖에 없었다.

"네가 새로 온 아이니?"

사내가 묻는 말에 내가 대답했다.

"네, 선생님."

확실하진 않지만 내가 맞는 것 같았다.

"나는 세일럼 기숙학교[15] 선생님이야."

선생님이 말하고, 나는 엄청난 위압감을 느끼며 허리를 꾸벅 숙여서 인사했다. 세일럼 기숙학교 선생님이자 학자에게 내가 가져온 짐처럼 평범한 물건을 언급하는 게 창피한 나머지, 나는 마당을 약간 걸어간 다음에 비로소 용기를 끌어모아서 간신히 말을 꺼냈다. 그래서 앞으로 나에게 꼭 필요할 수도 있다고 겸손하게 설명하니, 선생님은 나를 데리

---

15) 찰스 디킨스가 쓴 '우리 학교'에 의하면 디킨스는 어릴 때 웰링턴 기숙학교를 2년 동안 다녔는데, 당시 경험에 근거해서 세일럼 기숙학교를 묘사했다.

고 사무실로 돌아갔다. 그리고 정오에 짐꾼을 보내서 짐을 찾아가겠다고 직원에게 말했다.

"죄송합니다만, 선생님, 학교가 먼가요?"

내가 물었다. 조금 전에 돌아선 지점을 다시 걸을 때였다.

"블랙히스 지나서야."

선생님이 대답하는 말에, 나는 머뭇거리다 다시 물었다.

"블랙히스는 먼가요, 선생님?"

"꽤 멀어. 역마차를 타고 갈 거야. 대략 10km 정도거든."

지칠 대로 지치고 배도 고파서 힘이 하나도 없는 판에 앞으로 10km를 더 가야 한다고 생각하니까 정신이 아득했다. 그래서 용기를 다시 끌어모아, 밤새도록 아무것도 못 먹었다고, 무얼 사서 먹도록 허락한다면 정말 고맙겠다고 말했다. 그러자 선생님은 깜짝 놀란 표정이더니 – 그래서 걸음을 멈추고 나를 쳐다보더니 – 잠시 곰곰이 생각하다가 빵을 비롯해 무엇이든 먹고 싶은 걸 사 들고 근처에 사는 노파를 찾아가자고, 그래서 아침 식사를 하자, 거기에 가면 우유도 있을 거라고 말했다.

따라서 우리는 빵 가게 진열창을 들여다보고, 나는 사고 싶은 빵을 하나씩 제안하고 선생님은 하나씩 거절해, 결국 우리는 먹음직하게 생긴 조그만 갈색 빵 한 덩어리를 고르고 나는 3페니를 냈다. 그런 다음에 식료품 가게에서 달걀 한 알과 베이컨 한 조각을 사고 반짝이는 은화를 하나 건넸다가 거스름돈이 많이 나온 걸 보고 나는 런던 물가가 정말 싸다고 생각했다. 이런 음식을 산 뒤, 우리는 지친 머리로 도저히 설명할 수 없을 정도로 복잡하고 시끌벅적한 거리를 지나고 런던교가 분명한 다리를 (선생님이 설명하는 걸 비몽사몽 중에 들은 것 같다) 건너서 노파가 사는 집으로 다가가는데, 겉모습도 그렇고 대문 위 돌덩이에 새긴 '가난한 여인 스물다섯 명을 위해서 만들다'는 글귀를 보면 사설 구빈원 가운데 하나가 분명했다.

조그만 문이 까맣게 쭉 늘어서고 문 한쪽 옆 바로 위에 마름모꼴 창문이 하나씩 달렸는데, 세일럼 기숙학교 선생님은 그 가운데 하나로 다가가서 빗장을 올려 조그만 집으로 들어서고 내가 뒤따라 들어서니, 가난한 노파 한 명이 조그만 냄비에 든 내용물을 끓이려고 무릎에 풀무를 올려놓고 불을 피우는 중이었다. 그러다가 선생님이 들어서는 걸 보고 동작을 멈추면서 "우리 찰리!"라는 식으로 말하는 것 같다가 내가 들어서는 걸 보고 벌떡 일어나서 두 손을 비비고 허리를 대충 숙이며 인사했다.

"여기에 있는 어린 신사한테 아침 식사를 요리해줄 수 있나요, 괜찮다면?"

세일럼 기숙학교 선생이 묻자, 노파가 대답했다.

"해줄 수 있느냐고? 그럼, 당연하지!"

"피비슨 부인은 오늘 어떤가요?"

선생님이 말하면서 벽난로 앞 커다란 의자를 바라보는데 거기에 또 다른 노파가 있었다. 하지만 사람이 아니라 잔뜩 쌓아놓은 옷더미처럼 보여, 나는 순간적으로 착각하고 거기에 앉지 않은 걸 지금 이 순간에도 다행스럽게 여긴다.

"아, 저 할멈은 기분이 안 좋아. 오늘은 나쁜 날이거든. 무슨 일이 일어나서 저 불길이 꺼지면 할멈 목숨도 함께 꺼져서 다시 못 살아날 거야."

첫 번째 노파가 말하면서 선생님과 함께 다른 노파를 바라보아, 나역시 그쪽을 바라보았다. 날씨가 따뜻한데도 노파는 불길에만 관심을 기울이는 것 같았다. 심지어 불길에 올려놓은 냄비조차 시샘하더니,

거기에다 내가 먹을 달걀을 끓이고 베이컨을 굽는다는 사실에 분노하는 것 같았다. 요리하는 동안 아무도 안 보는 틈을 타서 노파가 나를 향해 흔들어대는 주먹을 불편한 눈으로 확인했기 때문이다. 햇살이 조그만 창문으로 흘러드는데 노파는 거기에 자기 등은 물론 커다란 의자 등받이까지 돌리고 앉아서 불길이 자신을 따듯하게 하는 게 아니라 자신이 정성을 다해서 불길을 따듯하게 보살피는 것처럼 감싼 채 몹시 불안한 눈으로 지켜보았다. 그러다가 요리가 끝나 불길에서 꺼내자, 노파는 극단적으로 기뻐하며 커다랗게 웃는데, 솔직히 말해서 듣기 좋은 소리는 아니었다.

나는 식탁에 앉아서 갈색 빵과 달걀과 베이컨 요리와 우유 한 사발을 정말 맛있게 먹기 시작했다. 그래서 식사를 한참 즐기는데, 처음에 본 노파가 선생님에게 물었다.

"플루트를 지니고 있니?"

"네."

"한번 불어보렴. 어서!"

노파가 다정하게 말하자, 선생님은 외투 자락에 손을 넣어서 세 도막으로 나눈 플루트를 꺼내 하나로 잇더니, 곧바로 연주했다. 오랜 세월에 걸쳐서 깊이 생각하고 내린 결론은 그렇게 쓸쓸한 선율을 만들어낼 사람은 세상 어디에도 없다는 거다. 선생님이 내는 소리는 인위적이든 자연적이든 어떤 식으로도 들어본 적 없는 우울한 소리였다. 어떤 곡조인지도 모르고 그런 연주곡이 있는지조차 의심스럽지만 우울한 선율을 듣다 보니 처음에는 세상 모든 슬픔이 떠올라서 눈물을 참을 수 없다가 나중에는 식욕까지 앗아가고 결국에는 너무 졸려서 두 눈을 뜰 수도 없었다. 지금도 당시 생각을 떠올리면 두 눈이 감기면서 꾸벅꾸벅 졸아댈 정도다.

조그만 실내 공간에는 문짝조차 달아난 찬장이 한쪽 구석에 틀어박히고 의자는 등받이가 사각형이고 모서리에는 이 층으로 올라가는 조그만 계단이 있고, 벽난로 위쪽을 공작새 깃털 세 개로 장식했는데 - 실내로 처음 들어설 때는 멋진 깃털이 이렇게 될 운명이란 걸 알았더라면 공작새 기분이 어땠을까 궁금하게 여긴 기억이 나는데 - 조금씩 흐릿하게 보이더니 꾸벅거리며 졸다가 마침내 잠든다. 플루트를 연주하는 소리 대신 바퀴 소리가 들리고 나는 역마차를 타고 달린다. 역마차가 덜커덩 흔들릴 때 화들짝 놀라며 깨어나고, 플루트 소리는 다시 일어나고 세일럼 기숙학교 선생님은 한쪽 다리를 다른 다리에 걸치고 앉아서 구슬프게 연주하고 그 집 노파는 기쁜 표정을 떠올린다. 그러다가 노파도 사라지고 선생님도 사라지고 모든 게 사라지니, 플루트 소리도 없고 선생님도 없고 세일럼 기숙학교도 없고 데이비드 코퍼필드도 없고 오로지 깊은 잠만 있다.

한번은 선생님이 우울한 곡조를 연주하는데 그 집 노파가 황홀경에 빠져들며 조금씩 다가가다가 선생님이 앉은 의자 등받이 너머로 상체를 기울여서 목을 다정하게 끌어안아 선생님이 순간적으로 연주를 멈춘 장면을 꿈꾼 것 같다. 그럴 때도 그런 직후에도 나는 비몽사몽이고, 선생님은 다시 연주하니 - 그리고 보니 선생님이 연주를 멈춘 건 진짜다 - 그 집 노파가 피비슨 부인에게 (플루트 소리가) 정말 달콤하지 않으냐 묻고 피비슨 부인은 "그래, 그래! 정말 그래!"라고 대답하며 불길을 향해 고개를 끄덕이는데, 내가 보기에 그 말은 플루트 소리가 아니라 불길이 정말 좋다는 의미인 것 같았다.

내가 오랫동안 존 것 같을 때 세일럼 기숙학교 선생님은 플루트를 풀어 세 조각으로 나눠서 외투 자락에 넣더니, 나를 데리고 밖으로 나왔다. 그리고 근처에서 역마차를 잡아 지붕에 올라탔지만 내가 너무

심하게 졸아서 다른 승객을 태우려고 멈출 때 사람들이 나를 마차 안 빈자리에 넣어주어 나는 거기에서 깊이 잠자다가 녹색 잎사귀가 무성한 가파른 언덕길을 힘겹게 천천히 오른다는 사실을 깨달았다. 그러다가 마차가 멈췄다. 목적지에 도달한 것이다.

우리가 - 선생님과 내가 - 약간 걷자 세일럼 기숙학교가 나오는데, 학교를 휘감은 높은 벽돌담이 우중충했다. 벽돌담 사이에는 대문이 있고 그 위에는 세일럼 기숙학교라는 간판이 있는데, 우리가 초인종을 울리자 무뚝뚝한 얼굴이 나타나서 대문 쇠창살 사이로 살피다 대문을 열어, 단단한 체구에 목은 굵고 짧으며 한쪽 다리는 의족이고 광대뼈는 툭 튀어나오고 머리칼은 바싹 깎은 사내가 모습을 드러냈다.

"새로 온 학생이오."

선생님이 말하자, 의족을 한 사내가 나를 훑어보더니 - 훑어볼 게 별로 없어서 그렇게 오래 걸리진 않는데 - 우리가 들어서자 대문에 자물쇠를 채우고 열쇠를 꺼냈다. 그래서 우리는 울창한 나무가 그늘을 짙게 드리운 길을 지나며 기숙학교 건물로 가는데, 뒤에서 선생님을 불렀다.

"이봐요, 멜 선생님!"

우리가 뒤를 돌아보자, 사내는 자신이 사는 조그만 경비실 문가에서 한 손에 구두 한 켤레를 들어 올리며 말했다.

"여기요! 선생님이 나간 사이에 구두수선공이 다녀갔는데, 더는 고칠 수 없대요. 그 사람 말이 원래 가죽이 조금도 안 남았는데, 이런 걸 고치려는 자체가 이상하다더군요."

사내는 이 말과 함께 구두를 던지고 멜 선생님은 뒤로 서너 걸음 돌아가서 구두를 집어 들어, 나와 함께 걸으면서 구두를 슬픈 표정으로 바라보았다. 그래서 자세히 쳐다보니, 멜 선생님이 신은 구두는 도저히 못 쓸 정도고 스타킹은 한쪽 구멍으로 삐져나온 살이 새싹처럼 보였다.

세일럼 기숙학교는 사각형 벽돌 건물로 양쪽에 부속건물이 딸렸는데, 장식은 하나도 없어서 겉모습이 황량했다. 사방이 너무나 조용한 나머지 나는 멜 선생님에게 아이들이 모두 외출했느냐고 물었다. 그러자 깜짝 놀라는 표정을 떠올리더니, 지금은 방학이라서 자기 집으로 모두 돌아갔다는 사실과 학교 경영자 크리클 교장 선생님은 부인과 딸을 데리고 바닷가에 피서 중이란 사실, 그리고 나를 방학 때 학교로 보낸 건 잘못을 저지른 벌이란 사실까지 길을 가면서 설명했다.

나는 멜 선생님과 함께 들어간 교실을 살피는데, 그렇게 쓸쓸하고 황량한 공간은 생전 처음 보았다. 지금도 눈에 선하게 떠오른다. 길쭉한 실내 공간에 책상은 세 줄로 의자는 여섯 줄로 늘어서고, 나무못을 사방에 박아서 모자와 석판을 걸도록 하고 더러운 바닥에는 글씨를 연습하는 낡은 책과 연습장 쪼가리가 나뒹굴고 책상 여기저기에는 종이로 만든 누에 집이 널리고 주인이 놓고 간 하얀 쥐 두 마리는 마분지와 철사로 만든 곰팡내 나는 집에서 먹을 걸 찾으려고 빨간 눈으로 구석구석 훑고 이리저리 뛰어다니며 불쌍하게 몸부림쳤다. 새 한 마리는 자신보다 약간 더 커다란 새장에서 5cm 높이 횃대를 총총 뛰어다니다 밑으로 홀쩍 뛰어내리며 가끔 구슬프게 날갯짓할 뿐 노래도 않고 지저귀지도 않는다. 무언가 썩는 이상한 냄새도 나는데, 바지에서 나는 곰팡내 같기도 하고 사과가 썩은 냄새 같기도 하고 책이 썩는 냄새 같기도 했다. 잉크가 사방에 더할 나위 없이 지저분하게 튄 걸 보면 교실을 처음 지을 때 지붕이 없어, 계절에 따라 하늘에서 잉크 비도 내리고 잉크 눈도 내리고 잉크 우박도 내리고 잉크 바람도 불어닥친 것 같았다.

멜 선생님이 더는 수선할 수 없는 구두를 들고 이 층으로 올라간 사이에 나는 교실 끝까지 천천히 거닐며 위에서 말한 모든 걸 관찰했다. 그러다가 마분지로 벽보를 만들고 글씨를 예쁘게 적어서 책상에 올려놓은 걸 발견했는데, 거기에 적힌 내용은 "깨무니까 조심하시오!"였다.

나는 책상 밑에 커다란 개가 있다는 생각에 책상 위로 재빨리 올라섰다. 그래서 불안한 눈으로 사방을 살피는데 개 같은 건 어디에도 안 보였다. 그래도 여전히 주변을 살필 때 멜 선생님이 돌아와, 책상에 올라가서 무얼 하느냐고 물었다.

"죄송합니다, 선생님. 개를 찾습니다."

"개? 무슨 개?"

"저게 개를 말하는 게 아닌가요, 선생님?"

"뭐가 개를 말해?"

"저기, 깨무니까 조심하시오!"

내가 대답하자, 멜 선생님이 엄숙한 어투로 설명한다.

"아니야, 코퍼필드. 저건 개를 말하는 게 아니야. 학생을 말하는 거야. 나는 저 벽보를 네 등에 걸라는 지시를 받았단다, 코퍼필드. 이런 식으로 시작해서 미안하지만 나도 어쩔 수 없구나."

그러더니 멜 선생님은 나를 책상에서 내린 다음, 목적에 맞도록 깔끔하게 만든 벽보를 배낭처럼 등에 걸고, 나는 어디든 그런 상태로 다녀야 했다.

벽보 때문에 내가 얼마나 많은 고통을 겪었는지 제대로 아는 사람은 하나도 없다. 사람들이 나를 볼 수 있는 위치든 아니든 나는 뒤에서 누가 쳐다본다는 느낌을 끊임없이 받았다. 그래서 뒤를 돌아보고 아무도 없다는 사실을 확인해도 마음이 놓이진 않았다. 내가 등을 어느 쪽으로 돌리든 사람이 항상 있는 것 같았기 때문이다.

의족을 한 사내는 특히 잔인하게 나를 고통스럽게 몰아갔다. 그 역시 일정한 권력이 있었다. 그래서 내가 나무나 벽이나 건물에 등이라도 기대는 걸 본다면 경비실에서 엄청 커다랗게 고함쳤다.

"이봐, 너! 코퍼필드! 벽보를 잘 보이게 해, 아니면 당장 일러바칠 테니까!"

운동장은 자갈만 깔린 채 기숙학교 건물과 온갖 상점 건물 뒤쪽으로 그대로 이어져, 일하는 사람도 벽보를 읽고 정육점 주인도 벽보를 읽고 빵집 주인도 벽보를 읽으니, 한마디로 내가 운동장을 돌아다니도록 명령받은 아침 시간에 기숙학교 주변을 돌아다닌 사람이라면 내가 깨무니까 조심하라는 글을 누구나 읽을 수밖에 없었다. 그러다 보니, 사람을 깨무는 난폭한 아이를 나 자신도 두려워하는 사태까지 이른 기억이 난다.

운동장 구석에는 낡은 문이 하나 있는데 학생들은 거기에 자기 이름을 새기는 전통이 있었다. 그래서 문 전체를 이름으로 완벽하게 뒤덮었다. 그런데 방학이 끝나서 학교로 돌아올 아이들이 두려운 나머지, 나는 거기에 있는 이름을 읽을 때마다 "깨무니까 조심하시오!"를 저 아이는 어떤 어투로 얼마나 강하게 읽으며 놀릴까 궁금했다. 여러 이름 가운데 'J 스티어포스'라는 아이는 이름을 유난히 깊게 여기저기 새겨놓은 걸 보면 유난히 커다랗게 소리치면서 내 머리칼을 잡아당길 것 같았다. '토미 트래들스'라는 아이는 일부러 나를 무서워하는 척하면서 짓궂게 장난칠 것 같았다. 또 다른 아이 '조지 뎀플'은 곡조를 붙여서 노래할 것 같았다. 그래서 겁에 질린 채 물끄러미 바라보노라면 거기에 이름을 새겨놓은 모두가 - 멜 선생님 말씀에 의하면 학교에서 공부하는 아이는 모두 마흔다섯 명인데 - 만장일치로 나를 따돌리면서 각자 독특한 방식으로 "깨무니까 조심하시오!"라고 소리치며 놀릴 것 같았다.

책상과 의자가 늘어선 교실에서도 그렇고, 침대로 가는 도중이나 침대에 올라서 살며시 쳐다본 수많은 침대에서도 그랬다. 밤이면 예전에 어머니와 지내던 꿈도 꾸고 패거티 아저씨네 집에서 파티하던 꿈도 꾸고 역마차 바깥에 올라탄 꿈도 꾸고 불쌍한 웨이터와 함께 음식을 먹던 꿈도 꾸는데, 그럴 때마다 하나같이 소리 지르면서 쳐다보고 나는 속옷에다 벽보만 뒤집어쓴 끔찍한 차림이었다.

일상생활은 끔찍하게 단조로운 데다 학교에 아이들이 다시 나타나는 건 생각만 해도 두려우니, 나로선 정말 고통스러운 나날이 아니겠는가! 멜 선생님하고는 매일같이 오랫동안 공부하는데 주변에 머드스톤 오누이가 없어서 그럭저럭 무난하게 풀어갈 수 있었다. 공부하기 전과 공부한 다음에는 앞에서 언급한 것처럼 의족을 단 사내가 감시하는 가운데 이리저리 돌아다녔다. 학교 주변에 질펀한 웅덩이, 안마당에 깔려서 깨져나간 녹색 판석, 낡아서 물이 줄줄 흐르는 빗물 통, 비가 오면 다른 나무보다 빗물이 유난히 질퍽하게 달려들고 해가 쨍쨍할 때는 바람이 유난히 안 들이치는 나무들, 그래서 나뭇등걸 색깔이 끔찍하게 변한 나무들이 지금도 눈앞에 선하게 떠오른다!

한 시가 되면 우리는, 멜 선생님과 나는, 송판으로 만든 식탁이 쭉 늘어서고 기름 냄새가 찌든 식당 한쪽 끝에서, 텅 비어 유난히 기다랗게 보이는 식당 한쪽 끝에서 식사했다. 그러고 나서 다시 공부하다가 차가 나오면 멜 선생님은 파란 찻잔으로 마시고 나는 양철 깡통으로 마셨다. 그러고 나면 멜 선생님은 교실로 가서 따로 떨어진 자기 책상에 앉아 펜과 잉크와 줄자와 장부와 종이를 가지고 다음 학기 수업료 청구서를 만드느라 저녁 일고여덟 시까지 일했다. 일과를 마치면 선생님은 밤마다 플루트를 꺼내서 연주하는데, 그럴 때마다 나는 선생님이 제일 꼭대기 커다란 구멍으로 숨을 불어서 아래쪽 조그만 구멍으로 모두 짜낸다는 느낌을 받았다.

불빛이 희미한 방에서 조그만 아이가 손으로 턱을 괴고 앉아 멜 선생님이 연주하는 구슬픈 곡조를 들으며 내일 공부를 예습하던 모습이 지금도 눈에 선하게 떠오른다. 조그만 아이가 책을 모두 덮고서 멜 선생님이 연주하는 구슬픈 곡조를 듣다가 예전에 집에서 지내던 시절과 야머스 바닷가에서 불어오던 바람을 떠올리며 고독과 슬픔에 깊이 빠져드는 모습이 지금도 눈에 선하게 떠오른다. 텅 빈 방이 쭉 늘어선 한가운데서 조그만 아이가 잠자리를 찾아가던 모습이, 침대 곁에 앉아서 패거티 유모가 따뜻하게 위로하던 말을 그리워하며 눈물 흘리던 모습이 지금도 눈에 선하게 떠오른다. 아침이면 조그만 아이가 아래층으로 내려가다 층계참 유리창 끔찍한 틈새로 외딴 건물 꼭대기 풍향계 밑에 달린 학교 종을 쳐다보며, 저 종이 울려서 'J. 스티어포스'를 비롯한 아이들이 교실로 우르르 몰려들 때가 다가온다는 사실을 끔찍하게 두려워하던, 하지만 의족을 단 수위가 녹슨 대문을 열어 크리클 교장을 맞이할 때가 다가온다는 사실을 더욱 두려워하던 모습이 지금도 눈에 선하게 떠오른다. 당시를 아무리 떠올려도 내가 그렇게 위험한 아이란 생각은 안 들지만, 그래도 나는 경고용 벽보를 등에 메고 다녀야 했다.

멜 선생님은 나에게 아무런 말도 안 하지만 나에게 가혹하게 굴지도 않았다. 우리 두 사람은 아무 말 없이도 잘 어울렸던 것 같다. 말하는 걸 깜빡 잊었는데, 멜 선생님은 가끔 혼자 중얼거리기도 하고 빙그레 웃기도 하고 주먹을 움켜쥐기도 하고 이를 부드득 갈기도 하고 이해할 수 없는 자세로 자기 머리칼을 잡아 뜯기도 했다. 하지만 그건 멜 선생님이 지닌 독특한 습관에 불과해, 처음에는 겁나다 나중에는 금방 적응했다.

CHAPTER 6. 여러 사람을 만나다

　이런 식으로 한 달 정도를 보내자, 의족을 한 사내가 대걸레와 물통
을 들고 사방을 돌아다니기 시작해, 나는 크리클 교장 선생님과 아이들
을 맞을 준비에 들어간다고 생각했다. 내 생각이 맞았다. 얼마 안 가서
대걸레가 교실까지 들어오면서 멜 선생님과 나를 내쫓아, 우리는 며칠
동안 아무 데나 있을 만한 곳을 찾아다니곤 했는데, 그러다 보니 모습
을 거의 안 보이던 젊은 여자 두세 명과 툭하면 마주치기도 하고, 먼지
구덩이 한가운데서 끊임없이 기침할 때는 세일럼 기숙학교 전체가 거
대한 코 담뱃갑으로 변하기라도 한 것 같았다.
　하루는 멜 선생님에게서 크리클 교장 선생님이 그날 초저녁에 돌아
온다는 말을 들었다. 초저녁에 차를 마시고 나니, 교장 선생님이 도착
했다는 소식이 들렸다. 그리고 잠자리에 들기 직전에 의족을 한 사내에
게 이끌려 교장 선생님 앞으로 갔다.
　교장 선생님이 지내는 구역은 우리가 지내는 구역에 비해 훨씬
아늑한 데다 정원도 아늑해서 낙타가 아닌 다음에야 누구도 적응할

수 없는 조그만 사막 같은 운동장과 달리 기분이 상쾌했다. 덜덜 떨리는 몸으로 크리클 교장 선생님에게 가면서 통로가 편안해 보인다는 사실을 관찰한 자체가 정말 대담한 것 같았다. 너무 당혹스러운 나머지 거실에 들어가면서 거기에 있는 부인과 딸은 보지도 못하고 크리클 교장 선생님만, 인장 꾸러미를 시곗줄로 엮은 채 술병과 술잔을 옆에 놓고서 안락의자에 앉은 통통한 신사만 눈에 들어왔기 때문이다.

"그래, 이 녀석이 입에 재갈을 물려야 한다는 그 녀석이로군! 뒤로 돌려보게."

크리클 교장 선생님이 말하자 의족을 한 사내가 나를 돌려서 벽보를 보여주더니, 확인할 시간이 충분히 지나자 다시 똑바로 돌려서 교장 선생님과 얼굴을 마주하게 하고 자신은 교장에게 다가가서 옆에 섰다. 크리클 교장은 얼굴이 시뻘겋고, 두 눈은 자그마한 게 안으로 움푹 들어가고, 이마는 핏줄이 여기저기 두텁게 튀어나오고, 코는 조그맣고 턱은 컸다. 머리 꼭대기는 대머리며 기름을 바른 것처럼 보이는 가느다란 머리칼은 하얗게 변하는 중인데 양쪽 관자놀이로 올려붙여 이마에서 만났다. 하지만 특히 인상적인 부분은 목소리가 작아서 속삭이는 어투로 말한다는 사실이다. 말할 때마다 힘이 들어가는 건지 아니면 목소리가 작다는 걸 알아선지 그렇지 않아도 화난 얼굴은 훨씬 더 화난 얼굴로 보이고 두터운 핏줄은 훨씬 더 두텁게 보이니, 지금 다시 생각해도 이런 특징이 내 눈에 매우 독특하게 보이는 건 너무나 당연한 결과였다.

"그래, 저 아이에 대해서 보고할 게 있는가?"

크리클 교장 선생이 묻자, 의족을 한 사내가 대답했다.

"아직은 특별히 없습니다. 지금까지는 그럴만한 일이 없었거든요."

이 말에 크리클 교장 선생이 실망한 것 같았다. 나는 크리클 부인과 딸을 그때 처음 발견하고 힐끗 쳐다보는데, 몸이 가냘프고 조용한 두 사람은 실망한 표정이 조금도 아니었다.

"이리 오도록!"

크리클 교장이 나에게 말하며 손짓했다. 그러자 의족을 한 사내가 똑같은 동작을 반복하며 똑같이 말했다.

"이리 오도록!"

그러더니 크리클 교장이 내 귀를 틀어잡고 속삭였다.

"나는 자네 양부를 잘 알아. 정말 훌륭한 사람이지. 성격도 강인하고. 그분은 나를 알고 나는 그분을 알아. 그런데 너는 나를 알아? 엉?"

크리클 교장이 말하며 장난치듯 귀를 사납게 비틀고, 나는 갑작스러운 통증에 움찔하며 대답했다.

"아직은 아닙니다, 교장 선생님."

"아직은 아니다? 엉? 하지만 금방 알게 될 거야. 엉?"

크리클 교장이 말하고, 의족을 한 사내가 되풀이했다.

"금방 알게 될 거야. 엉?"

얼마 후에 들은 바에 의하면, 의족 사내는 크리클 교장이 아이들에게 속삭일 때마다 커다란 목소리로 되풀이하는 역할을 담당했다. 여하튼 나는 완전히 겁에 질린 채 선생님께서 원하신다면 저도 그러고 싶다고 대답하는데, 귀에서는 불이 나는 것 같았다. 교장이 힘껏 비틀었기 때문이다.

"내가 어떤 사람인지 알려주지. 나는 아주 무서운 사람이야."

크리클 교장이 속삭이더니, 마지막으로 힘껏 비틀어 내 눈에서 눈물을 쏙 뺀 다음에 귀를 놓았다.

"무서운 사람이야."

의족 사내가 되풀이하고, 크리클 교장은 계속 말했다.

"나는 한번 한다고 하면 그대로 하고 누구한테 한번 시키겠다고 하면 꼭 시키는 사람이야."

"……누구한테 한번 시키겠다고 하면 꼭 시키는 사람이야."

의족 사내가 되풀이하고, 크리클 교장은 다시 말했다.

"나는 단호한 성격이야. 나는 그런 사람이라고. 나는 의무에 충실해. 그게 내가 하는 일이야. 설사 내 혈육이라 해도……"

여기에서 교장이 자기 부인을 힐끗 쳐다보며 계속 말했다.

"……나한테 반항하는 놈은 내 혈육이 아니야. 단칼에 끊어버리거든. 그놈[16]이……"

여기에서는 의족 사내를 쳐다보며 물었다.

"……또 나타났나?"

"아닙니다."

"아니다. 이제 깨달았군. 내가 어떤 사람인지 깨달은 거야. 앞으로도 얼씬 못하게 하도록. 내가 분명히 말하는데, 앞으로도 얼씬 못하게 하라고."

크리클 교장이 한 손으로 탁자를 내려치곤 자기 부인을 쳐다보며 계속 말했다.

"이제 그놈이 나를 안 거야. 이제 너도 나를 알게 되겠지, 꼬마. 그만 가보도록. 데려가게."

그만 가라는 명령이 정말 고마웠다. 나 자신도 힘든 상태에서 크리클 부인과 딸이 흘리는 눈물을 보니 마음이 더욱 불편했기 때문이다. 하지만 나는 마음속에 가득한 불안감을 호소할 마음이 너무 강한 나머지, 나도 모르게 불쑥 용기 내며 말하고 말았다.

---

16) 친아들을 말한다.

"괜찮으시다면, 교장 선생님……."

그러자 크리클 교장이 "아니! 뭐야?" 하고 속삭이며 노려보는 게 몸뚱이에 구멍이라도 내려는 것 같았다. 그래서 나는 더듬거리며 대답했다.

"괜찮으시다면, 교장 선생님, 제 잘못을 진심으로 반성하니, 괜찮으시다면 아이들이 오기 전에 이 벽보를 벗도록……."

진심인지 아니면 나를 겁주려는 건지 모르겠지만, 크리클 교장이 의자에서 갑자기 튀어나오는 바람에 나는 정신 차릴 새도 없이, 그리고 의족 사내가 데리고 나갈 틈새도 없이, 단 한 번도 안 멈추고 침실로 내달아나 쫓아오는 사람이 없다는 사실을 확인하곤, 이제 잠자리에 들 시간이라서 침대에 누워 두세 시간 동안 덜덜 떨었다.

다음 날 아침에는 샤프 선생님이 돌아왔다. 주임 교사로 멜 선생님 상급자였다. 멜 선생님은 학생들과 식사하는데 샤프 선생님은 점심과 저녁 식사를 크리클 교장과 함께 들었다. 다리를 절고 외모가 곱상한 신사로 코는 정말 커다랗고 머리는 한쪽으로 살짝 기울었다. 무거워서 똑바로 들고 다닐 수 없는 것 같았다. 머리칼은 부드러운 데다 웨이브가 멋있는데, 학교에 제일 먼저 돌아온 아이가 말한 바에 의하면 그건 가발로, 그것도 남이 쓰던 중고가발로, 매주 토요일 오후면 웨이브를 주려고 밖으로 나간다고 했다.

이런 내용을 알려준 아이는 다른 애도 아니고 바로 '토미 트래들스'였다. 이 아이가 학교에 제일 먼저 돌아왔다. 처음 만나서 인사할 때 대문 오른편 모서리 꼭대기 빗장 바로 위를 보면 자기 이름이 있다고 말해, 나는 대뜸 "트래들스?"라 묻고, 그 아이는 "맞아"라고 대답하더니 나와 우리 가족에 관해 물어대기 시작했다.

트래들스가 제일 먼저 돌아온 게 나로선 정말 다행이었다. 벽보를 재밌는 놀이로 받아들인 나머지 다른 아이가 돌아올 때마다, 커다란 아이든 조그만 아이든 상관없이, "여길 봐! 정말 재미있어!" 하고 말하는 식으로 소개해, 나는 그것을 숨기고 아이들은 그것을 드러내는 당혹스러운 사태를 피할 수 있었다. 마찬가지로 다행스러운 건 학교로 돌아온 아이들 대부분 기운이 하나도 없어서 내가 걱정한 만큼 시끌벅적하게 놀려대지 않았다는 사실이다. 물론 일부는 인디언처럼 주변을 맴돌며 춤추고, 이 가운데 일부는 나를 개로 여기는 척하면서 물지 않도록 어루만지고 쓰다듬거나 "여기에 엎드려!" 하고 말하며 나를 '타우저'라는 개 이름으로 부르고 싶은 욕구를 그대로 드러냈다. 낯선 아이들 사이에서 이런 꼴을 당하는 게 당혹스러워서 눈물도 흘렸지만 대체로 볼 때 미리 걱정하던 내용보다는 훨씬 견딜만했다.

하지만 'J. 스티어포스'가 나타날 때까지 나는 학교에 정말로 들어온 건 아니었다. 스티어포스는 위대한 학자가 될 거라는 평판이 자자한데다 아주 잘 생기고 나보다 최소한 여섯 살이 많은 선배로, 아이들은 나를 판사 앞에 데려가듯 그 앞으로 데려갔다. 그러자 스티어포스 선배는 운동장 창고 그늘에서 내가 이렇게 벌 받는 까닭을 묻더니, "말도 안 돼!"라며 의견을 표명하고, 나는 부하가 되었다.

"코퍼필드, 돈 같은 거 있어?"

스티어포스 선배가 물었다. 내가 겪는 형벌을 간단하게 무시한 다음에 나란히 걸을 때였다. 나는 은화 일곱 냥이 있다고 대답했다.

"나한테 맡겨서 보관하는 게 좋을 거야. 네가 그러고 싶은 생각이 있다면 말이야. 그러고 싶은 생각이 없다면 그러지 말고."

나는 친절한 제안에 재빨리 응해, 패거티 유모 지갑을 열어서 그 손바닥에 대고 거꾸로 뒤집어서 마지막 한 냥까지 탈탈 털었다. 그러자 스티어포스 선배가 다시 물었다.

"지금 이 돈을 쓰고 싶지?"

"아닌데요?"

"네가 쓰고 싶으면 쓸 수 있는 거야. 말만 해."

"아닌데요, 선배?"

내가 똑같이 대답하자, 스티어포스 선배가 물었다.

"은화 두 냥으로 건포도 포도주를 한 병 사서 침실에서 먹고 싶은 생각이 안 드니? 너랑 나랑 같은 침실을 쓰거든."

그걸 마시고 싶은 생각은 조금도 없었으나, 나는 그렇다고, 마시고 싶다고 대답했다.

"좋아. 그럼 은화 한 냥으로 아몬드 케이크를 사는 것도 괜찮겠지?"

나는 그렇다고, 그러고 싶다고 대답했다.

"그리고 한 냥으로 비스킷을, 또 한 냥으로 과일을 사는 건? 그러면 정말 재미있을 거야, 꼬마 코퍼필드!"

상대가 미소를 머금자 나도 미소를 떠올렸다. 하지만 마음은 약간 불편했다. 그러자 스티어포스 선배가 말했다.

"돈이란 건 최대한 멋있게 써야 해. 중요한 건 그거라고. 내가 힘닿는 데까지 도와줄게. 나는 아무 때나 밖에 나가서 물건을 몰래 들여올 수 있거든."

이 말과 함께 스티어포스 선배는 돈을 주머니에 넣고서 나는 신경 안 써도 된다고, 자신이 다 알아서 하겠다고 친절하게 말했다. 그는 자신이 한 약속을 그대로 지켰지만 나는 속으로 마음이 아팠다. 어머니가 주신 반 크라운 은화 두 개를 너무나 가볍게 없앤 것 같아서다. 돈을 싼 종이나마 건사해서 소중하게 지킨 게 그나마 다행이었다. 우리가 이 층 침실로 올라가니, 스티어포스 선배는 은화 일곱 냥에 해당하는 물건을 꺼내서 달빛이 비치는 내 침대에 올려놓고 말했다.

"여기에 다 있는데, 꼬마 코퍼필드, 먹거리가 정말 화려하군."

스티어포스 선배가 있는 자리에서 나처럼 어린애가 잔치 주인 노릇을 한다는 건 상상할 수도 없었다. 생각만 해도 손이 덜덜 떨렸다. 그래서 주인 노릇을 대신하도록 부탁하고 같은 방 다른 아이들도 재청해, 스티어포스 선배는 기꺼이 받아들이고 내 베개에 앉아서 먹거리를 공평하게 나누고 발 없는 조그만 유리잔에 건포도 포도주를 따라서 돌리는데, 유리잔은 자기 물건이었다. 나는 스티어포스 선배 왼편에 앉고 나머지는 주변 침대와 바닥에 앉아서 우리를 에워쌌다.

우리가 거기에 앉아서 조그맣게 속삭이고, 아니, 정확히 말해서 아이들이 말하는 걸 나는 가만히 듣고, 달빛은 창문에서 들어와 바닥을 창문 모양으로 희미하게 적실 뿐, 스티어포스 선배가 찬장에서 무언가를 찾으려고 켠 성냥 불빛이 우리를 파랗게 비추다 곧바로 사라진 걸 제외하곤 우리가 앉은 공간은 모두 깜깜하던 기억이 지금도 생생하게 떠오른다! 가득한 어둠과 은밀한 잔치와 가만가만 속삭이는 목소리를 듣다 보니 갑자기 신비로운 느낌이 몰려들고, 나는 아이들이 말하는 소리를 막연하게 엄숙하고도 경건한 마음으로 듣고, 그러다 보니 모두 가까이 모였다는 사실이 기쁘고, 트래들스가 모서리에서 유령을 본 척할 때 나는 소름이 오싹 돋는데도 겉으로 웃는 척하던 기억도 함께 떠오른다.

그 자리에서 학교에 대한 모든 내용과 학교에 속한 모든 사람에 대해 들었다. 크리클 교장이 자신을 무서운 사람이라고 말하는 데에는 그럴만한 까닭이 있다는, 용서할 줄을 모르는 잔인한 성격이라는, 기마 경찰처럼 학생들 사이로 불쑥 뛰어들어 닥치는 대로 무자비하게 때리지 않는 날이 단 하루도 없다는, (스티어포스 선배에 의하면) 교장은 사람 때리는 것 말고 아는 게 하나도 없다는, 학교에서 제일 어린 학생보다도 무식하다는, 원래는 자치도시에서 조그맣게 장사하다 파산하면서 부인 돈까지 모두 날리는 바람에 학교 사업에 뛰어들었다는 사실을 비롯해 다양한 내용을 들었는데, 아이들이 이런 걸 모두 어떻게 알았을까 궁금할 정도였다.

의족 사내는 이름이 턴게이라는 사실과 고집스러운 야만인으로 크리클 교장이 장사할 때부터 일하다 다리를 다치고 그 밑에서 부정부패도 많이 저지르고 그 비밀도 많이 아는 덕분에 교육 사업까지 함께 뛰어들어 아이들 사이에 군림하게 되었다는 말도 들었다. 턴게이는 크리클 교장을 제외하고 학교 전체를, 모든 선생과 학생을 천적으로 여기며 까다롭고 사악하게 구는 걸 인생의 유일한 낙으로 삼는다는 말도 들었다. 크리클 교장은 아들이 한 명 있어서 학교 사업을 함께했는데, 턴게이와 사이가 안 좋은 데다 한번은 자기 아버지에게 학생을 너무 잔인하게 훈육하고 어머니를 너무 가혹하게 대한다며 대들었다. 그래서 크리클 교장은 아들을 내쫓고 크리클 부인과 딸은 항상 슬퍼한다는 말도 들었다.

하지만 내가 들은 내용 가운데 가장 놀라운 건 크리클 교장이 감히 손을 못 대는 학생이 한 명 있는데, 스티어포스 선배가 바로 그 학생이라는 사실이었다. 이런 말이 나오는 순간에 스티어포스 선배도 그 사실을 인정하며, 크리클 교장이 자신에게 손대면 어떻게 되는지 한번 보여주고 싶다고 덧붙였다. 교장이 그렇게 하면 어떻게 하겠느냐고 (내가 아니라 다른) 온순한 아이가 묻자, 스티어포스 선배는 자신이 하는 말을 강조하는 의미에서 성냥불을 켜며, 벽난로 선반에 항상 올려놓는 7실링 6페니짜리 잉크병을 이마에 던져서 한 방에 거꾸러뜨리겠다고 대답해, 우리 모두 깜짝 놀라서 어둠 속에 앉아 꿈쩍도 못했다.

샤프 선생님과 멜 선생님은 학교에서 받는 보수가 형편없을 거라는 말과 크리클 교장 식탁에서 식사할 때 차가운 고기와 뜨거운 고기가 나오는데 샤프 선생님은 언제나 차가운 고기를 좋아한다고 대답해야 한다는 말도 들었는데, 교장 댁에 자유롭게 출입하는 유일한 인물인 스티어포스 선배는 이번에도 사실을 인정했다. 샤프 선생님은 가발이 제대로 안 맞아 뒷머리에서 빨간 머리칼이 또렷하게 보이니 '잘난 척할' 필요가 없다고 누가 말하자 '거들먹거릴' 필요도 없다는 말까지 나왔다.

학생 한 명은 석탄 장사꾼 아들인데 석탄 대금을 못 받은 대신으로 학교에 나오는 터라, 수학책에서 말하는 표현대로 '교환' 혹은 '물물교환'이란 별명으로 불린다는 말도 들었다. 순한 맥주는 학부모에게 강탈하고 푸딩은 징벌로 부과한 거란 말도 들었다. 크리클 교장 딸은 스티어포스 선배와 사랑에 빠졌다는 소문이 학교 전체에 자자하단 말을 들을 때는 어둠 속에 가만히 앉아서 스티어포스 선배의 멋진 목소리와 잘생긴 얼굴과 편안한 태도와 곱슬머리로 보아 그럴 가능성이 크겠다고 생각한 기억이 또렷하다. 멜 선생님은 나쁜 사람이 아닌데 땡전 한 푼 없을 정도로 가난하며, 멜 선생님 어머니가 있는데 구약성서에 나오는 욥처럼 가난한 게 분명하다는 말도 들었다. 그날 아침에 먹은 식사와 "우리 찰리!"라는 식으로 말한 사실이 순간적으로 떠오르는데, 거기에 대해 한마디도 언급하지 않은 건 정말 잘했다는 생각이 든다.

이런 내용을 비롯해 수많은 내용을 들으며 잔치를 즐기느라 꽤 오랜 시간이 흘렀다. 아이들 대부분은 먹고 마시는 과정이 끝나자마자 잠자리에 들고, 우리는 끝까지 남아서 속옷 차림으로 속삭이다가 잠자리에 들었다.

"잘 자, 꼬마 코퍼필드. 내가 보살펴줄게."

스티어포스 선배가 하는 말에 나는 고마운 마음으로 대답했다.

"고마워요, 선배. 참 친절하세요."

"혹시 누나가 있나?"

스티어포스 선배가 말하며 하품하고, 나는 대답했다.

"없어요."

"안됐군. 너한테 누나가 있으면 정말 예쁘고 귀엽고 수줍은 표정에 두 눈은 초롱초롱할 거야. 내가 소개받고 싶을 정도로 말이야. 잘 자, 꼬마 코퍼필드."

"네, 안녕히 주무세요, 선배."

내가 대답했다. 그리고 잠자리에 누운 채 스티어포스 선배를 오랫동안 생각하다가 한번은 잠자리에서 일어나 달빛을 받으며 누운 상대를 바라보니, 잘생긴 얼굴은 반듯이 누이고 머리는 한쪽 팔로 편하게 괸 모습이 기억난다. 정말 막강한 권력을 지닌 인물이었다. 나로선 당연히 그쪽으로 마음이 쏠릴 수밖에 없었다. 하지만 달빛이 비추는 얼굴에서 베일에 가린 미래는 하나도 안 보이고, 밤새도록 돌아다닌 꿈나라에 그가 나타난 흔적 역시 전혀 없었다.

CHAPTER 7. 세일럼 기숙학교 첫 학기

학교 수업은 다음 날부터 본격적으로 시작했다. 아침 식사 후에 교실에서는 시끄러운 소리가 넘쳐흐르다 갑자기 쥐죽은 듯 조용히 가라앉고, 크리클 교장 선생이 교실 문가에 나타나서 우리를 가만히 훑어보는 모습은 이야기책에 나오는 거인이 포로를 훑어보는 것 같고, 나는 갑작스러운 변화에 깊은 인상을 받았다.

턴게이가 크리클 교장 옆에 서더니 느닷없이 "조용!" 하고 무섭게 소리 지르는데, 모든 아이가 조용히 앉아서 꿈쩍하지를 않으니 나로선 그렇게 소리칠 필요조차 없다는 생각이 들 수밖에 없었다.

크리클 교장이 뭐라고 말하는 모습이 보이는 순간에 턴게이가 이렇게 말하는 소리가 들렸다.

"학생 여러분, 이제 새 학기가 시작되었다. 이번 학기에도 행동거지를 조심하도록. 여러분한테 충고하는데, 수업에 새로운 마음으로 열심히 임하길 바란다. 나 역시 형벌에 새로운 마음으로 열심히 임할 터이니 말이다. 나는 조금도 망설이지 않는다. 몸뚱이를 아무리 문질러대도 나한테 맞은 매 자국은 그대로 남는다. 이제 공부를 시작하도록, 모두!"

끔찍한 연설이 끝나고 턴게이가 뚜벅뚜벅 나가자, 크리클 교장은 내 자리로 다가와서 네가 잘 문다면 자신도 잘 문다고 말했다. 그러더니 지팡이를 보여주면서 소리쳤다. 이런 이빨을 어떻게 생각하느냐? 이빨이 날카롭지 않으냐? 덧니까지 있지 않으냐? 칼날 같지 않으냐? 이게 깨무느냐? 이게 확실히 깨무느냐? 이렇게 물을 때마다 지팡이로 때리고 나는 몸을 비트니, (스티어포스 선배가 말한 바에 따르면) 나도 명실공히 세일럼 기숙학교 학생이 되어서 눈물을 펑펑 흘릴 수밖에 없었다.

그렇다고 해서 나만 이렇게 특별대우를 받았다는 말은 아니다. 크리클 교장은 교실을 돌아다닐 때마다 거의 모든 학생에게 (어린 학생에게 유난히) 비슷한 관심을 보였다. 그러다 보면 일과를 시작하기도 전에 학생 절반이 몸을 비틀다가 엉엉 우는데, 일과가 끝날 즈음이면 그 숫자가 도대체 얼마나 되는지 제대로 말할 수조차 없다. 너무 심하게 과장하는 것처럼 보일까 두렵기 때문이다.

크리클 교장처럼 자신이 맡은 역할을 즐기는 사람은 어디에도 없는 것 같다. 다른 무엇보다 아이들을 때리면서 기뻐하는 걸 보면, 간절한 욕망을 그런 식으로 채우는 것 같았다. 내가 보기에 그는 통통한 학생을 보면 도저히 참을 수 없으니, 그런 학생에게 관심이 땅기면서 마음이 초조할 정도로 달아올라 그날이 끝나기 전에 매질해서 상처를 남겨야 했다. 나 자신이 통통한 편이라서 이런 사실을 너무나 잘 안다. 크리클 교장이란 사람을 몰라도 이런 말을 듣다 보면 나를 비롯한 모든 사람이 분노를 느끼며 피가 솟구칠 게 분명하다. 하지만 나는 아무런 능력도 없는 상태에서 잔인하기만 한 그를 충분히 겪었기에 지금 생각해도 피가 뜨겁게 솟구치니, 그는 해군 제독이나 육군 사령관 자격이 없는 만큼이나 교장 자격도 없는, 아니, 해군 제독이나 육군 사령관을 했더라면 오히려 나쁜 일을 훨씬 조금 저지를 것 같은 인물이었다.

무자비한 야수에게 비위를 맞추느라 우리는 얼마나 비참할 정도로 비굴하게 굴었던가! 능력도 없고 자격도 없는 인간에게 그토록 야비하게 굽실댈 수밖에 없던 사실을 되돌아보면 인생 첫출발치곤 정말로 비참했다는 생각이 절로 든다!

지금 나는 교실 책상에 다시 앉아서 교장 눈동자를 극히 겸손하게 바라보고, 교장은 줄자로 수첩에 줄을 그어서 바로 그 줄자로 지금 막 손 때린 학생을 표기하고, 손 맞은 학생은 손수건으로 따끔한 자국을 닦아내려고 애쓴다. 나는 할 일이 많다. 내가 교장 눈동자를 바라보는 건 할 일이 없어서가 아니다. 저자가 다음에는 어떻게 할까, 나를 때릴까 아니면 다른 학생을 때릴까를 알고 싶은 욕구에 병적으로 이끌리기 때문이다. 내 뒤에 줄지어 앉은 조그만 학생 모두 똑같은 욕구에 이끌리며 교장을 바라본다. 교장은 이런 사실을 아는 것 같은데도 모르는 척한다. 얼굴을 끔찍하게 찡그리며 줄자로 수첩에 줄을 긋다가 우리를 곁눈으로 훑으니, 우리 모두 책에 코를 박은 채 덜덜 떤다. 그러다가 잠시 후에 교장을 다시 바라본다. 한 아이가 불행하게도 예습을 제대로 안 했다는 죄목으로 불려 나간다. 아이는 덜덜 떨며 용서를 빈다. 다음부터는 예습을 잘하겠다고 다짐한다. 크리클 교장이 아이를 때리기 전에 농담하고, 우리는 웃음을 터트린다. 얼굴은 백지장처럼 하얗게 질리고 마음은 바닥을 기어 다니면서도 웃으니, 아, 얼마나 비참한 똥개들이란 말인가!

지금 나는 교실 책상에 다시 앉았는데, 졸음이 몰려드는 여름철 오후다. 주변에서 윙윙 소리가 마구 일어나는 게 마치 아이들이 모두 쇠파리로 변한 것 같다. 점심 먹고 한두 시간이 지나자 뱃속은 따뜻한 비곗덩어리가 달라붙는 느낌이고 머리는 납덩이처럼 무겁다. 잠만 잘 수 있다면 무슨 짓이라도 할 것 같다. 나는 자리에 앉아서 크리클 교장에게 한쪽 눈을 고정한 채 꼬마 올빼미처럼 눈을 깜빡이다 순간적으로 잠에 빠져들고, 크리클은 내가 잠자는 모습을 지켜보며 줄자로 수첩에 줄을 긋더니, 가만히 다가와서 등에 빨간 자국을 새기며 잠에서 깨워 동그란 눈으로 자신을 바라보게 한다.

지금 나는 운동장에 있다. 크리클 교장을 볼 수 없는데도 한쪽 눈이 크리클 교장만 살핀다. 약간 떨어진 거리에 유리창이 있는데 교장이 거기에서 식사한다는 사실을 잘 알기에 한쪽 눈은 교장을 찾는 대신 유리창을 바라본다. 교장이 창문 근처에 얼굴을 들이밀면 나는 순종하며 애원하는 표정을 드러낸다. 교장이 유리창 밖으로 얼굴을 내밀면 (스티어포스 선배만 제외하고) 아무리 배짱 좋은 아이라도 함성이나 고함지르던 입을 꾹 다문 채 깊은 명상에 잠긴다. 하루는 (세상에서 가장 불행한) 트래들스가 공놀이하다 실수로 바로 그 유리창을 깨뜨렸다. 행여나 공이 날아가서 신성한 교장 머리를 때린 건 아닐까 상상하면 지금 이 순간에도 몸이 부르르 떨릴 정도다.

불쌍한 트래들스! 하늘색 정장이 몸에 꽉 끼어서 두 팔과 두 다리는 독일 소시지나 꽈배기 푸딩처럼 보이는, 누구보다 행복하면서도 비참한 아이였다. 학기 내내 회초리질 당하고 - 공휴일인 어느 월요일에 줄자로 두 손을 맞은 게 유일한 예외고 - 그럴 때마다 자기 삼촌에게 편지 써서 알리겠다고 하지만 실제로 그런 적은 한 번도 없다. 그리곤 책상에 잠시 얼굴을 파묻고 울다가 어떤 식으로든 기운을 차려서 다시 웃기 시작하며 석판에다 해골을 잔뜩 그리는 식으로 눈물을 말린다.

처음에 나는 트래들스가 해골을 그리면서 어떤 위안을 얻는지 궁금했다. 죽음을 상징하는 해골을 그리는 방법으로 회초리질 역시 영원할 순 없다는 식으로 깨우침을 구하는 일종의 도사 같은 아이라는 생각도 들었다. 하지만 지금 생각하면 해골은 별다른 특징이 없어서 간단하게 그릴 수 있었기 때문인 것 같다.

트래들스는 명예를 아는 인물로, 아이들이 서로 편드는 걸 매우 중요하게 여겼다. 이런 생각 때문에 여러 차례 고통을 겪었는데, 한번은 교회에서 스티어포스 선배가 웃은 걸 교구 하급관리는 트래들스가 웃었다 생각하고 밖으로 끌어냈다. 신자들에게 경멸하는 눈빛을 받으며 끌려나가는 모습이 지금도 눈에 선하다. 그런데도 트래들스는 진짜로 웃은 사람을 절대로 말하지 않아, 다음 날에는 호된 벌을 받고 몇 시간이나 갇힌 채 교회 공동묘지를 가득 채울 정도로 많은 해골을 라틴어 사전에 잔뜩 그린 다음에 비로소 풀려났다. 물론 여기에 대한 보상은 충분히 받았다. 스티어포스 선배가 트래들스는 누구를 고자질하는 사람이 절대 아니라 말하고, 우리는 그걸 최고의 칭찬으로 받아들였다. 나 자신도 그런 칭찬만 듣는다면 (비록 트래들스만 한 용기도 없고 나이도 어리지만) 어떤 고통이라도 견딜 것 같았다.

스티어포스 선배가 우리 앞에서 크리클 아가씨와 팔짱 끼고 교회에 가는 광경은 정말 훌륭했다. 나는 크리클 아가씨가 꼬마 에밀리만큼 예쁘다는 생각도 안 들고 사랑하지도 않지만 (감히 사랑할 수도 없지만) 매력적인 숙녀인 데다 몸가짐이 세련되었다는 측면에서 타의 추종을 허락하지 않는다는 생각은 들었다. 그래서 스티어포스 선배가 하얀 바지 차림으로 크리클 아가씨에게 양산을 씌워줄 때면 나는 그런 사람을 안다는 사실이 자랑스러운 데다, 크리클 아가씨로서도 온 마음을 다해서 스티어포스 선배를 숭배할 수밖에 없겠다고 확신했다. 샤프 선생님과 멜 선생님 역시 내가 보기엔 눈에 띄는 멋쟁이지만 스티어포스 선배에 비하면 태양 옆에 떠오른 별이었다.

스티어포스 선배는 나를 계속 보호하며 아주 유익한 관계라는 사실을 증명했다. 스티어포스 선배가 관심을 보이는 한 누구도 괴롭힐 생각을 못 하기 때문이다. 물론 크리클 교장이 나를 심각하게 괴롭히는 것까지 막을 순 없지만 - 이것만큼은 절대 불가하지만 - 평소보다 심하게 맞을 때마다 나에게 조금이라도 맞서서 싸워야 한다고, 그러면 그렇게 심하게 나오지 못할 거라고 말했다. 그럴 때마다 나를 격려하려고 그렇게 말한다는 느낌이 들어서 정말 고마웠다. 그런데 크리클 교장이 잔인하게 구는 것도 한 가지 좋은 점이 있었다. 의자 뒤를 이리저리 거닐다 지나치면서 나를 한 대 때리려고 할 때마다 벽보가 방해된다는 사실을 깨달은 것이다. 그래서 얼마 후에는 벽보를 벗어던져, 완벽한 작별을 고할 수 있었다.

우연한 계기로 스티어포스 선배와 친밀한 관계를 다져서 상당한 자부심과 만족감을 느끼곤 했지만 가끔은 불편한 상황으로 나아가기도 했다. 한번은 운동장에서 스티어포스 선배가 말을 거는 영광을 베풀어, 나는 (지금은 기억이 전혀 안 나는) 어떤 물건 혹은 어떤 사람이 소설 '페레그린 피클'에 나오는 물건인가 인물하고 비슷하다고 말하는 위험을 자초했다. 당시에 스티어포스 선배는 아무 말 않더니, 그날 밤 잠자리에 들 때 나에게 그 책이 있느냐고 물었다.

나는 아니라고 대답하곤, 내가 그 책을 비롯해 다른 많은 책을 읽게 된 과정을 설명했다. 그러자 스티어포스 선배가 다시 물었다.

"그럼 거기에 담긴 내용을 모두 기억하니?"

나는 그렇다고, 기억력이 좋아서 모든 내용을 충분히 떠올릴 것 같다고 대답했다. 그러자 스티어포스 선배는 다시 말했다.

"그렇다면 내가 한 가지만 말하겠는데, 꼬마 코퍼필드, 거기에 담긴 내용을 나한테 모두 이야기하는 거야. 나는 밤에 잠이 일찍 안 오고 아침에는 일찍 일어나는 편이야. 그러니 네가 읽은 책을 한 권씩 이야기하는 거야. 아라비안나이트처럼[17] 말이야."

이런 말을 들으니 나는 기분이 우쭐해, 그날 초저녁부터 이야기를 시작했다. 소설을 해석하는 과정에서 내가 가장 좋아하는 작가들을 어떻게 왜곡했는지는 지금 말할 형편도 아니고 군이 말하고 싶은 마음도 없다. 중요한 건 내가 모든 작가를 깊이 신뢰하며 내가 아는 내용에 대해 최선을 다해서 간단명료하고 성실하게 이야기하고, 그래서 크게 성공했다는 사실이다.

문제는 밤이라서 툭하면 졸리거나 기운이 빠져서 이야기를 다시 시작하고 싶은 마음이 사라지곤 한다는 사실, 그래서 쉬운 작업이 아닌데도 계속해야 한다는 사실이었다. 스티어포스 선배를 실망하게 하거나 불쾌하게 하는 건 용납할 수 없기 때문이다. 아침에 피곤해서 한 시간이라도 더 자고 싶은 마음이 굴뚝같을 때 셰에라자드 왕비도 아닌데 억지로 일어나서 기상 종소리가 울릴 때까지 이야기를 오랫동안 펼쳐나가야 한다는 것 역시 정말 피곤한 일이 아닐 수 없다. 하지만 스티어포스 선배는 아주 단호한 데다, 거기에 대한 보답으로 계산문제나 연습문제는 물론 내가 풀기 어려운 숙제를 무엇이든 알려주니, 밑지는 거래는 아니었다. 하지만 솔직하게 말하자면, 나는 어떤 이해관계나 이기적인 목적으로 이야기한 것도 아니고 스티어포스 선배가 두려워서 그런 것도 아니다. 나는 스티어포스 선배를 숭배하고 사랑했으니,

---

17) 여인 셰에라자드는 죽지 않으려고 천 하루 동안 매일 밤 다양한 이야기를 해서 페르시아 왕 샤리아르의 여성 의심병을 고쳐주고 왕비가 된다. 그래서 천일야화라는 아라비안나이트가 생겨난다. 여기에서는 코퍼필드가 살기 위해 계속 이야기하는 상황과 스티어포스 선배가 코퍼필드를 여성화한다는 상징성을 드러낸다.

스티어포스 선배가 인정하는 하나로 보상은 충분했다. 지금 돌아보면 정말 사소한 건데도 당시에는 그렇게 소중하게 여겼다는 사실이 마음 아프게 다가올 뿐이다.

스티어포스 선배는 인정도 많아, 한번은 그런 인정을 아주 단호하게 보여서 트래들스를 비롯한 여러 학생을 약간 안타깝게 만들기도 했다. '학기'를 시작하고 많은 나날이 지나기 전에 패거티 유모가 약속대로 편지를 - 아, 편지를 받고 내가 얼마나 기뻤던가! - 보냈는데, 오렌지 상자에다 과자와 앵초 술 두 병을 담은 완벽한 선물까지 있었다. 당연히 나는 소중한 보물을 스티어포스 선배에게 건네면서 아이들에게 나눠주라고 부탁했다. 하지만 스티어포스 선배는 단호했다.

"내가 한 가지만 말하겠는데, 꼬마 코퍼필드, 앵초 술은 보관했다 네가 이야기하다가 목이 멜 때마다 한 잔씩 마시는 게 좋겠어."

나는 이 말을 듣고 얼굴을 붉히며 그런 걱정은 안 해도 된다고 겸손하게 사양했다. 하지만 스티어포스 선배는 내가 이야기하다가 목이 가끔 쉬는 걸 - 스티어포스 선배 표현에 의하면 목이 갈라지는 걸 - 오랫동안 느꼈다고, 그러니 앵초 술은 마지막 한 방울까지 자신이 언급한 목적에 합당하게 사용해야 한다고 선언했다. 그래서 앵초 술을 서랍에 넣고 자물쇠를 채우더니, 나에게 회복제가 필요하다는 생각이 들 때마다 조그만 병에 직접 따르고 코르크 마개에 가느다란 빨대를 꽂아, 내가 빨아먹도록 했다. 가끔은 친절하게도 오렌지즙을 짜서 앵초 술에 넣기도 하고 생강을 넣어서 휘휘 젓기도 하고 박하를 한 방울 떨어뜨려서 회복제를 조금 더 특별하게 만들기도 하니, 그것 때문에 앵초 술맛이 좋아진다거나 자기 전에 한 잔 마시고 아침에 일어나자마자 한 잔 마실 정도로 몸에 좋다고 말할 순 없지만 나는 기쁜 마음으로 마시면서 스티어포스 선배가 베푸는 관심을 만끽했다.

지금 돌이켜보면, 페레그린을 끝내는 데에 몇 개월이 걸리고 다른 이야기를 끝내는 데에 또 몇 개월이 걸린 것 같다. 확실한 건 이야기가 떨어져서 시들하게 변한 적은 한 번도 없다는 사실이다. 앵초 술 역시 마찬가지로 오래 갔다. 불쌍한 트래들스는 - 나는 이 아이를 생각할 때마다 웃음과 동시에 두 눈에 눈물이 고이는 기묘한 경향을 보이는데 - 일종의 코러스를 맡아서 이야기가 재미있는 부분이 나오면 폭소를 터트리고 무서운 인물이 나오면 겁에 질린 효과음을 내곤 했다. 그래서 내가 곤란한 상황에 빠진 것도 여러 번이다. 가령, '질 블라스' 이야기를 할 때 나쁜 경찰관이 나오면 겁에 질려서 이를 딱딱 부닥치느라 정말 열심히 노력하는데, 한번은 질 블라스가 마드리드에서 강도 두목을 만날 때 불쌍한 익살꾼이 공포에 질린 연기에 너무 몰두한 결과, 복도를 어슬렁거리던 크리클 교장에게 걸려서 침실 분위기를 어지럽혔다는 이유로 호되게 매질 당한 기억도 난다.

애초에 나에게 꿈을 꾸는 낭만적인 기질이 있었는지 모르겠는데 어둠 속에서 이야기하는 도중에 상당히 늘어난 건 확실하니, 이런 측면에서 이야기를 계속하는 건 나에게 그리 바람직하지 않았을 수도 있다. 하지만 우리 침실에서 제일 재미있는 인물이란 칭찬을 받은 데다, 이런 소문이 다른 아이들 사이에 널리 퍼져나가 학교에서 제일 어려도 인기는 아주 많다는 사실에 자극받아, 나는 이야기를 더욱 열심히 펼쳐나갔다.

교장이 멍청하든 아니든, 잔인한 방식으로 운영하는 학교에서는 배울 게 많을 수 없다. 따라서 우리 학교 아이들은 다른 어떤 학교 아이들보다 배운 게 없다고 나는 확신한다. 온갖 학대와 고통에 시달리느라 제대로 공부할 여유 자체가 없었다. 지속적인 불행과 고통과 걱정이 가득한 생활환경에서 제대로 할 수 있는 게 하나도 없듯, 우리 학교 아이들 역시 제대로 할 수 있는 게 하나도 없었다. 하지만 나는 허영심이 약간 있는 데다 스티어포스 선배가 도와준 덕분에, 벌을 받는다는 측면에서 도움이 된 건 별로 없지만, 거기에 있는 동안 어떤 식으로든 스스로 다그치면서 다른 아이들과 달리 지식을 조금이나마 꾸준히 습득할 수 있었다.

이런 점에서 멜 선생님 역시 나를 좋아하며 많이 도우니, 지금 생각해도 고마울 뿐이다. 그래서 스티어포스 선배가 기회만 되면 멜 선생님을 조직적으로 헐뜯거나 선생님 마음을 아프게 한다거나 다른 아이들에게 그렇게 하도록 부추기는 걸 볼 때마다 나는 마음이 아팠다. 이것 때문에 또 다른 고통에 오랫동안 시달리기도 했는데, 내가 과자 같은 구체적인 물건을 비밀로 할 수 없듯이 멜 선생님이 나를 구빈원에 데려가서 보여준 두 노파에 대해서도 비밀을 못 지키고 얼마 안 가서 모두 털어놓아, 스티어포스 선배가 그 사실을 폭로하며 선생님을 놀려대지나 않을까 언제나 걱정스러웠기 때문이다.

지금 분명히 말하지만 내가 첫날 아침에 거기에서 아침 식사를 하고 공작새 깃털 장식 밑에서 플루트 소리를 들으며 곤하게 잘 때만 해도 나처럼 하찮은 인간을 구빈원에 데려간 것 때문에 무슨 일이 일어날 거란 생각을 선생님이든 나든 조금도 못했다. 하지만 나를 거기에 데려간 건 예상 밖으로 심각한 결과를 일으키고 말았다.

하루는 크리클 교장이 가벼운 두통으로 집에 머물러, 학교 전역에 당연히 생생한 기쁨이 넘쳐흐르고 따라서 오전 수업이 엄청나게 소란스러웠다. 아이들이 엄청난 해방감과 만족감에 들떠서 제대로 통제할 수도 없었다. 텅게이가 의족을 이끌고 끔찍한 모습으로 두세 번 나타나서 제일 많이 떠드는 아이들 이름을 적지만 그렇다고 움츠러드는 아이는 하나도 없는데, 내일 벌 받을 게 너무나 확실하니 오늘이라도 마음껏 놀자고 현실적으로 생각한 것이다.

그런데 그날은 토요일이라서 당연히 반휴일이었다. 하지만 운동장이 시끄러우면 크리클 교장이 관심을 보일 터이고 날씨는 산책하기에 좋은 편이 아니라서 우리는 오후에 교실에서 평소보다 가벼운 자율학습에 들어갔다. 그런데 토요일은 샤프 선생님이 가발에 웨이브 주러 나가는 날이니, 평소에 고된 일을 도맡아 하던 멜 선생님이 이번에도 혼자서 학생들을 감독했다.

멜 선생님처럼 온순한 분을 황소나 곰이라고 말할 수 있다면 그날 오후에 교실에서 소란을 최고조로 끌어올린 학생들은 사냥감을 공격한 수천 마리 사냥개라고 할 수 있다. 국회의장이라도 머리가 어지러울 정도로 소란스러운 가운데, 멜 선생님이 지끈지끈 쑤시는 머리를 깡마른 손으로 받친 채 책상에 있는 책을 바라보며 견디기 힘든 고문에 버티려고 비참할 정도로 애쓰던 모습이 지금도 눈에 선하다. 아이들은 이리저리 움직이며 한쪽 구석에서 다른 아이들과 장난치니, 거기에는 웃는 아이, 노래하는 아이, 떠드는 아이, 춤추는 아이, 악쓰는 아이도 있고, 어떤 아이는 선생님 등 뒤나 눈앞으로 가서 발을 질질 끌며 돌아다니기도 하고 빙그레 웃기도 하고 인상을 찡그리기도 하면서 가난한 모습과 초라한 구두와 외투, 구빈원 어머니 등 선생님에 대한 거라면 무엇이든 생각나는 대로 흉내 냈다. 그러자 멜 선생님이 갑자기 일어나서 책으로 책상을 내려치며 소리쳤다.

"조용! 이게 도대체 무슨 짓이야! 도저히 견딜 수가 없어. 미칠 것 같아. 너희가 나한테 어떻게 이럴 수 있니, 얘들아?"

그런데 선생님이 손으로 들고 책상을 내려친 건 내 책이었다. 나는 바로 옆에서 선생님이 바라보는 시선을 좇으며 교실을 둘러보았다. 아이들이 모든 동작을 멈추는데, 일부는 깜짝 놀라서, 일부는 겁먹고,

일부는 미안한 마음에 그런 것 같았다.

스티어포스 선배 자리는 기다란 교실 제일 뒤쪽이었다. 그래서 벽에 등을 기대고 두 손을 주머니에 찌른 채 어슬렁거리다 휘파람이라도 불 것처럼 입술을 모은 채 멜 선생님을 쳐다보고, 멜 선생님 역시 스티어포스 선배를 쳐다보았다.

"조용히 해, 스티어포스!"

멜 선생님이 소리치자, 스티어포스 선배 역시 빨갛게 달아오른 얼굴로 소리쳤다.

"선생님이나 조용히 하세요. 내가 누군지 알고 그러세요?"

"자리에 앉아."

"선생님이나 앉으세요, 남 일에 신경 쓰지 말고."

킥킥 웃는 소리가 들리고 환호성도 일어나지만 멜 선생님 안색이 너무나 하얀 걸 보고 곧바로 침묵한 가운데, 한 아이는 선생님 어머니를 흉내 내려고 선생님 등 뒤로 쏜살처럼 달려가다 마음을 바꾸고 펜촉을 고치는 척했다.

"여기에 있는 학생을 마음대로 움직일 힘이 너한테 있다는 걸 내가 모른다고 생각한다면……"

멜 선생님이 여기에서 (내가 보기에) 무의식적으로 내 머리에 한 손을 올리며 계속 말했다.

"혹은 네가 조금 전에 어린 학생들한테 온갖 행동으로 나를 깔보도록 충동질하는 걸 내가 못 보았다고 생각한다면 그건 착각이야."

그러자 스티어포스 선배가 차분하게 대답했다.

"저는 선생님 일에 귀찮게 신경 쓸 까닭이 없으니, 그렇게 착각할 까닭도 없겠지요."

"네가 여기에서 특별히 대우받는다는 사실을 활용해서 신사를 모욕하는 건……"

멜 선생님이 입술을 덜덜 떨면서 다시 말하는데, 스티어포스 선배가 불쑥 끼어들었다.

"뭐라고요? 신사가 어디에 있는데요?"

이때 한 아이가 "너무 심해요, 스티어포스 선배! 너무 나빠요!" 하고 소리쳤다. 트래들스였다. 하지만 멜 선생님은 입 다물라 말해서 곧바로 조용히 시키곤 이렇게 말했다.

"인생을 불행하게 살아가는 사람한테, 너한테 해를 가한 적이 없는 사람한테 모욕을 가하는 건, 그러면 안 되는 까닭을 충분히 알 만큼 나이도 먹고 머리도 큰 네가 그러는 건 정말 야비하고 비열한 행동이야. 그러니 자리에 앉건 그대로 서건 자네 마음대로 하게. 코퍼필드, 계속 읽어."

그러자 스티어포스 선배가 교실 앞으로 나오며 소리쳤다.

"꼬마 코퍼필드, 잠시 멈춰. 내가 한마디 분명히 하겠습니다, 멜 선생님. 나를 보고 야비하다거나 비열하다는 식으로 함부로 말씀하시는데, 그렇다면 선생님은 뻔뻔한 거집니다. 선생님은 원래 거지였는데 함부로 그런 말씀까지 하셨으니, 이제부터는 뻔뻔한 거지란 말입니다."

스티어포스 선배가 멜 선생님을 때리려고 했는지 아니면 멜 선생님이 스티어포스 선배를 때리려고 했는지, 아니면 두 사람이 서로를 때리려고 했는지는 확실하지 않다. 내가 확실히 본 건 교실 전체가 돌로 변한 것처럼 딱딱하게 굳었다는 사실, 그리고 크리클 교장이 턴게이를 대동한 채 교실 한가운데에 나타나고 크리클 부인과 아가씨는 문가에서 겁에 질린 표정으로 교실을 들여다본다는 사실이다. 멜 선생님은 책상에 양쪽 팔꿈치를 대고 두 손으로 얼굴을 감싼 채 앉아서 한동안

꼼짝을 안 했다. 그러자 크리클 교장이 멜 선생님 팔을 흔들면서 속삭이는데, 턴게이가 반복할 필요성을 못 느낄 정도로 똑똑하게 들렸다.

"멜 선생, 혹시 선생이란 직분을 잊은 건 아니겠지요?"

멜 선생님이 깜짝 놀란 표정으로 급히 얼굴을 들어서 고개를 젓더니, 두 손을 비비며 대답했다.

"아닙니다, 교장 선생님, 아닙니다. 절대 아닙니다. 제 직분을 똑똑히 기억합니다. 저는…… 아닙니다, 크리클 교장 선생님, 저는 제 직분을 한시도 잊은 적이 없습니다. 저는…… 저는 제 직분을 똑똑히 기억합니다. 저는…… 저는…… 교장 선생님이 제 직분을 조금만 일찍 알아주셨다면 정말 좋았을 겁니다, 크리클 교장 선생님. 그게…… 그게…… 훨씬 정당하고 바람직했을 겁니다, 교장 선생님. 그러면 애초에 이런 일 자체가 안 일어날 겁니다, 교장 선생님."

크리클 교장은 멜 선생님을 매섭게 노려보다 턴게이 어깨에 한 손을 얹고 근처 의자에 두 발을 올려서 책상에 앉았다. 그래서 옥좌처럼 높은 자리에 앉아 여전히 흥분한 표정으로 고개를 저으며 두 손을 비비는 멜 선생님을 매섭게 노려보다 스티어포스 선배를 쳐다보며 물었다.

"그래, 멜 선생이 대답을 제대로 안 하니, 자네한테 묻겠는데, 어찌 된 일인가?"

스티어포스 선배는 크리클 교장이 묻는 말을 한동안 외면한 채 분노와 경멸이 가득한 표정으로 상대를 노려보며 침묵했다. 그런 짧은 순간에도 내 눈에 스티어포스 선배는 참으로 고상하게 보이고 멜 선생님은 정반대로 보잘것없는 평범한 존재로 보인다고 생각한 기억이 생생하게 떠오른다.

"선생님은 저를 보고 특별히 대우받는다고 말씀하시는데, 그건 도대체 무슨 뜻입니까?"

스티어포스 선배가 마침내 입을 열자, 크리클 교장이 순식간에 이마에 힘줄을 돋우며 물었다.

"특별한 대우? 그런 말을 누가 했다는 건가?"

"저 선생님이 했습니다."

"그렇다면 그렇게 말한 뜻은 무언가, 선생?"

크리클 교장이 물으며 잔뜩 성난 표정으로 쳐다보자, 멜 선생님은 나지막한 목소리로 대답했다.

"말한 뜻 그대로, 크리클 교장 선생님, 어떤 학생도 특별히 대우받는다는 사실 때문에 저를 얕잡아볼 권리는 없다는 뜻입니다."

"자네를 얕잡아본다고? 어이가 없군! 그렇다면 한 가지만 물어보겠소, 아무개 선생."

크리클 교장이 말하더니, 회초리 같은 물건을 그대로 든 채 두 팔을 가슴에 올려서 팔짱 끼고 이맛살을 잔뜩 찡그려서 조그만 두 눈을 거의 가리며 계속 말했다.

"특별대우를 한다는 말은 나를 욕보이는 소리가 아니오?"

크리클 교장이 갑자기 머리를 앞으로 내밀다가 뒤로 빼면서 덧붙였다.

"학교 교장이자 당신을 고용한 나를 말이오, 선생."

"적절한 표현은 아니라는 걸 기꺼이 인정합니다, 교장 선생님. 제가 흥분하지 않았다면 그런 말도 안 했을 겁니다."

멜 선생님이 대답하자, 스티어포스 선배가 곧바로 끼어들었다.

"저 역시 선생님이 야비하고 비열하단 말을 안 했더라면 선생님을 거지라고 말하지 않았습니다. 내가 흥분하지 않았다면 선생님께 거지라고 하지 않았을 테니까요. 하지만 그런 말을 했으니, 어떤 처벌이라도 기꺼이 받겠습니다."

앞으로 어떤 처벌을 받을지는 생각도 못 한 채, 나는 용감무쌍한 말에 흠뻑 빠져들었다. 다른 아이들도 깊은 인상을 받은 게 분명하다. 노골적으로 그렇게 말하는 아이는 없지만 웅성대는 소리가 나지막하게 일어났기 때문이다.

"정말 놀라워, 스티어포스. 물론 솔직한 건 정말 대단해, 솔직한 건 대단하지만, 내가 분명히 말하는데, 스티어포스, 세일럼 기숙학교에서 일하며 급료를 받는 사람한테 그런 말을 한다는 발상이 정말 놀라워."

크리클 교장이 말하더니, 스티어포스 선배가 짧게 웃는 모습을 보고 다시 말했다.

"하지만 그건 내가 물은 말에 대한 대답이 아니야. 조금 더 자세한 설명이 필요하거든, 스티어포스."

잘생긴 스티어포스 선배에 비해서 멜 선생님이 참으로 초라해 보인다면 크리클 교장은 형용할 수 없을 정도로 초라해 보였다.

"그럼 저 선생님한테 부인하라고 하세요."

스티어포스 선배가 말하자, 크리클 교장이 소리쳤다.

"저 선생한테 자신이 거지란 말을 부인토록 하라고, 스티어포스? 맙소사, 저 선생이 어디에 가서 구걸이라도 한단 말인가?"

"저 선생님은 거지가 아니라 해도 아주 가까운 가족은 거지니, 마찬가지 아닌가요?"

스티어포스 선배가 말하면서 나를 힐끗 쳐다보고, 멜 선생님은 손으로 내 어깨를 부드럽게 쓰다듬었다. 내가 얼굴이 빨갛게 달아오르고 가슴에는 후회가 가득한 표정으로 쳐다보는데, 멜 선생님은 스티어포스 선배에게 시선을 고정했다. 한 손은 내 어깨를 계속 다정하게 쓰다

듣지만 두 눈은 스티어포스 선배에게 꽂힌 것이다.

"제 말이 옳다는 걸 증명하길, 그래서 무슨 뜻인지 밝히길 바라시니, 크리클 교장 선생님, 저로선 저 선생님 모친이 구빈원에서 얻어먹으며 산다고 말할 수밖에 없겠네요."

멜 선생님은 스티어포스 선배를 여전히 쳐다보고 한 손으로 내 어깨를 여전히 다정하게 쓰다듬으며 혼자서 조그맣게 중얼거리는데 "그래, 그럴 줄 알았어"라는 말 같았다. 그리고 크리클 교장은 이맛살을 잔뜩 찡그린 채 멜 선생님을 쳐다보고 억지로 예의를 차리며 말했다.

"학생이 하는 말은 당신도 잘 들었소, 멜 선생. 그러니 이번에는 가능하다면 전교생이 지켜보는 앞에서 저 말이 틀렸다는 사실을 증명하시오."

모두가 침묵한 가운데 멜 선생님이 대답했다.

"저 아이 말이 맞습니다, 교장 선생님. 사실입니다."

"그렇다면 확실하게 공개하는 게 좋겠군. 지금 이 순간까지 그런 사실을 나한테 말한 적이 있소?"

크리클 교장이 물으며 머리를 한쪽으로 기울이고 눈알을 굴려서 주변을 살폈다.

"정확히 말씀드린 적은 없습니다."

"그러면 안 된다는 사실을 당신도 아는 거군. 그렇지 않소?"

"제가 이해하기에, 제 사정이 그리 좋은 편은 아니란 사실을 교장 선생님은 충분히 파악하셨습니다. 교장 선생님은 예전에도 지금도 제 처지가 어떤지 잘 아십니다."

멜 선생님이 대답하자, 크리클 교장은 한층 더 핏대를 세우면서 소리쳤다.

"그렇게 나오겠다면, 내가 깨달은 건 지금까지 여기를 당신이 자선

학교로 착각하고 분에 넘치는 자리를 차지했다는 사실이오. 그러니 멜 선생, 괜찮다면 이제 헤어집시다. 빠를수록 좋소."

"그렇다면 지금처럼 좋은 시간은 없겠네요."

멜 선생님이 대답하며 일어서자, 크리클 교장이 말했다.

"자네한텐 그렇겠지!"

그러자 멜 선생님이 교실을 쭉 둘러보고 내 어깨를 다시 부드럽게 쓰다듬으며 말했다.

"이제 나는 떠납니다, 크리클 교장 선생님과 여러분 모두를. 제임스 스티어포스, 나로선 자네가 오늘 한 일을 창피하게 여길 때가 오길 바랄 뿐이네. 지금 당장으로선 나도 그렇고 내가 관심을 느끼는 학생도 그렇고 자네를 좋은 사람으로 여길 순 없을 것 같아."

멜 선생님이 내 어깨에 손을 다시 올리더니, 책상에서 플루트와 책 서너 권을 집곤, 후임자에게 넘길 열쇠를 거기에 놓고 개인 물품을 겨드랑이에 낀 채 밖으로 나갔다. 그러자 크리클 교장은 턴게이 입을 빌려서 연설하는데, 자신은 세일럼 기숙학교의 독립성과 존엄성을 지켜낸 스티어포스에게 감사한다고 다소 지나치게 주장하더니 결국에는 스티어포스와 악수하는 것으로 마무리하고, 우리는 만세삼창을 했다. 도대체 왜 하는지 모르겠지만, 스티어포스 선배를 위해서라 생각해 나도 열심히 동참했다. 그러나 마음 한구석이 씁쓸한 건 어쩔 수 없었다. 그런데 크리클 교장은 토미 트래들스가 만세삼창 하는 대신 멜 선생님이 떠난 걸 슬퍼하며 우는 걸 발견하고 매질까지 하더니, 소파든 침대든 어디든 원래 있던 곳으로 돌아갔다.

우리만 남은 순간에 모두 멍청한 표정으로 서로를 물끄러미 쳐다본 기억이 난다. 나는 이번 사태에 결정적으로 관여했다는 사실에 자책감과 후회가 끝없이 일어나, 아픈 마음을 그대로 드러내며 금방이라도 눈물을 펑펑 흘렸을 게 분명하다. 나에게 툭하면 눈길을 던지던 스티어 포스 선배가 배신감을 느낄 거라는 두려움만 없었다면 말이다. 실제로 그는 트래들스에게 버럭 화내고, 네놈이 제대로 걸려서 매질 당해 고소하다는 말까지 하며 비아냥대지 않았던가!

불쌍한 트래들스는 책상에 머리를 대고 엎드리는 단계를 거치다가 평소처럼 해골을 잔뜩 그리는 방법으로 기분을 풀더니, 자신은 아무래도 괜찮다고, 모멸감을 느낀 사람은 멜 선생님이라고 말했다.

"누가 모멸감을 주었는데, 계집애 같은 놈아?"

스티어포스 선배가 소리치자, 트래들스가 대답했다.

"그야 당연히 선배죠."

"내가 어떻게 했는데?"

"어떻게 했느냐고요? 선생님 마음을 갈가리 찢어발기더니 급기야 직장까지 잃도록 했잖아요."

트래들스가 말하자, 스티어포스 선배는 가소롭다는 표정으로 대답했다.

"마음을 갈가리 찢어발겨? 그런 사람은 마음이 갈가리 찢겨도 금방 회복하는 법이야. 그런 사람 마음은 너 같은 사람이랑 다르거든, 트래들스 아가씨. 그리고 직장 문제에 대해 – 이건 아주 중요한 문제야, 그지? – 너는 내가 집에 편지 써서 그 사람이 돈을 벌도록 도와주라고 말하지 않을 거로 생각하니? 앵무새 같은 계집애야?"

이 말을 듣고 우리는 스티어포스 선배를 아주 고상한 인물로 여겼다. 스티어포스 선배 어머니는 돈 많은 과부라서 아들이 원하는 거라면 무엇이든 들어준다는 소문이 돌았기 때문이다. 그래서 트래들스가 곤경에 몰리는 걸 보고 우리 모두 더할 나위 없이 즐거운 마음으로 스티어포스 선배를 하늘 높이 추켜세우는데, 자신이 그렇게 행동한 건 완전히 우리를 위해서라고, 우리 이익을 위해서라고, 자신이 그렇게 한 건 완전히 이타적인 마음으로 우리에게 커다란 은혜를 베풀기 위해서라고 말할 때는 특히 더했다. 하지만 그날 밤에 어둠 속에서 이야기할 때 멜 선생님이 연주하는 플루트 소리가 내 귀에 구슬프게 들리는 것 같고 마침내 스티어포스 선배도 지치고 그래서 나 역시 침대에 누우니, 어디선가 구슬프게 연주하는 소리가 또다시 들리는 것 같아 마음이 정말 아팠다고 고백하지 않을 수 없다.

하지만 나는 스티어포스 선배에 푹 빠져서 멜 선생님을 금방 잊고, 스티어포스 선배는 느긋한 방식으로 (모든 내용을 다 아는 듯) 교과서도 없이 여러 수업을 담당하며 새 선생님이 나타나기만 기다렸다. 새 선생님은 공립중학교 출신으로, 정식으로 취임하기 전에 거실에서 식사하며 스티어포스 선배를 만나 소개받았다. 스티어포스 선배는 우리에게 새 선생님을 높게 평가하며 공부를 정말 많이 한 사람이라고 설명했다. 그래서 나는 그분이 구체적으로 어떤 공부를 많이 했는지도 모른 채 무작정 존경하느라, 탁월한 실력에 대해서 어떤 식으로든 의심할 여지가 없었다. 하지만 나는 특별한 존재가 아니니, 새 선생님은 멜 선생님과 달리 나를 좋게 바라보는 기색이 조금도 없었다.

여섯 달에 걸친 학교생활 가운데 지금도 또렷하게 기억할 정도로 인상적이고 독특한 일이 또 하나 발생했다. 도저히 잊을 수 없는 사건이다.

하루는 오후에 우리 모두 극단적인 혼란 상태에 시달리고 크리클 교장은 닥치는 대로 매질하는데, 턴게이가 들어와서 평소처럼 강한 목소리로 커다랗게 불렀다.

"코퍼필드, 면회!"

그리곤 방문객이 누구며 면회는 어디서 할지 등에 대해 크리클 교장과 몇 마디 주고받더니, 호출받는 순간에 너무 놀라 기절할 것만 같으면서도 관습대로 벌떡 일어난 나에게 뒤쪽 계단으로 가서 깨끗한 주름 장식을 달고 식당으로 가라고 명령했다. 어린 마음에 나는 기대감에 부풀어 콩닥콩닥 뛰는 가슴을 억누르며 명령에 따르고, 그래서 식당 입구에 도달한 순간에는 머드스톤 오누이가 온 것 같다는 생각이 우리 어머니가 왔을지도 모른다는 생각으로 갑자기 바뀌어, 손잡이로 향하던 손을 뒤로 빼고 흐느껴 울다가 안으로 들어갔다.

처음에는 아무도 안 보였다. 하지만 누가 문을 미는 느낌이 들어서 뒤를 돌아보니, 놀랍게도 바로 거기에서 패거티 아저씨와 햄 두 사람이 문에 꽉 낀 채 서로를 밀며 모자 쓴 상태 그대로 고개를 숙여서 인사했다. 나는 웃음을 참을 수 없었다. 하지만 이건 두 사람이 우스꽝스러워서가 아니라 두 사람을 만난 기쁨이 아주 컸기 때문이다. 우리는 반갑게 악수하고, 나는 웃고 또 웃다가 결국엔 손수건을 꺼내서 두 눈을 훔쳤다.

패거티 아저씨는 (나를 만나던 당시에 입을 한 번도 안 다문 기억이 나는데) 내가 우는 걸 보고 걱정스러운 표정을 드러내며 햄을 팔꿈치로 쿡 찔러서 아무 말이나 꺼내도록 재촉했다. 그러자 햄이 특유의 멍청한 표정으로 웃으면서 말했다.

"기운 내세요, 데이비 도련님! 야, 키가 참으로 많이 컸네요!"

"내가 컸나요?"

내가 물으며 눈물을 닦았다. 내가 운 건 그동안 학교에서 겪은 고통 때문이 아니라 그리운 사람을 만났기 때문이다.

"컸느냐고요, 데이비 도련님? 정말 많이 컸어요!"

햄이 말하자, 패거티 아저씨도 맞장구쳤다.

"그럼요, 정말 많이 컸어요!"

두 사람이 서로 쳐다보며 웃어서 나 역시 다시 웃고 그래서 우리 모두 함께 웃었다, 내가 눈물을 또 흘릴 것 같을 때까지. 그러다가 물었다.

"우리 어머니는 어떠신지 아세요, 패거티 아저씨? 그리고 그리운 패거티 유모는 어떻게 지내시나요?"

"다 잘 지내요."

"꼬마 에밀리랑 거미지 아주머니는요?"

"다 잘 지내요."

패거티 아저씨가 대답했다. 잠시 침묵이 흘렀다. 그러자 패거티 아저씨는 침묵을 물리치려고 주머니에서 커다란 가재 두 마리랑 커다란 게 한 마리랑 새우가 가득한 자루 하나를 꺼내, 햄이 내민 양팔에 차곡차곡 쌓으며 말했다.

"도련님이 우리 집에서 지낼 때 이런 걸 좋아해서 실례를 무릅쓰고 가져왔습니다. 우리 집 아주머니가 삶았습니다. 거미지 부인이 삶았습니다. 그래요, 분명히 말하는데, 거미지 부인이 삶았습니다."[18]

패거티 아저씨가 천천히 말하는데, 내가 보기엔 다른 화젯거리가 없어서 여기에 집착하는 것 같았다.

나는 고마움을 표시하고 패거티 아저씨는 옆에서 거들 생각은 않고 새우 자루 너머로 수줍은 미소만 머금으며 가만히 있는 햄을 쳐다보다가 다시 말했다.

"바람이랑 물길이 좋아서 야머스 세로돛 하나를 달고 그레이브젠드까지 왔답니다. 누이가 편지로 여기 주소를 알려주며, 내가 그레이브젠드에 갈 기회가 있으면 데이비 도련님을 찾아가서 잘 계시는지 알아보

---

18) 패거티 아저씨가 같은 말을 반복하는 모습은 '위대한 유산'에 나오는 조 매형을 연상시킨다.

고 안부 인사도 전하고 잘 계시라고 하면서 가족 역시 모두 잘 지낸다는 말을 전해 달라고 했습니다. 그래서 내가 돌아가면 꼬마 에밀리가 편지를 써서 내 여동생한테 도련님 역시 잘 지낸다고 알릴 터이니, 모든 게 회전목마처럼 돌아가는 겁니다."

나는 이 말이 무슨 뜻인지 곰곰이 생각하다가 소식이 한 바퀴 돈다는 뜻으로 이해했다. 그래서 진심으로 고마운 마음을 전하고, 얼굴이 빨갛게 달아오르는 걸 느끼며, 예전에 내가 꼬마 에밀리와 함께 바닷가에서 조개껍데기와 조약돌을 줍곤 했는데, 이제 꼬마 에밀리도 많이 변했겠다고 물었다. 그러자 패거티 아저씨가 대답했다.

"이제 처녀티가 난답니다, 처녀티가 나요. 저 애한테 물어보세요."

패거티 아저씨가 가리킨 햄은 새우 자루 너머에서 정말 그렇다며 환한 미소를 떠올리고, 패거티 아저씨 역시 마찬가지로 환한 미소를 머금으며 덧붙였다.

"정말 예쁘답니다!"

"공부도 잘하고요!"

햄이 말하고, 패거티 아저씨도 동조했다.

"글씨도 잘 써요! 정말 새까만 글씨를 아주 커다랗게 써서 어디서든 알아볼 수 있답니다."

패거티 아저씨가 눈에 넣어도 안 아플 꼬마 에밀리를 생각하며 흐뭇해하는 모습이 정말 보기 좋았다. 수염이 덥수룩하고 무뚝뚝한 얼굴에 기쁨과 사랑과 자부심이 넘쳐흐른다고 말할 수밖에 없는 모습이 지금 이 순간에 또다시 선명하게 떠오른다. 두 눈이 정직하게 번뜩이는 걸 보면 깊숙한 곳에서 맑고 착한 기운이 꿈틀거리는 것 같고, 드넓은 가슴에는 기쁨이 용솟음치는 것 같다. 강인한 두 손은 서로를 진지하게 움켜쥐고, 입에서 나오는 말을 강조할 때는 오른팔이 어린 눈에 거대한 해머처럼 보였다.

햄 역시 패거티 아저씨만큼이나 열심이었다. 내가 볼 때 두 사람은 꼬마 에밀리 얘기를 계속 늘어놓을 터인데, 스티어포스 선배가 불쑥 나타나서 분위기를 어색하게 만들었다. 한쪽 구석에서 내가 낯선 사람 두 명과 대화하는 모습을 발견하고 노래하다 멈추며 "여기에 있을 줄 몰랐어, 꼬마 코퍼필드!" 하고 말하곤 우리 옆을 지나간 것이다. (평상시에 사용하던 면회실이 아니었기 때문이다.)

그렇게 멀어지는 스티어포스 선배를 내가 부른 건 이렇게 멋진 사람을 내가 잘 안단 사실을 두 사람에게 자랑하고 싶었기 때문인지 아니면 두 사람에 대해서 스티어포스 선배에게 설명하고 싶었기 때문인지 확실치 않다. 어쨌든 나는 이렇게 조심스럽게 말했다. (맙소사, 그렇게 많은 시간이 흘렀는데도 이렇게나 생생하게 떠오르다니……!)

"괜찮다면 이리 오세요, 스티어포스 선배. 여기 두 분은 야머스 뱃사람으로 아주 다정하고 선량하세요. 우리 유모 오빠랑 조카로, 나를 보려고 그레이브젠드에서 오셨어요."

그러자 스티어포스 선배가 되돌아오며 인사했다.

"아, 그래? 그런 분을 만나다니 반갑군. 두 분 모두 안녕하세요?"

태도 하나하나가 편안하고 느긋한 데다 쾌활하고 경쾌한데 으스대는 기색은 하나도 없으니, 지금 생각해도 천부적으로 타고난 매력이란 느낌이 든다. 이런 장점 덕분에 행동 하나하나에 활력이 넘치고, 목소리는 상쾌하고, 얼굴과 몸매는 탁월하고, 생기발랄하고, 잘은 모르겠는데 천부적인 매력 (이런 걸 지닌 사람 자체가 극히 드문데) 외에도 마법 같은 능력까지 지니니, 거기에 맞설 사람은 어디에도 없어서 누구나 자연스럽게 양보한다는 느낌이 든다. 그러니, 패거티 아저씨와 햄 역시 스티어포스 선배를 만난 걸 매우 기뻐하는 모습이, 그래서 곧바로 마음을 여는 듯한 모습이 생생하게 드러날 수밖에 없었다. 그래서 나는 이렇게 말했다.

"패거티 아저씨, 집에 편지를 보낼 때 스티어포스 선배께서 나한테 정말 친절하다는, 선배가 아니면 여기에서 어떻게 지냈을지 모르겠다는 말도 꼭 넣도록 하세요."

"말도 안 돼! 두 분한테 그렇게 말하는 건 아니지."

스티어포스 선배가 반박하며 웃고, 나는 계속 말했다.

"내가 노펴이나 서펴에 있을 때 스티어포스 선배가 오신다면, 그래서 선배를 야머스로 모실 수 있다면, 그리고 아저씨가 허락하신다면, 선배한테 아저씨네 집을 보여주고 싶어요, 패거티 아저씨. 그렇게 멋진 집은 본 적이 없을 거예요, 스티어포스 선배. 배로 만들었거든요!"

"배로 만들었다고? 천부적으로 타고난 뱃사람한테 정말 잘 어울리는 집이겠군."

그러자 햄이 빙그레 웃으며 말했다.

"그래요, 맞아요, 나리, 정말 그래요, 나리. 나리 말씀이 맞아요! 데이비 도련님, 나리 말씀이 맞아요. 천부적으로 타고난 뱃사람! 하하! 우리 삼촌은 바로 그런 사람이에요!"

패거티 아저씨 역시 자기 조카만큼이나 좋아하지만 겸손한 성격 때문에 자기 자랑을 그렇게 노골적으로 늘어놓지는 않았다. 그래서 껄껄 웃으며 고개를 숙여서 목도리 끝을 가슴속으로 집어넣으며 대답했다.

"어이쿠, 나리. 고맙습니다, 나리, 정말 고마워요! 저는 해야 할 일에 최선을 다할 뿐입니다요, 나리."

"남자라면 그게 최고랍니다, 패거티 선생."

스티어포스 선배가 말했다. 상대 이름을 벌써 꿰찬 것이다.

그러자 패거티 아저씨가 머리를 흔들면서 대답했다.

"아닙니다, 아니에요, 그런 분은 바로 나리랍니다, 훌륭하신, 아주 훌륭하신 나리요! 정말 고맙습니다, 나리. 저를 이렇게 따듯하게 반겨주셔서 감사합니다, 나리. 저는 배운 건 없어도 준비는, 최소한 준비는 항상 되어 있다는 사실을 알아주세요. 우리 집이 대단하진 않지만, 나리가 행여나 데이비 도련님과 함께 구경하러 오신다면 기꺼운 마음으로 대접하겠습니다. 저는 영락없는 달팽이랍니다. 하지만 두 분 모두 건강하고 행복하게 지내시길 기원하겠습니다!"

패거티 아저씨가 말했다. 달팽이라고 말한 건 자신이 말을 마치고 돌아가려고 해도 결국엔 다시 말꼬리를 이어가며 늦장 부리는 걸 넌지시 사과하는 의미였다.

햄 역시 이런 마음을 똑같이 드러내고, 우리는 서로 다정한 마음을 주고받으며 작별했다. 그날 밤에 어여쁜 꼬마 에밀리에 대해 스티어포스 선배에게 모두 털어놓고 싶은 유혹을 느꼈으나, 너무 부끄러운 데다 행여나 비웃지는 않을까 걱정스러워서 아예 말을 꺼낼 수조차 없었다. 그리고 꼬마 에밀리에게서 처녀티가 난다는 패거티 아저씨 말을 불안한 마음으로 오랫동안 곰곰이 생각하다 쓸데없는 생각으로 치부한 기억도 난다.

우리는 패거티 아저씨가 가져온 요리를 침실로 몰래 들여가서 그날 저녁에 거창하게 먹었다. 하지만 트래들스는 이런 진수성찬에도 탈이 안 날 수 없었다. 불행을 타고 난 나머지, 다른 사람처럼 무사히 넘어가지 못하고 게를 먹은 게 탈 나서 한밤중에 떼굴떼굴 구르다가 의사 아들 뎀플 주장대로 말처럼 튼튼한 사람이라도 녹초가 될 수밖에 없을 정도로 까만 물약과 파란 알약을 잔뜩 먹더니, 나중에는 탈이 난 원인을 안 털어놓는다는 이유로 매질 당하고 그리스어 성서 여섯 장을 암기하는 벌까지 받았다.

남은 학기 동안 죽지 않고 살려고 하루하루 버티며 아귀처럼 버둥거리던 기억이 뒤죽박죽으로 떠오른다. 여름이 가고 계절이 바뀐 기억이, 아침에 종소리를 듣고 침대에서 나오면 쌀쌀하며 어두운 밤에 종소리를 듣고 침대로 다시 들어가면 냉기가 스멀스멀 파고들던 기억이, 초저녁이면 교실에 불을 켜는데 온기라곤 하나도 없고 아침에 교실에 들어서면 온몸을 덜덜 떨기만 하던 기억이, 음식이 바뀐다고 해야 삶은 쇠고기는 구운 쇠고기로 삶은 양고기는 구운 양고기로 변하는 게 전부던 기억이, 버터 바른 빵은 흙덩이 같고 수업하는 책은 모서리가 닳을 대로 닳고, 석판은 깨지고, 연습장은 눈물로 얼룩지고, 회초리로 맞고 줄자로 맞고 머리를 깎이고 일요일마다 비가 오고 푸딩은 기름투성이고 교실 여기저기엔 잉크로 얼룩져서 더럽던 기억이 난다.

하지만 멀게만 보이던 방학이, 아주 오랫동안 멀리 떨어진 점처럼 보이기만 하던 방학이 다가오며 조금씩 커다랗게 보이던 기억도 난다. 몇 달은 몇 주로 변하고 며칠로 변하더니, 나만 집으로 안 보낼 수도 있겠다는 두려움에 휩싸이고, 스티어포스 선배에게 나도 집으로 확실히 간다는 소식을 들을 다음에는 다리가 부러져서 못 갈 수도 있다는 불길한 예감에 휩싸인 기억도 난다. 종업식이 다음다음 주에서 다음 주로, 이번 주로, 내일모레에서 내일로, 그러다가 오늘로 순식간에 다가오더니, 마침내 오늘 밤에는 야머스행 역마차에 올라타 집으로 가던 기억도 난다.

야머스행 역마차에서 나는 간헐적으로 잠자며 위에서 말한 걸 꿈꾸는데 모든 게 뒤죽박죽이었다. 하지만 잠에서 깨어나면 차창 밖으로

보이는 건 세일럼 기숙학교 운동장이 아니고 귀에 들리는 소리도 크리
클 교장이 트래들스를 때리는 소리가 아니라 마부가 말에게 가볍게
채찍질하는 소리였다.

CHAPTER 8. 방학. 특별히 행복한 어느 오후

날이 밝기도 전에 역마차가 여인숙에 도착했다. 불쌍한 웨이터가 일하던 예전 여인숙은 아니었다. 나는 아담하고 깨끗한 침실로 안내받았는데, 방문에 돌고래 그림[19]이 있었다. 일 층 거대한 벽난로 앞에서 사람들이 건네는 뜨거운 차를 마시는데도 추위는 조금도 가시지 않아, 나는 돌고래 침대에 올라 돌고래 담요를 머리까지 뒤집어쓰고 잠잘 수 있다는 사실이 참으로 기뻤다.

짐마차 마부 바키스 아저씨가 아침 아홉 시에 데리러 올 예정이었다. 그래서 여덟 시에 일어나, 잠이 부족해서 약간 졸리긴 해도 약속 시각 이전에 모든 준비를 마쳤다. 바키스 아저씨는 우리가 지난번에 헤어지고 5분밖에 안 지난 것처럼, 그래서 내가 잔돈을 바꾸려고 여인숙에 들어갔다 나오기라도 한 것처럼 나를 맞아주었다.

내가 짐과 함께 짐마차에 올라타자, 바키스 아저씨 역시 마부석에

---

19) 호텔이나 여인숙은 방문에 번호 대신 이름을 붙였다. 돌고래는 물에 빠진 사람에게 행운을 가져온다고 하는데, 예를 들어 시인 아리온도 돌고래가 살려주었다.

앉고 게으른 말은 평소처럼 느긋하게 걸었다.

"얼굴이 좋아 보이네요, 바키스 아저씨."

내가 말했다. 칭찬하면 좋아할 것 같아서다.

바키스 아저씨는 소맷부리로 뺨을 문지르다가 얼굴을 좋아 보이게 하는 기운이 거기에 있는 것처럼 가만히 쳐다볼 뿐, 내가 칭찬한 걸 알아들은 척도 안 했다.

"전갈은 잘 보냈어요, 바키스 아저씨. 패거티 유모한테 편지를 썼거든요."

"그렇군!"

바키스 아저씨가 대답하는데 무뚝뚝하고 퉁명스러웠다. 그래서 잠시 망설이다가 물었다.

"내가 잘못한 건가요, 바키스 아저씨?"

"아니야."

"전갈을 보내지 말아야 했나요?"

"전갈을 보낸 건 잘한 거겠지. 그런데 그걸로 끝났어."

바키스 아저씨가 말하는데 무슨 뜻인지 통 알아들을 수 없어서 내가 궁금한 표정으로 다시 물었다.

"그걸로 끝났다니요, 바키스 아저씨?"

"반응이 없잖아. 답장도 없고."

바키스 아저씨가 설명하며 나를 곁눈으로 바라보았다. 그래서 나는 두 눈을 동그랗게 뜨며 물었다. 완전히 새로운 이야기였기 때문이다.

"답장을 기대했던 거예요, 바키스 아저씨?"

바키스 아저씨가 다시 고개를 천천히 돌려서 곁눈으로 쳐다보며 대답했다.

"남자가 원한다고 말한 건 남자가 답장을 기다린다고 말한 거나 마찬가지야."

"그래서요, 바키스 아저씨?"

내가 묻자, 바키스 아저씨는 말에게 눈길을 돌리며 대답했다.

"그래서 그 남자는 지금까지 답장을 기다려."

"패거티 유모한테 그렇게 말했나요, 바키스 아저씨?"

내가 묻자, 바키스 아저씨는 곰곰이 생각하다가 벌컥 화내며 대답했다.

"어떻게 그래! 나는 일부러 찾아가서 말하지 않아. 여태껏 그녀한테 여섯 마디 이상 말한 적도 없다고. 일부러 가서 그렇게 말하지 않아."

"그럼 내가 그렇게 말하면 좋겠어요, 바키스 아저씨?

내가 조심스럽게 묻자, 바키스 아저씨가 다시 천천히 고개를 돌려서 쳐다보며 대답했다.

"그것도 좋겠지, 굳이 말하고 싶다면, 바키스가 답장을 기다린다고. 이렇게 말해…… 이름이 뭐였지?"

"유모 이름이요?"

"그래!"

바키스 아저씨가 고개를 끄덕이자, 내가 대답했다.

"패거티 유모."

"교회에서 정식으로 세례받은 이름인가? 그냥 부르는 이름인가?"

"세례명은 아니에요. 정식으로 세례받은 이름은 클라라에요."

"그렇군."

바키스 아저씨가 중얼거리더니, 곰곰이 생각할 대상이라도 발견한 듯 가만히 앉아서 깊은 생각에 잠기며 속으로 휘파람까지 불다가 마침내 말했다.

"그래! 이렇게 말해. '패거티 유모! 바키스 아저씨가 답장을 기다려요.' 그럼 이렇게 물을 거야. '무슨 답장?' 그럼 이렇게 말해. '내가 유모한테 말한 것에 대한 답장.' 그럼 이렇게 묻겠지. '그게 뭔데?' 그럼 이렇게 말해. '바키스가 원한다.'"

바키스 아저씨는 상세히 말하며 팔꿈치로 쿡 찔러서 옆구리를 얼얼하게 만들었다. 그리곤 평소처럼 앞으로 숙여서 말을 바라볼 뿐 그 문제에 대해 더는 말하지 않더니, 약 30분 정도가 지난 다음에 주머니에서 분필 조각을 꺼내 짐마차 포장 안쪽에 '클라라 패거티'라고 적는데, 개인적인 메모 같았다.

아, 우리 집이 아닌 집으로 가는 느낌이, 눈에 보이는 모든 대상은 행복한 어린 시절을 떠올릴 거라는 느낌이, 하지만 그건 두 번 다시 누릴 수 없는 꿈이란 느낌이 참으로 묘했다! 내가 어머니와 패거티 유모가 함께 살고 우리 사이에 끼어들 사람은 아무도 없던 시절이 너무나 슬프게 떠올라, 집으로 가는 게 좋았을지 차라리 다른 곳으로 가서 스티어포스 선배와 지내며 집을 잊어버리는 게 좋았을지 지금도 확신할 수 없다. 하지만 이미 나는 집으로 가는 중이고, 얼마 후에 도착하니, 오래된 느릅나무가 벌거벗어 황량한 겨울바람을 맞으며 수많은 손을 비틀고 낡은 까마귀 둥지는 바람에 흔들렸다.

짐마차는 정원 대문 앞에 짐을 내려놓고 바로 떠났다. 나는 정원 사이로 난 길을 따라 집으로 다가가며 창문을 이리저리 살폈다. 행여나 머드스톤 오누이 가운데 한 명이 내다볼 것 같아서 발걸음을 뗄 때마다 두려웠다. 하지만 어떤 얼굴도 내다보지 않아서 나는 집으로 다가가, 현관문 여는 법을 알기에, 어둡기 전이라서, 노크도 않고, 두려움에 쌓인 채 안으로 조용히 들어섰다.

복도에 발을 들여놓는 순간, 옛날 거실에서 어머니 목소리가 들리며 천진난만하던 시절을 얼마나 생생하게 불러일으켰는지 아무도 모른다. 어머니는 나지막한 어조로 노래했다. 나 역시 갓난아기 때 그 품에 누워서 어머니가 그렇게 불러주던 노래를 들었을 게 분명하단 생각이 든다. 곡조가 낯설어도 가슴에 들어차는 느낌은 자리를 오래 비운 친구가 돌아와서 정겨운 느낌이었다.

어머니가 흥얼거리는 노랫가락에 나는 속으로 깊은 생각에 잠기면서도, 어머니가 혼자라고 확신했다. 그래서 거실로 조용히 들어서니, 어머니는 벽난로 앞에 앉아서 갓난아기에게 젖을 먹이며 고사리처럼 조그만 손을 꼭 잡아 당신 목에 대고, 가만히 앉아서 두 눈으로 얼굴을 내려다보며 노래하는 중이었다. 어머니가 혼자 있을 거라는 느낌 하나는 맞은 것이다.

내가 입을 열자 어머니는 깜짝 놀라며 소리쳤다. 그러다가 나를 알아보고는 '그리운 데이비!'라고, '우리 아들!'이라고 부르며 실내 절반을 그대로 달려오다 바닥에 무릎을 꿇고서 키스 세례를 퍼붓더니, 갓난아기가 있는 당신 가슴에 내 머리를 가만히 누여서 내 입술에 아기 손을 댔다.

내가 그 자리에서 그대로 죽었다면 얼마나 좋을까! 황홀한 느낌이 가슴에 가득한 그대로 죽었다면 얼마나 좋을까! 그런 기분이라면 천국에 제대로 들어가지 않았을까! 또 어디에서 이런 기분을 느낄 수 있단 말인가!

"동생이란다. 데이비, 어여쁜 우리 아들! 불쌍한 놈!"

어머니가 말하면서 나를 쓰다듬더니, 다시 키스하고 또 키스하며 내 목을 꼭 껴안았다. 이럴 때 패거티 유모가 급히 들어와서 우리 사이로 파고들며 바닥에 앉아, 우리 세 사람은 15분 동안 정신없이 떠들어 댔다.

내가 일찍 도착할 예정이 아닌데 마차가 평소와 달리 아주 빠르게

온 것 같았다. 그리고 머드스톤 오누이는 이웃집에 놀러 가 밤까지 안 돌아올 것 같았다. 더는 바랄 수 없는 행운이었다. 주변에 아무도 없이 우리 세 사람만 모일 기회는 한 번도 없던 터라 그리운 옛날이 돌아왔다는 착각까지 들었다.

우리는 벽난로 앞에서 함께 식사했다. 패거티 유모가 옆에서 시중들려고 했으나 어머니는 함께 식사하게 했다. 나는 예전에 사용하던 접시를, 군함이 파란 돛을 활짝 펼친 접시를, 내가 멀리 떠난 동안 패거티 유모가 고이 간직한 접시를, 패거티 유모 말에 의하면 금화 백 냥을 준다고 해도 절대로 깨뜨리지 않을 접시를 사용했다. 예전처럼 데이비드란 이름을 새겨 넣은 머그잔도 쓰고 예전처럼 제대로 안 잘리는 조그만 나이프와 포크도 썼다.

어차피 식탁에 모인 김에 바키스 아저씨 이야기를 꺼내면 좋을 것 같아서 입을 열자, 패거티 유모는 내가 말을 다 하기도 전에 폭소를 터트리며 앞치마로 얼굴을 가렸다. 그러자 어머니가 물었다.

"패거티 유모, 왜 그러는 거야?"

하지만 패거티 유모는 계속 웃더니, 어머니가 앞치마를 벗기려 하자 오히려 더욱 단단히 움켜잡으며 얼굴을 가린 채 꿈쩍하지를 않는 모습이 머리에 자루라도 뒤집어쓴 것 같았다.

"왜 이러는 거야, 바보같이?"

어머니가 나무라며 웃자, 패거티 유모가 대답했다.

"짐마차 마부가 귀찮게 굴어요! 나랑 결혼하고 싶대요."

"서로 잘 어울릴 것 같아, 그치?"

어머니가 말하자, 패거티 유모가 대답했다.

"어이쿠! 모르겠어요. 묻지 마세요. 나는 금으로 만들었다고 해도 그 사람이랑 결혼 안 해요. 아니, 누구하고도 결혼 안 해요."

"그럼 그 사람한테 그렇게 말하지그래, 바보처럼 굴지 말고?"

어머니가 하는 말에 패거티 유모가 앞치마를 살짝 내리고 쳐다보며 반박했다.

"그 사람한테 말하라니요. 그 사람은 나한테 그렇게 말한 적이 한 번도 없어요. 머리가 좋은 거지요. 감히 그런 말을 꺼내다간 나한테 뺨따귀를 맞을 테니까요."

이렇게 말하는 패거티 유모 얼굴이 어느 때보다 빨갛게 달아오른 것 같은데, 앞치마로 얼굴을 다시 가린 채 폭소를 터트리고 또 터트리고 또 터트리더니, 다시 식사하기 시작했다.

나는 패거티 유모가 쳐다볼 때 어머니도 환하게 웃다가 점차 깊은 생각에 잠기며 심각하게 바뀌는 표정에 주목했다. 어머니가 변한 걸 나는 처음부터 깨달았다. 얼굴은 여전히 예뻐도 근심 걱정이 가득하고 초췌하며, 손은 가늘고 창백한 게 투명한 느낌까지 들었다. 완전히 새로운 변화였다. 불안하고 초조한 모습이 몸에 그대로 달라붙은 것 같았다. 그런 어머니가 한 손을 내밀어서 정겨운 하녀 손을 다정하게 붙잡으며 말했다.

"패거티 유모, 설마 결혼하는 건 아니겠지?"

"내가요, 마님? 맙소사, 아니에요!"

패거티 유모가 눈을 동그랗게 뜨며 대답하자, 어머니가 상냥하게 물었다.

"아직은 아니지?"

"그럼요, 절대로 안 해요!"

패거티 유모가 소리치자, 어머니는 그 손을 꼭 잡으며 당부했다.

"나를 떠나지 마, 패거티 유모. 곁에 머물러줘. 오래 걸리진 않을 거야. 유모가 없으면 나 혼자 어떻게 살겠어!"

"제가 마님을 떠나다니, 이렇게 소중한 마님을! 그런 일은 절대로 없어요. 맙소사, 누가 그런 생각을 이렇게 엉뚱하고 귀여운 머리에 집어넣었나요?"

패거티 유모가 소리쳤다. 우리 어머니를 가끔 어린애처럼 다루던 예전 습관이 나온 것이다.

하지만 어머니는 고맙다는 말 외에 아무런 대답도 없고 패거티 유모는 평소 습관대로 떠들어댔다.

"제가 마님을 떠나요? 저는 저 자신을 잘 알아요. 패거티 유모가 마님을 떠나요? 그럼 제가 패거티 유모를 꼭 잡을 거예요! 그럼요, 그렇고말고요."

패거티 유모가 머리를 절레절레 흔들더니, 팔짱을 끼고는 계속 말했다.

"패거티 유모는 절대 아니에요, 마님. 패거티 유모가 떠난다면 좋아할 고양이가 몇 마리 있겠지만, 그들이 좋아하도록 만들 순 없지요. 그대로 남아서 고양이를 괴롭혀야 하니까요. 저는 성미가 고약하고 짓궂은 노파가 될 때까지 마님 곁에 머물 거예요. 그래서 귀도 안 들리고 제대로 못 걷고 앞도 안 보이고 이가 하나도 없어서 말조차 제대로 못 하면, 그래서 쓸모도 없고 귀찮기만 한 존재가 되면, 그러면 데이비 도련님한테 가서 몸을 맡길 거예요."

"그래, 패거티 유모, 내가 기쁘게 맞이해서 여왕님처럼 모실게."

내가 대뜸 말하자, 패거티 유모가 좋아했다.

"어휴, 우리 착한 도련님! 도련님이 그럴 줄 알았어요!"

그러더니 내가 한 말에 미리 감사하는 뜻으로 키스했다. 그런 다음에, 앞치마를 머리까지 다시 뒤집어쓴 채 바키스 아저씨 문제로 다시 폭소를 터트렸다. 그런 다음에, 조그만 요람에서 갓난아기를 꺼내 품에 안았다. 그런 다음에, 식탁을 치우고, 그런 다음에, 예전과 마찬가지로 모자를 바꿔쓰고 바느질통과 막대기 자와 양초토막을 들고 다시 들어왔다.

우리는 벽난로 주변에 둘러앉아 즐거운 대화를 나누었다. 내가 크리클 교장 선생님은 아주 무서운 사람이라고 하는 말에 어머니와 유모는 나를 동정했다. 나는 스티어포스라는 좋은 선배가 있는데 나를 돌봐준다는 말도 하고, 패거티 유모는 그런 사람이라면 맨발로 걸어가서라도 만나보고 싶다고 대답했다. 갓난아기가 깨어나면 내가 품에 안아서 사랑스럽게 보살폈다. 그러다가 아기가 다시 잠들면, 나는 예전에 그러던 것처럼 어머니 옆구리로 바짝 파고들어서 두 팔로 허리를 꼭 껴안아, 빨갛고 조그만 뺨을 어깨에 기대서 아름다운 머리칼이 - 내가 천사 날개라고 생각한 기억이 나는데 - 나를 뒤덮는 느낌에 다시 한번 빠져드니, 더할 나위 없이 행복했다.

내가 그렇게 앉아서 불길을 쳐다보는 사이에 빨갛게 달아오른 석탄에 어리는 다양한 그림을 보니 내가 멀리 떠난 적은 한 번도 없는 반면, 머드스톤 오누이는 석탄불에 어린 영상처럼 불이 사라지면 함께 사라진다는, 어머니와 패거티 유모와 나 말고 기억 속에 존재하는 모든 건 실재하지 않는다는 기분까지 들었다.

패거티 유모는 양말을 꿰매다 눈이 더는 안 보이니, 가만히 앉아서 왼손에 양말을 장갑처럼 끼고 오른손으로 바늘을 움켜잡아 불길이 확 피어오를 때마다 바늘을 찌르려고 준비했다. 그런데 패거티 유모가 항상 바느질하는 양말은 도대체 누구 양말인지, 구멍 난 양말이 도대체 어디에서 끊임없이 나오는지 나는 지금 이 순간까지 이해할 수 없다. 내가 아주 어릴 때부터 유모는 언제나 양말을 꿰맬 뿐 다른 걸 꿰맨 적은 한 번도 없는 것 같다.

패거티 유모는 가끔 얼토당토않은 화제를 꺼내기도 하는데, 이번에는 이런 식이었다.

"데이비 도련님 대고모님은 어떻게 지내는지 궁금하네요."

그러자 어머니가 깊은 몽상에서 화들짝 깨어나며 소리쳤다.

"맙소사, 유모! 말도 안 되는 소리 그만해!"

"으음, 하지만 저는 정말로 궁금한걸요, 마님."

패거티 유모가 말하자, 어머니가 물었다.

"어떻게 그런 사람 생각이 떠오를 수 있어? 다른 사람도 얼마든지 있는데?"

"이유는 저도 모르겠어요. 제대로 고르질 못하는 걸 보면, 머리가 멍청한 것 같아요. 사람들이 떠오르기도 하고 사람들이 사라지기도 하고 사람들이 안 떠오르기도 하고 사람들이 안 사라지기도 해요. 그래서 대고모님이 어떻게 지내는지 궁금해요."

"유모는 정말 터무니없어! 대고모님이 다시 찾아오길 바라는 것 같잖아."

"맙소사, 아니에요!"

"그렇다면 그런 불편한 주제는 입에 담지도 마, 알았지? 베시 고모님은 바닷가 아담한 집에 틀어박혀서 평생을 보내실 게 분명해. 무슨 일이 있어도 두 번 다시 우리를 귀찮게 하지 않을 거야."

어머니가 단언하자, 패거티 유모는 깊이 생각하다 대답했다.

"그럼요! 그러지 않으시겠죠. 제가 궁금한 건, 대고모님이 죽으면 데이비 도련님한테 무어라도 남길까 하는 거예요."

"맙소사, 패거티 유모, 정말 어이가 없군! 우리 불쌍한 아들이 태어난 순간에 펄펄 뛰던 모습을 직접 보았으면서."

"그래도 이제는 용서할 것 같은 생각이 드네요."

"베시 고모님이 인제 와서 우리 아들을 용서할 까닭이 뭐겠어?"

어머니가 퉁명스럽게 받아치자, 패거티 유모가 말했다.

"지금은 남동생이 생겼잖아요."

패거티 유모 말에 어머니는 곧바로 울음을 터트리며, 감히 어떻게 그런 말을 할 수 있느냐고 따졌다.

"요람에 누운 불쌍한 아기가 자기나 다른 누구한테 해라도 끼친 것처럼 말하다니, 정말 못됐어! 그러려면 차라리 짐마차 끄는 바키스나 찾아가서 결혼해. 어서."

"머드스톤 아씨가 좋아하겠네요, 제가 그런다면."

"참 짓궂어, 패거티 유모! 지금 당신은 머드스톤 형님을 질투하는데, 멍청한 사람이 아니면 그럴 수 없는 거야. 유모는 자기가 열쇠꾸러미를 꿰차고 모든 일을 마음대로 처리하고 싶은 거지? 유모가 그런다고 해도 나는 조금도 놀라지 않겠어. 형님이 그러는 건 선량한 의도와 친절한 마음 때문이란 사실을 유모도 잘 알면서 말이야! 유모도 잘 알잖아, 잘 안다고."

어머니가 말하자, 패거티 유모는 "선량한 의도는 무슨!" 같은 말을 중얼거리더니, 선량한 의도치고 너무 심한 거 아니냐는 어투로 투덜대자, 어머니가 다시 말했다.

"무슨 의도로 하는 말인지 나도 아는데, 유모는 참 짓궂어. 나는 유모를 완벽하게 이해해. 그건 유모도 알아. 그런데도 얼굴 하나 안 붉히고 그렇게 말하는 게 정말 신기해. 하지만 하나씩 차례대로 말하지. 먼저 머드스톤 형님부터 말할 테니, 유모도 회피하지 마. 머드스톤 형님이 수없이 반복한 말을 유모도 들었잖아. 나는 생각이 부족한 데다, 또…… 또…… 너무……"

"예쁘다고요."

패거티 유모가 불쑥 끼어들자, 어머니가 미소를 살짝 머금으며 반발했다.

"으음, 형님이 그런 엉뚱한 소리를 한다고 해서 내가 책임져야 하는 건 아니잖아."

"마님한테 책임지란 말은 아무도 안 했어요."

"그래, 당연히 그래야지! 형님이 수없이 반복하는 소리를 당신도 들었으니까. 내가 고생하는 걸 덜어주고 싶다고, 형님 생각에 나는 그런 일에 적합하지 않다고, 나는 나한테 적합한 일을 제대로 모른다고. 그래서 이른 새벽에 일어나 늦은 밤까지 이리저리 끊임없이 돌아다니며 석탄 창고와 식품창고 등 나는 알지도 못하고 좋아할 수도 없는 공간을 다양하게 살피는데, 그런데도 거기에 헌신적인 요소가 없다는 식으로 교묘하게 말하려는 거야?"

"저는 교묘하게 말하지 않아요."

"아니야, 그렇게 말해. 유모는 다른 일을 한 적이 없어, 자신이 맡은 일 외에는. 유모는 항상 교묘하게 돌려서 말해. 그러면서 아주 좋아해. 그리고 우리 남편이 보인 선의에 대해서 말할 때는……"

"저는 지금까지 그런 걸 말한 적이 한 번도 없어요."

패거티 유모가 반박하자, 어머니가 대답했다.

"맞아, 하지만 교묘하게 돌려서 말하지. 내가 지금 막 지적한 게 바로 그거라고. 유모는 그게 제일 나빠. 또 교묘하게 돌려서 말하겠지. 조금 전에 말했잖아, 나는 유모를 완벽하게 이해하고, 그건 유모도 잘 안다고. 유모는 우리 남편의 선의를 무시하는 척하는데 나는 유모가 정말로 그렇게 생각한다곤 믿지 않아. 실제로는 그런 선의가 매우 훌륭하다는 사실을, 우리 남편은 모든 점에서 선의로 움직인다는 사실을 나만큼이나 절절히 깨달은 게 분명해. 우리 남편이 특정 인물한테 너무 엄격하게 구는 것 같다면, 유모 - 내가 여기에 있는 인물을 말하는 건 아니란 사실은 유모도 알고 데이비도 아는데 - 그건 그 인물이 잘되길 바라는 마음 하나 때문이야. 우리 남편은 특정 인물을 당연히 사랑해, 나 때문에. 그래서 특정 인물이 잘되길 바랄 뿐이야. 우리 남편은 나보다 판단력이 뛰어나. 나는 약하고 가볍고 어린애 같아도 우리 남편은 확실하고 근엄하고 진지하거든."

어머니가 애정 어린 마음으로 눈물을 뚝뚝 흘리며 계속 말했다.

"그 사람은 나 때문에 많이 고통받아. 그러니 나는 머릿속 생각조차 고마운 마음으로 복종해야 해. 그렇게 안 하면, 패거티 유모, 나 자신이 걱정스럽고 괴로운 데다 내 마음조차 의심스러워서 무얼 어떻게 해야 좋을지 모르겠어."

패거티 유모는 가만히 앉아서 양말 바닥으로 턱을 괸 채 불길을 말없이 바라보고, 어머니는 어투를 바꾸며 다시 말했다.

"그러니까 패거티 유모, 우리 다투지 말자, 내가 견딜 수 없으니까. 나한테 세상에 진정한 친구가 있다면 그건 바로 유모야. 내가 멍청하다거나 귀찮다고 하는 말은, 패거티 유모, 그건 전남편이 나를 이 집으로 데려온 날 밤에 유모가 대문에서 나를 맞이한 이후 지금까지 언제나 진정한 친구였다는 뜻이야."

이 말에 패거티 유모는 곧바로 반응했다. 나를 힘껏 껴안는 식으로 상호 우호조약을 받아들인 거다. 나는 두 사람이 이렇게 대화하는 진정한 의미를 당시에 어느 정도 이해한다고 생각했다. 하지만 지금 다시 생각하니, 착하디착한 패거티 유모가 이런 대화를 유도하고 맞장구까지 쳐준 건 어머니가 당신이 빠져든 상황을 다소 모순된 방식으로나마 토로하며 마음을 편하게 하려는 의도였던 게 분명하다. 이런 의도는 효과가 또렷했다. 남은 초저녁 시간 동안 어머니는 훨씬 편안해 보이고 패거티 유모 역시 어머니를 쳐다보는 시선이 많이 줄어든 것 같았다.

우리는 차를 마시고 벽난로 재를 치우고 촛불 심지도 다듬어서 빛을 키웠다. 그런 다음에는 옛날을 되새기는 의미에서 패거티 유모에게 악어 책 이야기를 하나 읽어주고 - 책은 패거티 유모가 주머니에서 꺼내고, 나는 유모가 주머니에 언제부터 넣고 다녔는지 궁금하고 - 그런 다음에는 세일럼 기숙학교를 말하면서 최대 관심사인 스티어포스 선배 얘기가 다시 자연스럽게 나왔다. 우리는 정말 행복했다. 하지만 그렇게 행복한 시간은 그날 초저녁이 마지막이며 내 인생 일부는 그것으로 영원히 끝나니, 나로선 당시 기억을 영원히 못 잊을 것이다.

시계가 저녁 열 시를 향할 즈음에 마차 바퀴 소리가 들렸다. 그와 동시에 우리 모두 일어나고, 어머니는 시간이 늦었다고, 머드스톤 오누이는 어린애가 일찍 잠자는 걸 좋아하니 내가 어서 잠자리에 드는 게 좋겠다고 황급히 말했다. 나는 두 사람이 들어서기 전에 어머니에게 키스한 다음, 촛불을 들고 이 층으로 서둘러 올라갔다. 내가 갇혔던 침실로 오르다 보니, 두 남매가 우리 집에 매서운 바람을 몰아와서 단란한 가정 분위기를 새털처럼 가볍게 몰아냈다는 엉뚱한 생각마저 떠올랐다.

아침에는 식사하러 밑으로 내려가는 게 불편했다. 머드스톤을 공격한 엄청난 사건 이후로 서로 눈을 마주친 적이 한 번도 없었다. 하지만 거실로 갈 수밖에 없는 터라, 나는 계단을 내려가다 중간에 돌아서서 침실로 살금살금 돌아오길 두세 차례 반복하다가 마침내 거실로 들어섰다.

머드스톤은 벽난로 앞에서 불길에 등을 댄 채 서 있고 머드스톤 아씨는 차를 준비하는 중이었다. 내가 들어서자 머드스톤이 지긋이 쳐다보는데 아는 척하는 기색은 조금도 없었다. 그래서 잠시 머뭇거리다 다가가서 사과했다.

"정말 죄송합니다, 선생님. 지난번에는 제가 정말 잘못했으니, 부디 용서하시기 바랍니다."

"네가 뉘우친다는 말을 들으니까 기쁘구나, 데이비드."

머드스톤이 대답하며 악수하려고 한 손을 내미는데, 내가 전에 깨문 손이었다. 나는 빨간 자국으로 쏠리는 눈길을 억누를 수 없었다. 하지만 고개를 들고 쳐다보니, 상대편 얼굴에 불길하게 떠오른 표정보다 빨간 건 아니었다.

"그동안 잘 지내셨어요, 아주머니?"

내가 인사하자, 머드스톤 아씨는 "아, 맙소사!" 하고 한숨을 내쉬더니, 손을 내미는 대신 커다란 찻숟갈을 내밀며 물었다.

"방학은 얼마나 되니?"

"한 달입니다, 아주머니."

"언제부터 계산해서?"

"오늘이요, 아주머니."

"그렇다면 오늘이 가면 하루가 줄겠군."

머드스톤 아씨가 말하더니, 방학 달력을 만들어서 매일 아침 하루씩 지워나갔다. 그래서 열흘이 될 때까지는 우울한 표정이더니, 숫자가 두 자리로 늘어나면서 기대 어린 표정이 나타나고, 날짜가 계속 지나면서 웃음이 늘어났다.

머드스톤 아씨는 그렇게 약한 성격이 아닌데, 불행히도 바로 첫날에 나 때문에 깜짝 놀라는 사태가 발생하고 말았다. 내가 거실로 들어가니, 어머니는 머드스톤 아씨와 나란히 앉고, 어머니 무릎에는 생후 몇 주일에 불과한 아기가 있어서, 나는 두 팔로 아기를 조심스럽게 안았다. 그와 동시에 머드스톤 아씨가 비명을 내지르는 바람에 나는 하마터면 아기를 떨어뜨릴 뻔했다.

"왜 그러세요, 형님!"

어머니가 깜짝 놀라며 묻자, 머드스톤 아씨가 소리쳤다.

"맙소사, 클라라, 저거 보여?"

"뭐요, 형님? 어디요?"

"저 애가 아기를 안았잖아! 저 애가 아기를 안았다고!"

머드스톤 아씨는 공포에 질려서 허우적대다 정신을 차리고 나에게 쏜살처럼 달려들어 아기를 빼앗았다. 그러더니 그대로 기절하는 바람에 우리로서는 버찌 브랜디를 입에 넣어줄 수밖에 없었다. 머드스톤 아씨는 정신을 차리자마자 앞으로 어떤 식으로든 동생에게 손대지 말라며 엄숙하게 선언하고, 불쌍한 어머니는 그럴 마음이 없으면서도 "형님 말씀이 당연히 맞겠지요" 하고 말하는 식으로 금지령에 순순히 응했다.

한번은 우리 세 사람이 함께 있을 때 어여쁜 아기 때문에 - 어머니가 낳은 아기라서 내 눈에 정말로 예쁘게 보인 아기 때문에 - 머드스톤 아씨가 노발대발하는 사건이 벌어졌다. 어머니가 아기를 무릎에 올려놓고 두 눈을 가만히 쳐다보다 "데이비! 이리 와봐!" 하고 부르더니, 내 눈을 가만히 들여다본 것이다.

그러자 머드스톤 아씨가 묵주를 내려놓는 모습이 내 눈에 보이는 가운데, 어머니가 다정한 어투로 말했다.

"눈이 정말 똑같아. 너희 눈이 나랑 비슷하다는 생각은 했어. 눈동자 색깔이 나랑 똑같다는 생각은 했어. 하지만 이렇게 똑같은 줄은 몰랐어."

"도대체 무슨 소리 하는 거야, 클라라?"

머드스톤 아씨가 묻자, 어머니는 상대가 거칠게 묻는 어투에 약간 당황하며 더듬거리는 어투로 대답했다.

"네, 형님. 아기 눈이 데이비 눈이랑 정말 똑같아서요."

그러자 머드스톤 아씨가 화나서 대뜸 일어서며 소리쳤다.

"클라라! 자네는 가끔 멍청한 소리를 하는군."

"형님!"

우리 어머니가 항의해도 머드스톤 아씨는 한 발짝도 물러서지 않았다.

"정말 멍청해. 그렇지 않으면 우리 동생 아들을 자네 아들이랑 어떻게 비교할 수 있어? 두 아이는 하나도 안 닮았어. 완벽하게 다르다고. 두 아이는 모든 점에서 달라. 앞으로도 그렇고. 그렇게 비교하는 소리나 들으며 여기에 가만히 앉아있진 않겠다고."

이 말과 함께 머드스톤 아씨는 밖으로 성큼성큼 나가다 문을 쾅 닫았다.

한 마디로, 나는 머드스톤 아씨가 좋아하는 아이가 아니었다. 한 마디로, 거기에서 누구도, 심지어 나 자신도, 나를 좋아하지 않았다. 나를 좋아하는 사람은 겉으로 드러낼 수 없고 나를 싫어하는 사람은 노골적으로 드러내니, 나는 나 자신이 참으로 거북하고 어색하고 우둔하게 보이겠다는 생각이 머리에서 떠나질 않았다.

그들이 나를 불편하게 하는 것처럼 나 역시 그들을 불편하게 하는 것 같았다. 그들이 대화를 나누고 어머니도 즐거워하는 것 같을 때 내가 거실에 들어서면, 그 순간부터 어머니 얼굴에 걱정스러운 표정이 어린다. 머드스톤은 신나게 떠들다가도 나를 보는 순간에 입을 닫는다. 머드스톤 아씨는 기분이 나쁘다가 나를 보는 순간에 최악으로 변한다. 그럴 때마다 손해를 입는 사람은 우리 어머니라는 사실을, 어머니는 머드스톤 오누이가 화나서 나중에 잔소리 늘어놓는 일이 없도록 하려고 나에게 말을 걸거나 다정하게 행동하는 자체를 망설인다는 사실을, 어머니는 자신 때문에 그들이 화낼까 끊임없이 걱정하면서도 나 때문에 그들이 화내지 않을까 걱정스러운 나머지 내가 조금만 움직여도 불안한 표정으로 그들 눈치를 살핀다는 사실을 나는 뼈저리게 느낀다. 그래서 나는 두 남매를 최대한 피하려고, 냉기만 가득한 침실에 앉아서 두툼하지만 조그만 외투를 뒤집어쓰고 책에 빠져들다 교회에서 울리는 종소리를 들으며 지루하기만 한 겨울철 수많은 날을 보냈다.

초저녁이면 주방에 가끔 찾아가서 패거티 유모와 시간을 보냈다. 그곳은 정말 편안했다. 나 자신을 두려워할 필요도 없었다. 하지만 거실에서는 이런 기분을 조금도 느낄 수 없었다. 숨 막히는 공기가 모든 걸 단숨에 짓눌러 버렸다. 그런데도 나는 불쌍한 어머니를 훈련하고 궁지로 몰아넣는 데 필요한 대상이니, 자리를 비우는 것조차 마음대로 할 수 없었다. 그래서 하루는 식사를 마치고 평소처럼 거실을 빠져나오려고 할 때 머드스톤이 불쑥 말했다.

"데이비드, 표정이 그렇게 무뚝뚝한 걸 보니까 안타까운 마음이 드는구나."

"주둥이는 곰처럼 삐져나오고!"

머드스톤 아씨까지 덧붙이는 말에 나는 그대로 서서 머리를 숙이고, 머드스톤은 다시 말했다.

"표정이 그렇게 무뚝뚝하고 고집스러운 건 정말 나빠, 데이비드."

"저 아이는 내가 겪은 아이 가운데서 성격이 가장 모질고 고집스러워. 그건 자네도 충분히 알지, 클라라?"

머드스톤 아씨가 말하자, 어머니가 반문했다.

"죄송합니다만, 형님은 - 분명히 용서하실 거라 생각하고 묻는데 - 데이비를 제대로 이해한다고 확신하세요?"

"저 아이든 어떤 아이든 제대로 이해할 수 없다면 그건 정말 창피한 거야. 나는 많이 공부한 건 아니어도 일반상식이 충분하다고 자부하거든."

"그렇겠지요, 형님은 무엇이든 잘 아시니……"

"맙소사! 그렇게 말하지 마, 클라라."

머드스톤 아씨는 벌컥 화내며 말을 자르고, 어머니는 다시 말했다.

"하지만 정말이잖아요. 모든 사람이 다 알아요. 저 역시 형님을 보고 많이 배우기 때문에 - 이렇게 배우는 게 너무나 당연하기 때문에 - 그 사실을 저보다 확실하게 아는 사람은 없을 거예요. 그래서 정말 조심스럽게 묻는 거예요, 형님."

"좋아, 그렇다면 내가 저 아이를 제대로 모른다 치자고, 클라라. 그래, 나는 저 아이를 조금도 모른다고 치는 거야. 쟤는 속이 너무 음흉하거든. 하지만 우리 동생은 통찰력이 있으니까 쟤 성격을 꿰뚫어 볼 수 있어. 이번에도 우리 동생이 그 문제를 언급하는데 우리가 점잖지 못하게 끼어든 것 같아."

머드스톤 아씨가 대답하며 양쪽 팔목에 찬 조그만 사슬 장식을 만지작거리자, 머드스톤이 나지막하고 근엄한 목소리로 끼어들었다.

"내가 보기엔, 클라라, 그 문제를 당신보다 냉정하고 훌륭하게 판단할 사람이 없진 않을 것 같소."

"여보, 당신은 모든 문제에서 내가 생각하는 이상으로 판단력이 뛰어나요. 당신과 형님 두 분 모두. 제 말은 단지……"

어머니가 겁먹은 표정으로 말하는데, 머드스톤이 대뜸 끼어들며 막았다.

"당신 말은 근거도 없고 경솔해. 그런 식으로 말하지 않도록 노력하는 게 좋아, 클라라. 당신 몸이나 잘 챙기라고."

어머니가 입술을 움직이는 게 '네, 당신 말이 옳아요' 하고 말하는 것 같은데 입 밖으로 나오진 않고, 머드스톤은 나에게 머리를 돌려서 매서운 눈으로 쳐다보며 말했다.

"데이비드, 내가 안타까운 마음이 든다고 말한 까닭은 네 표정이 무뚝뚝하기 때문이야. 내 눈에는 그런 성격이 또렷이 보이는데, 아무런 노력도 않고 모른 척 넘어갈 순 없어. 너는 그런 성격을 고치려고 힘껏 노력해야 해. 우리 역시 네가 그런 성격을 고치도록 힘껏 노력하고 말이야."

"죄송합니다, 선생님. 돌아온 이후로 일부러 무뚝뚝한 표정을 지으려고 한 적은 한 번도 없습니다."

내가 더듬거리며 대답하자, 머드스톤이 어찌나 사납게 소리치던지 어머니가 우리 사이를 가로막으려는 듯 덜덜 떨리는 손을 무의식적으로 내밀 정도였다.

"거짓말로 넘어가지 마! 침실에 틀어박혀서 지내는 건 무뚝뚝한 성격 때문이라고. 거실에서 시간을 보내야 할 때 침실에 틀어박힌 건 바로 그것 때문이라고. 내가 이번에 분명히 말하는데, 앞으로는 침실이 아니라 여기서 시간을 보내도록. 덧붙여서 말하는데, 내 말에 순순히 따르도록. 너는 나를 잘 알아, 데이비드. 한 번 마음 먹으면 물러나지 않는걸."

머드스톤 아씨는 쉰 목소리로 킥킥거리며 웃고, 머드스톤은 계속 말했다.

"그러니, 앞으로 나에 대해서도 그렇고 머드스톤 아씨에 대해서도 그렇고 너희 어머니에 대해서도 그렇고, 존경하는 마음으로 순종하도록. 이 방이 나쁜 세균에 오염이라도 된 것처럼 어린애가 마음대로 회피하는 걸 나는 그냥 두고 볼 수 없어. 자리에 앉아."

머드스톤은 개에게 명령하듯 소리치고 나는 개처럼 복종했다.

"한 가지 더. 내가 보니, 너는 천박한 인간하고 어울리는 걸 좋아하는 것 같더군. 하지만 하인하고 어울리는 건 안 좋아. 너는 고쳐야 할 성격이 많은데 주방은 아무런 도움도 안 되거든. 너를 부추기는 여자에 대한 말은 안 하겠어."

머드스톤이 우리 어머니를 쳐다보며 나지막한 어투로 덧붙였다.

"그건 클라라, 당신이 오랫동안 데리고 있으면서 환상을 키운 나머지, 지금도 하녀한테 약점을 끊임없이 드러내기 때문이오."

"쓸데없는 망상이지!"

머드스톤 아씨가 옆에서 맞장구치고, 머드스톤은 나에게 다시 말했다.

"내가 말하고 싶은 건, 네가 패거티 유모 같은 사람이랑 어울리는 걸 나는 용서할 수 없다는 것, 따라서 앞으로 절대 그러지 말라는 거야. 이제 내 말을 알아들었으니, 조금이라도 어기면 어떻게 되는지 잘 알 거야, 데이비드."

나는 충분히 알아들었다. 우리 어머니에 대한 거라면 나는 머드스톤이 생각하는 이상으로 많은 걸 이해했다. 그래서 시키는 대로 순순히 따랐다. 내 방에 더는 틀어박히지도 않고, 패거티 유모에게서 더는 피난처를 구하지도 않았다. 날이면 날마다 거실에 따분하게 앉아서 밤이 오기만, 그래서 잠잘 시간이 오기만 손꼽아 기다렸다.

머드스톤 아씨는 하찮은 문제로 잔소리를 늘어놓으니, 나는 행여나 번잡스럽다는 잔소리라도 들을까 두려워서 팔다리조차 제대로 못 움직이고 행여나 잔소리할 구실이라도 줄까 두려워서 눈을 깜빡이는 것조차 조심하며 몇 시간이고 똑같은 자세로 얌전히 앉아있으려니, 얼마나 지겹고 따분하겠는가! 시계가 째깍거리는 소리를 들으면서, 그리고 머드스톤 아씨가 반짝이는 조그만 쇠구슬을 실에 꿰는 장면을 지켜보면서, 과연 저 여자도 결혼할까, 그렇다면 저 여자와 결혼하는 사내는 얼마나 불행할까 궁리하면서, 벽난로 선반에 있는 장식 눈금을 세면서, 두 눈으로 벽지에 난 소용돌이와 나선형 무늬를 쫓다가 천장까지 살피는 식으로 얌전히 앉아있으려니, 얼마나 견딜 수 없을 정도로 따분하겠는가!

흐린 겨울 날씨에 진흙투성이 좁은 길을 따라 산책해도 머드스톤 오누이가 짓누르는 거실 분위기만 사방에 가득한 게, 어딜 가더라도 끔찍한 부담이며 벗어날 수 없는 악몽이고 머리를 짓눌러서 우둔하게 만드는 굴레니, 내 기분이 어떻겠는가!

나이프와 포크가 남아돌면 그게 내 것이고, 음식이 남아돌면 그게 내 것이고, 접시와 의자가 남아돌면 그게 내 것이고, 사람이 남아돌면 그게 나니, 어색한 분위기에서 말없이 식사하는 심정은 또 어떻겠는가!

초저녁이면 촛불을 켜고 내가 하고 싶은 걸 할 수 있어도 겁나서 재미있는 책을 못 읽고 수학책에 몰두하며 머리를 딱딱하게 만들고 마음은 더 딱딱하게 만들어야 하는데, 도량형 표는 선율로 변하면서 '브리타니아여, 통치하라'와 '슬픔은 물러가라'[20]와 같은 노래로 변해, 공부는 머리에 들어오는 대신 할머니가 바늘귀에 끼우는 실처럼 한쪽 귀로 들어와서 다른 쪽으로 그대로 빠져나가니, 기분이 어떻겠는가!

---

20) 두 노래 'Rule Britannia'와 'Away with Melancholy'는 당시에 영국에서 유행한 노래다.

하품과 졸음은 아무리 애써도 끊임없이 몰려들어, 나도 모르게 잠들다가 깜짝 놀라며 깨어나고, 아주 가끔 뭐라고 말하면 대답하는 사람은 하나 없으니, 나는 모두가 귀찮게 여기면서 무시하는 투명인간이란 느낌만 들어, 아홉 시를 알리는 종소리가 처음 들리는 순간에 머드스톤 아씨가 인제 그만 가서 자라고 명령하는 소리가 나에겐 얼마나 커다란 위안이겠는가!

방학은 이렇게 천천히 흐르더니, 마침내 머드스톤 아씨가 "오늘이 마지막 날이로군!" 하고 말하면서 기념으로 차를 한 잔 권하는 아침이 찾아왔다.

나는 떠나는 게 조금도 서운하지 않았다. 그동안 멍청한 상태로 지내다가 조금 회복해, 크리클 교장이 어렴풋이 떠오르긴 해도 스티어포스 선배를 만날 기대감에 마음이 부풀었다. 바키스 아저씨가 대문 앞에 다시 나타나고 어머니가 나에게 상체를 숙이며 작별인사할 때 머드스톤 아씨는 "클라라!" 하고 다시 경고했다.

어머니에게 그리고 갓난아기 동생에게 키스하는데 갑자기 슬픈 느낌이 몰려들었다. 멀리 떠나는 게 슬픈 건 아니었다. 거기에 있는 동안 우리 사이엔 깊은 도랑이 흐르고, 거기에 있는 동안 우리는 매일 이별했기 때문이다. 그러나 지금까지 생생하게 기억나는 건, 비록 어머니가 나를 최대한 뜨겁게 껴안긴 했지만, 어머니가 나를 껴안은 다음에 일어난 장면이다.

내가 짐마차에 오르니 나를 부르는 어머니 소리가 들렸다. 뒤를 돌아보니, 어머니 혼자 정원 대문에서 내가 쳐다보도록 아기를 두 팔로 번쩍 들어 올렸다. 춥지만 바람 한 점 없는 날씨였다. 그래서 아기를 번쩍 추켜들고 나를 열심히 바라보는 동안 어머니 머리카락 한 올도 어머니 옷자락 하나도 흔들리지 않았다.

나는 그렇게 어머니를 잃었다. 학교에서 잠잘 때 나타난 어머니는 언제나 침대 옆에 가만히 서서 그런 식으로 나를 열심히 바라보며 아기를 두 팔로 번쩍 추켜들었다.

CHAPTER 9. 잊을 수 없는 생일

학교에서 일어난 다양한 사건을 모두 거르고 3월에 찾아온 생일로 곧장 건너뛰어야 하겠다. 사실, 스티어포스 선배가 훨씬 더 존경스럽게 보인 외에는 특별히 기억나는 것은 없다. 스티어포스 선배는 당장은 아니어도 이번 학기만 끝나면 학교를 떠나는 터라 내 눈에는 예전 어느 때보다 활달하고 자유롭게 보이고 따라서 예전 어느 때보다 매력적으로 보일 뿐, 이것 말고는 기억나는 게 하나도 없다. 당시에 일어난 엄청난 사건이 너무 강하게 파고들어 다른 기억을 모두 집어삼킨 것 같다.

심지어, 세일럼 기숙학교로 돌아온 날짜와 생일이 찾아온 날짜 사이에 두 달이란 간격이 있다는 자체도 믿기 힘들 정도다. 실제로 그렇다니까 그렇다고 이해할 뿐, 이것만 아니라면 두 날짜 사이에 아무런 간격도 없다고, 학교에 돌아오자마자 생일이 찾아왔다고 여길 게 분명하다.

생일 자체는 지금도 너무나 생생하다! 주변에 가득한 안개는 코끝에

맴돌고, 안개 사이로 매섭게 피어오르던 서리는 눈앞에 생생하고, 머리칼은 서리에 눌려서 뺨에 바싹 달라붙은 느낌이고, 어두컴컴한 교실도 눈앞에 나타나 여기저기에서 촛불이 팍팍 타오르며 안개로 자욱한 아침 공기를 밝히고, 아이들은 매서운 추위를 몰아내려고 발로 바닥을 구르면서 입으로 손가락을 후후 불고, 그럴 때마다 하얀 입김은 꽃다발처럼 일어난다. 우리가 아침 식사를 마치고 집합명령에 따라 운동장에 모여서 이러고 있을 때 샤프 선생님이 나타나서 말했다.

"데이비드 코퍼필드, 교장실로 가보도록."

나는 패거티 유모가 보낼 음식물 바구니를 기다리던 참이라 기쁜 마음으로 명령에 따랐다. 그래서 그곳을 재빨리 벗어날 때 주변에 있던 아이들은 맛있는 게 있으면 나눠 먹어야 한다 강조하고, 샤프 선생님은 이렇게 말했다.

"서둘 것 없어, 데이비드. 시간은 충분하니까 서둘지 마."

내가 충분한 관심을 기울였다면 선생님이 말하는 어투에 동정이 깃든 걸 깨닫고 깜짝 놀라겠지만, 나는 별다른 관심을 안 기울였다. 교장실로 급히 달려가니, 크리클 교장은 회초리와 신문을 앞에 놓은 채 아침 식사를 하는 중이고 크리클 부인은 한 손에 편지 한 장을 들었다. 음식물 바구니는 어디도 없었다.

크리클 부인이 나를 소파로 인도하더니, 옆에 나란히 앉으며 말했다.

"데이비드 코퍼필드, 너한테 각별하게 말하고 싶어. 말할 게 있거든."

나는 당연히 크리클 교장을 쳐다보고, 크리클 교장은 시선을 외면한 채 고개만 젓다가 버터 바른 토스트를 한 움큼 깨문 채 한숨을 내뱉었다. 그러자 크리클 부인이 다시 말했다.

"너는 아직 어려서 세상이 매일같이 변한다는 사실을, 그래서 세상 사람이 저세상으로 하나씩 떠난다는 사실을 모를 거야. 하지만 사람은 누구나 그런 사실을 깨달을 수밖에 없어, 데이비드, 일부는 어려서, 일부는 나이를 먹고서, 일부는 살아있는 내내 끊임없이."

나는 열심히 쳐다보고, 크리클 부인은 숨을 잠시 고르다가 다시 말했다.

"방학이 끝나고 집을 떠나올 때 모두 평안하셨니?"

그리곤 잠시 후에 다시 물었다.

"어머니도 평안하셨어?"

나는 왜 그런지도 모르면서 덜덜 떠느라 아무런 대답도 못 한 채 열심히 쳐다보고, 부인은 다시 말했다.

"내가 이렇게 묻는 까닭은 안타깝게도 오늘 아침에 너희 어머니가 위독하다는 전갈을 받았기 때문이야."

크리클 부인과 나 사이에 안개가 피어올랐다. 안갯속에서 부인 손가락이 움직이는 것 같았다. 뜨거운 눈물이 뺨을 타고 흐르는 느낌이 들더니, 안개가 또다시 어렸다.

"너희 어머니가 아주 위독하셔."

부인이 덧붙이고, 나는 모든 걸 깨달았다.

"어머니께서 돌아가셨어."

이런 말까지 할 필요는 없었다. 나는 이미 가슴이 무너진 채 엉엉 울며 넓은 세상에 혼자라는 느낌에 빠져든 터였다.

크리클 부인은 참으로 친절했다. 거기에 온종일 머물게 하면서 가끔 혼자 있는 시간도 주어, 나는 마냥 울다가 지쳐 쓰러지고 깨어나면 다시 울었다. 그러다가 눈물이 말라서 더는 울 수도 없어, 생각을 시작하니, 가슴은 묵직한 게 내리누르고 슬픔은 헤어 나올 길 없이 아련한 고통 속에서 일어났다.

그런데도 머릿속 생각은 느긋한 게, 가슴을 내리누르는 구슬픈 사건

대신 그 주변만 쓸데없이 맴돌았다. 창문을 모두 닫은 채 침묵만 감도는 집이 떠올랐다. 크리클 부인 말이, 오랫동안 아무것도 못 먹어서 뼈와 가죽만 남아 얼마 못 가서 죽을 것 같다는 갓난아기도 떠올랐다. 우리 집 근처 교회 공동묘지에 있는 아버지 무덤과 내가 너무나 잘 아는 나무 밑에 누워있을 어머니도 떠올랐다. 나 혼자 있을 때는 의자에 올라서 거울로 두 눈이 얼마나 빨간지, 얼굴은 얼마나 슬픈지 살폈다. 그러다가, 상당한 시간이 흘러서 결국엔 눈물이 완전히 말라 더는 흘를 수 없다면, 실제로 그럴 것 같았는데, 장례식에 참석하러 집으로 가야 할 터이니, 집에 도착하면 어머니가 돌아가신 것과 관련해 어떤 생각을 떠올려야 눈물이 흐를까 하는 생각마저 들었다. 크나큰 고통에 시달리느라, 아이들 사이에서 나는 극히 중요한 인물이자 매우 근엄한 존재가 되었다는 느낌을 강하게 받은 기억도 난다.

심각한 슬픔에 휩싸인 아이가 있다면 그건 바로 나를 두고 하는 말이었다. 하지만 그날 오후에 아이들은 교실에 있고 나 혼자 운동장을 거닐 때는 내가 이렇게 중요한 인물로 변했다는 느낌이 뿌듯하게 다가온 기억도 난다. 아이들이 수업을 받으러 가면서 유리창으로 내다볼 때는 유명인사가 된 느낌에 훨씬 더 고독한 표정을 떠올리며 훨씬 더 천천히 걷기도 했다. 수업이 끝나고 모두 밖으로 나와서 위로할 때는 누구에게도 으스대지 않고 예전처럼 평범하게 대하는 게 좋겠다고 생각했다.

나는 다음 날 밤에 집으로 떠날 예정인데, 교통편은 역마차가 아니라 '농부'라고 부르는, 지역 사람들이 짧은 거리를 이동할 때 주로 이용하는 묵직한 야간마차였다. 우리는 그날 밤에 소설 이야기도 생략하고 트래들스는 자기 베개를 쓰라고 고집을 부렸다. 그게 나에게 어떤 도움이 된다고 생각했는지는 지금도 모르겠다, 나도 베개가 있었기 때문이다. 하지만 불쌍한 트래들스에겐 해골을 잔뜩 그려 넣은 편지지 외에 나에게 빌려줄 게 그것 하나밖에 없고, 작별할 때는 그런 편지지조차 나에게 주면서 내가 슬픔을 달래고 마음을 평화롭게 달래길 기원했다.

다음 날 오후에는 세일럼 기숙학교를 떠났다. 거기로 두 번 다시 안 돌아간다는 생각은 조금도 못했다. 마차는 밤새도록 천천히 느긋하게 나아가, 다음 날 아침 아홉 시 혹은 열 시가 지난 다음에 비로소 야머스에 들어섰다. 그래서 바키스 아저씨를 찾으니, 아저씨는 어디에서도 안 보이고 대신에 뚱뚱하고 숨 가쁜 노인이 거친 숨을 몰아쉬며 마차 창문으로 다가와서 "코퍼필드 도련님?" 하고 물었다. 표정은 흥겹고 조그만 체구는 까만 옷을 입고 짧은 바지 양쪽 무릎에는 색바랜 리본을 잔뜩 달고 양말은 까맣고 머리에 쓴 모자는 챙이 넓은 노인이었다.

"네, 할아버지."

내가 대답하자, 노인이 마차 문을 열면서 말했다.

"괜찮다면 나를 따라오세요, 도련님. 댁까지 기쁜 마음으로 모셔다 드릴 테니까요."

나는 어떤 노인일까 궁금해하며 손을 내밀어서 맞잡고 좁은 거리에 있는 상점으로 다가가는데, 간판에 '오머, 포목점, 양복점, 신사용품점, 장례용품점 기타 등등'이라고 적혀있었다. 내부가 숨 막힐 만큼 비좁은 상점으로 온갖 의상이 사방에 가득한데, 다 만든 것도 있고 덜 만든 것도 있으며, 한쪽 창문에는 비버 모피 모자와 보닛 모자를 가득 걸어놓았다. 상점 안쪽 조그만 거실로 들어서니, 작업대에는 까만 천이 잔뜩 쌓이고 젊은 여자 세 명은 그걸로 열심히 작업하고, 천 조각과 자투리 조각은 바닥 여기저기에 너저분하게 널린 상태였다. 벽난로에서 활활 타오르는 불이 상복용 까만 천을 데워서 냄새 때문에 숨이 막힐 것 같은데, 당시에는 도대체 무슨 냄새인지 몰랐어도 지금은 안다.

젊은 여자 셋이 편안한 표정으로 바느질에 몰두하다 고개를 들어서 쳐다보더니, 하던 일에 다시 열중했다. 한 뜸을 따고 또 한 뜸을 따고 또 한 뜸을 땄다. 거기에 박자라도 맞추듯, 창문 바깥 조그만 마당 건너편 작업대에서 '탕-타당, 탕-타당, 탕-타당' 하는 망치질 소리가 조금도 흔들리지 않고 규칙적으로 정확하게 일어났다.

"그래, 작업은 잘 되니, 미니?"

나를 데려온 노인이 묻자, 젊은 여인 한 명이 고개조차 안 들고 흥겨운 어투로 대답했다.

"가봉할 시간까진 끝날 거예요. 걱정하지 마세요, 아버지."

오머 노인이 챙 넓은 모자를 벗고는 자리에 앉아서 숨을 헐떡였다. 몸이 너무 뚱뚱한 나머지 숨을 가쁘게 몰아쉰 다음에 비로소 말할 수 있었다.

"좋아."

"아버지! 아버지는 돌고래처럼 변하는 것 같아요!"

미니가 장난스러운 어투로 말하자, 노인이 가만히 생각하다가 대답했다.

"으음, 나는 잘 모르겠다만, 네 말이 맞겠지."

"아버지는 모든 점에서 너무 느긋해요. 무엇이든 너무 편하게 받아들이거든요."

미니가 말하자, 오머 노인이 대답했다.

"안 그런다고 해서 특별히 좋을 건 없잖아."

"그야 그렇지요. 우리 식구는 모두 낙천적이라서 다행이에요. 그렇지 않나요, 아버지?"

"정말 그렇구나, 얘야. 이제 숨이 돌아왔으니, 여기에 있는 어린 학자도 치수를 재는 게 좋겠구나. 코퍼필드 도련님, 안으로 들어가시겠어요?"

이 말에 나는 순순히 응하며 안으로 먼저 들어가고, 오머 노인은 두루마리 천을 보여주며 부모님 상복으로 훌륭한 거라고 설명하더니, 다양한 치수를 재고 공책에 적었다. 그러면서도 거기에 있는 천을 이리저리 보여주어 "이건 이제 막 나온" 신상품이라고, "이건 유행이 지난" 제품이라고 하면서 덧붙였다.

"유행 때문에 돈을 손해 볼 때가 종종 있답니다. 하지만 유행은 사람이랑 똑같아요. 오긴 오는데 언제 어떻게 무엇 때문에 오는지 아무도 모르고, 가긴 하는데 언제 어떻게 무엇 때문에 가는지 아무도 모르니까요. 이런 관점에서, 세상만사 모든 건 우리네 인생살이와 똑같다는 게 내 의견입니다요."

나는 너무 슬픈 나머지 이런 문제를 토론할 수 없는 데다 설사 평범한 상황이라 해도 내가 이해할 수준이 아니니, 오머 노인은 나를 데리고 거실로 돌아가며 숨을 가쁘게 몰아쉴 수밖에 없었다. 그러더니 문 뒤쪽으로 매우 비좁고 가파른 계단을 내려다보며 "차와 버터 바른 빵을 가져와!" 하고 소리치자 잠시 후에, 내가 앉아서 주변을 둘러보고 이런저런 생각에 빠져들며 실내에서 바느질하는 소리와 마당 건너편에서 망치질하는 소리를 듣는데, 음식을 담은 쟁반 하나가 나타나서 눈앞에 놓였다. 하지만 까만 천에서 나는 냄새 때문에 식욕이 하나도 없는 터라 물끄러미 쳐다보기만 하는데, 오머 노인이 지켜보다가 불쑥 말했다.

"나는 도련님을 압니다요. 아주 오래전부터 도련님을 압니다요."

"그래요, 할아버지?"

"도련님이 태어나기 전부터 안다고 해도 무리가 아니랍니다. 도련님 부친부터 알았으니까요. 부친은 신장이 180cm인데, 지금은 세 평 남짓한 땅속에 계시지요."

"탕-타당, 탕-타당, 탕-타당" 소리가 마당 너머에서 들리고, 오머 노인은 쾌활하게 말했다.

"부친께서 세 평밖에 안 되는 좁은 땅에 누워계시는데, 그게 부친 유언이었는지 모친 지시였는지는 기억이 안 나네요."

"제 동생은 어떻게 됐는지 아세요, 할아버지?"

내가 묻자, 오머 노인이 고개를 절레절레 흔들었다.

"탕-타당, 탕-타당, 탕-타당"

"아기는 어머니 품에 안겼답니다."

"아, 불쌍한 아가! 아기도 죽었나요?"

"어쩔 수 없는 일에 마음 아파하지 마세요. 네, 아기도 죽었답니다."

이 말을 듣는 순간에 아픈 상처가 새롭게 불거졌다. 그래서 아침 식사에 손도 안 대고 좁은 실내 모서리 다른 작업대로 가서 머리를 기대자, 내가 흘린 눈물에 안 젖도록 미니가 상복을 재빨리 치웠다. 미니는 얼굴이 예쁘고 마음도 착한 여자로, 내 머리를 부드럽게 쓰다듬는데, 작업이 거의 끝나서 조금만 버티면 즐겁게 지낼 터라 기분이 아주 좋은 게 나와 너무나 달랐다!

곧이어 망치 소리가 사라지더니 마당 건너편에서 잘 생긴 젊은이 한 명이 안으로 들어왔다. 한 손에 망치를 들고 입에는 조그만 못을 잔뜩 물어, 말을 하려면 그걸 빼내야 했다.

"그래, 조람! 작업은 잘 되나?"

오머 노인이 묻자, 조람이 대답했다.

"좋아요. 다 끝냈습니다, 아저씨."

미니는 얼굴을 살짝 붉히고 다른 두 여자는 서로를 쳐다보며 방긋 웃고, 오머 노인은 한쪽 눈을 찡긋 감으며 다시 물었다.

"뭐라고! 지난밤에 내가 술집에 간 사이에 촛불 켜고 작업한 거야? 그런 거야?"

"네. 아저씨가 작업을 마치면 짧은 여행이라도 가자고 하셨잖아요, 미니랑 저랑…… 그리고 아저씨랑."

"어이쿠! 나는 안 붙여줄 줄 알았는데, 다행이구먼."

오머 노인이 말하며 웃다가 기침을 터트리자, 젊은 사내가 다시 말했다.

"아저씨가 멋진 말씀을 하셔서 제가 정말 열심히 일했답니다. 한번 나가서 구경하시겠어요?"

그러자 오머 노인이 "그래" 하고 대답하며 자리에서 일어나다 나를 쳐다보며 물었다.

"괜찮다면 도련님도 함께 나가서 구경……"

"안 돼요, 아버지."

미니가 반대하자, 오머 노인이 말했다.

"나는 괜찮다고 생각하지만, 네 생각이 맞겠지, 뭐."

두 사람이 구경하러 나간 건 사랑하는, 너무나 사랑하는 우리 어머니 관이란 사실을 내가 어떻게 알았는지 모르겠다. 나는 당시까지 관 만드는 소리를 들어본 적도, 관이란 물건을 구경한 적도 없다. 그런데 망치 소리를 처음 듣는 순간에 그게 무슨 소리인지 깨닫고, 젊은 사내를 보는 순간에 무슨 일을 하다가 들어왔는지 또렷하게 깨달은 것 같다.

작업이 모두 끝나자, 이름을 들은 적 없는 두 소녀는 몸에서 헝겊 조각과 실 조각을 털어내고는 물건을 정리한 다음에 손님을 맞이하러 가게로 나갔다. 미니는 지금까지 만든 상복을 접어서 바구니 두 개에 차곡차곡 쌓기 위해 뒤에 남았다. 그래서 무릎을 꿇고 작업하며 콧노래를 조그맣게 흥얼거렸다.

미니와 사랑하는 사이가 분명한 조람은 바쁘게 일하는 미니 옆으로 가서 (내가 있는데도 신경조차 안 쓰고) 억지로 키스하곤, 당신 부친이 이륜마차를 가지러 갔다고, 따라서 자신도 급히 서둘러서 모든 준비를 끝내야 한다고 말했다. 그러더니 다시 나가고, 미니도 골무와 가위를 주머니에 넣고 까만 실을 꿴 바늘을 가슴 쪽 옷자락에 적당히 찌르더니, 문 뒤쪽 조그만 거울 앞에서 외출복을 말끔하게 차려입고, 나는 거울에 비친 행복한 얼굴을 바라보았다.

모서리 작업대 앞에서 한 손에 턱을 괴고 앉아 이런 장면을 모두 지켜보는데 머릿속에는 완전히 다른 생각이 떠올랐다. 곧이어 이륜마차가 모서리를 돌며 상점 앞으로 다가오니, 제일 먼저 바구니 두 개를 올리고 그다음에 나를 올리고 세 사람이 잇따라 올라탔다. 절반은 이륜 짐마차요 절반은 피아노 운반용 마차로, 사방을 까맣게 칠하고 앞에서 끄는 말 역시 까만 데다 꼬리는 길고, 모두 충분히 올라탈 정도로 공간은 널찍하던 기억이 난다.

지금까지 살아오며 세상 물정을 조금은 깨닫는 동안, 장례식을 준비한다는 사람들이 마차에서 그렇게 즐거워하는 모습에 그렇게 낯선 느낌을 받은 건 처음이자 마지막인 것 같다. 그 사람들에게 화난 건 아니었다. 오히려 두려워하는 쪽에 가까웠다, 성향이 완전히 다른 사람들 사이에서 버림받은 것처럼 말이다. 그 사람들은 정말 쾌활했다. 노인은 제일 앞에 앉아서 말을 몰고 젊은이 둘은 바로 뒤에 앉아서 노인이 말할 때마다 뚱뚱한 얼굴 양쪽으로 얼굴을 내밀며 대답하는 식으로 기분을 맞춰주었다. 그들은 나에게도 말을 걸려고 했으나 나는 침울한 표정으로 구석에 물러나서 꿈쩍하지를 않았다. 서로 사랑하며 즐거워하는 모습이 그렇게 시끌벅적한 건 아니지만 은근히 두렵고, 사람들 마음이 저렇게 딱딱하고 차가운데 하늘은 왜 벌을 안 내리는지 궁금한 생각마저 들었다.

말에게 여물을 주려고 마차를 멈춘 김에 자기네도 먹고 마시는데, 나는 그들이 손댄 걸 절대 손댈 수 없어서 줄기차게 안 먹었다. 그래서 집에 도착한 순간에는 마차 뒤로 최대한 빨리 내렸다. 우리 집 근엄한 창문 앞에서, 예전에 반짝반짝 빛나던 눈을 꼭 감은 것처럼 나만 끊임없이 쳐다보는 창문 앞에서 그들과 함께 있는 모습을 보이고 싶지 않았다. 그런데 아, 집으로 돌아가면 어떻게 해야 눈물을 흘릴 수 있을까 걱정할 필요는 조금도 없었다. 어머니 침실 창문을, 좋은 시절에 내가 쓰던 침실 바로 옆 창문을 보는 순간에 눈물이 펑펑 흘렀기 때문이다!

나는 현관에 도착하기도 전부터 패거티 유모 품에 안기고, 유모는 나를 끌어안은 채 집으로 들어섰다. 나를 처음 보는 순간에 유모가 눈물을 터트리다 곧바로 자제하더니 속삭이듯 말하고 조심스럽게 걷는 모습은 죽은 사람을 귀찮게 하지 않으려는 것 같았다. 나는 유모가 오랫동안 못 잤다는 사실을 깨달았다. 밤새도록 곁에 앉아서 우리 어머니를 지킨 것이다. 불쌍하고 사랑스럽고 아름다운 마님이 지상에 머무는 동안 그 곁을 절대로 떠날 수 없다면서 말이다.

머드스톤은 내가 거실에 들어서도 눈길조차 안 주고 벽난로 앞 안락의자에 앉아서 조용히 흐느끼며 깊은 생각에 잠겼다. 머드스톤 아씨는 편지지와 종이가 가득한 책상에 앉아서 무언가를 바쁘게 쓰다가 나를 보고 차가운 손을 살짝 내밀고 나서 상복 치수를 쟀느냐고 차갑게 속삭였다.

"네."

"네가 입던 셔츠도 모두 가져왔니?"

"네, 아주머니. 입던 옷은 모두 가져왔어요."

이게 머드스톤 아씨가 단호한 마음으로 나에게 위로한 말 전부였다. 머드스톤 아씨는 이번 기회에 자신의 탁월한 자제력과 단호한 마음과 강인한 정신과 일반상식을 비롯한 모든 특징을 흉측할 정도로 생생하게 보여주는 걸 무한한 기쁨으로 여기는 게 분명했다. 자신이 업무에 열중하는 걸 특히 자랑스럽게 여기며 자신의 흉측한 특징을 펜과 잉크에 모두 담아내니, 얼음처럼 차가운 마음이 따로 없었다. 그날 온종일 그리고 다음 날 아침부터 저녁까지, 머드스톤 아씨는 책상 앞에 앉아서 딱딱한 펜으로 글씨를 냉정하게 휘갈기고 모든 사람에게 침착한 목소리로 속삭일 뿐, 얼굴 근육을 푼 적도 부드러운 목소리로 말한 적도 옷매무시를 살짝 흐트러뜨린 적도 없었다.

반면에 남동생은 툭하면 책을 펴드는데 읽는 것 같지는 않았다. 책을 펴들고 내용을 읽는 듯 쳐다보긴 하는데 한 시간이 지나도록 책장을 한 장도 안 넘긴 채 그대로 내려놓고 실내를 이리저리 거니는 식이었다. 그러면 나는 자리에 앉아서 무릎에 두 손을 공손하게 올린 채 머드스톤이 걷는 발걸음 숫자를 몇 시간이고 셌다. 자기 누나에게 말하는 법도 거의 없고 나에겐 더더욱 말하지 않았다. 집 전체가 정지한 상태에서 끊임없이 움직이는 물체는 시계하고 머드스톤밖에 없는 것 같았다.

장례식을 앞둔 며칠 동안 나는 패거티 유모를 거의 못 봤다. 계단을 오르내릴 때 어머니가 갓난아기와 함께 누운 침실 바로 옆에서 자리를 꾸준히 지키는 모습과 밤마다 찾아와서 내가 잠들 때까지 침대 머리맡

에 앉아있는 모습을 보는 게 전부였다. 장례식 하룬가 이틀 전에 -
나는 장례식 하루나 이틀 전이라고 생각하지만, 당시에는 시간 감각이
없던 터라 내가 착각할 수도 있는데 - 패거티 유모는 나를 데리고
어머니 침실로 들어갔다. 침대 하얀 담요 밑에, 주변이 아름답고 깨끗
하고 산뜻한 가운데, 집 전체를 고요하게 지배하는 근엄한 정적이 실제
로 누워있는 것처럼 보이던 기억이, 그래서 유모가 담요를 천천히 걷으
려고 할 때 내가 "아, 안 돼! 아, 안 돼!" 하고 소리치며 그 손을 꽉
붙잡은 기억이 난다.

바로 어제 장례식을 치렀다 해도 기억이 이렇게 생생할 순 없으리라.
안으로 들어서는 순간, 제일 좋은 거실에 가득한 분위기, 벽난로에서
활활 타오르는 불길, 유리병에서 반짝이는 포도주, 유리잔과 접시 문
양, 달콤한 냄새를 희미하게 풍기는 케이크, 머드스톤 아씨 옷에서
그리고 우리 상복에서 나는 냄새. 칠립 의사 선생님이 있다가 나에게
다가오며 다정하게 묻는다.

"데이비드 도령께선 어떻게 지내시나?"

나는 잘 지낸다고 말할 수 없다. 그래서 손만 불쑥 내미니, 아저씨가
꼭 움켜쥔다. 그리곤 한쪽 눈을 글썽이더니 부드럽게 웃는 얼굴로
말한다.

"맙소사! 어린 친구들은 정말이지 순식간에 자라는군. 아이들이 자
라는 게 못 알아볼 정도지요, 아주머니?"

마지막은 머드스톤 아씨에게 한 말인데, 대답은 없다.

"집이 많이 변했네요, 아주머니."

다시 말해도 머드스톤 아씨는 눈살을 찡그린 채 형식적으로 고개만
끄덕이고 칠립 의사 선생님은 당혹스러운 나머지 입을 꾹 다문 채
나를 데리고 구석으로 간다.

이런 말까지 하는 까닭은 당시에 발생한 상황을 모두 언급하자는 차원일 뿐, 내가 주변 상황에 조금이나마 관심을 보였다는 의미는 아니다. 종이 울리더니, 오머 노인이 우리를 준비시키려고 다른 사람과 함께 들어온다. 패거티 유모가 오래전에 늘 말하던 대로, 우리 아버지를 무덤까지 따라간 사람들이 이번에도 똑같은 거실에서 준비한다.

머드스톤, 이웃에 사는 그레이퍼 아저씨, 칠립 의사 선생님, 그리고 내가 있다. 우리가 현관문을 나서니, 뜰에서 상여꾼이 관 옆에 기다리다 우리 앞에서 오솔길을 따라가며 느릅나무를 지나고 대문을 지나서 공동묘지로 들어선다. 여름날 아침이면 새들이 노래하는 소리를 즐겨 듣던 곳이다.

우리는 묘지 주변에 동그랗게 선다. 내 눈에 이날은 다른 모든 날과 다르게 보이고 햇빛도 다른 색으로, 훨씬 슬픈 색으로 보인다. 관에서 영면하는 시신과 함께 집에서 옮겨온 무거운 침묵이 주변에 깔리고, 우리 모두 모자를 벗은 채 가만히 서니, 성직자가 "주님께서 말씀하시니, 나는 부활이요 생명이다!"고 말하는 소리가 묘지에 널리 울려 퍼지면서 또렷하고 선명하게 들린다. 그 순간 흐느끼는 소리가 들리는데, 조문객과 멀찌감치 떨어진 곳에서 선량하고 충실한 유모가, 세상에 남은 사람 가운데 내가 가장 사랑하는 유모가, 어린 마음에도 나중에 하느님이 "아주 잘했다"고 칭찬하실 것 같은 유모가 보인다.

얼마 안 되는 조문객 사이로 내가 아는 얼굴이 여럿이다. 교회에서 내가 습관처럼 둘러본 얼굴도 여럿이고, 우리 어머니가 한창 젊어서 마을로 올 때 처음 본 얼굴도 여럿이다. 나는 마음에 슬픔이 가득해, 아무런 관심이 없는데도 그들을 쳐다보며 누군지 살핀다. 심지어 뒤쪽으로 멀찌감치 떨어진 미니가 내 옆에 있는 자기 애인을 한쪽 눈으로 끊임없이 힐끔거리는 모습까지 쳐다본다.

미사가 끝나고 흙을 메우자, 우리는 돌아서서 떠난다. 우리 집이 예전처럼 아름다운 자태를 드러내는 순간에 오랜 옛날 어릴 적 추억이 떠올라, 나는 지금까지 슬퍼한 건 상대도 안 될 정도로 구슬프게 울어댄다. 하지만 사람들이 부축하고 칠립 의사 선생님이 달래더니, 집으로 들어서자마자 내 입술을 물로 적시고, 내가 침실로 올라가고 싶다는 말에 여인처럼 다정하게 보내준다.

이런 일 전체가, 앞에서 말한 것처럼, 바로 어제 일어난 것 같다. 이후에 일어난 다양한 사건은 망각의 해안으로 모두 쓸려가고 장례식 하나만 바다 한가운데 우뚝 솟은 바위처럼 또렷하다.

나는 패거티 유모가 침실로 찾아올 걸 알았다. 일요일처럼 고요한 분위기가 (깜빡 잊었는데, 그날은 일요일하고 너무나 비슷했다!) 유모와 나는 정말 좋았다. 유모는 조그만 침대에 나란히 앉아, 이제는 떠나간 갓난아기 동생이라도 위로하듯 내 손을 꼭 잡아 입술을 대기도 하고 쓰다듬기도 하면서 그동안 있었던 일을 유모 특유의 방식으로 알려주었다.

"마님은 몸이 오랫동안 안 좋았어요. 마음이 불안해서 행복할 수 없었지요. 그러다가 아기가 태어나, 나는 마님이 건강을 되찾겠다고 생각했는데, 오히려 체중이 매일 줄면서 허약하게 변하더군요. 아기가 태어나기 전에는 혼자 우두커니 앉아서 툭하면 울더니, 아기가 태어난 다음에는 기회가 있을 때마다 노래를 불러주는데, 노랫소리가 너무나 부드러운 나머지 한번은 천상에서 들려온다는 생각마저 들었답니다.

마님은 최근 들어 겁에 질려서 마음 졸이는 사례가 많이 늘고,

심한 말을 들으면 훨씬 커다란 충격을 받는 것 같았어요. 하지만 나한테는 항상 똑같았답니다. 멍청한 패거티 유모한테는 한결같았으니까요."

여기에서 패거티 유모가 말을 멈추고 내 손을 가만히 쓰다듬다가 다시 말했다.

"옛날과 똑같은 마님 모습을 마지막으로 본 건 도련님이 집으로 돌아오신 첫날 밤이었답니다. 그러더니 도련님이 학교로 떠난 날에는 나한테 '어여쁜 아들을 다시는 못 볼 것 같아. 괜히 그런 생각이 드는데, 진짜로 그럴 것 같아' 하고 말씀하셨어요.

그런 다음에도 마님은 몸을 추스르려고 애쓰는데, 머드스톤 오누이가 생각이 없다거나 경박하다고 말할 때마다 마님은 정말 그런 것 같다고 믿었답니다. 하지만 이제 모두 지난 일이네요. 마님은 나한테 한 말을 당신 남편한테 한 적이 한 번도 없어요. 나 외에 다른 사람한테 말하는 걸 두려워했거든요. 그러다가 하루는 밤에, 돌아가시기 일주일 전 즈음에, 남편한테 '여보, 내가 죽을 것 같아요' 하고 말했지요. 그리곤 그날 밤 내가 침대에 누여드릴 때는 이렇게 말했어요.

'이제 나는 마음을 비웠어, 패거티 유모. 하지만 저 사람은 불쌍하게도 앞으로 며칠 동안 그 생각만 할 것 같아. 그러다가 흘려보내겠지. 아, 정말 피곤해. 죽는 게 잠자는 거라면 내가 잠자는 동안 옆을 지켜줘. 곁을 떠나지 마. 하느님, 제가 낳은 두 아들을 축복하소서! 아비 없는 아들을 특별히 지켜주고 보살피소서!'

그런 뒤로 나는 마님 곁을 벗어나질 않았답니다. 마님은 아래층 두 사람하고도 얘기를 잘했어요, 두 사람을 사랑했으니까요. 마님은 누구든 곁에 있는 사람을 사랑할 수밖에 없는 성격이거든요. 하지만 두 사람이 침대 곁에서 멀찌감치 물러나기만 하면 언제나 나를 쳐다보는 게, 패거티 유모가 없으면 안식도 없다고, 다른 식으로는 절대로 잠들 수 없다고 생각하는 것 같았어요.

마지막 날에는 초저녁에 키스하면서 '우리 아기도 죽으면, 패거티 유모, 내 품에 눕혀서 함께 묻어줘!' 하고 말했는데, 결국 그렇게 되었네요. 가련한 양이 딱 하루 더 살았으니까요. 그런 다음에 마님은 '너무나 사랑하는 아들이 나와 갓난아기를 영면하는 곳까지 바래다주면 좋겠어. 엄마가 여기에 누워서 아들한테 한 번이 아니라 수천 번은 행운을 빌었다는 말을 전해줘!' 하고 말했답니다."

침묵이 다시 흐르고 내 손을 다시 다정하게 쓰다듬더니, 패거티 유모가 다시 말했다.

"아주 깊은 밤에 마님이 음료수를 달라고 하더니, 그걸 마신 다음에는 꿋꿋하게 견디는 미소를, 참으로 아름답고 사랑스러운 미소를 보내더군요.

동녘이 밝고 해가 떠오를 때 마님이 말하길, 전남편은 자신에게 항상 다정하고 사려가 깊었다고, 자신에게 항상 인내했다고, 자신감이 없어서 망설일 때마다 사랑하는 마음이 지혜로운 마음보다 강하고 훌륭하니 자신은 이런 부인과 사는 게 행복하다며 달래주었다고 하더니, 이러시더군요. '패거티 유모, 나를 가까이 데려가.' 힘이 하나도 없었거든요. '튼튼한 팔을 내 목 밑에 넣어서 유모 쪽으로 돌려줘. 유모 얼굴이 계속 멀어지는 것 같은데, 나는 가까이하고 싶거든.'

나는 마님이 부탁한 대로 했어요. 그런데 아, 데이비 도련님! 내가 도련님과 처음 이별하면서 한 말이 현실로 된 거예요. 멍청하고 괴팍하게 늙은 패거티 유모 팔에 마님이 불쌍한 머리를 기쁜 마음으로 누이더니…… 아이가 깊은 잠에 빠져드는 듯 돌아가셨으니까요!"

패거티 유모 이야기는 여기서 끝났다. 어머니가 돌아가셨다는 사실을 아는 순간부터 어머니가 최근에 살아가던 모습은 기억에서 모두 사라졌다. 그 순간부터, 아주 어려서 본 매우 젊은 어머니 모습만, 윤기가 흐르는 곱슬머리를 손가락에 감고 또 감던 어머니 모습만, 황혼녘에 거실에서 나와 춤추던 어머니 모습만 남았다. 패거티 유모 이야기는 나를 오랜 옛날로 멀리멀리 데려가서 젊은 어머니 모습을 단단히 뿌리내렸다. 이상하게 들릴 수도 있는데, 모두 사실이다. 어머니는 돌아가신 다음에 비로소 날개를 활짝 펴서 젊고 차분하고 평화로운 시절로 돌아갔다, 나머지는 모두 털어내고.

무덤에 누워계시는 어머니는 내가 아주 어릴 적 어머니고, 어머니 품에 안긴 갓난아기는 어머니 품에서 고요히 잠든 나 자신이다.

CHAPTER 10. 버림받아 런던으로 쫓겨나다

어머니 장례식이 끝나고 집 안에 불을 마음대로 켜기 시작하자, 머드스톤 아씨가 제일 먼저 처리한 업무는 패거티 유모에게 한 달 안에 나가라는 통보였다. 내가 보기에, 패거티 유모 역시 이 집에서 일하는 게 죽기보다 싫지만 나를 위해, 세상에서 무엇보다 소중하게 여기는 나를 위해 남아있는 중이었다. 그런 참에 이제 우리도 헤어져야 한다면서 까닭을 설명하니, 우리는 온 마음 다해서 서로를 위로했다.

나나 내 미래에 대한 말은 한마디도 없고 어떤 조치도 없었다. 장담하는데, 머드스톤 오누이는 나까지 한 달 기한을 주면서 쫓아낼 수 있다면 더할 나위 없이 좋아할 게 분명했다. 한번은 용기를 끌어모아서 학교로 언제 돌아가느냐고 묻자, 머드스톤 아씨는 학교로 돌아가는 일 같은 건 없다고 냉랭하게 대답했다. 그게 전부다. 나는 앞으로 어떻게 되며 패거티 유모는 또 어떻게 되는지 정말로 궁금하지만, 패거티 유모도 나도 알 수 있는 건 하나도 없었다.

나에 관해서 변한 게 하나 있으니, 당장은 엄청나게 편해도, 판단력이란 게 있어서 곰곰이 생각한다면, 앞으로 훨씬 불편할 수밖에 없는 변화였다. 지금까지 나를 얽매던 제약이 완전히 사라진 것이다. 거실에 앉아서 눈치나 보는 따분한 처지를 강요하기는커녕 내가 거기에 앉아 있을 때 머드스톤 아씨가 언짢은 얼굴로 쫓아낸 적도 여러 번이다. 패거티 유모와 어울리지 말라는 잔소리도 더는 없고, 머드스톤 곁에 없어도 나를 찾거나 부르는 일 역시 없었다. 처음에는 머드스톤이 나를 공부시키지나 않을까 혹은 머드스톤 아씨가 그러지나 않을까 날마다 걱정했으나, 나중에는 그럴 가능성이 전혀 없다는 사실을, 내가 걱정할 것은 무관심이란 사실을 깨달은 것이다.

당시에는 이런 사실을 깨닫고도 크게 고민한 것 같지 않다. 어머니가 돌아가신 충격에 아직도 머리가 어찔어찔한 터라 사소한 일에는 관심도 안 갔다. 물론 내가 공부를 더는 못 하거나 관심을 더는 못 받아서 나중에 초라한 부랑자로 성장해 마을을 이리저리 어슬렁거리며 허송세월이나 하는 건 아닐까 가끔은 걱정도 하고, 소설에 등장하는 주인공처럼 암울한 상황을 훌훌 털어내고 어디론가 떠나 새로운 운명을 개척할 가능성에 대해서 고민한 기억도 난다. 하지만 이런 생각은 침실 벽에서 희미한 글씨나 그림이 떠오르다 순식간에 사라지고 텅 빈 벽만 다시 남듯, 가끔 떠오르는 백일몽이요 순식간에 사라지는 환상에 불과했다. 그러다가 하루는 초저녁에 주방 벽난로 앞에서 두 손을 녹이며 골똘히 생각하다가 패거티 유모에게 속삭였다.

"패거티 유모, 머드스톤은 예전만큼 나를 좋아하지 않아. 물론 애초에 나를 좋아한 적 자체가 없긴 하지만 말이야. 그런데 지금은 아예 나를 안 보려는 것 같아, 그럴 수만 있다면."

패거티 유모가 내 머리를 쓰다듬으며 대답했다.

"슬픔에 빠져서 그럴 거예요."

"슬픔에 빠진 건 나도 마찬가지야, 유모. 슬퍼서 그러는 거라면 나도 그런 생각 자체를 안 할 거야. 하지만 그런 게 아니야. 아, 절대로 아니야."

"그런 게 아닌 걸 어떻게 알아요?"

패거티 유모가 물었다. 잠시 침묵한 다음이었다.

"아, 그 사람이 슬퍼하는 건 완전히 달라. 머드스톤 아씨와 함께 벽난로 옆에 앉아있을 때는 슬퍼하다가도 내가 들어서는 순간에, 패거티 유모, 뭔가 새로운 감정에 휩싸인다고."

"어떤 감정이요?"

패거티 유모가 묻는 말에 나는 머드스톤 특유의 잔뜩 찡그린 표정을 나도 모르게 흉내 내며 대답했다.

"분노. 슬픈 마음 하나라면 나를 그런 눈빛으로 쳐다보진 않겠지. 나는 슬픈 생각이 들면 마음이 훨씬 부드럽게 변하거든."

패거티 유모가 한동안 아무 말도 안 해서 나 역시 입을 꾹 다문 채 두 손을 데우는데, 패거티 유모가 불쑥 불렀다.

"데이비 도련님."

"왜, 유모?"

"지금까지 나는 내가 생각할 수 있는 방법을 동원하고 없는 방법까지 동원하며 여기 블룬더스톤에서 적당한 일자리를 구하려고 애썼지만, 그런 자리가 하나도 없네요."

"그럼 앞으로 어쩔 생각이야, 유모? 설마 일자리를 찾아서 다른 데로 가는 건 아니겠지?"

내가 걱정스러운 표정으로 묻자, 패거티 유모가 대답했다.

"당장은 야머스에 가서 살아야 할 것 같아요."

"유모가 멀리 떠나서 앞으로 두 번 다시 못 만나는 줄 알았잖아.

하지만 야머스라면 내가 가끔 찾아갈 수 있을 거야. 설마 저 멀리 세상 끝으로 떠나진 않겠지, 그지?"

내가 약간 밝은 표정으로 말하자, 패거티 유모가 명랑한 표정으로 소리쳤다.

"맙소사, 그런 일은 절대 없어요! 도련님이 여기에 있는 동안, 내가 목숨이 붙어있는 한 일주일에 한 번은 만나러 올 거예요. 목숨이 붙어 있는 한 매주 한 번씩!"

이런 약속을 들으니 마음을 무겁게 짓누르던 짐에서 벗어난 느낌이 었다. 하지만 이게 전부가 아니었다. 패거티 유모가 계속 말했기 때문 이다.

"하지만 우선은 오빠네 집에서 두 주일 정도 보내야 할 것 같아요, 주변을 정리하면서 본래 모습을 되찾을 때까지. 그래서 곰곰이 생각했 는데, 도련님이 머무는 걸 머드스톤 오누이가 싫어한다면 나와 함께 가는 건 어떨까요?"

패거티 유모를 제외한 주변 모든 사람과 나에 대한 관계를 바꾸는 것 말고 당시에 내가 기뻐할 게 있다면 그건 바로 이 제안이었다. 정직 한 얼굴이 주변을 에워싸며 진심으로 환영하고, 일요일 아침이면 종소 리가 울리고, 돌멩이를 바다에 던지다 안개를 뚫고 다양한 선박이 나타 나는 달콤하고 평화로운 분위기를 새롭게 만끽하고, 꼬마 에밀리와 바닷가를 이리저리 돌아다니며 그동안 겪은 고통을 털어놓고, 해안에 서 아름다운 조개와 조약돌을 줍겠다 생각하니, 마음이 차분하게 가라 앉는 느낌이었다. 물론, 머드스톤 아씨가 과연 허락할까 의심스러워 순간적으로 흔들렸지만, 이 문제마저 금방 해결할 수 있었다. 우리가 이런 대화를 나눌 때 머드스톤 아씨가 초저녁 일과에 따라 식품창고를 점검하러 오고, 패거티 유모는 이 문제를 놀라울 정도로 대담하게 불쑥 꺼냈다.

그러자 머드스톤 아씨는 오이절임 단지를 살피며 대답했다.

"그러면 저 아이가 거기에서 게으름 부릴 텐데, 게으름은 모든 악의 근원이야.[21] 하지만 내가 보기엔 여기에 있든 다른 데 가든 똑같이 게으름 부릴 게 확실해."

이 말에 대해 패거티 유모는 금방이라도 분노를 터트릴 것 같은데도 나를 위해서 꾹 참으며 입을 다물고, 머드스톤 아씨는 오이절임을 그대로 살피며 계속 말했다.

"으음! 그런데 지금 무엇보다 중요한 건 – 최고로 중요한 건 – 우리 동생이 귀찮거나 불편하지 않도록 돕는 거야. 그렇다면 허락하는 편이 낫겠군."

나는 고맙다고 말해도 기쁜 표정을 드러내진 않았다. 행여나 말을 뒤집지나 않을까 두려웠기 때문이다. 그러나 머드스톤 아씨가 새까만 눈으로 오이절임을 금방이라도 빨아들일 것처럼 노려보며 사이사이로 나를 뚫어지게 쳐다볼 때는 이렇게 신중한 처신도 소용없다는 생각이 떠오를 수밖에 없었다. 하지만 한 번 뱉은 허락을 다시 취소하지 않으니, 한 달이 끝날 즈음에는 패거티 유모와 함께 떠날 채비에 들어갈 수 있었다.

바키스 아저씨가 패거티 유모 짐을 운반하러 집 안으로 들어왔다. 예전에는 정원 대문에 들어선 적 자체가 없는데, 이번에는 집 안까지 들어온 것이다. 그래서 제일 커다란 짐을 어깨에 짊어지고 밖으로 나가면서 나를 힐끗 쳐다보는데, 뭔가 의미심장하단 생각이 들었다, 바키스 아저씨 얼굴에서 어떤 식으로든 의미를 찾을 수 있다면 말이다.

패거티 유모는 오랫동안 살아온 집을, 두 사람과 – 우리 어머니와

---

21) 디모데서 6:10 '돈은 모든 악의 근원이다'를 엉뚱하게 인용한 문구다.

나하고 - 평생에 걸쳐 깊은 정이 쌓인 집을 떠날 때 기분이 당연히 우울할 수밖에 없었다. 아주 이른 시각에 교회 공동묘지도 다녀온 터였다. 그러더니 마차에 오르자마자 손수건으로 두 눈을 감싸며 그대로 주저앉고 말았다.

패거티 유모가 이러는 동안 바키스 아저씨는 숨조차 제대로 못 쉬고 평소와 똑같은 자리에 평소와 똑같은 자세로 앉은 모습이 마치 커다란 인형 같았다. 하지만 패거티 유모가 주변을 둘러보고 나에게 말도 걸자, 히죽히죽 웃으면서 머리를 끄덕거리는데, 누구에게 어떤 의도로 그러는 건지 나로선 조금도 이해할 수 없었다. 그래서 예의를 차리며 정중하게 말을 걸었다.

"날씨가 아름답네요, 바키스 아저씨!"

"그렇군."

바키스 아저씨가 대답하는데, 평소에 말이 거의 없고 인정하는 법도 거의 없는 사람이었다. 그래서 나는 상대를 기분 좋게 하려고 덧붙였다.

"유모가 이제 마음을 달랬어요, 바키스 아저씨."

"그래, 정말?"

바키스 아저씨가 묻더니, 지혜로운 표정으로 가만히 생각하다 유모를 힐끗 쳐다보며 물었다.

"마음을 달랜 게 정말이오?"

패거티 유모가 웃다가 그렇다고 대답하자, 바키스 아저씨는 자리에 앉은 그대로 옆으로 움직여서 유모에게 접근해, 팔꿈치로 옆구리를 쿡 찌르며 투박하게 물었다.

"정말로 진짜로 그런 거요? 정말로? 정말로 진짜로 마음을 달랜 거요? 정말로? 엉?"

한 번씩 물을 때마다 유모 쪽으로 몸을 밀어붙이며 옆구리를 찔러대니, 나와 유모는 결국 짐마차 왼쪽 모서리에 바싹 달라붙고, 나는 너무 짓눌려서 도저히 못 견딜 지경까지 이르렀다.

패거티 유모는 내가 힘들어한다는 사실을 알리고, 바키스 아저씨는 곧바로 물러나서 숨 쉴 틈을 주었다. 하지만 내가 보기에, 바키스 아저씨는 힘들여서 대화 분위기를 끌어내지 않고도 말끔하고 편안하고 확실하게 자기 마음을 전달할 수단을 발견했다고 생각하는 표정이었다. 그래서 혼자 가만히 웃으며 좋아하더니, 패거티 유모에게 몸을 다시 돌려서 "정말로 마음을 달랜 거요?" 하고 물으며 우리 두 사람을 다시 밀어붙였다. 나는 숨이 막히고 패거티 유모는 그 사실을 통보하고 바키스 아저씨는 다시 물러나더니, 그대로 되풀이했다. 결국 나는 바키스 아저씨가 다가올 때마다 벌떡 일어나 발판에 올라서서 주변 경치를 보는 척하며 숨 막히는 상황을 모면해야 했다.

바키스 아저씨는 친절하게도 우리를 위해 식당 앞에서 일부러 마차를 세우고 삶은 양고기와 맥주를 사주었다. 그런데 맥주를 마실 때조차 마차에서 그런 것처럼 옆으로 밀어붙여 패거티 유모를 숨 막히게 하였다. 하지만 목적지가 가까워질수록 바키스 아저씨는 할 일이 많아지면서 유모를 밀어붙이는 시간은 줄어들고, 야머스 포장도로에 들어선 다음부터는 우리 모두 너무 심하게 덜거덕거리며 흔들려서 아까처럼 여유 부릴 틈이 없었다.

패거티 아저씨와 햄이 예전과 똑같은 장소에서 우리를 기다렸다. 두 사람은 나와 패거티 유모를 따뜻하게 맞이하고 바키스 아저씨와 악수까지 하는데, 모자를 뒤로 젖힌 바키스 아저씨는 머리끝부터 발끝까지 부끄러워서 정신이 하나도 없는 것 같았다. 패거티 아저씨와 햄은 패거티 유모 짐가방을 하나씩 들더니 우리와 길을 떠나는데, 바키스 아저씨가 검지로 엄숙하게 손짓해서 나에게 아치 밑으로 오라고 신호하더니, 투박한 목소리로 말했다.

"내가 말한다, 모든 게 잘 되었다고."

나는 고개를 들어서 그 얼굴을 쳐다보며 심오한 표정으로 감탄했다.

"아!"

그러자 바키스 아저씨는 은밀하게 고개를 끄덕이며 다시 말했다.

"그걸로 끝난 게 아니다. 모든 게 잘 되었다."

나는 또다시 감탄했다.

"아!"

"원하는 사람이 누군지 너도 알아. 그 사람은 바키스야, 오로지 바키스 한 명."

나는 그렇다는 뜻으로 고개를 끄덕이고, 바키스 아저씨는 손을 내밀어서 악수하며 덧붙였다.

"모든 게 잘됐어. 너랑 나는 친구야. 처음부터 네 덕분에 모든 게 잘됐어. 정말 잘됐어!"

바키스 아저씨가 무언가를 특별히 또렷하게 말하려고 애쓰는 모습이 나로선 오히려 애매하게만 보여, 아무리 오랫동안 쳐다보아도 작동 멈춘 시계 얼굴을 쳐다보듯 아무런 소득이 없을 게 분명할 때 다행히도 패거티 유모가 나를 불렀다. 그래서 나란히 길을 갈 때 패거티 유모는 바키스 아저씨가 뭐라고 하더냐 묻고, 나는 바키스 아저씨가 모든 게 잘됐다고 말했다고 대답했다.

"사람이 정말 뻔뻔해요. 하지만 나는 신경도 안 쓴답니다! 그런데 데이비 도련님, 내가 결혼한다면 도련님은 어떤 생각이 들까요?"

"맙소사…… 그래도 나를 지금처럼 사랑할 거잖아, 그치?"

내가 조금 생각한 다음에 되묻자, 선량한 유모는 그 자리에 걸음을 멈추고 나를 꼭 껴안으며 변함없는 사랑을 맹세하고 또 맹세해, 앞에서 걷던 가족은 물론이고 거리를 지나던 사람까지 깜짝 놀랐다. 그리곤 충격파가 지난 다음에 다시 길을 걷다가 또 물었다.

"도련님 생각은 어떤지 알려주세요."

"유모가 결혼한다면…… 상대는 바키스 아저씨지, 패거티 유모?"

"네."

"내 생각에 두 사람이 결혼하면 정말 좋을 것 같아. 그러면 유모가 나를 만나러 올 때마다 돈도 안 들이고 아무 때나 짐마차를 타고 올 수 있잖아."

"정말 똑똑하네요! 지난 한 달 동안 나도 똑같은 생각을 끊임없이 했답니다! 맞아요, 소중한 도련님. 내 생각엔 결혼하면 자유로운 시간도 훨씬 늘어날 테고, 이런 나이에 다른 사람 집에서 일하는 것보다는 내 집에서 일하는 게 마음도 훨씬 편할 것 같네요. 나이가 많은 터라 낯선 집에 들어가서 제대로 일할 자신이 없거든요. 게다가 영원히 잠든 아름다운 마님이랑 가까운 곳에서 지내다가 마음이 내키면 아무 때나 찾아갈 수도 있고, 내가 죽으면 사랑스러운 마님이랑 멀지 않은 곳에 누울 수도 있고요!"

우리 두 사람은 한동안 아무 말도 않다가 패거티 유모가 명랑한 어투로 다시 불쑥 말했다.

"하지만 데이비 도련님이 어떤 식으로든 반대한다면 나는 결혼 생각을 두 번 다시 않겠어요…… 교회가 서른 번의 세 배를 요청하고 주머니에 있는 반지가 닳아서 없어지는 한이 있더라도."

"나를 봐, 패거티 유모. 내가 정말로 기뻐하는지 아닌지, 진정으로 원하는지 아닌지 보라고!"

내가 대답했다. 온 마음을 다해서 진심으로 원했기 때문이다.

그러자 패거티 유모가 나를 꼭 껴안으며 말했다.

"아아, 그동안 밤낮없이 고민했어요, 여러 방향으로. 이게 올바른 선택이면 좋겠어요. 하지만 다시 생각한 다음에 우리 오빠랑 진지하게 논의할 터이니, 그러기 전까진 우리 두 사람만, 도련님이랑 나만 아는 비밀로 해요. 바키스는 선량하고 솔직해, 나는 그 사람 아내로서 도리를 다하겠지만, 그래도 내 마음이 편하지 않다면 그건 내가 무언가를 잘못한 거겠지요."

패거티 유모가 말하곤 시원스레 웃었다. 바키스 아저씨가 "마음이 편하냐?"고 물은 말을 그대로 인용한 게 너무나 그럴싸하고 재미있어서 유모나 나나 킥킥 웃고 또 웃어, 패거티 아저씨네 집이 멀리서 보일 때는 우리 둘 다 기분이 많이 풀렸다.

내 눈에 약간 조그맣게 줄어든 것처럼 보이는 것만 빼면 아저씨네 집은 모든 점에서 예전 모습 그대로고, 거미지 아주머니가 입구에서 기다리는 모습은 예전에 나를 배웅한 이후로 꿈쩍을 안 한 것 같았다. 실내도 마찬가지였다. 내가 묵은 침실 파란 머그잔 해초까지 똑같았다. 밖으로 가서 창고를 둘러보니, 가재와 게와 새우가 옛날과 똑같은 구석에서 세상을 물어뜯으려는 욕망에 휩싸인 채 하나로 뒤엉킨 모습까지 똑같았다.

하지만 꼬마 에밀리가 안 보여서 어디에 갔느냐고 묻자, 패거티 아저씨는 여동생 짐을 옮기느라 이마에 맺힌 땀을 닦으며 "학교에 갔답니다, 도련님" 하고 대답하더니, 괘종시계를 보면서 덧붙였다.

"앞으로 이삼십 분이면 오겠네요. 에밀리가 학교에 갈 때마다 집이 텅 빈 느낌입니다요."

그러자 거미지 아주머니가 앓는 소리를 뱉어내고, 패거티 아저씨는 격려했다.

"힘내세요, 아주머니!"

"내 가슴은 다른 누구보다 텅 빈 것 같아요. 애초에 의지할 데 없이 외로운 존재인 데다, 내 말에 반박하지 않는 사람은 에밀리밖에 없거든요."

거지지 부인이 말하더니, 고개를 가로젓고 눈물을 훌쩍이며 입으로 후후 불어서 벽난로 불길을 키우려고 애썼다. 그러자 패거티 아저씨가 우리를 둘러보며 한 손으로 입을 가린 채 나지막하게 말했다.

"오랜 친구가 생각나는 거야!"

이 말을 듣고서 나는 지난번에 다녀간 이후로 거지지 부인 상태가 좋아진 게 조금도 없다는 결론을 내렸다.

집은 예전과 마찬가지로 쾌활한 느낌이 가득해도 예전처럼 인상적이진 않았다. 왠지 실망스러운 느낌까지 들었다. 꼬마 에밀리가 없어서 그럴 수도 있었다. 나는 에밀리가 집으로 돌아오는 길을 아는 터라 오솔길을 따라 천천히 걸으며 마중하러 나갔다.

얼마 후에 멀리서 물체 하나가 나타나고 나는 에밀리란 사실을 바로 깨달았다. 많이 컸다지만 여전히 자그마한 덩치였다. 하지만 거리가 줄어드는 사이에 파란 눈은 한층 파랗고 얼굴에 파인 보조개는 한층 깊어지는 등, 전체적으로 훨씬 예쁘고 화려하게 변했다는 생각과 함께 에밀리를 모른 척하도록 만드는 느낌까지 이상하게 몰려들어, 나는 멀리 다른 물체를 보는 척하면서 지나쳤다. 내가 착각한 게 아니라면, 훨씬 나중에 어른이 되어서도 똑같은 짓을 한 적이 있다.

꼬마 에밀리는 조금도 신경을 안 썼다. 나를 확실하게 보았는데도 몸을 돌려서 부르는 대신 웃음을 터트리며 그냥 도망쳤다. 그와 동시에 나도 그 뒤를 쫓아서 달려가는데, 에밀리가 정말 빠르게 달린 터라, 집에 거의 다 간 다음에 비로소 따라잡을 수 있었다.

"어이쿠, 너구나, 그치?"

꼬마 에밀리가 하는 말에, 내가 대답했다.

"맙소사, 나라는 걸 아까 알았잖아, 에밀리."

"그럼 너는 아까 나라는 걸 몰랐니?"

에밀리가 되받는 순간에 내가 키스하려고 하자, 에밀리는 두 손으로 앵두 같은 입술을 가리며 자신은 이제 어린애가 아니라고 대답하더니, 더 커다랗게 웃으면서 집 안으로 도망갔다.

에밀리는 나를 놀리는 게 즐거운 것 같은데, 나로선 하나같이 놀라울 수밖에 없었다. 집 안에는 탁자에 간식과 차를 준비하고 우리가 앉던 상자나 궤짝도 옆에 놓았는데, 에밀리는 내 옆자리로 와서 앉는 대신 불만이 많은 거미지 부인에게 가서 친구를 해주더니, 패거티 아저씨가 그 까닭을 묻는 말에 머리칼을 헝클어뜨려서 자기 얼굴을 모두 가린 채 웃기만 했다.

"영락없이 새끼 고양이로군!"

패거티 아저씨가 말하면서 커다란 손으로 에밀리 머리를 쓰다듬자, 햄이 옆에서 끼어들었다.

"맞아요! 정말 그래요! 데이비 도련님, 에밀리는 정말 그래요!"

그리곤 감탄하는 표정과 기쁜 표정이 뒤섞여서 빨갛게 달아오른 얼굴로 에밀리를 쳐다보며 깔깔대고 웃었다.

그 집 식구는 누구나 꼬마 에밀리를 좋아하는데 패거티 아저씨가 특히 심했다. 에밀리가 옆으로 다가가서 거친 구레나룻에 뺨을 대고 살짝 속삭이기만 하면 무엇이든 들어줄 정도였다. 이런 생각이 에밀리가 그러는 걸 보는 순간에 그대로 떠올랐다. 패거티 아저씨에게는 그럴 권리가 충분하단 생각도 들었다. 에밀리가 너무나 사랑스럽고 감미로운 데다 수줍어하면서 교태를 부리는 모습이 참으로 매혹적이라서 나는 어느 때보다도 완벽하게 사로잡히고 말았다.

에밀리는 마음도 고왔다. 우리가 간식을 먹고 벽난로 앞에 둘러앉았을 때 패거티 아저씨가 파이프 담배를 만지작거리면서 내가 어머니를 잃었다고 넌지시 말하자, 탁자 너머에서 눈물이 글썽이는 눈으로 나를 다정하게 바라보았기 때문이다, 고마운 마음이 들 정도로.

그런데 패거티 아저씨가 손으로 쓸어서 에밀리 곱슬머리를 물결처럼 일렁이며 말했다.

"고아는 여기에도 있답니다, 도련님."

그러더니 손등으로 햄을 톡 치면서 덧붙였다.

"여기에 또 있고, 고아처럼 보이진 않지만."

"아저씨가 지켜주신다면 저 역시 고아라는 기분이 안 들 것 같아요."

내가 고개를 끄덕이며 대답하자, 햄이 좋아하며 소리쳤다.

"맞아요, 데이비 도련님! 만세! 그 말이 딱 맞아요! 더는 정확할 수 없어요! 만세! 만세!"

그러면서 손등으로 패거티 아저씨를 툭 치고, 꼬마 에밀리는 일어나서 패거티 아저씨에게 키스했다.

"그런데 학교 선배는 잘 계시나요?"

패거티 아저씨가 묻는 말에 내가 되물었다.

"스티어포스 선배요?"

그러자 패거티 아저씨가 햄을 쳐다보며 소리쳤다.

"맞아, 그 이름이야! 우리가 하는 일이랑 분명히 관계가 있다고 말했잖아."

"그래서 '러더포드'라고 했잖아요."

햄이 대답하며 웃자, 패거티 아저씨가 반박했다.

"으음! 어차피 스티어(조종; 역주)는 러더(배를 운전하는 조종간; 역주)로 하

236

는 거잖아, 그렇지 않아? 그러니까 비슷한 거라고. 그 사람은 어떤가요, 도련님?"

"학교를 떠나기 전까지는 잘 지냈어요, 패거티 아저씨."

내가 대답하자, 패거티 아저씨가 파이프를 앞으로 쭉 내밀며 소리쳤다.

"정말 좋은 선배예요! 선배라면 그 정도는 되어야죠! 그런 사람을 만난 건 크나큰 행운이 아닐 수 없답니다!"

"얼굴도 잘생기고요, 그죠?"

내가 맞장구쳤다. 선배를 칭찬하는 소리를 들으니까 기분 좋았다.

"잘생기다 뿐입니까! 도련님과 버금가는 모습은 마치…… 마치…… 도련님과 버금가지 않는 부분이 무언지 모를 정도랍니다. 정말 대범하잖아요!"

패거티 아저씨가 말하고 내가 맞장구쳤다.

"맞아요! 딱 그런 성격이에요. 사자처럼 용감한 데다, 얼마나 솔직한지 상상할 수도 없어요, 패거티 아저씨."

그러자 패거티 아저씨가 파이프 담배 연기 사이로 나를 쳐다보며 말했다.

"공부라는 점에서도 다른 모든 사람을 앞설 게 분명해요."

"맞아요, 모르는 게 없으니까요. 놀랍도록 똑똑하거든요."

내가 기뻐하며 소리치자, 패거티 아저씨가 머리를 끄덕이면서 중얼거렸다.

"참 대단한 선배예요!"

"어떤 일이든 막힘이 없어요. 어려운 일도 한 번만 쳐다보면 다 안답니다. 크리켓 실력도 내가 본 사람 가운데 최고예요. 체스를 할 때는 말을 모두 내줘도 가볍게 이기고요."

패거티 아저씨는 다시 고개를 끄덕이는 표정이 '당연히 그렇겠지요!'라 말하는 것 같고, 나는 계속 말했다.

"말솜씨는 또 얼마나 대단한지 상대할 사람이 없어요. 노래하는 걸 들으면, 패거티 아저씨, 말문이 막히고요."

패거티 아저씨는 다시 고개를 끄덕이는 표정이 '당연히 그렇겠지요!'라 말하는 것 같고, 나는 내가 제일 좋아하는 주제에 완전히 빠져들며 계속 말했다.

"게다가 성격이 관대하고 훌륭하고 고상해서 아무리 칭찬해도 부족해요. 자신보다 어리고 학년도 낮은 나를 관대하게 지켜주니, 더할 나위 없이 고마울 밖에요."

정신없이 빠르게 칭찬하다 슬쩍 쳐다보니, 꼬마 에밀리가 탁자로 고개를 쭉 내밀어 숨을 멈춘 채 파란 눈을 보석처럼 번뜩이고 두 뺨을 빨갛게 물들이며 열심히 들었다. 그 모습이 너무나 진지하고 예쁘게 보여서 내가 깜짝 놀라며 입을 다물자, 모든 사람이 그쪽으로 고개를 돌리더니 웃음을 터트리고, 패거티 유모는 이렇게 말했다.

"에밀리도 나처럼 그 사람을 보고 싶은 거야."

모두가 쳐다보는 눈길에 에밀리는 혼란에 쌓여서 고개를 숙이는데 얼굴이 온통 빨갰다. 그러더니 흘러내린 곱슬머리 사이로 고개를 살짝 들다가 여전히 모든 시선이 쏠리는 걸 깨닫고 (나 역시 몇 시간이고 쳐다볼 게 분명한데) 그대로 도망치더니, 잠자리에 들 즈음에 비로소 살그머니 나타났다.

나는 예전과 마찬가지로 배 뒤쪽 조그만 침대에 눕고, 바람 역시 예전과 마찬가지로 모래톱을 가로지르며 울어댔다. 하지만 이번에는 저세상으로 떠난 사람을 생각하며 운다는 생각이 들었다. 깊은 밤에 바다가 일어나서 집을 삼킬 수도 있겠다는 생각 대신 내가 지난번에

이 소리를 들은 이후로 바다가 실제로 일어나서 행복한 우리 집을 단숨에 집어삼켰다는 생각도 들었다. 귓속으로 파고드는 바람과 파도 소리가 조금씩 잦아드는 것 같을 때는 빨리 커서 꼬마 에밀리와 결혼하 도록 해달라고 기도한 다음, 깊은 잠에 기분 좋게 빠져들었다.

하루하루는 예전과 마찬가지로 빠르게 지나는데 꼬마 에밀리와 해 변을 산책할 기회는 거의 없었다. 에밀리는 공부도 하고 바느질도 해야 했다. 그래서 집을 비우는 시간이 많았다. 하지만 별다른 일이 없다 해도 우리 둘이 예전처럼 해변을 돌아다니는 일은 이제 없을 것 같았 다. 다른 무엇보다 에밀리는 어린아이 특유의 변덕이 심해서 종잡을 수 없는 데다, 숙녀로 성장한 모습 역시 상상을 뛰어넘었다. 그래서 일 년 남짓한 사이에 상당한 거리감이 생긴 것 같았다. 물론 나를 좋아 하지만 놀리기도 하고 애도 태웠다. 내가 마중하러 나갈 때마다 에밀리 는 다른 길로 살짝 돌아오고, 그래서 내가 잔뜩 실망한 표정으로 돌아 오면 문가에서 웃어대는 식이었다. 제일 좋은 시간은 에밀리가 문가 계단에 앉아서 바느질에 열중하면 두 발을 내려놓은 나무계단에 내가 앉아서 에밀리에게 책을 읽어줄 때였다. 사월 오후에 그렇게 환하게 내리쬐던 햇살도, 낡은 배로 만든 집 문가 계단에서 그렇게 환하게 빛나던 인물도, 더할 나위 없이 화려하던 하늘도, 더할 나위 없이 화려 하던 바다도, 황금빛 노을로 더할 나위 없이 화려하게 나아가던 돛단배 도 그때가 최고였다.

우리가 도착한 날 초저녁에 바키스 아저씨는 아주 멍청하고 어설픈 모습으로 찾아왔는데, 오렌지를 가득 담은 손수건 꾸러미가 한 손에 들렸다. 그런데 오렌지 꾸러미만 놓고서 아무 말 없이 떠나, 햄은 실수 로 놓고 갔다는 생각에 그걸 돌려주려고 헐레벌떡 쫓아갔다가 패거티 유모에게 주는 선물이란 말을 듣고 돌아오기도 했다. 그런 다음부터는 매일 초저녁이면 조그만 꾸러미를 하나씩 들고 똑같은 시간에 찾아와서 아무 말 없이 문가 옆에 내려놓고 그냥 떠났다. 이렇게 가져온 사랑의 징표는 종류도 다양하고 이상한 물건도 많았다. 돼지 족발 두 개, 바늘을 꽂는 커다란 방석, 사과 한 꾸러미, 흑옥 귀걸이 한 쌍, 스페인 양파,[22] 도미노 상자, 카나리아가 든 새장, 절인 돼지 넓적다리 등은 지금도 기억난다.

지금 기억하기에도 바키스 아저씨는 구애작전이 정말 독특했다. 우선, 말하는 경우가 거의 없이, 마부석에 앉는 자세 그대로 벽난로 앞에 가만히 앉아 맞은편에 있는 패거티 유모를 뚫어지게 바라본다. 그러다가 하루는 사랑하는 마음이 솟구친 나머지 대뜸 다가가서 패거티 유모가 실에 문지를 때 사용하는 양초토막을 빼앗아 자기 호주머니에 넣고서 그냥 떠났다. 그런 다음부터는 패거티 유모가 써야 할 때마다 그걸 – 반쯤 녹아서 주머니 안감에 달라붙은 양초토막을 – 꺼내서 건네주고 다시 받아 주머니에 보관하는 걸 낙으로 삼았다. 이러는 자체로 충분히 만족스러운지, 대화해야 한다는 부담은 전혀 안 느끼는 것 같았다. 심지어 패거티 유모를 데리고 진펄로 산책하러 나갈 때도 대화해야 한다는 부담 없이 가끔 편안하냐고 묻는 것으로 만족할 정도니, 바키스 아저씨가 떠나면 패거티 유모가 행주치마로 얼굴을 가린 채 삼십 분은 족히 웃어대던 기억이 난다. 그래서 우리 모두 재미있는 시간을 보내도 거미지 부인은 혼자서 우울증에 빠져드는데, 자신도 비슷한 구애작전을 겪었는지, 그런 모습을 볼 때마다 죽은 남편이 끊임없이 떠오르는 것 같았다.

우리가 머물 기간이 거의 끝나갈 즈음, 패거티 유모는 마침내 바키스 아저씨와 하루 여행을 떠나기로 하면서 꼬마 에밀리와 나를 데려가

22) 크고 달아서 맛이 좋기로 유명하다. '크리스마스 캐럴'에도 등장한다.

기로 했다. 나는 에밀리와 하루를 온전히 보낼 생각으로 기대에 부풀어서 전날 밤에는 잠까지 설쳤다. 그리고 아침에는 모두 제시간에 일어나 식사하기도 전에 바키스 아저씨가 사랑하는 사람을 태워가려고 짐마차를 끌고 멀리서 나타났다.

패거티 유모는 평소처럼 상복을 깔끔하게 차려입었지만, 바키스 아저씨는 파란색 상의를 새로 맞춰서 멋지게 입었는데 재단사가 품을 넉넉하게 잡아서 소매가 널찍한 게 몹시 추운 겨울에도 장갑이 필요 없을 정도고 목깃은 꽤 높아서 머리칼을 정수리 위로 바싹 밀어 올렸다. 화려하게 반짝이는 단추는 더할 나위 없이 커다란 데다 황갈색 널찍한 바지와 담황색 연한 가죽조끼까지 차려입으니, 참으로 멋있고 존경스러운 신사가 아닐 수 없었다.

우리 모두 현관문 앞에서 부산을 떠는 가운데 패거티 아저씨는 우리가 떠날 때 낡은 신발 한 짝을 던져서 행운을 빌어주려 준비하고 거미지 부인에게 그 역할을 부탁했다가, 이런 대답을 들었다.

"아니에요. 다른 사람이 던지는 게 훨씬 바람직해요, 패거티 아저씨. 나는 어디에도 기댈 데 없는 외로운 존재라서 기댈 데도 있고 외롭지도 않은 사람을 보면 억장이 무너진답니다."

"그러지 말고 어서요, 아주머니! 이걸 받아서 던지세요."

패거티 아저씨가 다시 말하자, 거미지 부인은 눈물을 훌쩍이고 머리를 흔들면서 대답했다.

"아니에요, 패거티 아저씨. 내가 이런 기분만 아니라면 잘할 거예요. 그런데 아저씨는 나 같은 기분이 아니잖아요. 아저씨는 저런 모습 때문에 억장이 무너지는 기분이 아니고 저 사람들 역시 마찬가질 테니까 아저씨가 던지는 편이 훨씬 좋아요."

그런데 패거티 유모는 지금까지 모든 사람과 포옹하느라 바쁘게 움직이다 결국 우리와 함께 마차에 올라타더니 (에밀리와 나는 조그만 의자에 나란히 앉고) 거미지 부인을 보고 어서 던지라고 소리쳤다. 그래서 거미지 부인이 그렇게 하더니, 안타깝게도 곧바로 눈물을 터트리고 햄에게 안겨서 쓰러지며 자신은 모두에게 부담스러운 존재라고, 차라리 지금 당장 구빈원으로 보내는 게 좋을 거라고 선언해, 우리가 떠나는 축제 분위기에 찬물을 끼었었다. 나로선 정말 그러면 좋겠다는 생각이, 햄이 그렇게 하면 좋겠다는 생각이 절로 일어날 수밖에 없었다.

아무튼, 우리는 소풍을 떠나고 그래서 바키스 아저씨가 제일 먼저 한 일은 교회 앞에서 멈추어 말고삐를 난간에 묶더니, 꼬마 에밀리와 나를 마차에 두고서 패거티 유모만 데리고 안으로 들어간 거였다. 나는 기회를 놓치지 않고 에밀리 허리춤을 한쪽 팔로 감은 채 이제 나는 떠날 날이 얼마 안 남았으니 너나 나나 서로에게 다정하게 굴면서 온종일 행복한 시간을 보내는 게 어떻냐고 제안했다. 꼬마 에밀리도 동의하곤 뽀뽀하도록 허락했다. 그리고 나는 아주 절박한 심정으로 변해, 앞으로 평생 다른 여인은 절대 사랑하지 않겠다고, 행여나 너를 사랑하는 사내가 나타난다면 혈투까지 벌일 각오라고 선언한 기억이 난다.

꼬마 에밀리는 이 말을 듣고서 얼마나 즐거워했던가! 그리고 나서 나이도 훨씬 많고 사회경험도 훨씬 많은 사람처럼 점잔을 떨면서 나에게 "우스꽝스러운 아이"라 말하곤 얼마나 매혹적으로 웃었던가! 나는 그렇게 모욕적인 표현을 들은 고통조차 잊은 채 에밀리를 쳐다보는 기쁨에 얼마나 흠뻑 빠져들었던가!

바키스 아저씨와 패거티 유모는 교회에서 상당한 시간을 보내다 마침내 밖으로 나오고, 그래서 우리는 마차를 다시 몰며 시골로 향했다. 그러다가 바키스 아저씨는 나를 쳐다보고 윙크하며 ─ 바키스 아저씨가 이런 것까지 할 수 있다곤 상상조차 못 했는데 ─ 물었다.

"내가 예전에 마차에 적은 이름이 뭐였지?"

"클라라 패거티요."

내가 대답하자, 바키스 아저씨가 다시 물었다.

"여기에 포장이 있어서 내가 이름을 다시 적는다면 이번엔 뭐라고 적을까?"

"이번에도 클라라 패거티요?"

내가 반문하자, 바키스 아저씨는 "클라라 패거티 바키스!"라고 대답하곤 마차가 흔들릴 정도로 커다랗게 웃었다.

한마디로 두 사람이 결혼한 것이다. 교회에 들어간 까닭도 그래서였다. 패거티 유모는 결혼식을 조용히 올리기로 마음먹고, 교회 서기는 접수하고, 그래서 증인조차 없는 결혼식을 올린 것이다. 그런데 바키스 아저씨가 결혼 사실을 갑자기 선언하는 바람에 약간 놀란 나머지 패거티 유모는 나를 포옹할 때 애정을 완벽하게 못 담아내더니, 금방 정신 차리곤, 결혼식이 무사히 끝나서 다행이라고 말했다.

우리는 옆길로 들어서서 조그만 식당으로 마차를 몰고, 그곳에서는 미리 모든 준비를 마쳐서 우리는 점심을 편하게 즐기고 남은 시간을 만족스럽게 보냈다. 패거티 유모는 지난 십 년 동안 결혼식을 매일 올렸다 해도 이렇게 자연스러울 순 없을 것 같았다. 다른 점이 하나도 없었다. 모든 점에서 평소와 똑같아, 차를 마실 시간이 찾아오기 전에 꼬마 에밀리와 나를 데리고 산책하러 나가고 바키스 아저씨는 혼자서 철학적으로 파이프 담배를 태우며 자신에게 찾아온 행복을 깊이 묵상할 수밖에 없었다. 그래서 식욕이 왕성하게 늘어났는지, 점심으로 돼지고기와 채소를 실컷 먹고도 닭고기를 한두 마리 더 먹어치우더니, 차를 마실 시간에는 끓여서 차갑게 식힌 베이컨을 잔뜩 주문해 맘껏 먹던 모습이 지금도 생생하게 떠오른다.

참으로 괴팍하고 순수하고 진기한 결혼이 지금까지 툭하면 떠오른다. 우리는 어둠이 깔리자마자 마차에 다시 올라타 말을 느긋하게 몰며 하늘에 가득한 별 이야기를 나누었다. 주로 내가 설명해서 바키스 아저씨 눈을 번쩍 뜨이게 하는 식이었다. 나는 아는 내용을 모두 알려주었는데, 설사 내가 마음대로 꾸며서 말한다 해도 바키스 아저씨는 순순히 믿을 게 분명했다. 내가 그렇게 많이 안다는 사실에 깊은 존경심이 생긴 나머지 바로 그 자리에서 자기 부인에게 나를 (신동이란 의미로) '어린 로치우스'[23]라고 말할 정도였으니 말이다.

우리 모두 별 이야기에 지친 다음에, 아니, 바키스 아저씨가 받아들일 능력이 한계에 도달한 다음에, 꼬마 에밀리와 나는 낡은 포장을 망토처럼 만들어서 남은 시간 동안 뒤집어쓰고 놀았다. 아, 에밀리를 내가 얼마나 사랑했던가! 우리가 결혼해서 숲이든 들판이든 도망쳐, 나이를 더는 안 먹고 세상 물정에 더는 안 빠져들고 햇살과 야생화 가득한 초원에서 손을 맞잡고 돌아다니다 밤이면 이끼에 머리를 누이고 평화와 순수를 만끽하며 달콤한 잠에 빠져들어, 어린애로 영원히 살다가 죽는 순간에 새들이 날아와서 우리를 묻어주면 정말 좋겠다는 생각이 얼마나 절실하게 떠올랐던가! 돌아오는 내내 현실 세계는 완전히 사라지고, 꿈같은 영상이 순수한 빛으로 환하게 반짝이며 멀찌감치 떨어진 별처럼 막연하게 떠올랐다. 패거티 유모가 결혼하는 행렬에 꼬마 에밀리와 함께 순수한 마음으로 참여한 게 나는 지금도 기쁘다.

---

23) '로치우스'는 '로스키우스'를 잘못 표현한 말로, 로스키우스는 고대 로마 시대에 노예에서 로마 최고 배우로 성장한 인물이다. 당시 영국에서는 '어린 로스키우스'란 표현을 꼬마 신동이란 의미로 사용했다.

행렬은 초라해도 우리 두 사람이 사랑의 요정과 축복의 요정처럼 참여한 게 정말 기쁘다.

아, 우리는 깊은 밤에 낡은 집에 도착하고, 바키스 부부는 우리와 작별하더니 마차에 다정하게 올라타고 자기네 집으로 떠났다. 아, 바로 그 순간에 나는 패거티 유모를 잃었다는 느낌이 처음 떠올랐다. 아, 꼬마 에밀리가 그 집에 없었다면 나로선 정말 쓰라린 마음을 보듬으며 잠자리에 들 수밖에 없었으리라.

패거티 아저씨와 햄은 내 마음을 나만큼이나 잘 아는 터라, 훌륭한 저녁 식사를 준비하고 다정한 표정을 떠올리는 식으로 내가 허전한 마음을 몰아내게 했다. 이번에 머무는 동안 처음이자 마지막으로 꼬마 에밀리 역시 옆으로 다가와서 궤짝에 나란히 앉으니, 훌륭한 하루를 완벽하게 마무리하는 멋진 시간이 아닐 수 없었다.

물때가 밤이라서 우리가 잠자리에 들자마자 패거티 아저씨는 햄을 데리고 물고기를 잡으러 떠났다. 외딴집에서 에밀리와 거미지 부인을 지킬 사람이 나뿐이라는 생각에 나는 아주 용감하게 변신한 느낌이 들었다. 사자든 뱀이든 어떤 사악한 괴물이든 나타나서 우리를 공격하기만, 그래서 내가 모두 물리치는 영광을 누리기만 기대했다. 하지만 불행하게도 그날 밤에 야머스 모래톱을 돌아다닌 괴물은 하나도 없어, 나로선 괴물 대신 이런저런 용이 나타나서 공격하는 꿈을 아침까지 꾸어야 했다.

아침에는 패거티 유모가 나타나 평소처럼 창문 밑에서 나를 부르니, 나는 바키스 아저씨와 결혼한 자체가 처음부터 끝까지 꿈이라는 착각까지 일었다. 아침 식사를 마친 다음에 패거티 유모는 나를 자기네 집으로 데려가는데, 참으로 아담하고 아름다운 집이었다. 가구가 다양한데, 제일 인상적인 가구는 나무로 만들어서 거실에 (바닥에 타일을 깔아서 주방 겸용으로 사용하는 거실에) 놓은 까만색 낡은 옷장으로, 꼭대기를 열어서 내리면 책상으로 변하는데, 안에서 순교자 열전이 나왔다. 폭스 출판사에서 출간한 사절 판 커다란 판형이었다. 지금은 기억나는 구절이 없지만, 나는 소중한 책을 발견하는 순간에 곧바로 빨려들고, 이후로 그 집에 갈 때마다 의자에 무릎을 꿇고 앉아서 소중한 보물이 있는 꼭대기 판자를 열어 책상 위로 두 팔을 펼치고 흠뻑 빠져들지 않은 적은 한 번도 없었다. 안타깝게도 나는 주로 그림에 빠져들었는데, 그림이 많은 데다 온갖 끔찍한 내용으로 가득했다. 그때부터 지금까지 내 마음속에서 패거티 유모네 집은 순교자와 도저히 떼어낼 수 없는 관계로 남았다.

나는 그날 패거티 아저씨와 햄과 거미지 아주머니와 꼬마 에밀리와 헤어져서 패거티 유모네 집 (침대맡 선반에 악어 책이 있는) 조그만 다락방에서 하룻밤을 보냈는데, 패거티 유모는 내 방이라고, 그러니 언제 찾아와도 묵을 수 있도록 항상 깨끗하게 청소하겠다면서 이렇게 덧붙였다.

"나중에 나이를 먹어도 데이비 도련님, 내가 살아서 이 집에 지내는 한, 아무 때나 찾아와도 묵을 방이 있단 사실을 명심하세요. 나는 예전 집에서 도련님 방을 청소하듯 이 방도 매일같이 청소할 거예요. 설사 도련님이 중국 같은 먼 나라로 떠난다 해도 나는 이 방을 항상 깨끗하게 청소할 거란 사실을 꼭 알아두세요."

나는 정겨운 유모에게서 변치 않는 진정성을 온 마음으로 느끼고 최선을 다해서 고마운 마음을 전했다. 하지만 충분히 전달할 순 없었다. 유모가 내 목을 두 팔로 껴안고 이렇게 말할 때 나는 아침을 맞아 바키스 아저씨가 모는 마차에 올라타서 유모와 함께 집으로 가던 중인데, 집이 금방 나왔기 때문이다. 두 사람은 나를 정원 대문 앞에 내려놓고 아픈 마음으로 편치 않게 떠나는데, 집 앞 커다란 느릅나무 밑에 - 나를 사랑하고 반길 사람이 이제 한 명도 없는 집에 - 나를 내려놓고 패거티 유모만 싣고서 떠나는 마차가 내 눈에는 정말로 이상하게 보였다.

나는 이제 완벽한 방치상태에 놓이니, 당시를 돌아보면 아픈 마음만 가득하다. 단번에 외톨이 신세로 전락해, 정감 어린 눈길을 받을 수도, 같은 또래 아이하고 어울릴 수도, 어디에도 어울릴 사람이 없어 혼자서 풀 죽어 지내니, 글을 쓰는 이 순간에도 우울한 기분이 그대로 살아나는 것 같다.

고통스러운 학교라도 보내준다면, 아무 데서나 어떤 방식으로든 무어라도 배울 수 있다면 무슨 짓이라도 할 것 같았다! 하지만 그럴 희망은 조금도 없었다. 머드스톤 오누이는 나를 싫어했다. 그래서 무뚝뚝하고 근엄하고 줄기차게 외면했다. 당시에 머드스톤이 경제적으로 궁지에 몰린 것 같은데, 이건 커다란 문제가 아니다. 문제는 머드스톤이 나를 보기만 해도 견딜 수 없다는 것, 그래서 내가 그에게 필요한 걸 요구할 권리가 있다는 생각 자체를 내 머리에서 제거하려 애쓰고, 그래서 성공했다는 사실이다.

노골적으로 학대받진 않았다. 매를 맞지도 굶주리지도 않았다. 하지만 부당한 대우는 조금도 누그러질 줄 모른 채 체계적으로 냉혹하게 일어났다. 날이면 날마다 하루도 안 멈추고 차갑게 외면하는 식이었다. 당시에 내가 병이라도 걸리면 그들이 어떻게 했을지, 외로운 침실에 평소처럼 외롭게 누워서 고통에 시달렸을지 아니면 누가 나타나서 도와주었을지, 지금도 가끔 궁금하다.

머드스톤 오누이가 집에 있으면 함께 식사하고, 두 사람이 없으면 혼자서 먹고 마셨다. 나 혼자서 집 주변이나 동네를 돌아다니는 건 괜찮으나 행여나 친구라도 사귀는 건 그들이 용납하지 않았다. 내가 친구를 사귀면 불평이나 늘어놓을 거로 생각한 것 같다. 이런 까닭으로, 칠립 의사 선생님이 (부인은 덩치가 조그맣고 귀여우며 머리칼이 금발이라서 내가 머릿속으로 창백한 삼색 고양이를 떠올린 기억이 나는데, 몇 년 전에 홀아비가 된 터라) 놀러 오라고 자주 말했으나 나는 거기에 찾아가 진료실에서 코를 찌르는 약품 냄새를 맡으며 완전히 새로운 책을 읽거나 아저씨에게 온화한 지시를 받으며 절구로 약을 빻는 즐거움을 오후 시간마다 누릴 순 없었다.

똑같은 이유로, 패거티 유모를 유난히 싫어한다는 이유까지 더해, 두 사람은 내가 유모네 집에 찾아가는 것 역시 허락하지 않았다. 다행히도 유모가 약속한 대로 일주일에 한 번씩 찾아오거나 우리 집 근처 어딘가에서 나를 기다리는데, 빈손으로 온 적은 한 번도 없었다. 하지만 유모네 집을 찾아가겠다는 청원은 매번 거절당하고 나는 쓰디쓴 실망감에 빠져들어야 했다.

하지만 아주 가끔 허락받고 유모를 찾아갈 때마다 바키스 아저씨는 구두쇠라는, 혹은 패거티 유모가 에둘러 표현한 대로 "약간 인색하다"는 사실을 발견했다. 침대 밑 궤짝에 돈을 잔뜩 보관하고도 자신이 가진 돈은 상의와 바지 주머니에 있는 게 전부인 척하는 식이다. 바키스 아저씨는 돈이 생기는 족족 돈궤에 넣어서 집요하게 숨긴 나머지, 조금이라도 받아내려면 계획을 아주 정교하게 짤 수밖에 없었다. 그래서 패거티 유모는 매주 토요일에 지급할 외상값을 받아낼 때마다 화약 사건[24] 뺨치는 전술을 정교하게 준비했다.

이러는 내내, 바람직한 미래는 없다는 사실을, 나는 완전히 버림받

---

24) 영국 가톨릭교도가 정부 탄압에 맞서서 1605년에 성당 밑에 화약을 설치한 다음, 폭파하겠다고 협박한 사건을 말한다.

았다는 사실을 충분히 자각했으니, 낡은 책이라도 없다면 완벽한 불행에 시달렸을 게 분명하다. 낡은 책은 유일한 위안거리며, 내가 책에 충실한 만큼 책 역시 나에게 충실해, 나는 몇 번을 읽었는지 모를 정도로 읽고 또 읽었다.

하지만 기억력이라는 게 존재하는 한 절대 잊을 수 없는 시기는, 원치 않는 기억이 유령처럼 떠올라 나중에 찾아온 행복마저 망가뜨리는 시기는 점차 다가왔다.

하루는 평소대로 밖에 나가서 사색에 잠기며 주변을 어슬렁거리다가 우리 집 근처 오솔길 모서리를 도는 순간에 어떤 신사랑 나란히 걷는 머드스톤과 맞닥뜨렸다. 나는 당혹감에 빠진 채 그 옆을 지나치려는데, 신사가 커다랗게 말했다.

"맙소사! 개울이군!"

"아닙니다, 선생님, 데이비드 코퍼필드입니다."

내가 대답하자, 신사는 다시 말했다.

"그런 말 말게. 자네는 개울이야. 셰필드에 있는 개울. 이게 자네 이름이라고."

이 말을 듣고 나는 신사를 자세히 살폈다. 웃는 모습이 기억났다. 머드스톤과 함께 예전에 ─ 그게 언제든 중요할 건 없는데 ─ 로우스토프트에 가서 만난 퀴니언 아저씨란 기억도 떠올랐다.

"그래, 요새는 어떻게 지내나, 학교는 어딜 다니고, 개울?"

퀴니언 아저씨가 물었다. 한 손을 내 어깨에 올려서 함께 걷는 상태였다. 나는 뭐라고 대답해야 좋을지 몰라서 모호한 표정으로 머드스톤을 힐끗 쳐다보았다. 그러자 머드스톤이 대신 대답했다.

"지금은 집에서 지내네. 당장은 어느 학교도 안 다녀. 저 애를 어떻게 해야 좋을지 모르겠어. 어려운 문제야."

그러더니 감정이 담긴 모호한 표정으로 바라보다 눈살을 찡그리며 시선을 돌리고, 퀴니언 아저씨는 양쪽을 쳐다보며 말하는 것 같았다.

"야! 날씨가 정말 좋군!"

침묵이 잇따르고, 나는 어깨에 걸친 손을 떼어내고 벗어날 방법만 궁리하는데, 퀴니언 아저씨가 불쑥 말했다.

"내가 보기에 너는 여전히 아주 똑똑한 아이 같은데? 그치, 개울?"

"그래! 너무 똑똑해서 탈이야. 그냥 보내주는 게 좋을 거야. 귀찮게 하면 좋아하지 않을 테니 말이야."

머드스톤이 짜증스러운 어투로 말하자, 퀴니언 아저씨가 놓아주고, 나는 집으로 재빨리 달렸다. 그러다가 정원 대문 앞에서 뒤를 돌아보니, 머드스톤은 교회 공동묘지 쪽문에 기대고 퀴니언 아저씨는 가만히 말하는 모습이 보였다. 두 사람 모두 나를 쳐다보는 걸 보면 나에 관해서 이야기하는 게 분명했다.

퀴니언 아저씨는 그날 밤 우리 집에서 묵었다. 다음 날 아침, 내가 식사를 마치고 의자를 물려서 나가려고 할 때 머드스톤이 불렀다. 그러더니 다른 탁자로, 자기 누나가 앉은 책상 근처로 자리를 엄숙하게 옮겼다. 퀴니언 아저씨는 창가에서 주머니에 두 손을 찌른 채 바깥을 내다보고, 나는 가만히 서서 세 사람을 쳐다보았다.

"데이비드, 젊은이는 세상에서 활달하게 움직여야 해. 빈둥거리면서 게으름이나 부리면 안 돼."

머드스톤이 말하자, 그 누나가 덧붙였다.

"너처럼……"

"누나, 제발 부탁이니 나한테 맡겨. 내가 분명히 말하는데, 데이비드, 젊은이는 세상에서 활달하게 움직여야 해, 빈둥거리면서 게으름이나 부리지 말고. 성격이 너 같은 아이는 고칠 게 많아서 특히 더해.

제일 좋은 방법은 세상에 본격적으로 뛰어들어서 감시받으며 열심히 일하는 거야. 그러면서 성격을 깡그리 고치는 거야.”

"고집부려도 안 통해. 그런 성격은 깡그리 고쳐야 해. 단 하나도 안 남기고. 영원히!”

자기 누나가 말하자, 머드스톤은 나무라는 표정 절반 공감하는 표정 절반으로 물끄러미 쳐다보다 다시 말했다.

"내가 부자가 아닌 건 너도 잘 알 거야, 데이비드. 최소한 지금 당장은. 너는 지금까지 상당한 교육을 받았어. 교육은 돈이 드는데, 설사 돈을 안 들이고 공부시킬 수 있다고 하더라도 너를 학교에 보내는 건 너한테 아무런 도움도 안 된다는 게 내 생각이야. 너한테 필요한 건 세상과 싸우는 건데, 그런 일은 빨리 시작할수록 좋아.”

이 말을 듣는 순간, 나름대로 어설프게나마 이미 나는 세상과 싸우기 시작했다는 생각이 떠오른 것 같다. 하지만 당시에 정말 그랬다고 자신할 순 없다.

"예전에 ‘사무실’이란 말을 들어봤을 거야.”

머드스톤이 하는 말에 내가 물었다.

"사무실이요, 아저씨?

"그래, 주류 도매상을 하는 ‘머드스톤 & 그린비’.”

머드스톤이 말하더니, 내가 모호한 표정을 떠올렸는지, 다시 급하게 말했다.

"사무실이나 사업이나 포도주 저장실이나 선착장 같은 말을 들었잖아.”

나는 머드스톤 오누이의 수입원에 대한 기억을 막연하게 떠올리며 대답했다.

"사업이란 말은 들은 것 같아요. 하지만 언제 들었는지는 모르겠어요."

"언제 들었는지는 중요하지 않아. 퀴니언 아저씨가 그 사업을 담당
한단다."

머드스톤이 하는 말에 나는 창가를 내다보는 퀴니언 아저씨를 존경
스러운 표정으로 힐끗 쳐다보았다.

"퀴니언 아저씨가 일하려면 어차피 아이를 여럿 고용하는데, 같은
조건으로 너를 고용하지 못할 까닭이 없다고 하는군."

"할 일이 따로 없다면 그렇다는 거야, 머드스톤."

퀴니언 아저씨가 몸을 절반만 돌린 상태로 나지막이 말하자, 머드스
톤은 그 말에 아무런 대꾸도 안 한 채 짜증스럽다 못해 화까지 치미는
표정으로 계속 말했다.

"그 조건이란 네가 먹고 마시고 용돈 쓰기에 충분한 돈을 준다는
뜻이야. 네가 묵을 하숙집도 이미 구했으니, 비용은 내가 대마. 그리고
세탁비는……"

"세탁비는 내가 낼게."

그 누나가 끼어들고, 머드스톤은 계속 말했다.

"당분간은 네가 옷을 구할 수 없을 터이니 우리가 옷까지 대주마.
그러니 너는 퀴니언 아저씨와 런던에 가서 네 힘으로 세상을 살아가는
거야."

"한마디로, 너한테 필요한 걸 제공할 터이니, 너 역시 네가 할 일을
제대로 하라는 뜻이야."

그 누나가 다시 끼어들었다.

두 사람이 이렇게 말하는 목적은 나를 쫓아내는 거란 사실을 또렷
하게 알아챘지만 내가 그걸 좋아했는지 두려워했는지는 기억이 또렷
하게 안 난다. 내 생각엔 두 가지 사이에서 갈팡질팡하다 어느 쪽으로

도 안 쏠린 채 당혹스러워했던 것 같다. 게다가 머릿속 생각을 깊이 따져볼 여유도 없었다. 퀴니언 아저씨가 바로 내일 떠날 예정이었기 때문이다.

다음 날, 나는 다 닳아서 너덜너덜하고 조그만 하얀색 모자를 쓰고 어머니를 기리는 차원에서 까만 상장까지 두른 다음, 까만 상의와 질기고 뻣뻣한 코르덴바지를 입었다. 머드스톤 아씨가 앞으로 세상과 싸울 때 다리를 갑옷처럼 확실하게 지켜줄 거라며 추천한 바지였다. 그래서 이렇게 차려입고 얼마 안 되는 물건을 조그만 트렁크에 모두 넣은 채 야머스에서 퀴니언 아저씨와 함께 런던으로 가는 역마차에 올라타니, (거미지 부인이 흔히 말하던) 의지할 데 없는 외로운 신세 그 자체였다! 아, 우리 집과 교회가 멀리서 조그맣게 변하는구나. 아, 나무 밑에 만든 무덤이 다른 것에 가려서 안 보이는구나. 아, 정든 놀이터에서 하늘 높이 솟구친 첨탑도 더는 안 보이니, 텅 빈 하늘만 가득하구나!

CHAPTER 11. 홀로서기를 힘겹게 시작하다

　지금은 나도 어지간한 일에 안 놀랄 정도로 세상을 충분히 알지만 그렇게 어린 나이에 그렇게 쉽게 버림받을 수 있다는 사실은 지금 생각해도 놀라울 뿐이다. 이런저런 능력이 탁월한 아이에게, 관찰력이 훌륭하고 머리가 빨리 돌고 열정적이고 섬세해서 몸이든 마음이든 쉽게 상처받을 수밖에 없는 아이에게 도움의 손길을 내밀려는 사람이 아무도 없다는 건 정말 이상하다. 하지만 그런 손길은 하나도 없었다. 그래서 나는 열 살이란 나이에 '머드스톤 & 그린비'[25]에서 꼬마 잡역부가 되었다.

　'머드스톤 & 그린비' 창고는 도미니크 수사회가 있는 강변 하류에

---

25) '머드스톤 & 그린비(Murdstone and Grinby)'는 사람을 갈아대는 회전 숫돌(grindstone)을 상징하는 표현이다. '두 도시 이야기'에서는 프랑스 대혁명이 벌어진 파리의 혁명적 폭력을 상징하고, '어려운 시절'에서는 '그래드그라인드'란 인물이, 그리고 '꼬마 도릿 1권'에서는 '클레남'이란 인물이 grindstone을 상징하는 등, 찰스 디킨스가 즐겨 사용한 표현이다. 여기에 나오는 장면은 1840년대 후반에 찰스 디킨스가 직접 경험한 내용을 소재로 하는데, 코퍼필드는 열 살에 잡역부로 취업하는 반면에 찰스 디킨스는 열두 살에 공장 잡역부로 들어가 일했다.

있었다. 지금은 개발해서 완전히 변했지만, 당시에는 좁은 길 제일 끝에 있는 건물로 금방이라도 무너질 것처럼 낡은데, 언덕을 꾸불꾸불 내려가면 강이 나오고 언덕 제일 밑에는 계단이 있어서 사람들이 보트를 댔다. 전용 선착장이 있는 건물은 밀물 때면 물이 닿고 썰물 때면 갯벌이 드러나, 커다란 쥐가 말 그대로 사방에 득실거렸다. 칸막이를 친 실내는 먼지와 연기가 백 년이나 쌓여서 색이 바래고, 바닥과 계단은 썩어서 금방이라도 꺼질 것 같고, 포도주 저장실은 고약한 냄새로 가득하고 회색 쥐는 커다란 몸으로 이리저리 뛰어다니며 찍찍거리니, 이런 장면 전체가 오래전이 아니라 바로 지금 이 순간에 목격한 것처럼 생생하다. 내가 덜덜 떨리는 손으로 퀴니언 아저씨 손을 꼭 잡고 거기에 처음 들어서던 끔찍한 시간에 그런 것처럼 지금도 눈앞에 그대로 펼쳐지니 말이다.

'머드스톤 & 그린비'는 다양한 사람을 대상으로 장사하지만 제일 중요한 작업은 정기여객선에 포도주와 위스키를 공급하는 일이었다. 정기여객선이 가장 많이 가는 목적지는 잊었으나, 일부는 동인도와 서인도제도까지 가는 것 같았다. 이런 여객선과 거래하다 보니 빈 병이 숱하게 나오고, 따라서 여러 사람이 달라붙어 빈 병을 빛에 비춰서 흠이 있으면 버리고 나머지는 깨끗하게 닦았다. 빈 병이 적을 때는 술을 가득 채운 병에 상표를 붙이거나, 코르크 마개를 끼우거나, 다 끼운 코르크 마개를 봉인하거나, 작업이 끝난 술병을 상자에 하나씩 채웠다. 이런 일이 내가 하는 작업이고, 나는 이런 일을 하도록 고용한 아이 가운데 한 명이었다.

이렇게 일하는 아이는 나를 포함해 세 명일 때도 있고 네 명일 때도 있었다. 내가 작업하는 공간은 창고 모서리인데, 퀴니언 아저씨는 마음만 먹으면 사무실에서 발판에 올라 책상과 유리창 너머로 살필 수 있었다. 홀로서기를 황홀하게 시작한 첫날 아침에 제일 나이 많은 아이가 나에게 작업방법을 알려주었다. 믹 워커라는 아이인데, 누더기 앞치마에 종이 모자 차림이었다. 자기 아버지는 거룻배 사공으로 커다란 축제가 열리면 까만 벨벳 모자를 쓰고 행진한다고 알려주었다. 함께 일하는 또 다른 아이를 '감자녹말'이라는 특이한 이름으로 나에게 소개하기도 했다. 나중에 발견한 바에 의하면, 그건 진짜 이름이 아니고 얼굴색이 하얀 가루처럼 창백하다는 이유로 붙인 별명이었다. '가루' 아버지는 물을 공급하는 업무에 종사하면서 소방수로 탁월한 실력을 발휘한 덕분에 커다란 극장에서 일하게 되었다. 바로 이 극장에서 집안식구 한 명이 - 내 생각엔 여동생 같은데 - 무언극에 꼬마 도깨비로 출연했다.

마음에 가득한 고통을 표현할 방법이 없으니, 이들을 내가 훨씬 행복한 시절에 사귀던 사람들과 - 스티어포스 선배와 트래들스를 비롯한 학교 친구들과 - 비교하게 되는데, 공부를 많이 해서 훌륭한 사람이 되겠다는 희망도 가슴속에서 산산이 부서지는 걸 느꼈다. 당시에 내가 느낀 감정은, 모든 희망이 사라졌다는 느낌은, 꼬마 잡역부라는 굴욕감은, 지금까지 배우고 생각하고 기뻐하며 키워오던 환상과 경쟁력이 조금씩 떨어져 나가 다시는 되돌릴 수 없다는 확신이 날마다 어린 마음에 몰려드는 비참한 느낌은 말로 형용할 수 없다. 믹 워커가 오전 작업을 하다가 자리를 비울 때마다 나는 빈 병을 닦는 물에 눈물을 흩뿌렸다. 가슴이 금가서 금방이라도 깨져나갈 것처럼 흐느꼈다.

사무실 시계는 열두 시 삼십 분을 가리키고 사람들은 점심을 먹으러 가려고 준비할 때 퀴니언 아저씨가 사무실 유리창을 톡톡 치더니 나에게 들어오라고 손짓했다. 안으로 들어가니 뚱뚱한 중년 아저씨 한 명이 있었다. 갈색 프록코트에다 종아리에 바싹 달라붙는 까만색 바지와 까만색 구두를 신고, 머리는 커다란데 머리칼은 하나도 없어서 달걀처럼 반들반들하고 얼굴은 넓적한데, 그 얼굴이 나를 열심히 바라보았다. 옷차림은 초라해도 목깃을 세운 모습이 인상적이었다. 손에는 멋쟁이 지팡이를 들었는데 장식용으로 달린 커다란 술 한 쌍은 색이 바래고, 프록코트 밖으로 외알 안경을 걸쳤는데 나중에 깨달은 바에 의하면 장식용이었다. 눈에 걸친 적이 거의 없는데, 행여나 그렇게 하면 앞이 제대로 안 보이기 때문이다.

"이 아이라오."

퀴니언 아저씨가 말하며 나를 가리키자, 낯선 사람이 겸손한 어투에다 형언할 수 없을 만큼 점잖은 자세로 말해서 나에게 깊은 인상을 주었다.

"이분이 코퍼필드 도련님이로군. 그동안 잘 지냈나, 도령?"

나는 잘 지냈다고, 선생님도 그러길 바란다고 대답했다. 내가 잘 지내지 못했다는 건 하늘도 알지만, 당시에 나는 그렇게 투덜대는 성격이 아니라서 잘 지냈다고, 상대편도 그러길 바란다고 말한 것이다.

그러자 낯선 사람이 대답했다.

"하느님 덕분에 잘 지낸다네. 머드스톤 선생께서 편지 한 장을 보냈는데, 우리 집 뒷방이 현재로썬 비었으니 그 방에 사람을 받으면 좋겠다는, 한마디로 세를 놓으라는……"

낯선 사람이 웃음을 머금으며 친밀한 어투로 계속 말했다.

"한마디로, 지금 만난 도령에게 하숙을 치라는……."

낯선 사람이 이렇게 말하곤 한 손을 흔들며 고개를 꾸벅 숙여서 인사하자, 퀴니언 아저씨가 나에게 말했다.

"이분은 미코버 선생이시네."

"에헴! 그게 바로 나라네."

낯선 사람이 맞장구치고, 퀴니언 아저씨는 계속 말했다.

"내가 머드스톤 선생한테 미코버 선생을 소개했어. 술을 주문하는 곳이 있으면 우리한테 연결하고 수수료를 받는 분이거든. 그래서 머드스톤 선생이 네가 하숙하는 문제로 편지를 보내고, 이분은 너를 하숙생으로 기꺼이 받아들이신 거야."

"우리 집 주소는 시티로드 윈저 테라스라네."

미코버 아저씨가 마찬가지로 점잖게 말하더니, 친밀한 어투로 덧붙였다.

"한마디로, 내가 사는 곳이지."

내가 고개를 숙여서 인사하자, 미코버 아저씨가 다시 말했다.

"내가 보기에 자네는 아직 런던이란 대도시를 충분히 돌아다니지 않은 터라, '현대 바빌론'을 지나서 시티로드로 오는 길을 모를 테니……"

미코버 아저씨가 다시 친밀한 어투로 덧붙였다.

"한마디로, 길을 잃기에 십상이니, 오늘은 내가 저녁에 기쁜 마음으로 데리러 와서 제일 빠른 길로 가는 방법을 알려주겠네."

나는 온 마음을 다해서 고마움을 표시했다. 굳이 그런 수고를 감수하겠다는 제안이 참으로 친절했기 때문이다.

"그럼 몇 시에 내가……."

미코버 아저씨가 묻자, 퀴니언 아저씨가 대답했다.

"여덟 시."

"그럼 여덟 시. 안녕히 계십시오, 퀴니언 선생님. 더는 성가시게 안 하겠습니다."

미코버 아저씨가 말하고선 모자를 쓰고 지팡이를 팔꿈치에 낀 채 나가더니 사무실에서 완전히 벗어난 다음부터 허리를 꼿꼿이 펴고 콧노래를 흥얼거리기 시작했다.

그런 다음에 퀴니언 아저씨는 '머드스톤 & 그린비' 창고에서 일하는 정식 잡역부로 나를 채용했는데, 주급은 6실링이었던 것 같기도 하고 7실링이었던 것 같기도 하다. 내가 이 부분을 제대로 기억 못 하는 까닭은 처음에 6실링이었다가 나중에 7실링으로 올라서 그렇다고 믿고 싶다. 그래서 퀴니언 아저씨가 주급을 (자기 주머니에서) 미리 땅겨 주어, 나는 '가루'에게 6페니를 주어서 그날 밤에 내 트렁크를 윈저 테라스까지 옮기도록 했다. 트렁크 자체는 작아도 나는 힘이 달렸기 때문이다. 그런 다음에 6페니를 또 지급해서 저녁 식사를 하는데, 고기 파이 한 접시에 마을 공동펌프에서 퍼낸 물 한 그릇이 전부였다. 식사하고 남은 시간은 주변을 산책하며 보냈다.

저녁 약속 시각에 미코버 아저씨가 다시 나타났다. 나는 상대의 점잖은 행동을 존중하는 의미로 두 손과 얼굴까지 닦은 상태였다. 우리는 우리 집을 향해, 앞으로 이렇게 불러야 할 것 같은 집을 향해 나아갔다. 미코버 아저씨는 길을 걷는 내내 거리 이름과 모서리에 있는 건물 모양을 설명해서 내가 다음 날 아침에 창고를 쉽게 찾아가도록 도와주었다.

윈저 테라스라는 집에 도착하자 미코버 아저씨는 자기 부인을 소개했다. 부인은 (남편과 마찬가지로 초라해도 남편과 마찬가지로 최대한 멋을 부렸지만) 몸이 깡마르고 얼굴에 혈색이 없는 데다 젊어 보이지도 않는데, 가구가 거의 없어 창문마다 블라인드를 쳐서 이웃이 못 보도록 만든 이 층 거실에 앉아서 아기에게 젖을 물리고 있었다. 아기는 쌍둥이 가운데 한 명으로, 미리 언급하자면, 나는 그 집에서 지내는 동안 쌍둥이 두 명이 미코버 부인 품에서 동시에 떨어진 모습을 본 적이 없다. 두 명 가운데 한 명은 언제나 젖을 빨았다.

쌍둥이 말고도 네 살 정도로 보이는 아들과 세 살 정도로 보이는 딸이 있었다. 여기다 피부가 까무잡잡하고 코까지 고는 젊은 여인은 식모로 일하는데, 내가 그 집에 가고 삼십 분이 채 안 돼서 자신은 인근 지역 '성 누가 구빈원' 출신 '고아'라고 알려주었다. 내가 묵을 방은 건물 꼭대기 뒷방으로 끝이 막히고 벽지는 어린 눈에 파란 머핀 빵처럼 보이는 무늬만 가득하고 가구는 거의 없었다.

미코버 부인은 쌍둥이와 두 아이까지 대동한 채 나에게 묵을 방을 보여주려고 올라와서 의자에 앉아 숨을 고르다가 말했다.

"결혼하기 전까지만 해도, 우리 아빠와 엄마와 함께 살 때만 해도, 내가 하숙까지 치리란 생각은 조금도 못 했어. 하지만 미코버 아저씨가 어려움을 겪으니 개인적인 생각은 모두 포기할 수밖에."

"그렇겠네요, 아주머니."

내가 대답하자, 미코버 부인이 다시 말했다.

"현재 미코버 아저씨는 엄청난 어려움을 겪는데, 나는 그 사람이 제대로 헤쳐나갈 수 있을지조차 모르겠어. 엄마 아빠와 한집에 살 때만 해도 나는 어렵다는 말이 이런 건지 정말 몰랐는데, 경험하니 알겠더 군…… 아빠가 말씀하시던 것처럼."

그런데 미코버 아저씨는 예전에 해군 장교로 복무했다고[26] 미코버 부인이 말했는지 아니면 내가 멋대로 상상한 건지 모르겠다. 하지만 뚜렷한 이유도 없으면서 나는 미코버 아저씨가 옛날 옛적에 해군 장교 로 복무했다고 지금까지 믿는다. 당시에는 다양한 상점에서 일종의 영업사원으로 일하는데, 안타깝게도 수입이 전혀 없거나 쥐꼬리처럼 적었다. 그래서 미코버 부인은 이렇게 말했다.

---

26) 찰스 디킨스는 미코버 아저씨를 통해 부친을 묘사했다. 실제로 부친은 해군 경리국 하급관리 출신이고, 가족 전체는 나중에 미코버 가족이 그런 것처럼 채무자 교도소에서 지내기도 한다.

"채권자들이 시간을 안 주겠다면 미코버 아저씨를 마음대로 하라고 해. 나는 문제가 빨리 터질수록 좋다고. 돌을 아무리 짜내도 피가 나올 순 없듯이, 당장으로선 미코버 아저씨한테 받아낼 수 있는 게 (법정비용을 포함해) 단 한 푼도 없으니까."

내가 너무 일찍 자립해서 미코버 부인이 나이를 헷갈린 건지 아니면 딱히 털어놓을 사람이 없으면 쌍둥이에게라도 털어놓을 수밖에 없을 정도로 머리가 복잡해서 그런 건지는 지금도 모르겠지만, 미코버 부인은 나를 처음 만난 자리에서 이런 말을 늘어놓더니, 함께 지내는 동안 기회가 날 때마다 되풀이했다.

불쌍한 미코버 부인! 그래도 자신은 항상 최선을 다했다고 하는데, 나는 그걸 조금도 의심하지 않는다. 건물 대문 한가운데에는 커다란 놋쇠 명판을 붙여서 '미코버 여학생 기숙학교'[27]라는 글씨를 새겨 넣었는데, 거기에서 공부하는 여학생도, 공부하러 오는 여학생도, 공부하러 오겠다는 여학생도, 여학생을 맞이하려는 노력이나 준비도 나는 본 적이 없다. 찾아오는 사람은 채권자가 전부였다. 정말이지, 채권자는 시도 때도 없이 찾아오는데, 일부는 매우 사납게 굴었다. 얼굴이 지저분한 사내 한 명은, 구두장이로 기억하는데, 아침 일곱 시부터 건물 복도로 들어와서 계단에 대고 미코버 아저씨를 부르며 소리쳤다.

"어서 나와! 거기에 있는 거 다 알아. 이제 돈을 갚으라고. 비겁하게 숨지 말고. 내가 당신이라면 그렇게 비겁하게 굴지 않아. 이제 돈을 갚으라고. 어서 갚으란 말이야. 알아들어? 어서!"

이렇게 소리쳐도 아무런 대답이 없으면 분노가 치밀어서 "사기꾼"이니 "도적놈"이니 하고 소리치다 이것도 소용이 없으면 도로 건너편으로 가서는 미코버 아저씨가 있을 것 같은 삼 층 창문에 대고 고함을

---

27) 찰스 디킨스 모친 역시 1823년 말에 집에서 '여학생 기숙학교'를 여는데, 소득은 없었다.

질러대는 극단적인 방법까지 구사했다. 이럴 때마다 미코버 아저씨는 깊은 굴욕과 슬픔에 빠져들다 결국에는 (부인이 내지른 비명을 듣고 알았는데) 면도칼로 자해하는 척하지만 삼십 분 후에는 여느 때보다 우아한 분위기로 콧노래를 흥얼거리며 구두를 정성스레 닦아서 광택을 내고 밖으로 나간다.

그런데 미코버 부인 역시 탄력성이 대단했다. 정부에서 나온 세금을 보고 오후 세 시에 기절한 걸 내가 아는데, 오후 네 시에는 찻숟가락 두 개를 전당포에 보내서 만든 돈으로 양고기와 빵을 사 먹고 따뜻하게 데운 맥주까지 마실 정도였다. 한번은 우연히 일찍 퇴근해서 여섯 시에 집으로 돌아오니, 법원에서 이제 막 강제집행하는 바람에 미코버 부인이 (물론 쌍둥이 한 명을 안고) 기절해서 머리칼을 산발한 채 벽난로 쇠살대 밑에 쓰러졌는데, 바로 그날 밤에 주방 벽난로 앞에서 송아지요리를 먹으며 엄마 아빠에 관한 이야기와 자신이 예전에 만나던 사람들에 관해 이야기하는 모습은 그렇게 쾌활할 수 없었다.

이 집에서 이 가족과 함께 나는 여유로운 시간을 보냈다. 아침 식사 때면 각각 1페니에 해당하는 빵과 우유를 먹고 그 돈을 주었다. 그리고 조그만 빵 한 덩어리와 치즈를 조금 떼어내서 찬장 선반에 따로 보관하다가 저녁에 돌아와서 끼니를 때웠다. 6~7실링으론 구멍이 생길 수밖에 없는데도, 창고에서 온종일 일한 대가로 그 돈을 받아서 일주일을 보내야 했다. 게다가 월요일 아침부터 토요일 밤까지 어떤 형태로든 나에게 조언할 사람도, 상담할 사람도, 격려할 사람도, 위로할 사람도, 도와줄 사람도, 지원할 사람도 없으니, 그냥 죽고 싶은 생각만 떠오르던 기억도 난다!

스스로 모든 걸 책임지며 살기에는 너무 어리고 유치한 데다 능력도 없으니 - 어떻게 안 그럴 수 있겠는가? - 아침에 '머드스톤 & 그린비'

로 갈 때마다 제과점 입구에 오래된 과자를 내놓고 절반 가격에 파는 걸 도저히 못 물리치고 점심 사 먹어야 할 돈을 쓸 때도 잦았다. 그래서 점심을 거르거나, 롤빵이나 푸딩 한 조각으로 때웠다.

자주 가던 푸딩 상점은 두 곳으로 기억하는데, 주머니 사정에 따라서 갈렸다. 한 곳은 성 마틴 성당 뒤쪽 골목에 있는데, 지금은 재개발로 완전히 변했다. 여기에서 만든 푸딩은 고급 건포도를 넣어서 정말 맛있지만 다른 푸딩에 비해 값이 두 배나 비쌌다. 다른 푸딩을 만드는 상점은 스트랜드 거리에 있는데, 이곳 역시 재개발로 완전히 변한 건 마찬가지다. 여기에서 만든 푸딩은 통통해도 색깔이 옅고, 묵직하지만 흐늘흐늘하고, 거기에 박힌 건포도는 납작한 데다 드문드문했다. 거기에 도착할 즈음이면 뜨거운 푸딩이 막 나와서 나는 그걸로 점심을 때운 적이 아주 많다.

하지만 점심을 그럴싸하게 먹을 때는 1페니 빵 한 덩이에다 말린 소시지를 먹거나, 식당에서 4페니를 주고 새빨간 쇠고기 한 접시를 먹거나, 일터 맞은편에 있는 '라이언'인지 뭔지 지금은 잊어버린 낡은 주점에서 빵과 치즈 한 접시에다 맥주 한 잔을 마셨다. 한번은 집에서 가져온 빵을 종이로 싸서 책처럼 팔꿈치에 끼운 채 '드러리 레인 극장' 근처 유명한 쇠고기 스튜 전문점에 가서 '조그만 접시'를 주문해 빵과 함께 먹었던 기억이 난다. 이상한 꼬마가 혼자 찾아온 걸 보고 웨이터가 어떻게 생각했는지 모르겠지만 내가 점심을 먹는 동안 물끄러미 쳐다보다 다른 웨이터까지 데려와서 함께 구경하던 광경이 지금도 눈에 선하다. 나는 그에게 팁으로 반 페니를 주었는데, 속으로는 그걸 거절하길 바라는 마음이 간절했다.

차와 간식을 드는 시간은 삼십 분이었던 것 같다. 그래서 돈이 충분할 때는 미리 만들어놓은 커피 한 잔에다 버터 바른 빵 한 조각을 사서 먹었다. 하지만 돈이 없을 때는 플리트 거리에 있는 사슴고기 상점을 구경하거나 멀리 떨어진 '코번트 가든 청과물시장'까지 가서 파인애플을 구경하는 게 전부였다. '아델피' 인근을 돌아다니는 것도 좋아했다. 굴처럼 어두운 아치문이 많아서 신비스럽기 때문이다. 하루는 초저녁에 이런 아치문 가운데 하나를 빠져나와 강변에 있는 조그만 술집을 맞닥뜨렸는데, 술집 앞 공터에서 석탄 운반 인부들이 춤을 추어서 나는 기다란 의자에 앉아 구경한 기억이 생생하다. 그 사람들이 나를 어떻게 생각했을까 궁금하다!

나는 어린 데다 덩치도 작아서 식사 전에 목이라도 축이려고 낯선 술집 계산대에 대고 맥주나 흑맥주 한 잔을 주문하면 술집 측에서 꺼릴 때가 많다. 몹시 더운 어느 날 저녁에 이런 술집 계산대에 대고 주인에게 "이 집에서 제일 좋은 맥주는 한 잔에 얼만가요?" 하고 물은 기억이 난다. 특별한 날이었기 때문이다. 구체적으로 무슨 날인지는 모르겠으나, 내가 귀빠진 날일 가능성이 크다.

"정말 놀라운 맥주가 있는데 한 잔에 2페니 반이야."

술집 주인 대답에 나는 돈을 내밀며 주문했다.

"그렇다면 정말 놀라운 맥주 한 잔만 주세요, 가능하면 거품이 잔뜩 올라오도록."

술집 주인은 계산대 너머에서 이상한 미소를 머금으며 나를 머리끝에서 발끝까지 쳐다보더니, 맥주를 따르는 대신 뒤에 있는 칸막이를 돌아보며 자기 부인에게 뭐라고 말했다. 그러자 부인이 칸막이 뒤에서 한 손에 일거리를 든 채 나오더니, 자기 남편과 함께 나를 훑어보았다. 그래서 우리 세 사람이 서로를 물끄러미 쳐다보던 장면이 지금도 눈에 선하다. 술집 주인은 와이셔츠 차림으로 계산대 창틀에 기대고 부인은 조그만 여닫이문 너머에서 물끄러미 쳐다보고 나는 계산대 앞에서

당혹스러운 표정으로 두 사람을 올려다보았다.

두 사람은 이름이 무엇이냐, 나이는 몇 살이냐, 어디에 사느냐, 어디에서 일하느냐, 여기까지 어떻게 왔느냐 등등 다양하게 물었다. 그래서 나는 행여나 손해를 입는 사람이 없도록 모든 질문에 적당히 꾸며서 대답했다. 그러자 두 사람이 맥주를 주는데, 지금 생각하면 '정말 놀라운 맥주'는 아닌 것 같고, 술집 안주인은 조그만 여닫이문을 열고 나와서 허리를 숙인 채 돈을 돌려주더니, 감탄스럽기도 하고 불쌍하기도 하다는 표정으로 나에게 키스하는데, 여성 특유의 선량한 마음이 발동한 게 분명했다.

나는 안다, 돈이 부족하거나 생활형편이 어려운 걸 나도 모르게 무의식적으로 과장한 부분이 조금도 없다는 사실을. 나는 안다, 행여나 퀴니언 아저씨가 1실링이라도 주면 그 돈으로 점심이나 차를 사 먹었다는 사실을. 나는 안다, 내가 평범한 어른과 아이들 사이에 끼어서 아침부터 밤까지 일하는 초라한 아이였다는 사실을. 나는 안다, 굶주린 배를 달래면서 이 거리 저 거리 방황했다는 사실을. 나는 안다, 하느님이 보살피지 않았다면 누가 돌보더라도 꼬마 도적놈이나 꼬마 깡패가 되고 말았으리란 사실을.

그런데 '머드스톤 & 그린비'에서 나는 특별한 위치였다. 퀴니언 아저씨는 한 가지에 꽂히면 다른 것엔 관심을 못 기울이는 사람이 흔히 그러듯 나를 다른 일꾼이랑 신분이 다른 사람으로 이상하게 대하지만, 나는 내가 여기에 오게 된 사정을 누구에게 말한 적이 없으며 여기에서 지내는 걸 내가 안타깝게 여긴다는 흔적을 드러낸 적 역시 없다. 그래서 내가 속으로 고통스러워한다는 사실을, 남몰래 고통스러워한다는 사실을 아는 사람도 없었다. 내가 얼마나 고통스러워했는가는 앞에서 말한 것처럼 제대로 설명할 방법이 없다. 하지만 속마음을 가슴에 담아둔 채 작업에 몰두했다. 다른 사람만큼 일할 수 없으면 그만큼 모멸과 경멸을 당할 수밖에 없다는 사실을 나는 처음부터 깨달았다. 그래서 얼마 후에는 다른 아이만큼이나 능숙하고 신속하게 일할 수 있었다.

나는 창고 일꾼 모두와 친하게 지내도 행동거지는 차이가 엄청날 정도로 달랐다. 사람들이 나를 '꼬마 신사'나 '서퍽에서 온 꼬마 나리'라고 부를 정도였다. 짐 꾸리는 인부를 지휘하는 조장으로 이름을 '그레고리'라고 하는 사람과 짐마차를 끄는 마부로 빨간 윗도리를 주로 입는 '팁'이라는 사람은 가끔 나를 '데이비드'라고 부르곤 하는데, 지금 생각하면 우리가 아주 가까울 때, 작업하는 도중에 (머릿속에서 빠르게 스치는) 소설책 내용을 재밌게 이야기해서 그들이 즐거울 때 주로 그랬던 것 같다. 내가 이렇게 특별대우를 받는 것에 대해 한번은 '감자녹말'이 들고 일어나서 반발했지만 믹 워커가 단번에 진정시켰다.

이런 생활에서 벗어날 희망이 하나도 없다는 생각에 나는 극심하게 자포자기했다. 지금 확실하게 단언하는데, 나는 당시에 하던 일에 보람을 느낀 적이 한순간도 없으니 비참하고 불행한 느낌에 항상 시달려야 했다. 하지만 나는 견디어냈다. 그동안 패거티 유모와 많은 편지를 주고받았지만 이런 사정을 말한 적은 없었다. 유모가 마음 아파할까 걱정스럽기도 하지만 창피하기도 했기 때문이다.

미코버 아저씨가 겪는 곤란한 상황도 나에겐 커다란 부담으로 다가왔다. 나는 의지가지없는 고아라서 그 집 가족에게 깊은 애정을 느꼈다. 그래서 미코버 부인이 어떻게든 살아갈 방법을 함께 깊이 고민하고, 미코버 아저씨가 갚아야 할 산더미 같은 빚에 무거운 마음으로 이리저리 방황할 때도 잦았다.

토요일 저녁은 가장 즐거운 시간이니, 6~7실링을 주머니에 넣고 집으로 걸어오면서 다양한 상점을 들여다보고 내가 가진 돈으로 살 수 있는 물건을 생각하는 자체도 신나지만, 집으로 일찍 돌아가는 것도 신나기 때문인데, 그럴 때마다 미코버 부인은 나에게 가슴이 찢어질 정도로 구슬픈 내용을 털어놓았다. 일요일 아침에 내가 전날 밤에 구한 차나 커피를 조그만 사발에 넣어서 마시며 아침 식탁에 늦도록 앉아있을 때도 마찬가지였다. 토요일 저녁에 이런 대화를 시작하면 미코버 아저씨는 격렬하게 흐느끼다, 끝날 즈음에는 '잭이 사랑스러운 난과 지내는 걸 좋아한다'[28] 같은 유행가를 흥얼대곤 했다. 저녁 식사를 하러 집에 올 때만 해도 눈물을 펑펑 흘리면서 이제 남은 건 감옥으로 가는 일밖에 없다고 선언하고도 잠자리에 들 즈음이면 자신이 즐겨 사용하는 표현대로 "행여나 일이 잘 풀린다면" 건물 창문을 내닫이창으로 모두 교체할 비용을 계산했다. 이런 특징은 미코버 부인도 남편과 똑같았다.

　서로 사정이 비슷해서 그런지, 나이 차이가 엄청난데도 우리 사이에서 독특한 우정이 생겨났다. 하지만 두 사람이 먹고 마시는 자리에 초대해도 나는 (두 사람은 고기가게나 빵 가게 주인과 사이가 나쁘고 따라서 식량이 항상 부족하단 사정을 잘 아는 터라) 절대로 안 받아들이니, 미코버 부인은 나를 더욱 신뢰했다. 그래서 하루는 밤에 이런 말까지 털어놓았다.

　"코퍼필드 도령, 내가 도령을 남으로 여기지 않아서 마음 놓고 하는 말인데, 이제 미코버 아저씨가 올 데까지 온 것 같아."

　이 말을 듣고 나는 빨갛게 달아오른 눈을 가득 동정하는 시선으로 씁쓸하게 쳐다보고, 미코버 부인은 계속 말했다.

---

28) '사랑스러운 난(Lovely Nan)'이라는 당시 유행가 가사.

"식욕이 왕성한 아이들한테 아무런 도움도 안 되는 네덜란드 치즈 조금 말고 식료품 창고에 남은 게 하나도 없어. 우리 엄마 아빠랑 살 때만 해도 식료품 창고란 말을 자주 사용하다 보니 나도 모르게 이런 표현을 사용하는데, 내 말은 우리 집에 먹을 게 하나도 없다는 뜻이야."

"맙소사!"

나는 정말 걱정스러웠다. 주급을 받아서 쓰고 남은 돈 2~3실링이 주머니에 있어 — 이걸 보면 우리가 대화한 건 수요일 밤인 것 같은데 — 급히 꺼내서 빌려주는 돈이니 어서 받으라고 진심으로 부탁했다. 하지만 미코버 부인은 나에게 키스하며 그 돈을 주머니에 다시 넣도록 하더니, 절대 받을 수 없다면서 덧붙였다.

"그래, 코퍼필드 도령, 그 돈은 절대 받을 수 없어! 하지만 도령은 나이보다 사리분별이 뛰어나니, 다른 도움을 베푼다면 기꺼이 받아들이겠어."

나는 무슨 도움을 말하느냐 황급히 묻고, 미코버 부인은 이렇게 대답했다.

"지금까지 나는 은식기를 하나씩 처분해서 먹고 살았어. 찻숟갈 여섯 개, 소금 숟갈 두 개, 설탕 집게 한 벌 등을 남편 몰래 하나씩 처분해서 돈을 빌린 거야. 그런데 쌍둥이 때문에 내가 꼼짝을 못하는 데다, 한 번씩 처분할 때마다 아빠와 엄마가 생각나서 마음이 너무 아파. 아직 처분할 물품이 몇 개 있어. 미코버 아저씨는 그걸 맡겨서 돈 빌리는 걸 아주 싫어해. 크리켓은 구빈원에서 온 아이라 아주 야비하고. 그런 일을 맡겼다간 어떻게 될지 아무도 몰라. 그러니, 코퍼필드 도령, 너한테 부탁하면……."

나는 무슨 말인지 알아듣고 얼마든지 도와드리겠다고 대답했다. 그리고 당장 그날 저녁부터 제일 쉽게 운반할 수 있는 물품으로 시작해, 거의 매일 아침 비슷한 심부름을 하러 다녔다, '머드스톤 & 그린비' 창고로 일하러 가기 전에.

미코버 아저씨는 거울이 달린 조그만 양복장에 책을 몇 권 올려놓고 서재라고 불렀는데, 이 책이 제일 먼저 사라졌다. 나는 책을 한 권씩 들고 시티로드 헌책방으로 가서 - 당시에는 우리 집 근처에 새를 파는 상점과 헌책방이 쭉 늘어서서 - 적당한 값을 받고 팔았다. 헌책방 주인은 헌책방 바로 뒤 조그만 집에 사는데, 매일 밤 곤드레만드레 취해서 아침마다 부인에게 심한 잔소리를 들었다. 아침 일찍 찾아갔다가 간이침대에 누워있는 모습을 여러 번 보았는데, 그럴 때마다 (술만 마시면 싸우는지) 이마에 난 상처나 까맣게 멍든 눈을 간밤에 과음한 증거로 달고서 덜덜 떨리는 손으로 바닥에 널린 옷 주머니에서 내줄 돈을 찾느라 고생하고, 부인은 다 떨어진 신발 차림으로 옆에서 갓난아기를 품에 안은 채 잔소리를 끊임없이 퍼부었다. 그런데 돈을 잃어버려서 나에게 나중에 다시 오라고 부탁할 때도 종종 있지만, 그럴 때마다 부인은 - 남편이 술에 취해서 정신이 없을 때 훔쳤는지 - 나와 함께 아래층으로 내려가다가 계단에서 남편 몰래 돈을 내주었다.

나는 전당포도 단골이 되었다. 주인은 계산대 뒤에서 업무를 보며 나에게 지극한 관심을 보이다가 내 일을 처리하는 동안 라틴어 명사나 형용사 격변화와 동사 변형을 자기 귀에 대고 읊조리게 하던 게 기억난다. 이런 일을 처리하고 나면 미코버 부인은 가볍게 한턱내는데, 대체로 저녁 식사일 때가 많고, 그래서 나온 음식을 나는 유난히 맛있게 먹었던 기억이 난다.

미코버 아저씨는 위기가 극한으로 치닫더니, 하루는 이른 아침에

체포당해 자치구 '고등법원 채무자 교도소'로 끌려가게 되었다.[29] 그래서 밖으로 나갈 때 이제 태양신은 자신을 영원히 외면했다고 울부짖었다. 미코버 아저씨 역시 마음이 찢어지겠지만 나도 마음이 찢어졌다. 그런데 나중에 들은 바에 의하면 아저씨는 정오가 되기도 전에 나인핀[30] 게임에 열중하며 신나게 놀았다고 한다.

아저씨가 잡혀가고 처음 맞은 일요일에 내가 찾아가서 함께 식사하기로 약속했다. 그래서 가는 길을 물으니, 다른 교도소가 있어서 거길 지나면 마당이 하나 나오는데, 거길 가로지르면 교도관이 보인다고 했다. 그래서 그렇게 하고, 마침내 교도관이 보일 때는 소설책에서 로더릭 랜덤이 채무자 교도소에서 지내는데, 알몸에 낡은 담요 한 장만 걸친 사람이 있었다는 생각조차 떠올라, 안타까운 나머지 두 눈이 뿌옇게 변하면서 교도관이 희미하게 보이고 심장은 쿵쾅거리면서 세차게 뛰었다.

미코버 아저씨는 대문에서 기다리다가 나를 데리고 제일 꼭대기 바로 아래층 자기 방으로 올라가, 나와 함께 엉엉 울었다. 그러더니 자신이 겪은 일을 반면교사로 삼으라 엄숙하게 경고하고, 일 년에 금화 스무 냥을 벌어서 금화 열아홉 냥에 은화 열아홉 냥과 구리동전 여섯 냥만 쓴다면 그 사람은 행복하겠지만, 금화 스물한 냥을 쓴다면 그 사람은 정말 불행할 거라고 말했다. 그런 다음에 흑맥주를 사야 한다며 나에게 은화 한 냥을 빌리고 미코버 부인에게 그 돈을 갚으라는 증서를 써주고 손수건을 치우더니, 즐거운 기분으로 돌변했다.

우리는 조그만 벽난로 앞에 앉았는데, 녹슨 쇠살대 안에 벽돌 두

---

29) 찰스 디킨스 부친 존 디킨스는 '왕실 재판소 담당 채무자 교도소'로 끌려갔는데, 자치구 '고등법원 채무자 교도소'는 그 맞은편에 있다.
30) 핀 9개를 놓고 공을 굴려서 쓰러뜨리는 게임으로 나중에 볼링으로 발전한다.

개를 양쪽 끝에다 하나씩 넣어서 석탄이 많이 타는 걸 방지한 벽난로였다. 이윽고 미코버 아저씨와 한방을 쓰는 채무자가 돈을 모아 빵집으로 가서 양고기를 사 들고 돌아오자, 미코버 아저씨는 나를 위층 '홉킨스 대위'에게 심부름 보내고 나는 그곳을 찾아가서 미코버 아저씨의 안부를 전한 다음, 미코버 아저씨를 면회하러 온 사람인데 나이프와 포크를 빌릴 수 있느냐고 물었다.

홉킨스 대위는 나이프와 포크를 빌려주고 미코버 아저씨에게 안부를 전했다. 조그만 방에는 몹시 지저분한 여인 한 명과 머리칼이 잔뜩 헝클어진 두 딸이 있었다. 홉킨스 대위에게 머리빗이 아니라 나이프와 포크를 빌려서 정말 다행이란 생각이 절로 들었다. 대위 자신도 더할 나위 없이 꾀죄죄하고 구레나룻은 커다란데, 몸에는 몹시 낡고 커다란 갈색 외투만 걸쳤을 뿐 다른 상의는 하나도 없었다. 한쪽 모서리에 말아 올린 이부자리랑 선반에 올린 접시와 사발과 냄비가 보이는데, 머리칼이 잔뜩 헝클어진 소녀 두 명은 대위 딸이 맞는데 지저분한 여인은 대위와 정식으로 결혼한 여자가 아니라는 생각이 왠지 모르게 들었다. 잔뜩 움츠러든 채 그 방 문지방에 머문 게 아무리 길어야 2분이 채 안 되는데도 나는 이런 사실을 손에 움켜쥔 나이프와 포크만큼이나 확실하게 파악하고 아래층으로 내려갔다.

식사할 때는 집시 분위기가 감돌아 그런대로 재미있었다. 나는 나이프와 포크를 오후 이른 시각에 홉킨스 대위에게 돌려주고 집으로 가서 면회한 이야기를 들려주며 미코버 부인을 위로했다. 부인은 내가 집으로 막 들어갈 때만 해도 금방이라도 기절할 것 같더니, 이야기가 끝날 즈음에는 달걀 술을 마시며 서로를 달랬다.

미코버 부인이 먹고살려고 가구를 어떻게 처분했는지, 누가 그걸 팔았는지는 모른다. 최소한 나는 아니다. 하지만 가구는 팔려나가 짐마차에 실려서 사라졌다. 남은 건 침대와 의자 몇 개 그리고 주방 식탁이 전부라서 우리는, 미코버 부인과 아이들과 고아 식모와 나는, 이걸 가지고 텅 빈 윈저 테라스 거실 두 곳에서 야영하며 많은 시간을 보냈다. 얼마나 이렇게 살았는지 모르겠는데 꽤 오랜 시간이었던 것 같다. 그러다가 미코버 부인이 교도소로 이사하기로 결정했다. 미코버 아저씨가 독방을 확보했기 때문이다.

그래서 내가 건물 열쇠를 받아 건물주에게 건네니, 건물주는 그걸 받으며 아주 좋아했다. 침대는 교도소로 보냈는데, 내 침대는 예외였다. 미코버 가족과 어려운 시절을 함께 보내는 동안 깊은 정이 들어서 도저히 헤어질 수 없던 터에 다행히도 교도소 옆에 조그만 방을 얻었기 때문이다. 고아 식모도 인근 지역에 싸구려 셋방을 구했다. 내가 구한 방은 지붕이 비스듬하게 기운 구석 다락방으로 아주 조용한 데다 전망이 좋아서 목재를 쌓아둔 마당까지 보이는데, 미코버 아저씨가 어려움을 겪다가 결국엔 최악으로 치달은 사실을 떠올리니, 이런 방에서 지내는 자체가 나에겐 천국 같았다.

이러는 동안에도 나는 '머드스톤 & 그린비'에서 예전대로 평범한 일을 하고 예전대로 평범한 사람과 어울리며 처음에 그런 것처럼 어이없을 정도로 퇴보한다는 느낌에 시달렸다. 하지만 다행히 나는 누구에게도 마음을 안 연 건 물론, 창고에 매일같이 들어가고 나오는 수많은 아이나 식사시간에 거리를 이리저리 돌아다니는 아이 누구하고도 말을 안 섞었다. 예전과 마찬가지로 불행한 삶을 예전과 마찬가지로 외롭고 쓸쓸하고 은밀하게 살아갔다. 그러면서 깨달은 변화는 첫째, 내가 훨씬 더 초라하게 변했다는 사실, 그리고 미코버 부부를 보살펴야 한다는 부담이 많이 줄었다는 사실이다. 두 사람이 어려움에 부닥친 걸 알고 가까운 친지들이 도와주어, 교도소에서 사는 게 밖에서 시달리며 사는 것보다 훨씬 편안했기 때문이다.

　지금은 상세한 내용을 잊어버린 모종의 조치 덕분에 나는 미코버 아저씨네 가족과 함께 아침 식사를 할 때가 많았다. 교도소가 아침 몇 시에 문을 열어서 내가 안으로 들어갔는지도 잊어버렸지만, 매일 아침 여섯 시에 일어나서 구 런던교로 걸어가, 오목하게 들어간 돌에 습관처럼 앉아서 지나는 사람들을 구경하거나 난간 너머로 강물에 비치는 햇살을 바라보고 런던 대화재 추모비 꼭대기에서 황금빛 화염으로 타오르는 햇살을 바라보기도 하면서 교도소가 문을 열기만 기다렸다. 고아 식모도 가끔 찾아와서 강변에 쭉 늘어선 선착장과 런던탑을 둘러싼 놀라운 이야기를 알려주고, 나는 반신반의한 표정으로 가만히 들었던 것 같다.

　초저녁에도 교도소를 자주 찾아가, 미코버 아저씨와 교도소 마당을 거닐거나 미코버 부인과 카지노 게임을 하면서 친정엄마와 아빠를 회상하는 이야기를 들었다. 내가 사는 곳을 머드스톤이 아는지는 나로선 알 도리가 없다. '머드스톤 & 그린비' 사람에게 한 번도 말하지 않았기 때문이다.

　미코버 아저씨 사태는 비록 최악을 넘겼지만 어떤 '증서' 때문에 복잡하게 얽히고, 나는 그게 채권자들과 예전에 약정한 증서라는 이야기를 수없이 들었는데도 까마득히 잊어버린 채 옛날옛적에 독일에서 커다랗게 유행한 악마의 양피지 계약으로[31] 착각한 기억이 난다. 그런데 결국 이 증서까지 해결해서 장애물과 암초를 모두 깨끗하게 제거하자, 미코버 부인은 '친정 쪽'에서 '채무자 파산법'에 근거해 미코버 아저씨 석방을 신청하기로 했다고, 약 6주면 석방될 거라고 나에게 알려주었다.

---

31) '파우스트'에서 악마에게 혼을 판 양피지 문서를 말한다.

그러자 옆에서 미코버 아저씨가 맹세했다.

"석방되면 현금을 가지고 여유롭게, 모든 점에서 완전히 새로운 마음으로 살아가겠어, 행여나…… 행여나 일이 잘 풀린다면."

하지만 이런 말을 들을 때마다 떠오르는 내용은 미코버 아저씨가 이즈음에 하원으로 보내는 청원서를 작성해서 채무자 투옥법 개정을 간청했다는 사실이다. 이 내용을 여기에 기록하는 까닭은 내가 예전에 읽은 소설책 내용을 완전히 새로운 환경에 적용하고 거리를 이리저리 돌아다니다 마주친 다양한 남자와 여자를 떠올리며 내가 살아간 모습을 중심으로 이야기를 새롭게 구상한 과정이, 지난 삶을 정리하는 과정에서 내가 무의식적으로 개발한 인물의 주요특징이 조금씩 드러나기 때문이다.

교도소에는 클럽이 하나 있는데, 여기에서 미코버 아저씨는 신사로서 상당한 권위를 행사했다. 그래서 자신이 생각한 청원서를 공표하고, 사람들은 열렬히 환호하자, 미코버 아저씨는 철저하게 좋은 사람답게, 자신에게 바람직한 일은 못 해도 다른 사람에게 바람직한 일은 만사 제쳐놓고 달려드는 성격답게, 청원서 작업에 바로 들어가서 문안을 구상하고[32] 그 내용을 거대한 종이에 커다랗게 적어서 탁자에 펼쳐놓고, 시간을 지정해, 원하는 사람은 누구든 자기 방으로 올라와서 서명하도록 클럽에서 선포했다.

시간이 다가온다는 소식을 듣고, 나는 그 사람들을 이미 알고 그들 역시 나를 알지만, 사람들이 들어와서 한 명씩 서명하는 모습을 보고 싶어 '머드스톤 & 그린비'에서 한 시간 일찍 퇴근해 감방 모서리에 자리 잡고 앉았다. 조그만 감방에 일정한 공간을 남기는 선에서 클럽

---

32) 실제로 찰스 디킨스 부친 존 디킨스는 채무자 교도소에서 자기 생일에 국왕 폐하의 건강을 위해 건배하도록 허락해 달라는 청원서를 작성해서 제출했다.

핵심 구성원은 이미 최대한 많이 들어오고, 홉킨스 대위는 엄숙한 의식에 경의를 표하는 의미에서 깨끗하게 목욕한 채 청원서 바로 옆에 자리 잡아 내용을 모르는 사람에게 읽어줄 채비를 했다.

바로 그때 문이 활짝 열리면서 수많은 사람이 한 줄로 들어오기 시작하더니, 바깥에서 사람이 기다리는 동안, 안에 들어온 사람은 한 명씩 서명하고 밖으로 나갔다. 그리고 홉킨스 대위는 서명하는 사람마다 이렇게 물었다.

"내용을 읽어보았나?"

"아니."

"그럼 읽어주는 소리를 듣고 싶나?"

그래서 상대가 듣고 싶다는 느낌을 조금이라도 드러내면 홉킨스 대위는 커다랗고 낭랑한 목소리로 청원서 내용을 모두 읽어주었다. 듣고 싶은 사람이 이만 명이라면 한 사람씩 세워놓고 이만 번이라도 읽어줄 기세였다. "국회에서 인민을 대변하는 여러분"이나 "따라서 저희는 명예로운 국회에 겸손하게 탄원하오니"나 "자비로운 폐하의 불행한 신민들" 같은 표현을 말할 때는 입에서 사탕으로 변해 아주 좋은 맛이라도 나는 것처럼 혀를 감미롭게 굴리고, 미코버 아저씨는 초안자라는 허영심에 약간 들뜬 표정으로 가만히 들으며 맞은편 벽에 박힌 못을 물끄러미 바라보던 기억이 난다.

식사시간마다 어린 발을 판석이 닳을 정도로 수없이 내디디며 서더크와 도미니크 수사회 사이를 매일같이 오가고 잘 모르는 거리를 이리저리 돌아다니다 보면, 한 줄로 길게 늘어서서 홉킨스 대위가 읽는 내용에 반응하던 사람 가운데 청원서 때문에 혜택을 받을 사람이 과연 얼마나 될까 궁금하다! 지금도 고통스러운 당시로 돌아가서 기억을 더듬다 보면 내가 그런 사람을 소재로 삼아 만들어낸 이야기 가운데 구체적인 사실에 근거해서 상상의 안개처럼 깔리는 이야기가 얼마나 될까 궁금하다! 그곳을 거닐다 보면 앞에서 순수하고 낭만적인 아이가 지저분한 환경에서 낯선 생활에 빠져들어 상상의 나래를 펼치며 걸어 가는 모습이 보이는 것 같아 지금도 애잔하다![33]

---

33) 이 문단은 과거와 현재가 뒤섞이며 몽환적인 분위기를 만들어낸다. 주인공이 '어린 발을 내딛는' 건 과거인데 뒤에서 '궁금하다'는 현재형이 등장하는 식이다. 이런 기법은 아이가 아직도 거리를 유령처럼 돌아다닌다는 걸 상징하고, 주인공은 현재와 과거, 구체적인 현실과 상상의 세계 사이에서 여전히 방황한다는 걸 의미한다.

CHAPTER 12. 홀로서기가 너무나 힘들어, 새로운 결심을 다지다

다행히도 일정한 시간이 지나면서 미코버 아저씨 청원서가 관심을 끈 데다 '채무자 파산법'에 따라 풀어주라는 판결도 받았다. 채권자들은 무자비하게 반대하지 않았다. 미코버 부인이 알려준 바에 따르면 복수심에 불타던 구두장이조차 공개법정에서 자신은 아무런 원한도 없다고, 나중에 채무자에게 돈이 생기면 빌려준 돈을 받겠다고 선언했다. 사람이라면 당연히 그래야 한다면서 말이다.

재판이 끝나자 미코버 아저씨는 교도소로 돌아갔는데, 비용을 정산하고 일정한 절차를 거쳐야 실제로 풀려날 수 있기 때문이다. 교도소 클럽에서는 미코버 아저씨를 열렬히 환호하며 저녁에 환송회까지 열어주고, 그동안 미코버 부인은 교도소 감방에서 가족이 잠자는 한가운데에 나와 단둘이 앉아 양 곱창을 먹으며 말했다. 벌써 술을 한 잔씩 들이켠 다음이었다.

"좋은 일이 있을 때는, 코퍼필드 도령, 달걀 술을 조금 더 마시는 거야, 우리 엄마와 아빠를 기념하며."

"두 분은 돌아가셨나요, 아주머니?"

내가 물었다. 포도주잔으로 건배한 술을 마신 다음이었다.

"우리 엄마는 미코버 아저씨가 어려움에 빠지기 전에, 그래서 매우 급하게 내몰리기 전에 세상을 뜨셨어. 우리 아빠는 미코버 아저씨를 보석으로 여러 번 풀어준 다음에 돌아가셔서 주변 사람 모두 안타까워하고."

미코버 부인이 말하며 머리를 절레절레 흔들더니, 마침 품에 안고 있던 쌍둥이 한 명에게 효성스러운 눈물을 뚝뚝 떨어뜨리고, 나는 그동안 가슴에 담아둔 궁금증을 해결하기에 더할 나위 없이 좋은 기회란 생각이 들어서 대뜸 물었다.

"궁금한 게 있는데요, 아주머니, 이제 미코버 아저씨가 어려운 처지를 벗어나 자유로운 몸이 되었는데, 앞으로 어떻게 할 생각이세요? 마음을 정하셨나요?"

그러자 미코버 부인은 평소처럼 자랑스럽게 "우리 가족"이란 말로 시작하는데, 그게 누구를 말하는 건지 나는 지금도 모르겠다.

"우리 가족은 미코버 아저씨가 런던을 벗어나 지방에서 다양한 능력을 발휘해야 한다고 생각해. 미코버 아저씨는 능력이 대단하거든, 코퍼필드 도령."

나도 그렇게 생각한다고 대답하자, 미코버 부인이 다시 말했다.

"정말 대단해. 우리 가족은 인맥이 조금만 있어도 그 사람이 세관에서 대단한 능력을 발휘할 거로 생각해. 우리 가족은 활동무대가 시골이라서 미코버 아저씨가 플리머스 항구도시로 내려오길 원해. 우리 가족은 남편이 무슨 일이 있어도 거기에 와야 한다고 생각해."

"아저씨 역시 그럴 생각인가요?"

"당연히 그래야 하겠지…… 행여나 일이 잘 풀린다면."

"아주머니도 내려가시나요?"

온종일 쌍둥이에 시달리고 다양한 사건까지 겪어서 달걀 술이 아니더라도 당연히 예민할 수밖에 없던 터에 내가 묻는 말을 듣고서 미코버 부인은 눈물을 뚝뚝 떨구며 대답했다.

"나는 미코버 아저씨를 절대로 버리지 않아. 미코버 아저씨가 어려운 처지를 처음에 나한테 숨겼지만, 성격이 낙천적이라서 모두 극복할 수 있다고 생각했던 것 같아. 결국엔 엄마한테 물려받은 진주목걸이와 팔지는 반값도 못 받고 처분하고, 우리 아빠가 결혼선물로 주신 산호 세트는 거저 버리다시피 했어. 그래도 나는 미코버 아저씨를 절대로 버리지 않아."

미코버 부인이 여느 때보다 흥분한 어투로 소리치며 다짐했다.

"절대로! 나는 절대로 그러지 않아! 나한테 그러라고 말해도 소용 없어!"

마치 내가 미코버 부인에게 그러라고 촉구한 것처럼 늘어놓는 말에 나는 마음이 불편한 나머지 가만히 앉아서 깜짝 놀란 얼굴로 물끄러미 쳐다보고, 미코버 부인은 벽을 바라보며 계속 말했다.

"미코버 아저씨는 단점이 많아. 씀씀이가 헤프다는 사실도 부인하지 않겠어. 자기 재산과 채무에 대해서 나한테 밝힌 게 하나도 없다는 사실 역시 부인하지 않겠어. 하지만 나는 미코버 아저씨를 절대로 포기하지 않아!"

급기야 미코버 부인은 목소리를 키우다가 비명을 내지르고, 나는 겁에 잔뜩 질린 채 그러한 사실을 알리러 교도소 클럽으로 달려가니, 미코버 아저씨는 기다란 탁자에서 사회를 보며 합창을 선창하는 중이 었다.

달려라, 말아,

어서 달려라, 말아,

달려라, 말아,

달려라, 어서 달려라……!

하지만 나는 미코버 아주머니가 이상하다는 소식을 전하고, 미코버 아저씨는 바로 눈물을 터트리며 나와 함께 뛰어가는데 조금 전까지 먹던 새우 머리와 꼬리가 조끼에 잔뜩 묻은 상태였다.

"여보, 내 천사! 도대체 무슨 일이오?"

미코버 아저씨가 소리치며 감방으로 뛰어들고, 미코버 부인은 이렇게 외쳤다.

"나는 당신을 절대로 포기하지 않아요, 미코버!"

"아, 내 생명! 그건 나도 완벽하게 알아요."

미코버 아저씨가 말하며 부인을 품에 안자, 미코버 부인이 버둥거리며 소리쳤다.

"이 사람은 우리 아이들 아빠요, 이 사람은 우리 쌍둥이 아빠요, 이 사람은 내가 사랑하는 남편이니, 나는 이 사람을 절대로, 절대로, 절대로 포기하지 않아!"

열렬히 사랑한다는 증거에 (나는 눈물을 줄줄 흘리고) 미코버 아저씨는 깊이 감동하여 부인을 열정적으로 껴안고는 고개를 들라고, 진정하라고 간청했다. 하지만 고개를 들라고 간청할수록 미코버 아주머니는 두 눈에 초점이 사라지고, 진정하라고 할수록 진정을 못 하는 것 같았다. 그러자 결국에는 미코버 아저씨도 물들어 부인과 내가 눈물을 흘리듯 덩달아서 눈물을 터트리더니, 자신이 부인을 잠자리에 누이는 동안 나는 의자 하나를 들고 계단으로 나가서 기다리라고 간청했다.

나는 이제 집으로 갈 시간이 됐다고 말했으나, 미코버 아저씨는 교도소 면회종료 종소리가 울릴 때까지 그럴 순 없다고 대답해, 계단 창문 앞에 앉아서 기다리자 미코버 아저씨가 의자 하나를 더 가져와서 옆에 앉았다.

"미코버 아주머니는 어떠세요, 아저씨?"

내가 묻자, 미코버 아저씨는 머리를 절레절레 흔들며 대답했다.

"아주 우울해. 오늘 하루를 정말 끔찍하게 보냈거든! 이제 우리는 홀로서야 해…… 모든 게 사라졌으니까!"

미코버 아저씨가 내 손을 꼭 잡더니 앓는 소리를 내다가 눈물을 뿌렸다. 나는 마음이 크게 흔들리면서 동시에 실망도 했다. 오랫동안 갈망하던 행복한 결말을 보았으니 우리 모두 상당히 즐거울 거라 예상했기 때문이다. 하지만 미코버 부부는 오랫동안 어려움을 겪는 데 너무나 익숙한 나머지, 어려움에서 풀려났다고 생각하는 순간에 극심한 좌절감을 느낀 것 같다. 그래서 특유의 탄력성을 잃으니, 이날 밤처럼 두 사람이 비참하게 보인 적은 한 번도 없었다. 그러다 종소리가 울리고, 미코버 아저씨는 교도소 경비실까지 따라와서 잘 가라며 작별인사를 하는데 그 모습이 너무나 쓸쓸하게 보여서 혼자 남겨두고 떠나야하는 마음이 참으로 무거웠다.

하지만 우리 모두 혼란스럽고 우울한 가운데 나는, 참으로 당혹스럽게도, 미코버 부부가 가족을 데리고 런던을 떠나기로 마음먹었다는, 이제 우리가 헤어질 날도 멀지 않았다는 사실을 또렷하게 깨달았다. 이 생각이 떠오른 건 그날 밤 집으로 걸어갈 때, 그리고 침대에 누워서 몇 시간 동안 잠을 못 이룰 때였다. 어떻게 이런 생각까지 했는지 모르겠지만, 이 생각은 나중에 확고한 현실로 드러났다.

그동안 나는 미코버 가족과 정들어 그들이 힘들어할 때 함께 힘들어했으며 친하게 지내는 사람 역시 그들이 전부였다. 그러니 하숙을 새로 구해야 하는 처지로 내몰린다는 생각이, 그래서 모르는 사람들 사이로 다시 들어가야 한다는 현실이 나로선 참으로 끔찍하게 다가올 수밖에 없었다. 예전의 참혹한 심정이 그대로 몰려드는 느낌이었다. 예전의 잔인한 상처가, 가슴속에 생생하게 살아서 숨 쉬는 온갖 굴욕과 수치심이 날카롭게 솟구치는 느낌이었다. 인생을 산다는 자체가 정말 힘들다는 생각이 단단히 뿌리내리는 순간이었다.

스스로 벗어나지 않는 한 여기에서 벗어날 가능성은 없다는 사실을 나는 확실히 깨달았다. 머드스톤 아씨나 머드스톤에 대한 소식은 거의 없었다. 헌 옷을 수선한 것과 새로 만든 옷 꾸러미를 퀴니언 아저씨 편으로 두세 차례 전달받을 때마다 머드스톤 아씨는 데이비드 코퍼필드가 열심히 일할 거로, 자신이 맡은 일에 최선을 다할 거로 믿는다는 종이가 한 장씩 들었을 뿐, 육체노동에 빠르게 빠져드는 내가 그 이상으로 성장할 수 있다는 암시는 조금도 없었다.

바로 다음 날, 이런 사실을 깨닫고 마음이 여전히 혼란스러울 때 미코버 부인이 떠날 거라고 한 말은 그저 해본 소리가 아니란 사실이 드러났다. 그 집 가족은 내가 사는 건물에 일주일 기한으로 세 들고, 이 기간이 끝나면 플리머스로 출발할 예정이었다. 그날 오후에 미코버 아저씨가 사무실로 찾아와서 퀴니언 아저씨에게 자신이 런던을 떠나게 됐는데 그러면 나 혼자 남는다고, 나는 성격이 아주 좋다고 말하는데, 지금 생각하면 나는 이렇게 칭찬받을 자격이 있었던 것 같다. 그러자 퀴니언 아저씨는 짐마차 끄는 팁 아저씨를 부르는데, 팁 아저씨는 결혼한 사람으로 세를 내줄 방이 한 칸 있는 터라 나에게 하숙을 치도록 권하여 약정을 맺고 나 역시 거기에 동의한다고 생각했다. 내가 별다른 말을 안 했기 때문이다. 하지만 나는 마음속에서 새로운 각오가 피어올랐다.

　나는 미코버 아저씨 부부와 한 지붕 밑에 사는 동안 저녁 시간을 매일 함께 보냈는데, 지금 생각하면 시간이 지날수록 서로를 좋아하는 마음이 깊어진 것 같다. 마지막 일요일에는 두 사람이 정찬에 초대해서 돼지고기 허릿살이랑 사과 소스랑 푸딩을 맛있게 먹었다. 전날 밤에는 내가 사내아이에게 나무로 만든 점박이 말을, 여자아이에겐 인형을 작별선물로 사준 터였다. 주인을 잃는 고아 식모에게도 은화 한 냥을 준 터였다.

　즐거운 시간이긴 하나, 헤어질 시간이 다가온다는 사실에 우리 모두 마음이 울적했다. 그래서 미코버 아주머니는 이렇게 말했다.

　"나는 미코버 아저씨가 어려웠던 시절을 떠올릴 때마다 그대를 생각할 거야, 코퍼필드 도령. 그대 행동은 언제나 섬세하고 다정했지. 나는 지금까지 그대를 하숙인으로 생각한 적이 한 번도 없어. 나한텐 친구였으니까."

　미코버 아주머니가 말하자, 미코버 아저씨도 맞장구쳤다. 최근에 부르던 표현을 사용하면서 말이다.

　"사랑하는 코퍼필드는 가까운 사람이 어려우면 함께 힘들어하는 마음과 계획을 세우는 머리와 실천하는 손을 지녔어…… 없어도 되는 가재도구를 탁월하게 처분하는 능력 말이야."

　나는 칭찬에 사례한 다음, 이제 헤어져야 한다는 게 무척이나 서운하다고 말하자, 미코버 아저씨는 다시 말했다.

　"사랑하는 코퍼필드, 나는 자네보다 나이가 많아. 세상을 살아온 경험이 훨씬 많지, 어려움을 겪으며 살아온 경험 말이야. 내가 자네에게 줄 수 있는 건 충고가 전부야. 하지만 내가 하는 충고는 아주 중요해, 내가 예전에 알고 가슴에 새겼다면 이렇게 비참하게 살진 않았을 테니 말이야."

지금까지 환하게 웃던 아저씨가 여기에서 갑자기 숙연한 표정으로 이맛살을 찡그리고, 미코버 아주머니는 옆에서 격려했다.

"아, 여보!"

그러자 미코버 아저씨가 미소를 다시 머금으며 말했다.

"그래, 나는 이렇게 비참한 신세야. 하지만 오늘 할 일은 내일로 절대 미루지 말라고 충고하고 싶어. 할 일을 미루는 건 시간을 놓치는 거야. 단번에 움켜잡으라고!"

"그건 불쌍하신 우리 아빠의 좌우명이잖아요."

미코버 아주머니가 끼어들자, 미코버 아저씨가 대답했다.

"사랑하는 당신 아버지는 그런 점에서 아주 탁월하셨으니, 나는 그분을 절대로 나쁘게 말할 수 없소. 전체적으로 볼 때 그분처럼…… 한마디로, 그만한 연세에 다리는 그렇게 튼튼하며 안경조차 안 쓰고 글을 읽을 사람은 거의 없을 것이오. 하지만 그분은 당신 좌우명을 우리 결혼에 적용하셨으니, 여보, 그건 너무나 성급한 조치였고, 나는 아직도 그 비용에서 못 헤어 나오는 거라오."

미코버 아저씨가 곁눈으로 부인을 쳐다보며 덧붙였다.

"그래서 유감스럽다는 뜻이 아니오. 오히려 정반대라오, 내 사랑."

아저씨는 잠시 진지한 표정을 떠올리다 계속 말했다.

"또 하나 충고하고 싶은 건, 코퍼필드, 자네도 알겠지만, 한 해 수입이 금화 스무 냥인데 지출이 금화 열아홉 냥에 은화 열아홉 냥에 구리 동전 여섯 냥이라면 결과는 행복하고, 한 해 수입이 금화 스무 냥인데 지출이 금화 스무 냥에 은화 여섯 냥이면 결과는 비참하다는 거야. 꽃은 시들고 잎사귀는 말라비틀어지고 태양은 석양 너머로 처량하게 떨어지는 법이야…… 한마디로, 바닥에서 영원히 뒹굴 수밖에 없다고.

나처럼!"

설명이 훨씬 인상적으로 보이도록, 미코버 아저씨는 오히려 즐겁고 만족스러운 표정으로 술잔을 쭉 들이켜고 휘파람으로 '대학 뿔피리'[34]까지 불었다.

나는 두 가지 충고를 마음에 확실히 담아두겠다고 단언했는데, 굳이 이렇게 말할 필요는 없었다, 커다란 감동이 얼굴에 그대로 묻어났기 때문이다. 그리고 다음 날 아침에는 역마차 사무실까지 배웅해, 그 집 가족이 역마차 바깥 뒤쪽에 자리하는 모습을 쓸쓸한 마음으로 바라보았다.

"코퍼필드 도령, 하느님 은총이 가득하길! 그대를 결코 못 잊을 거야. 설사 그럴 수 있다 해도 절대 안 잊을 거야."

미코버 아주머니가 말하자, 옆에서 미코버 아저씨도 끼어들었다.

"코퍼필드, 잘 있어! 행복하게 살면서 부디 번창하길! 세월이 많이 흐른 뒤에 내가 살아온 황량한 인생이 자네가 세상을 살아가는 데 조금이라도 도움을 주었다는 느낌이 든다면 나는 세상을 이렇게 살아온 것도 완전히 헛되진 않았다는 결론을 내릴 거야. 행여나 일이 잘 풀려서, 앞으로 그럴 때가 있을 거로 확신하는데, 자네가 번창하도록 내가 도울 수 있다면 더할 나위 없이 행복하겠어."

지금 생각하면, 내가 길가에 우두커니 서서 아쉬운 표정으로 바라보는데, 미코버 아주머니는 아이들과 함께 역마차 뒤쪽에 앉아 눈물을 그치는 순간, 내가 어린애란 사실을 깨달은 것 같다. 미코버 아주머니가 엄마 같은 표정을 얼굴에 새롭게 띄우며 나에게 올라오라 손짓하더니, 한쪽 팔로 내 목을 휘감으며 자기 아들에게 할 것처럼 키스했기

---

34) 대학 뿔피리(the College Hornpipe)는 당시에 유행하던 경쾌한 음악이다. 찰스 디킨스가 좋아한 곡으로 유명하다.

때문이다.

　내가 내리자마자 마차는 출발하고 그 집 가족 모두 손수건을 열심히 흔들더니, 내가 얼굴 하나하나를 제대로 보기도 전에 사라졌다. 나는 고아 식모와 함께 도로 한가운데 우두커니 서서 서로를 물끄러미 바라보다 악수하고 헤어졌다. 고아 식모는 '성 누가 구빈원'으로 돌아가는 것 같았다, 내가 지루한 일과를 시작하러 '머드스톤 & 그린비'로 돌아가는 것처럼 말이다.

　하지만 그곳에서 따분한 나날을 더 보낼 생각은 없었다. 그렇다. 나는 도망치기로 작정했다. 수단과 방법을 안 가리고 지방으로 내려가서 세상에 남은 유일한 혈육을 찾아, 베시 고모님을 찾아, 그동안 겪은 걸 이야기하겠다고 굳게 마음먹었다. 앞에서 언급한 것처럼 이렇게 절박한 생각이 어떻게 떠올랐는지는 모르겠다. 하지만 한 번 떠오르더니, 머리에서 떠날 줄 모르다 확고한 목표로 자리 잡는데, 지금까지 살아오는 동안 이렇게 확고한 목표는 한 번도 없었던 것 같다. 목표가 바람직하다고 생각한 건 전혀 아니지만, 그렇게 해야 한다는 생각은 마음속에 이미 확고하게 들어박혔다.

　이런 생각이 처음 떠올라서 잠을 못 이룬 밤 이후로 나는 불쌍한 어머니가 나를 낳을 당시 이야기를 다시, 또다시, 수백 번이고 떠올렸다. 예전에 어머니가 한 이야기 가운데 내가 제일 좋아하던 거라서 마음속 깊이 새겨들은 터였다. 이야기에 등장하고 사라지는 고모님은 끔찍하게 무서운 사람이었다. 하지만 고모님이 보여준 행동에는 독특한 특징이 있었다. 그걸 생각하면 용기가 살짝 나는, 그래서 거기에 기대고 싶은 유형이었다. 고모님이 아름다운 머릿결을 다정하게 쓰다듬는 것 같을 때 어머니가 떠올린 생각을 나는 지금도 잊을 수 없다. 물론 어머니는 완벽하게 착각하고, 실제로 고모님은 머릿결을 만지지 않았을 가능성이 크지만, 나는 지금도 눈에 선하게 떠오르는 어머니 특유의 소녀처럼 사랑스럽고 아름다운 모습에 끔찍한 고모님도 결국엔 마음을 누그러뜨렸다는 생각이 들고, 그래서 이야기 전체가 바람직한 방향으로 변한 것이다. 돌이켜 생각하면, 이런 생각을 오랫동안 하다 보니 이런 결심 역시 조금씩 품을 수 있었던 것 같다.

그런데 나는 베시 고모님이 사는 곳조차 모르기에 패거티 유모에게 기다란 편지를 써서, 지역 이름을 적당하게 언급하며 거기에 이런저런 여인이 산다고 들었는데 베시 고모님과 동일인물은 아닌지 알고 싶은 척하면서 혹시 그 지역 이름을 기억하느냐고 물었다. 그리고 특별한 일이 있어서 은화 열 냥이 필요하다는, 나중에 갚을 때까지 그 돈을 빌려주면 정말 고맙겠다는, 무슨 일 때문에 필요한지는 나중에 알려주겠다는 내용도 편지에 함께 실었다.

패거티 유모는 답장을 금방 보냈는데 늘 그런 것처럼 헌신적으로 사랑하는 느낌이 가득했다. 은화 열 냥도 함께 보내곤 (아, 바키스 아저씨 돈궤에서 그 돈을 꺼내려고 유모가 얼마나 고생했을까!) 베시 고모님은 도버 근처에 사는데, 도버 자체인지 하이드인지 샌드게이트 인지 포크스톤인지는 모르겠다고 알려주었다. 그래서 함께 일하는 어른에게 각 지역을 물은 결과 모두 한곳에 모여 있다는 대답을 듣고, 나로선 이 정도면 충분하다는 생각이 들어서 이번 주 토요일에 실행하기로 작심했다.

나는 정말 정직한 어린애였다. '머드스톤 & 그린비'에 나에 대한 기억을 나쁘게 남기고 싶은 생각은 하나도 없었다. 그래서 토요일 밤까지[35] 남아서 일하기로, 처음 왔을 때 주급을 미리 받았으니 평소처럼 사무실에 가서 주급을 또 받는 일은 없어야 한다고 마음먹었다. 이런

---

35) 노동자가 토요일을 반휴일로 누린 건 1825년 이후다.

이유로 돈 한 푼 없이 먼 길을 떠날 순 없어서 은화 열 냥도 빌린 것이다.

이윽고 토요일 밤이 찾아오고 창고에서 일하는 일꾼 모두 사무실 앞으로 몰려가서 주급을 기다리고, 평소처럼 팁 아저씨가 돈을 받으려고 제일 먼저 사무실에 들어갔다. 나는 믹 워커와 악수하면서 주급을 받을 차례가 오면 퀴니언 아저씨에게 나는 팁 아저씨네 집으로 짐을 옮기러 갔다고 전해달라 부탁하고, '감자녹말'과 마지막 작별인사를 한 다음에 그대로 도망쳤다.

짐은 강 건너편 예전 하숙집에 있고, 나는 상자에 못질해서 주소를 넣도록 고정한 부분에 붙이려고 '찾으러 갈 때까지 도버 역마차 사무실에 보관할 것, 데이비드 도령'이라는 쪽지까지 미리 적어놓은 상태였다. 그래서 짐을 완전히 빼낸 다음에 상자에 찔러 넣을 생각으로 주머니에 넣었다. 그리고 하숙집으로 가면서, 짐을 역마차 사무실까지 운반할 사람이 있나 알아보려고 주변을 둘러보았다.

도미니크 수사회 도로 오벨리스크[36] 옆에 당나귀가 끄는 텅 빈 짐마차와 다리는 길고 젊은 아저씨 한 명이 있는데, 지나치다가 시선이 마주치자 "형편없는 놈 같으니! 제대로 걸리면 혼쭐날 줄 알라"는 식으로 말하는데, 내가 자기를 쳐다본다는 이유로 그런 게 분명했다. 그래서 걸음을 멈추고 내가 쳐다본 건 나쁜 의도가 아니라 일거리가 필요한지 알고 싶어서라고 해명했다. 그러자 기다란 다리에 젊은 아저씨가 물었다.

"무슨 일?"

"짐 옮기는 일이요."

---

36) 브래그 크로스비 런던시장을 기념하느라, 이집트 양식에 따라 1771년에 성 조지 광장에다 세운 기념탑.

"무슨 짐?"

기다란 다리 젊은 아저씨가 묻는 말에 나는 내 짐이라고, 거리 저 밑에 있는데 도버행 역마차 사무실로 날라다 주면 6페니를 주겠다고 대답했다.

"6페니를 준다면 날라다 주지!"

기다란 다리 젊은 아저씨가 말하곤 마차에 단번에 올라타는데, 나무로 만든 커다란 널빤지를 바퀴에 얹은 게 전부라서 덜커덩거리며 앞으로 나아갔다. 내가 충분히 따라갈 수 있는 속도였다.

젊은 아저씨에겐 깡패 같은 기질이 엿보이는데, 말할 때마다 지푸라기를 질겅질겅 씹는 모습이 특히 그래서 마음에 안 들지만 이미 계약한 터라, 나는 사내를 데리고 계단을 올라서 내가 묵던 하숙방으로 들어가 짐이라곤 하나밖에 없는 상자를 내려와 마차에 실었다. 그런데 지금은 주소 종이를 상자에 붙이고 싶은 생각이 없었다. 행여나 주인집 가족 가운데 한 명이 마음을 알아채고 붙잡으면 안 되기 때문이다. 그래서 채무자 교도소 담벼락이 보이는 순간, 나는 젊은 아저씨에게 담벼락 앞에서 잠시 멈추면 고맙겠다고 말했다. 이 말이 떨어지자마자 젊은 아저씨와 내 짐과 마차와 당나귀가 미친 것처럼 정신없이 달리니, 나 역시 숨이 막힐 정도로 열심히 쫓아가며 소리치다가 결국 내가 말한 위치에서 마차를 따라잡았다.

나는 극도로 흥분해서 빨갛게 달아오른 얼굴로 주소 종이를 꺼내는데 손이 덜덜 떨리는 바람에 주머니에서 은화 열 냥도 같이 나왔다. 나는 돈을 입에 안전하게 물고, 덜덜 떨리는 손으로 주소 쪽지를 상자에 꽁꽁 묶는데, 바로 그 순간, 기다란 다리 젊은 아저씨가 아래턱을 퍽 치는 느낌과 동시에 은화 열 냥이 내 입에서 사내 손으로 날아가는 게 보였다.

젊은 아저씨가 무섭게 웃으며 멱살을 움켜잡고 소리쳤다.

"뭐야! 경찰서에 가야 하는 거 아냐? 지금 도망치는 중이지, 그치? 경찰서로 가자, 쓰레기 같은 놈, 경찰서로 가자!"

"놓으세요. 돈을 돌려주세요."

내가 겁에 잔뜩 질린 표정으로 사정하자, 젊은 아저씨가 다시 소리쳤다.

"경찰서로 가자! 경찰서로 가서 네 돈이라는 걸 증명해."

"짐이랑 돈을 돌려주세요."

내가 소리쳤다. 눈물이 터졌다.

하지만 젊은 아저씨는 여전히 "경찰서로 가자!"고 소리치며 당나귀와 경찰은 비슷하다는 듯 나를 당나귀 쪽으로 난폭하게 잡아당기더니, 갑자기 마음을 바꾸곤 마차에 뛰어올라서 내 짐 상자에 앉고, 경찰서로 곧장 달리겠다는 선언과 함께 어느 때보다도 열심히 덜거덕거리며 마차를 몰았다.

나는 뒤를 쫓으며 최대한 빨리 달리는데 숨이 막혀서 소리를 내지를 수 없었다. 하지만 설사 숨이 안 막힌다 해도 무서워서 감히 소리를 못 지를 것 같았다. 그렇게 팔백 미터를 쫓아가는 동안 마차 바퀴에 치일 뻔한 게 최소한 스무 번이었다. 그렇게 쫓다가 놓치고 다시 따라잡다가 놓치고 채찍이 날아오기도 하고 고함이 들리기도 하고 진흙탕에 넘어지기도 하고 다시 일어나기도 하고 다른 사람 품으로 곤두박질치기도 하고 기둥으로 곧장 달려들기도 했다. 그러다가 결국에는 겁도 나고 열도 나서 머리도 혼란스러운 데다, 런던 사람 절반이 나를 잡으려고 달려들지나 않을까 걱정스럽기도 해, 젊은 아저씨가 짐과 돈을 가지고 도망치는 걸 가만히 쳐다보았다. 숨이 막히고 눈물이 흘렀다. 하지만 걸음을 안 멈추고 도버로 가는 길에 있다는 그리니치 방향으로 곧장 나아갔다. 내가 태어나서 고모님을 역겹게 만든 날 밤과 마찬가지로 몸에 지닌 거라곤 하나도 없는 빈털터리였다.

CHAPTER 13. 결심 후속편

잘은 모르겠지만, 나는 도버까지 뛰어가겠다는 막연한 생각으로 당나귀 짐마차 아저씨를 포기하고 그리니치로 곧장 나아간 것 같다. 하지만 무모한 생각은 곧바로 사라지고, '켄트로 가는 길'에서 멈췄다. 앞에 조그만 연못이 있는데, 한가운데서 멍청하게 생긴 인물상 하나가 물도 안 나오는 소라를 불어댔다. 여기에서 문가 계단에 털썩 주저앉았다. 짐마차를 쫓느라 완전히 지치고 기진맥진한 데다 숨까지 막혀서 은화 열 냥과 짐을 모두 빼앗겼는데도 눈물을 흘릴 기운조차 없었다.

날이 어두워질 즈음이었다. 앉아서 쉬는데 시계마다 열 시를 때렸다. 하지만 다행히도 여름날 저녁이라 날씨는 좋았다. 숨도 돌아오고 목 막히는 느낌도 사라졌다. 벌떡 일어나서 길을 나섰다. 커다란 불행이 닥쳤지만 돌아갈 생각은 없었다. '켄트로 가는 길'에 눈보라가 몰아친다 해도 돌아갈 생각은 안 들 것 같았다.

하지만 수중에 있는 돈이라곤 구리동전 세 닢 절반이 전부니 (토요일 밤에 돈이 수중에 남았다는 자체가 놀라운데) 길을 계속 가려면 어려움이 많을 수밖에 없었다. 하루 이틀 후에 어떤 울타리 밑에서 죽은 채 발견되어 한두 줄 기삿거리로 실리는 상황이 눈앞에 떠올랐다. 마음은 비참해도 나름대로는 최대한 빠르게 터벅터벅 나아가다 우연히 조그만 상점을 바라보니, 신사 숙녀가 입던 옷을 산다는, 누더기와 뼈다귀와 주방용품도 제일 비싼 가격에 산다는 글씨가 보였다. 상점 주인은 셔츠 차림으로 문가에 앉아서 담배를 태우고 나지막한 천장에는 다양한 상의와 바지가 대롱대롱 매달리고 실내에는 촛불 두 개가 희미하게 타오르며 물건을 밝히고, 나는 주인이 복수심에 불타는 성격이라서 적이란 적은 목에 밧줄을 모두 걸어 천장에 매달아 놓고 혼자서 마음껏 즐긴다고 속으로 상상했다.

미코버 부부와 최근에 살아본 경험이 있는 터라 나는 여기에서 굶주림을 당분간 해결할 방법을 찾을 수 있었다. 옆 골목으로 들어가서 조끼를 벗어 둘둘 말아 팔꿈치에 끼고 상점 앞으로 다가가서 이렇게 말한 거다.

"괜찮다면 아저씨, 이걸 적당한 가격에 팔고 싶어요."

돌로비 아저씨는 - 돌로비란 이름이 상점 입구 위에 있었다 - 조끼를 받아들고 파이프를 문기둥에 거꾸로 세워놓고 안으로 들어가 나도 뒤따라 들어가는데, 손가락으로 촛불 심지 두 개를 다듬어서 불길을 키우고 조끼를 계산대에 펼쳐서 자세히 살피고 집어 들어 불빛에 비치며 살피다 마침내 입을 열었다.

"도대체 얼마나 받고 싶은가, 보잘것없는 조끼로?"

"그건 아저씨가 잘 아시잖아요."

내가 겸손하게 대답하자, 돌로비 아저씨가 반박했다.

"나는 물건을 사려는 거지, 팔려는 게 아니야. 이 보잘것없는 조끼로 얼마를 받을 건지 말해 봐."

"구리동전 18냥이면 어떨까요?"

내가 넌지시 말했다. 약간 망설인 다음이었다. 그러자 돌로비 아저씨는 조끼를 다시 말아서 돌려주며 말했다.

"차라리 우리 가족을 강도질하지, 9냥도 안 되는 물건 가지고······."

말투가 불쾌했다. 생전 처음 보는 나에게 자기 가족을 강도질해서 그 돈을 가져가라는 말투가 아닌가! 하지만 상황이 워낙 절박한 나머지 괜찮다면 9냥이라도 달라 사정하고, 돌로비 아저씨는 투덜대며 9냥을 주었다. 그래서 내가 안녕히 계시라 인사하고 밖으로 나오니, 주머니는 두둑하게 변해도 조끼가 없어서 싸늘했다. 하지만 윗도리 단추를 모두 채우니, 크게 불편하진 않았다. 다음에는 윗도리를 팔아야 한다는 사실이 너무나 분명하니, 셔츠와 바지 차림으로 어떤 식으로든 도버까지 가야 하는데, 그런 모습이나마 거기에 도착할 수 있다면 정말 다행이란 생각이 절로 들었다. 하지만 안 좋은 생각에 깊이 빠져들지 않았다. 주머니에 9냥을 넣고 길을 다시 나설 때는 가야 할 길이 멀다는 생각과 당나귀 짐마차를 모는 젊은 사내가 너무 야박하다는 생각뿐, 아주 절박한 느낌은 없었던 것 같다.

그날 밤을 보낼 계획이 머릿속에 떠올라, 그대로 실행하려고 곧바로 움직였다. 예전에 다니던 학교 뒤쪽 담벼락 모서리에 평소에 건초를 쌓아놓으니, 거기에 누워서 보낸다는 계획이었다. 아이들은 내가 거기에 있다는 사실을 모르고 침실은 나에게 자리를 내주지 않겠지만 내가 예전에 이야기하던 침실과 아이들이 가까이 있으면 일종의 길동무 같을 거란 생각도 들었다.

너무 힘든 하루를 보낸 터라 마침내 블랙히스 평야로 접어들 즈음에는 완전히 녹초가 되었다. 세일럼 기숙학교를 찾는 게 약간 힘들었지만 결국에는 찾아내고 모서리에서 건초더미도 찾아, 담벼락을 한 번 돌아보고 창문을 쳐다보아 불이 모두 꺼지고 조용하단 사실을 확인한 다음, 거기에 누웠다. 아, 지붕조차 없는 곳에서 하늘을 지붕 삼아 바닥에 처음 드러눕는 쓸쓸한 느낌은 평생 못 잊을 것 같다.

들어갈 집이 없어서 노숙하는 처지에 개들은 짖어대도, 잠은 다른 모든 노숙자에게 달려들듯 나에게도 달려들고, 나는 예전처럼 기숙사 침대에 누워서 같은 침실 아이들에게 이야기하는 꿈을 꾸다가 스티어포스 선배 이름을 중얼거리며 벌떡 일어나 앉아, 하늘에서 희미하게 반짝이며 가물거리는 별을 멍하니 바라보았다. 이렇게 엉뚱한 시간에 그런 곳에 있는 처지를 떠올리니, 북받쳐 오르는 감정을 어떻게 할지 몰라 벌떡 일어나서 이리저리 거닐었다. 하지만 희미하게 가물거리던 별은 더욱 희미하게 변하고 동녘 하늘은 희미하게 밝아오며 위로하고 두 눈은 무겁기만 해서 바닥에 다시 드러누워 잠자다 - 싸늘하다는 느낌은 들어도 - 햇살이 따뜻하게 내리쬐고 세일럼 기숙학교에서 일어나라는 종소리가 울릴 때 깨어났다.

행여나 스티어포스 선배가 학교에 그대로 있을 것 같다면 스티어포스 선배가 혼자서 밖으로 나올 때까지 숨어서 기다리겠지만, 오래전에 학교를 떠났을 거란 생각이 들었다. 트래들스는 아직 학교에 있을 가능성이 크긴 해도 장담할 수 없는 데다, 착하다는 사실 하나는 굳게 믿을지언정 내가 처한 상황을 믿고 털어놓을 정도로 신중한 성격이거나 행운이 따르는 아이라고 확신할 순 없었다. 그래서 학교 아이들이 일어날 때 나는 담벼락을 살그머니 벗어나 앞으로 쭉 뻗은 흙먼지 길을 터벅터벅 나아갔다. 학교에 다닐 때, 내가 지금 이렇게 걸어가리란 생각은 조금도 못 할 때, '도버로 가는 길'이란 소리를 처음 들은 길이었다.

일요일 아침이란 건 똑같은데 예전에 야머스에서 보낸 일요일 아침

하고 참으로 달랐다! 터벅터벅 나아가다 보니 교회 종소리가 들리다가 교회로 가는 사람들과 마주치고 한두 번은 교회건물도 지나치니, 안에서 미사를 드리는지 찬송가 소리가 흘러나오고, 교구 하급관리는 입구 그늘에 앉거나 주목 그늘 밑에 서서 한 손을 이마에 댄 채 더위를 식히다가 내가 지나는 모습을 가만히 노려보았다.

일요일 특유의 평화와 안식은 사방에 깃드는데 나만 예외였다. 바로 이게 달랐다. 온몸에 흙과 먼지가 가득하고 머리칼은 헝클어져서 정말 사악하게 보였다. 어머니는 젊고 아름다운 모습으로 벽난로 앞에서 흐느끼고 고모님은 그런 어머니를 상냥하게 대하는 영상이 마음속으로 안 떠오른다면 머나먼 길을 계속 갈 용기 역시 순식간에 사라질 게 분명했다. 하지만 그 영상은 언제나 떠오르며 내가 나아갈 길로 이끌었다.

바로 그 일요일에 나는 기다랗게 뻗은 신작로를 35km나 갔는데, 걸어서 먼 길 가는 건 처음이라 쉽진 않았다. 날이 저물 즈음에 물집이 잡히고 완전히 지친 발로 로체스터에 있는 다리를 건너다가 저녁거리로 사둔 빵을 먹던 모습이 지금도 눈에 선하다. '여행자 숙소'라는 푯말을 내건 집이 한두 차례 유혹했지만 나는 얼마 안 되는 돈을 쓰는 게 두렵고, 도중에 마주치거나 지나친 사악한 표정의 부랑자는 더더욱 두려웠다. 그래서 빈집이나 헛간 대신 밤하늘 밑에서 잠을 청하는 식으로 고생하며 채텀[37]에 들어가서 – 그날 밤에 바라본 채텀은 하얀 기슭과 진흙탕 강물에 돛대 대신 노아의 방주처럼 지붕을 씌운 배로 가득하고 도개교는 쭉 늘어선 광경이 환상적이었는데 – 마침내 오솔길 너머

---

37) 로체스터-채텀: 이 길은 구 켄트 도로를 이용해 런던을 나오는 경로다. 구체적인 지명은 없어도 '올리버 트위스트'가 채텀이 분명한 지역을 지나 런던으로 온 길과 정반대라고 보면 된다. 나중에 에밀리는 이 길을 거꾸로 간다는 사실도 주목하면 좋다.

로 풀이 잔뜩 자란 포대 같은 곳에 기어오르니 보초가 이리저리 거닐었다. 여기에서 대포 바로 옆에 누우니, 가까이서 들리는 보초 걸음 소리가 너무나 좋았다. 하지만 내가 담벼락 옆에 누운 사실을 세일럼 기숙학교 아이들이 모르듯 보초 역시 내가 자기 머리 위에 누운 사실을 몰라, 나는 아침까지 곤하게 잤다.

아침에는 다리가 무겁고 발바닥이 아픈 데다 군대가 행진하는 소리와 드럼 치는 소리는 정신을 멍하게 하는데, 소리가 사방에서 일어나며 에워싸는 것 같아, 좁고 기다란 거리로 내려왔다. 목적지까지 갈 힘을 비축하려면 그날 하루는 조금만 걸어야 한다 생각하고, 목적을 달성하려면 윗도리도 팔아야 한다고 마음먹었다. 그래서 미리 적응하는 차원에서 윗도리를 벗어 팔꿈치에 끼고 이리저리 돌아다니며 기성복 상점을 살폈다.

윗도리를 팔기에 딱 좋은 곳이 보이는 것 같았다. 중고의류를 사고파는 장사꾼이 많은 데다 하나같이 상점 입구에서 고객을 찾으려고 애썼기 때문이다. 하지만 상점마다 걸어놓은 물건 가운데 장교복 한두 벌과 견장까지 있는 걸 보는 순간에 비싼 물건만 취급하는 것 같아서 잔뜩 주눅 들어 윗도리를 누구에게도 못 내민 채 오랫동안 돌아다니기만 했다.

그러다 보니, 번듯한 옷가게보다는 돌로비 상점 같은 곳이나 뱃사람을 상대하는 싸구려 상점 같은 곳으로 관심이 쏠리고, 결국에는 더러운 골목 모서리에서 그런 상점을 찾았다. 뒤쪽으로는 쐐기풀이 무성하고, 안에는 중고 선원 복장이 가득한 듯 울타리 말뚝에 몇 벌 내걸어 간이 침대와 녹슨 총과 방수용 모자와 다양한 쟁반 사이에서 펄럭이는데, 쟁반마다 다양한 크기의 녹슨 열쇠가 가득해 그것만 있으면 세상에 있는 문이란 문은 모두 열 수 있을 것 같았다.

이런 상점으로, 천장이 낮고 조그만 데다 계단을 몇 개 내려가야 하는데 조그만 창문은 하나밖에 없어서 어두컴컴한 실내 여기저기에 옷이 걸린 상점으로 두근거리는 가슴을 안고 들어갔다. 그러자 얼굴 하단부를 회색 수염이 억세게 뒤덮어서 추하게 보이는 노인이 상점 안쪽 더러운 소굴에서 튀어나와 어이없게도 내 머리칼을 움켜잡았다. 쳐다보는 자체로 섬뜩한 노인으로, 순면 조끼는 역겹고 입에서는 럼주 냄새가 진동했다. 노인이 튀어나온 소굴에서 누더기가 뒹구는 침상이 보이고, 거기에 조그만 창문이 또 하나 있어서 또 다른 쐐기풀과 절름발이 당나귀를 보여주었다.

노인이 단조로운 어투로 이를 드러내며 사납게 물었다.

"아, 찾아온 까닭이 뭐야? 아, 이놈의 눈과 팔다리, 원하는 게 뭐야? 아, 이놈의 허파와 간, 원하는 게 뭐야? 아, 꾸룩 꾸룩!"

이런 말은 물론이고 목구멍에서 뭐가 걸린 것처럼 마지막으로 뱉어내는 뭔지 모를 소리에 나는 너무 놀라 아무 대답도 못 하고, 노인은 내 머리칼을 여전히 움켜잡은 채 다시 소리쳤다.

"아, 찾아온 까닭이 뭐야? 아, 이놈의 눈과 팔다리, 원하는 게 뭐야? 아, 이놈의 허파와 간, 원하는 게 뭐야? 아, 꾸룩 꾸룩!"

온몸을 쥐어짜며 뱉어내는 소리에 노인은 두 눈이 금방이라도 튀어나올 것 같았다. 그래서 나는 덜덜 떨며 대답했다.

"윗도리를 사는지 알아보러 왔어요."

"아, 윗도리를 줘봐! 아, 불길에 태워버릴 이놈의 심장, 어서 윗도리를 달라고! 아, 이놈의 눈과 팔다리, 윗도리를 내놓으라니까!"

노인은 이렇게 소리치면서 내 머리카락을 놓더니 독수리 발톱처럼 생긴 두 손을 덜덜 떨며 안경을 쓰는데, 빨갛게 달아오른 두 눈이랑 너무나 안 어울렸다.

"아, 이걸로 얼마를 받을 건데? 아…… 꾸룩…… 이걸로 얼마를 받을 건데?"

노인이 소리쳤다. 윗도리를 자세히 살핀 다음이었다. 나는 정신을 차리고 대답했다.

"은화 다섯 냥이요."

"아, 이놈의 허파와 간. 안 돼! 아, 이놈의 눈, 안 돼! 아, 이놈의 팔다리, 안 돼! 구리동전 18냥.[38] 꾸룩!"

노인이 꾸룩거릴 때마다 두 눈이 금방이라도 튀어나올 것 같고, 입에서 나오는 한 마디 한 마디는 어투가 똑같은데, 나지막하게 시작해서 치솟다 가라앉는 형태가 순간적으로 몰아닥치다 사라지는 돌풍 같다는 말로 설명할 수밖에 없을 것 같다.

"으음, 좋아요, 18냥에 팔겠어요."

내가 대답했다. 거래를 성사한 게 기뻤다.

그런데 노인은 윗도리를 선반에 던지면서 이렇게 소리쳤다.

"아, 이놈의 간! 어서 꺼져! 아, 이놈의 허파, 당장 나가라고! 아, 이놈의 눈과 팔다리…… 꾸룩…… 돈 따위 없으니 물건으로 가져가."

이전에도 이후에도 그렇게 무서운 적은 한 번도 없지만, 내가 필요한 건 돈이라고 다른 건 필요하지 않다고, 하지만 원한다면 밖으로 나가서 돈을 줄 때까지 기다릴 터이니 급히 서둘지 말라고 겸손하게 말했다. 그리고 밖으로 나가서 모서리 그늘에 앉았다. 오랫동안 앉아있는 사이에 그늘은 양지가 되고 양지 역시 다시 변하도록 나는 가만히 앉아서 돈을 주기만 기다렸다.

나로선 장사하는 사람 가운데 그렇게 지독한 주정뱅이는 또다시 없기를 바랄 뿐이다. 노인은 악마에게 영혼을 팔았다는 평판이 인근에

---

38) 은화 세 냥이다.

자자하다는 사실을 나는 금방 깨달았다. 아이들이 툭하면 상점 앞에 나타나서 그렇게 떠들어대고 황금을 나눠달라면서 이렇게 소리쳤기 때문이다.

"아무리 가난뱅이인 척해도, 찰리, 당신은 가난뱅이가 아니라고. 황금을 가지고 어서 나와. 당신 영혼을 악마한테 판 대가로 황금을 받았잖아, 어서 가지고 나오라고! 침대 매트리스에 숨겨놓았잖아, 찰리. 매트리스를 뜯어서 일부라도 가지고 나오라고."

아이들이 소리치다가 매트리스를 찢는 칼을 빌려주겠다는 제안까지 하며 자극하면 노인이 밖으로 뛰쳐나오고 아이들은 재빨리 도망치는 사태가 온종일 일어났다. 그러다 보니 가끔은 잔뜩 화난 상태에서 나를 그런 아이 가운데 하나로 여기고 갈기갈기 찢어발길 듯이 소리치며 달려들다가 나라는 사실을 간신히 깨닫고 상점으로 뛰어들어서 침대에 다시 드러눕고, 나는 노인이 돌풍 같은 어투로 미친 듯이 내지르는 목소리를 듣고 '넬슨 사망'이란 노래를 부른다는 걸 깨닫는데, 한 소절 부르기 전에는 언제나 '아!'라는 감탄사가 나오고 중간에는 '꾸룩'이 숱하게 들어갔다.

그런데 아이들은 이 정도로 만족할 수 없다는 듯, 내가 옷을 절반만 입은 채 상점 앞에 줄기차게 앉아있는 걸 보고 상점과 관계가 있는 사람으로 판단하곤 나에게 욕설을 퍼부으며 온종일 괴롭혔다.

노인 역시 내가 물물교환에 동의하도록 다양하게 유도했다. 한번은 낚싯대를 가지고 나오고, 한번은 바이올린을, 한번은 삼각모를, 한번은 플루트를 가지고 나올 정도였다. 하지만 나는 모든 제안을 거부한 채 필사적으로 버티고 앉아, 돈을 주든지 윗도리를 돌려달라고 눈물을 글썽이며 애원했다. 그러자 결국에는 노인이 구리동전을 반 냥씩 주기 시작해, 12냥을 받는데 두 시간이 꼬박 걸렸다. 그러더니 오랜 침묵이 흐른 다음에 끔찍한 표정으로 상점 밖을 살짝 내다보며 소리쳤다.

"아, 이놈의 눈과 팔다리! 2냥만 더 주면 가겠니?"

"안 돼요. 굶어 죽어요."

"아, 이놈의 허파와 간, 3냥만 더 주면 가겠니?"

"그럴 수만 있다면 한 푼도 안 받고 떠나고 싶은데, 지금 나는 돈이 정말로 필요해요."

"그럼 4냥만 더 주면 가겠니, 아, 꾸룩!"

노인이 문기둥으로 교활한 얼굴을 살짝 내밀며 묻는데, 목구멍을 비틀며 뱉어내는 소리는 어떤 식으로도 설명할 수 없었다.

나는 너무 지치고 힘든 나머지 마지막 제안에 응해, 덜덜 떠는 독수리 발톱 같은 손에서 돈을 받아들고 해가 떨어지기 직전에 길을 나서는데, 그렇게 배고프고 목마른 건 처음이었다. 하지만 3냥으로 기운을 순식간에 되찾아 훨씬 상쾌한 기분으로 절뚝거리면서 10km를 더 걸었다.

그날 밤에 누운 자리는 건초더미 밑이나, 물집이 잡힌 발을 개울물에 닦고 시원한 잎사귀로 조심스레 감싼 다음이라 꽤 편하게 쉴 수 있었다. 다음 날 아침에 길을 다시 나서니, 홉이 자라는 밭과 과수원이 도로 양쪽으로 연이어 늘어선 게 보였다. 충분히 늦은 가을이라서 과수원마다 사과는 빨갛게 익고 인부가 홉을 수확하는 밭도 여럿이었다. 그 모습이 참으로 아름다운 나머지, 그날 밤은 홉 사이에서 자야겠다고 마음먹었다. 기다랗게 늘어선 장대를 잎사귀로 우아하게 휘감으며 올라간 모습이 아주 쾌활한 친구처럼 보였다.

그날은 부랑자가 유난히 많은 게 지금 생각해도 섬뜩할 정도다. 대부분이 험악하게 생긴 불량배로 지나가는 나를 물끄러미 쳐다보다 뒤에 대고 자기한테 와보라고 소리쳐, 내가 도망치면 돌을 던졌다. 여자와 함께 길을 가던 젊은 불량배 한 명이 유난히 기억나는데 - 연장주머니에 화로까지 있는 걸 보면 땜장이 같은데 - 마찬가지로 내가 지날 때 고개를 돌리며 물끄러미 쳐다보더니, 자기한테 와보라고 엄청 커다랗게 소리쳐, 나는 걸음을 멈추고 뒤를 돌아보고, 땜장이는 다시 소리쳤다.

"사람이 부르면 어서 달려와, 아니면 몸뚱이를 찢어발길 테니까."

나는 그쪽으로 가는 게 최선이라 생각했다. 그래서 웃는 얼굴로 땜장이 비위를 맞추려고 애쓰며 다가가니, 여자 한쪽 눈이 까맣게 멍든 게 보였다.

"어디로 가는 거야?"

땜장이가 물으며 시커먼 손으로 내 가슴팍을 움켜잡았다.

"도버요."

"어디에서 오는 거야?"

땜장이가 물으며 움켜잡은 손에 힘줘서 가슴팍을 비틀었다.

"런던이요."

"뭐하는 놈이야? 좀도둑이야?"

"아-아니에요."

"정말 아니야? 솔직하게 말하지 않으면 골통을 부숴버릴 거야."

땜장이가 협박하면서 다른 손으로 때릴 것처럼 위협하더니, 머리끝부터 발끝까지 훑어보다가 물었다.

"맥주 한 주전자 살 돈은 있겠지? 있으면 어서 내놔, 내가 빼앗기 전에!"

나는 돈을 꺼내는 게 좋겠다는 생각으로 고개를 살짝 돌리다 여자와 얼굴이 마주치는 순간, 여자가 고개를 아주 살짝 가로저으면서 입술로 '안 돼!'라는 모양을 만들었다. 그래서 나는 억지로 웃으면서 대답했다.

"나는 몹시 가난해서 돈이 하나도 없어요."

"아니, 그게 무슨 말이야?"

땜장이가 다그치며 무서운 얼굴로 노려보아, 순간적으로 나는 주머니에 있는 돈을 상대가 보았다는 공포에 빠져들면서 더듬더듬 입을 열었다.

"아저씨!"

"아니, 우리 동생 비단 손수건을 네놈 목에 두른 까닭이 뭐야? 어서 이리 내놔!"

땜장이가 소리치며 내 목에서 손수건을 낚아채 여자에게 던졌다.

하지만 여자는 이런 행동 자체를 장난으로 받아들이는 듯 폭소를 터트리며 나에게 다시 던져주고 조금 전처럼 고개를 아주 살짝 끄덕이며 입술로 '도망쳐!'란 모양을 만들었다.

하지만 그 말에 따르기도 전에 땜장이는 내가 깃털처럼 나뒹굴 정도로 손수건을 거칠게 낚아채서 자기 목에 느슨하게 둘러매고 여인을 쳐다보며 욕설을 퍼붓고 주먹으로 때려서 바닥에 쓰러뜨렸다. 여자가 딱딱한 도로에서 엉덩방아를 찧어 보닛 모자는 옆으로 뒹굴고 머리칼은 먼지가 묻어서 하얗게 변한 채 바닥에 쓰러진 모습은 물론, 내가 멀찌감치 도망치다가 고개를 돌려서 바라보니, 여자는 도로변 조그만 옆길에 앉아서 얼굴에 묻은 피를 숄 모서리로 닦고 땜장이는 앞에서 걸어가는데, 나는 그 모습 역시 절대로 잊을 수 없다.

너무 두려운 나머지 이 일을 겪은 다음부터는 앞에서 이런 사람이 오는 게 보이면 재빨리 돌아서서 안 보이는 곳에 숨었다가 그들이 사라진 다음에 비로소 길을 다시 나서는데, 너무 자주 이러는 바람에 길을 가는 속도가 심각하게 떨어졌다. 하지만 이런 어려움은 물론 다른 숱한 어려움을 겪을 때마다 내가 세상에 태어나기 이전의 젊고 아름다운 어머니 영상이 환영처럼 나타나서 도와주며 길을 인도하는 것 같았다. 어머니 영상은 언제나 곁에 있었다. 잠을 자려고 홉 사이에 누울 때도, 아침에 깨어날 때도, 온종일 걸을 때도 곁에 있었다. 그때 이후로, 햇살이 쨍쨍한 캔터베리 거리가 뜨거운 열기에 지쳐서 꾸벅꾸벅 조는 것처럼 보일 때도, 쭉 늘어선 낡은 주택과 현관 입구와 웅장한 회색 대성당이 보일 때도, 탑 주변에 까마귀가 가득 몰려다닐 때도 어머니 영상은 곁에 항상 있었다. 그러다가 마침내 도버 근처 황량하고 드넓은 구릉지에 도착하니, 어머니 영상은 쓸쓸한 분위기를 희망이 가득한 풍경으로 바꾸어주어, 도망치고 엿새째 되는 날에 드디어 첫 번째 목적지에 발을 내디딜 때까지 불쌍한 아들을 지켜주었다. 하지만 너덜너덜한 신발에 옷은 절반만 입은 채 햇볕에 그을린 먼지투성이로 오랫동안 갈망하던 지역에 들어서는 순간, 이상하게도 어머니 영상이 꿈처럼 사라지면서 나는 무기력하고 의기소침한 상태로 돌변하고 말았다.

나는 트롯우드 아씨에 대해서 뱃사람들에게 제일 먼저 묻고 다양한 대답을 들었다. 트롯우드 아씨는 해안 남쪽 등대에 사는데 등대 일을 하다 보니 오래전에 구레나룻이 까맣게 그을렸다고 말하는 사람도 있고, 항구 바깥 거대한 부표에 단단히 묶여서 밀물이 절반은 빠져야 볼 수 있다고 말하는 사람도 있고, 어린애를 유괴한 죄로 메이드스톤 교도소에 갇혔다는 사람도 있고, 지난 태풍 때 빗자루를 타고 프랑스 칼레로 곧장 날아가는 걸 봤다는 사람도 있었다. 그런 다음에는 삯마차를 모는 마부들에게 묻는데 이번에도 말도 안 되는 무례한 대답이 진부였다. 상섬 주인들은 내가 묻는 말을 제대로 듣지도 않은 채 겉모습만 보고 적선할 건 하나도 없다는 대답만 했다. 길을 떠난 이후 최대로 비참하고 곤궁할 때였다. 돈은 모두 떨어지고 팔 물건 역시 없어, 배고프고 목마르고 기운도 없었다. 런던에 있을 때만큼이나 목적지가 멀게만 느껴졌다.

이렇게 묻다가 아침나절을 보내고, 장터 근방 도로 모퉁이 텅 빈 상점 입구 계단에 앉아서 사람들이 말한 곳을 찾아갈지 곰곰이 생각하는데, 삯마차 마부가 마차를 몰고 지나다 말 덮개를 떨어뜨렸다. 나는 그것을 주워서 건네다 마부 얼굴이 선하게 보인다는 느낌에 용기 내서 트롯우드 아씨가 사는 곳을 아느냐고 물었다. 하지만 숱하게 묻던 질문이라 특별한 대답을 기대한 건 아니었다.

"트롯우드 아씨라. 가만있자. 들어본 이름 같아. 할머니지?"

마부가 하는 말에 나는 대뜸 대답했다.

"네, 맞아요."

"등이 아주 꼿꼿하고?"

마부가 말하며 등을 꼿꼿이 펴고, 나는 이번에도 대뜸 대답했다.

"네, 그럴 가능성이 커요."

"가방을 들고 다니지, 속이 널찍한 가방? 무뚝뚝한 성격에 꼬치꼬치 따져서 사람을 피곤하게 하고?"

묘사가 너무나 정확해서 나는 심장이 내려앉는 것 같았다.

"그렇다면 내가 알려주지."

마부가 채찍으로 언덕을 가리키며 계속 말했다.

"저길 올라가서 앞으로 쭉 가면 바다를 바라보는 주택이 몇 채 나오는데, 거기에서 물어보면 알 거야. 하지만 그 할머니는 땡전 한 닢 내놓을 사람이 아니니, 내가 한 닢 선물하마."

나는 선물을 고맙게 받아서 빵을 한 덩이 샀다. 그래서 길을 가며 깨끗하게 먹고 힘내, 마부가 말한 주택은 전혀 안 보이는데도 마부가 가르쳐준 방향으로 오랫동안 걸었다. 그러다가 마침내 그런 주택이 나타나, 나는 가까이 다가가서 (고향에서 구멍가게라고 부르는) 조그만 상점으로 들어가, 트롯우드 아씨가 사는 집을 아느냐고 물었다. 내가 물어본 상대는 계산대 뒤에서 젊은 여인에게 쌀을 팔려고 저울에 달던 사내인데, 젊은 여자가 대뜸 고개를 돌리며 물었다.

"우리 마님인데? 우리 마님한테 볼일이라도 있니, 꼬마?"

"그분을 만나고 싶어요, 제발."

"구걸하려고?"

젊은 여자가 나무라는 말에 나는 대뜸 대답했다.

"아니에요, 정말로."

하지만 바로 그런 이유로 찾아온 거 아니냐는 생각이 갑자기 떠올라, 당혹감에 빠져들며 입을 꾹 다무는데 얼굴이 새빨갛게 타오르는 것 같았다.

말하는 내용으로 보아서 트롯우드 고모님 하녀가 분명한 여자는 조그만 바구니에 쌀을 넣고 밖으로 나가면서 트롯우드 마님이 사는 곳을 알고 싶으면 따라오라 말했다. 두 번 말할 필요도 없었다. 하지만 어느새 당혹감이 몰려들고 잔뜩 흥분하면서 두 다리가 덜덜 떨렸다. 젊은 여자를 따라가니, 내닫이창이 상쾌하게 보이는 아담하고 산뜻한 주택이 나타났다. 주택 앞에는 조그만 마당을 자갈 마당 같기도 하고 꽃이 만개한 정원 같기도 하게 정성스레 가꿔서 냄새가 향긋했다.

"여기가 트롯우드 마님 댁이야. 너한테 알려주었으니, 내가 할 건 다 한 거야."

젊은 여자가 말하더니 내가 찾아온 책임을 모면하려는 듯 집으로 급히 들어가, 나는 정원 대문 앞에서 그 너머 거실 유리창을 슬픈 눈으로 바라보는데, 옥양목 커튼 한가운데를 살짝 걷어놓아 창턱에 바싹 달라붙은 커다랗고 동그란 녹색 발 같기도 하고 부채 같기도 한 물건과 조그만 탁자와 커다란 의자가 보이는 걸 보면 고모님이 거기에 엄숙한 자세로 앉아있을 것 같았다.

발에 걸친 신발이 정말 흉했다. 밑창은 조금씩 떨어지고 가죽은 찢어지고 터져서 구두 모양을 잃은 지 오래였다. 머리에 쓴 모자는 (수면 모자로도 사용한 터라) 찌그러지고 뭉개진 게 통통에서 손잡이도 없이 뒹구는 냄비보다 흉측했다. 몸에 걸친 셔츠와 바지는 땀과 이슬과 풀물이 얼룩진 데다 바닥에서 잠자느라 흙까지 잔뜩 묻고 곳곳이 찢어져, 내가 대문 앞에 있는 자체로 고모님네 정원에서 노니는 새들이 무서워할 것 같았다. 머리칼은 런던을 떠난 이후 빗으로 빗는 건 둘째치고 빗 자체를 구경한 적이 없으며, 얼굴과 목과 두 손은 바람에 시달리고 햇볕에 그을려서 짙은 갈색이었다. 머리끝부터 발끝까지 하얀 흙과 먼지를 잔뜩 뒤집어쓴 모습이 석회를 굽는 가마에서 이제 막 나온 것 같았다. 이렇게 비참한 모습으로, 이렇다는 걸 너무나 잘 알면서, 나는 무서운 고모님에게 인사해서 첫인상을 끔찍하게 심어줄 순간만 기다렸다.

하지만 거실 유리창은 계속 고요해, 잠시 후에는 고모님이 거기에 없을 수도 있겠다는 생각이 들었다. 그래서 고개를 들어 이 층 창문을 쳐다보니, 혈색이 좋고 얼굴은 유쾌하며 머리칼은 하얀 노신사 한 분이 나를 보며 괴상한 모습으로 한쪽 눈을 찡긋 감기도 하고 고개를 끄덕이기도 하고 가로젓기도 하다가 웃으면서 사라지는 게 아닌가!

나는 잔뜩 불안한 상태에서 독특한 행동을 목격하고 한층 더 불안한 마음에 당장 도망쳐서 앞으로 어떻게 할지 생각하려는 참에 집에서 할머니 한 분이 머리에 쓴 모자를 손수건으로 묶고 두 손에 정원용 장갑을 끼고 통행세 징수원 앞치마같이 생긴 정원용 앞치마 차림으로 커다란 칼을 들고 나왔다. 나는 베시 트롯우드 고모님이란 사실을 한눈에 알아보았다. 집에서 성큼성큼 걸어 나오는 모습이 불쌍한 어머니가 툭하면 묘사한 대로 블룬더스톤 '까마귀 숲' 정원을 성큼성큼 걸어오던 모습과 똑같았기 때문이다.

"저리 가! 어서 꺼져! 꼬맹이는 필요 없어!"

베시 트롯우드 고모님이 소리치며 머리를 가로젓고 칼로 허공을 애매하게 찔렀다.

나는 고모님이 정원 모서리로 가서 허리를 숙이고 조그만 뿌리를 캐내려 하는 모습을 가만히 지켜보면서 입술을 덜덜 떨었다. 그런데 용기가 전혀 안 나서 자포자기 심정으로 얌전히 다가가 고모님 뒤에서 손가락으로 툭 건들며 입을 열었다.

"죄송합니다만, 마님."

고모님이 깜짝 놀라며 쳐다보고, 나는 다시 말했다.

"죄송합니다만, 고모님."

"잉?"

베시 고모님이 깜짝 놀랐다. 그 후로 들어본 적이 없을 정도로 어리둥절한 어투였다.

"죄송합니다만, 대고모님, 저는 대고모님 조카손자입니다."

"하느님 맙소사!"

고모님이 놀라면서 정원 오솔길에 철퍼덕 주저앉았다.

"저는 서퍽 주 블룬더스톤에 살던 데이비드 코퍼필드입니다. 제가 태어나던 날 밤에 고모님이 우리 엄마를 만나러 오셨지요. 엄마가 돌아가시고 저는 몹시 힘들게 살았습니다. 무시당하고 교육도 못 받고 방치당하다 노동에 시달렸으니까요. 그러다가 도망쳐서 고모님을 찾아가

자고 생각했습니다. 그런데 길을 나서자마자 강도를 당해 처음부터
끝까지 걸어왔으며 침대에서 잠잔 적 역시 한 번도 없습니다."

여기에서 자제력이 한순간에 무너져, 거지나 다름없다는 사실을 보
여줄 생각으로, 그래서 지금까지 겪은 고통을 증명하려는 생각으로
두 손을 움직이다가 갑자기 울음이 터졌다. 일주일 동안 꾹 참으며
억누르던 눈물 같았다.

고모님은 자갈길에 주저앉은 채 어이없다는 표정으로 물끄러미 쳐
다보다 내가 눈물을 터트리자, 벌떡 일어나서 목덜미를 잡고 거실로
데려갔다. 그러더니 높다란 찬장 문을 열어서 이런저런 병을 꺼내
내 입에 조금씩 털어 넣었다. 지금 생각하면 병은 아무렇게나 꺼낸
게 분명하다. 아니스 열매 맛도 나고 멸치젓 맛도 나고 샐러드드레싱
맛도 났기 때문이다. 그래서 다양한 영양분을 먹이더니, 여전히 잔뜩
흥분해서 눈물을 억누르질 못하는 나를 소파에 누이며 소파 덮개를
더럽히지 않으려고 머릿밑에 숄을 대고 당신 머리에서 손수건을 벗어
두 발밑에 깔더니, 내가 앞에서 언급한 녹색 부채인지 발인지 하는
물건 뒤로 가서 앉아 내가 당신 얼굴을 못 보도록 하곤, 1분에 한
번씩 구슬프게 발사하는 조총처럼 "주여, 자비를 베푸소서!"를 간헐적
으로 뱉어냈다.

그리곤 잠시 후에 종을 울리더니, 하녀가 나타난 걸 보고 이렇게
말했다.

"자넷, 이 층으로 가서 딕 선생님께 안부를 전하고 내가 말씀드리
게 있다고 여쭈도록."

나는 조금이라도 움직이면 고모님이 싫어할까 두려워서 꼼짝을 않
고, 자넷은 소파에 뻣뻣하게 누운 나를 보고 살짝 놀라며 심부름하러
떠났다. 고모님은 뒷짐 쥔 채 거실을 서성이는데, 이 층 창문에서 나에

게 한쪽 눈을 찡긋하던 노신사가 웃으면서 들어왔다. 그러자 고모님이 대뜸 나무랐다.

"딕 선생, 멍청하게 굴지 마세요, 선생은 마음만 먹으면 사리분별이 누구보다 뛰어나잖아요. 그러니 최소한 나한테는 멍청하게 굴지 마세요."

그러자 노신사는 바로 진지한 표정을 떠올리며 나를 바라보는데 아까 본 행동에 대해 아무 말 말라고 사정하는 것 같고, 고모님은 다시 말했다.

"딕 선생, 내가 데이비드 코퍼필드에 대해서 말한 적 있지요? 기억 안 나는 척하지 마세요, 나는 확실하게 말하고 선생은 확실하게 들었으니까."

"데이비드 코퍼필드? 아, 그래, 맞아. 데이비드, 맞아."

딕 선생이 말하는데, 내가 보기엔 기억이 전혀 안 나는 것 같고, 고모님은 다시 말했다.

"그래요, 이 아이는 그 사람 아이…… 그 사람 아들이에요. 크면 자기 엄마보다 아빠 쪽을 많이 닮을 것 같네요."

"그 사람 아들? 데이비드 아들? 정말?"

"네, 그런데 커다란 사고를 쳤어요. 도망쳤대요. 아! 이 아이 누이 베시 트롯우드라면 도망치는 일이 절대로 없을 텐데요."

고모님이 태어나지도 않은 여자애 성격과 행동방식에 대해 자신만만하게 장담하더니, 고개를 절레절레 저었다.

"아! 여자애는 도망치지 않을 거로 생각하세요?"

노신사 딕이 다시 묻자, 고모님이 날카로운 어투로 나무랐다.

"맙소사, 어떻게 그런 말을! 여자애가 도망치지 않을 걸 내가 모른단 말인가요? 여자애라면 나와 살 거고, 그러면 우리는 서로를 끔찍하게 위할 거예요. 그런데, 궁금해서 하는 말인데, 저 아이 누이 베시 트롯우드가 어디에서 어디로 도망치겠어요?"

"그런 일은 없겠지요."

노신사 딕이 대답하자, 고모님이 누그러진 표정으로 다시 말했다.

"수술용 칼처럼 날카로운 분이 어떻게 그렇게 멍청한 척할 수 있나요, 딕? 어쨌든 지금 여깄는 애는 꼬마 데이비드 코퍼필드고, 당신한테 묻고 싶은 건 내가 저 아이를 어떻게 하면 좋겠냐는 거예요."

"당신이 저 아이를 어떻게 하면 좋겠느냐고요? 아, 저 아이를 어떻게 하면 좋겠느냐고요?"

노신사 딕이 힘없는 어투로 반문하며 머리를 긁적거리자, 고모님이 진지한 표정으로 집게손가락을 추켜세우며 대답했다.

"그래요. 어서요! 좋은 충고를 듣고 싶어요."

"맙소사, 내가 당신이라면, 그렇다면⋯⋯."

노신사 딕이 말하며 나를 공허한 눈으로 바라보더니, 내 모습에서 좋은 생각이 갑자기 떠오른 것처럼 힘차게 덧붙였다.

"그렇다면 목욕을 시키겠소!"

"자넷. 딕 선생 말씀이 옳아. 목욕물을 데워!"

고모님이 돌아서서 소리치며 속으로 의기양양한 표정을 떠올리는데, 나로선 왜 그런지 이해할 수 없었다. 하지만 대화 내용에 깊은 관심을 기울이면서도 나는 고모님과 노신사 딕과 자넷을 관찰하고, 이미 살피기 시작한 거실 풍경도 마저 살필 수 있었다.

우선, 고모님은 키가 크고 인상이 딱딱하지만 사악한 표정은 절대 아니었다. 얼굴과 목소리와 걸음걸이와 태도에 강직한 데가 있어서 우리 어머니처럼 온순한 사람에게 미친 영향을 충분히 이해할 수 있는데 얼굴 자체는, 고집스럽고 준엄하긴 해도, 상당히 잘 생긴 편이었다.

눈에는 생기가 넘치고 머리칼은 하얗게 바랬지만 두 갈래로 단정하게 갈라서 실내용 모자 같은 걸 썼는데, 양쪽에 끈이 달려서 턱밑으로 묶는 형태로 당시에 꽤 유행했다. 치마는 옅은 자주색으로 단아한데, 치맛단이 짧은 걸 보면 움직이는데 거추장스러운 건 최대한 피하려는 것 같았다. 실제로, 거추장스러운 치맛단을 모두 잘라낸 모양이 여성용 승마복처럼 보인다고 생각한 기억이 난다. 옆구리에는 크기나 모양도 그렇고 거기에 딸린 시곗줄과 인장 역시 신사용으로 보이는 금시계를 차고, 목으로 삐져나온 여성복 셔츠 목깃은 남성용 셔츠 목깃처럼 보이고, 양쪽 팔목을 감싼 건 남성용 셔츠 소맷자락 같았다.

노신사 딕은 내가 앞에서 말한 것처럼 백발이 성성해도 혈색은 좋고, 고개를 이상하게 숙이는데 나이 탓이 아니라 예전 학교에서 아이들이 교장에게 얻어터진 다음에 고개를 숙인 것과 비슷하고, 두 눈은 퉁방울처럼 커다란데 거기에서 이상하게 반짝이는 물기와 멍청한 태도와 고모님에게 복종하는 모습과 고모님이 칭찬할 때마다 어린애처럼 좋아하는 표정을 보면 머리가 약간 돌았다는 의심이 들고, 정말 그렇다면 고모님네 집에서 지내는 까닭은 무언지 정말 이해할 수 없었다. 옷차림은 느슨한 회색 모닝코트와 조끼에 하얀 바지를 입은 게 다른 신사와 똑같고, 조끼에 낸 조그만 주머니엔 시계를 넣고 커다란 주머니엔 동전을 넣는데, 딸랑딸랑 흔드는 걸 보면 동전이 있어서 자랑스러운 것 같았다.

자넷은 한창 꽃펴서 아름다운 열아홉 살이나 스무 살 처녀로 몸가짐이 완벽하게 정갈했다. 훨씬 나중에 깨달은 사실을 여기에서 언급하면 안 되겠지만 한두 개만 예외로 하자면, 자넷은 고모님이 남자를 거부하도록 훈련할 의도로 거둔 김에 집안일도 거들도록 한 일종의 피후견인 가운데 한 명으로, 나중에 남성에 대한 거부감을 마무리하고 빵 굽는 사람과 결혼한다.

거실은 자넷이나 고모님만큼이나 정갈했다. 지금도 펜을 내려놓고 가만히 생각하면 바다에서 꽃향기 가득한 산들바람이 불어오고, 광택이 번들거리는 고가구, 내닫이창 동그란 녹색 부채 옆에 고모님이 앉는 신성불가침한 의자와 탁자, 인도산 거친 양탄자, 고양이, 주전자 걸이, 카나리아 두 마리, 골동품 도자기, 말린 장미 꽃잎이 가득한 사발, 다양한 병과 단지를 보관한 커다란 찬장이 보이고 이런 분위기에 놀라울 정도로 안 어울리는, 먼지를 잔뜩 뒤집어쓴 채 소파에 누운 내가 보인다.

자넷이 목욕물을 준비하러 간 사이에 놀랍게도 고모님이 갑자기 잔뜩 화나서 딱딱한 표정으로 변하며 소리쳤다.

"자넷! 당나귀!"

이 말과 동시에 자넷이 집에 불이라도 난 것처럼 계단을 뛰어올라 현관 앞 조그만 잔디로 뛰쳐나가더니, 잔디를 발굽으로 밟을 게 분명한, 어떤 아주머니가 올라탄 당나귀 두 마리를 쫓아버리고, 고모님 역시 밖으로 뛰쳐나가 어린애가 올라탄 세 번째 당나귀 고삐를 움켜잡고 신성한 영토에서 몰아내더니, 감히 성지를 더럽힌 죄로 불쌍한 꼬마 마부에게 귀싸대기를 날렸다.

나는 지금 이 순간까지 우리 고모님이 그 잔디밭에 법적으로 어떤 권리를 지녔는지 모르지만, 고모님 스스로 권리가 있다고 마음먹었으니 결과는 마찬가지였다. 고모님이 무엇보다 싫어하는 건, 그래서 항상 복수하는 건, 순결한 잔디밭을 당나귀가 지나는 것이었다. 그래서 어떤 일을 하든 아무리 재미있는 대화를 나누든, 당나귀가 나타나는 순간에 완전히 돌변해서 곧장 달려들었다. 물통과 주전자에 물을 가득 담아서 은밀한 공간에 숨겼다가 당나귀를 끌고 오는 아이를 공격하고 문 뒤에 막대기까지 준비한 채 밤낮없이 돌격하니, 전투가 끊임없이 일어났다.

하지만 이런 행동이 당나귀를 끌고 다니는 아이들에게 매우 재미있는 놀이처럼 보이고, 당나귀 가운데 특히 영리한 놈은 이런 일이 벌어진다는 사실을 깨닫고 일부러 다가오는 걸 좋아해, 내가 아는 건 목욕물을 준비하기 전에도 비상사태가 세 번이나 발생하고, 한번은 고모님이 열다섯 살짜리 연한 갈색 머리칼 아이를 한 손으로 붙잡아, 아이가 무슨 일인지 깨닫기도 전에 연한 갈색 머리를 대문에 찧는 끔찍한 사태까지 일어났다는 사실이다.

이런 일이 내 눈에는 극히 우스꽝스럽게 보였다. 그동안 심하게 굶주렸으니 처음에는 음식을 조금씩 먹어야 한다 확신하고 고모님이 커다란 숟갈로 고깃국물을 떠주어 내가 받아먹으려고 입까지 벌린 순간, 숟갈을 고깃국물 사발에 내려놓고 "자넷! 당나귀!" 하고 소리치며 공격하러 뛰쳐나간 적도 있었기 때문이다.

목욕하니 온몸이 노곤했다. 그동안 들판에서 잔 터라 팔다리가 쿡쿡 쑤시고 온몸이 푹 가라앉으며 마냥 졸려서 도저히 못 견딜 정도였다. 목욕을 마친 다음에 두 사람은 (고모님과 자넷은) 노신사 딕이 입는 셔츠와 바지를 나에게 입히고 커다란 숄 두세 장으로 감싸주었다. 그래서 내가 보따리처럼 보인다는 느낌은 들어도 몸은 아주 따듯하니, 힘이 쭉 빠지며 졸음이 몰려들어 소파에 다시 누워서 깊은 잠에 곧장 빠져들었다.

오랫동안 품었던 환상 때문에 꿈꾼 걸 수도 있는데, 나는 고모님이 다가와서 나에게 허리를 숙인 채 얼굴로 흘러내린 머리칼을 쓸어 넘기고 머리를 훨씬 편안하게 누여준 다음에 가만히 내려다본다는 느낌을 받으며 잠에서 깨어났다. "귀여운 녀석"이니 "불쌍한 녀석"이니 하는 말도 들은 것 같은데 잠에서 깨어나니, 고모님이 그렇게 말했다고 믿을 근거는 어디에도 없었다. 고모님은 내닫이창에 앉아서 바다를 물끄러미 바라보고, 앞에서는 일종의 회전 고리에 걸쳐놓은 녹색 부채만 이리저리 돌았다.

우리는 내가 깨어난 다음에 구운 닭과 푸딩으로 식사하는데, 나는 독수리에게 잡힌 새처럼 식탁에 앉아서 두 팔을 어렵게 움직였다. 하지만 고모님이 몸뚱이를 보따리처럼 감싸준 거라서 나는 불평하지 않았다. 앞으로 과연 나는 어떻게 될지 알고 싶은 마음만 간절한데, 고모님은 입을 꾹 다문 채 식사하다가 맞은편에 앉은 나를 가끔 쳐다보며 "자비를 베푸소서!"라고 말하는 게 전부니, 나로선 궁금증을 조금도 해소할 수 없었다.

식탁을 치우고 백포도주가 나오고 나도 한 잔 받자, 고모님은 자넷을 보내서 노신사 딕을 다시 부르고, 노신사 딕은 자리에 앉아서 내가 겪은 이야기를 자세히 들어보라고 고모님이 부탁하는 말에 최대한 지혜로운 표정을 얼굴에 떠올리고, 고모님은 나에게 차근차근 질문하며 그동안 겪은 이야기를 하나씩 끌어냈다. 내가 이야기를 늘어놓는 동안 고모님은 노신사 딕을 계속 쳐다보아, 안 그러면 노신사 딕은 금방이라도 잠들 것 같아, 노신사 딕이 미소를 머금을 때마다 고모님이 눈살을 찡그리며 자극을 주는 식이었다. 그러더니 내가 이야기를 마치자 이렇게 중얼거렸다.

"가련한 아이한테 무엇이 씌어서 남자를 다시 만나고 결혼하는 불행에 빠져들었는지 정말이지 이해할 수 없군."

"두 번째 남편과 사랑에 빠졌나 보지요."

노신사 딕이 말하자, 고모님이 반박했다.

"사랑에 빠지다니! 무슨 뜻이에요? 가련한 아이가 무엇 때문에 그러겠어요?"

노신사 딕이 잠시 생각하다 멍청하게 웃으며 대답했다.

"쾌락 때문에 그럴 수도 있지요."

"쾌락이라니! 가련한 아이가 결국엔 어떤 식으로든 자신을 학대할 개 같은 사내를 순진하게 믿어서 쾌락을 얼마나 누리겠어요. 그 아이가 무슨 생각으로 그랬는지 정말 궁금하네요! 남편이 있었잖아요. 그래서 데이비드 코퍼필드가, 어릴 때부터 밀랍인형이라면 사족을 못 쓰던 아이가 저세상으로 떠나는 걸 지켜보았잖아요. 거기다 아기까지 낳았는데 ─ 아, 그날 금요일 밤에 여깄는 아이를 비롯해 두 아이나 낳았는데 ─ 뭐가 더 필요하냐고요!"

대답할 방법이 없다는 듯 노신사 딕은 나를 보며 고개를 살짝 흔들고, 고모님은 계속 말했다.

"그 아이는 다른 사람처럼 아이를 낳은 것도 아니라고요. 이 아이 누이 베시 트롯우드는 어디로 갔지요? 태어나지 않았다는 말은 하지도 마세요!"

노신사 딕은 겁에 질린 것처럼 보이고, 고모님은 계속 말했다.

"덩치는 작고 머리는 한쪽으로 기울인 의사가, 젤립슨지 뭔지 하는 의사가 한 게 무어죠? 의사가 한 거라곤 가슴이 빨간 울새처럼 ─ 실제로 그런 모습인데 ─ '사내아입니다'라고 말한 게 전부라고요. 사내아이! 그래요, 하나같이 말도 안 되는 소리예요!"

너무나 강렬한 어투에 노신사 딕은 심하게 놀라고, 사실대로 말하자면 나 역시 마찬가지였다.

"그런데도 아직 불충분하다는 듯, 그리고 이 아이 누이 베시 트롯우드를 불행하게 만든 것으로 불충분하다는 듯, 다시 결혼해서 ─ 이름이 살인잔지[39] 뭔지 하는 사내를 만나고 결혼해서 ─ 이 아이까지 불행하게 만들다니! 그러면 이 아이는 결국 사방을 떠돌며 살아갈 수밖에 없다는 건, 어른으로 성장하기도 전에 카인처럼[40] 살아야 한다는 건, 지금처럼 이렇게 살아야 한다는 건, 갓난아기도 안다고요."

노신사 딕이 열심히 바라보는 게 나에게서 그런 특징을 찾아내려는 것 같고, 고모님은 계속 말했다.

"거기에다 패거티라고 이교도 이름을 가진 여자가 있는데, 이번에는 이 여자가 사내를 만나서 결혼하네요. 사내는 악마가 깃들었다는 사실을 충분히 못 느꼈기 때문에 이번에는 이 여자까지 사내를 만나서 결혼한 거잖아요, 아이 말에 따르면."

고모님이 머리를 절레절레 젓다가 덧붙였다.

"나로선 남편이라는 작자가 신문에 흔히 나오는 것처럼 몽둥이 휘두르는 걸 좋아하는 작자라서 마누라를 흠씬 두들겨 패기만 바랄 뿐이에요."

그리운 유모를 엉뚱하게 비난하고 엉뚱한 저주까지 퍼붓는 소리를 더는 견딜 수 없었다. 그래서 그건 착각하신 거라고, 패거티 유모는 세상에서 가장 착하고 믿음직하고 충실하고 성실하고 헌신적인 친구며 유모라고, 나를 진심으로 사랑한 사람이라고, 어머니가 돌아가실 때 머리를 품에 안은 사람이라고, 어머니는 그 얼굴에 마지막으로 감사 키스를 했다고 고모님에게 말했다. 그러는 사이에 두 사람이 기억나는 바람에 그대로 허물어져서 목멘 소리로 유모네 집은 내 집이고 유모가 가진 건 무엇이든 내 것이라고, 유모 처지가 딱해서 나 때문에 괜히 고생할까 걱정스러운 마음만 없었다면 유모네 집으로 가서 살았을 거

---

39) 머드스톤(Murdstone)과 살인자(Murderer)를 혼동한 표현이다.
40) 카인은 아담과 이브가 낳은 장남으로 동생 아벨을 죽여서 하느님에게 노여움을 사고 영원히 떠돌아다녔다. 찰스 디킨스 역시 자신을 평하면서 "나는 예전에 꼬마 카인이었다. 아무에게도 해를 안 끼쳤다는 게 다를 뿐이다"고 말했다.

라고 말하려고 애썼다. 그러다가 완전히 허물어져, 식탁에 엎드려서 얼굴을 두 손에 파묻었다.

"으음! 자신을 위해 고생한 사람을 편드는 건 잘하는 행동이니……자넷! 당나귀!"

당나귀가 끼어들지 않았다면 우리는 서로를 충분히 이해했을 거라고 나는 완벽하게 확신한다. 고모님은 내 어깨에 한 손을 올리고 나는 용기 내서 고모님을 껴안고 여기서 살게 해달라 간청하려 했기 때문이다. 하지만 바깥에서 당나귀가 끼어들고 싸움이 벌어지며 모든 걸 뒤죽박죽으로 만드는 바람에 누그러지던 마음은 한쪽으로 밀려나니, 고모님은 잔뜩 화난 나머지 법에 호소하겠다고 그래서 당나귀를 소유한 도버 주민을 불법침입으로 모두 고소해서 손해배상을 청구하겠다고 노신사 딕에게 단호하게 선언했다, 차를 마시는 시간까지.

차를 마신 다음에 우리는 창턱에 앉고, 표정이 날카로운 걸 보면 고모님은 당나귀가 또 나타나는지 감시하는 가운데 해가 떨어지자 자넷이 식탁에 촛불을 켜고 주사위 놀이판을 가져와 놓고는 창문 블라인드를 내렸다. 그러자 고모님이 아까처럼 진지한 표정으로 집게손가락을 추켜들며 말했다.

"이제 딕 선생한테 새롭게 질문하겠어요. 이 아이를 보세요."

"데이비드 아들 말이오?"

노신사 딕이 물으며 당혹스러운 표정으로 유심히 쳐다보고, 고모님은 이렇게 대답했다.

"그래요. 이제 저 아이를 어떻게 해야 좋을까요?"

"데이비드 아들을 어떻게 하느냐고요?"

"네, 데이비드 아들을."

"아! 네. 나라면 잠을 재우겠어요."

"자넷. 딕 선생님 말씀이 옳아. 잠자리부터 준비해, 아이를 데려가서 재우게."

고모님이 소리치는데, 이번에도 앞에서 언급할 때와 마찬가지로 의 기양양한 표정이었다.

자넷은 준비를 마쳤다 보고하고 나는 방으로 끌려가는데, 고모님이 앞에서 걷고 자넷이 뒤에서 쫓아오는 걸 보니 두 분 모두 친절하긴 해도 왠지 나를 죄수 취급하는 것 같았다. 새로운 희망을 느낄 유일한 단서는 고모님이 계단에서 걸음을 멈추고 어디에서 불타는 냄새가 난 다고 묻자, 자넷이 내 셔츠로 주방에서 불쏘시개를 만드는 중이라고 대답한 거다. 하지만 방에 들어가도 내가 보따리처럼 이상하게 걸친 것 외에 옷이라곤 하나도 없고, 고모님은 초가 가늘어서 앞으로 딱 5분만 타다가 꺼질 거라 미리 경고하고 나 혼자 방에 남겨둔 채 밖으로 나가더니, 밖에서 방문을 잠그는 소리까지 들렸다. 나는 곰곰이 생각한 결과, 고모님이 나를 잘 몰라서 툭하면 도망치는 습관이 있다 의심하고 안전하게 보호하는 차원에서 예방조치를 취한 거라고 마음먹기로 작 정했다.

침실은 쾌적하고 건물 꼭대기라서 바다가 굽어 보이는데, 달빛이 수면을 환하게 비추었다. 나는 기도를 마친 다음에도 촛불이 완전히 꺼진 다음에도 가만히 앉아서 수면에 비치는 달빛을 오랫동안 바라본 기억이 난다, 거기에서 행운이라도 찾으려는 듯, 그리고 어머니가 마지 막에 그런 것처럼 어여쁜 얼굴로 나를 보려고 하늘에서 아기를 안고 달빛을 타고 내려오는 모습이라도 찾으려는 듯. 그러다가 마침내 시선 을 돌려 하얀 커튼이 둘러친 침대를 보고서 고마운 마음과 쉬고 싶은 마음에 굴복하며 푹신한 침대에 눕던 엄숙한 느낌, 그리고 눈처럼 하얀 시트를 덮을 때 한층 더 엄숙하던 느낌도 기억난다. 밤하늘을 지붕 삼아 쓸쓸하게 잠들던 들판을 떠올리다 집 없는 서러움은 싫다고, 하지만 집 없이 살던 처지를 절대 잊지 않도록 해달라고 기도하던 기억도 난다. 그러다 수면에 침울하게 어린 달빛을 타고 둥둥 떠내려가듯 꿈나라로 빠져들던 기억도 난다.

CHAPTER 14. 고모님이 나에 대한 마음을 정하다

다음 날 아침에 계단을 내려가자, 고모님은 아침 식사를 차린 식탁에서 팔꿈치 하나를 쟁반에 올려놓고 깊은 생각에 빠져드느라 찻주전자에서 물이 넘쳐흘러 식탁보가 흠뻑 젖는 것조차 모르다가 내가 들어설 때 비로소 명상을 끝냈다. 깊은 생각에 빠져든 이유는 나 때문이 분명해, 어떤 결정을 내렸는지 알고 싶은 마음이 참으로 간절했다. 하지만 그런 마음을 감히 드러낼 순 없었다. 고모님 기분이 상할까 두려웠다.

하지만 두 눈은 입처럼 통제가 안 되는 터라 식사하는 도중에 툭하면 고모님을 바라보았다. 조금만 길게 바라보면 고모님 역시 나를 쳐다보는데, 깊은 생각에 잠긴 표정은 조그맣고 동그란 식탁 맞은편이 아니라 굉장히 멀리 떨어진 사람을 바라보는 표정이었다. 고모님은 아침 식사를 그렇게 마치고 의자 등받이에 등을 천천히 기대더니, 이맛살을 찡그리고 팔짱 낀 채 여유롭게 관찰하면서 나에게 모든 관심을 쏟아부어, 나는 너무 당혹스러운 나머지 어찌해야 좋을지 몰랐다. 하지만 아직은

식사를 마치기 전이라서 계속 식사하는 식으로 당혹감을 숨기려고 애쓰는데, 나이프는 포크에 걸리고 포크는 나이프에 걸려서 칼질하던 베이컨은 당혹스럽게도 공중 높이 튕기고 차를 마시면 매번 엉뚱한 구멍으로 흘러들어 목이 메는 바람에 결국엔 식사를 중단하고 고모님이 세밀하게 관찰하는 앞에 가만히 앉아서 얼굴만 붉혔다.

"얘야!"

고모님이 불렀다. 많은 시간이 흐른 다음이었다.

나는 고개를 들어서 생기가 넘치는 날카로운 고모님 눈길을 정중하게 바라보았다.

"내가 그 사람한테 편지를 보냈다."

"누구……?"

"네 양아버지. 그 사람한테 귀찮겠지만 한 번 찾아오라는, 그 사람이든 나든 끝장을 보자는 내용이다!"

"그 사람이 제가 있는 곳을 아나요, 고모님?"

내가 물으며 깜짝 놀라자, 고모님이 고개를 끄덕이며 대답했다.

"내가 알려주었다."

"저를 그 사람한테……넘길……넘길 건가요?"

내가 말을 더듬으며 묻자, 고모님이 대답했다.

"모르겠다. 두고 보면 알겠지."

"아! 머드스톤한테 돌아가야 한다면 제가 어떻게 할지 상상조차 못하겠어요!"

내가 한탄하자, 고모님이 머리를 절레절레 흔들며 대답했다.

"나도 모르겠구나. 뭐라고 말할 수도 없고. 두고 보면 알겠지."

이 말에 나는 기운이 사라지고 마음은 무겁고 사기는 꺾였다. 하지만 고모님은 별다른 관심이 없는 듯, 가슴받이 달린 굵은 앞치마를 찬장에서 꺼내 몸에 걸치고 당신 손으로 찻잔을 직접 닦더니, 그런 다음에는 쟁반에 다시 정돈하고 식탁보를 접어서 그 위에 올려놓고 종을 울려서 자넷에게 모두 가져가라고 했다. 그런 다음에는 양손에 장갑을 끼더니 카펫에 떨어진 빵조각을 부스러기조차 안 보일 때까지 조그만 빗자루로 쓸고 또 쓸었다. 그러더니, 이번에는 먼지 하나 없이 완벽하게 정돈한 실내에서 다시 먼지를 털고 말끔하게 정리했다. 모든 작업을 만족스러울 정도로 수행한 다음에는 장갑과 앞치마를 벗고 접어서 원래 있던 찬장 구석에 넣고, 반짇고리를 내닫이창 옆 전용탁자로 가져가서 녹색 부채로 햇볕을 가리고 앉아서 다시 일했다. 그리곤 바늘귀에 실을 끼우면서 말했다.

"너는 이 층으로 올라가서 딕 선생님께 안부를 전한 다음, 회고록[41] 작업을 어느 정도 진행했는지 알아보렴."

나는 심부름을 가려고 재빨리 일어났다. 그러자 고모님은 바늘귀에 실을 끼울 때처럼 가늘게 뜬 눈으로 쳐다보며 물었다.

"딕 선생님 이름이 너무 짧다고 생각하지, 그지?"

"어제만 해도 그런 생각을 했습니다."

내가 솔직하게 고백하자, 고모님이 훨씬 부드러운 어투로 다시 말했다.

"그분은 마음만 먹으면 기다란 이름을 사용할 수 있어. 바블리……리처드 바블리가 진짜 이름이야."

이 말을 듣는 순간, 나는 나이가 어린데도 어제는 너무 친숙하게 구는 실례를 범한 것 같으니 앞으로는 기다란 이름을 모두 불러드려야 겠다고 말하려는데, 고모님이 다시 말했다.

"하지만 그 이름을 부르지 마라, 무슨 일이 있어도. 그분은 그 이름

---

41) 19세기 영국사회에서 작성한 회고록은 청원서나 사건진술서일 가능성이 크다.

을 싫어하거든. 그래, 아주 기묘하지. 하지만 나는 기묘하다고 생각하지 않아. 똑같은 성을 쓰는 사람한테 심하게 학대받아서 정신적으로 아무도 모르는 상처가 커다랗거든. 여기에서는 딕 선생님이 그분 이름이야. 물론 다른 곳에서도 그렇겠지, 그분이 다른 곳에 가신다면, 그런 일은 없겠지만. 그러니 너도 그분을 딕 선생님이나 노신사 딕이나 할아버지 이외의 호칭으로 부르는 일이 없도록 조심하렴, 얘야."

나는 그러겠다 약속하고 전갈을 전하러 이 층으로 올라가면서, 아침에 내려올 때 열린 문 사이로 노신사 딕이 작업하는 모습을 보았는데 그렇게 몰두하며 오랫동안 작업했다면 이제 거의 마무리했겠다고 생각했다. 아니나 다를까, 노신사 딕은 기다란 펜을 들고 원고지에 머리를 파묻은 상태였다. 작업에 몰두한 나머지 내가 모서리에 있는 커다란 종이연과 혼란스럽게 쌓인 원고지 더미와 많은 펜은 물론, 엄청나게 많은 잉크를, 1ℓ 단지 열두 개나 되는 잉크를, 여유롭게 살핀 다음에 비로소 나를 발견했다. 그래서 펜을 내려놓으며 말했다.

"맙소사! 세상 돌아가는 게 어때? 내가 한 가지 알려주지."

노신사 딕이 목소리를 낮추며 "말하고 싶은 마음은 없는데, 세상이……" 하고 말하곤 나에게 다가오라고 손짓해, 내 귀에 입술을 대고 "세상이 미쳤어. 정신병원처럼 미쳤어!" 하고 속삭이더니, 탁자에 있는 동그란 상자에서 코담배를 꺼내며 껄껄 웃었다.

나는 여기에 대해 주제넘게 말하는 대신 고모님 전갈을 전하고, 노신사 딕은 이렇게 대답했다.

"으음, 나 역시 안부를 전한다고 전하게. 일단은…… 일단은 시작한 것 같네. 그래, 시작은 한 것 같아."

노신사 딕이 말하더니, 한 손으로 백발을 긁적이면서 자신 없는 표정으로 원고를 쳐다보다 불쑥 물었다.

"학교에 다녀봤니?"

"네, 잠깐요."

내가 대답하자, 노신사 딕은 나를 진지하게 바라보다 펜을 집어서 받아쓸 준비를 하며 물었다.

"찰스 1세가 목 잘린 해를 기억하니?"

나는 1649년에 그런 일이 있었던 거로 안다고 대답하고, 노신사 딕은 펜으로 귀를 긁으며 모호한 표정으로 바라보다 말했다.

"그래, 책에는 그렇게 적혔지. 그런데도 어떻게 이런 일이 생길 수 있는지 모르겠어. 아주 오래전인데 찰스 1세 주변 사람들이 그 목을 자른 다음에 거기에 들어있던 근심 걱정을 내 머리에 집어넣는 실수를 어떻게 저지를 수 있을까?"

나는 이 말을 듣고 깜짝 놀랄 뿐, 아무런 대답도 할 수 없었다. 그러자 노신사 딕은 자신이 작성한 원고지를 기운 없는 표정으로 바라보고 한 손으로 머리를 다시 긁적이며 말했다.

"어떻게 그랬는지 결코 알 수 없으니 정말 이상해. 도저히 이해할 수 없어. 하지만 상관없어, 상관없다고!"

노신사 딕이 쾌활하게 말하고 벌떡 일어나며 계속 말했다.

"시간은 충분해! 트롯우드 고모님한테도 안부를 전하렴, 작업은 아주 순조롭다고."

이 말을 듣고 밖으로 나가는데, 노신사 딕이 연을 가리키며 물었다.

"저 연이 어떤 것 같니?"

나는 정말 아름다운 연이라고 대답했다. 높이가 2m는 족히 될 것 같았다.

"내가 만들었어. 나가서 연을 날리자, 너랑 나랑. 이거 보이니?"

노신사 딕이 말하더니, 연에 덕지덕지 바른 원고를 보여주는데 하나

328

같이 공들여서 세심하게 작성한 원고였다. 그런데 또렷하게 작성한 글씨를 몇 줄 읽다 보니, 찰스 1세의 목을 언급하는 글귀가 한두 차례 나오는 것 같았다.

"연줄은 충분하니까 하늘 높이 날리면 여기에 적힌 사실도 멀리 날아갈 거야. 바로 이게 내가 겪은 걸 세상에 알리는 방식이야. 연이 어디에 떨어지는지는 나도 몰라. 여러 상황과 바람 기타 등등에 따라 다르겠지. 하지만 그래도 나는 도전하겠어."

노신사 딕이 말하는데 나이는 많아도 원기 왕성하고 얼굴은 온화하고 상쾌한 데다 왠지 성스러운 느낌까지 드는 게 지금 나에게 기분 좋게 농담한다는 생각이 들었다. 그래서 나는 웃고 또 웃었다. 그리곤 서로 커다란 호감을 느끼며 헤어졌다.

내가 아래층으로 내려가자, 고모님이 물었다.

"그래, 딕 선생님이 오늘 아침엔 어떠시니?"

나는 노신사 딕이 안부를 전하라 했으며 작업은 아주 순조롭다고 전달했다. 그러자 고모님이 다시 물었다.

"네가 보기에 딕 선생님이 어떠신 것 같니?"

나는 대답을 피해야 한다는 생각을 어렴풋이 떠올리곤 훌륭한 신사처럼 보인다는 식으로 넘어갔다. 하지만 고모님은 그냥 넘어가지 않고 바느질감을 무릎에 내려놓더니 거기에 두 손을 포개서 올려놓으며 다그쳤다.

"어서 말해! 네 누이 베시 트롯우드라면 누구에 대한 생각이든 나한테 솔직하게 털어놓을 거야. 너도 네 누이처럼 최선을 다해서 솔직하게 말해!"

"그렇다면 그분은…… 딕 선생님은…… 제가 몰라서 여쭙는데…… 정신이 모두 나간 건가요?"

내가 더듬거리며 물었다. 극히 위험한 질문이란 느낌이 들었기 때문이다.

"전혀 그렇지 않아."

고모님 대답에 내가 힘없이 대답했다.

"아, 그렇군요!"

그러자 고모님이 단호한 어투로 힘주어 말했다.

"세상에 확실한 게 있다면 그건 딕 선생님이 미치지 않았다는 사실이야."

나는 할 말이 없어서 이번에도 힘없이 대답했다.

"아, 그렇군요!"

"딕 선생이 미쳤다고 말하는 사람이 있어. 그럴 때마다 나는 이기적으로 기뻐하지. 그렇게 말하는 사람이 없다면 딕 선생님하고 10년 전부터 - 내가 네 누이 베시 트롯우드한테 실망한 이후부터 - 지금까지 함께 지낼 수 없고 따라서 충고도 들을 수 없을 테니까."

"그렇게 오래되었나요?"

"게다가 모두 훌륭한 사람이지, 뻔뻔하게도 딕 선생한테 미쳤다고 하는 사람들 말이야. 딕 선생님은 나랑 먼 친척이라 할 수 있어. 하지만 전혀 중요하지 않으니까 굳이 얘기할 필요는 없겠지. 중요한 건 내가 아니면 친형이 딕 선생을 평생 가두어놓았을 거란 사실이야."

지금 생각하면 내가 위선적으로 행동한 것 같아 안타까운데, 고모님이 강한 확신을 드러내서 나 역시 마찬가지로 확신하는 표정을 떠올리려고 애썼다. 그러자 고모님이 다시 말했다.

"거만한 멍청이! 친형이 약간 괴팍해서 - 물론, 세상에 널린 괴짜만큼 괴팍하진 않지만 - 동생이 자기 집 주변에서 사람들 눈에 띄는 게 싫어 멀리 떨어진 사설 정신병원으로 보냈지. 돌아가신 아버지가 잘 보살피도록 신신당부했는데도 말이야. 아버지는 동생을 백치에 가깝다 생각했거든. 그런 걸 보면 아버지는 정말 지혜로운 사람이 분명해! 딕 선생이 미쳤다는 건 말도 안 되거든."

이번에도 고모님은 확신이 가득해 나 역시 마찬가지로 확신하는 표정을 떠올리려고 애쓰는 가운데, 고모님이 계속 말했다.

"그래서 내가 끼어들어 친형한테 제안했지. '당신 동생은 정상이다…… 당신은 상대도 안 될 정도로 정상이고 바라건대 앞으로도 그럴 것이다. 동생한테 돈을 조금만 써라. 그러면 우리 집에 데려가서 함께 살겠다. 나는 동생이 두렵지 않고 거만하지도 않으니, 이런 집이나 정신병원에서 학대하는 것과 달리 동생을 제대로 돌볼 수 있다.' 이렇게 입씨름한 끝에 딕 선생을 떠맡아 지금까지 함께 지내는 거야. 딕 선생은 다정하고 유순한 사람이야. 충고도 하고! 딕 선생 마음을 아는 사람은 어디도 없어, 나 말고는."

고모님이 치마 주름을 펴면서 고개를 젓는 모습이 세상에 가득한 냉대를 이리저리 흔들어서 물리치려는 것 같았다. 그리고는 다시 말했다.

"딕 선생은 좋아하는 여동생이 있었어. 여동생이 착해서 오빠한테 잘했지. 그런데 세상 사람 모두가 하는 걸 여동생도 했어. 남자랑 결혼한 거야. 그리고 남편은 세상 모든 남편이 하는 걸 했지…… 부인을 비참하게 하는 거. 그런 모습을 보고 딕 선생은 커다란 상처를 (나로선 광기가 아니길 바랄 뿐이야!) 받은 데다 친형에 대한 두려움과 동생을 못 지켰다는 자책감이 어우러지면서 크게 발작하고 말았어. 나한테 오기 직전에 말이야. 하지만 지금도 딕 선생은 당시를 생각하면 힘들어해. 찰스 1세 이야기를 너한테 하던?"

"네, 고모님."

내가 대답하자, 고모님은 약간 짜증스러운 듯 코를 문지르면서 말했다.

"아! 그건 자신이 겪은 고통을 비유해서 표현한 거야. 딕 선생은 자신이 아픈 걸 역사적인 혼란과 격변하고 연결하거든. 그걸 비유라고 하든 직유라고 하든 뭐라고 하든, 딕 선생은 그걸 좋아해. 하기야 안 될 것도 없겠지, 생각만 온전하다면!"

"그럼요, 당연하지요, 고모님."

"그건 사무적으로 말하는 어투도 아니고 세속적으로 말하는 어투도 아니야. 나는 그걸 잘 알아. 회고록에 그런 얘길 쓰면 안 된다고 내가 고집부리는 이유는 바로 그것 때문이야."

"그분이 쓰시는 건 지금까지 살아온 회고록인가요, 고모님?"

내가 묻자, 고모님은 코를 다시 문지르며 대답했다.

"그렇단다, 얘야. 자신이 대법관을 비롯한 다양한 귀족하고 겪은 이야기, 누구든 알 만한 사람들 이야기, 자신이 겪은 이야기를 정리하는 거란다. 언젠가는 본격적으로 시작할 거야. 아직은 자신을 드러내는 방식을 해결해야 이야기를 펼쳐나갈 수 있지만, 그게 중요한 건 아니야. 소일거리는 되니까."

나중에 파악한 바에 의하면 딕 선생님은 찰스 1세 이야기를 회고록에서 빼려고 10년째 노력했지만, 아직은 계속 나왔다.

"내가 다시 말하는데, 나 말고 딕 선생 마음을 아는 사람은 어디에도 없어. 정말 유순하고 다정한 분이지. 연 날리는 걸 좋아하는데, 그러면 어때! 프랭클린[42] 역시 연을 자주 날렸다고. 내가 착각한 게 아니라면 프랭클린은 퀘이커교도 비슷한 부류라고. 그렇다면 퀘이커교도가 연을 날리는 게 훨씬 더한 거 아니야?"

---

42) 벤저민 프랭클린(1706-90): 연을 날리다가 번개와 전기는 같다는 사실을 발견했다.

고모님이 독특한 이야기를 나에게 특별히 하는 거로 간주할 수 있다면, 그래서 고모님이 나를 믿는다는 징표로 여길 수 있다면, 나는 그걸 고모님이 긍정적으로 생각한다는 표시로 받아들이고 하늘을 날아갈 것 같은 기분에 빠져들었으리라. 하지만 고모님이 그렇게 이야기한 까닭은 나를 특별히 의식한 게 아니라 당신 마음속에 이런저런 의문이 일어나는데 그걸 털어놓을 사람이 특별히 없어서란 걸 나는 쉽게 알아챘다.

　그러면서도, 불쌍한 데다 특별히 해로울 것도 없는 딕 선생님을 고모님이 관대하고 굳세게 지지하는 모습을 엿본 순간에 나 자신도 그 품에 기대고 싶다는 이기적인 생각이 조그만 가슴에 살며시 피어오르기도 하고 고모님에게 무한히 감동하기도 했다. 고모님이 괴팍하고 기이한 점은 있지만 존경스럽고 믿음직한 부분도 있다는 사실을 그때 처음 깨달은 것 같다. 그날도 어제처럼 당나귀가 나타날 때마다 날카롭게 변하며 밖으로 뛰쳐나가고, 젊은 사내가 지나다 창문에 대고 자넷에게 추파를 던지자, 고모님은 자신의 존엄성을 심각하고 무례하게 침해하는 행위로 규정하며 엄청난 분노를 터트리고 나는 그런 고모님을 볼 때마다 두려움은 안 줄어도 존경심은 늘어나는 것 같았다.

　고모님 편지가 머드스톤에게 도착하고 답장이 올 때까지 당연히 걸릴 수밖에 없는 기간 동안 나는 극단적인 공포에 시달리면서도 그걸 억누르고 고모님과 노신사 딕 두 분에게 차분하면서도 상쾌하게 행동하려고 애썼다. 그래서 노신사 딕과 거대한 연을 날리러 나가기도 했다. 그 집에 도착한 첫날 몸에 보따리처럼 걸친 옷 외에는 다른 옷이 여전히 없어서 낮에는 꼼짝도 못 하다가 어둠이 깔린 다음에 한 시간 정도 나가는 식인데, 고모님이 나에게 건강을 위해서 잠자기 전에 밖으로 나가서 가파른 언덕을 오르내리라고 권했기 때문이다.

마침내 머드스톤 답장이 도착하고, 고모님은 머드스톤이 직접 대화하기 위해 바로 다음 날 찾아올 예정이라고 말해서 나는 무한한 공포에 떨었다. 다음 날, 나는 여전히 온몸을 꾸러미처럼 감싼 이상한 복장으로 가만히 앉아서 시간을 살피는데, 마음속에서 희망은 가라앉고 두려움만 솟구치며 갈등하는 바람에 온몸에서 열이 나고 얼굴은 빨갛게 달아올랐다. 그래서 음침한 얼굴을 발견하고 깜짝 놀랄 순간만 기다리는데, 그러기 전부터 시시각각으로 깜짝깜짝 놀라는 것 역시 어쩔 수 없었다.

고모님은 평소보다 약간 더 오만하고 엄격한 표정일 뿐, 내가 끔찍하게 두려워하는 사람을 맞이하려고 준비하는 기색은 전혀 없었다. 창가에서 바느질에 열중하고, 그래서 나는 그 옆에 앉아, 머드스톤이 찾아와서 발생할 다양한 가능성과 불가능성에 대해 막연하게 생각하고, 그러다가 정오가 훨씬 지났다. 점심을 무한정 늦추다 보니 시간이 너무 지나서 고모님은 식사를 준비하라 지시하다가 당나귀가 나타났다며 갑자기 소리치고, 나는 머드스톤 아씨가 여성용 안장에 걸터앉아 신성한 잔디밭으로 유유히 다가오다 집 앞에서 멈추고 주변을 둘러보는 모습에 넋이 달아날 정도로 놀랐다. 그와 동시에 고모님이 창가에서 주먹과 머리를 흔들며 소리쳤다.

"저리 나가! 여기에 들어오면 안 돼! 감히 여기까지 침입하다니! 저리 꺼져! 야, 낯짝이 정말 뻔뻔하군!"

그래도 머드스톤 아씨가 차분한 표정으로 주변을 둘러보니, 고모님은 순간적으로 너무 화나고 몸이 굳어서 평소처럼 재빨리 뛰쳐나갈 수 없었다. 나는 기회를 안 놓치고 고모님에게 상대가 누군지 알려주고, 가파른 언덕에서 뒤처지다 지금 막 나타난 사내는 바로 머드스톤이란 사실도 알려주었다. 하지만 고모님은 내닫이창에서 여전히 머리를 흔들고 거칠게 몸짓하면서 소리쳤다.

"누구든 상관없어! 저런 침입자는 절대 용서 못 해. 절대 허락할 수 없어. 저리 나가! 자넷, 당나귀를 돌려. 어서 끌어내!"

그래서 순식간에 전투가 벌어져 당나귀는 네 발을 쭉 뻗으며 저항하고, 자넷은 당나귀 고삐를 잡고 방향을 돌리려 애쓰고, 머드스톤은 당나귀를 앞으로 몰려고 애쓰고, 머드스톤 아씨는 양산으로 자넷을 때리고, 아이들은 재빨리 다가와서 전투현장을 열심히 구경하며 소리치고, 나는 고모님 뒤에 숨어서 지켜보았다. 하지만 고모님은 그 사이에서 당나귀 모는 악동 한 명을 – 고모님을 가장 지독하게 괴롭히는, 열 살을 갓 넘긴 것으로 보이는 악동 한 명을 – 발견하고 재빨리 달려들어서 붙잡아 정원으로 질질 잡아끌고 – 악동은 두 발로 땅바닥을 긁으며 저항하는 바람에 윗도리가 벗겨져서 머리를 휘감고 – 구석으로 몰아서 꼼짝 못 하게 하곤 자넷에게 경찰관과 치안판사를 어서 부르라고, 이 자리에서 당장 재판하고 처벌하게 하자고 소리쳤다. 하지만 오래갈 순 없었다. 악동은 상대를 속이고 내빼는 재주가 탁월한 터라, 고모님이 미처 알아채기도 전에 징 박은 신발로 화단에 깊은 상처를 내며 빠져나가서 당나귀를 데리고 의기양양하게 도망쳤기 때문이다.

싸움이 후반부로 접어들 즈음에 머드스톤 아씨는 당나귀 안장에서 내리더니 고모님이 손님 맞이할 여유가 생기기만 바라며 계단 밑으로 가서 동생과 함께 기다렸다. 하지만 고모님은 전투로 인해 약이 잔뜩 올라서 두 사람에게 눈길조차 안 주고 도도하게 지나치며 집으로 들어가고, 자넷은 두 사람이 도착했다고 알렸다. 그래서 내가 덜덜 떨리는 어투로 물었다.

"제가 자리를 피할까요, 고모님?"

"아니야, 그럴 필요 없어!"

고모님이 말하더니 나를 근처 구석으로 밀어붙여서 의자로 울타리를 치는데, 감옥 같기도 하고 재판정 피고석 같기도 했다. 나는 여기에서 머드스톤 오누이가 들어오는 모습을 지켜보고, 바로 여기에서 대화 과정도 모두 지켜보았다.

"아, 두 분이 누군지도 모르고 내가 길부터 막는 기쁨을 누렸구려. 하지만 누구든 당나귀를 타고 저 잔디밭으로 들어서는 건 절대 용납할 수 없소. 예외는 없소. 누구든 용납하지 않겠소."

"처음 와서 잘 모르는 사람한테는 너무 거북한 규칙이네요."

머드스톤 아씨가 말하자, 고모님이 대답했다.

"그렇소!"

싸움이 다시 벌어질까 두려운 듯 머드스톤이 재빨리 끼어들었다.

"트롯우드 아씨!"

그러자 고모님이 날카로운 시선으로 쳐다보며 물었다.

"실례하오만, 당신이 블룬더스톤 까마귀 숲에서 살다가 – 무엇 때문에 까마귀 숲이라고 했는지 모르겠지만 – 죽은 내 조카 데이비드 코퍼필드 미망인과 결혼한 머드스톤 선생이오?"

"그렇습니다."

"그렇다면 이렇게 말해서 미안한데, 선생, 나는 그 불쌍한 아이를 당신이 그대로 두었더라면 모든 점에서 바람직하고 행복했을 거로 생각하오."

고모님이 말하자, 머드스톤 아씨가 잔뜩 화난 표정으로 끼어들어 말했다.

"나도 트롯우드 아씨 말씀에 전적으로 동의합니다. 나 역시 고인이 된 클라라는 살아생전에 모든 점에서 아이 같았다고 생각하기 때문입니다.”

“당신이나 나나 나이를 먹어서 외모에 관심을 안 기울여도 그런 식으로 말할 사람이 없으니 정말 다행이오.”

고모님 말에 머드스톤 아씨가 맞장구치는데, 내가 보기에 공감하는 표정은 아니었다.

“당연하지요! 아씨 말씀대로 결혼을 안 했더라면 내 동생이 훨씬 바람직하고 행복하게 살았을 테니까요. 그래서 나 역시 평소에 비슷한 생각을 했더랍니다.”

“당연히 그랬겠지요.”

고모님이 대답하더니, 종을 울리며 소리쳤다.

“자넷, 딕 선생님께 안부 전하고, 이리 내려오시라고 말씀드려.”

그러더니 노신사 딕이 내려오기만 기다리며 딱딱하고 꼿꼿한 자세로 앉아서 눈살을 찡그린 채 벽만 바라보았다. 이윽고 노신사 딕이 내려오자, 고모님이 정중하게 소개했다.

“딕 선생님이신데, 오랫동안 절친하게 지낸 친구라오. 판단력이 아주 뛰어나지요.”

고모님이 노신사 딕에게 경고하는 어투로 힘주어 말했다. 노신사 딕이 집게손가락을 입에 넣고 우물거리는 모습이 정말 멍청하게 보였기 때문이다.

이 말을 듣는 순간에 노신사 딕은 입에서 손가락을 재빨리 빼내더니, 진지하고 세심한 표정으로 사람들 사이에 점잖게 섰다.

그러자 고모님은 머드스톤에게 머리를 기울이고, 머드스톤은 이렇게 말했다.

“트롯우드 아씨, 편지를 받고서 저는 답신을 보내는 편보다 직접 찾아뵙고 말씀드리는 게 훨씬 정중하고 바람직한 자세라 생각해······”

고모님이 여전히 날카롭게 쳐다보며 말을 끊었다.

"고맙소만, 나한테 신경 쓸 필요는 없소."

"이렇게 찾아뵙게 되었습니다. 여기에 있는 저 불행한 아이는 직장과 동료한테서 도망쳐……"

머드스톤이 말하는데 그 누나가 형용하기 힘든 의상을 몸에 걸친 나에게 시선이 모두 쏠리도록 하면서 끼어들었다.

"저 꼴을 보니 정말 어이가 없고 창피하네요."

그러자 동생이 나무랐다.

"누나, 제발 부탁이니 내 말에 끼어들지 좀 마. 여기에 있는 저 불행한 아이는, 트롯우드 아씨, 우리 집안에 커다란 고통과 불편을 끼쳤답니다, 사랑하는 부인이 살아생전에도 이후에도. 음침하고 반항심이 강하며, 폭력적인 성격에 고집까지 세서 다루기 힘들거든요. 저는 누이와 함께 사악한 성격을 고쳐주려고 끊임없이 노력했으나 효과가 없었습니다. 그래서 저는 - 우리라는 말이 옳겠네요, 누나 생각도 전적으로 일치하니까요 - 이렇게 심각한 상황을 우리 입으로 아씨한테 냉정하게 전달할 의무가 있다고 생각했습니다."

"동생 말을 내가 굳이 증명할 필요는 없겠지만, 세상 모든 아이 가운데 제일 악질은 저 아이라는 말만큼은 꼭 하고 싶네요."

머드스톤 아씨가 끼어들며 하는 말에 고모님이 짧게 반박했다.

"심하군!"

"구체적인 사실에 비하면 조금도 심한 말이 아닙니다."

머드스톤 아씨가 반박하자, 고모님이 헛웃음을 터트리며 머드스톤에게 물었다.

"하하! 당신 생각은?"

그러자 머드스톤은 고모님을 마주 보면서 고모님과 마찬가지로 눈을 가늘게 뜨더니, 얼굴까지 어두운 표정으로 대답했다.

"저는 나름대로 저 아이를 바람직하게 키울 방안이 있습니다. 그동안 저 아이를 겪은 내용이랑 제 재력과 능력까지 고려한 방안입니다. 저는 이 방안에 책임이 있고 이 방안에 따라 행동하니, 여기에 대해 더는 왈가왈부하지 않겠습니다. 좋은 사업을 하는 제 친구한테 저 아이를 맡겨서 감시하도록 부탁했는데 저 아이는 마음에 안 들어서 도망쳐 시골을 떠도는 비천한 부랑자로 전락하더니, 누더기 차림으로 여기까지 와서 트롯우드 아씨한테 하소연한 거로 충분하니까요. 이런 하소연에 넘어간다면 어떤 일이 생길지 - 제가 아는 선에서 - 아씨한테 정정당당하게 설명할 수 있으면 좋겠습니다."

"좋은 사업이라 했는데, 과연 귀하는 친아들이라도 그런 곳에 보낼까요?"

고모님이 불쑥 묻자, 머드스톤 아씨가 다시 끼어들었다.

"우리 동생 친아들이라면 성격이 천양지차겠지요."

"저 가련한 아이 모친이 살았다 해도 저 아이가 그런 곳에서 그렇게 좋은 일을 할까요?"

고모님이 다시 묻자, 머드스톤이 머리를 한쪽으로 기울이며 대답했다.

"저는 저와 누나가 최선이라고 동의한 내용에 대해서 클라라는 조금도 이의를 안 달 거로 확신합니다."

머드스톤 아씨도 옆에서 중얼대며 동의하자, 고모님이 한탄했다.

"아아! 가련한 아이가 힘들게 살았겠구나!"

노신사 딕은 대화하는 내내 동전을 짤랑대더니 이제는 훨씬 요란하게 짤랑대고, 고모님은 한 번 슬쩍 쳐다보아서 자제시킨 다음에 계속 말했다.

"가련한 아이 연금은 아이와 함께 죽었소?"

"네, 함께 죽었습니다."

머드스톤이 대답하자 고모님이 다시 물었다.

"얼마 안 되는 재산에서 - 주택과 정원에서 - 까마귀 한 마리 없는 까마귀 숲에서 - 저 아이 몫은 하나도 없었소?"

"전 남편이 클라라한테 아무런 조건 없이 양도했으니까요."

머드스톤이 대답하자, 고모님이 짜증을 터트리며 끼어들었다.

"맙소사, 여보시오, 그렇게 말하는 건 경우가 아니지요. 아무런 조건 없이 양도했다니! 이런 일이 있을 줄 알았다면 데이비드 코퍼필드가 당연히 조건을 걸었겠지요. 좋소, 모든 재산은 당연히 아무런 조건 없이 양도되었소. 그렇다면 가련한 아이가 다시 결혼할 때 - 당신과 결혼하는 최악의 단계로 접어들 때 - 저 아이한테 꼭 필요한 조항을 언급한 사람은 아무도 없었소?"

"죽은 부인은 두 번째 남편을 진심으로 사랑하고 절대적으로 믿었답니다."

머드스톤이 대답하자, 고모님이 머리를 절레절레 흔들며 반박했다.

"당신과 함께 살다가 죽은 부인은, 선생, 누구보다 세상 물정 모르고 누구보다 불행하고 누구보다 운이 없는 아기였소. 세상을 그렇게 살았소. 그런데 이제 나한테 무슨 말을 하고 싶은 거요?"

"말씀드리겠습니다, 트롯우드 아씨. 저는 데이비드를 데려가려고 왔습니다, 아무런 조건 없이 데려가서 제가 바람직하다고 생각하는 곳에 보내 제가 옳다고 생각하는 방식대로 풀어가려고 말입니다. 저는 누구한테 무슨 약속을 하거나 맹세를 하려고 여기에 온 게 아닙니다. 귀하한텐 저 아이가 도망친 걸, 그래서 하소연한 걸 편들고 싶은 마음이 있을 수도 있겠지요, 트롯우드 아씨. 우리한테 예의를 갖추려는 기색이 전혀 없는 것처럼 보이는 귀하 태도로 보건대, 그렇다는 생각이 많이 드는군요. 그렇다면 제가 확실하게 경고하는데, 지금 저 아이를 편든다면 앞으로 영원히 그래야 하고, 지금 저와 저 아이 사이에 끼어든다면 앞으로 영원히 그래야 할 겁니다, 트롯우드 아씨. 저는 무책임한 사람이 아니고, 누가 무책임하게 구는 것도 싫습니다. 제가 여기에 온 건 저 아이를 영원히 확실하게 데려가려는 겁니다. 저 아이가 떠날 준비는 되었겠죠? 아니라면, 그리고 아씨께서 아니라고 말씀하신다면 – 어떤 까닭이든 상관없는데 – 앞으로 우리 집 대문은 저 아이한테 두 번 다시 안 열릴 터이니, 당연히 아씨 집 대문이 열리는 거로 받아들이겠습니다."

고모님은 완벽하게 꼿꼿이 앉아서 두 손을 한쪽 무릎에 포갠 채 상대편을 무섭게 노려보며 한마디도 안 놓치고 다 들었다. 그러다가 상대가 말을 끝내자, 고모님은 자세를 그대로 유지한 채 머드스톤 아씨를 경멸하는 눈으로 쳐다보며 물었다.

"으음, 당신도 하고 싶은 말이 있소?"

"내가 할 말을 동생이 다 하고 내가 알고 있는 사실 역시 동생이 또렷하게 설명했으니 제가 덧붙이고 싶은 건 정중하게 들어주셔서 고맙다는 말이 전붑니다. 귀하께서는 모든 점에서 극히 정중하게 행동하신 게 분명하니까요."

머드스톤 아씨가 빈정거리는 어투로 말하자, 고모님은 내가 채텀에서 잠잘 때 옆에서 꿈쩍도 안 하던 대포만큼이나 당당한 자세로 물었다.

"그런데 저 아이 대답은 어떨까요? 그래, 떠날 준비는 다 했니, 데이비드?"

나는 아니라고 대답했다. 나를 보내지 말라고 고모님에게 간청했다.

머드스톤 선생이나 아씨 어느 쪽도 나를 좋아한 적이 없다고, 나에게 다정하게 행동한 적 역시 없다고, 나를 언제나 끔찍하게 사랑한 우리 엄마에게 나를 빌미 삼아 불행하게 만든 사람이 바로 저 두 사람이라고, 그런 사실은 나도 잘 알고 패거티 유모도 잘 안다고 말했다. 나를 어린애로만 아는 사람은 상상조차 못 할 정도로 비참하게 오랫동안 살았다고 말했다. 우리 아버지를 생각해서라도 나를 편들고 지켜달라며 – 구체적인 내용은 기억이 안 나지만 당시에 한 말에 나 자신이 감동한 기억은 날 정도로 – 고모님에게 빌고 또 빌었다. 그러자 고모님이 물었다.

"딕 선생, 내가 이 아이를 어떻게 하면 좋을까요?"

노신사 딕은 곰곰이 생각하며 주저하다가 갑자기 환한 얼굴로 대답했다.

"오늘 당장 양복 한 벌을 맞춰주세요."

"딕 선생, 판단력이 이렇게 뛰어나다니, 손을 이리 주세요."

고모님이 의기양양하게 말하며 노신사 딕의 손을 잡고 정말 따듯하게 흔들더니, 나를 잡아당기며 머드스톤에게 말했다.

"괜찮다면 인제 그만 나가시오. 아이는 내가 데리고 있겠소. 당신이 말한 것처럼 아이가 정말로 나쁘다면 나 역시 벌을 줄 수 있겠지요, 당신이 그런 것처럼. 하지만 나는 당신 말을 안 믿는다오."

이 말에 머드스톤이 어깨를 으쓱하고 일어나며 대결을 청하는 어투로 대답했다.

"트롯우드 아씨, 귀하가 남자라면……."

"흥! 말도 안 되는 소리! 헛소리는 꺼내지도 마시오!"

고모님 말에 머드스톤 아씨 역시 일어나며 한탄했다.

"정말 대단하게 정중하시군! 감동적이야, 정말!"

하지만 고모님은 신경조차 안 쓰고 잔뜩 찡그린 표정으로 남동생만 쳐다보며 고개를 절레절레 흔들었다.

"당신이 가련한 아기를 엉뚱한 방향으로 이끌어서 불쌍하고 불행하게 살도록 한 짓거리를 내가 모를 것 같소? 당신이 처음 나타난 날이 ─ 힘없는 사람한테 소리 한번 크게 못 지를 사람처럼 꾸미고 징그럽게 웃으면서 추파를 던진 날이 ─ 상냥하고 귀여운 아기한테 얼마나 끔찍한 날이었는지 내가 모를 것 같소?"

"이렇게 고상한 말은 생전 처음 듣는군!"

머드스톤 아씨가 말하는데, 고모님은 남동생 쪽만 바라보며 계속 다그쳤다.

"지금 당신이 하는 행동을 보고 당신이 하는 말을 들었는데 그동안 당신이 어떻게 굴었는지 내가 모를 것 같소, 솔직히 말해서 당신과 대화하는 자체가 이렇게 역겨운데? 그래요, 당신은 처음에 정말 부드럽고 나긋나긋하게 굴었겠지! 불쌍하고 어리석고 순진무구한 아기는 그런 남자를 처음 보고. 참으로 다정하게 행동하며 숭배하는 남자. 남자는 아기 아들을 덮어놓고 예뻐했겠지…… 다정하고 부드럽게! 친아들처럼 보살피겠다고, 그러니 장미정원에서 함께 살자고 했겠지, 그죠? 흥! 어서 나가요, 어서!"

"이렇게 황당한 말은 평생 처음 듣는군!"

머드스톤 아씨가 한탄하고, 고모님은 계속 다그쳤다.

"그래서 불쌍하고 귀여운 멍청이를 ─ 이렇게 부르는 걸 하느님, 용서하소서! ─ 확실하게 장악한 다음에는 멍청한 여자와 그 아들을 그동안 충분히 학대하지 못한 몫까지 덧붙여서 여자를 훈련하기 시작했겠지, 그죠? 새장에 가둔 불쌍한 새처럼 상처를 주고 당신 가락에 맞춰서 노래하도록 가르치는 식으로 미혹에 빠뜨리며 생명력을 조금씩 앗아갔겠지!"

머드스톤 아씨가 고모님 관심을 자신에게 돌리려고 아무리 애써도 소용없자 완벽하게 고통스러운 어투로 소리쳤다.

"이건 정신병자나 술주정뱅이가 하는 소린데, 내가 보기엔 술주정뱅이 같아!"

베시 고모님은 이런 말 자체가 애초에 존재하지 않는다는 듯 조금도 관심을 안 기울이고 머드스톤에게 손가락질하면서 계속 말했다.

"머드스톤 선생, 당신은 단순한 아기한테 폭군으로 군림하면서 심장을 갈가리 찢어발겼어. 그 애는 정말 사랑스러운 아기였어. 내가 잘 알아. 당신이 그 애를 보기 훨씬 전에 내가 보았거든. 그런데 당신은 그 애가 지닌 치명적인 약점을 이리저리 활용하며 상처를 주어서 죽인 거야. 당신이 그걸 얼마나 좋아했는지 모르겠지만, 그걸 통해서 위안을 느낀 건 사실이야. 당신은 그걸 당신 앞잡이와 함께 최대한 활용했어."

"궁금해서 그러는데, 트롯우드 아씨, 생전 듣도 보도 못한 동생 앞잡이란 말은 누구를 말하는 건가요?"

머드스톤 아씨가 끼어들었지만, 고모님은 못 들은 척하며 계속 말했다.

"내가 앞에서 말했듯, 당신을 만나기 훨씬 전에도 – 당신 같은 사람을 어떤 섭리로 만났는지 인간으로선 도저히 이해할 수 없는데 – 그 애는 그런 약점이 또렷하고, 가련하고 귀엽고 순진한 게 언젠가는 다시 결혼할 거란 사실 역시 또렷했지만, 나로선 이렇게 끔찍한 결과가 생겨나지 않기를 바랄 수밖에 없었어. 그래, 내가 그걸 느낀 건 그 애가 여기에 있는 아이를 낳을 때였어. 그래서 당신은 불쌍한 아이를 빌미로 그 애를 고문했는데, 당신한테도 불쾌한 기억이니만큼, 지금 이 아이를 보는 자체로 기분이 나쁘겠지. 그래, 그래! 그렇게 움찔할 것까진 없어! 그러지 않아도 나는 모든 진실을 아니까."

이러는 내내 머드스톤은 문가에서 고모님을 바라보는데 얼굴은 미소를 머금어도 새까만 눈썹은 잔뜩 찡그렸다. 얼굴에 웃는 표정은 여전해도 얼굴 색깔이 순식간에 흐려지고 막 뜀박질이라도 한 것처럼 숨소리가 가쁘다는 사실 역시 쉽게 알아챌 수 있었다.

"인제 그만 나가도록, 선생!"

고모님이 말하더니, 갑자기 그 누이에게 시선을 돌리며 덧붙였다.

"당신도 잘 가도록. 지금 당신 어깨에 머리가 달린 것처럼 분명히 말하는데, 당나귀를 타고 우리 잔디밭에 한 번만 더 들어오면 당신 보닛 모자를 벗겨서 짓밟아버리고 말겠어!"

누구도 예상조차 못 한 감정을 이렇게 드러내는 고모님 얼굴과 이런 말을 듣는 머드스톤 아씨 얼굴을 묘사하려면 화가, 그것도 일류 화가가 필요할 것 같다. 하지만 표정 역시 말투 못지않게 불타오를 것 같아, 머드스톤 아씨는 한마디 대꾸도 못 하고 자기 동생 팔을 조심스레 움켜잡더니 거만하게 걸어서 밖으로 나가고, 고모님은 두 사람이 떠나는 모습을 창가에서 지켜보았다. 당나귀가 다시 나타난다면 당신이 한 말을 즉시 실천하려고 준비하는 것 같았다.

그러나 상대가 반항할 기미를 전혀 안 보이자 고모님은 얼굴을 조금씩 풀다가 쾌활하게 변하고 나는 대담하게 다가가서 두 팔로 목을 꼭 껴안고 키스하며 진심으로 고마운 마음을 전했다. 그런 다음에는 노신사 딕과 악수하는데, 노신사 딕은 내 손을 잡고 수없이 흔들며 너털웃음을 터트려서 모든 일이 행복하게 끝난 걸 축하했다.

"당신도 저 아이 보호자 역할을 해야 할 거예요, 딕 선생."

고모님이 말하자 노신사 딕이 대답했다.

"기꺼이 데이비드 아들 보호자 역할을 하겠습니다."

"좋아요, 잘됐네요. 그런데 이 아이를 트롯우드라고 부르면 어떨까 하는 생각이 계속 떠오르네요, 딕 선생?"

"그래요, 그래. 그럼 당연히 트롯우드라고 불러야죠. 데이비드 아들 트롯우드."

"트롯우드 코퍼필드겠죠."

고모님 말에 노신사 딕이 얼굴을 살짝 붉히며 대답했다.

"맞아요, 당연히 그래야죠. 트롯우드 코퍼필드."

고모님은 이런 결정이 정말 좋았는지, 그날 오후에 내가 입을 기성복을 구매하고 당신 손으로 '트롯우드 코퍼필드'라는 이름을 지워지지 않는 잉크로 적어서 나에게 입혔다. 그리고 내가 치수를 재서 맞춰 입을 양복 역시 ─ 그날 오후에 주문한 완벽한 양복 역시 ─ 똑같은 이름을 써넣기로 했다.

나는 새로운 이름과 새로운 환경에 적응하며 새로운 삶을 살아가기 시작했다. 미래에 대한 불확실성은 모두 사라지고, 꿈같은 나날을 보냈다. 고모님과 노신사 딕을 이상한 보호자로 생각한 적은 한 번도 없다. 주변에 대해 또렷하게 생각한 적도 없다. 나에게 확실한 두 가지는 그리운 블룬더스톤 생활이 멀게만 느껴진다는, 한없이 머나먼 안개에 숨어든 것 같다는 사실, '머드스톤 & 그린비' 창고 생활은 이제 영원히 막을 내렸다는 사실이다. 그 막을 다시 올린 사람은 지금까지 하나도 없다. 당시 경험을 원고에 담으려고 잠시 억지로 막을 올렸다가 기쁜 마음으로 다시 내린 게 전부다. 당시 생활을 떠올리면 그 자체로 엄청난 고통이 ─ 정신적으로 끔찍한 고통이 ─ 몰려들어서 모든 희망을 억누르는 것 같다. 그런 생활을 얼마나 했는지 헤아릴 용기조차 없으니, 그 기간이 일 년인지 그 이상인지 그 이하인지는

모른다. 내가 아는 건 그렇게 살다가 끝났다는 사실, 원고에 모두
담았으니 원래대로 다시 묻어두겠다는 사실 뿐이다.

CHAPTER 15. 새롭게 시작하다

　나는 노신사 딕과 순식간에 깊은 우정을 쌓아, 노신사 딕이 일과를
마치면 함께 밖으로 나가서 커다란 연을 날렸다. 노신사 딕은 하루도
빠짐없이 오랫동안 앉아서 회고록에 몰두했으나, 작업은 조금도 나아
가지 않았다. 시차는 있어도 결국엔 찰스 1세가 끼어드니, 그러면 원고
를 버리고 다시 시작하기 때문이다. 노신사 딕이 항상 실망하면서도
절대 잃지 않는 희망과 인내심, 찰스 1세 이야기에 뭔가 문제가 있다는
애매한 인식과 그걸 몰아내려는 막연한 노력, 끝내 찰스 1세가 다시
나타나서 회고록을 엉망으로 만드는 결과에 나는 깊은 인상을 받았다.
노신사 딕은 회고록을 완성하면 어떤 내용이 되리라 예상하고, 그래서
어디로 보내 어떤 역할을 하리라 생각했을까? 내가 보기엔 노신사
딕 역시 다른 사람만큼이나 몰랐을 것 같다. 하지만 이런 문제에 대해
곰곰이 생각하며 머리를 썩힐 필요 역시 없었다. 세상에 확실한 게
있다면 그건 노신사 딕이 회고록을 끝낼 가능성은 조금도 없다는 것이
기 때문이다.

그래서 노신사 딕이 거대한 연을 하늘 높이 날리는 장면을 지켜보노라면 정말 애처로운 생각이 들곤 했다. 연에다 원고지를, 회고록을 쓰다가 실패해 못 쓰는 종이로 전락한 원고지를, 덕지덕지 발라서 하늘 높이 날리는 방식으로 자신이 겪은 내용을 세상에 퍼트린다고 2층 방에서 말할 때만 해도 나는 망상이라고 생각했다. 하지만 노신사 딕이 밖으로 나가서 하늘 높이 나는 연을 바라보며 연줄을 풀거나 당길 때는 아니었다. 연을 날릴 때는 너무나 평온하게 보였다. 초저녁에 푸릇한 잔디 비탈로 나가서 옆에 나란히 앉아 노신사 딕이 연을 끝없이 바라보며 조용히 하늘 높이 날리는 모습을 지켜보노라면 노신사 딕이 마음속 혼란을 훌훌 털어버리고 하늘 높이 난다는 어린애 특유의 환상에 빠져들곤 했다.

노신사 딕이 연줄을 감아서 연이 아름다운 석양빛을 받으며 내려오고 또 내려오다 땅바닥에 푸드덕 떨어져서 죽은 듯 가만히 누우면 노신사 딕 역시 꿈에서 조금씩 깨어나는 것 같았다. 연을 집어 들고 연과 마찬가지로 자신까지 바닥에 떨어지기라도 한 듯 허탈한 표정으로 주변을 둘러볼 때는 나 역시 진심으로 안타깝게 여기던 기억이 난다.

나는 노신사 딕과 깊은 우정을 쌓는 한편으로 노신사 딕의 확고한 친구인 우리 고모님하고도 좋은 관계를 발전시켜 나갔다. 고모님은 나를 다정하게 대하다 처음 몇 주가 흐른 다음에는 트롯우드라는 이름을 트롯으로 줄이니, 이런 식으로 나가다 보면 고모님 마음에서 나 역시 베시 트롯우드와 똑같은 반열에 오를 수 있겠다는 희망까지 생겼다.

하루는 초저녁에 고모님과 노신사 딕이 평소처럼 게임 하도록 자넷이 주사위 놀이판을 식탁에 놓을 즈음, 고모님이 불쑥 말했다.

"트롯, 우리는 네가 교육받는 문제를 생각해야 해."

유일하게 불안하던 게 바로 이것인 터라 나는 고모님이 먼저 말한 게 참으로 기뻤다.

"캔터베리에 있는 학교로 가고 싶니?"

고모님이 묻는 말에 나는 집하고 가까우니 그러면 정말 좋겠다고 대답했다.

"좋아. 내일 출발하고 싶니?"

나는 고모님 일 처리 방식이 매우 빠르다는 사실에 익숙한 터라 너무나 갑작스러운 제안에 조금도 안 놀라고 대답했다.

"네."

"좋아. 자넷, 내일 아침 열 시에 회색 조랑말과 마차를 부르고, 오늘 밤에는 트롯우드 도련님이 입을 옷을 준비해."

이렇게 지시하는 소리에 나는 기분이 우쭐했으나, 우리가 헤어진다는 생각에 노신사 딕은 극히 우울한 나머지 주사위 놀이에 집중을 못 해서 고모님은 주사위상자로 손등을 몇 차례 톡톡 치면서 경고하더니, 결국 판을 닫고선 이제 딕 선생과 주사위 놀이를 두 번 다시 안 하겠다고 선언하는 순간, 내가 너무 이기적이었단 자책감이 들었다. 하지만 고모님이 토요일이면 내가 집으로 가끔 놀러 올 터이고 딕 선생 역시 수요일이면 가끔 나를 만나러 갈 수 있다는 식으로 말하니, 노신사 딕은 다시 살아나서 만날 때를 대비해 지금 날리는 연보다 훨씬 커다란 연을 만들겠다고 맹세했다.

하지만 아침에는 기분이 다시 가라앉아, 자신이 가진 돈을 금화든 은화든 모두 나에게 주는 식으로 기분을 북돋으려고 하자, 고모님이 끼어들어서 은화 다섯 냥으로 제한하더니 노신사 딕이 간절하게 청원하는 바람에 열 냥으로 늘렸다. 우리는 정원 대문에서 몹시 서운한 마음으로 헤어지고, 노신사 딕은 그 자리에 가만히 서서 고모님이 나를 데려가는 마차가 완전히 사라질 때까지 바라보았다.

고모님은 세속적인 평판에 관심이 없는 터라 훌륭한 마부처럼 허리를 똑바로 펴고 꼿꼿하게 앉아서 회색 조랑말을 몰고 도버를 멋들어지게 관통하는데, 어디를 달리든 조랑말에 눈을 안 떼서 어떤 식으로든 마음대로 행동을 못 하도록 조절했다. 하지만 시골길로 접어들자 조랑말에게 여유를 약간 베풀고 산더미 같은 방석에 파묻힌 나를 바라보며 행복하냐고 물었다.

"정말 행복합니다. 고맙습니다, 고모님."

내가 대답하자, 고모님은 매우 기쁘긴 하지만 두 손을 모두 사용하는 중이라서 채찍을 든 손으로 내 머리를 쓰다듬었다.

"학교가 큰가요, 고모님?"

내가 묻자, 고모님이 대답했다.

"나도 몰라. 먼저 위크필드 선생 댁으로 가야 해."

"그분이 학교를 운영하시나요?"

"아니야, 트롯. 그분은 사무실을 운영해."

고모님이 더는 말하지 않아서 나 역시 위크필드 선생에 대해 더는 안 묻고, 이런저런 대화를 나누다가 캔터베리에 도착하니, 마침 장날이라서 고모님은 짐마차와 바구니와 채소와 행상하는 물품 사이에서 회색 조랑말을 달래며 마차를 조심스럽게 몰아야 했다. 아슬아슬하게 회전하고 이리저리 피할 때마다 주변 사람이 다양한 소리를 외쳐대고 듣기 좋은 말은 하나도 없는데도 고모님은 전혀 관심 없다는 표정으로 마차를 몰아가는 모습을 보니, 고모님이라면 적국에서 적군이 에워싸도 마차를 차분하게 몰 거란 확신이 들었다.

마침내 우리는 도로변으로 불쑥 튀어나온 고풍스러운 주택 앞에서 멈췄다. 기다랗고 나지막한 격자창 역시 도로변으로 튀어나오고 양쪽 끝마다 사람 머리를 조각한 기둥까지 튀어나온 걸 보는 순간, 나는 건물이 앞으로 허리를 숙여 사람이 지나는 모습을 보려는 것 같다는 엉뚱한 느낌을 받았다. 건물 전체는 얼룩 하나 없이 깨끗했다. 나지막한 아치형 현관문은 과일과 꽃 모양을 조각해서 장식하고 거기에 달린 옛날식 놋쇠 고리는 별처럼 반짝거렸다. 현관으로 두 칸 내려가는 석조계단은 새하얀 게 마치 깨끗한 순면을 덮은 것 같고, 귀퉁이와 모서리마다, 조각과 장식마다, 묘하게 생긴 조그만 유리창과 독특하게 생긴 조그만 창문마다, 산꼭대기 높은 곳에 오랫동안 쌓인 눈처럼 깨끗했다.

조랑말 마차가 대문에서 멈출 때 나는 건물을 열심히 살피다가 일층 조그만 창문에서 (건물 한 면을 이루는 조그맣고 동그란 탑에서) 시체처럼 창백한 얼굴이 재빨리 나타나다 사라지는 모습을 보았다. 그러더니 나지막한 아치형 현관문이 열리면서 그 얼굴이 나타났다. 창문에서 본 대로 시체처럼 창백하지만 살결에는 머리칼이 빨간 사람에게 흔히 나타나는 빨간 기운이 어렴풋하게 감돌았다. 실제로 머리칼이 빨간 데다 바싹 깎고 눈썹과 속눈썹은 거의 없어서 적갈색 두 눈이 그대로 드러나, 잠은 어떻게 자는지 궁금하던 기억이 난다. 나이는 꽤 들어 보이는데, 나중에 들은 바에 의하면 열다섯 살에 불과했다. 어깨는 높고 깡마르며 까만 옷은 산뜻하고 하얀 목도리를 둘러서 목까지 단추를 채우고, 길고 홀쭉한 손은 뼈가 그대로 보여서 눈길을 끄는데, 그런 모습으로 조랑말 머리 옆으로 다가와서 깡마른 손으로 턱을 쓰다듬으며 마차에 탄 우리를 올려다보았다.

"위크필드 선생께선 집에 계신가, 유라이어 힙?"

고모님이 물었다.

"네, 아씨 마님."

유라이어가 대답하더니 기다란 손으로 방을 가리키며 덧붙였다.

"저 방에 계십니다."

우리는 마차에서 내려 조랑말을 유라이어에게 맡긴 채 거리가 내다보이는 기다랗고 나지막한 거실로 들어서고, 나는 창문을 힐끔 쳐다보다가 유라이어 힙이 조랑말 콧구멍에 숨을 불어넣곤 한 손으로 재빨리 틀어막는 모습을 목격했는데, 조랑말에게 마법이라도 거는 것 같았다. 고풍스럽고 커다란 벽난로 선반 맞은편에 초상화 두 점이 있는데, 한 점에서는 백발에 (하지만 노인은 절대로 아니고) 눈썹은 새까만 신사가 빨간 끈에 묶인 서류를[43] 들여다보고, 한 점에서는 표정이 차분하고 다정한 귀부인이 나를 쳐다보았다.

유라이어 초상화도 있는지 찾으려고 이리저리 둘러보는데 거실 맞은편에서 문이 열리며 신사 한 분이 들어오고, 나는 그 모습을 보는 순간, 액자에서 나온 게 아니란 걸 확인하려고 처음에 언급한 초상화를 재빨리 쳐다보았다. 하지만 초상화는 꼼짝을 않고 신사는 밝은 빛으로 들어서는데, 초상화 그림보다 나이가 몇 살은 더 들었다는 사실을 깨달을 수 있었다.

"베시 트롯우드 아씨, 어서 오세요. 일하던 중인데, 제가 항상 바쁘게 살아가도 아씨는 이해하실 겁니다. 제가 세상을 살아가는 동기를 아시니까요. 저한텐 딱 하나밖에 없거든요."

신사가 말하자, 베시 고모님은 고맙다 대답하고, 우리는 신사가 나온 방으로 들어서는데, 사무실처럼 꾸민 데다 책과 서류와 양철통 같은 사무용품도 보였다. 창문에선 정원이 내다보이고 벽을 뚫어서 철제금고를 박았는데 벽난로 선반 바로 위라, 나는 굴뚝 청소부들이 그 부분

---

43) 빨간 끈에 묶였다는 건 형식을 중시하는 관공서 서류나 법정 서류를 뜻한다.

을 어떻게 피해서 청소할까 곰곰이 생각하며 의자에 앉고, 워크필드 선생님은 "으음, 트롯우드 아씨, 무슨 바람이 불어서 여기까지 오셨습니까? 설마 나쁜 바람은 아니겠지요?" 하고 물었다. 워크필드 선생님은 바로 그 사람이며, 변호사로서 이 지방 어느 부자의 재산을 관리한단 사실까지 내가 파악한 다음이었다.

"아니에요, 법적인 문제로 찾아온 건."

"다행이네요, 아씨. 다른 일로 찾아오시는 편이 훨씬 좋으니까요."

워크필드 선생님이 다시 말하는데, 머리는 완전히 하얗지만 눈썹은 여전히 까맸다. 호감이 가는 잘생긴 얼굴이란 생각이 들었다. 살갗은 반들반들한데, 이런 피부를 볼 때마다 나는 패거티 유모에게 배워서 적포도주와 연결하는 습관이 있는 터라, 적포도주를 많이 마셔서 목소리는 번지르르하고 몸집은 뚱뚱하겠다고 상상했다.

줄무늬 조끼에 파란 윗도리를 걸치고 중국산 목면 바지를 입어서 말끔한데, 주름을 멋지게 잡은 셔츠와 하얀 삼베 목도리가 유난히 부드럽고 산뜻하게 보여서 백조 가슴팍 깃털을 막연하게 떠올린 게 기억난다.

"이쪽은 조카랍니다."

고모님이 소개하자, 워크필드 선생님이 말했다.

"조카가 있는 줄은 몰랐습니다."

"정확히 말하면 조카 아들이니, 손자뻘이죠."

"분명히 말씀드리는데, 손자뻘 조카 아들이 있다는 사실 역시 몰랐습니다."

워크필드 선생님이 말하자, 고모님은 알든 모르든 상관없다는 뜻으로 손을 저으며 말했다.

"내가 키우기로 했답니다. 그래서 여기에 데려온 거예요, 철저하게 잘 가르치면서도 친절한 학교에 넣으려고. 그러니 어디에 있는 어떤 학교가 괜찮은지 알려주세요."

"적절한 대답을 드리기 전에, 낡은 질문을 하나만 하겠습니다. 그렇게 하시는 동기가 무엇입니까?"

위크필드 선생님이 묻는 말에 고모님이 한탄하며 소리쳤다.

"환장하겠구먼! 동기가 눈에 또렷하게 보이는데도 또다시 동기 타령이오? 좋아요, 아이를 행복하고 유익한 인간으로 만들기 위해서라고 합시다."

"동기가 복합적이네요."

위크필드 선생님이 믿을 수 없다는 표정으로 고개를 저으며 방긋이 웃자, 고모님이 반박했다.

"헛소리가 복합적이구먼. 당신은 어떤 일을 하더라도 동기는 딱 하나라고 주장하는데, 이 세상에 동기가 하나뿐인 사람이 설마 자신밖에 없다고 생각하는 건 아니겠죠?"

그러자 위크필드 선생님이 빙그레 웃으며 대답했다.

"그래요, 저는 세상을 살아가는 동기가 딱 하나랍니다, 트롯우드 아씨. 보통 사람은 열 개, 스무 개, 수백 개지요. 그런데 저는 딱 하납니다. 차이는 바로 그거랍니다. 하지만 이건 본론에서 벗어난 주제군요. 제일 좋은 학교요? 동기야 어떻든 제일 좋은 학교를 원하세요?"

고모님이 그렇다는 뜻으로 고개를 끄덕이자, 위크필드 선생님이 곰곰이 생각하며 대답했다.

"여기에서 제일 좋은 학교는 조카님이 기숙사에 바로 들어갈 수 없을 겁니다."

"그렇다면 하숙하면 되지 않겠어요?"

고모님이 묻는 말에 위크필드 선생님은 그렇다고 대답했다. 그래서 잠시 논의하다가 고모님을 학교로 모실 터이니 직접 보고 판단하시라고, 그리고 내가 하숙할 만한 집으로도 두세 군데 모실 터이니 마찬가지로 직접 보고 판단하시라고 제안했다. 고모님은 제안을 받아들이고 우리 세 사람이 함께 나가는데, 위크필드 선생님이 갑자기 걸음을 멈추며 말했다.

"여기에 있는 어린 친구한테 어떤 동기가 있어서 우리 결정에 반대할 수도 있으니, 우리 둘이 다녀올 때까지 여기에서 기다리는 게 좋지 않을까요?"

고모님이 반대하려는 것 같았는데, 일을 빨리 진척시키고 싶던 나는 그게 좋겠다면 기꺼이 기다리겠다 대답하고 위크필드 선생님 사무실로 돌아가서 처음에 앉은 의자에 다시 앉아서 두 사람이 돌아오기만 기다렸다. 그런데 내가 앉은 의자 맞은편에 좁은 복도가 있고, 복도 끝에는 유라이어 힙이 창백한 얼굴로 창밖을 내다보던 동그랗고 조그만 사무실이 있었다.

유라이어는 조랑말을 인근 마구간에 넣고 사무실로 돌아와서 일하는데, 책상에는 서류를 걸어놓는 놋쇠 걸이가 있어서 거기에 서류 하나를 걸어놓고 내용을 베끼는 중이었다. 얼굴은 나를 향하는데 앞에 서류가 있어서 나를 볼 수 없다는 생각이 들었다. 하지만 자세히 살피니, 뻘겋게 달아오른 눈을 빨간 태양 두 개처럼 서류 밑으로 내려서 나를 이따금 훔쳐보고 그러는 동안에도 펜을 굴리거나 굴리는 척한다는 사실이 불편하게 다가왔다. 나는 의자 위에 올라서 반대편 지도를 바라보거나 지역신문 사설을 읽는 식으로 상대 시선을 피하려고 다양하게 시도하지만, 태양 같은 눈빛은 나를 잡아끌고, 그래서 눈길을 보낼 때마다 막 떠오르거나 떨어지는 태양 두 개가 또렷하게 보였다.

결국엔 다행스럽게도 고모님과 위크필드 선생님이 돌아왔는데, 시간이 꽤 지난 다음이었다. 그런데 내가 바라던 만큼 잘 풀리진 않은 것 같았다. 학교는 확실히 좋으나, 내가 묵을 하숙집으로 고모님 마음에 드는 데가 하나도 없었기 때문이다.

"운이 없군. 어떻게 해야 좋을지 모르겠어, 트롯."

고모님 말에 위크필드 선생님이 끼어들었다.

"어쩌다 보니 그렇게 됐네요. 하지만 제가 좋은 방법을 알려드리겠습니다, 트롯우드 아씨."

"그게 뭔데요?"

"조카를 우리 집에 맡기세요, 당장. 성격이 조용하니까 내가 하는 일에 방해가 안 될 것 같아요. 여기는 공부하기에 좋은 집이랍니다. 수도원처럼 조용하고 공간도 널찍하니까요. 여기에 맡기세요."

위크필드 선생님이 제안했다. 고모님도 좋으신 게 분명한데 선뜻 받아들일 순 없고, 나 역시 마찬가지였다. 그러자 위크필드 선생님이 다시 말했다.

"제발요, 트롯우드 아씨. 이게 해결책입니다. 잘 아시겠지만, 이건 일시적인 조치에 불과합니다. 안 맞는다거나 서로 방해돼서 불편하다면 곧바로 다른 곳을 찾으면 됩니다. 여기에서 지내며 시간적인 여유를 가지고 적당한 하숙집을 따로 찾을 수도 있습니다. 그러니 당장은 여기에 맡기는 거로 결정하는 게 좋습니다."

"정말 고맙소. 이 아이도 고마워할 거요. 하지만……"

고모님이 말하려는 걸 위크필드 선생님이 재빨리 막으면서 끼어들었다.

"괜찮아요! 무슨 말씀인지 알아요. 신세 지기 싫으실 거예요, 트롯우드 아씨. 원하신다면 하숙비를 지급하셔도 괜찮습니다. 서로 딱딱한 조건을 달지 마세요. 원하신다면 하숙비를 지급하세요."

"그렇게 생각한다면, 신세 지는 건 똑같으니, 아이를 기쁜 마음으로 맡기도록 하겠소."

고모님 대답에 위크필드 선생님이 말했다.

"그럼 우리 꼬마 가정주부를 만나러 가시지요."

우리는 난간이 널찍한 나머지 뭣하면 거기로도 쉽게 올라갈 것 같은 고풍스럽고 멋진 계단을 올라 고풍스러운 응접실로 들어섰다. 길거리에서 올려보던 이상한 창문 서너 개로 햇빛이 들어오고, 고풍스러운 참나무 의자가 여러 갠데, 밑에서 반짝이는 참나무 바닥도 그렇고 천장을 가로지르는 거대한 대들보도 그렇고 모두 똑같은 나무 같았다. 피아노가 있는 데다 빨간색과 녹색 가구는 꽃하고 생생하게 어우러진 풍경이 아름다웠다. 사방에서 모서리와 구석이 움푹 들어가, 그런 곳마다 이상하게 생긴 조그만 탁자나 찬장이나 책장이나 의자 같은 물건을 배치한 걸 보고 모서리가 이렇게 멋있는 응접실은 없다고 생각하다 다음 모서리로 눈길을 돌려도 더 훌륭하진 않더라도 똑같이 멋있다는 느낌을 받았다. 건물 외관과 마찬가지로 물건 하나하나가 고풍스러우면서도 깨끗한 기운이 감돌았다.

위크필드 선생님이 널빤지 벽 모서리에 있는 문을 톡톡 두드리자 내 또래로 보이는 여자애 한 명이 재빨리 나와서 키스하는데, 아래층에서 나를 쳐다보던 초상화 속 귀부인의 차분하고 다정한 표정을 그 얼굴에서 단번에 볼 수 있었다. 초상화 속 그림은 귀부인으로 성장했는데 장본인은 여전히 어린애로 남았다는 착각까지 일었다. 얼굴이 쾌활하고 명랑하면서도 온몸에 평온한 느낌이 - 조용하고 선량하고 온화한 느낌이 - 감도는데, 지금까지 못 잊듯이 앞으로도 영원히 못 잊을 것 같다. 위크필드 선생님은 이 아이가 자신이 말한 꼬마 가정주부며 어린 딸 아그네스라고 소개했다. 이렇게 말하는 목소리를 듣고 딸 손을 움켜잡는 모습을 보니, 세상을 살아가는 하나밖에 없다는 동기가 무언지 알 것 같았다.

예쁘게 생긴 조그만 바구니를 옆구리에 차고 거기에 열쇠를 넣은 모습이 침착하고 신중해 보였다. 고풍스러운 집에 있을 법한 가정주부 같았다. 여자애는 위크필드 선생님이 나에 대해서 말하는 소리를 명랑한 얼굴로 자세히 듣더니, 말이 끝난 다음에는 위층으로 올라가서 내가 묵을 방을 구경하자고 고모님에게 제안했다. 그래서 모두 계단을 오르는데, 여자애가 제일 앞에서 인도하며 들어선 방은 참나무 대들보와 마름모꼴 창문이 훨씬 많아서 정말 훌륭하고 고풍스러운 데다 널찍한 난간도 끝까지 이어졌다.

언제 어느 지역에서 그랬는지 기억은 안 나지만 어린 시절에 교회에서 스테인드글라스 유리창을 본 적이 있다. 그림 내용도 기억이 안 난다. 하지만 여자애가 고풍스러운 계단에서 근엄한 햇살을 받으며 몸을 돌려 우리가 올라오기만 기다리는 모습을 보는 순간, 나는 그 유리창이 떠올랐다. 차분하면서도 환하게 빛나는 스테인드글라스를 볼 때도 그 여자애가 떠올랐다.

내가 묵을 방을 보고 고모님 역시 나만큼이나 좋아하고, 우리는 기쁘고 고마운 마음으로 응접실을 향해 다시 내려갔다. 고모님은 어둡기 전에 회색 조랑말을 끌고 집으로 가야 해서 저녁 식사할 때까지 머물 수 없고 위크필드 선생님은 아무리 권해도 소용없다는 사실을 아는 터라 그 자리에서 점심을 함께 들더니, 아그네스는 가정교사에게 돌아가고 위크필드 선생님은 사무실로 돌아갔다. 그래서 둘만 남은 터라 우리는 아무런 제약 없이 작별인사를 나눌 수 있었다.

고모님은 위크필드 선생님이 전부 알아서 해줄 터이니 나는 무엇

하나 부족한 게 없을 거라는 식으로 다정하게 말하고 훌륭하게 조언하다, 이렇게 결론을 내렸다.

"트롯, 너 자신과 나와 딕 선생한테 믿음직한 사람이 되길, 그리고 하느님이 함께하길 바란다!"

나는 너무 감격한 나머지 고맙다 말하고 또 하고 또 하다 딕 선생님에게 안부를 전해달라는 말로 마무리할 수밖에 없었다. 그러자 고모님이 다시 말했다.

"절대로 치사한 사람이 되지 말고, 절대로 거짓말하지 말고, 절대로 잔인하게 굴지 말렴. 세 가지 악덕을 조심해, 트롯, 그럼 나는 너한테 언제나 희망을 품을 거야."

나는 고모님 호의를 욕되게 하거나 충고를 안 잊겠다고 진심으로 맹세하고, 고모님은 다시 말했다.

"조랑말이 대문 앞에 왔으니 이제 나는 떠나야겠다! 너는 여기에 그대로 있으렴."

고모님은 이 말과 함께 나를 황급히 포옹하더니, 밖으로 나가면서 방문을 닫았다. 고모님이 너무나 갑자기 떠나셔서 나는 내가 무얼 잘못한 것 같아 덜컥 겁났다. 하지만 거리로 눈길을 돌려서 고모님이 마차에 힘없이 올라 고개를 푹 숙인 채 멀어지는 모습을 보니, 고모님을 훨씬 잘 이해하고 고모님에 대한 편견도 떨칠 수 있었다.

위크필드 선생님이 저녁 식사하는 다섯 시에는 기운을 차리고 식욕도 돌아왔다. 식탁보는 우리 두 사람 몫만 깔았지만 어린 딸 아그네스는 저녁 식사 전에 응접실에서 기다리다 아버지와 함께 내려와서 아버지 맞은편 식탁에 앉았다. 딸이 없으면 위크필드 선생님이 과연 식사할 수 있을까 의심스러울 정도였다.

저녁 식사를 마친 다음에 우리는 식당에 머무는 대신 위층 응접실로 다시 올라가고, 아그네스는 아늑한 모서리에다 아버지가 마실 적포도주와 유리잔을 준비했다. 다른 사람이 준비한다면 위크필드 선생님은 평소 마시던 포도주 맛을 그리워할 거란 생각마저 들었다.

위크필드 선생님은 거기에 앉아 두 시간에 걸쳐서 포도주를 상당히 많이 들이켜고, 아그네스는 피아노도 치고 바느질도 하고 아버지나 나에게 말도 걸었다. 위크필드 선생님은 우리와 지내는 동안 대체로 쾌활하고 명랑하다가도 딸에게 시선을 고정한 채 침묵하며 깊은 생각에 빠져들기도 했다. 그럴 때마다 아그네스는 곧바로 알아채고 이런저런 질문이나 포옹으로 아버지가 정신 차리게 하는 것 같았다. 그러면 위크필드 선생님은 깊은 명상에서 벗어나 포도주를 다시 마셨다.

아그네스는 차를 만들어서 우리에게 주고, 식사시간이 지나듯 차 시간도 지나서 침실로 물러날 때 아버지는 딸을 꼭 껴안으며 키스하더니, 딸이 완전히 사라지자 사무실에 촛불을 켜라고 지시했다. 그래서 나도 침실로 물러났다.

하지만 아직 초저녁이라서 주변을 느긋하게 거닐다가 대문을 나서서 거리를 산책했다. 내가 고모님을 찾아가면서 고풍스러운 도시를 지날 때 거리에 다양하게 늘어선 고풍스러운 저택과 회색 대성당을 보았을지 모른다는, 내가 앞으로 묵을 집을 나도 모르는 사이에 지났을지 모른다는 생각이 들었다. 그러다가 돌아올 때 사무실에 있는 유라이어 힙을 발견하고, 모두에게 친절하고 싶은 마음에 안으로 들어가서 말을 걸다가 헤어질 때 악수도 했다. 그런데 아, 느낌이 너무나 끈적끈적했다! 겉모습만큼이나 섬뜩한 느낌이었다! 나는 손을 열심히 문질렀다, 그 느낌을 몰아내려고, 끈적끈적한 느낌을 완전히 몰아내려고.

손잡은 느낌이 정말로 불쾌했다. 침실에 들어서도 차갑고 축축한 느낌이 그대로 남을 정도였다. 그래서 창밖으로 상체를 내미니까 대들보 양쪽 끝에 조각한 얼굴 하나가 곁눈으로 쳐다보는데, 유라이어 힙이 거기까지 어떤 식으로든 올라와서 쳐다보는 것 같아, 창문을 황급히 닫았다.

CHAPTER 16.

예전보다 훨씬 많이 아는 신입생으로 입학하다

다음 날 아침, 식사를 마친 다음에는 학교생활을 다시 시작했다. 앞으로 공부할 현장에 – 널찍한 공터에 근엄하게 들어선 건물로 공부 분위기가 감도는 게, 띠까마귀와 갈까마귀들이[44) 대성당에서 내려와 잔디밭을 학자처럼 거닐기에 딱 좋을 것 같은데 – 위크필드 선생님과 함께 들어서서 새 교장 스트롱 박사님에게 인사한 것이다.

학교를 둘러싼 높다란 철제난간과 대문은 누추하고, 빨간 벽돌담 꼭대기에 나란히 올린 커다란 돌 항아리는 단단하고 묵직하게 간격을 유지하며 학교를 동그랗게 에워싼 게 '시간'이 가지고 놀도록 이상적으로 배치한 나인 핀[45) 같고, 스트롱 박사님 역시 단단하고 묵직하게 보였다. 교장은 (스트롱 박사님은) 서재에 있는데, 의복은 솔질을 전혀 않고 머리칼은 빗질을 전혀 않고 무릎까지 내려오는 반바지는 멜빵이

---

44) 띠까마귀 'rook'에는 사기꾼이란 뜻이 있고 갈까마귀 'jackdaw'에는 수다쟁이란 뜻이 있다.
45) 핀 아홉 개를 세워놓고 쓰러뜨리는 놀이로 여기에서 볼링이 나왔다.

축 늘어지고 까만색 기다란 각반은 단추를 안 채우고 구두는 벽난로 앞 양탄자에 올라선 커다란 동굴 두 개 같았다. 그리곤 나를 맥없는 눈으로 쳐다보아, 예전에 블룬더스톤 교회 공동묘지를 돌아다니며 풀을 뜯던, 오랫동안 잊고 지내던, 늙고 눈먼 말을 연상시키더니, 나를 만나서 반갑다고 말한 다음에 한 손을 내미는데, 나는 어떻게 반응해야 좋을지 몰랐다, 스트롱 박사님이 손을 안 놓았기 때문이다.

하지만 스트롱 박사님 근처에서 의자에 앉아 바느질하던 아름다운 아가씨가 - 박사님은 '애니'라고 부르고 내 눈에는 딸처럼 보이는 아가씨가 - 스트롱 박사님 앞에서 무릎을 꿇고 명랑하면서도 신속하게 움직이며 신발을 신기고 각반 단추를 채우는 덕분에 나로선 다행히도 당혹감에서 벗어날 수 있었다. 그래서 젊은 아가씨가 작업을 마치고, 우리는 교실로 가려고 밖으로 나설 때 위크필드 선생님이 젊은 아가씨에게 '스트롱 부인'이라고 칭하면서 안녕히 계시라고 인사하는 말을 듣고 나는 깜짝 놀랐다. 그리곤 '스트롱 부인'이란 호칭이 스트롱 박사님 아들 부인이란 뜻인지 스트롱 박사님 부인이란 뜻인지 골똘히 생각하는데, 스트롱 박사님이 복도에서 내 어깨에 한 손을 올리고 걸음을 멈추며 물어서 궁금증을 자연스럽게 풀어주었다.

"그건 그렇고, 위크필드, 아내 사촌이 일할 만한 직장은 아직도 못 찾은 건가?"

"그래, 아직 못 찾았어."

"최대한 빨리 찾아주면 고맙겠어, 위크필드. 잭 멀던은 가난하고 게으른데, 두 가지 결점이 어우러지면 훨씬 나쁜 결과를 초래할 수 있거든. 와츠 박사가 뭐라고 했는지 아는가?"

스트롱 박사님이 말하더니 나를 쳐다보며 인용했다.

"사탄은 게으른 사람에게 나쁜 생각을 심어준다."

"당치도 않네, 박사. 와츠 박사가 인간을 제대로 알았다면 이렇게 썼을 거야. '사탄은 바쁜 사람에게 나쁜 생각을 심어준다.' 자네도 알다시피, 세상에서 나쁜 짓을 골라 하는 건 바쁜 사람이거든. 돈과 권력을 차지하려고 바쁘게 살아가는 사람들이 금세기와 전 세기에 어떤 짓을 저질렀나? 나쁜 짓 아닌가?"

"내가 아는 한, 잭 멀던은 그런 걸 차지하려고 바쁘게 살아갈 사람이 절대 아니야."

스트롱 박사님이 말하곤 턱을 문지르며 깊은 생각에 잠겼다.

"그럴 수도 있겠지. 자네 말을 들으니 본론이 떠오르는군. 옆으로 빠져서 미안하네. 그래, 잭 멀던이 일할 만한 직장을 아직 못 찾았네."

위크필드 선생님이 말하더니, 잠시 망설이다 덧붙였다.

"나는 자네 동기를 알아, 그래서 직장을 찾는 게 그만큼 어려운 것 같아."

"내 동기는 아내가 어린 시절을 함께 보낸 사촌한테 적당한 직장을 찾아주는 거야."

"그래, 나도 알아, 국내든 해외든."

위크필드 선생님이 말하자, 스트롱 박사님은 상대가 마지막 구절을 강조해서 말하는 이유를 궁금하게 여기는 표정으로 대답했다.

"그래! 국내든 해외든."

"자네 입으로 분명히 말했네, 해외도 좋다고."

"그래. 내 입으로 말했어. 이쪽이든 저쪽이든."

"이쪽이든 저쪽이든? 어느 쪽이든 괜찮다는 건가?"

"그래."

"그래?"

위크필드 선생님이 반문하는데, 깜짝 놀란 표정이었다.

"그래."

"국내 말고 해외로 내보내도 괜찮다는 건가?"

"그래."

스트롱 박사님 대답에 위크필드 선생님이 다시 말했다.

"나는 자네 말을 믿어야 하고, 또 당연히 믿네. 사전에 자네 생각을 알았더라면 일자리를 훨씬 쉽게 찾았을 거야. 하지만 내가 받은 인상은 완전히 달랐네."

스트롱 박사님이 당황하면서 의아한 표정으로 바라보더니, 곧바로 미소를 머금어서 나도 한숨 놓았다. 학구적으로 사색하는 서릿발 같은 표정이 사라지자 상냥한 모습과 다정한 모습은 물론 소박한 모습까지 드러나면서 나 같은 신입생에게 아주 매력적이고 바람직하게 보였기 때문이다. 스트롱 박사님은 "아니"라거나 "전혀"와 같은 말을 반복하며 이상하게 흔들리는 걸음으로 나아가고, 우리는 뒤를 따르고, 위크필드 선생님은 내가 본다는 사실도 모른 채 심각한 표정으로 고개를 절레절레 저었다.

교실은 꽤 널찍한 공간으로 건물에서 제일 조용한 쪽에 자리해, 바로 앞에서는 커다란 돌 항아리 대여섯 개가 당당하게 바라보고, 스트롱 박사님 개인 정원도 살짝 보이는데, 햇살이 따사로운 남쪽 담장에서 복숭아가 빨갛게 익어갔다. 창문 앞 잔디밭 화분에는 커다란 알로에 두 그루가 자라는데, 그때 이후로 (양철에 페인트를 칠한 것처럼 보이는) 널찍하고 두툼한 잎사귀를 볼 때마다 나는 조용하고 한적한 풍경이 떠오른다. 학생 스물다섯 명 정도가 교과서를 보며 열심히 공부하다가 우리가 들어서자 모두 일어나서 스트롱 박사님에게 아침 인사를 하고 그대로 선 채 위크필드 선생님과 나를 바라보았다.

"신입생이다, 제군들, 트롯우드 코퍼필드."

스트롱 박사님이 말하자, '애덤스'라는 반장이 자리에서 나와 나를 환영했다. 하얀 목도리를 한 모습은 젊은 성직자처럼 보이지만 붙임성이 좋고 명랑해, 내가 앉을 자리를 알려주고 신사다운 자세로 여러 선생님에게 소개하는 모습은 나를 조금이라도 편하게 하려고 애쓰는 것 같았다.

하지만 나는 학생들 사이에 나선 게 정말 오랜만이고 믹 워커와 '감자녹말' 말고는 또래 앞에 나선 것도 정말 오랜만이라서 굉장히 낯설었다. 그곳 아이들은 절대로 알 수 없는 장면을 내가 목격하고 또래 아이들은 절대로 겪을 수 없는 걸 내가 체험했다고 생각하니, 나 자신이 평범한 신입생처럼 학교에 섞이는 자체가 사기라는 느낌조차 들었다. '머드스톤 & 그린비'에서 일한 시간이 짧든 길든, 그 기간에 학교 스포츠와 게임을 못한 터라 아이들이 가장 평범하게 여기는 것조차 나에게는 낯설고 어려울 게 분명했다. 아침부터 밤까지 먹고 사는 얄팍한 문제에 몰두하는 사이에 예전에 배운 내용은 하나씩 사라졌으니, 내가 아는 내용을 시험한 결과 아는 게 하나도 없다는 사실이 드러나, 학교에서 최하급으로 편성되었다. 물론, 남학생에게 필요한 실력이나 수준이 떨어지는 것도 신경이 쓰였지만, 내가 모른다는 사실보다 내가 동료 학생은 도저히 못 따라올 정도로 세상 물정을 많이 안다는 사실에 더더욱 신경이 쓰였다.

내가 채무자 교도소까지 들락거린 과거를 아이들이 알면? 나 때문이 아니라 미코버 가족 때문에 한 일이 - 전당포에 들락거리며 물건을 팔고 저녁을 얻어먹은 게 - 드러나면? 누더기 차림으로 녹초가 돼서 캔터베리를 지날 때 나를 본 아이가 있다면, 그래서 나를 알아본다면? 아이들이 어떻게 생각할까 하는 생각이, 건제 소시지와 맥주나 얼마 안 되는 푸딩을 사려고 푼돈을 긁어모으던 과거를 안다면 돈을 가볍게 여기는 아이들이 뭐라고 할까? 내가 런던에서 사람들이 가장 비참하게 살아가는 거리를 너무나 잘 안다는 사실을 (그래서 창피하게 여긴다는 사실을) 런던 생활은 물론 런던 거리 자체를 하나도 모르는 아이들이 안다면 어떻게 생각할까? 하는 생각이 툭하면 일어났다. 스트롱 박사 학교에 입학한 첫날, 이런 생각이 마구 떠오르는 바람에 사람을 쳐다보고 반응하는 동작조차 자신이 없어서 낯선 아이가 다가올 때마다 잔뜩 움츠러들었다. 그리고 다정한 눈길이나 동작에 나도 모르게 반응할까 두려워서 수업이 끝나자마자 허겁지겁 도망쳤다.

그러나 고풍스러운 위크필드 저택에는 묘한 영향력이 있어서 내가 새로 받은 교과서를 팔꿈치에 끼우고 문을 두드리는 순간, 불안감은 눈 녹듯 사라졌다. 바람이 잘 통하는 고풍스러운 침실로 올라갈 때는 계단에 어린 웅장한 그림자가 모든 걱정과 두려움을 가리면서 모든 과거를 멀찌감치 몰아내는 것 같았다. 침실 책상에 앉아서 교과서를 들여다보며 열심히 공부하다 저녁 식사시간을 맞아 (수업은 오후 세 시에 끝났다) 밑으로 내려갈 때는 내가 꽤 괜찮은 학생이 될 것 같은 희망에 부풀었다.

아그네스는 응접실에서 아버지를 기다리는데, 아버지는 사무실에서 어떤 사람에게 붙들린 상태였다. 그래서 아그네스가 즐겁게 웃는 얼굴로 나를 맞아주면서 학교가 마음에 드느냐고 물었다. 나는 정말 마음에 든다고, 하지만 처음이라서 약간 낯설다고 대답했다. 그리곤 아그네스에게 물었다.

"너는 학교에 안 다니지, 그지?"

"아니야, 다녀! 매일."

"여길 말하는 거니, 이 집?"

내가 다시 묻자, 아그네스는 빙그레 웃는 얼굴로 고개를 끄덕이며 대답했다.

"아빠는 나를 다른 데에 보내려고 하시질 않아. 가정주부는 집을 지켜야 하니까."

"아버지가 너를 아주 좋아하시는 것 같아."

내가 말하자, 아그네스는 고개를 끄덕이며 "그래"라고 대답하더니, 아빠가 올라오는 소리를 들으면 계단에서 마중하려고 문으로 가서 귀를 기울였다. 하지만 아무런 소리도 안 들리자 원래 자리로 돌아오더니, 특유의 차분한 자세로 말했다.

"엄마는 내가 태어난 직후에 돌아가셨어. 내가 아는 건 아래층에 있는 엄마 초상화가 전부야. 어제 너도 보던데, 초상화 주인이 누군지 파악했니?"

나는 그렇다고, 얼굴이 참 비슷하게 생겼다 대답하고, 아그네스는 기쁜 표정으로 다시 말했다.

"아빠도 그렇게 말씀하셔. 어머나! 이제 아빠 소리가 들려!"

아그네스는 맑고 차분한 얼굴이 기뻐서 환하게 변하며 아빠를 마중하러 나가더니 곧이어 손을 맞잡고 들어왔다. 위크필드 선생님은 나를 따뜻하게 맞이하곤, 스트롱 박사님은 누구보다 점잖은 사람이니 그 밑에서 공부하면 정말 좋을 거라고 말한 다음에 덧붙였다.

"확실한 건 아닌데, 스트롱 박사님이 친절한 걸 악용하는 학생도 아마 있을 거야. 너는 그런 부류가 되면 절대 안 돼, 트롯우드. 스트롱 박사는 사람을 의심할 줄 몰라. 장점일 수도 있고 단점일 수도 있는데, 스트롱 박사를 대할 때는 모두 고려할 필요가 있어, 중요한 거든 사소한 거든."

말하는 어투가 왠지 피곤하거나 불만스러운 것 같지만 나는 이 문제에 더는 관심을 안 기울였다. 저녁 식사를 준비했다는 말이 들리고 우리 모두 밑으로 내려가서 어제와 같은 자리에 앉았기 때문이다.

우리가 의자에 앉자마자 유라이어 힙이 문가에서 빨간 머리와 홀쭉한 손을 밀어 넣으며 말했다.

"멀던 선생께서 말씀드릴 게 있다고 하십니다, 나리."

"멀던 선생과 헤어진 게 조금 전인데?"

"네, 나리. 하지만 꼭 하실 말씀이 있어서 돌아오셨답니다."

유라이어 힙은 한 손으로 방문을 잡은 동안 나를 쳐다보고 아그네스를 쳐다보고 요리를 쳐다보고 접시를 쳐다보는 등 실내에 있는 모든 걸 쳐다보는데…… 하나도 안 쳐다보는 것 같기도 했다. 빨간 눈으로 자기 주인만 열심히 보는 척했기 때문이다.

"죄송합니다. 곰곰이 생각하니 말씀을 드리는 게 좋을 것 같아서요."

유라이어 뒤에서 남자 목소리가 들리더니, 유라이어 머리를 밀어내고 다른 사내 머리가 그 자리를 차지하며 덧붙였다.

"귀찮게 해서 정말 죄송합니다만 이 문제에 대한 선택권이 저한테 없는 것 같으니, 그렇다면 저로서는 해외로 빨리 나갈수록 좋겠습니다. 제가 이렇게 말하니까 사촌 애니는 가까운 사람이 멀리 떠나는 것보다는 주변에 있는 편이 좋다 하고 노박사는……."

"스트롱 박사를 말하는 거요?"

위크필드 선생님이 끼어드는데, 근엄한 어투였다.

"당연히 스트롱 박사지요. 저는 그분을 노박사라고 부른답니다, 어차피 똑같으니까요."

"나는 모르겠소."

위크필드 선생님이 대답하자, 사내가 말을 바꿨다.

"으음, 그렇다면 스트롱 박사요. 저는 스트롱 박사도 생각이 똑같은 줄 알았습니다. 그런데 선생님 말씀을 들으니 스트롱 박사는 생각을 바꾼 것 같은데, 그렇다면 나로선 빨리 떠날수록 좋다는 말 밖에 다른 말을 할 필요가 뭐겠습니까? 그래서 빨리 떠날수록 좋겠다는 말씀을 드리고자 이렇게 돌아온 겁니다. 어차피 물에 뛰어들 팔자라면 강둑에서 우물쭈물해야 아무런 소용이 없으니까요."

"내가 분명히 말하는데, 당신 경우에는 강둑에서 그렇게 우물쭈물할 필요도 없을 거요, 멀던 선생."

위크필드 선생님이 말하자, 상대편이 대답했다.

"고맙습니다. 정말 고맙습니다. 저는 말을 선물로 받으면 이빨을 살펴서 나이를 따지는 사람이 아니랍니다. 점잖지 않으니까요. 물론, 애니라면 이런 결과를 자신이 원하는 방향으로 손쉽게 돌릴 수 있을 겁니다. 노박사한테 한마디만 하면 되니까요."

"당신 말은 스트롱 부인이 남편한테 한마디만 하면 된다는 뜻이오?"

"그렇습니다. 이런저런 일을 이리저리 처리하면 좋겠다는 말 한마디면 당연히 그런 방향으로 풀릴 수밖에 없으니까요."

"당연히 그런 방향으로 풀릴 수밖에 없는 까닭은 대체 뭔가요, 멀던 선생?"

위크필드 선생님이 묻고는 음식을 침착하게 먹었다. 그러자 잭 멀던 이 웃으면서 대답했다.

"맙소사, 그야 애니는 매력적이고 젊은데 노박사는 ─ 아니, 스트롱 박사는 ─ 매력적이지도 젊지도 않기 때문이죠. 누구를 불쾌하게 하려는 의도는 전혀 없습니다, 위크필드 선생님. 그런 결혼에는 일정한 보상이 따르는 게 당연하다는 생각을 말하는 것뿐입니다."

"부인한테 보상해야 한다는 뜻이오, 선생?"

위크필드 선생님이 근엄하게 묻자, 잭 멀던이 웃으며 "당연히 그렇지요" 하고 대답했다. 하지만 위크필드 선생님이 꿈쩍도 않고 여전히 침착하게 식사할 뿐 얼굴 근육이 풀릴 기색은 전혀 없자, 이렇게 덧붙였다.

"굳이 돌아와서 하고 싶은 말씀은 모두 드렸으니, 불쑥 나타난 걸 다시 한번 사과드리고 이만 물러나겠습니다. 물론 저는 선생님과 저 단둘이서 문제를 해결하자는 선생님 방침에 전적으로 복종하는 바이니, 노박사 자택에선 아무 말도 안 하겠습니다."

"식사는 했소?"

위크필드 선생님이 물으며 한 손으로 식탁을 가리키자, 멀던이 대답했다.

"고맙습니다. 이제 우리 사촌 애니와 식사하러 갈 겁니다. 안녕히 계십시오!"

멀던이 밖으로 나가자 위크필드 선생님은 일어나지도 않고 뒷모습을 가만히 바라보았다. 내가 보기에 멀던은 젊은 신사답게 얼굴도 잘생기고 말도 잘하고 배짱도 두둑한데 상당히 천박한 것 같았다. 나는 잭 멀던을 이렇게 처음 보았다. 스트롱 박사님이 아침에 그 사람을 언급할 때만 해도 이렇게 일찍 볼 줄은 정말 몰랐다.

저녁 식사를 마치고 우리는 위층으로 다시 올라갔다. 그러면서 모든 게 하루 전과 똑같은 상황이 펼쳐졌다. 아그네스는 똑같은 구석에 포도주와 유리잔을 준비하고 위크필드 선생님은 거기에 앉아서 포도주를 많이 마셨다. 아그네스는 아빠를 위해 피아노를 연주하고 옆에 앉아서 바느질도 하고 대화도 나누다가 나와 도미노 게임을 했다. 그러다가 차를 만들고 그런 다음에는 내가 교과서를 가지고 내려오자 한 권씩 들여다보며 자신이 아는 (아그네스는 별것 아니라고 하지만 내가 보기엔 대단한) 내용을 알려주고 각각의 내용을 가장 편하게 깨닫고 익히는 방법 역시 알려주었다. 지금 이 글을 쓰는 순간에도 겸손하고 예의 바르고 차분하게 행동하는 아그네스가 보이고 아름답고 조용한 목소리가 들린다. 훗날 아그네스가 나에게 미친 긍정적인 영향도 가슴에 뭉클하게 일어난다. 나는 꼬마 에밀리를 사랑하지 아그네스를 사랑하는 게 아니었다. 그렇다, 그런 건 절대 아니었다. 하지만 아그네스가 옆에 있으면 차분하고 평화롭고 진실하다는 느낌을 받았다. 오래전에 교회에서 본 것처럼 햇빛은 스테인드글라스를 부드럽게 통과하며 아그네스를 비추고, 그 옆에 있는 나에게도 비추고, 주변 모든 걸 비춘다는 느낌이었다.

물러날 시간이 다가오자 아그네스는 우리를 떠나고, 나 역시 물러날 준비를 하면서 위크필드 선생님에게 손을 내밀었다. 하지만 위크필드 선생님은 나를 붙잡고 물었다.

"우리랑 함께 지내는 게 좋겠니, 트롯우드, 아니면 다른 집으로 가는 게 좋겠니?"

"여기에 머무는 게 좋겠어요."

내가 단숨에 대답했다.

"정말?"

"선생님만 좋으시다면!"

"하지만 여기 생활이 따분하지나 않을까 걱정스러워."

"아그네스 이상으로 따분하진 않습니다, 선생님. 전혀 따분하지 않아요!"

"아그네스 이상이라……!"

위크필드 선생님이 중얼거리며 커다란 벽난로 선반으로 가서 몸을 기대며 다시 중얼거렸다.

"아그네스 이상이라……!"

위크필드 선생님은 (내가 착각한 걸 수 있는데) 그날 밤에 포도주를 많이 마셔서 눈에 핏발이 섰다. 하지만 내가 그 눈을 볼 수 있는 건 아니었다. 눈길을 밑으로 깔면서 한 손으로 가렸기 때문이다. 그래도 조금 전에 핏발이 선 걸 확실히 본 것 같았다.

"아그네스가 나한테 질릴까 봐 걱정스러워. 나는 아그네스한테 질린 적이 없어! 하지만 그건 달라, 완전히 달라."

위크필드 선생님이 중얼거렸다. 나에게 하는 말이 아니라 깊은 생각에 빠져들며 혼자 중얼거리는 말이라서 나는 침묵했다.

"건물은 낡아서 따분하고 생활은 단조로워. 하지만 나는 아그네스를 옆에 두어야 해. 옆에 꼭 붙들어두어야 해. 내가 죽어서 사랑하는 딸만 남거나 사랑하는 딸이 죽어서 나만 남는다는 생각이 유령처럼 떠올라 즐거운 시간을 망가뜨려, 거기에 빠져들기만 하면……."

위크필드 선생님이 입을 다물더니, 원래 앉았던 자리로 어슬렁어슬렁 돌아가서 텅 빈 술병을 들고 포도주를 기계적으로 따르다 내려놓고 다시 어슬렁거리며 돌아왔다.

"사랑하는 딸이 옆에 있어도 견딜 수 없을 정도로 쓸쓸한데, 사랑하는 딸이 옆에 없는 느낌은 어떨까? 안 돼, 안 돼, 안 돼. 절대 그럴 순 없어."

위크필드 선생님이 벽난로 선반에 기댄 채 오랫동안 깊은 생각에 빠져든 나머지 나는 상대가 명상하는 걸 방해할 위험을 무릅쓰고 내 방으로 가야 하는 건지 명상에서 깨어날 때까지 그대로 있어야 하는 건지 결정할 수 없었다. 그런 가운데 마침내 위크필드 선생님이 깨어나더니 주변을 둘러보다 나와 시선을 마주쳤다. 그러자 평소처럼 말하는데, 내가 아까 말한 것에 대한 대답 같기도 했다.

"우리 집에 머물겠다고, 트롯우드, 엉? 정말 다행이야. 너는 우리한테 좋은 친구야. 자네가 머물게 돼서 정말 다행이야. 나한테도 다행이고, 아그네스한테도 다행이고, 어쩌면 우리 모두한테 다행일 수 있어."

"저한테도 다행입니다, 선생님. 여기서 지내는 게 좋거든요."

"착한 아이로군! 여기에 머무는 게 좋은 동안에는 계속 머물도록 하게."

위크필드 선생님이 말하면서 나와 악수하더니 등을 도닥였다. 그리고 밤에 아그네스가 자기 방으로 간 다음에 무엇이든 볼일이 있거나 책을 읽고 싶을 때는 아무 때나 자기 방으로 내려오라고, 자신이 방에 있을 때 대화하고 싶으면 언제든 옆자리에 앉으라고 말했다. 나는 배려 해주셔서 고맙다고 대답했다. 위크필드 선생님이 아래층으로 내려갈 때는, 나는 그다지 피곤하지 않아 호의를 삼십 분만 누려볼 생각으로 손에 책을 들고 뒤따라 내려갔다.

하지만 조그맣고 동그란 사무실에 불빛이 있는 걸 보니, 유라이어 힙에 대한 관심이 곧바로 살아나고 상대가 나에게 나름대로 호감을 보인다는 생각도 들어서 위크필드 선생님 방 대신 사무실로 들어섰다. 유라이어는 두툼한 책을 펼쳐놓고 깡마른 집게손가락으로 한 줄 한 줄 짚어서 (내가 보기에) 달팽이가 지나간 것처럼 끈적끈적한 흔적을 남기며 열심히 읽는 중이었다.

"오늘은 늦도록 일하네요, 유라이어."

내가 묻자, 유라이어가 대답했다.

"네, 코퍼필드 도련님."

상대와 편하게 대화하려고 맞은편 걸상에 앉는 순간, 나는 유라이어 에게 미소 같은 게 없다는 사실을, 입을 크게 벌리고 양쪽 끝에 주름살 을 하나씩 만들어서 미소를 대신할 뿐이란 사실을 깨닫고, 유라이어는 이렇게 말했다.

"지금은 사무실 일을 하는 게 아니랍니다, 코퍼필드 도련님."

"그럼 어떤 일을 하는 건가요?"

"법률을 공부하는 중이랍니다, 코퍼필드 도련님. '티드'라는 사람이 집필한 '채무자 교도소 업무'를 읽는 중이에요. 아, 티드라는 분은 글을 정말 잘 쓴답니다, 코퍼필드 도련님!"

내가 앉은 걸상은 전망대 같아, 유라이어가 열광적으로 감탄하고서 손가락으로 다시 짚으며 읽는 모습을 가만히 바라보노라니, 콧구멍이 날카롭게 패여서 너무 얇고 뾰족한 나머지 확장하고 수축하는 과정이 정말 독특하고 불편하다는 사실을…… 두 눈이 전혀 반짝이지 않는 대신 콧구멍이 반짝이는 것 같다는 사실을 발견했다.

"법률 지식이 정말 대단하겠어요."

내가 말했다. 오랫동안 지켜본 다음이었다.

"저요, 코퍼필드 도련님? 맙소사, 아니에요! 저는 아주 천박한 인간이랍니다."

손에 대한 생각 역시 착각이 아니라는 사실도 나는 발견했다. 기회가 있을 때마다 손수건으로 손바닥을 살금살금 닦는 건 물론, 서로 맞대고 힘껏 비비는 자세가 손바닥에서 축축한 느낌을 몰아내려는 것 같았다.

"다른 사람은 몰라도 저는 아주 천박하단 사실을 잘 안답니다. 저희 어머니도 아주 천박하고요. 우리가 사는 거주지 역시 천박하지만, 코퍼필드 도련님, 그런 거라도 있어서 고맙답니다. 저희 아버지가 예전에 하던 일도 천박했답니다. 교회 머슴이었거든요."

"지금은 뭘 하시나요?"

"하늘나라에 계십니다, 코퍼필드 도련님. 하지만 저희는 다행이라고 생각한답니다. 그러니 위크필드 선생님과 함께 지내는 걸 제가 얼마나 감사하게 여기겠어요!"

나는 유라이어에게 위크필드 선생님과 얼마나 지냈는지 물었다.

"제가 그분과 함께 지낸 건 4년째랍니다, 코퍼필드 도련님."

유라이어가 말하더니, 자신이 읽던 자리를 조심스럽게 표시한 다음에 책을 덮으면서 다시 말했다.

"저희 부친께서 돌아가시고 일 년이 지난 다음부터요. 그것 역시 저는 아주 감사하게 여긴답니다! 위크필드 선생님이 친절하게도 도제 자리를 주셔서 얼마나 고마운 줄 몰라요. 아니었다면 제가 어머니와 단둘이 어떻게 살아가겠습니까!"

"그럼, 도제 기간이 끝나면 정식 변호사가 되겠네요?"

"하느님께서 도와주시면요, 코퍼필드 도련님."

"그렇게 되면 조만간에 위크필드 선생님과 동업자가 되겠네요, '위크필드 & 힙'이나 '위크필드를 뒤이은 힙'이란 이름으로."

내가 나름대로 장단을 맞추며 말하자, 유라이어는 고개를 절레절레 저으며 대답했다.

"맙소사, 아니에요, 코퍼필드 도련님. 저는 너무 천박해서 그럴 수 없답니다!"

겸손한 자세로 앉아서 입을 벌리고 양쪽 끝에 주름살을 하나씩 잡으며 곁눈질하는 모습을 지켜보니, 내 방 창문 밖 대들보에 조각한 얼굴처럼 정말로 독특하게 생긴 게 확실했다.

"위크필드 선생님은 정말 훌륭하신 분입니다, 코퍼필드 도련님. 그분을 오랫동안 사귀셨다면 제가 말씀드린 이상으로 잘 아시겠네요."

유라이어 말에 나는 위크필드 선생님은 정말 훌륭하신 분이라고, 하지만 오랫동안 사귄 건 아니라고, 그분을 잘 아는 사람은 우리 고모님이라고 대답했다.

"아, 그렇군요, 코퍼필드 도련님. 고모님은 정말 좋은 분이세요, 코퍼필드 도련님!"

유라이어는 열정을 드러내려 할 때마다 몸을 비트는 버릇이 있는데, 정말 흉측했다. 고모님을 칭찬할 때 역시 목부터 시작해서 몸통 전체를 뱀처럼 비트는 모습에 관심이 쏠릴 수밖에 없었다.

"정말 좋은 분이세요, 코퍼필드 도련님! 그러니 고모님께서도 아그네스 아씨를 많이 칭찬하시겠네요, 코퍼필드 도련님?"

나는 "그렇다"고 뻔뻔하게 대답했다. 하지만 전혀 모르는 내용이었다. 아, 하느님, 저를 용서하소서!

"도련님도 좋아하실 거예요. 도련님도 좋아하는 게 분명해요."

"누구나 좋아할 수밖에요."

내가 대답하자, 유라이어 힙이 말했다.

"어이쿠, 고맙습니다, 코퍼필드 도련님, 그렇게 말씀하셔서! 정말 그래요! 저는 천박하지만, 정말 그렇다는 건 안답니다! 아, 고맙습니다, 코퍼필드 도련님!"

유라이어가 흥분한 나머지 몸을 너무 많이 비틀다가 걸상에서 떨어지더니, 주머니에서 싸구려 회중시계를 꺼내보고 집으로 돌아갈 준비에 들어가며 말했다.

"어머니가 걱정하실 거예요. 우리는 아주 천박하지만, 코퍼필드 도련님, 서로를 끔찍하게 챙기거든요. 언제 한 번 오후 시간에 저희를 찾아 천박한 거주지에 들러서 차를 한 잔 드신다면 저는 물론 어머니도 영광으로 여기실 거예요."

난 기쁜 마음으로 그렇게 하겠다 말하고, 유라이어는 책을 책장에 올려놓으며 대답했다.

"고맙습니다, 코퍼필드 도련님. 이 집에 오랫동안 머무실 거지요, 코퍼필드 도련님?"

내가 학교에 다니는 동안 쭉 머물 것 같다고 말하자, 유라이어가 감탄했다.

"어이쿠, 정말요! 그러면 도련님도 결국 이쪽 일을 하시겠네요!"

나는 그럴 생각도 없고 나를 그쪽으로 인도하려는 사람도 없다고 대답했지만, 유라이어는 내가 아무리 강하게 말해도 침착하게 반박하며 "아니에요, 제 말이 맞아요, 코퍼필드 도련님. 앞으로 그렇게 될 게 분명해요!"라거나 "아니에요, 정말이에요, 코퍼필드 도련님, 도련님은 분명히 그렇게 될 거예요!"라는 식으로 주장하고 또 주장했다. 그러다가 사무실을 비울 준비가 끝나자, 촛불을 꺼도 괜찮겠냐고 묻더니, 내가 "괜찮다"고 대답하자, 곧바로 촛불을 껐다. 그리고 어둠 속에서 생선처럼 축축한 손으로 나와 악수하곤 도로와 연결된 문을 살며시 열고 슬그머니 빠져나가서 문을 닫아, 나는 침실로 돌아가려고 더듬더듬 짚으며 나아가다 유라이어 걸상에 걸려서 넘어지기도 했다. 이런 경험이 크게 작용하면서 유라이어가 꿈에 밤새도록 나타난 것 같은데, 무엇보다 이상한 꿈은 유라이어가 '티드 채무자 교도소 업무'라고 쓴 까만 깃발을 돛대 머리에 단 해적선을 몰고 패거티 아저씨 집을 공격하다가 꼬마 에밀리와 나를 납치해서 극악무도한 깃발을 휘날리며 나아가 해적이 많은 카리브 해 바닷물에 빠뜨려 죽인 것이다.

다음 날 학교에 가자 거북한 느낌은 조금 사라지고 다음다음 날에는 더 많이 사라지는 식으로 하루하루를 보내는 사이에 조금씩 좋아지더니, 보름이 채 안 돼서 새로 만난 친구들과 편하고 행복하게 어울렸다. 놀이는 서툴고 공부 역시 많이 떨어지지만, 놀이라는 건 시간이 지나다 보면 자연스레 실력이 붙고 공부라는 건 열심히 하면 좋아질 게 분명했다. 그래서 놀이든 공부든 열심히 참여해서 많은 칭찬을 들었다. 그러다 보니 '머드스톤 & 그린비' 생활은 나조차 믿기 힘들 정도로 낯설고 현재 생활은 익숙하게 스며들어, 이렇게 오랫동안 살아온 기분마저 들었다.

스트롱 박사님이 운영하는 학교는 정말 훌륭했다. 크리클 교장이 운영하는 학교와 천양지차였다. 규율이 엄격하고 예의를 중시해도 무엇이든 학생 자신의 명예와 신의에 호소하고, 이런 자질이 없다고 스스로 증명하지 않는 한 학생 각자는 이런 자질을 지녔다는 강력한 믿음에 따라 건강하게 움직이는 시스템으로, 성과는 놀라웠다.

우리 모두 학교 행사와 운영에 자발적으로 참여하며 바람직한 교풍과 전통을 만들어나간다고 확신했다. 누구든 학교에 따듯한 애정을 품고 - 지금 생각하면 나 역시 마찬가지며, 학교에 다니는 동안 안 그런 학생은 단 한 명도 못 봤다고 확신하는데 - 명예로운 전통을 만들고 싶은 갈망으로 열심히 공부했다. 시간이 나면 고상한 놀이에 몰두하고 자유시간은 충분했다. 우리는 마을에서 평판이 좋고, 복장이나 행동으로 스트롱 박사님과 학교의 명예를 떨어뜨린 사례는 아주 드물던 기억이 난다.

상급생 몇 명이 스트롱 박사님 자택에서 하숙하는 관계로 이들을 통해서 박사님 개인사를 간접적으로 듣기도 했는데, 박사님은 미혼으로 살다가 내가 서재에서 본 젊고 아름다운 여성을 만나서 열렬히 사랑하고 결혼한 게 열두 달에 불과하니, (친구들 표현에 따르면) 부인은 땡전 한 푼 없는 가난뱅이로 가난한 친척까지 그득해서 이들이 금방이라도 몰려들어 살림을 거덜 낼 수도 있다는 것이다. 박사님이 언제나 명상에 잠겨서 지내는 까닭은 그리스어 뿌리를 찾는 연구에 몰두하기 때문이라는데, 아는 게 하나도 없던 나는 이 말을 듣고서 박사님은 식물에 대한 열정이 가득하다고, 걸을 때마다 땅바닥을 내려다보는 이유도 그것 때문이라고 여겼다. 그리스어 뿌리란 식물이 아니라 어원을 뜻하며, 박사님은 사전을 새로 만들 생각으로 어원에 깊이 빠져드는 거란 사실을 깨닫기 전까지 말이다. 내가 들은 바에 의하면, 우리 반 반장 애덤스는 탁월한 수학 실력으로 박사님 계획과 작업속도에 근거해서 사전을 완성하는 데 걸릴 시간을 계산했다. 그래서 박사님이 지난번에 맞은 62세 생일부터 시작해 앞으로 1649년이 걸린다는 결론을 내렸다.

하지만 박사님은 전교생에게 우상 같은 존재였다. 박사님이 이런 존재가 아니라면 학교는 완전히 다른 형태로 변할 가능성이 농후했다. 박사님은 누구보다 다정한 사람으로, 담장에 올려놓은 항아리처럼 돌로 만든 심장이라도 따듯하게 어루만질 수 있다는 신념이 확고했다. 그래서 박사님이 건물 한쪽에 있는 운동장을 거닐 때면 띠까마귀와 갈까마귀들이 머리를 교활하게 갸웃거리며 바라보는 게 세상일은 자기네가 박사님보다 많이 안다고 생각하는 것 같고, 어떤 거지든 신발 끄는 소리를 박사님이 들을 정도로 가까이 접근해서 힘든 이야기를 꺼내는 순간에 앞으로 이틀은 편하게 지낼 돈이 생겼다.

이런 얘기가 학교 전역에 퍼지다 보니, 교사와 상급생은 이런 사람이 다가오는지 열심히 살피다 박사님 눈에 띄기 전에 창문으로 황급히 뛰쳐나가서 밖으로 몰아내려고 애썼다. 그래서 박사님하고 마주치기 직전에 박사님이 모르도록 간신히 몰아낸 적도 있었다. 그러나 학교 바깥에서 박사님은 양털 깎는 사람 앞으로 나온 순한 양일 수밖에 없었다. 양쪽 발에 맨 각반까지 풀어줘서 적선할 정도니 말이다. 우리 사이에 돌아다니는 이야기가 있는데 (출처는 그때도 모르고 지금도 모르지만 오랜 세월 확고한 사실로 자리 잡았는데) 어느 매서운 겨울날에 박사님이 실제로 각반을 벗어서 여자 거지에게 건네고, 거지는 갓난 아기를 각반에 싸서 안고 집집이 돌아다니며 구걸하니, 각반은 인근 사람에게 대성당만큼이나 유명한 터라 모든 사람이 알아보았다.

전설 같은 이야기에 의하면 각반을 못 알아본 사람은 박사님밖에 없어, 물건을 술과 교환하는, 평판이 안 좋은 조그만 중고품 상점에서 박사님은 입구에 진열한 각반을 발견하고 탐나는 표정으로 여러 번 만지작거리더니, 신기하고 고상한 무늬가 자신이 원래 매던 각반보다 훌륭하다고 여기며 감탄했다고 한다.

박사님이 젊고 아름다운 부인과 함께 있는 모습은 정말 보기 좋았다. 부인을 사랑하는 모습이 아빠처럼 자애로워, 그 자체로 좋은 사람이란 사실이 확연히 드러나는 것 같았다. 나는 복숭아가 자라는 과수원에서 두 사람이 산책하는 모습을 자주 보고, 가끔은 서재나 거실에서 함께 하는 모습을 훨씬 가까운 곳에서 목격했다. 내가 보기에 부인은 박사님을 엄청나게 챙길 뿐 아니라 박사님을 많이 좋아하지만, 사전 작업에 특별한 관심은 없는 것 같고, 그래도 박사님은 원고 일부를 주머니나 모자 안쪽에 넣고 다니다가 함께 산책할 때 부인에게 보여주며 설명하는 것 같았다.

나는 스트롱 부인을 자주 만났다. 박사님에게 처음 인사드린 아침부터 부인은 나를 좋게 보고 이후로도 관심을 보이며 다정하게 대한 데다, 아그네스를 좋아해서 우리 집에 자주 들락거렸기 때문이다. 내가 보기에 스트롱 부인과 위크필드 선생님 사이는 언제나 이상할 정도로 어색한 분위기가 감돌았다. 부인이 위크필드 선생님을 두려워하는 것처럼 보일 정도였다. 그래서 초저녁에 놀러 왔다 돌아갈 때면 위크필드 선생님이 집까지 데려다주겠다 제안하고 부인은 재빨리 거부한 채 대신 나를 데리고 도망치는 식이었다. 그래서 우리 둘이 아무도 안 만날 거로 예상하며 대성당 마당을 가로질러 흥겹게 달리다 보면 잭 멀던이랑 마주치곤 하는데, 그럴 때마다 잭 멀던 역시 우리를 보고 깜짝 놀랐다.

스트롱 부인 엄마는 무척 쾌활한 분이었다. 이름은 마클람이지만 지도력이 탁월한 데다 수많은 친척을 이끌고 박사를 공격하는 능력 역시 뛰어나서 우리 학생들은 '노련한 지휘관'이라고 불렀다. 몸집은 작고 눈매는 매서우며 정장을 차려입을 때는 언제나 똑같은 모자를 썼다. 조화가 두 송이고 주변에는 나비 두 마리가 맴도는 모자였다. 프랑스에서 수입했는데, 손재주 좋은 프랑스 장인만 만들 수 있다는 엉뚱한 믿음이 우리 사이에 가득했다. 하지만 나에게 확실한 건, 마클람 여사가 나타나는 곳이라면 어디든 밤마다 모자 역시 등장한다는 사실, 친선모임에 참석할 때는 모자를 인도산 바구니에 넣어서 운반한다는 사실, 나비는 끊임없이 흔들리는 은총을 타고났으며, 그래서 스트롱 박사 돈으로 '빛나는 시간'[46]이 돋보이도록 일벌처럼 정신없이 움직인다는 사실이다.

하루는 '노련한 지휘관'이 주도하는 분위기를 보았다. 내가 관련된 사건이 곧바로 일어나는 바람에 기억이 또렷한 밤이다. 그날 밤에 박사님은 잔치를 조촐하게 열었는데, 위크필드 선생님이 오랫동안 노력한 덕분에 잭 멀던이 일종의 사관후보생 신분으로 인도에 가는 걸 축하하는 자리였다. 마침 그날은 박사님 생일이기도 했다. 그래서 우리 모두 수업을 안 하는 대신 오전에 박사님에게 선물을 드리고, 반장이 대표로 축하연설하고, 우리는 목이 쉬도록 환호하고, 박사님은 눈물을 흘뿌렸다. 그리고 초저녁을 맞아, 위크필드 선생님과 아그네스와 함께 박사님 자택에서 다과회에 참석했다.

잭 멀던은 우리보다 먼저 도착했다. 우리가 들어설 때 스트롱 부인

---

46) '빛나는 시간(the shining hours)'은 와츠 박사가 쓴 "게으른 자의 해악을 경계하며"라는 글에 등장하는 표현이다.

은 하얀 드레스에 새빨간 리본을 가슴에 단 채[47] 피아노를 연주하고 잭 멀던은 상체를 숙여서 악보를 넘겨주려고 했다. 부인이 고개를 돌리는데, 빨간색과 하얀색이 또렷하게 어우러진 얼굴은 평소와 달리 활짝 펴지 않았다는 인상을 받았다. 하지만 아름다웠다. 놀라울 정도로 아름다웠다.

우리가 자리에 앉자, 스트롱 부인 엄마가 말했다.

"생일인데도 축하하는 걸 깜빡 잊었네, 박사. 하지만 내가 하는 축하는, 자네도 잘 알겠지만, 단순한 축하를 훨씬 뛰어넘는다네. 생일을 진심으로 축하하네."

"고맙습니다, 장모님."

박사가 대답하자, '노련한 지휘관'이 다시 말했다.

"축하하고, 축하하고, 축하하고, 또 축하하네. 자네는 물론이고 애니와 잭 멀던을 비롯한 다른 모든 사람을. 잭 멀던, 네가 아주 조그마할 때가, 코퍼필드 도령보다 머리 하나는 작을 때가, 그래서 뒷마당 구스베리[48] 덤불 뒤에서 애니와 풋사랑을 나눌 때가 바로 어제 같구나."

"사랑하는 엄마, 이제 그런 말은 그만 하세요."

스트롱 부인이 말하자, 엄마가 반박했다.

"애니, 어리석은 소리 그만해. 다 늙은 유부녀가 이런 말을 듣고 얼굴을 붉히다니, 도대체 언제쯤 돼야 이런 걸 아무렇지 않게 들을 수 있겠니?"

"다 늙어요? 애니가요? 맙소사!"

잭 멀던이 탄식하자, '노련한 지휘관'이 대답했다.

---

47) 스트롱 부인이 하얀 드레스에 새빨간 리본을 가슴에 달았다는 건 성적인 매력이 또렷하다는 사실을 상징한다.
48) 'play gooseberry'에는 사랑하는 두 사람 사이에 끼어든다는 뜻이 있다.

"그래, 잭, 다 늙은 유부녀가 맞아. 물론, 나이를 먹어서 늙었다는 건 아니야. 불과 스무 살밖에 안 된 여자애한테, 나도 그렇고 다른 사람도 그렇고, 어떻게 그런 말을 하겠어? 하지만 내가 그렇게 말한 건 박사 부인이기 때문이야. 사촌이 박사 부인이라는 건 너한테도 이로워, 잭. 그래서 지금까지 박사한테 도움을 많이 받았고, 내가 장담하는데, 너한테 자격만 있다면 앞으로도 도움을 많이 받을 거야. 나는 허세 부리는 사람이 아니야. 솔직히 말하는데, 우리 친척 가운데는 이런 도움을 받아야 할 사람이 많아. 너도 다른 친척과 다를 바 없었잖아, 사촌이 영향력을 행사해서 도움을 끌어내기 전에는."

그러자 마음씨 착한 박사는 아무것도 아니라는 듯 손을 저었다. 잭 멀던을 당혹스럽지 않게 하려는 것 같았다. 하지만 마클람 여사는 박사 옆 의자로 옮겨 앉아 박사 상의 소맷자락을 부채로 누르며 계속 말했다.

"아니야, 정말이야, 친애하는 박사, 내가 자네를 지나치게 칭찬하는 것처럼 보인다면 용서하게. 하지만 나는 정말 그렇게 생각하네. 집착이라 해도 좋고 주관적이라 해도 좋아. 자네는 우리한테 축복이야. 자네는 하느님이 내리신 은총이라고."

"말도 안 됩니다, 말도 안 돼요."

박사님이 말하자, '노련한 지휘관'이 반박했다.

"미안하네만 내 말이 맞네, 내 말이 맞아. 이 자리에 다른 사람이라곤 속 얘기를 털어놓고 지내는 위크필드 선생뿐이니, 나로선 솔직하게 털어놓을 수밖에 없네. 자네가 이런 식으로 고집을 계속 부린다면 나는 장모라는 권한으로 자네를 꾸짖겠네. 나는 완벽하게 솔직하고 숨김없는 사람이야. 내가 하고 싶은 말은, 자네가 애니한테 청혼해서 처음으로 나를 깜짝 놀라게 할 때 – 내가 얼마나 놀랐는지 자네는 기억하나?

- 내가 한 말이야. 이렇게 말하면 이상하겠지만, 청혼 자체는 크게 이상할 게 없어. 하지만 자네는 불쌍하게 돌아가신 애니 아버지를 옛날부터 잘 알고, 애니를 생후 6개월부터 알고 지낸 데다 나는 자네를 그런 관점에서 생각한 적이 한 번도 없었거든. 아니, 자네가 결혼하리란 생각부터 못 했거든. 그게 전부야, 자네도 알겠지만."

"네, 네. 이제 마음 안 쓰셔도 돼요."

박사가 상냥하게 대답하자, '노련한 지휘관'은 부채를 사위 입술에 대며 계속 말했다.

"하지만 마음이 쓰여, 그것도 아주 많이. 내가 이렇게 말하는 까닭은 내가 틀린 게 있으면 지적하길 바라기 때문이야. 으음! 그래서 나는 애니한테 말했어, 자네가 한 말을 애니한테 했어. 이렇게 말했지. '사랑하는 애니, 스트롱 박사가 방금 긍정적인 마음으로 다녀갔는데, 너를 사랑한다고 고백하면서 청혼했어.' 내가 딸을 조금이라도 압박했을까? 아니야. 나는 이렇게 말했어. '애니, 사실대로 말하렴. 사랑하는 사람은 없니?' 그러자 애니가 울면서 '엄마, 저는 너무 어려서' - 이 말은 완벽한 사실이야 - '사랑하는 사람이 있는지조차 모르겠어요'라고 대답했어. 그래서 내가 말했지. '그렇다면, 사랑하는 딸, 사랑하는 사람이 없다고 생각해도 무방해. 여하튼, 사랑하는 딸, 스트롱 박사는 매우 흥분한 상태라서 곧바로 대답을 줘야 해. 어중간한 상태로 붙들어 맬 순 없어.' 그러자 애니는 여전히 울면서 물었어. '엄마, 제가 없으면 그분이 불행하실까요? 그렇다면, 저는 그분을 존경하고 숭배하니, 청혼을 받아들이겠어요.' 이래서 결정 난 거야. 그제야 비로소 나는 애니한테 처음으로 이런 말을 꺼냈어. '애니, 스트롱 박사는 너한테 남편 역할은 물론이고 돌아가신 아버지 역할까지 할 거야. 박사는 우리 집에서 가장 역할을 하고 우리 가족의 지혜와 명예를 대변할 터이니, 한마디로 말하자면, 우리 집안에 커다란 은총이야.' 나는 당시에도 '은총'이란 단어를 사용하고 조금 전에도 '은총'이란 단어를 사용했어. 나한테 장점이 있다면 그건 일관성이 있다는 거야."

엄마가 말하는 동안 딸은 가만히 앉아서 꿈쩍도 안 한 채 두 눈을 바닥에 깔고, 사촌은 바로 옆에서 바닥을 내려다보았다. 이윽고 딸이 덜덜 떨리는 목소리로 조그맣게 물었다.

"엄마, 말씀을 다 하신 건가요?"

그러자 '노련한 지휘관'이 대답했다.

"아니야, 사랑하는 애니, 끝나려면 멀었다. 네가 물어서 나는 아니라고 대답하는 거야. 나는 네가 친정식구한테 약간 이상하게 군다는 게 불만이야. 너한테 아무리 불평해도 소용이 없으니만치 앞으로는 네 남편한테 직접 말할 작정이다. 여보게, 친애하는 박사, 어리석은 아내를 보게."

그래서 박사는 다정한 얼굴을 돌려서 소박하고 점잖은 미소를 머금으며 바라보고 아내는 머리를 한층 더 숙였다. 위크필드 선생 역시 스트롱 부인을 꾸준히 바라보고, '노련한 지휘관'은 장난기 가득한 표정으로 고개와 부채를 딸에게 흔들며 계속 말했다.

"저 철딱서니 없는 것한테 지난번에 한 말이 있어, 남편한테 말하면 좋은 - 아니, 꼭 말해야 하는 - 상황이 친정집에 일어났다고. 그러니까 저것은 남편한테 말하는 건 도움을 요청하는 셈이라고, 자네는 마음이 넓어서 자신이 그런 걸 말하면 언제나 도와준다고, 그래서 말하지 않겠다고 대답하더군."

"여보, 애니, 그건 옳지 않아. 그건 내가 좋아하는 일을 당신이 빼앗는 거야."

박사가 말하자, '노련한 지휘관'이 맞장구쳤다.

"나도 애니한테 거의 똑같이 말했어! 앞으로는 저 애가 똑같은 이유로 자네한테 말을 안 하려 든다면 내가 자네한테 직접 말하겠네, 친애하는 박사."

"그렇게 해주신다면 정말 고맙겠습니다."

박사가 대답하고, 장모가 물었다.

"정말인가?"

"당연하죠."

"으음, 그렇다면, 그럼세! 약속한 거네."

'노련한 지휘관'이 말하더니, 내가 보기에 의도를 관철했다는 사실이 기쁜 나머지, 부채에 먼저 키스하더니, 그 부채로 박사 손등을 몇 차례 톡톡 치고서 원래 앉았던 자리로 의기양양하게 돌아갔다.

선생님 두 분과 학급 반장 애덤스를 포함해 여러 사람이 새로 참석하면서 일반적인 대화가 저변에 깔리더니, 잭 멀던이 떠날 머나먼 여행길과 앞으로 새롭게 살아갈 나라, 잭 멀던의 다양한 계획과 전망으로 대화 주제가 자연스럽게 넘어갔다. 실제로, 잭 멀던은 그날 밤에 저녁 식사를 마치면 역마차를 타고 그레이브젠드로 가서 거기에 정박한 배를 타고 머나먼 여행길에 나서 – 휴가를 받거나 건강상 이유로 돌아오지 않는 한 – 그 나라에서 얼마나 오랫동안 지내야 할지 아무도 몰랐다. 지금 생각하면 거기에 참석한 사람은 인도에 대한 풍문 가운데 틀린 게 많다는 사실에, 호랑이가 한두 마리 있고 한낮이 약간 더운 것 말고는 나쁜 게 딱히 없다는 사실에, 모두 동의하는 것 같았다. 하지만 내 눈에 잭 멀던은 동양의 수많은 왕과 절친한 친구며, 양탄자를 타고 하늘을 날며, 쭉 펴면 1km 길이가 넘는 꾸불꾸불한 황금 파이프로 담배를 태우는 현대판 신드바드로 보였다.

스트롱 부인은 노래 실력이 정말 뛰어나다. 혼자서 부르는 걸 자주 들어서 내가 잘 안다. 하지만 그날은 많은 사람 앞에서 노래하는 게 쑥스러운지 아니면 목소리가 안 나오는지 모르겠지만, 노래를 제대로 못 불렀다. 처음에는 멀던 사촌과 듀엣을 부르더니 뒤로 갈수록 이상하게 변하고, 다음에는 독창으로 달콤한 목소리를 내다가 갑자기 가라앉아, 너무 당혹스러운 나머지 건반 위로 고개를 숙이고 말았다. 선량한 박사는 부인이 긴장한 모양이라고, 카드놀이나 해서 긴장을 풀어주자고 제안했다. 하지만 박사는 카드놀이 실력이 현저하게 부족한 나머지, '노련한 지휘관'이 같은 편으로 곧장 뛰어들더니, 주머니에 있는 은전을 자신에게 모두 맡기라고 요구했다.

카드놀이는 즐거웠다. 나비 두 마리가 열심히 지켜보는 앞에서 박사가 계속 실수하는 바람에 나비가 짜증을 심하게 부렸지만, 즐거운 분위기까지 줄어들진 않았다. 젊은 부인은 그럴 기분이 아니라는 핑계로 카드놀이에 안 끼고, 멀던 사촌은 짐을 싸야 한다며 물러났다. 하지만 짐을 모두 싼 다음에 돌아오자, 두 사람은 소파에 나란히 앉아서 대화했다. 젊은 부인이 가끔 다가와서 박사 손에 있는 패를 훑어보며 이렇게 저렇게 훈수하는데, 상체를 숙이고 들여다보는 얼굴이 아주 창백한데다 손가락으로 카드를 가리킬 때는 덜덜 떨려도, 박사는 아내가 관심을 보인다는 사실에 마냥 행복할 뿐 별다른 눈치를 못 챘다.

만찬 자체는 그렇게 즐겁지 않았다. 오랫동안 헤어져야 한다는 사실을 누구나 어색하게 받아들이고, 시간이 다가올수록 어색한 분위기는 늘어만 가는 것 같았다. 잭 멀던이 수다 떨어도 마음이 불편한 터라 분위기만 서먹하게 만들었다. 그래서 '노련한 지휘관'이 잭 멀던 어린 시절을 끊임없이 얘기하는데, 내가 보기에 좋아지는 건 하나도 없었다.

그런데도 박사는 우리 모두 즐거워한다고 생각하며 좋아할 뿐, 우리 모두 조금도 즐겁지 않다는 짐작은 전혀 못 했다. 그래서 시계를 쳐다 보더니, 유리잔에 술을 채우며 말했다.

"여보, 애니, 이제 당신 사촌 멀던이 떠날 시간이니, 우리가 어서 보내줘야 해. 세월은 사람을 기다리지 않아. 잭 멀던, 자네 앞에는 머나먼 여행길과 낯선 나라가 놓여있네. 하지만 지금까지 많은 사람이 그 길을 갔고 앞으로도 많은 사람이 그럴 거야. 수많은 사람이 자네와 똑같은 길을 가서 성공하고, 수많은 사람이 금의환향했어. 자네도 그러기 바라네."

"그래도 마음이 아파. 갓난아기 때부터 알던 멋진 젊은이가 자신이 알던 모든 걸 뒤로 하고 앞에 무엇이 있는지도 모른 채 지구 반대편으로 떠나는 모습을 지켜보노라니, 전망이 아무리 좋다 하더라도 마음이 아파."

마클람 여사가 말하더니, 박사를 쳐다보며 덧붙였다.

"젊은이는 끊임없이 지원하고 후원해야 하는 법이야, 이렇게 많은 걸 희생하는 젊은이라면 더더욱."

하지만 박사는 자신이 할 말을 계속했다.

"자네한테 주어진 세월은 순식간에 지나는 법이야, 잭 멀던, 우리한테 주어진 시간도 마찬가지고. 우리 가운데 몇몇은, 자연의 섭리 때문에, 자네가 귀국하는 걸 못 볼 수도 있어. 우리로선 자네가 귀국하는 걸 볼 수 있기만 바랄 뿐이야, 특히 나 같은 경우에는. 하지만 좋은 충고를 한답시고 자네를 지루하게 만들 생각은 없네. 자네는 사촌 애니라는 좋은 모델을 오랫동안 지켜보았어. 그러니 사촌 애니가 지닌 미덕을 최대한 본받도록 노력하게."

마클람 여사는 부채를 이리저리 흔들면서 머리를 절레절레 젓고 박사는 벌떡 일어나서 다른 사람 역시 잇따라 일어서는 가운데 이렇게 덧붙였다.

"잘 가게, 잭 멀던. 즐거운 여행길이 되길. 외국에서 크게 성공하고 금의환향하길 바라네."

우리 모두 축배를 들고는 잭 멀던과 일일이 악수했다. 그런 다음에 잭 멀던은 그 자리에 참석한 여성과 황급히 작별인사를 나누고 문으로 재빨리 나가서 이륜마차에 오르는데 아이들이 잔디에 모였다가 일제히 환호성을 올렸다. 나는 힘을 보태려고 아이들에게 달려가 바퀴가 구를 때 마차 바로 옆에 있었던 덕분에 소음과 먼지 한가운데서 잭 멀던이 잔뜩 흥분한 얼굴로, 그리고 한 손에 무언가 새빨간 물건 하나를 들고, 덜거덕거리며 지나는 모습을 생생하게 목격할 수 있었다.

학생들은 박사님에게 또다시 환호하고 사모님에게 또 환호한 다음에 흩어져, 나 역시 집으로 다시 들어가니 모든 손님이 박사님 주변에 모여서 잭 멀던이 어떤 마음으로 떠나고 어떤 마음으로 견디고 어떤 기분을 느낄지 등에 대해 논의했다. 이런 대화가 한창일 때 마클람 여사가 갑자기 소리쳤다.

"애니는 어디에 있지?"

스트롱 부인이 안 보였다. 모두 커다랗게 불러도 대답조차 없었다. 어떻게 된 건지 알아보려고 밖으로 우르르 몰려나가자, 현관 바닥에 쓰러진 스트롱 부인이 보였다. 처음에는 모두 깜짝 놀랐으나 가볍게 기절한 터라 가벼운 조치로 깨어날 수 있다는 사실을 깨닫고, 박사는 아내 머리를 들어서 무릎에 누이고 곱슬머리를 한 손으로 쓰다듬다가 주변을 둘러보며 한탄했다.

"불쌍한 부인! 마음이 부드럽고 정이 너무 많아! 어린 시절을 함께 보낸 소꿉친구와 - 제일 좋아하는 사촌과 - 헤어져서 이런 거야. 아! 정말 안타까워! 아! 정말 불쌍해!"

부인이 눈을 뜨더니, 자신이 쓰러졌다는 사실과 우리 모두 주위를 에워쌌다는 사실을 깨닫고 부축을 받으며 일어나서 고개를 옆으로 돌리는데, 남편 어깨에 머리를 기대려고 그런 건지 얼굴을 숨기려고 그런 건지는 지금 생각해도 모르겠다.

우리는 응접실로 들어가고, 박사와 부인과 장모만 뒤에 남았다. 하지만 부인은 아침부터 기분이 울적하다가 지금은 훨씬 좋아졌으니 손님들 사이로 데려다 달라고 말한 것 같고, 두 사람은 젊은 부인을, 얼굴이 백지장처럼 하얗고 힘이 하나도 없어 보이는 사모님을, 안으로 데려와서 소파에 앉혔다. 그러더니 어머니가 딸에게 옷매무시를 고쳐주면서 말했다.

"애니, 사랑하는 딸. 여길 봐! 리본을 잃어버렸어. 누구든 리본을 찾아주겠어요, 새빨간 리본?"

가슴에 꽂았던 리본이 사라진 것이다. 우리 모두 리본을 찾았다. 나도 사방을 찾아보았다. 정말이다. 하지만 누구도 찾을 수 없었다.

"리본을 마지막으로 본 게 언젠지 기억하니, 애니?"

어머니가 묻는 말에 스트롱 부인은 조금 전까지 있었다고, 하지만 굳이 찾을 필요는 없을 것 같다고 대답할 때 얼굴에 핏기가 하나도 없어 백지장처럼 보인다는 생각을 내가 얼핏 떠올린 이유가 정말 이상했다.

그래도 사람들은 다시 찾아보고 리본은 여전히 안 나왔다. 부인이 더는 찾지 말라고 간청해도 우리는 간헐적으로 찾고, 그러다가 부인이 쾌차한 다음에 비로소 밖으로 나왔다.

나는 위크필드 선생님과 아그네스와 함께 집으로 느긋하게 걸었다. 그래서 아그네스와 함께 달빛을 보며 감탄하는데, 위크필드 선생님은 고개를 좀처럼 안 들고 땅만 묵묵히 내려다보았다. 우리 집 현관문에 도달한 다음에 비로소 아그네스는 손가방을 두고 왔다는 사실을 깨닫고, 나는 아그네스를 도울 수 있다는 사실에 기뻐하며 손가방을 가지러 뛰어갔다.

조금 전에 떠난 식당으로 들어가니, 사람은 하나도 없고 어두웠다. 하지만 문 하나를 지나면 박사님 서재로, 거기에서는 불빛이 보이고 문도 열린 터라, 나는 안으로 들어섰다. 내가 돌아온 까닭을 말하고 촛불 하나를 얻을 생각이었다.

박사님은 벽난로 옆 안락의자에 앉고 젊은 부인은 남편 발치에 앉아 있었다. 그래서 박사님은 흐뭇한 미소를 머금으며 원고로 작성한 내용인지 이론을 설명하는 내용인지를 커다랗게 읽어주고 부인은 그런 남편을 올려다보는데, 나는 그런 얼굴을 한 번도 본 적이 없다. 얼굴 형태가 너무나 아름다우면서 잿빛처럼 창백하고, 넋을 잃는 표정은 또렷하고, 야성적이면서도 몽롱한 상태에서 뭔지 모를 공포에 시달리는 기색 역시 가득했다. 두 눈은 동그랗고 갈색 머리칼은 양쪽 어깨를 지나며 하얀 드레스로 풍성하게 흘러내리는데, 리본이 없어서 부자연스럽게 보였다. 이 모습을 나는 지금도 또렷하게 기억하는데, 그 표정이 무엇을 뜻하는지 모르겠고, 나이를 많이 먹고 판단력도 좋아진 지금 이 순간에 내가 그 광경을 다시 떠올리는 까닭은 또 무언지 모르겠다. 하지만 그 표정에는 후회와 굴욕과 수치심과 자존심과 사랑과 믿음이 가득했다. 뭔지 모를 공포도 가득했다.

내가 들어가서 돌아온 이유를 말하자, 부인은 번뜩 정신을 차렸다. 박사님도 방해받은 게 분명했다. 내가 탁자에서 가져온 촛불을 원래 자리에 돌려놓으려고 다시 들어설 때, 박사님은 부인 머리를 아버지처럼 쓰다듬으며 자신은 너무 따분한 성격이라 부인으로선 원고라도 읽어달라고 할 수밖에 없었을 거라고, 이제 잠자리에 들라고 말하던 참이

었기 때문이다.

하지만 부인은 황급히 서두는 어투로 남편 곁에 그냥 머물고 싶다고 – 부인이 머뭇거리는 어투로 중얼거리는 소리가 내 귀에 뚜렷하게 들리는 가운데 – 남편이 신뢰한다는 확신을 느끼고 싶다고 요청했다. 나는 그곳을 떠나려고 방문을 나서다, 부인이 나를 힐끗 쳐다보곤 남편에게 시선을 돌려서 두 손을 교차하며 남편 무릎에 올려놓아, 훨씬 차분한 얼굴로 아까처럼 올려보고 남편은 다시 커다랗게 읽는 광경을 목격했다.

정말 인상적인 장면이었다. 그래서 오랫동안 떠올리다 보니 결국에는 이렇게 글로 정리한 것 같다.

CHAPTER 17. 누가 불쑥 나타나다

도망친 이후로 패거티 유모에 대해 언급할 생각은 미처 못 했지만,
고모님 집으로 들어간 직후에 당연히 편지를 보내고, 고모님이 나를
공식적으로 입양한 다음 역시 상세한 내용을 기다랗게 담아서 보냈다.
그리고 스트롱 박사 학교에 적응하는 사이에 편지를 다시 보내서 행복
한 환경과 밝은 전망에 대해 자세히 알렸다. 그러면서 노신사 딕이
나에게 준 은화 열 냥을 편지에 동봉해서 패거티 유모에게 빌린 돈을
모두 갚는 기쁨을 만끽하며, 당나귀 마차를 모는 젊은 사내가 돈을
빼앗아간 이야기를 처음으로 알렸다.

편지를 보낼 때마다 패거티 유모는 답장을 바로 보냈다. 그런데 내
가 도망친 것에 대한 감정을 글씨로 담으려고 노력하는 곳곳에서 (잉크
로 도저히 담아낼 수 없는) 엄청난 표현력이 묻어나왔다. 감탄사로
시작해서 마냥 이어나가는 문장마다 눈물 자국만 가득해 도무지 무슨
내용인지 종잡을 수 없었다. 하지만 눈물 자국 자체가 어떤 훌륭한
문장보다도 커다란 감동을 주었다. 패거티 유모가 편지 쓰는 내내 울었

다는 사실을 그대로 보여주니, 아, 내가 무얼 더 바라겠는가!

패거티 유모는 아직 우리 고모님을 많이 좋아할 수 없다는 사실을 나는 어렵지 않게 깨달았다. 고모님에 대한 선입견은 오랜 세월에 걸쳐서 쌓였지만 내가 알린 내용은 너무 짧았다. 유모는, 사람은 정말 알 수 없다고, 자신이 오랫동안 생각한 베시 고모님이 실제로는 완전히 다른 사람이라는 자체만 떠올려도 정말 대단한 교훈을 느낄 수 있다고 편지에 썼다. 그래도 유모는 베시 고모님을 여전히 두려워하는 게 분명했다. 고모님에게 정중한 마음으로 경의를 표한다는 말을 어렵게 했기 때문이다. 그런데 유모는 내가 또다시 도망치지 않을까 하는 마음에 나까지 두려워하는 게 분명했다. 말만 하면 야머스까지 오는 마차 비용을 당장에라도 보내겠다는 암시를 여러 차례 반복한 데서 충분히 느낄 수 있었다.

패거티 유모는 충격적인 소식도, 우리가 살던 옛날 집 가구를 모두 팔았으며 머드스톤 오누이는 어디론가 떠나고 집은 세를 주거나 팔려고 내놓았다는 소식도 알려주었다. 두 오누이가 머무는 한 거기에 대한 애착은 조금도 없으나, 그리운 옛집이 완전히 버림받아, 정원에 잡초만 무성하고 오솔길에 낙엽이 두껍게 쌓여서 썩어가겠다 생각하니 마음이 아팠다. 겨울바람은 건물을 휘감으며 매섭게 울부짖고, 차가운 빗방울은 유리창마다 무섭게 때리고, 달은 달빛을 유령처럼 드리우며 쓸쓸한 방을 밤새도록 지켜보겠다는 생각도 들었다. 교회 공동묘지 나무그늘 밑에 만든 새 무덤도 생각났다. 옛집마저 죽으면서, 이제, 아버지와 어머니에 대한 연결고리가 모두 사라지는 느낌이었다.

유모 편지에 다른 소식은 없었다. 바키스 아저씨는 훌륭한 남편이나 여전히 인색하다는, 하지만 인간은 누구나 단점이 있는 법이라는, 자신은 특히 많다는(나로선 유모에게 어떤 단점이 있는지 모르겠지만), 남편이 안부를 전한다는, 내가 묵을 조그만 침실은 언제나 깨끗하게 청소한다는, 패거티 아저씨도 잘 지내고, 햄도 잘 지내고, 거미지 부인은 여전히 우울하고, 꼬마 에밀리는 사랑한다는 말을 보낼 순 없다고, 하지만 그렇게 쓰고 싶으면 마음대로 하라고 대답했다는 정도다.

나는 이런 내용을 고모님에게 그대로 전했다. 고모님이 별로 좋아하지 않을 거란 느낌이 본능적으로 들어서 꼬마 에밀리 얘기만 숨겼다. 내가 스트롱 박사 학교에 입학하고 얼마 안 돼서 고모님은 나를 보려고 캔터베리로 여러 번 넘어왔는데, 매번 예상치 못한 시간이었다. 나를 기습하려는 목적으로 그러신 것 같다. 하지만 공부도 열심이고, 품행도 좋고, 학업성적도 빠르게 오른다며 모두가 칭찬하는 말을 듣고서 얼마 후부터는 찾아오지 않았다. 그래서 나는 서너 주에 한 번씩 토요일에 고모님을 만나러 도버로 가서 맛있는 음식을 잔뜩 먹고, 노신사 딕은 한 주 건너 수요일마다 역마차를 타고 정오에 도착해서 다음 날 아침까지 머물렀다.

노신사 딕은 가죽으로 만든 책상과 문방구와 회고록을 늘 가져왔다. 회고록 쓸 시간이 이제 얼마 없다고, 집필을 어서 끝내야 한다고 생각한 것이다.

노신사 딕은 생강 빵을 유난히 좋아했다. 그래서 고모님은 노신사 딕이 찾아오는 걸 훨씬 즐겁게 여기도록 하는 차원에서 빵집과 외상거래를 트라고 나에게 지시했다. 조건은 하루 외상으로 은화 한 냥을 넘지 말아야 한다는 것이다. 여기에다, 노신사 딕이 여인숙에 묵으면서 사용한 비용까지 고모님이 청구받아 지급하는 걸 보면 노신사 딕은 동전을 쨍그랑거릴 수 있을 뿐 사용할 순 없는 것 같았다. 그래서 조금 더 조사한 결과, 실제로 그렇다는, 노신사 딕은 모든 비용을 고모님에게 허락받기로 약속한 게 분명하다는 사실을 확인했다.

노신사 딕은 고모님을 속일 생각이 전혀 없는 반면에 고모님을 기쁘게 할 생각은 간절한 터라 돈을 함부로 안 쓰려고 매우 조심했다. 다른 문제와 마찬가지로 돈 문제 역시 가장 지혜롭고 훌륭하게 처리할 여성은 고모님이라 확신하곤, 엄청난 비밀이라도 되는 듯 속삭이는 어투로 나에게 반복해서 알려주기도 했다. 그런데 어느 수요일에 노신사 딕은 이렇게 은밀한 말을 신비로운 분위기로 털어놓다가 대뜸 물었다.

"트롯우드, 우리 집 주변에 숨어서 고모님한테 겁주는 사람이 누구야?"

"고모님을 겁준다고요, 할아버지?"

내가 반문하자, 노신사 딕이 고개를 끄덕이며 말했다.

"나는 고모님이 무서워하는 게 하나도 없는 줄 알았어. 왜냐면 고모님은……"

노신사 딕이 갑자기 조그맣게 속삭였다.

"누구한테도 말하지 마……. 세상에서 가장 지혜롭고 훌륭한 여성이거든."

이렇게 말하고 뒤로 물러앉아 내가 어떻게 받아들이는지 살피더니, 다시 말했다.

"그 사람이 처음 나타난 건…… 가만있자…… 1649년은 찰스 1세가 처형당한 해야. 네가 그렇게 말했지?"

"네, 할아버지."

내가 대답하자, 노신사 딕은 당혹스럽다는 표정으로 고개를 절레절레 저으며 한탄했다.

"어떻게 그럴 수 있는지 모르겠어. 나는 나이가 그렇게 안 많은 것 같은데.”

“그 사람이 나타난 게 바로 그해였나요, 할아버지?”

“당연하지. 그해에 그런 일이 어떻게 일어났는지 모르겠어, 트롯우드. 그해라는 건 역사책을 보고 안 거지?”

“네, 할아버지.”

“역사책은 거짓말 안 할 거야, 그치?”

노신사 딕이 말하는데, 혹시 그럴 수도 있는 것 아니냐는 희망을 희미하게 내비쳤다.

“그럼요, 당연히 안 하지요, 할아버지!”

내가 단호하게 대답했다. 아직은 어리고 순진할 때라 실제로 그렇게 생각했다.

그러자 노신사 딕이 고개를 다시 저으며 한탄했다.

“도무지 이해할 수 없어. 어딘가 틀린 게 분명히 있어. 어쨌든 찰스 1세 머리에 가득한 근심 걱정을 내 머리에 집어넣는 실수를 저지른 직후에 그 남자가 처음 나타났어. 차를 마시고서 이제 막 땅거미가 질 때 트롯우드 고모님이랑 산책하러 나가는데, 그 사내가 우리 집 근처에 있는 거야.”

“주변을 어슬렁거렸나요?”

“주변을 어슬렁거렸냐고? 잠깐만, 기억을 떠올려야 해. 아, 아니야, 아니야. 주변을 어슬렁거리진 않았어.”

노신사 딕이 대답하는 말을 듣고, 나는 사내가 무얼 하고 있었느냐고 물었다. 사실 여부를 신속하게 파악하려는 조치였다. 그러자 노신사 딕이 대답했다.

“으음, 사내는 주변에 없었어. 뒤에 갑자기 나타나서 속삭였어. 고모님은 재빨리 돌아보다 기절하고, 나는 그대로 서서 쳐다보고, 사내는 천천히 사라졌어. 정말 이상한 건 사내가 땅으로 꺼졌는지 하늘로 솟구쳤는지 꼭꼭 숨어선 그때 이후로 두 번 다시 안 나타났다는 거야!"

"그때 이후로 한 번도 안 나타났어요?"

내가 묻자, 노신사 딕은 고개를 진지하게 끄덕이며 대답했다.

"분명해. 단 한 번도 안 나타났어, 지난밤까지는! 지난밤에 산책하는데 고모님 뒤에 또 나타나서 내가 한눈에 알아보았거든."

"그 사람이 이번에도 고모님한테 겁을 주었나요?"

내가 묻자, 노신사 딕은 당시 감정을 그대로 흉내 내서 이를 부드득 갈며 대답했다.

"온몸이 덜덜 떨리도록. 고모님이 울타리를 부여잡고 울었으니까. 그런데 트롯우드, 이리 와봐."

노신사 딕이 가까이 다가오라더니 조그맣게 속삭였다.

"달빛이 환한 데서 고모님이 그 사람한테 돈을 왜 주었을까?"

"그 사람이 거지였나 보지요."

내가 대답하자, 노신사 딕은 당치도 않다는 표정으로 고개를 절레절레 흔들곤, 확신 어린 어투로 "거지는 아니야, 거지는 아니야, 거지는 아니야!" 하고 수없이 반복하더니, 밤늦은 시각에 자기 방 창문으로 똑똑히 보았는데, 고모님이 정원 울타리 바깥에서 환한 달빛을 받으며 돈을 주었다고, 그러자 사내가 땅속으로 또 사라졌다고, 그리고 더는 안 보였다고, 반면에 고모님은 은밀하게 서둘며 집으로 돌아오더니 다음 날 아침에 평소와 완전히 다르게 굴어, 마음이 정말 괴로웠다고 말했다.

이야기를 처음 들을 때만 해도 나는 노신사 딕을 어렵게 만드는 국왕처럼 이상한 사람 역시 망상이라고 생각했다. 하지만 다시 곰곰이 생각하니, 가련한 노신사 딕을 고모님 수중에서 빼내려 한 건 아닌가, 그러면서 협박까지 한 건 아닌가, 고모님은 노신사 딕을 깊이 생각한 나머지 노신사 딕이 평화롭고 차분하게 살도록 하려고 상대에게 돈을 주었을지도 모르겠다는 의문이 떠올랐다. 나 역시 노신사 딕을 좋아하고 그래서 행복하게 살길 간절히 바라다보니, 두려운 마음에 이런 가설이 떠오르고, 노신사 딕이 찾아오는 수요일에는 평소처럼 마부석에 없으면 어떻게 하나 한동안 불안감에 시달렸다. 하지만 노신사 딕은 언제나 행복하게 웃는 얼굴로 백발을 휘날리며 나타나고, 고모님에게 겁을 주었다는 사내 이야기는 두 번 다시 안 나왔다.

수요일은 노신사 딕이 가장 좋아하는 날이고, 나 역시 가장 좋아하는 날이었다. 얼마 안 가서 노신사 딕을 학교 아이들 모두가 알고, 연날리기 외에는 직접 참여하지 않아도 우리가 하는 놀이에 우리만큼이나 깊은 관심을 보였다. 공기놀이나 팽이치기 시합에 홀딱 빠져들어 말로 형용할 수 없을 정도로 흥미진진하게 구경하다가 아슬아슬한 순간에 숨조차 멈추던 모습을 내가 얼마나 많이 보았던가! '토끼와 사냥개 놀이'를 할 때는 야트막한 언덕에 올라서 찰스 1세 머리는 물론 거기에 관한 내용을 모두 잊어버린 채 백발 위로 모자를 흔들며 아이들을 열심히 응원하던 모습을 내가 얼마나 많이 보았던가! 여름철이면 크리켓 경기장에서 황홀하게 지켜보는 모습을 내가 얼마나 많이 보았던가! 겨울철이면 눈보라와 칼바람이 몰아치는 가운데 기다란 언덕에서 눈썰매타고 내려가는 아이들을 코가 새파랗게 얼어붙은 상태로 황홀하게 바라보고 얼어붙은 장갑으로 손뼉 치던 장면을 내가 얼마나 많이 보았던가!

모두가 노신사 딕을 좋아했다. 손재주도 탁월했다. 오렌지 하나를 자르는데도 우리는 상상조차 못 할 방법을 동원하고, 꼬챙이 하나로 보트를 만들고, 양 뼈다귀로 체스 말을 만들고, 낡은 카드로 멋들어진 로마 전차를 만들고, 실 뽑는 물레로 살 달린 바퀴를 만들고, 낡은 철사로 새장을 만들었다. 하지만 무엇보다 대단한 건 끈과 밀짚으로 만든 작품인데, 그걸 보고서 우리 모두 노신사 딕은 손으로 만들 수 있는 거라면 무엇이든 만들 수 있다고 확신했다.

노신사 딕은 유명세가 우리 선에서 끝나지 않았다. 수요일을 서너 차례 보내자, 스트롱 박사님이 노신사 딕에 관해서 묻고 나는 고모님이 하신 말씀을 그대로 반복했다. 그러자 박사님은 커다란 관심을 보이더니, 다음에 노신사 딕이 찾아오면 소개를 부탁한다고 하셨다. 얼마 후에 두 사람은 만나고, 박사님은 노신사 딕에게 행여나 내가 역마차 사무실로 마중 나가지 않으면 언제든 상관없으니 학교로 직접 찾아와서 아침 수업이 끝날 때까지 편히 쉬도록 요청하고, 그래서 내가 조금이라도 늦으면 노신사 딕은 학교 운동장으로 당연히 들어와서 기다리는 게 수요일 전통처럼 되었다.

그러다가 아름답고 젊은 박사님 부인과 (얼굴이 예전보다 창백한데다 나를 포함한 누구 앞에 나타나는 경우가 거의 없고 명랑한 표정도 아니지만 아름다운 건 여전한데) 만나고 점차 친한 사이로 변하더니, 결국에는 교실까지 들어와서 기다리게 되었다. 그러면 언제나 똑같은 구석 걸상에 앉으니, 아이들은 노신사 딕을 따서 걸상을 '딕'이라고 불렀다. 노신사 딕은 여기에 앉을 때마다 수업 내용이 무엇이든 자신이 지금까지 제대로 습득할 수 없었던 학문에 심오한 존경심을 드러내며 백발을 앞으로 숙인 채 열심히 들었다.

이런 존경심은 박사님에게도 그대로 나타나니, 노신사 딕은 그분이야말로 동서고금을 통틀어 가장 똑똑하고 탁월한 철학자라고 생각했다. 그래서 모자를 그대로 쓴 채 박사님과 얘기하는 데에는 상당한 시간이 걸렸는데, 심지어 두 사람이 상당한 우정을 쌓은 다음에도 운동장 한쪽에 있는, 우리 사이에 '박사님 산책길'이라고 알려진, 길을 한시간 동안 거닐 때면 노신사 딕은 가끔 모자를 벗어서 탁월한 지혜와 지식에 대한 존경심을 드러냈다. 이렇게 거닐다가 어떤 연유로 박사님이 유명한 사전 원고를 꺼내서 읽었는지 모르겠지만, 처음에는 혼자 읽는 거나 똑같을 거로 생각한 것 같다. 하지만 원고를 읽어주는 것역시 전통처럼 변하고, 노신사 딕은 자부심과 기쁨이 가득한 얼굴로 열심히 들으며 그 사전이야말로 세상에서 가장 재미있는 책이 될 거로 마음속 깊이 확신했다.

교실 유리창 앞을 이리저리 오가며 거니는 두 사람을 떠올리면 - 박사님은 가끔 원고를 흔들거나 머리를 진지하게 끄덕이면서 만족스러운 미소를 머금은 채 원고를 읽고, 노신사 딕은 어려운 단어가 날개를 펄럭이며 날아갈 때마다 무슨 뜻인지 이해하려고 애쓰며 홀딱 빠져서 열심히 듣는 장면을 떠올리면 - 지금까지 살아오는 동안 그렇게 차분하면서도 유쾌한 장면은 흔치 않았다는 생각이 든다. 지금도 나는 두 사람이 그렇게 영원히 거닐고 세상은 두 사람을 편든다는 느낌이 든다. 잡다한 세상사 가운데 그렇게 훌륭한 광경은 어디에도 없으니 말이다.

노신사 딕은 아그네스하고도 곧바로 친구가 되어 우리 집에 자주 찾아오다 보니 유라이어까지 알게 되었다. 그러는 동안에도 나는 노신사 딕하고 우정을 꾸준히 쌓으면서 기묘한 관계를 유지했다. 노신사 딕이 찾아오는 표면적인 이유는 보호자로서 나를 돌보는 것이지만 조금이라도 이상한 문제가 생기면 언제나 나에게 묻고 내가 충고하는 대로 따르는 식이었다. 내가 천부적으로 똑똑하다는 사실을 높이 평가할 뿐 아니라 고모님 피를 그대로 물려받았다고 생각하기 때문이다.

어느 목요일 아침에는 (아침 식사 전에 수업에 참석하고 나온 터라)

여인숙에서 역마차 사무실까지 노신사 딕을 배웅하고 학교로 돌아가다 거리에서 유라이어를 만났다. 그러자 그는 내가 자기네 집에 찾아와 어머니와 함께 차를 마시기로 한 약속을 상기시키곤 뱀처럼 몸을 비틀면서 덧붙였다.

"하지만 약속을 지키실 거로 생각하진 않았답니다, 코퍼필드 도련님, 저희는 아주 천박하니까요."

사실 당시만 해도 나는 유라이어가 좋은지 싫은지 애매했다. 거리에서 얼굴을 마주 보아도 애매한 건 마찬가지였다. 하지만 무례하게 행동하는 건 상대를 모욕하는 것 같아, 초청하기만 기다리던 참이라고 대답했다.

"아, 그렇다면, 코퍼필드 도련님, 저희가 천박한 존재라서 피한 게 정말 아니라면, 오늘 저녁에 오시겠어요? 하지만 저희가 천박하다는 사실이 마음에 걸리면 안 오셔도 괜찮답니다, 코퍼필드 도련님, 저희는 주제를 잘 아니까요."

나는 위크필드 선생님에게 물어보겠다고, 선생님이 허락하시면, 허락하실 게 분명한데, 기꺼이 방문하겠다고 대답했다. 그런데 그날은 학교가 일찍 끝나는 날이라서 저녁 여섯 시에 유라이어에게 준비를 마쳤다고 선언했다. 그래서 함께 걸어갈 때 유라이어가 말했다.

"어머니가 굉장히 좋아하실 거예요, 제가 지금 못 할 짓을 하는 것만 아니라면, 코퍼필드 도련님."

"설마 오늘 아침에 내가 거만하게 굴었다고 기분 상해서 그렇게 말하는 건 아니지요?"

"맙소사, 아니에요, 코퍼필드 도련님. 아, 절대 아니에요! 저는 그런 생각 자체를 한 적이 없어요! 도련님이 저희 모자를 보고 정말 천박하다 생각해도 저는 조금도 거만하다고 생각하지 않아요. 실제로 저희 모자는 아주 천박하니까요."

나는 화제를 바꾸고 싶은 마음에 불쑥 물었다.

"법률 공부는 계속하세요?"

그러자 유라이어가 대답하는데, 자신을 꼭 억누르는 어투였다.

"아, 코퍼필드 도련님, 제가 책을 읽는 걸 공부라고 할 순 없어요. 저녁에 티드 선생님 책을 읽으면서 한두 시간 보내는 정도니까요."

"내용이 어려운가요?"

"가끔은 이해하기 어렵답니다. 똑똑한 분이 보면 어떨지는 모르겠네요."

유라이어가 계속 걸으면서 뼈다귀만 앙상한 오른손 손가락 두 개로 턱을 톡톡 치다가 덧붙였다.

"코퍼필드 도련님도 보시면 알겠지만 티드 선생님 글에는 어려운 용어도 – 라틴어로 된 전문용어도 – 있어서 저처럼 학식이 천박한 사람은 어려울 때가 있답니다."

이 말과 동시에 내가 황급히 제안했다.

"라틴어를 배우고 싶으세요? 원한다면 가르쳐줄게요, 학교에서 배운 대로."

"어이쿠, 고맙습니다, 코퍼필드 도련님. 그걸 제안하시다니 정말 친절하세요. 하지만 저는 천박한 존재라서 그런 제안을 받아들일 수 없답니다."

유라이어가 대답하며 고개를 절레절레 저었다.

"말도 안 돼요, 유라이어!"

"아, 저를 용서하세요, 코퍼필드 도련님! 라틴어를 배우고 싶은 마음은 굴뚝같지만 저는 너무 천박한 존재랍니다. 제가 학문을 쌓는다고 해서 누가 언짢게 여기는 건 아니겠지만, 신분이 천박하다는 이유로 저를 짓밟으려는 사람은 정말 많답니다. 학문은 제 길이 아니에요. 저 같은 사람은 환상을 품지 않아야 해요. 천하게 태어난 사람은 천하게 살아야 하니까요, 코퍼필드 도련님!"

유라이어가 고개를 절레절레 흔들고 몸을 조심스럽게 비틀면서 투덜대는데, 입을 그렇게 크게 벌려서 양쪽 뺨에 깊은 주름이 잡히는 모습은 생전 처음 보았다. 하지만 나는 이렇게 말했다.

"그건 잘못 생각한 거예요, 유라이어. 내가 분명히 말하지만, 당신이 배우고 싶다면 내가 가르쳐줄 수 있는 과목이 여럿일 거예요."

"어이쿠, 당연히 그렇겠지요, 코퍼필드 도련님. 하지만 도련님은 천박한 신분이 아니라서 천박한 사람들 형편을 이해할 수 없어요. 도련님 제안은 고맙지만, 괜한 걸 배워서 높은 사람들 심기를 거스르고 싶지 않아요. 저는 정말 천박하니까요. 자, 여기가 제가 머무는 천박한 집이랍니다, 코퍼필드 도련님!"

거리에서 문을 열고 들어서는 순간에 천장이 낮은 구식 방이 나오고, 힙 부인이 있는데, 덩치가 작을 뿐 얼굴은 유라이어랑 똑같았다. 힙 부인은 극히 겸손한 자세로 맞이하더니, 아들에게 키스하는 걸 용서하라고, 신분은 낮아도 서로를 생각하는 애정은 똑같으니, 그것 때문에 기분 상하는 사람은 없으면 좋겠다고 양해를 구했다. 실내는 거실 겸 주방으로 단정하지만 아늑하진 않았다. 식탁에는 찻잔을 세트로 준비하고 벽난로 안쪽 시렁에서는 주전자가 펄펄 끓었다. 뚜껑을 접어 넣으면 책상으로 변하는 서랍장이 있어서 저녁이면 유라이어가 거기에서 책을 읽거나 글을 쓰는 터라 파란 가방이 쓰러진 채 종이를 뱉어내고, 티드 선생이 쓴 책도 여러 권 있고, 모서리에 찬장도 있는 등, 웬만한 가구는 그런대로 갖췄다. 하나하나를 보면 빈약하다거나 옹색하단 느낌이 안 드는데 전체를 보면 그런 느낌이 들던 게 기억난다.

힙 부인은 아직도 상복 차림인데 그만큼 겸손해서 그런 것 같았다. 남편이 사망한 게 꽤 오래되었으니 말이다. 상복 모자는 벗어도 나머지는 남편상을 치르던 옷차림 그대로였다. 그런 힙 부인이 차를 준비하면서 말했다.

"오늘은 오랫동안 기억할 날이로구나, 코퍼필드 도련님이 찾아주셨으니 말이야."

"저도 어머니가 그렇게 생각하실 거라고 말했어요."

유라이어가 대답하자, 힙 부인이 다시 말했다.

"오늘 같은 날에 아버지가 계시면 정말 좋을 텐데, 귀한 손님도 만나고 말이야."

계속해서 흘러나오는 찬사가 당혹스럽긴 하지만 내가 귀빈으로 대접받는다는 건 확실히 느꼈다. 게다가 힙 부인은 붙임성이 좋다는 생각도 들었다.

"아들은 이런 날을 오래도록 학수고대했답니다, 도련님. 저 애는 우리 신분이 천박해서 이런 날은 없을 거로 생각하고, 저도 똑같이 생각했더랍니다. 저희는 어제도 천박하고 오늘도 천박하고 앞으로도 천박하니까요."

"절대로 그렇지 않습니다, 아주머니, 스스로 그렇게 되는 걸 원치 않는 한."

"고맙습니다, 도련님. 하지만 저희는 저희 처지를 알고 그래서 항상 고맙게 여긴답니다."

힙 부인이 대답했다. 그러면서 옆으로 조금씩 다가오고 유라이어는 맞은편 자리로 조금씩 다가오더니, 두 사람 모두 식탁에서 제일 먹음직한 음식을 정중하게 권했다. 굳이 먹고 싶은 음식은 없으나, 두 사람이 신경을 많이 쓴다는 생각도 들고 정성이 참으로 고맙다는 느낌도 들었다.

곧이어 두 사람이 숙모와 고모에 관한 이야기를 다양하게 늘어놓아 나 역시 고모님에 관해 얘기하고, 아버지와 어머니에 관한 이런저런 이야기는 우리 아버지와 어머니 이야기로 이어졌다. 그런 다음에는 힙 부인이 시아버지 이야기를 늘어놓아, 나 역시 양아버지 이야기를 늘어놓으려다 멈췄다. 그런 말은 절대로 하지 말라는 고모님 충고가 떠올랐기 때문이다.

내가 유라이어와 힙 부인을 동시에 상대하는 건 부드럽고 연한 코르크 마개 하나로 타래 송곳 두 개를 상대하거나 부드럽고 연한 이 하나로 치과의사 두 명을 상대하거나 조그만 배드민턴 공 하나로 배드민턴 채 두 개를 상대하는 꼴이었다. 두 사람이 마음대로 주물럭대며 나에게 말하고 싶지 않은 내용까지 술술 뽑아낸 것만 해도 지금 생각하면 얼굴이 화끈거리는데, 어린 나이에 객기가 발동해서 두 사람과 가까운 관계라고 확신한 나머지 모든 점에서 정중하게 행동하는 두 사람을 내가 보호한다는 착각까지 했으니, 얼굴이 더더욱 화끈거린다.

두 모자는 서로를 정말 좋아하는 게 확실했다. 지금 생각하면 그런 분위기에 나까지 자연스럽게 녹아든 것 같다. 하지만 한 사람이 뭐라고 말하면 다른 사람이 맞장구치는 실력은 예술의 경지에 도달했으니 나로선 넋이 달아날 수밖에 없었다. 그러나 ('머드스톤 & 그린비' 생활과 먼 길을 도망쳐온 경험에 관해서 나는 벙어리일 수밖에 없는 터라) 나에게 끌어낼 이야기가 더는 없자, 두 모자는 위크필드 선생님과 아그네스를 화제로 삼았다. 그래서 유라이어가 힙 부인에게 공을 던지면, 힙 부인이 받아서 유라이어에게 던지고, 그러면 유라이어가 받아서 잠시 가지고 놀다가 힙 부인에게 다시 던지는 식으로 주고받아, 나는 결국 공을 지닌 사람조차 잊어버린 채 완전히 넋을 놓고 말았다.

그런데 공도 계속 바뀌었다. 위크필드 선생님이다가 아그네스로 변하더니, 위크필드 선생님의 탁월한 능력이다가 내가 아그네스를 숭배한다는 내용으로 변하고, 위크필드 선생님이 하는 사업과 재원 규모가 나오다가 우리가 저녁 식사를 마친 다음으로 변하고, 위크필드 선생님이 마시는 포도주와 그걸 마시는 이유, 너무 많이 마셔서 안타깝다는 내용으로 변하는 등, 하나씩 차례대로 나오다 모든 게 한꺼번에 나오고, 그러는 내내 나는 거의 침묵하거나, 나를 극도로 추켜세우느라 자기네를 너무 비하하는 건 아닐까 걱정스러운 나머지 내가 가끔 격려할 뿐 다른 건 아무것도 안 하는 것처럼 보이지만, 실제로는 나와 상관없는 이야기까지 줄줄 털어놓다가 유라이어가 날카롭게 패인 콧구멍을 반짝이며 반응하는 모습을 물끄러미 바라보았다.

그러다 보니 불편한 느낌까지 들어서 그만 나가고 싶은 마음이 간절한데, 밖에서 문을 - 늦더위가 한창이라 후덥지근한 공기를 빼내느라 열어놓은 문을 - 지나치던 인물이 다시 돌아와서 들여다보더니, 안으로 들어오며 소리쳤다.

"코퍼필드! 정말 자네 맞는가?"

미코버 아저씨였다! 외알 안경과 지팡이와 셔츠 목깃과 점잖은 자세와 정중하게 굴러가는 목소리가 예전 모습 그대로였다!

미코버 아저씨가 한 손을 내밀며 말했다.

"친애하는 코퍼필드, 우리가 이렇게 만나다니, 인생이란 누구도 알수 없고 미래는 불확실하다는 진리를 또다시 확인하는구먼. 이렇게 기막힌 우연도 없을 거야. 뭔가 불쑥 나타날 수도 있다고 생각하면서 (정말 그럴 것 같다고 생각하면서) 걷는데, 내 인생에서 가장 극적인 시기를, 내 인생에서 전환점이라고 할 수 있는 시기를 함께 보낸, 어리

지만 아주 중요한 친구가 불쑥 나타나다니. 코퍼필드, 소중한 친구여, 그동안 잘 지냈는가?"

나는 거기에서 만난 걸 기쁘다고 말할 수 없었다, 정말 그렇게 말할 수 없었다. 하지만 미코버 아저씨를 만난 게 기쁜 건 사실이니, 진심으로 악수하고 미코버 아주머니는 잘 지내시느냐고 물었다.

그러자 미코버 아저씨는 옛날처럼 독특하게 손을 흔들고 셔츠 목깃에 턱을 묻으며 말했다.

"고맙네. 아주머니는 꽤 회복한 편이야. 쌍둥이가 자연의 샘에서 자양분을 더는 빨아들이지 않거든."

그러더니 특유의 자신만만한 태도로 덧붙였다.

"한마디로 젖을 뗐어. 그래서 아주머니는 지금 나하고 여행하는 중이야. 신성한 우정의 제단에서 훌륭한 사도라는 사실을 모든 점에서 완벽하게 입증한 친구를 새롭게 만난다면, 코퍼필드, 아주머니도 아주 좋아하실 거야."

나 역시 아주머니를 만나면 정말 기쁠 거라고 대답했다.

"그렇게 말하다니, 정말 고맙군."

미코버 아저씨가 말하더니, 빙그레 웃으며 턱을 다시 파묻고 주변을 둘러보다 특별히 누구를 지칭하지 않는 어투로 점잖게 말했다.

"내 친구 코퍼필드를 발견했는데 혼자가 아니라 미망인 한 분과 아들로 보이는 청년하고 맛있게 식사하시는 중이로군."

그러더니 자신만만한 어투로 다시 덧붙였다.

"두 분을 소개한다면 나로선 영광이겠네."

상황이 이러다 보니 나는 유라이어 힙과 힙 부인을 미코버 아저씨에게 소개할 수밖에 없고, 그래서 그렇게 했다. 그러자 두 사람은 자신을 낮추며 인사하고, 미코버 아저씨는 의자에 앉아서 정중하게 손을 흔들며 말했다.

"내 친구 코퍼필드하고 친구라면 나하고도 친구랍니다."

그러자 힙 부인이 말했다.

"저희는, 저와 아들은, 너무 천박해서 코퍼필드 도련님하고 친구가 될 수 없답니다. 도련님께서 친절하게도 저희와 차를 마셔주시니, 저희 로서는 이렇게 찾아오신 게 정말 고마울 뿐이랍니다, 선생님 역시 관심을 보여주셔서 고맙고요."

"부인, 친절하시군요."

미코버 아저씨가 머리를 숙이며 대답하더니, 시선을 돌려서 나를 쳐다보며 물었다.

"그래, 요새는 어떤 일을 하나, 코퍼필드? 아직도 포도주를 파는 건가?"

나는 불안한 마음에 당장에라도 미코버 아저씨를 데리고 밖으로 나가고 싶었다. 그래서 빨갛게 달아오른 게 분명한 얼굴로 모자를 한 손으로 짚으며 지금은 스트롱 박사 학교에 다니는 학생이라고 대답했다. 그러자 미코버 아저씨가 눈썹을 추켜세우며 반문했다.

"학생? 좋은 소식을 들으니 정말 기쁘군."

그러더니 유라이어 힙과 힙 부인에게 말했다.

"세상 물정 모르는 사람이라면 학교 교육을 받아야 하겠지만 내 친구 코퍼필드 같은 사람은 잠재적인 소양이……."

여기에서 미소를 머금으며 다시 자신만만한 어투로 덧붙였다.

"한마디로, 고전을 웬만큼 파악할 정도로 지적능력이 풍부하니, 굳이 그런 교육까지 받을 필요는 없답니다."

유라이어는 충분히 공감한다고 대답하면서 기다란 손을 맞잡고 천천히 꼬다가 허리 윗부분부터 몸통을 섬뜩하게 비틀고, 나는 미코버 아저씨를 데리고 나갈 생각으로 물었다.

"그럼 이제 아주머니를 만나러 갈까요, 아저씨?"

그러자 미코버 아저씨가 벌떡 일어나며 대답했다.

"자네가 집사람한테 그런 호의를 베푼다면, 코퍼필드, 나로선, 여기 두 친구가 보는 앞에서, 재정적인 어려움과 압박에 맞서 내가 오랜 세월에 걸쳐 싸웠다는 사실을 말해도 아무런 거리낌이 없다네."

미코버 아저씨는 자신이 겪은 어려움을 툭하면 자랑하는 터라 분명히 이렇게 말할 거로 나는 충분히 예상했다.

"어려움을 딛고 일어설 때도 있고 어려움에…… 한마디로, 무릎 꿇을 때도 있었지. 멋진 펀치를 연속으로 날려서 멋들어지게 성공한 적도 있고 상대가 너무 센 나머지 항복한 적도 있는데, 그럴 때면 카토가 한 말을 우리 집사람한테 그대로 했다네. '플라톤이여, 그대 이론은 훌륭하나 나는 완전히 지쳐서 더는 싸울 수 없다오.'[49] 하지만 지금까지 살아오면서 내 친구 코퍼필드 가슴에다 모든 슬픔을 (2개월에서 4개월짜리 약속어음과 소송위임장 때문에 겪은 어려움을 슬픔이라고 표현할 수 있다면) 털어놓을 때 이상으로 만족스러운 시기는 없었다네."

미코버 아저씨는 장황하게 늘어놓던 이야기를 "힙 선생! 안녕히 계시오. 힙 부인! 안녕히 계시오" 하고 마무리하더니, 나와 함께 정말 멋들어진 자세로 걸어 나와, 구두로 판석 바닥을 커다랗게 내디디며 콧노래까지 흥얼거렸다.

미코버 아저씨가 묵는 곳은 조그만 여인숙이고, 조그만 방은 영업사원 숙소 일부를 칸막이로 막은 곳이라 담배 연기가 고약했다. 바로

---

49) 카토는 기원전 1세기 로마 정치인이자 철학자로, 시저를 탄핵하려다 실패하자, 이렇게 말한 다음에 자살했다고 한다.

밑에는 주방이 있는 것 같았다. 마루 틈새로 따듯한 기름 냄새가 올라오고 벽마다 습기가 가득했기 때문이다. 거기에다 바로 옆이 술집인지, 위스키 냄새와 술잔 부닥치는 소리까지 지독했다. 바로 여기에서, 벽에 걸린 경마 그림 바로 밑 조그만 소파에 가로누워, 머리는 벽난로 쪽에 대고 두 발은 겨자 통을 밀어서 맞은편 끝 이동식 식품 선반에 넣으려고 애쓰는 사람이 바로 미코버 아주머니였으니, 미코버 아저씨는 먼저 안으로 들어가면서 "여보, 스트롱 박사 학교에 다니는 학생을 소개하겠소" 하고 말했다.

여담이지만, 미코버 아저씨는 내 나이와 처지를 예전처럼 혼동하면서도 스트롱 박사 학교에 다니는 학생이란 사실만큼은 다행히 똑바로 기억하는 것 같았다.

미코버 아주머니는 깜짝 놀라다 나를 발견하고 정말 기뻐했다. 나역시 아주머니를 만난 게 참으로 기뻐, 서로 뜨겁게 인사하곤 조그만소파에 나란히 앉자, 미코버 아저씨는 이렇게 말했다.

"여보, 코퍼필드가 궁금하게 여길 터이니 우리가 현재 어떤 형편인지 알려주구려, 그동안 나는 밖에 나가서 신문 광고란에 그럴싸한 내용이라도 있는지 살펴보겠소."

"나는 두 분이 플리머스로 가신 줄 알았어요, 아주머니."

내가 물었다. 미코버 아저씨가 나간 다음이었다.

"친애하는 코퍼필드 도령, 플리머스로 가긴 했어."

"거기서 살려고요."

내가 덧붙이자, 미코버 아주머니가 대답했다.

"그래. 거기서 살려고. 하지만 사실대로 말하자면, 세관에서는 재능이 탁월한 사람을 원치 않아. 우리 아저씨처럼 뛰어난 사람을 취직시키려고 우리 가족이 모든 영향력을 동원했는데, 소용이 없더군. 그 사람들은 우리 아저씨처럼 뛰어난 사람이 필요하지 않은 거야. 이런 사람이 있으면 자기네가 못난 사실만 드러나거든. 이게 전부가 아니야. 하나도 안 숨기고 모두 털어놓을게, 친애하는 코퍼필드 도령. 플리머스에 정착한 우리 가족 일부는 남편 혼자가 아니라 나는 물론이고 꼬마 윌킨스와 여동생에다 쌍둥이까지 데려온 사실을 알고는 우리 남편을 예상만큼 열렬하게 환영하지 않았어, 교도소에서 막 나온 사람인데 말이야."

미코버 아주머니는 목소리를 낮추며 덧붙였다.

"사실, 우리 사이니까 하는 말인데, 우리는 냉대를 받았어."

"맙소사!"

"그래. 인간이 그럴 수 있다는 생각만 해도 고통스럽지만, 코퍼필드 도령, 우리는 확실하게 냉대받았어. 그건 의심할 여지가 없어. 실제로, 플리머스에 정착한 우리 친정식구 일부는 우리 남편한테 인신공격까지 했으니까, 우리가 도착하고 불과 일주일밖에 안 돼서."

그런 사람은 정말 창피한 줄 알아야 한다는 생각이 들어서 내가 그대로 말하자, 미코버 아주머니가 맞장구쳤다.

"그래, 맞아. 그런 상황에서 미코버 아저씨처럼 마음 약한 사람이 무얼 할 수 있겠니? 우리한테 남은 길은 딱 하나였어. 친정식구 일부에게 돈을 빌려서 어떤 식으로든 런던으로 돌아가는 것."

"그래서 런던으로 모두 돌아갔나요, 아주머니?"

"그래, 모두 돌아갔어. 그러고 나서 우리 남편이 어떻게 하는 게 가장 좋을지를 다른 쪽 친정식구 여럿과 상의했어."

미코버 아주머니가 말하더니, 논쟁하는 어투로 덧붙였다.

"남편은 어떤 식으로든 일해야 하니까, 코퍼필드 도령. 식모를 빼도 여섯이나 되는 식구가 맹물만 먹으면서 살 순 없잖아."

"당연히 그렇지요, 아주머니."

내가 대답하자, 미코버 아주머니가 계속 말했다.

"우리 가족의 다른 지류 여럿은 미코버 아저씨가 지금 당장 석탄 쪽에 모든 관심을 쏟아야 한다고 주장했어."

"어떤 쪽이요, 아주머니?"

"석탄 쪽. 석탄 사업 쪽. 그래서 미코버 아저씨가 다양하게 조사한 결과, 자신만 한 재능을 지닌 사람이라면 '메드웨이 석탄 사업'에서 길을 찾을 수 있겠다는 결론을 내렸어. 그러니 당연히 '첫 단계는 메드 웨이에 직접 가서 살피는 거'라고 생각했지. 그리고 우리는 직접 가서 확인했어. 나는 '우리'라고 방금 말했어, 코퍼필드 도령."

미코버 아주머니가 감정이 북받치는 목소리로 덧붙였다.

"나는 남편을 버릴 생각이 조금도 없거든."

나는 정말 잘 생각했다, 존경스럽다 대답하고, 미코버 아주머니는 계속 말했다.

"우리는 메드웨이에 직접 가서 확인했어. 거기에서 나는 석탄 사업 을 하려면 재능도 필요하고 자금 역시 당연히 필요하다는 결론을 내렸 어. 미코버 아저씨는 재능이 있어도 자본은 없어. 내 생각에 우리는 메드웨이 전체를 샅샅이 둘러본 것 같아. 그런 다음에 나 혼자 개인적 으로 내린 결론이야. 그런데 미코버 아저씨는 여기까지 왔는데 대성당 을 안 보고 가는 건 정말 경솔한 행위라는 의견을 냈어. 첫째로, 대성당 은 구경할 가치가 확실한데 우리는 한 번도 구경한 적이 없고, 둘째로, 대성당이 있는 도시에서 뭔가 좋은 일이 생길 수도 있다면서 말이야. 그래서 여기에 도착하고 삼 일이 지났어. 아직은 좋은 일이 안 생겼어. 친애하는 코퍼필드 도령이 알면 깜짝 놀라겠지만 낯선 사람도 아니니, 솔직하게 고백하는데, 지금 우리는 런던에서 돈을 보내기만 기다리는 중이야. 그래야 여인숙에서 자고 먹은 비용을 낼 수 있거든."

미코버 아주머니가 감정이 북받치는 어조로 계속 말했다.

"런던에서 돈을 보내기 전까지 나는 펜턴빌에 있는 집으로 갈 수도 없고, 아들딸을 볼 수도 없고, 쌍둥이를 볼 수도 없어."

이렇게 극단적으로 곤란한 상황에 부닥친 미코버 부부가 나는 정말로 불쌍했다. 그래서 이제 막 돌아온 미코버 아저씨에게 그렇게 말하고, 내가 돈이 충분해서 두 사람에게 필요한 액수를 빌려줄 수 있다면 정말 좋겠다고 덧붙였다. 그러자 미코버 아저씨 대답에 복잡한 마음이 그대로 묻어나왔다. 나와 악수하면서 이렇게 말한 것이다.

"코퍼필드, 자네는 진정한 친구야. 하지만 최악의 사태가 발생하면 날카로운 칼을 지닌 친구가 나타나는 법이지."

끔찍한 말에 미코버 아주머니는 두 팔로 미코버 아저씨 목을 껴안으며 진정하라 간청했다. 미코버 아저씨는 울었다. 하지만 거의 동시에 말끔하게 회복하더니, 종을 울려서 웨이터를 불러 내일 아침에 먹을 음식으로 뜨거운 콩팥 푸딩과 새우 한 접시를 예약했다.

내가 그만 가야 한다고 말하자, 두 사람 모두 자기네가 떠나기 전에 한 번 찾아와서 저녁 식사를 함께 들자 강권하고, 나로선 도저히 거절할 수 없었다. 하지만 다음 날은 저녁에 준비할 게 너무 많아서 시간을 못 낸다는 걸 알기에 그렇게 설명하고, 미코버 아저씨는 (그날이면 런던에서 부친 돈이 우편으로 도착할 것 같으니 그렇게 되면) 다음 날 오전 수업시간에 스트롱 박사 학교로 찾아가서 알려주겠다고, 그러니 나만 시간이 괜찮다면 저녁 식사는 그 다음 날에 하자고 제안했다.

다음 날 오전 수업시간에 호출을 받고 나가니, 미코버 아저씨가 응접실에서 기다렸다. 저녁 식사를 원래 계획대로 하자고 말하러 온 것이다. 그래서 돈이 도착했느냐고 물으니, 아저씨는 내 손을 꼭 잡다가 그냥 떠났다.

바로 그날 초저녁에 창문을 내다보다 미코버 아저씨가 유라이어 힙과 팔짱을 끼고 지나는 모습을 발견하고 깜짝 놀란 건 물론 마음이 상당히 불편했다. 미코버 아저씨는 호의를 베푸는 걸 기뻐하는 표정이고 유라이어는 영광으로 받아들이는 표정이었다. 하지만 더욱 놀란 건, 약속한 대로 다음 날 네 시에 여인숙으로 갔다가 미코버 아저씨 말을 통해 유라이어와 함께 그 집에 다시 가서 브랜디에 물을 타서 마셨다는 사실이다.

"내가 하고 싶은 말은, 친애하는 코퍼필드, 자네 친구 유라이어는 훗날 검찰총장도 될 만한 젊은이라는 거야. 내가 극단적으로 어려울 때 알았더라면 채권자를 훨씬 멋들어지게 처리했겠지."

미코버 아저씨가 채권자들에게 지급한 건 하나도 없다는 내막을 아는 터라, 나는 무얼 어떻게 더 멋들어지게 처리할 수 있다는 건지 도무지 이해할 수 없지만, 물어보고 싶은 마음은 없었다. 미코버 아저씨가 유라이어에게 너무 많은 걸 얘기하지 않으면 좋겠다고 말하고 싶은 마음도 없고, 나에 관한 얘기를 많이 했느냐고 물어보고 싶은 마음도 없었다. 미코버 아저씨 마음을 아프게 할까 두려운 데다 미코버 아주머니는 극히 민감한 상태라서 특히 조심할 필요가 있었기 때문이다. 하지만 나는 두 사람이 만난 게 불편했고, 이후로도 툭하면 그 생각이 떠올랐다.

저녁 식사는 아담하지만 아름다웠다. 우아한 생선 요리 한 접시, 콩팥 끝과 함께 잘라서 구운 송아지 허릿살 요리, 소시지용 고기를 볶은 요리, 메추라기와 푸딩이 나왔다. 포도주도 나오고 독한 맥주도 나오고 식사를 마친 다음에는 미코버 아주머니가 뜨거운 펀치를 직접 만들었다.

미코버 아저씨는 무척이나 쾌활했다. 그렇게 쾌활한 모습은 본 적이 없었다. 펀치를 마셔서 얼굴이 반짝거리는 게 니스라도 칠한 것처럼 보일 정도였다. 캔터베리가 정말 편안했다면서 건배를 제안하더니, 미코버 아주머니와 자신은 여기에서 보낸 시간이 아늑하고 편안했다고, 여기에서 유쾌하게 보낸 시간을 영원히 못 잊을 거라고 말했다. 그러더니 나에게 건배했다. 미코버 아저씨와 미코버 아주머니와 나는 가재도구를 하나씩 팔면서 즐겁게 지내던 시절을 회상했다. 그러다가 이번에는 내가 미코버 아주머니에게 건배를 제안하며 조심스럽게 말했다.

"괜찮으시다면 아주머니 건강을 위해서 건배하는 기쁨을 누리고 싶습니다, 미코버 아주머니."

이 제안에 미코버 아저씨는 미코버 아주머니 성격이 정말 좋다는 찬사를 늘어놓으며, 아주머니는 지금까지 자신에게 안내자요 철학자며 친구였다고 말하더니, 나중에 내가 결혼할 시기가 오면, 그래서 아주머니 같은 여자를 찾을 수만 있으면, 그런 여자랑 결혼하라고 조언했다.

펀치가 바닥났는데도 미코버 아저씨는 훨씬 다정하고 쾌활할 뿐이었다. 미코버 아주머니도 기분이 들떠서 우리는 '석별의 정'[50]을 불렀다. '내 손을 잡게, 진실한 친구여'를 부를 때는 우리 모두 식탁을 동그랗게 에워싸며 손을 맞잡고, '그래, 우리 모두 Willie Waught'[51] 부분을 부를 때는 무슨 뜻인지도 모르면서 깊이 감동했다.

한마디로, 애정 어린 작별인사를 하는 마지막 순간까지 나는 미코버

---

50) '석별의 정(Auld Lang Syne)'은 스코틀랜드 민요로, 친한 친구와 헤어지는 아쉬운 마음을 노래한다.
51) 'Willie Waught'는 맥주를 단숨에 들이켜자는 뜻이나, 한국에서는 '석별의 잔을 나누자'는 가사로 번역했다.

아저씨만큼 철저하게 쾌활한 사람을 어디에서도 본 적이 없다. 그래서 다음 날 아침 7시에 다음과 같은 편지를 받으리란 예상은 조금도 못했다. 저녁 9시 30분에 작성한다고 적었으니, 우리가 헤어지고 15분이 지난 시각이었다.

친애하는 어린 친구에게

주사위는 던져졌네…… 모든 게 끝났어. 오늘 저녁에 나는 희희낙락하는 구슬픈 가면으로 세파에 찌든 근심을 가린 채, 런던에서 돈을 부칠 가능성은 조금도 없다는 사실을 자네에게 알리지 않았네! 가만히 있기도 창피하고 생각하기도 창피하고 말하기도 창피한 상황에, 나는 런던 펜턴빌 우리 집에서 앞으로 두 주일 안에 여인숙 측에 외상값을 갚겠다는 약속어음을 발행했네. 기간이 된다고 해도 돈을 갚을 순 없을 거야. 결과는 파멸이야. 천둥이 때리면 나무는 쓰러질밖에.

자네는 이렇게 편지 쓰는 불쌍한 인간을 반면교사로 삼아 이런 실수를 안 저지르도록 하게나, 친애하는 코퍼필드. 나는 그런 의도로, 그런 희망을 품고서 편지를 쓴다네. 조금이라도 도움이 되었다는 생각이 든다면, 남은 생애를 쓸쓸하게 보낼 지하 감옥으로 한 줄기 햇살이 깃들 수도 있겠지…… 지금으로선 (조금도 과장하지 않고 말하는데) 얼마 안 가서 죽을 것 같지만 말이야.

이게 자네가 받는 마지막 편지가 될지도 모르겠네, 친애하는 코퍼필드.

모두에게

버림받은

알거지

윌킨스 미코버

나는 가슴이 찢어질 것 같은 내용에 커다란 충격을 받은 나머지, 스트롱 박사 학교로 가는 길에 미코버 아저씨에게 위로라도 하려고 여인숙 방향으로 곧장 달렸다. 하지만 런던행 역마차랑 도중에 마주치고, 뒤쪽에 올라탄 미코버 아저씨 부부도 보았다. 미코버 아저씨는 미코버 아주머니가 하는 말에 태평스럽게 웃으며 종이봉투에서 호두를 꺼내먹는데, 가슴주머니에서는 술병이 삐져나왔다. 두 사람은 나를 못 보고, 모든 걸 고려할 때 나 역시 두 사람을 못 본 척하는 게 최선이란 생각이 들었다. 그리고 마음에서 무거운 짐을 덜어내며 학교로 가는 지름길 골목에 접어드는데, 두 사람이 떠났다는 사실에 마음이 놓였다. 두 사람을 여전히 많이 좋아하면서도 말이다.

CHAPTER 18. 회상

학창시절! '나'라는 존재가 어린아이에서 청년으로 – 별다른 느낌도 형체도 없이 – 슬그머니 넘어가던 시절! 지금은 강물이 말라서 낙엽만 무성해도 바닥을 따라 강물 흔적을 더듬으며 가만히 돌이키면 아련한 광경이 떠오른다.

나는 대성당 내 자리에 앉는다. 일요일 아침마다 학교에 모여서 대성당으로 갔을 때다. 흙냄새, 볕이 안 드는 공기, 세상과 담쌓은 느낌, 흑백으로 쌓아 올린 아치형 복도와 통로를 따라 오르간 소리가 울려 퍼지며 자극하는 순간이면 나는 옛날로 돌아가서 반은 잠자고 반은 걷는 식으로 그 시절을 꿈꾸며 맴돈다.

이제 나는 학교에서 꼴찌가 아니다. 몇 개월 사이에 여러 명을 뛰어넘었다. 하지만 일등 하는 아이는 거대한 존재로 보였다. 내가 도저히 접근할 수 없을 정도로 높고 머나먼 존재 같았다. 아그네스는 "아니"라 말하고 나는 "맞다"고 말하며, 시간이 지나다 보면 나 역시, 마음만 간절한 나 역시, 그 자리에 오를 거로 생각하는 건 훌륭한 존재가 꾸준히 쌓아 올린 지식의 보고를 아그네스가 염두에 두지 않았기 때문이라고 말한다. 일등 하는 아이는 스티어포스 선배처럼 친한 사이도 나를 공개적으로 보호하는 사이도 아니지만 나는 그를 진심으로 존경한다. 그 아이는 학교를 졸업하면 어떤 인물이 될까, 과연 어떤 인물이 그 아이와 경쟁할까 궁금할 뿐이다.

그런데 갑자기 떠오르는 인물은 누구지? 그래, 내가 사랑하는 셰퍼드 아가씨다.

셰퍼드 아가씨는 네팅걸 자매가 운영하는 여학교 기숙생이다. 나는 셰퍼드 아가씨를 숭배한다. 셰퍼드 아가씨는 자그마한 키에 짧은 외투 차림으로, 얼굴은 동그랗고 머리칼은 담황갈색 곱슬머리다. 네팅걸 여학교도 일요일이면 학생을 모아서 대성당으로 온다. 나는 셰퍼드 아가씨를 쳐다보느라 성서조차 볼 수 없다. 성가대에서 성가를 부르면 셰퍼드 아가씨 목소리만 들린다. 미사를 보면서 머릿속으로 셰퍼드 아가씨를 떠올리고, 왕실의 번영을 기도할 때는 그 이름을 살며시 집어 넣는다. 집에서, 침실에서, 사랑에 도취해 "아, 셰퍼드 아가씨!" 하고 소리친다.

처음에는 셰퍼드 아가씨 마음을 알 수 없어서 조마조마했지만, 운명의 여신이 자비를 베풀어, 마침내 우리는 무용학교에서 만난다. 나는 셰퍼드 아가씨를 파트너로 선택한다. 장갑 낀 셰퍼드 아가씨 손을 만지는 순간, 짜릿한 느낌이 오른팔을 타고 머리끝까지 올라간다. 나는 셰퍼드 아가씨에게 다정한 말을 한마디도 건넨 적 없지만 우리는 서로를 이해한다. 나와 셰퍼드 아가씨가 살아가는 이유는 서로 하나가 되는 것밖에 없다.

내가 브라질 호두 열두 개를 셰퍼드 아가씨에게 은밀하게 선물한 까닭이 무언지 궁금하다. 호두는 애정을 상징하는 물건도 아니고, 예쁘게 포장할 수도 없으며, 방문 사이에 놓고 충격을 가해도 쉽게 안 깨지고, 행여나 깨지면 기름기가 너무 많다. 하지만 셰퍼드 아가씨는 그런 것도 잘 어울릴 것 같다. 셰퍼드 아가씨에게 부드러운 비스킷도 건네고 오렌지는 수없이 건넨다. 한번은 휴게실에서 셰퍼드 아가씨에게 키스한다. 황홀하다! 다음 날, 발가락을 안쪽으로 돌렸다는 이유로 네팅걸 자매가 셰퍼드 아가씨에게 벌을 주었다는 소문을 듣고서 나는 얼마나 커다란 고통과 분노에 시달렸던가!

셰퍼드 아가씨는 평생의 목표며 이상이니, 내가 그런 사람과 어떻게 헤어지게 되었는지 도무지 이해할 수 없다. 그러나 나와 셰퍼드 아가씨 사이에 찬바람이 일더니, 내가 그렇게 뚫어지게 바라보는 걸 셰퍼드 아가씨가 싫어한다는 소문에다 나보다는 존스 도령이 - 장점이라곤 하나도 없는 존스 자식이 - 훨씬 좋다고 공공연하게 말했다는 소문까지 들린다! 셰퍼드 아가씨하고 간격이 벌어지는 가운데 하루는 산책을 나온 네팅걸 여학교 학생들과 마주친다. 셰퍼드 아가씨가 지나면서 얼굴을 찡그리더니, 자기 동무들을 보며 웃는다. 그것으로 모든 게 끝난다. 일생을 건 사랑은, 나에게 목숨보다 소중한 사랑은 그렇게 끝나고, 셰퍼드 아가씨 이름은 아침 미사에서 빠지고 왕실의 번영을 기원하는 기도에서도 빠진다.

학교에서 성적은 계속 오르고 평화로운 마음은 굳건하다. 이제 나는 네팅걸 여학교 학생들에게 조금도 공손하지 않으며, 여학생 숫자가 두 배로 늘어나고 스무 배는 아름답게 변한다 해도 누구 하나 좋아하지 않는다. 무용학교는 따분하다 못해, 여자애들이 우리를 귀찮게 굴지 말고 자기네끼리 춤추면 좋겠다는 생각마저 든다. 나는 라틴어 동사 변형에 깊숙이 빠져들어 신발 끈을 매는 것조차 잊어버린다. 스트롱 박사님은 많은 사람 앞에서 장래가 촉망되는 학생이라며 나를 칭찬하

고, 노신사 딕은 아주 기뻐하고 고모님은 다음 우편으로 금화 한 냥을
보낸다.

푸줏간에서 일하는 아이 한 명이 맥베스에서 갑옷 차림으로 등장하
는 유령처럼 어렴풋이 떠오른다. 푸줏간 아이가 누구더라? 그 애는
캔터베리 아이들 사이에서 공포의 대상이다. 머리칼에 쇠기름을 바르
기 때문에 힘이 무척 세서 어른까지 상대할 수 있다는 소문까지 널리
퍼진다. 어린 나이에 푸줏간에서 일하며, 얼굴은 널찍하고 목은 황소
처럼 굵은 데다 양쪽 뺨은 빨갛고 거칠며, 성질은 정말 나쁘고 입도
거칠다. 이 아이가 주로 깔보며 욕하는 대상은 스트롱 박사 학교 학생
이다. 누구든 도전하라고, 언제든 받아주겠다고 공공연하게 떠든다.
그래서 나를 포함해 다양한 학생을 언급하며 자신은 한 손을 뒤로
묶어도 충분히 이긴다 큰소리치고, 조그만 아이들을 길가에 불러 세
워서 연약한 머리를 때리고, 나에게 한 번 붙어보자고 큰길에서 도전
하고, 이런 다양한 이유로 인해 나는 푸줏간 아이와 제대로 붙어보기
로 결심한다.

나는 푸줏간 아이와 결투를 약속하고 여름철 저녁에 풀이 무성한
담장 모서리 구덩이에서 만난다. 학교에서 은밀하게 선발한 아이 몇
명이 나를 따라오고, 푸줏간 아이는 다른 푸줏간 아이 두 명과 술집
아이 한 명과 굴뚝 청소부 아이 한 명을 데려온다. 모든 준비를 마치고
나는 푸줏간 아이와 얼굴을 맞대고 선다. 푸줏간 아이는 곧바로 주먹을
날리고 나는 왼쪽 눈두덩에서 번개가 번쩍인다. 다음 순간에, 담장은
이디고 나는 어디에 있고 상대는 어디에 있는지조차 잃어버린다. 누가
나고 누가 푸줏간 아이인지조차 모를 정도로 뒤엉키며 주먹을 날려서
풀이 짓밟힌 땅바닥에 상대를 내동댕이치려고 몸부림친다. 가끔은 푸
줏간 아이가 보이는데, 피범벅 된 얼굴이 자신만만하다. 가끔은 아무것

도 안 보인 채 다른 아이 무릎에 기대서 숨을 헐떡이고, 가끔은 푸줏간 아이에게 미친 듯이 달려들어 주먹으로 얼굴을 갈기는데, 상대는 당황하는 기색이 조금도 없다. 그러다가 머리가 어찔어찔한 상태로 잠에서 화들짝 깨어나니, 푸줏간 아이는 일어나서 다른 푸줏간 아이 두 명과 굴뚝 청소부와 술집 아이에게 축하받는 가운데 윗도리를 몸에 걸치며 멀어지고, 나는 졌다는 사실을 깨닫는다.

아이들은 몰골이 비참한 나를 집까지 데려다주고, 나는 두 눈에 쇠고기를 대고 아픈 데를 식초와 브랜디로 문지르다 위쪽 입술이 터져서 잔뜩 부풀어 오른다는 사실을 발견한다. 양쪽 눈두덩이 멍든 처참한 몰골로 사나흘 동안 집에서 꼼짝을 않으니, 정말 지겨울 만도 한데 다행히도 아그네스가 다정하게 다가와서 위로하고 책도 읽어주어서 즐겁게 지낸다. 나는 아그네스를 완벽하게 신뢰한다. 그래서 푸줏간 아이에 대해, 그 애가 저지른 나쁜 짓에 대해 모두 말하고, 아그네스는 내가 싸울 수밖에 없었다고 인정하면서도 내가 실제로 싸운 사실에 덜덜 떤다.

시간이란 강물은 눈코 뜰 새 없이 빠르게 흐르니, 애덤스는 이제, 아니, 오래전부터 반장이 아니다. 애덤스가 학교를 떠나고 오랜 세월이 흐른 나머지, 가끔 스트롱 박사님을 만나러 학교에 찾아와도 아는 아이가 나 외에는 거의 없을 정도다. 애덤스는 앞으로 변호사가 되어서 가발을 쓰고 재판정에서 활약할 예정인데, 겉모습이 생각만큼 당당하지 않고 성격도 예상 밖으로 온순하단 사실에 나는 깜짝 놀란다. 세상을 뒤흔든 적 역시 한 번도 없다. 애덤스가 뛰어들었는데도 (내가 보기에) 세상은 아무런 상관도 없다는 듯 똑같이 흐를 뿐이다.

시와 역사에 다양한 전사가 등장해 끝없이 무리 지으며 당당하게 행진한다…… 그러다가 어떻게 되는가! 이제는 내가 반장이다! 그래서 아이들이 기다랗게 줄 선 모습을 가만히 내려다보는데, 그러다 보면 내가 여기에 처음 찾아온 어릴 때 모습이 불쑥 떠오른다. 내가 아닌 것 같다. 인생행로에서 뒤처진 아이로, 실제로 존재한 게 아니라 가볍게 지나친 존재로, 나와 완전히 다른 사람으로 보인다.

그런데 위크필드 선생님 댁에서 첫날 보았던 여자애는 어디로 갔을까? 여자애 역시 사라졌다. 여자애 대신 초상화를 똑 닮은 여인이, 아이 티를 완전히 벗은 여인이 집 안 여기저기를 돌아다니니, 아그네스는, 다정한 누이요 상담자요 친구요 수호천사로 주변 모두에게 차분하고 선량하고 헌신적으로 대하는 아그네스는, 이제 완전히 성숙한 여인이다.

덩치가 좋아지고 외모가 변하고 지식을 꾸준히 쌓아온 것 말고 나에게 또 어떠한 변화가 일어났던가? 우선, 금줄이 달린 금시계를 차고 새끼손가락에 반지를 끼고 연미복을 입고 머리칼에 포마드 기름을 잔뜩 바르는데, 반지와 어우러진 모습이 그다지 좋아 보이지 않는다. 아, 내가 또 사랑에 빠진 건가? 그렇다. 나는 라킨스 선생 댁 장녀를 숭배한다.

라킨스 선생 댁 장녀는 조그만 여자애가 아니다. 키는 크고 피부는 까무잡잡하며 눈동자는 까만, 아름다운 여인이다. 라킨스 선생 댁 장녀는 애송이도 아니다. 라킨스 선생 댁 막내 아가씨도 애송이가 아닌데 장녀라면 최소한 서너 살은 더 먹었을 터이니, 라킨스 선생 댁 장녀는 대략 서른 살은 되었을 것이다. 하지만 그녀에 대한 내 열정은 한계를 모른다.

라킨스 선생 댁 장녀는 장교를 많이 안다. 나로선 정말 견디기 힘든 고통이다. 나는 길거리에서 장교들이 말 거는 모습을 본다. 그녀가 유난히 화려한 보닛 모자 차림으로 동생 보닛 모자와 함께 인도를 따라 내려오면 장교들이 길을 건너서 아는 척하는 모습도 본다. 그녀가 웃으면서 대답하는 걸 보면 그렇게 아는 척하는 걸 좋아하는 것 같다. 나 역시 그녀와 마주치고 싶어서 시간이 날 때마다 인도를 따라 오랫동안 오르내린다. 라킨스 선생을 아는 터라 그녀에게 인사할 정도는 되니, 하루에 한 번이라도 인사할 수 있다면 나는 더없이 행복하다. 가끔은 나도 인사받을 자격이 있다. 라킨스 선생 댁 장녀가 장교와 춤출 게 분명한 경마 무도회 밤이면 나는 미친 듯한 고통에 휩싸이니, 세상이 공평하다면 거기에 대해 보상해야 하기 때문이다.

뜨거운 열정은 식욕까지 앗아가고, 나는 언제나 최근에 나온 비단 스카프만 목에 두른다. 제일 좋은 옷을 입어야, 구두를 닦고 또 닦아야 마음이 놓인다. 그래야 라킨스 선생 댁 장녀와 어울릴 자격이 있을 것 같다. 그녀에 속한 모든 게, 그녀와 연결된 모든 게 나에게 너무나 소중하다. 라킨스 선생조차 (이중 턱에 한쪽 눈을 못 움직이는 무뚝뚝한 노신사조차) 나에겐 흥미진진한 존재다. 그래서 딸을 만날 수 없을 때면 라킨스 선생하고 만날 만한 곳으로 간다. 그래서 "안녕하세요, 라킨스 선생님? 젊은 따님들은 물론 가족이 모두 편안하시지요?" 하며 인사하곤 너무 노골적인 것 같아서 얼굴을 붉힌다.

나는 나이에 대해서 끊임없이 생각한다. 가령 내가 열일곱 살이라고 해서, 라킨스 선생 댁 장녀에게 열일곱 살은 너무 어리다고 해서 뭐가 문제란 말인가? 이런 식으로 잠시만 버티다 보면 스물한 살이 안 되겠는가! 초저녁이면 나는 라킨스 선생 댁 주변을 거닐지만, 그 집에 들어가는 장교를 발견하거나 응접실에서 그들 목소리가 일어나는 가운데 라킨스 선생 댁 장녀가 연주하는 하프 소리를 들을 때마다 가슴이 찢어진다. 심지어 그 집 가족이 모두 잠자리에 든 다음에 그 집 주변을 얼간이처럼 두세 차례 멍청하게 돌아다니며, 라킨스 선생 댁 장녀가 있는 침실은 어딘지 곰곰이 따지다가 (그러다 착각해서 라킨스 선생 침실에다 대담하게 돌을 던지기도 하는데) 불이 나면 좋겠다고, 그래서 사람들이 모여들어 공포에 질린 눈으로 쳐다볼 때 내가 사다리를 들고 대담하게 돌진해서 그녀 침실 창문에 걸치고 두 팔로 안아서 구출한 다음, 뒤에 남긴 물건을 가지러 돌아갔다가 화염에 휩싸여서 죽으면 좋겠다고 생각한다. 내 사랑은 아무런 욕심이 없으니, 라킨스 선생 댁 장녀 앞에서 멋진 모습을 보이며 죽는다면 충분히 만족할 것 같다.

하지만 항상 이런 건 아니다. 가끔은 화려한 영상이 눈앞에 떠오른다. 라킨스 선생 댁에서 열릴 커다란 무도회를 삼 주나 기다리다가 두 시간에 걸쳐 치장하면서 나는 즐거운 영상이 가득한 환상으로 빠져든다. 내가 용기 내서 라킨스 선생 댁 장녀에게 사랑을 고백하는 모습이 보인다. 라킨스 선생 댁 장녀가 내 품에 얼굴을 파묻으며 "아, 코퍼필드 씨, 내 귀를 믿을 수가 없어요!" 하고 말하며 기뻐하는 모습도 보인다. 라킨스 선생이 다음 날 아침에 기다리다가 "친애하는 코퍼필드 선생, 딸에게 모든 얘길 들었네. 나이 차이는 문제가 안 돼. 자, 금화 이만 냥을 받도록 하게. 행복하게 살도록!" 하고 말하는 모습도 보인다. 고모님은 마음이 약해져서 결국엔 우리를 축복하고 노신사 딕과 스트롱 박사가 결혼식에 참석하는 모습도 보인다. (당시를 돌이켜 보면) 나는 분별력이 상당한 데다 겸손한 인물이라고 확신한다. 그런데도 이런 식이다.

나는 마법의 집으로 들어간다. 환한 불빛, 재잘대는 소리, 음악, 꽃, (보기 싫은) 장교들, 눈부시게 아름다운 라킨스 선생 댁 장녀. 그녀는 파란 옷을 입고 머리에 파란 꽃을 - 나를 잊지 마세요, 물망초를 - 꽂았다, 이런 꽃을 꼭 꽂아야 하는 것처럼. 내가 정식으로 초대받고 처음으로 참석한 진짜 어른 파티라서 약간 불편하다. 모욕을 당하러 온 건 아닌데, 라킨스 선생이 학교 친구들은 잘 있느냐고 엉뚱하게 질문한 것 말고는 나에게 말을 걸려는 사람도 없고 내가 말을 걸 사람도 없다.

하지만 문가에서 마음속 여신을 바라보며 황홀경에 빠져드는데, 그녀가, 라킨스 선생 댁 장녀……! 다가와서 유쾌하게 묻는다, 춤을 추겠느냐고.

나는 허리를 숙여서 인사하며 더듬거린다.

"당신과 함께라면요, 라킨스 아가씨."

"다른 사람하고는 안 추나요?"

라킨스 아가씨가 묻는다.

"다른 사람하고 춤추는 건 재미가 없으니까요."

내가 대답하자, 라킨스 아가씨가 웃으면서 (내가 보기엔) 얼굴까지 붉히며 말한다.

"그럼 한 사람하고 먼저 춤을 춘 다음에 기꺼이 그대와 춤추도록 하지요."

이윽고 차례가 온다. 그래서 다가가자, 라킨스 아가씨가 의심스러운 어투로 묻는다.

"왈츠 곡 같네요. 왈츠도 추세요? 그렇지 않으면 베일리 대위 다음으로……."

하지만 나는 왈츠를 (그것도 굉장히 잘) 추고, 그래서 라킨스 아가씨와 손을 맞잡고 나간다. 베일리 대위 바로 앞에서 춤춘다. 대위는 비참한 심정일 게 분명하지만 나는 조금도 신경을 안 쓴다. 나 자신도 오랫동안 충분히 비참하지 않았던가! 그러나 지금은 라킨스 선생 댁 장녀와 춤춘다! 여기가 어디고 어떤 사람들이 있고 얼마나 오랜 시간이 흘렀는지 모른다. 내가 아는 건 파란 천사와 함께 황홀경에 젖어들어 허공을 유영하며 돌아다니다 단둘이 조그만 방에 들어가 소파에 앉아서 쉰다는 사실이다. 그녀는 내가 단춧구멍에 끼운 꽃을 (은화를 두 냥 반이나 주고 산 분홍빛 동백꽃을) 좋아하고, 나는 그걸 건네면서 말한다.

"이걸 드리는 대신에 더없이 소중한 걸 부탁하겠습니다, 라킨스 아가씨."

"정말요! 그게 뭔가요?"

"당신이 단 꽃. 수전노가 황금을 아끼듯 저 역시 그 꽃을 보물처럼 아끼겠습니다."

"대담한 청년이로군. 자, 받아요!"

라킨스 아가씨는 꽃을 주는데 싫은 표정이 아니고, 나는 그걸 입술에 대서 키스하고 가슴에 꽂는다. 라킨스 아가씨가 웃더니, 나에게 팔짱을 끼면서 말한다.

"이제 나를 베일리 대위님한테 데려다주세요."

향긋한 대화와 왈츠를 떠올리며 황홀경에 빠져들 때 라킨스 아가씨가 다시 다가와서 말하는데, 밤새 카드놀이를 하던 평범한 중년 신사에게 팔짱을 낀 상태였다.

"아! 대담한 청년이 여기에 있군! 체슬 선생님이 그대를 만나고 싶다더군요, 코퍼필드 선생."

집안의 절친한 친구를 소개한다는 느낌에 나는 기분이 정말 좋고, 체슬 선생은 이렇게 말한다.

"당신은 취향이 정말 훌륭하더군요, 선생. 믿음이 갑니다. 당신 같은 분이라면 홉 같은 것에 별다른 관심이 없겠지만, 나는 홉을 제법 큼지막하게 재배한다오. 우리 동네에 - 애시포드에 - 올 기회가 있다면 우리 집에 꼭 들르세요. 아무리 오랫동안 머무른다 해도 기꺼이 환영하니까."

나는 체슬 선생에게 진심으로 감사하며 악수한다. 행복한 꿈을 꾸는 기분이다. 나는 라킨스 선생 댁 장녀와 또다시 왈츠를 춘다. 아가씨는 내가 왈츠를 잘 춘다고 말한다! 나는 말로 형용할 수 없는 황홀경 속에서 집으로 돌아가 파란 허리춤에 한 손을 두르고 거룩한 천사와 밤새도록 왈츠를 추는 환상에 빠져든다. 며칠 동안 상상의 나래를 황홀하게 펼치는데, 라킨스 아가씨는 거리에도 안 보이고 집을 찾아가도 안 보인다. 아무리 신성해도 이미 시들어버린 꽃으로는 허전한 마음을 달랠 수 없다. 그러던 어느 날 저녁 식사를 마친 다음에 아그네스가 말한다.

"트롯우드, 내일 누가 결혼하는지 알아? 네가 숭배하는 사람이야."

"설마 너는 아니겠지, 아그네스?"

내가 반문하자, 아그네스는 악보를 베끼다가 명랑한 표정으로 쳐다보며 대답한다.

"당연하지! 아빠, 방금 저 애가 하는 말 들었어요? 라킨스 선생 댁 장녀야."

"베……베일리 대위랑?"

내가 간신히 묻는다.

"아니야, 베일리 대위는. 체슬 선생, 홉을 재배하는."

나는 한두 주일 동안 끔찍한 절망에 빠져든다. 손가락에서 반지를 빼고, 제일 나쁜 옷을 입고, 포마드 기름도 안 바르고, 시들어버린 라킨스 아가씨 꽃을 툭하면 바라보며 한탄한다. 그런데 이런 생활도 싫증 날 즈음에 푸줏간 아이에게 새롭게 도전받고, 나는 꽃을 내버린 채 푸줏간 아이와 붙어서 멋들어지게 이긴다.

멋진 승리를 거두고 반지를 다시 끼고 포마드 기름도 조금씩 바르던 모습이 내가 기억하는 열일곱 살의 마지막 흔적이다.

CHAPTER 19. 주변을 둘러보며 새로운 걸 찾아라!

학창시절이 막바지로 접어들고 스트롱 박사 학교를 떠나야 할 시간이 다가오는 걸 내가 마음속 깊은 곳에서 기뻐했는지 안타까워했는지는 지금도 모르겠다. 나는 학교생활이 정말 행복하고, 박사님을 진심으로 따르고, 학교에서는 누구보다 탁월하고 유명했다. 이런 까닭으로 나는 학교를 떠나는 게 아쉬우면서도 이런저런 추상적인 이유로 기쁘기도 했다.

이제 성인이 되어 스스로 모든 걸 결정하며 살아가야 한다는, 스스로 모든 걸 결정하는 젊은이답게 상당한 권한이 뒤따른다는, 늠름한 인물로 성장해서 멋진 상황을 마주하고 겪을 거라는, 사회에 놀라운 영향을 미칠 거라는 막연한 생각이 나를 유혹했다. 환상적인 유혹은 어린 마음에 너무나 강렬해, 현재의 사고방식에 따르면, 나는 학교를 떠나는 걸 조금도 아쉬워하지 않은 것 같다. 다른 이별만큼이나 강렬하게 다가오지도 않았다. 당시 느낌은 어떻고 주변 상황은 어땠는지 떠올리려고 해도 아무런 소용이 없다. 새롭게 출발한다는 사실 하나만 생각한 것 같다. 어릴 적 경험은 이제 아무런 관심도 없고, 인생은 황홀한 동화 같은데 이제 그 이야기를 본격적으로 펼쳐나가자고 생각한 게 분명하다.

앞으로 내가 헌신하며 살아갈 천직에 대해서 고모님과 진지한 대화도 수없이 나누었다. 고모님이 툭하면 묻는 말, "앞으로 어떤 인간으로 살아가고 싶니?"에 대해 만족스러운 대답을 찾으려고 일 년 이상 노력했다. 하지만 특별히 좋아하는 걸 하나도 찾을 수 없었다. 내가 탐험 실력을 갖춰서 탐험대를 이끌고 빠른 범선을 몰며 전 세계를 의기양양하게 돌아다닐 수 있다면 나 자신은 완벽하게 만족했을 것 같다. 하지만 이런 기적은 일어날 수 없는 상태에서 내가 바라는 건 고모님 지갑에 너무 의존하지 않는 길을 찾아, 그게 어떤 일이든 열심히 하는 것이었다.

노신사 딕은 내가 고모님과 정기적으로 상담할 때마다 신중하고 지혜롭게 도와주었다. 하지만 의견을 말한 건 딱 한 번인데, (왜 이렇게 생각했는지 모르겠지만) 내가 놋그릇 만드는 '놋갓장이'가 되어야 한다고 갑자기 주장한 것이다. 이 말을 고모님이 무뚝뚝하게 받아들인 나머지, 노신사 딕은 감히 다시 제안할 수 없어, 고모님이 말할 때마다 열심히 쳐다보면서 동전만 쨍그랑거렸다.

내가 학교를 졸업하는 크리스마스 시즌 어느 날 아침에 고모님이 말했다.

"트롯, 내가 한마디 하마. 어려운 문제는 여전한데 우리는 잘못 결정하면 안 되니 내 생각엔 숨 돌릴 시간을 조금이나마 갖는 게 좋을 것 같구나. 그러면서 네가 학생이 아닌 새로운 관점에서 세싱을 바라보는 거야."

"알겠습니다, 고모님."

"분위기를 약간 바꿔서 세상 사람은 어떻게 살아가는지 구경하는 것도 네가 속마음을 제대로 파악해서 냉정하게 판단하는 데 도움이 될 것 같다는 생각이 들더구나. 네가 예전에 살던 곳도 둘러보고 이름이 정말 야만스럽게 이상한 여자도 만나보고."

고모님이 말하면서 코를 문질렀다. 패거티란 이름을 당신 입에 담는 것만큼은 절대 허용할 수 없다는 표정이었다.

"네, 고모님, 그러면 정말 좋겠네요!"

"으음, 내 생각도 그러니, 정말 다행이로구나. 하지만 네가 그렇게 생각하는 건 아주 자연스럽고 이성적이야. 말이 나왔으니 말인데, 앞으로 무슨 일을 하든, 트롯, 네가 항상 자연스럽고 이성적으로 행동할 거라고 내가 확신할 수 있다면 정말 좋겠구나."

"그건 저도 마찬가집니다, 고모님."

"네 누이 베시 트롯우드가 세상에 태어났다면 정말 자연스럽고 이성적으로 행동했을 거야. 그러니 너 역시 그런 누이 못지않아야 한다, 알겠니?"

"저로선 고모님 마음에 들도록 행동하고 싶을 뿐입니다. 그 정도면 충분할 테니까요."

내가 대답하자, 고모님이 만족스러운 표정으로 말했다.

"너를 낳은 불쌍하고 귀여운 아가가 이 세상에 없어서 다행이야. 살았다면 지금쯤 자식을 자랑하느라, 그렇지 않아도 살짝 돌아간 머리가 완전히 돌아갈 테니 말이다, 행여나 더 돌아갈 머리가 있는지 모르겠다만."

고모님은 나에게 약한 모습을 보일 때마다 불쌍한 어머니를 핑계 대면서 넘어가는 버릇이 있었다.

"맙소사, 트롯우드, 너는 네 어미를 쏙 빼닮았구나!"

"그래서 마음에 드시면 좋겠어요, 고모님."

내가 대답하자, 고모님이 힘주어 말했다.

"아이가 자기 어미를 똑 닮았어요, 딕 선생, 그날 오후에 나를 만나서 안달복달하기 전 모습이랑. 맙소사, 정말이지 자기 어미를 똑 닮았어요, 저 눈으로 가만히 바라보는 모습이!"

"정말요?"

노신사 딕이 물었다.

"그런데 데이비드도 똑 닮았어요."

고모님이 단호하게 말하자, 노신사 딕이 맞장구쳤다.

"데이비드도 똑 닮았어요!"

그러자 고모님이 나에게 머리를 흔들고 주먹을 꼭 움켜쥐며 다시 말했다.

"하지만 나는 네가 육체를 단단하게 다진 만큼 정신적으로도 단단한 사람이 되기를 바란다. 아주 단단하고 훌륭한 사람, 의지가 뚜렷한 사람, 결단성 있는 사람, 단호한 사람. 강인한 사람, 트롯……. 합당한 명분 외에는 누구에게도, 어떤 상황에도 영향을 안 받는 강인한 사람. 나는 네가 그런 사람이 되길 원해. 너희 아버지와 어머니도 그렇게 살았더라면 훨씬 좋았을 거야."

나 역시 고모님이 바라는 사람처럼 되길 바란다고 공언하자, 고모님이 다시 말했다.

"그렇다면 조그만 문제에서 너 자신을 믿고 스스로 판단하고 행동하는 것부터 시작해. 너 혼자 여행하라는 거야. 원래 딕 선생님을 함께 보낼 생각도 했는데 다시 생각하니, 딕 선생님은 남아서 나를 돕는 편이 좋겠어."

노신사 딕은 순간적으로 약간 실망한 표정을 떠올리더니, 세상에서 가장 훌륭한 여인을 돕는다는 명예와 긍지에 환한 표정을 회복하고, 고모님은 다시 말했다.

"게다가 회고록을 쓰는 일 때문에……"

이 말이 나오자마자 노신사 딕이 재빨리 동조했다.

"아, 맞다! 나는 회고록을 단숨에 완성할 생각이야, 트롯우드……
정말 순식간에 완성할 거야! 그래서 제출할 거야……. 그러면……"

노신사 딕이 잠시 주저하며 입을 꾹 다물다가 다시 말했다.

"그러면 시끌벅적한 일이 벌어질 거야!"

나는 고모님이 세운 고마운 계획에 따라 얼마 후에 돈이 두둑한 지갑과 커다란 여행 가방을 챙겨 들고 기분 좋은 여행길에 나섰다. 작별할 때 고모님은 좋은 충고와 함께 키스 세례를 퍼붓더니, 이번 여행은 주변을 둘러보면서 많이 생각하는 것이 목적인 만큼, 서퍽으로 내려가는 길이나 돌아오는 길에 가능하다면 런던에 들러서 며칠 머무는 것도 좋겠다고 말했다. 한마디로, 나는 앞으로 삼사 주 동안 뭐든 마음대로 자유를 만끽할 수 있으며, 조건이라곤 앞에서 얘기한 대로 주변을 둘러보며 많이 생각하는 것, 그리고 일주일에 편지를 세 번 써서 보고 느낀 내용을 보고하는 게 전부였다.

나는 아그네스와 위크필드 선생님에게 (이 집에는 내가 예전에 쓰던 침실이 그대로 있는 터라) 그리고 좋으신 박사님에게 여행을 떠난다는 인사를 하려고 제일 먼저 캔터베리로 갔다. 아그네스는 나를 보고 많이 반기면서 내가 떠난 이후로 집이 텅 빈 것 같다 말하고, 나는 이렇게 대답했다.

"나도 여기를 떠난 이후로 마음 상태가 정상이 아니야. 네가 없으니까 오른손이 없는 것 같아. 실제로는 그 이상이야. 오른손에는 머리도 없고 마음도 없지만 너는 있으니까. 너를 아는 사람은 누구든 너와 상의하고 조언을 구하잖아, 아그네스."

"내가 보기에, 나를 아는 사람은 누구든 응석만 받아주는 것 같아."

아그네스가 대답하며 웃었다.

"아니야. 그건 네가 다른 사람과 다르기 때문이야. 너는 성격이 좋고 마음씨도 상냥한 데다 성질은 부드럽고 입에서 나오는 말은 언제나 옳아."

내가 말하자, 아그네스는 의자에 앉아서 바느질하다가 기분 좋은 웃음을 터트리면서 대답했다.

"네 말을 들으니 내가 처녀적 라킨스 아가씨라도 되는 것 같아."

파란 옷의 마법사를 떠올리는 말에 나는 얼굴을 붉히면서 즉시 반박했다.

"그러지 마! 내가 너를 믿는다고 한 말로 그렇게 놀리다니, 옳지 않아. 하지만 나는 너를 그대로 믿을 거야, 예전과 마찬가지로, 아그네스. 앞으로 나이를 먹어도 절대로 변하지 않아. 어려움에 부닥치거나 사랑에 빠질 때마다 너한테 모두 말할 거야, 네가 들어준다면…… 설사 내가 진정한 사랑에 빠진다 하더라도."

"맙소사, 너는 언제나 진정한 사랑을 했어!"

아그네스가 말하며 다시 웃자, 나는 약간 창피해도 똑같이 웃으면서 대답했다.

"아이쿠! 어릴 때나 학생 때 얘기잖아. 이제 옛날과 다르다고. 조만간에 진정한 사랑에 빠져서 끔찍한 몸살을 앓을 테니까. 내가 궁금한 건, 너는 진정한 사랑을 한 적 없다는 거야, 지금까지, 아그네스."

아그네스가 또 웃으며 고개를 절레절레 젓고 나는 다시 말했다.

"맙소사, 그건 내가 잘 알아! 네가 그런 사랑을 했다면 벌써 말했을 테니 말이야."

아그네스는 얼굴을 살짝 붉히고 나는 이렇게 덧붙였다.

"말하지 않더라도 최소한 내가 알아챌 정도로 행동이 달랐을 거야. 하지만 내가 아는 한, 지금까지 너를 사랑할 자격을 지닌 사람이 나타난 적은 한 번도 없어, 아그네스. 지금까지 목격한 모든 사내보다 두 배는 고상하고 훌륭한 사람이 아니라면 내가 허락할 수 없다고. 분명히 말하는데, 너를 쫓아다니는 사내라면 누구든 이제부터라도 내가 자세히 살피며 다양한 각도에서 엄격하게 따져볼 생각이야."

여기까지는 어린 시절부터 친하게 지내는 동안 자연스럽게 나타나던 농담 반 진담 반 대화였다. 하지만 아그네스가 두 눈을 추켜올려서 내 눈을 똑바로 바라보며 말할 때는 완전히 다른 어투였다.

"트롯우드, 물어보고 싶은 게 있어, 지금이 아니면 앞으로 물어볼 기회가 없을 것 같은 질문…… 다른 사람한테는 묻고 싶은 마음이 조금도 없는 질문. 우리 아빠가 조금씩 변한다는 느낌을 혹시 너도 받았니?"

나는 그걸 오래전부터 느꼈다. 아그네스도 아는지 오랫동안 궁금했다. 이런 생각이 얼굴에 그대로 드러났는지, 아그네스가 순간적으로 눈길을 내리까는데 두 눈에 눈물이 맺혔다. 그러더니 나지막한 목소리로 말했다.

"그게 뭔지 말해 봐."

"내 생각엔……. 솔직히 말해도 될까, 아그네스, 나도 아버님을 많이 좋아하니까?"

"그래."

"내 생각엔 내가 이 집에 들어오기 전부터 꾸준히 키워온 습관이 아버님께 안 좋게 작용한 것 같아. 그래서 불안감에 시달리시는 것 같아…… 물론 착각일 수도 있지만."

"착각이 아니야."

아그네스가 말하면서 고개를 절레절레 젓고, 나는 다시 말했다.

"아버님이 손을 덜덜 떨면서 모호하게 말씀하시고 눈빛은 황량하게 변할 때가 있어. 내가 지켜본 바에 의하면 그럴 때마다, 아버님이 자신을 완전히 잃을 때마다, 무슨 일이 생겨서 불려 나가곤 했어."

"유라이어가 불러서."

"그래. 일 처리를 제대로 못 하거나 제대로 이해를 못 했거나 무의식적으로 안 좋은 모습을 드러냈다는 생각에 마음이 꺼림칙하고 그래서 다음 날엔 더 나빠지고 그 다음 날엔 더 나빠지고 몸은 빼빼 마르면서 수척하게 변하신 것 같아. 지금 하는 말을 듣고 놀라지 마, 아그네스, 나는 며칠 전에 아버님이 이런 상태에 빠져들어서 책상에 머리를 누이고 어린애처럼 우시는 걸 봤어."

내가 말하는 와중에 아그네스는 손으로 내 입술을 부드럽게 막더니, 방문으로 곧장 달려가서 아버지를 맞이하며 어깨에 매달렸다. 두 사람 모두 나를 쳐다보는데, 나는 아그네스 표정에 깊이 감동했다. 아름다운 얼굴에 아버지에 대한 애정이, 자신을 사랑으로 키워주신 아버지에 대한 고마운 마음이 가득했다. 나에게 아버지를 진심으로 다정하게 대하도록, 아버지에 대한 가혹한 분석은 그만하도록 진심으로 간청하는 마음도 엿보였다. 자신은 아버지가 자랑스럽다고, 깊이 사랑한다고, 그렇지만 불쌍하게 여기며 동정한다고, 나 역시 그럴 거로 믿는 마음도 엿보였다. 백 마디 말보다 많은 걸 말하는, 그래서 더욱 감동적으로 다가오는 표정이었다.

우리는 박사님 댁에 가서 다과를 먹기로 한 상태였다. 그래서 평소와 같은 시각에 찾아가니, 서재 벽난로 앞에 둘러앉은 박사님과 젊은 부인과 장모가 보였다. 박사님은 내가 여행길에 나서는 걸 중국 같은 머나먼 나라로 가는 것처럼 중요하게 받아들이곤 나를 귀빈으로 맞아 주었다. 그리고 환한 불빛에 빨갛게 달아오른 제자 얼굴을 볼 수 있도록 벽난로에 통나무를 더 넣으라고 주문하더니, 두 손을 따듯하게 데우면서 말했다.

"트롯우드 대신 들어오는 신입생 얼굴은 많이 안 볼 생각이야, 위크필드. 몸이 게을러져서 앞으로는 편히 쉬고 싶어. 육 개월 안에 학교를 완전히 양도하고 조용히 살려고."

"자넨 십 년 전부터 툭하면 그렇게 말했어, 박사."

위크필드 선생님이 반박하자 박사님이 다시 말했다.

"하지만 이번엔 반드시 그렇게 할 생각이야. 내가 하던 일을 교감 선생한테 넘겨줄 거라고. 이번만큼은 나도 진심이니, 가까운 시일에 자네가 계약서를 작성해서 우리 두 사람을 꼼짝 못 하게 만들어야 할 거야."

"자네가 손해 보는 일이 없도록 신경 써서, 그치? 어떤 계약이든 자네가 직접 작성하면 손해를 숱하게 볼 테니 말이야. 으음! 하지만 내가 하면 그런 일은 없겠지. 직업 덕분에 훨씬 어려운 계약도 숱하게 했으니 말이야."

위크필드 선생님이 말하자, 박사님이 빙그레 웃으며 대답했다.

"그렇다면 나는 고민할 게 없겠군. 집필하는 사전과 또 다른 계약자인 아내 말고는."

위크필드 선생님이 그쪽을 바라보자, 젊은 부인은 차 테이블에서 아그네스와 나란히 있다가 수줍은 표정으로 특이하게 망설이며 시선을 피하는 것 같았다.

"인도에서 편지가 왔다고 들었네."

위크필드 선생님이 물었다. 잠시 침묵한 다음이었다.

"맞아! 잭 멀던이 편지를 보냈어!"

"그렇군!"

박사님이 대답하고 위크필드 선생님이 반응하자, 마클람 여사가 고개를 절레절레 저으며 한탄했다.

"불쌍한 잭 멀던. 기후가 정말 안 좋답니다! 사람들 말이, 사막에서 볼록렌즈를 대고 지글지글 굽는 것 같다더군요! 잭 멀던이 겉보기엔 건장해도 속은 아니라오. 친애하는 박사, 그 애가 대담하게 모험한 건 체력 때문이 아니라 정신력 때문이라네. 애니, 이것아, 네 사촌은 한 번도 건강한 적 없단 걸 - 흔히 말하는 튼튼한 사람이 아니란 걸 - 너도 명심해야 한다."

마클람 여사가 강조하더니, 우리를 천천히 둘러보며 덧붙였다.

"우리 딸하고 팔짱 끼고 온종일 돌아다니던 어린 시절부터 튼튼한 적이 한 번도 없었다는 사실을."

하지만 젊은 부인이 아무런 대답도 안 하자, 위크필드 선생님이 물었다.

"잭 멀던한테 병이라도 있다는 뜻인가요, 여사님?"

"병! 친애하는 선생, 그 애는 한마디로 온갖 병을 달고 산다오."

'노련한 지휘관'이 단언하자, 위크필드 선생님이 다시 물었다.

"좋은 데는 하나도 없나요?"

"그래요, 좋은 데는 하나도 없다오. 해만 뜨거워도 일사병은 물론 악성 말라리아와 학질 등 온갖 질병에 걸려서 끔찍하게 고생한다오."

'노련한 지휘관'이 말하더니, 체념한 어투로 덧붙였다.

"간 역시 외국에 나가기 전에 완전히 포기했다오."

"그 사람이 자기 입으로 직접 말했나요?"

위크필드 선생님이 묻자, 마클람 여사가 머리와 부채를 흔들며 대답했다.

"자기 입으로 말해요? 친애하는 선생, 그렇게 묻는 걸 보니 선생은 가련한 잭 멀던을 전혀 모르는군요. 자기 입으로 말해요? 잭 멀던은 그런 애가 아니라오. 사나운 말 네 마리에 묶어서 질질 끌려도 그런 말은 안 할 테니 말이오."

"엄마!"

스트롱 부인이 말리자, 엄마가 대답했다.

"애니, 이것아, 이번 기회에 분명히 말하겠는데, 내가 말할 때는 절대로 끼어들지 말아라, 내 말에 동조하는 게 아니면. 너도 잘 알잖아, 네 사촌 잭 멀던은 사나운 말을 아무리 많이 묶어서 질질 끌어도…… 네 마리에 한정할 필요는 없어! 그래, 네 마리든, 여덟 마리든, 열여섯 마리든, 서른두 마리든 그 애는 박사가 세운 계획을 뒤집는 말이라면 절대로 안 한다고."

그러자 박사가 자기 얼굴을 톡톡 치더니, 조언자를 안타까운 표정으로 바라보며 말했다.

"위크필드가 세운 계획, 아니, 우리 두 사람이 잭 멀던을 위해 공동으로 세운 계획이겠지요. 내 입으로 국내든 해외든 상관없다고 했으니까요."

"그리고 나는 해외를 제시했지요. 그 사람을 해외로 보낸 건 바로 납니다. 내 책임이지요."

이번에는 위크필드 선생님이 진지하게 덧붙이자, '노련한 지휘관'이 반박했다.

"맙소사! 책임이라니요! 잘하려다가 그런 거잖아요, 친애하는 위크필드 선생. 좋은 뜻으로 잘하려다가 그렇게 되었다는 건 우리 모두 잘 알아요. 하지만 조카 애가 거기에서 살 수 없다면 거기에서 살 수 없는 거예요. 그런데 그 애는 자신이 살 수 없는 곳이더라도 박사가 세운 계획을 뒤집느니 차라리 그대로 죽는 편을 선택하겠지요. 나는 그 애를 잘 안답니다."

'노련한 지휘관'이 말하더니, 고통을 차분하게 감내하는 예언자처럼 부채질하면서 덧붙였다.

"그 애라면 박사가 세운 계획을 뒤집느니 차라리 그대로 죽을 게 분명하다고요."

그러자 박사가 쾌활하게 말했다.

"아니에요, 아니에요, 장모님. 나는 내가 세운 계획을 고집하지 않으니, 스스로 뒤집을 수 있어요. 다른 계획으로 변경할 수도 있고요. 잭 멀던이 건강을 해쳐서 고국으로 돌아온다면 다시 나가는 일은 없어야 하니, 우리가 노력해서 잭 멀던한테 훨씬 잘 맞고 훨씬 좋은 직장을 구해주어야겠지요."

마클람 여사는 이렇게 너그러운 말이 나올 거라고 예상조차 못 한 건 물론 이런 말을 끌어내려고 한 것도 아닌 터에 이런 말을 듣고서 완전히 감동한 나머지, 정말 박사다운 말이라고 감탄하면서 자기 부채 손잡이에 키스한 다음에 그걸로 박사 손을 툭툭 치는 의식을 여러 차례 반복할 수밖에 없었다. 그런 다음에는 자기 딸 애니에게 박사가 너를 위해 오랜 소꿉친구에게 대단한 친절을 베푸는데도 고마운 티를 안 보인다며 부드럽게 나무라더니, 친척 가운데 뛰어난 사람이 여러 명 있으니까 현재보다 좋은 자리가 생기면 정말 좋겠다는 소망까지 구체적으로 늘어놓았다.

이러는 내내, 여사 딸 스트롱 부인은 입을 열지도 고개를 들지도 않았다. 이러는 내내, 위크필드 선생님은 자기 딸 옆에 앉은 스트롱 부인을 가만히 바라보았다. 내가 보기에 위크필드 선생님은 누가 쳐다본다는 생각을 아예 못하고 스트롱 부인에게 집중하면서 깊은 생각에 빠져든 것 같았다. 그러다가 잭 멀던이 뭐라고 썼으며 편지를 누구에게 보냈는지 물었다.

그러자 마클람 여사가 박사 머리 위 벽난로 선반에서 편지 하나를 꺼내며 말했다.

"맙소사, 여기, 그 애가 박사한테 직접 보냈다오…… 어디더라? 아! '제가 건강 문제로 심하게 고생한다는 소식을, 그래서 건강을 회복하려면 조만간에 고국으로 돌아가야 할 것 같아서 걱정이라는 소식을 전하게 돼서 정말 미안합니다.' 불쌍한 녀석, 내용이 또렷하다오. 건강을 회복하려면! 애니한테 보낸 편지는 한층 더 또렷하지요. 애니, 네 편지를 보여주렴."

"지금은 싫어요, 엄마."

스트롱 부인이 나지막한 어투로 간청하자, 여사가 반박했다.

"맙소사, 너는 가끔 참 이상하게 군단 말이야. 친척 문제에 그렇게 무관심한 걸 보면 말이야. 내가 안 물었다면 네가 편지 받은 것도 우리는 몰랐을 거야. 그리고도 스트롱 박사한테 속마음을 모두 털어놓았다고 할 수 있겠니, 얘야? 나는 정말 놀랐단다. 사람이 그러면 안 된다고."

스트롱 부인은 마지못해 편지를 내놓고, 나는 편지를 받아서 여사에게 넘기려는데, 마음에 안 내키는지 편지를 건넬 때 손이 덜덜 떨렸다. 하지만 마클람 여사는 한쪽 눈에 외알 안경을 걸치면서 말했다.

"자, 어느 구절이 그런지 봅시다. '그리운 옛날을 떠올리면, 누구보다 사랑스러운 애니.' 여기가 아니야. 쭉쭉 넘어가서…… '다정하고 그리운 감독관' ― 누굴 말하는 거지? 맙소사, 애니, 네 사촌 멀던은 말을 정말 어렵게 쓰고, 나는 참으로 멍청하구나! 당연히 '박사'를 말하는 건데 말이야. 그래, 박사는 참으로 다정해!"

여기에서 여사는 편지를 내려놓고 부채에 다시 키스해서 박사 쪽으로 흔들고, 박사는 만족스러운 표정으로 우리를 차분하게 쳐다보는 가운데 여사가 다시 입을 열었다.

"그래, 찾았군. '너라면 이런 말을 들어도 안 놀랄 거야, 애니.' 그럼, 당연하지, 건강이 안 좋다는 사실을 아는데. 내가 지금 막 어디를 읽었더라……? '나는 여기 머나먼 땅에서 다양한 질병에 시달린 결과, 모든 위험을 무릅쓰고 떠나기로 했어, 가능하면 병가를 얻도록 하겠지만 그게 안 된다면 사표라도 쓰고서. 여기에서 끊임없이 겪고 지금 이 순간에도 겪는 일은 이제 도저히 견딜 수 없어.' 여기에 계신 분들이 신속하게 도와주지 않는다면."

마클람 여사가 후렴을 넣더니, 박사에게 조금 전과 똑같은 신호를 보내고 편지를 접으며 덧붙였다.

"나로선 이렇게 듣는 자체로도 못 견딜 정도야."

한 마디 덧붙여주기라도 바라는 표정으로 여사가 쳐다보는데, 위크필드 선생님은 가만히 앉아서 한마디도 않고 완벽하게 침묵하며 바닥만 내려다보았다. 화제가 바뀌고 우리 모두 다른 화제에 빠져들어도 위크필드 선생님은 오랫동안 침묵할 뿐, 깊은 생각에 잠겨서 찡그린 눈으로 박사를 보거나 젊은 부인을 보거나 두 사람 모두를 볼 때 외에는 고개조차 안 들었다.

박사는 음악을 좋아했다. 아그네스는 노래하는 목소리와 표정이 매혹적이고, 스트롱 부인도 마찬가지였다. 두 사람은 각자 노래하다 이중창도 부르고, 우리는 조그만 음악회를 마음껏 즐겼다. 그러면서도 나는 두 가지를 알아차렸다. 하나는 스트롱 부인이 평상심을 회복하면서 평소 모습을 금방 되찾았으나, 부인과 위크필드 선생님 사이에서 커다란 공백이 두 사람을 완전히 갈라놓았다는 사실이다. 또 하나는 위크필드 선생님이 아그네스가 부인과 친하게 지내는 걸 싫어하고, 그래서 불안한 눈으로 지켜보는 것 같았다는 사실이다. 나도 고백할 게 있는데, 잭 멀던이 떠나던 날 밤에 내가 목격한 광경이 새로운 의미로 다가오며 나를 괴롭혔다. 순수하고 아름다운 부인 얼굴이 내 눈에 예전처럼 순수하게 안 보이고, 부인 동작에서 자연스럽게 묻어나오는 우아한 매력도 못 믿고, 그 옆을 바라보며 아그네스야말로 진정으로 착하고 진실한 사람이라 생각하니, 두 사람이 가까이 지내는 건 조금도 안 어울린다는 의혹까지 치솟았다.

하지만 아그네스는 친하게 어울리는 걸 즐거워하고 부인 역시 그러니, 두 사람 덕분에 그날 밤은 순식간에 지나고 말았다. 그러다가 모임이 끝날 즈음에 내가 또렷하게 기억하는 사건이 발생했다. 두 사람이 헤어질 때 아그네스가 부인을 포용하고 키스하려고 하자, 위크필드 선생님이 우연인 것처럼 끼어들며 재빨리 잡아당긴 것이다. 그러자 흘러간 시간은 모두 사라지고 원점으로 돌아오기라도 한 것처럼, 잭 멀던이 떠나던 날 밤에 내가 현관 입구에서 목격한 것처럼, 그날 밤 스트롱 부인 표정이 위크필드 선생님 앞에 그대로 떠올랐다.

그 모습에서 얼마나 커다란 인상을 받았는지 모르겠지만, 나는 스트롱 부인을 생각할 때마다 당시 모습이 떠오를 뿐 순수하고 사랑스러운 모습은 두 번 다시 떠올릴 수 없었다. 박사님 자택을 떠날 때는 그 집 지붕에 나지막하게 걸터앉은 먹구름을 보면서도 모른 척한다는 느낌마저 들었다. 집으로 돌아온 다음에도 그 모습이 뇌리를 안 떠났다. 백발이 무성한 박사님을 존경하는 마음에는 박사님이 자신을 속이는 사람을 믿는다는 아쉬움과 박사님을 해치는 사람에 대한 분노가 뒤섞였다. 엄청난 불명예와 엄청난 고뇌가 음산한 그림자처럼 깔릴 뿐 아직도 모습을 숨긴 채, 내가 뛰놀고 공부하던 어린 시절의 고요한 공간에 얼룩처럼 내려앉아 금방이라도 흉악한 죄악을 저지를 것 같았다. 수백 년을 자기네끼리 꿋꿋하고 풍성하게 살아온 잎사귀와 널찍하고 위풍당당한 고목과 잘 다듬은 풀밭과 돌로 만든 항아리와 박사님 산책로와 기분 좋게 울려 퍼지는 대성당 종소리를 떠올려도 이제는 즐겁지 않았다. 어린 시절을 평화롭게 보낸 성역이 눈앞에서 유린당해 모든 평화와 명예를 허공으로 날려 보내는 느낌이었다.

하지만 아침이 찾아오고 나는 정겨운 집을, 아그네스 숨결이 사방에 가득한 집을 떠나야 했다. 마음속은 이 생각만 가득했다. 물론 내가 그 집을 금방 다시 찾아올 거란 사실은 의심하지 않았다. 정겨운 방에서 다시 - 어쩌면 자주 - 잠잘 수도 있었다. 하지만 내가 그 집에 살던 나날은 완전히 지나고, 정겨운 시절은 영원히 사라졌다. 거기에 있던 책과 옷을 도버로 보내려고 짐을 꾸릴 때는 유라이어 힙에게 속마음을 안 보이려고 애쓰는 이상으로 마음이 무겁고, 유라이어 힙이 옆에서 열심히 거들 때는 내가 떠나는 걸 정말 좋아한다는 생각마저 무자비하게 떠올랐다.

여하튼 나는 사내대장부답게 담담한 표정으로 아그네스 및 위크필드 선생님과 헤어지고 런던행 역마차 마부석 옆에 앉았다. 마을을 지날 때는 모든 걸 용서하는 너그러운 기분까지 든 나머지, 오랫동안 앙숙이던 푸줏간 친구에게 고개를 끄덕이고 술 한 잔 걸치도록 은화 다섯 냥이라도 던져줄 생각마저 들었다. 하지만 푸줏간에서 커다란 고깃덩이를 저미는 녀석은 여전히 냉혹한 표정인 데다 내가 날린 주먹에 부러진 앞니를 안 고쳐 여전히 퀭한 걸 보니, 아는 척 않고 지나는 게 최선이란 생각이 들었다.

마차가 길을 한창 달릴 즈음에 내가 마음속으로 세운 가장 커다란 목표는 나이를 먹을 만큼 먹은 사람으로 마부에게 보이는 것, 그래서 최대한 걸걸한 목소리로 말하는 것이었다. 걸걸하게 말한다는 게 개인적으로 정말 불편하지만 나는 거기에 집착했다. 어른은 그런 식으로 말하는 것 같았기 때문이다.

"종점까지 가세요, 손님?"

마부가 묻는 말에 나는 정중하게 대답했다. 이름도 알았다.

"그렇소, 윌리엄.[52] 런던까지 갑니다. 다음에는 서퍽을 방문할 예정이라오."

"사냥하려고요, 손님?"

마부가 물었다. 이런 계절에 사냥하는 건 고래를 잡으러 가는 만큼이나 어렵다는 사실을 마부 역시 나만큼이나 잘 알지만, 그래도 나는 기분이 좋았다. 그래서 아직 결정을 못 내린 어투로 대답했다.

"사냥할지 안 할지는 아직 모르겠소."

"요새는 새들이 아주 날래다고 하더군요."

"나도 그렇게 들었소."

"서퍽이 고향이세요, 손님?"

윌리엄이 묻는 말에 나는 꽤 잘난 척하면서 대답했다.

"그렇소. 서퍽이 고향이오."

"그쪽 지역은 가루 반죽 푸딩이 맛있다고 들었습니다."

윌리엄이 말했다. 나는 그걸 모르면서도 고향 명물이라면 잘 아는 척하면서 자랑해야 한다는 생각이 들어서 "그렇소!"라고 말하듯 고개를 끄덕이고, 윌리엄은 덧붙였다.

---

52) 마부 이름도 윌리엄, 예전에 다정하게 굴면서 음식을 빼앗아 먹은 웨이터 이름도 윌리엄이다. 코퍼필드가 아직 어리다는 사실을 입증한 두 사람 이름이 똑같다는 사실에서 작가의 기묘한 균형 감각을 엿볼 수 있다.

"땅딸막한 짐말을 가축으로 기르는 것도요! 서퍽 짐말이라면 좋은 놈은 금값이지요. 손님도 서퍽 짐말을 기른 적이 있나요?"

"아……아니오. 그런 적은 없소."

"바로 제 뒤에 앉아계신 신사분께서 서퍽 짐말을 대규모로 기른답니다."

윌리엄이 말한 신사는 한쪽 눈이 흉한 사팔뜨기에다 턱은 앞으로 삐져나오고 모자는 하얗고 높은데 챙은 좁고 납작하며, 몸에 딱 달라붙는 담갈색 바지는 구두에서 엉덩이까지 바깥쪽으로 단추를 쭉 이어서 달아맨 것처럼 보였다. 그런 사내가 삐져나온 턱을 마부 어깨너머로 내미는데, 바로 내 옆이라서 숨을 내쉴 때마다 뒤통수가 간질간질하고, 내가 돌아보면 사내는 사팔뜨기가 아닌 눈으로 앞에서 달리는 말을 바라보는데, 아주 잘 안다는 눈빛이었다.

"그렇지 않나요?"

윌리엄이 묻자, 뒤에 있는 사내가 반문했다.

"뭐가요?"

"서퍽 짐말을 대규모로 기르지 않나요?"

"그렇다고 할 수 있겠지요. 나는 말이라면 모든 종류를 다 기른다오, 개도 그렇고. 말과 개를 취미로 기르는 사람도 있겠지만, 나한테는 집이고 마누라고 자식이며, 읽고 쓰고 셈하는 것이고, 코담배고 음식이고 술이라오."

"말하는 걸 보면 마부 뒷자리에 앉을 분은 아니지 않습니까?"

윌리엄은 내 귀에 대고 말하면서 고삐를 조종하고, 나는 사내에게 자리를 내주면 좋겠다는 의미로 받아들여 얼굴을 붉히면서 자리를 바꾸자고 조심스럽게 제안했다. 그러자 윌리엄이 말했다.

"으음, 손님 생각이 그러시다면 그렇게 하는 것도 좋겠지요."

당시를 떠올릴 때마다 그건 내가 인생길에서 저지른 첫 번째 실수라는 생각이 든다. 역마차 사무실에서 좌석을 예약할 때 "마부석"이라 적고서 사무원에게 웃돈을 얹어 은화 두 냥 반이나 주었다. 그리곤 탁월한 좌석에 어울리도록 제일 멋있는 방한 외투에다 숄까지 걸치고, 그런 자리에 앉는 걸 커다란 영광으로 여겼다. 내가 그러면 역마차도 멋있게 보일 거라는 생각도 했다. 그런데 마차에 올라타자마자 초라한 사팔뜨기 사내에게 자리를 빼앗기니, 마구간 냄새를 풍길 뿐 장점이라곤 하나도 없는 사내가 말이 속도를 줄인 사이에 나를 가로지르며 움직이는 모습은 인간이 아니라 똥파리 같았다!

나 자신에 대한 불신은 없을수록 좋지만 사소한 사건과 함께 툭하면 일어나며 나를 괴롭히는데, 캔터베리 역마차 마부석에서 일어난 시답잖은 사건 때문에 이런 불신 역시 그만큼 늘어난 게 분명하다. 걸걸한 목소리로 말하는 건 소용이 없다는 생각도 들었다. 목적지에 도달할 때까지 단전에 힘주고 굵직하게 말했으나, 끔찍할 정도로 완벽하게 어린애 취급을 받으며 무시당하는 기분이었다.

그래도 교육을 충분히 받고 옷도 잘 입고 주머니에 돈도 두둑한 상태로 말 네 마리가 달리는 뒤에 앉아서 예전에 힘든 길을 걷다가 잠자던 곳을 바라보는 기분은 정말 묘하면서도 흥미진진했다. 눈에 띄는 경계표를 볼 때마다 수많은 생각이 일어났다. 지나치는 떠돌이를 내려다보다 눈에 익은 얼굴 형태를 발견할 때는 땜장이가 시키면 손으로 가슴팍을 움켜잡는 느낌마저 들었다.

채텀에서 비좁은 거리를 달가닥거리며 지나다가 윗도리를 판 괴물 같은 늙은이가 사는 골목길이 보일 때는 내가 돈을 받으려고 기다리느라 양지와 음지가 계속 바뀌도록 앉아있던 장소를 바라보려고 목을 기다랗게 빼기도 했다.

마침내 런던에 들어서서 크리클 교장이 묵직한 손으로 아이들을 때리던 세일럼 기숙학교를 지날 때는 당장 내려서 합법적으로 채찍질 당하는 모든 학생을 새장에 갇힌 새처럼 풀어줄 수만 있다면 내가 가진 모든 걸 내줄 수도 있다는 기분마저 들었다.

　우리는 런던 중심가 채링크로스에 있는 골든크로스 호텔로 들어섰다. 당시만 해도 주변엔 건물이 답답하게 몰리고 실내에선 곰팡내가 풍기는 건물이었다. 웨이터 한 명은 나를 식당으로 안내하고 객실 담당 여종업원은 조그만 침실로 안내하는데, 전세마차 같은 냄새가 나는데다 지하봉안당처럼 사방이 꽁꽁 막힌 곳이었다. 하지만 나는 나이가 어리다는 사실을 이번에도 뼈저리게 느껴야 했다. 여종업원은 내가 하는 말을 완벽하게 무시하고 웨이터는 허물없이 대하다가 내가 어설프게 행동할 때마다 충고했기 때문이다. 그러다가 친밀한 어투로 이렇게 말했다.

　"으음, 그렇다면 저녁으로 무얼 먹으면 좋을까요? 젊은 신사는 대체로 닭고기를 좋아하니, 닭고기를 드세요!"

　내가 최대한 위엄 어린 자세로 닭고기를 좋아하지 않는다고 대답하자, 웨이터가 다시 말했다.

　"그래요? 젊은 신사는 대체로 쇠고기와 양고기를 싫어하니, 얇게 저민 송아지 요리를 드세요!"

　나는 다른 음식을 제안할 능력이 없는 관계로 그 말에 동의하고, 웨이터는 고개를 기울인 채 간사한 미소를 머금으며 말했다.

　"혹시 감자는 좋아하세요? 젊은 신사는 대체로 감자를 많이 먹는답니다."

　나는 최대한 묵직한 목소리로 얇게 저민 송아지 요리와 감자요리를 주문하고 웨이터에게 계산대로 가서 트롯우드 코퍼필드 나리에게 온 편지가 있는지 알아보라고 명령했다. 편지가 있을 턱이 없다는 사실은 당연히 잘 알지만, 편지를 기다리는 척하면 진짜 어른처럼 보일 것 같았다.

웨이터는 금방 돌아와서 도착한 편지가 한 통도 없다 말하고 (이 말에 나는 깜짝 놀라고) 벽난로 옆 상자에 식탁보를 깔기 시작했다. 그러면서 반주로 무얼 마시겠느냐 묻더니 내가 "백포도주 반병"이라고 대답하자, 안타깝게도 웨이터는 술병마다 바닥에 조금씩 남아서 김빠진 포도주를 팔아먹을 기회로 여긴 게 분명하다. 내가 이렇게 생각하는 까닭은 신문을 읽는 사이에 웨이터가 자신만 들어갈 수 있는 나지막한 칸막이 뒤에서 약사가 물약을 짓듯 여러 병에 든 내용물을 한 병에 열심히 따르는 광경을 보았기 때문이다. 술이 나왔는데 예상대로 김은 완전히 빠진 데다 외국산 포도주 특유의 순수한 느낌보다는 영국산 찌꺼기 느낌이 또렷하지만 그런 걸 마시는 자체가 부끄러워서 아무런 말도 안 했다.

어쨌든 술이 들어가면서 유쾌한 마음이 든 나머지 (독약을 먹더라도 약 기운이 퍼져나가는 초기에는 기분이 좋을 수 있겠다는 걸 이번 경험으로 확인하고) 나는 연극을 보러 가기로 했다. 내가 선택한 곳은 '코번트 가든 극장'이고, 그래서 안으로 들어가 중앙 특별석 바로 뒤에 앉아서 셰익스피어가 쓴 '줄리어스 시저'와 새로 나온 무언극을 보았다. 고상하게 등장한 로마인 모두가 어려운 숙제를 내고 엄격하게 검사하는 선생님이 아니라 나를 즐겁게 하려고 이리저리 움직이며 애쓰는 배우라는 사실이 참으로 고상하면서도 상쾌하게 다가왔다. 하지만 연극을 보는 내내 현실과 환상이 뒤섞이고, 시와 조명과 음악과 배우와 휘황찬란한 무대가 부드러우면서도 완벽하게 변하는 모습에 나는 환희의 영역이 눈앞에 무한하게 열린 듯 황홀경에 빠져들다, 자정이 다된

시각에 비가 추적추적 내리는 거리로 나오니 하늘나라에서 오랫동안 낭만적으로 살다가 현실 세계로 떨어진 느낌이었다. 사방에서 시끄러운 소리를 질러대고 물을 튕기고 횃불이 바삐 움직이고 우산끼리 부닥치고 전세마차가 앞다투며 달리고 나막신은 진흙탕을 힘겹게 걸었기 때문이다.

다른 문으로 나와서 거리에 우두커니 있자니 실제로 지구에 막 도착한 외계인 같은 기분까지 드는데, 갑자기 예의 없이 이리저리 밀고 밀치는 느낌에 곧바로 정신을 차리고 호텔로 돌아가는 길에 들어섰다. 호텔로 가는 동안에도 화려한 영상은 눈앞에서 아른거리고, 호텔에 도착한 다음에는 흑맥주와 굴을 먹고, 새벽 한 시가 넘도록 가만히 앉아서 바라보니 식당 벽난로 불길에서 화려한 영상이 끊임없이 펼쳐졌다.

연극 내용과 과거에 대한 추억은 슬라이드처럼 번쩍이면서 예전에 살아가던 풍경을 차례대로 펼쳐나가고 나는 여기에 홀딱 빠져드는데, 어디선가 얼굴도 잘생기고 옷차림도 좋은 젊은이가 나타났다. 옷을 아무렇게나 독특하게 걸친 모습이 참으로 멋지고 생생했다. 하지만 나는 그런 사람이 나타난 것만 인식하고 옆으로 다가온 건 모른 채 여전히 가만히 앉아서 식당 벽난로 불길을 바라보며 깊은 생각에 빠져들었다.

마침내 잠자리에 들려고 일어나니 웨이터가 잔뜩 졸린 눈으로 다행이라는 듯 바라보았다. 자신만 사용하는 조그만 주방에서 안절부절못한 채 두 다리를 비비 꼬다가 주먹으로 툭툭 치고 온갖 모양으로 뒤틀던 중이었다. 나는 문 쪽으로 가느라 조금 전에 들어온 사람을 지나다 얼굴을 보았다. 그리고 곧바로 돌아서서 다시 쳐다보았다. 상대는 나를 모르지만 나는 상대를 단번에 알아보았다.

평소 같으면 말을 걸 자신이 없거나 결단을 못 내리고 내일로 미루다가 상대를 놓쳤을지 모른다. 하지만 연극 내용이 여전히 생생한 데다 예전에 나를 지켜주어서 고마운 느낌도 강하고 예전에 좋아하던 마음 역시 생생하게 살아나며 가슴에 넘쳐흐른 나머지 나는 두근거리는 마음으로 단번에 다가가며 물었다.

"스티어포스 선배! 나를 모르겠어요?"

상대가 보는데, 예전에 나를 쳐다보던 모습 그대로였다. 하지만 나를 알아보는 기색은 없었다. 그래서 내가 다시 말했다.

"선배는 나를 기억조차 못 하는 것 같군요."

그와 당시에 상대가 탄성을 내지르며 소리쳤다.

"맙소사! 꼬마 코퍼필드!"

나는 두 손으로 선배를 움켜잡는데, 도저히 못 놓을 것 같았다. 선배가 불쾌하게 여길까 걱정하는 마음이나 창피한 마음만 없었다면 나는 선배 목을 껴안고 엉엉 울었으리라!

"정말, 정말, 정말 기뻐요! 친애하는 스티어포스 선배! 이렇게 만나서 정말 기뻐요!"

"나 역시 자네를 만나서 정말 기뻐!"

선배가 말하면서 내 손을 꼭 잡고 흔들다가 다시 말했다.

"맙소사, 코퍼필드, 정겨운 후배, 너무 감동하지 마!"

하지만 자신과 만난 걸 내가 참으로 기뻐하는 모습을 보니, 자신 역시 기분이 좋은 것 같았다.

나는 아무리 단호히 결심해도 억누를 수 없는 눈물을 훔쳐내고 서툴게 웃으면서 선배와 나란히 앉았다.

"맙소사, 어떻게 여기까지 온 거야?"

선배가 물으며 어깨를 톡톡 치고 나는 이렇게 대답했다.

"캔터베리 역마차를 타고 오늘 도착했어요. 그쪽 지역에 있는 고모님이 나를 받아들인 덕분에 거기에서 이제 막 공부를 끝냈거든요. 그런데 선배는 어떻게 여기까지 오게 됐나요?"

"으음, 나는 사람들이 흔히 말하는 옥스퍼드 학생이야. 그런데 옥스퍼드에서 생활하다 보면 정말 따분할 때가 있거든. 그래서 어머니 집으로 가는 길이야. 그런데 너는 얼굴이 정말 귀엽구나, 코퍼필드. 이렇게 보니, 예전 모습 그대로야! 조금도 안 변했어!"

"하지만 단번에 알아본 사람은 바로 나잖아요. 선배를 알아보는 게 훨씬 쉬워서요."

내가 말하자, 선배가 웃으면서 숱이 많은 곱슬머리를 한 손으로 쓸어 올리다 쾌활하게 말했다.

"그래, 그래, 지금 나는 어머니한테 효도하러 가는 길이야. 우리 어머니는 도심지에서 약간 떨어진 구역에 사시는데, 도로 상태가 끔찍할 뿐 아니라 집에 가도 따분한 건 마찬가지라 곧바로 가는 대신 여기서 오늘 밤을 묵는 거야. 나는 여기에 도착한 지 여섯 시간밖에 안 되는데, 연극을 보러 가서 꾸벅꾸벅 졸기도 하고 투덜대기도 하다가 나왔어."

"나도 연극을 보았어요, 코번트 가든에서. 정말 재미있고 훌륭한 연극이었어요, 스티어포스 선배!"

스티어포스 선배가 실컷 웃더니, 내 어깨를 다시 톡톡 치며 말했다.

"친애하는 후배, 데이비. 자네는 국화꽃의 일종인 데이지 같아. 동틀 녘에 들판에 핀 데이지도 너보다 생생하진 않을 거야. 나도 코번트 가든에 갔는데, 그렇게 끔찍한 연극은 태어나서 처음이었어. 이봐, 웨이터!"

웨이터는 우리 둘이 대화하는 모습을 멀리서 열심히 바라보다 공손하게 대답하며 다가오고, 스티어포스 선배는 이렇게 물었다.

"내 친구 코퍼필드 선생을 어디에 넣었나?"

"무슨 말씀이신지요, 손님?"

"이 친구가 어디에서 자느냐고? 몇 호실이냐고? 이게 무슨 말인지 알잖아."

스티어포스 선배가 다그쳐 묻자, 웨이터는 황송하단 표정으로 대답했다.

"저어, 손님. 코퍼필드 선생님은 44호실에 묵으십니다, 손님."

"맙소사, 코퍼필드 선생한테 마구간 위 조그만 다락방을 배정하다니, 도대체 뭐하자는 거야?"

스티어포스 선배가 나무라자, 웨이터가 여전히 황송하단 표정으로 대답했다.

"저어, 코퍼필드 선생님이 특별한 손님인 걸 저희가 미처 몰랐습니다, 손님. 원하신다면 지금 당장 72호실로, 손님 바로 옆방으로, 바꿔 드리겠습니다, 손님."

"당연히 그래야지. 즉시 그렇게 하도록."

스티어포스 선배가 지시하자, 웨이터는 방을 바꾸려고 당장 물러났다. 스티어포스 선배는 나를 44호에 넣었다는 사실이 재미있다는 듯 다시 웃더니, 내 어깨를 다시 톡톡 치곤, 내일 아침 열 시에 아침 식사를 함께 들자며 초대하고, 나는 즐겁고 자랑스러운 마음으로 받아들였다. 밤이 꽤 늦은 터라 우리는 촛불을 하나씩 들고 위층으로 올라가, 선배 방 앞에서 다정한 마음으로 헤어지고 새 방으로 들어가니, 이전 방이랑 완전히 다른 데다 곰팡내도 안 나고 기둥 네 개짜리 거대한 침대까지 있는 게, 마치 지주가 쓰는 방 같았다. 나는 여기에서, 여섯 명이 베도 충분한 베개 사이에서 행복한 잠에 바로 빠져들어, 고대

로마 시대를 꿈꾸고 스티어포스 선배를 꿈꾸고 우정을 꿈꾸다가 이른 새벽에 역마차 여러 대가 바로 밑에서 아치문을 덜커덩 빠져나갈 때는 천둥의 신을 비롯한 다양한 신을 꿈꾸었다.

1권 마침.